Der Herr aber sprach zu dem Satan:
Wo kommst du her?
Der Satan antwortete dem Herrn und sprach:
Ich habe das Land umher durchzogen.
HIOB: 1,7

TEIL EINS

EIN KALTER TAG IN DER HÖLLE

EINE PLANTAGE IM MISSISSIPPIDELTA

– Vor zwanzig Jahren –

Seht den dicken Mann. Seht ihn rennen.

Seht seine Beine, stämmig und massig und kraftvoll; sie stampfen und stapfen und waten auf der Flucht durch den schmatzenden Morast des Deltas. Spürt die klebrige Last des schlammigen Lehms, des peitschenden Regens, die Last dieser Nacht, dieser dampfenden Dunkelheit. Fühlt das Zusammenkrampfen seiner Eingeweide, als er den Blick des mächtigen Großvatergeists auf sich fühlt: entsetzt von dem Grauen, das der dicke Mann hinter sich zurückläßt. Ein gleißender Blitzspeer spaltet den Himmel. Er taucht das weite, mitternächtliche Grasland in grelles, blendendes Licht. Seht – dort ist der dicke Mann.

Er rennt. Er rennt.

Doch der Schlamm kann ihn nicht aufhalten, und auch nicht die Götter oder die verlorenen toten Seelen, die im Wind seufzen. Denn er kann nicht getötet werden, der dikke Mann. Nein. Nicht in dieser Nacht. Er kann nicht aufgehalten werden. Und das Hämmern des Bluts in seinen Adern, der Druck in seinem Schädel, das konvulsivische Zucken und Winden seiner Gedärme entspringen nicht der Angst. Als der nichtige Donner mit einem zornigen Grollen erstirbt, kehren die Schreie zurück. Die Schreie einer Frau. Sie spüren ihn auf, holen ihn ein inmitten des gepeinigten Feldes. Doch auch diese Schreie – erfüllt von einem Schmerz, zu groß und zu tief für menschliches Begreifen –, auch diese Schreie müssen straucheln und fallen und unbeachtet verhallen. Sie dringen nicht in das Herz des dikken Mannes. Sie können ihn nicht aufhalten auf seinem Weg. Er läßt es nicht zu, obwohl er es könnte. Das Blut an seinen Händen ist nicht sein eigenes, auch nicht die großen, vom Regen verwaschenen Blutspritzer auf seinem durchnäßten Mantel. Denn jetzt ist es an anderen, ihr Blut zu vergießen: anderen, die gewesen waren, und anderen, die noch kommen würden.

Und noch immer stampft und stapft und watet er.

Sein linker Arm hält ein Bündel durchnäßter Lumpen fest an die keuchende Brust gepreßt. Der Arm ist gewaltig, seine Muskeln angespannt, und doch ist seine Umarmung, trotz aller Gewalt dieser Welt, sanft und zärtlich. So zärtlich. Ein Holzzaun ragt vor ihm auf: rohe, ungeglättete Hikkorypfähle, mit Stacheldraht verbunden. Mit seiner rechten Faust packt der dicke Mann den Pfahl, der seinen Weg versperrt, dreht und rüttelt ihn, reißt ihn mit einem Ruck aus dem Erdreich, denn er ist stark, der dicke Mann. Er trampelt die gewundenen Drähte nieder und ist verschwunden. Seine schlammverschmierten Füße stampfen jetzt über eine schwarze Asphaltstraße. Von vorn nähern sich gelbe Lichtkegel – ein Fahrzeug im Regen. Ein Auto.

Die Lippen des dicken Mannes sind schön. Sie sind voll und weich. Sie lächeln.

Die Schreie der Frau sind im Wind verweht.

Der Wagen wird langsamer und hält neben seiner massigen Gestalt. Ein blasses Gesicht, jung und schmal – ein Mann –, lächelt zurück. Unwissend. Ohne Wissen. Die Wahrheit nicht ahnend. Sein Blick fällt auf das Bündel, in Lumpen gewickelt und durchnäßt; doch schon klafft sein Mund auf. Die Faust, die Hickorypfähle ausreißt, schließt sich um seinen Hals, eine Faust so groß, daß die Finger im Nacken fast den Daumen berühren. Im nächsten Moment ist das rollende Weiß der blassen jungen Augen rotgesprenkelt mit den Sternen winziger, platzender Blutgefaße. Der Wagen schaukelt und schwankt unter den Stößen panisch um sich schlagender Glieder. Der Gestank von Kot und Tod. Wieder entweicht eine Seele seufzend ihrem Körper, schlüpft durch die würgende Hand des dicken Mannes; doch während all dem bleibt die muskelbepackte Wiege seines anderen Arms zärtlich und ruhig.

Der Bleiche, schmal und jung, wird herausgezerrt und in den von gurgelndem Wasser gefüllten Straßengraben gestampft. Denn es war nicht sein Schicksal, Zeuge zu sein.

Ist das der Schrei – der ferne, abgrundtiefe, unermeßliche Schrei –, den der dicke Mann auf den Schwingen des Windes vernimmt? So weit vom Wind herangetragen – aus solch großer Ferne –, während er den Bleichen unters Wasser tritt?

Es ist ohne Bedeutung für ihn.

Seine Umarmung ist zärtlich. Er rennt nicht mehr. Der Wagen bietet seiner hünenhaften Gestalt Schutz, heult auf und trägt den dicken Mann und sein Bündel davon. Wohin, weiß er nicht, und es ist ihm auch egal.

Denn obgleich er nicht weiß, warum, liebt er sie, die er trägt.

Er liebt sie innig.

EINS

Der Haß hatte Lenna Parillauds Seele ausgedörrt, und sie wußte es. Daran zu denken, machte sie ganz krank. Und während sie unter einem blauen Aprilhimmel zum Steinhaus fuhr, versuchte sie sich einzureden, daß dieser Gedanke nicht der Wahrheit entsprach; doch trotz des Verwelkens ihrer Seele – oder vielleicht gerade deshalb – war die Antwort, die sie auf deren Grund fand, eine andere. Es war die Wahrheit und mehr als nur die nackte Wahrheit: Ihr Haß war ihr Schicksal; damit zu leben, war ihr bestimmt. Doch während ihr Haß früher eine zürnende Gottheit gewesen war, die nach in Flammen stehenden Horizonten und einstürzenden Mauern verlangte, war er jetzt eine sich windende Kreatur, die sich auf ihrem Rücken festkrallte, die Arme um ihren Hals geschlungen, und ihr mit stinkendem Atem eine Litanei ins Ohr flüsterte, deren Worte wieder und wieder zu hören sie inzwischen müde geworden war. Lenna hatte es satt, ihnen zu lauschen und sie hatte es satt, sie mit sich herumzuschleppen; aber wer sonst könnte oder würde es tun? Es war *ihr* Haß und ihrer allein. Heute – obwohl sie ihn gerade heute brauchte – wünschte sie, der Haß würde dieses endlosen Spiels ebenso müde sein wie sie selbst.

Meistens wurde sie von ihrem Leibwächter gefahren, von Bobby Frechette; zum Steinhaus jedoch fuhr sie immer allein. Jetzt, seit Clarence Jefferson Tod, war Frechette der einzige Mensch in ihrem Leben, der sie, wie sie fand, wirklich verstand. Der Gedanke war ihr durch den Kopf gegeistert, daß es möglicherweise Frechette gewesen war, der Clarence Jefferson getötet und seinen Leichnam auf einem Scheiterhaufen im Sumpf verbrannt hatte. Er hatte schon schlimmere Dinge für sie getan, mit ihrem Wissen und ihrem Segen, aber auch andere ohne ihre Zustimmung. Frechette war einer von wenigen, die fähig gewesen wären,

Jefferson zu Fall zu bringen. Seine Verachtung für ihn, obwohl im stillen gehegt, war deutlich genug gewesen. Auch wenn Frechette es nie verstanden hatte, war er bereit gewesen, ihr Bedürfnis nach Jeffersons widerlicher Umarmung zu akzeptieren. Nie hätte er ohne ihren ausdrücklichen Befehl versucht, diese Begegnungen zu verhindern. Frechette kannte das Geheimnis des Steinhauses nicht. Jetzt, wo Jefferson tot war, wußte außer ihr niemand darum – nicht einmal die Hüter des Hauses, nicht einmal sein erbärmlicher Bewohner. Das Steinhaus war das Domizil, die schmucklose graue Kathedrale ihrer Scham. Durch die Windschutzscheibe konnte sie es jetzt in einiger Entfernung vor ihr auftauchen sehen: ein nichtssagender, betongrauer Quader in einer nichtssagenden Landschaft.

Lenna konnte diesen Besuchen inzwischen nicht mehr viel abgewinnen; falls sie dies überhaupt jemals getan hatte. Sie waren zu einem Ritual geworden, dem sie nicht entrinnen konnte: am Ersten jeden Monats, aller Monate, seit mehr als zwölf Jahren. Erneut zwang sie sich, eine unerfreuliche Wahrheit einzugestehen: Ohne diese Besuche würden die Monate nichts mit sich führen, das ihr irgend etwas bedeutete. Sie fragte sich, was ihr alles möglich gewesen wäre, wenn sie die ungeheuren Energien, die ihr Haß auffraß, auf ein anderes Bestreben konzentriert hätte, doch sie konnte sich nicht vorstellen, was für ein Bestreben dies hätte sein können. Sie war nicht blind. Ihr fehlte es auch nicht an Intelligenz oder Wissen und Einsicht; im Gegenteil – sie hatte das Wesen der Welt und die Gesetzmäßigkeiten, nach denen sie funktionierte, mit einer geradezu grausam scharfsinnigen Auffassungsgabe begriffen. Und dabei festgestellt, daß diese Welt dunkel und voll von Bosheit, Tücke und Schmerz war. Sie wußte, daß eine andere, hellere Welt existierte, eine Welt, in der einige das Glück hatten, ihre Kraft für etwas Schöneres als die Beschäftigung mit sich selbst zu nutzen. Doch sie wußte von der Existenz dieser Welt nur soviel, wie jemand durch Blättern in einem Atlas von der Existenz ferner Länder und glitzernder Meere weiß. Sie würde niemals dort hingelangen, noch war sie jemals dort gewesen – oder vielmehr war sie dort gewesen, doch in einer anderen Zeit, die so lange zurücklag, daß sie ihr wie ein verlorenes Traumland vorkam, an das sie sich nur mehr verschwommen erinnerte und das sie, auch wenn sie sich noch so sehr danach sehnte, nie wieder würde finden können.

Sie fuhr einen schwarzen viertürigen Mercedes, den sie mit einer Hand durch eine sanfte Kurve der schwarzen Asphaltstraße lenkte. Zu beiden Seiten der Chaussee erstreckten sich weite Sumpfgrasfelder, gelb wie Weizen in der Frühlingssonne und so flach, wie nur das Delta flach sein konnte, bis hinüber zu den fernen Deichen am Horizont, die den Big Muddy in Schach hielten. Die schwarze Erde des Schwemmlands hatte früher reiche Ernten eingebracht – Baumwolle, Tabak und Mais, doch in den dreizehn Jahren, die dieses Land nun in ihrem Besitz war, hatte sie es brachliegen lassen und den Launen von Wind und Regen anheimgegeben; das Sumpfgras hatte es inzwischen zurückerobert. Sie wollte keinen Gewinn aus diesen, Sumpf ziehen und hatte es auch nicht nötig. Die Verpachtung eines zwölftausend Acre großen Ölfelds im südlichen Louisiana, eine pharmazeutische Fabrik, eine Kasinolizenz und eine ansehnliche Ecke von New Orleans plus weiterer Grundbesitz in Florida und Kentucky füllten Woche für Woche ihre Konten mit mehr Geld, als sie wissen wollte. Sie würde nie auch nur einen Bruchteil davon ausgeben können, und sie hätte auch nicht gewußt, wie. Wenigstens dieses Land hier konnte wieder zu dem werden, was schon immer in ihm verborgen gelegen hatte, auch wenn ihr selbst dies nicht möglich war.

Sie bog von der schwarzen Asphaltstraße auf einen Feldweg ab. An seinem fernen Ende stand ein fensterloses Gebäude aus Betonplatten. Die grauen Mauern waren von der Sonne ausgebleicht und von dunklen Streifen überzogen, die das Regenwasser hinterlassen hatte. Obgleich seine Außenmauern aus Beton bestanden, war sein Herz aus Stein, und für Lenna blieb es das Steinhaus und war es immer gewesen. Das Steinhaus war auf der einen Seite eines großen asphaltierten Hofs errichtet. Auf der anderen, angrenzenden Seite stand ein Holzhaus mit einem Garten, einer Garage und einem offenen Lieferwagen davor. Zwischen den beiden Häusern öffnete sich der Hof zu den Feldern hin. Die vierte Seite des Hofs wurde von einem kleinen Gehölz von Silberbirken begrenzt. In dem Holzhaus wohnten Harvill und Woodrow Jessup.

Die Jessups waren Brüder, zwei weltfremde Hinterwäldler, die aus dem Mingo County im nördlichen Mississippi stammten. Als junger Mann hatte Woodrow in Tupelo eine Ausbildung als Krankenpfleger in der Psychiatrie begonnen, doch die Gesellschaft seiner Kollegen und das, was er als ›Großstadtleben‹ betrachtet hatte, gefielen ihm nicht, und so warf er bald alles wieder hin und kehrte nach Hause zurück, wo er Viehzucht und eine Schnapsbrennerei betrieb. Harvill, zehn Jahre jünger als sein Bruder, war geistig zurückgeblieben, beinahe an der Grenze zum Debilen. Keiner der beiden war jemals verheiratet gewesen oder zeigte – soweit Lenna wußte – das geringste Interesse an sexuellen Beziehungen irgendwelcher Art. Sie arbeiteten für sie im Steinhaus, seit es gebaut worden war, und waren auf ihre Art ebenso zuverlässig wie Bobby Frechette. Auch sie schuldeten ihr Treue und Loyalität. Das Haus, in dem sie wohnten, existierte weder in den Registern der Gemeinde noch in denen der Strom- und Wasserversorger. Keiner der beiden war der Steuerbehörde oder sonst einer privaten oder staatlichen Agentur bekannt.

Bevor die Brüder vor vierzehn Jahren hier für sie tätig geworden waren, hatte Harvill, damals sechzehn Jahre alt, seine verwitwete Mutter abgeschlachtet – »wie das letzte Ferkel in einem langen Winter«, war Woodrows Kommentar dazu gewesen. Dank der Intervention von Clarence Jefferson in Lennas Auftrag war Harvill für dieses Verbrechen nie bestraft oder auch nur vor Gericht gestellt worden. Harvill verließ das Grundstück niemals und schien daran auch nicht das geringste Interesse zu haben; und welche Gefühle er wegen des Mordes an seiner Mutter empfand, behielt er für sich.

Woodrows Bedürfnisse waren weit größer als die seines Bruders. Er war in seiner Jugend ein Trinker gewesen, fühlte sich jedoch seit dem Tod seiner Mutter wie neugeboren und zog das Alte Testament dem Neuen vor. Einmal in der Woche fuhr er zum Einkaufszentrum an der Route 51, kaufte dort Lebensmittel ein und was sonst nötig war und sah sich im Multiplex einen Film an. Seine Leidenschaft galt der Hundezucht, insbesondere von deutschen Schäferhunden, deren Würfe er einmal im Jahr unter einem falschen Namen und außerhalb des Staates verkaufen durfte. Außerdem züchtete er Schweine. Als Lenna den Mercedes parkte und ausstieg, kamen zwei junge Schäferhunde, die Woodrow vom letzten Wurf behalten hatte, mit ausgelassenem, heiserem Bellen freudig auf sie zugelaufen. Sie waren ein wenig jünger als ein Jahr, aber schon groß und kräftig und hatten langes, fast ganz schwarzes Fell mit ein paar goldgelben Flecken darin. Lenna lächelte und streckte ihnen zur Begrüßung die Hände entgegen. Die Hunde waren noch zu jung, um besondere Aggressivität zu zeigen – diese Eigenschaft würde Woodrow in ihnen noch fördern und sie zu unbedingtem Gehorsam abrichten; sie sprangen und tanzten, eine kleine Staubwolke aufwirbelnd, um sie herum. Einer der beiden stellte sich auf die Hinterbeine und legte seine Pfoten auf ihre Schultern, leckte ihr den Hals und besabberte das Jackett ihres schwarzen Karan-Hosenanzugs. Lenna packte zwei Handvoll seines dichten Nakkenfells und zerrte seinen Kopf vor und zurück, wobei er vor Vergnügen mit den Augen rollte, bis nur mehr das Weiße zu sehen war. Ein kehliger Ruf erklang, und die beiden ließen von ihr ab und trabten zu einem großgewachsenen Mann hinüber, der sich mit gemächlichen Schritten näherte.

Er trug einen sauberen weißen Overall und blankpolierte, ochsenblutrote Red-Wings-Schuhe. Hinter dem Mann trottete – sein an Bauch und Brust herabhängendes zottiges schwarzes Fell schwang bei jedem Schritt hin und her – ein böse und düster dreinblickendes Ungetüm von einem Hund; jeder durchschnittliche Wolf hätte neben ihm ausgesehen wie eine Bisamratte, die nach dem nächsten Loch sucht. Der Mann war Woodrow Jessup. Der Hund war der Vater der Welpen und hörte auf den Namen Gul. Gul warf einen einzigen kurzen Blick auf seine Söhne, die sogleich ihr Temperament zügelten und hinter ihm in gebührendem Abstand in einen manierlichen Trab fielen. Woodrow begrüßte Lenna mit einem Nicken seines langen Kopfs.

»Ich hoff, d' Hund ham Sie nich belästigt, Miß Par-low.«

›Par-low‹ war noch die treffendste Version, die Woodrows Zunge für Parillaud zustande brachte. Obwohl er Lenna kannte, starrte Gul ohne zu hecheln und ohne zu blinzeln zu ihr empor. Sie hütete sich, diesen Blick zu lange zu erwidern. Ihr wurde bewußt, daß sie Gul noch nie hatte bellen hören und hoffte, daß dies auch nie der Fall wäre. Abrupt wandte sie sich wieder Woodrow zu.

»Sie wachsen schnell«, sagte sie.

»Hm, ja … Aber sie müssen noch 'n ganzes Stück zulegen.« Woodrow nickte in Richtung eines der Welpen. »Seths Pfoten sind jetzt schon größer als die von seinem Papi. Geben Sie ihm noch 'n Jahr, dann ist er ganz ausgewachsen.«

»Da kann man es mit der Angst zu tun kriegen«, sagte Lenna.

Woodrow verkniff sich ein Grinsen. Er streckte die Hand aus, und Seth sprang hoch, nahm Woodrows Handgelenk mit äußerster Vorsicht zwischen seine gewaltigen Reißzähne und ließ ein gespieltes bösartiges Knurren hören.

»Noch nicht«, brummte Woodrow. »Aber irgendwann sicher.«

Er knuffte Seth nieder, warf einen Blick zu der massiven Stahltür des Steinhauses hinüber und sah dann Lenna an.

»Der Smiling Boy da drin is' soweit, wenn's Ihnen recht ist, Miß Par-low«, sagte er.

Lenna nickte. Das gute Gefühl, das sie beim Anblick der Hunde überkommen hatte, war mit einem Schlag wie weggewischt. Während sie auf die Stahltür zugingen, zog Woodrow einen Schlüsselbund aus seiner Tasche. Er schloß die Tür auf und schob sie auf gutgeölten Laufschienen, die nur ein leises Schleifen zuließen, zur Seite. Drinnen führte zwischen in doppelter Manneshöhe gestapelten Kisten mit Farmwerkzeugen und Gerätschaften ein schmaler Durchgang in tiefere Regionen des Steinhauses. Die Kisten waren mit einer dicken Staubschicht bedeckt. Der Raum wurde von dem harten, weißen Licht mehrerer Leuchtstoffröhren erhellt. Woodrow drehte sich zu den Hunden um.

»Sitz.«

Gul sank auf seine Hinterläufe. Nur einen Augenblick später folgten die beiden Welpen seinem Beispiel.

»Jetzt bleib.«

Woodrow ging zuerst hinein, und Lenna folgte ihm durch das Labyrinth aufgetürmter Kisten. Vor einer zweiten, in eine kahle Wand gesetzten Tür blieben sie stehen. Woodrow zog sie auf, und sie traten in einen sechs mal acht Fuß großen Vorraum mit Wänden aus legiertem Stahlblech und einer zehn Fuß hohen Decke, an der hinter einem Metallgrill eine elektrische Birne brannte. In dem Vorraum war es stickig und heiß. In der gegenüberliegenden Wand befand sich eine dritte Tür mit einem Guckloch. Neben der Tür war eine Gegensprechanlage in die Wand eingelassen. Woodrow machte die Tür zu, durch die sie gekommen waren, und verschloß sie. Trotz der Hitze war Lenna kalt. Woodrow ging zu der Sprechanlage und drückte auf einen Knopf.

»Harvill? Ich komm' jetzt mit Miß Par-low rein! Bist du soweit?«

Schweigen. Dann knackte der Lautsprecher einige Male, und eine blecherne Stimme sagte: »Fertig, Wood.«

Woodrow zog die Tür auf und trat zurück. Auf der anderen Seite der Tür stand Harvill Jessup, gut eine Handspanne kleiner als sein Bruder, doch in den Schultern breiter und um einiges schwerer. Er hatte eine gewaltige, faßartige Brust; sein Gesichtsausdruck war offen. Neben ihm, bei Fuß, stand die Schäferhündin Dot. Sie war schwarz und goldbraun gefleckt wie ihre Welpen und hatte nicht den angsteinflößenden psychopathischen Blick ihres Partners, was sie jedoch nicht daran hinderte, bei Bedarf jedem, den sie schief ansah, eine heilige Gottesfurcht einzujagen. Harvill straffte die Schultern und machte eine halbe Verbeugung. Er grinste Lenna an, und Lenna dachte: *Wie das letzte Ferkel in einem langen Winter.* Sie lächelte zurück.

»Gut'n, Morgen, Miß Parillaud«, sagte Harvill.

Er schien stolz, ihren Namen richtig ausgesprochen zu haben.

»Guten Morgen, Harvill.«

»Wenn Sie was brauchen, bin ich hier draußen«, sagte Woodrow.

Lenna nickte und ging an Harvill vorbei durch die Tür.

Drinnen erstreckte sich ein einziger großer Raum bis zur hinteren Wand. In den Wänden waren keine Fenster, und es gab keine weiteren Türen. Durch zwei einander gegenüberliegende Oberlichter in den beiden Schrägen des zeltförmigen Dachs fielen zwei sich überkreuzende Kegel Sonnenlicht. Zwischen Lenna und dem übrigen Raum ragte eine riesige Gitterwand aus dicken Stahlstäben auf, die fest in ihrer Verankerung, gut zehn Meter über dem Boden, verbolzt waren. Die Stäbe des Gitters hatten einen Abstand von etwa einer Handspanne, und in seiner Mitte befand sich eine verschlossene Gittertür. Hinter dem Gitter, im Zentrum des Raums, stand eine Hütte: Eine von Moder befallene Holzhütte aus Schindeln mit einem Wellblechdach, eine ärmliche Behausung mit nur einer Tür und einem einzigen Raum, wie sie vor langer Zeit einmal einem hungerleidenden Kleinpächter als Zuhause gedient haben mochte. Die Hütte war – vom Dach bis zur letzten Schindel – in einem Stück abtransportiert und mit akribischer Sorgfalt in den Betonbunker verpflanzt worden, wo sie auf einer eigens dafür gezimmerten Plattform aus Holzplanken im Schnittpunkt der beiden sich überkreuzenden Kegel aus Sonnenlicht stand. Ein paar Holzstufen führten auf die Plattform und zu der einzigen Tür der Hütte hinauf. Zwischen der Hütte und der Gitterwand des Käfigs saß ein Mann in einem gepolsterten Armstuhl aus Hartgummi. Er sah sie an.

Lenna trat dicht an das Gitter heran und setzte sich auf

den Stuhl, der dort für sie bereitstand. Sie schlug die Beine übereinander und faltete die Hande in ihrem Schoß. Der Mann auf der anderen Seite des Gitters war sechsundfünfzig, fünfzehn Jahre älter als sie; sein Gesicht war aufgedunsen und bleich. Sein Oberkörper unter dem sauberen blauen Drillichhemd war ähnlich monströs aufgeschwemmt wie sein Gesicht; seine Beine dagegen, die in Jeans und Leinenslippern mit geflochtenen Hanfsohlen steckten, wirkten spillerig und dürr wie Schilfrohr. Bis Anfang vierzig war er ein gutaussehender, kräftiger – wegen seines Aussehens sogar eingebildeter – Mann gewesen; inzwischen sah er wie eine gekochte Kartoffel auf zwei Cocktailspießen aus, wenn er sich aufrichtete. Im Augenblick war er allerdings nicht in der Lage, aufzustehen, denn Harvill hatte ihn mit Lederriemen um Brust, Handgelenke und Knöchel an den Stuhl gefesselt. Der Mann trug die Fesseln nicht, weil man ihn davon abhalten wollte, ihr ein Leid zuzufügen – obgleich er in diesem Augenblick zweifellos alles dafür gegeben hätte, sie langsam und mit dem krankhaften Rest an Fantasie, der ihm noch verblieben war, zu verstümmeln und zu Tode zu martern –, sondern weil dies das Ausmaß seiner Erniedrigung und Hilflosigkeit, in der sie ihn zu sehen wünschte, noch weiter steigerte. Aus den Abgründen seines Elends, das niemals tief genug sein konnte, starrten seine grauen Augen sie mit der reglosen, gefühllosen Bösartigkeit einer Eidechse an.

Lenna stellte sich vor, daß ihre eigenen, den Blick starr erwidernden Augen nicht viel anders aussahen. Sein Name war Filmore Eastman Faroe, und er war noch immer – obwohl nur sie und er dies wußten – ihr Ehemann.

»Hallo, Fil«, sagte Lenna.

»Magdalena«, murmelte Faroe. Er verstummte und eröffnete dann das Geplänkel mit einem emotionslosen: »Du scheinst nie älter zu werden.«

»Erinnere mich dran, daß ich dir meinen Gymnastikplan zukommen lasse«, entgegnete Lenna.

Faroes Stimme war klanglos und bar jeglicher Emotion. Dies war, ebenso wie sein aufgedunsener Körper und die

Starrheit seiner Gesichtszüge, eine Nebenwirkung der neuroleptischen Tranquilizer, die er seit mehr als zehn Jahren in enormen Mengen bekam. Eine Woche vor Lennas Besuch setzten die Jessups jedesmal die Drogen ab, und Faroes zentrales Nervensystem konnte sich allmählich aus dem Stupor erholen, in dem er für gewöhnlich dahindämmerte. Am Morgen ihres Besuchs wurde er jedesmal an den Stuhl gefesselt und bekam eine Spritze mit dem Amphetamin Methedrine – reines Speed –, das sein benebeltes Gehirn und seinen abgestumpftes Organismus in den überreizten Zustand eines bis in die Haarspitzen motivierten Super-Bowl-Quarterbacks katapultierte, der im Begriff war, das Spiel seines Lebens zu machen. In diesem aufgeputschten, chemisch überstimulierten Zustand würde er ihre Gegenwart so lange ertragen, wie es ihr gefiel. Und wenn sie ging, würde Faroe auf seinem Stuhl sitzen bleiben – allein, unfähig, sich zu bewegen und vollgepumpt mit Speed, damit er noch etwas länger und eingehender über sein Schicksal nachdenken und sich selbst besudeln konnte, weil er nicht mehr in der Lage war, sein Wasser und seinen Stuhlgang zu kontrollieren. So saß er dann bis zum nächsten Morgen, an dem er wieder in seinen normalen Zustand sedierten Vergessens zurückbefördert, gespritzt und von den Fesseln befreit würde, um für weitere drei Wochen benommen in seinem Käfig umherzustolpern – ein sabbernder, stumpfsinniger Zombie, der nur noch vor sich hinvegetierte und kaum mehr etwas Menschliches an sich hatte.

Vielleicht waren es nur die Drogen, die ihn daran hinderten, verrückt zu werden.

Bevor er gegen seinen Willen in diese Betonkammer gesperrt worden war, hatte Filmore Faroe seinen Namen auf den letzten Seiten von *Forbes's* Verzeichnis der vierhundert reichsten Männer Amerikas bewundern können. Jetzt war dies hier sein Leben. Lenna Parillaud hatte es für ihn geplant und eingerichtet; und sie sorgte dafür, daß es so blieb.

Sie starrte ihn an und wußte nicht, was sie sagen sollte. Diese Begegnungen hatten sich im Laufe der Jahre für sie beide geändert. Faroe schäumte und tobte und kreischte nicht mehr mit hervorquellenden Augen und der vom Speed angeheizten, in Haßtiraden und Verzweiflung erstikkenden Raserei, die zu Beginn für ihn charakteristisch gewesen war, und Lenna schrie und lachte ihm nicht mehr gehässig ins Gesicht, während sie ihr Kleid hob, ihr Geschlecht zeigte und ihn mit pornografischen Lügenmärchen quälte. Als dieser Reiz verblaßt war – und das hatte lange gedauert –, hatte sie ihm Videos von sich und Clarence Jefferson gezeigt, wie sie es schwitzend und wollüstig miteinander trieben. Und Faroe hatte sich die Lippen blutig gebissen, und seine Nägel hatten die Haut von seinen Handflächen gekrallt, und er hatte sie angefleht, ihn hier und jetzt zu töten, und sie hatte ihm nur zugeschrien: »*Nie! Niemals! Es wird immer so bleiben!*« Nachdem auch das sie zu langweilen begann, war Lenna dazu übergegangen, Faroe daran zu erinnern, daß das gewaltige Königreich, das er gewonnen und aufgebaut hatte, nun ihr gehörte, und daß es unter ihrer Führung jetzt mehr Geld einbrachte, als selbst er es jemals zusammengescheffelt hatte. Und daß er – während all jene Aktivitäten, die er so geliebt hatte, ohne ihn weitergingen und gediehen in einer Welt, die einmal seine Domäne gewesen war – nur hier in seinem Gummistuhl sitzen konnte, im Epizentrum dessen, was er geschaffen hatte, und sich in die Hose pißte, während sie ihm ins Gesicht lachte.

Jetzt saßen sie einander wie zwei Junkies gegenüber, die nicht mehr den Kick kriegten und sich nicht mehr erinnern konnten, warum sie überhaupt mit dem Smack angefangen hatten; in stummem gegenseitigem Ekel starrten sie sich durch die Gitterstäbe an.

Schließlich brach Faroe das Schweigen: »Hast du dich in letzter Zeit von irgendwelchen Niggern ficken lassen?« erkundigte er sich.

In seinen Augen sah sie das Glitzern der reptilhaften Intelligenz, die ihn einst zu einem der meistgefürchteten Finanzhaie des Südens gemacht hatte. Sein armseliger Versuch, ein Gespräch in Gang zu bringen, offenbarte, wie tief sie ihn gestoßen hatte, und ihre Antwort verriet, wie tief sie selbst gesunken war.

»Die Vorstellung gefällt dir, nicht, Fil?« fragte sie. »Es törnt dich richtig an.«

Die Reptilaugen blinzelten.

»Harvill hat dich nämlich beobachtet«, sagte Lenna, »wie du versucht hast, deinen Schwanz zu erreichen, um dir einen runterzuholen, nachdem ich gegangen war. Wenn du möchtest, kann ich ihn fragen, ob er das für dich erledigen soll.«

Faroe senkte den Blick auf die nackte Haut ihres Halses und die Andeutung eines Dekolletés. Die Falten in seinen Augenwinkeln vertieften sich. Sein Blick wurde vage und glasig.

»*Weil ein Nagel fehlte, ging das Hufeisen verloren*«, sagte Faroe. »*Weil ein Hufeisen fehlte, ging das Pferd verloren.*«

Lenna hatte das zuvor schon gehört, wie ihr sein gesamtes begrenztes Repertoire schon bekannt war. Woodrow hatte ihr erzählt, daß Faroe in jenen Nächten, die er einmal im Monat auf Speed verbrachte, manchmal zu hören war, wie er stöhnend und in seinen Fesseln hin und her schaukelnd diesen Kinderreim hinausbellte, wieder und wieder, bis der Tag anbrach. Vielleicht gab es ihm irgendeine Art von Trost. Sie ließ ihn zu Ende reden.

»*Weil ein Pferd fehlte, ging der Reiter verloren. Weil ein Reiter fehlte, wurde die Schlacht verloren. Weil die Schlacht verloren wurde, ging das Königreich verloren.*« Faroe sah wieder Lenna an; sein Blick war jetzt klarer. »*Und alles, weil ein Hufnagel fehlte.*«

Lenna stand auf. Sie hatte bereits genug. Es fiel ihr schwer, zu atmen, und sie fragte sich, wie sie das schon viele Male getan hatte, warum sie Faroe nicht töten und das Steinhaus dem Erdboden gleichmachen ließ. Das wäre viel einfacher und sicherer gewesen, als ihn am Leben zu erhalten. Sie sah an Faroe vorbei auf die alte Hütte mit dem Wellblechdach, die auf ihrer Plattform wie eine surrealistische Konstruktion wirkte, umgeben von grauem Beton und in gelbes Sonnenlicht getaucht. Ihr Magen krampfte sich zusammen. Irgendwie wollte ihr Instinkt nicht davon ablassen, daß es – solange Faroe lebte – nach wie vor eine verborgene Möglichkeit für irgendeine Art der Erfüllung, der Lösung gab, auch wenn diese Möglichkeit noch so verschwindend klein war. Was dies sein könnte, wußte sie nicht, und sie konnte auch keinen Sinn darin sehen. Sie wußte nur – wenn sie ihn tötete, würde auch sie für immer hier im Steinhaus bleiben. Unschlüssig wandte sie sich von der Holzhütte und von Faroe ab, ohne ihn anzusehen.

»Auf Wiedersehen, Fil.«

Als sie wegging, sagte Faroe: »Ich habe dich geliebt, Magdalena. Vergiß das niemals.«

Lenna blieb abrupt stehen. Er hatte diese Rolle schon des öfteren gespielt: Der edle Märtyrer, der eine grausame und ungerechte Strafe erduldet. Sie verachtete ihn dafür. Und in einem gewissen Ausmaß verachtete sie auch sich selbst dafür – für die geheuchelte Liebe, die sie ihm über ekelerregende, ihr Gänsehaut verursachende Jahre hinweg vorgespielt hatte, um seine Macht an sich zu reißen. Und doch hatte sie getan, was sie getan hatte, und ohne daß sie es wollte, fiel ihr plötzlich etwas ein, das Clarence Jefferson einmal zu ihr gesagt hatte: *»Denke an die Taten, die die Geschichte in den größten Buchstaben schreibt, Lenna«*, hatte er mit seiner honigsüßen Stimme geflüstert. *»Haß ist die schwärzeste Tinte. Nicht die Liebe.«*

Lenna sah über die Schulter zu Faroe zurück.

»Und du solltest nicht vergessen, daß ich dich *nie* geliebt habe, Fil«, sagte sie. »Das ist der Unterschied zwischen uns: Du konntest es nie heucheln. Ich schon.«

Ohne seine Reaktion abzuwarten, durchquerte Lenna den Vorraum und eilte zwischen den gestapelten Kisten hindurch hinaus auf den Hof. Dort fühlte sich die Luft sauber und gut an. Sie sog sie tief in ihre Lungen, die Hand auf ihre Brust gepreßt. Erst als sie Woodrow hinter sich hüsteln hörte, ließ sie die Hand sinken.

»Sind Sie okay, Miß Par-low?«

»Mir geht es gut«, erwiderte sie.

»Dachte mir, ich warte, bis Sie mit Ihrem Besuch fertig sind, bevor ich Ihnen das gebe. Ich hoffe, das is' in Ordnung.«

Er reichte ihr einen verschlossenen weißen Umschlag. Die Rückseite war leer, auf der Vorderseite stand in großzügigen, handgeschriebenen Lettern *Lenna.* Lenna hatte das Gefühl, als krampfe sich etwas in ihrer Wirbelsäule zusammen. Sie erkannte diese elegante und extravagante Schrift.

»Woher haben Sie das?« fragte sie.

»Ein Kerl hat ihn heut' morgen gebracht, ein Fremder.« Woodrow nickte in Richtung des Umschlags in ihrer Hand. »Ich hab' ihn gefragt, und er hat gesagt, er weiß nicht, was da drin is' oder für wen er bestimmt is'. Er soll ihn nur eigenhändig hier abgeben. So lauten seine Instruktionen, hat er gesagt. Hat sich geweigert, seinen Namen zu nennen oder zu sagen, wer ihn geschickt hat. Dann is' er weggefahren. Is' nicht mal aus seinem Auto gestiegen, aber das war vielleicht wegen der Hunde.«

»Wie hat er ausgesehen?« fragte Lenna.

»Ein älterer Mann, sechzig etwa. Dünn wie 'ne Bohnenstange und in Anzug und Krawatte und allem. Ich glaub' aber nicht, daß er aus der Stadt war.«

»Wieso nicht?«

»Naja, er war zuallererst mal höflich und ziemlich schlau, würde ich sagen, aber nicht der aalglatte Typ, wenn Sie wissen, was ich meine. Eine durch und durch ehrliche Haut, aufrichtig und gerade – das hat mir mein Gefühl gesagt. Und ruhig. Seine Augen haben mich irgendwie an Pferdehändler erinnert, die man früher bei uns zu Hause gesehen hat, oder vielleicht auch an einen Anwalt. Ich weiß nicht genau warum, aber er war ganz sicher vom Land.«

Lenna runzelte die Stirn und betrachtete erneut ihren Namen auf dem Umschlag.

»Es hätte eine Menge Umstände gemacht, ihn daran zu hindern, daß er wegfährt, Miß Par-low. Ich dachte mir, daß Sie das nicht wollen.«

»Sie haben das Richtige getan«, saate Lenna. »War sonst jemand hier?«

»Nein, Ma'am.«

»Sonst irgendwas Besonderes?«

Woodrow schüttelte den Kopf. »Alles ruhig wie immer. Die Hunde hätten jeden bemerkt, der hier rumschnüffelt.«

Lenna nickte. Sie hob den Umschlag. »Sie und Harvill vergessen, daß ich das hier bekommen habe.«

»Is' schon vergessen.«

»Das haben Sie gut gemacht, Woodrow. Vielen Dank.«

Woodrow wurde rot und scharrte verlegen mit den Füßen.

»Falls irgendwas ist, rufen Sie mich an. Okay?«

»Sicher, Miß Par-low.«

Lenna ging zum Mercedes, stieg ein, legte den Umschlag auf den Beifahrersitz und fuhr los. Nun, da sie alleine war, packte sie die Angst, die der Brief in ihr geweckt hatte, mit solcher Macht, daß sie kaum mehr denken konnte. Sie bog, eine Staubwolke hinter sich herziehend, von dem Feldweg auf die schwarze Asphaltstraße ein und beschleunigte den Wagen. Nach etwa einer Meile trat sie auf die Bremse und hielt an. Sie riß den Umschlag auf und zog ein einzelnes Blatt Papier heraus. Dieselbe elegante Handschrift.

Während sie sie las, schienen die Worte an ihrem Bewußtsein vorbeizuschlüpfen und einen Kanal zu einem unterirdischen See von Emotionen zu öffnen, die sie nicht zu benennen vermochte und die sie seit langem für tot und abgestorben gehalten hatte. Bei der Hälfte des Briefs begann sie zu schluchzen. Dann entglitt das Papier ihren Händen. Und Lenna klammerte sich am Lenkrad fest und überließ sich dem Tosen der machtvollen Gefühle, die so ungeheuer und gewaltig waren, daß sie niemals geglaubt hätte, ihr Körper sei fähig, sie in sich zu tragen und dennoch weiterzuleben. Wenn sie es nicht wagte, diesen Gefühlen Glauben zu schenken, dann allein deshalb, weil sie sie schon einmal erfahren, doch wieder vergessen hatte; und so weinte sie – wie sie seit zwanzig Jahren nicht mehr geweint hatte.

Die Zeit verging. Die Laute ihres Schmerzes und ihres Leids entwichen aus dem Wagen und drifteten davon, um sich mit dem Wispern des Sumpfgrases zu vereinen. Nach einer Weile wurde es still in der Limousine.

Als sich das gewalttätige Toben der Gefühle endlich erschöpft hatte, schlug Lenna die Hände vors Gesicht und verlor sich in der Dunkelheit. Eine Weile nahm sie nichts wahr als das Naß auf ihren Handflächen, das sich allmählich beruhigende Beben ihres Atems, das Aufflackern von gelben Schatten in der Schwärze, das hinter ihren Lidern flammte. Noch mehr Zeit verging – in einer geistigen Leere, so kristallklar, so vollkommen leer und bar jeden Inhalts, daß sie für immer dort verweilt hätte, wenn es ihr möglich gewesen wäre. Dann sickerte Angst in die Leere, Angst vor nichts Bestimmtem – nur einfach Angst. Und dann kam etwas noch Schlimmeres: Hoffnung. Und mit der Hoffnung kam das Wissen – das Entsetzen –, daß sie, falls sie scheitern würde, dann all das – *all* das und noch Schlimmeres als dies – von neuem erwartete.

Etwas Einsichtigeres als sie selbst wischte diese Gedanken aus ihrem Kopf, löschte sie aus. Ihr Atem beruhigte sich. Sie nahm die Hände vom Gesicht und preßte die Augen zusammen. Als sie sie öffnete, sah sie das Aprilblau vor sich und das wie der Ozean wogende gelbbraune Land, das von einem schwarzen Streifen Asphalt durchzogen wurde. Sie stellte fest, daß sie sich nicht mehr erinnern konnte, was sie soeben gelesen hatte – vielmehr durfte sie es sich nicht leisten, sich zu erinnern. Noch nicht. Sie mußte handeln, und um zu handeln, mußte sie sich vor der Macht der Leere schützen – vor den Schrecken, die diese Leere gebären konnte –, bis sie bereit war.

Lenna griff nach dem Autotelefon und hämmerte auf die Tasten ein. Bereits nach dem ersten Klingeln wurde der Hörer abgenommen.

»Bobby?« fragte sie.

»Sagen Sie mir, was passiert ist«, erwiderte Frechette.

Frechettes Stimme, sanft und wachsam zugleich, beruhigte sie. Sie holte tief Luft; ihre Kraft strömte wieder in sie zurück. Sie spürte, wie ihre Kiefer mahlten, bis ihr der Kopf schmerzte. Endlich hatte sie etwas, wofür es sich lohnte, in den Krieg zu ziehen. Sie entspannte sich.

»Es ist alles in Ordnung«, sagte sie. »Ich bin auf dem

Rückweg. Telefonieren sie mit Rufus Atwater. Er soll einen Mann unter die Lupe nehmen – einen Arzt, der sich Grimes nennt. Sofort. Sagen Sie ihm, ich will ihn sprechen, sobald er damit fertig ist.«

»Ich brauche den Namen noch mal«, sagte Frechette.

Lenna beugte sich vor und hob den Brief auf. Nasse Flekken waren darauf, die Tinte verlaufen. Ohne die Worte zu lesen, überflog sie die Absätze, bis sie den Namen entdeckte, den sie suchte.

»Grimes. Eugene Cicero Grimes.«

»Dr. Eugene Cicero Grimes«, sagte Bobby Frechette. »Ich hab' es notiert.«

Lenna legte auf. Dann faltete sie den Brief zusammen und steckte ihn in ihre Jacke.

Sie lebt! dachte sie.

Schon fühlte sie, wie sich unter ihren Füßen der bröckelnde Abgrund der Hoffnung auftat. *Was, wenn es nicht wahr ist?* Sie zerrte sich weg von dem Abgrund. *Später.* Hastig stopfte sie den Gedanken zurück und knallte den Dekkel zu. Dann ließ Lenna Parillaud den Motor des Mercedes aufheulen und fuhr zurück nach Arcadia.

ZWEI

Cicero Grimes hob den Kopf ein paar Zentimeter von seinen Unterarmen, auf denen er ihn gebettet hatte, und öffnete die Augen. Staubflocken tanzten träge in seinem Gesichtsfeld. Jenseits der glitzernden Partikel erstreckte sich ein mit Abfall übersätes Terrain bis zur hinteren Wand des Zimmers, die von Brandspuren und Rauchflecken geschwärzt war. Der Anblick war ekelerregend, doch vertraut. Grimes ließ seinen Kopf auf die Arme zurücksinken und wartete auf einen Gedanken, der den geistigen Aufwand, den es erforderte, ihn zu verfolgen, wert war. Die Erfahrung sagte ihm, daß er lange würde warten müssen.

Er lag mit verdrehten Gliedern auf dem Holzfußboden seines Wohnzimmers. Die sengende Hitze, die auf seinen Hinterkopf einhämmerte, sagte ihm, daß die Sonne bereits so hoch gestiegen war, daß sie direkt durch das Flügelfenster schien, das auf die Straße hinausging, und daß es deshalb irgendwann zur Mittagszeit war. Aus den Tiefen seiner Brust drang ein Stöhnen.

Grimes war ungefähr dreizehn Stunden so gut wie bewußtlos gewesen, und wenn es nach ihm gegangen wäre, hätte dies noch dreizehn Stunden so bleiben können. Noch besser wäre gewesen, wenn er geschlafen hätte, doch Schlaf war ein Zustand, der ein Maß an Wohlbefinden voraussetzte, eine Sättigung der kortikalen Zentren, zu der sein Gehirn nicht mehr fähig schien. Von Zeit zu Zeit tauchte er aus den Untiefen seines Vergessens an die Oberfläche empor, geplagt von dem unwillkommenen Wissen, daß er sich auf die Beine rappeln und sich endlich wie ein Mann benehmen sollte. Statt dessen betete er nur darum, daß das Vergessen zurückkehrte, und wenn das Glück auf seiner Seite war, sank er wieder zurück in den Dämmer aus halberinnerten Träumen und schweißgebadetem Herumwälzen, für den er so dankbar war. Jetzt, da die Sonne ihn vom anderen Ende eines gleichgültigen Universums marterte, wußte er, daß es zwecklos war, und so wartete er mit der Geduld eines Menschen, für den Zeit weder Bedeutung noch Wert besitzt, auf das Auftauchen des Gedankens, mit dem er diesen seinen Tag beginnen würde.

Als der Gedanke schließlich kam, war er nicht das Produkt seines eigenen armseligen Geistes, sondern – wenn er sich richtig erinnerte – des furchtlosen Metaphysikers Arthur Schopenhauer. Die menschliche Persönlichkeit, behauptete Arthur, ist nichts, das sich eignet, glorifiziert oder erhöht zu werden, sondern sie ähnelte im Gegenteil einem blutverkrusteten Kerker, in dem sich das sinnlose Grauen des menschlichen Daseins als jammervolles und unsinniges Leiden offenbart und manchmal – bei einigen wenigen auserwählten Individuen – als Tragödie.

Grimes war inzwischen viel zu vertraut mit seinem eigenen verschmutzten Verlies, um sich mit der Vorstellung zu schmeicheln, er sei einer der auserwählten und tragischen Wenigen. Er war, das wußte er, nur ein Versager, der sich entlang der weiten, endlosen Gestade der Verzweiflung an das Treibgut seiner Selbstverachtung klammerte. Der Gedanke kam ihm in den Sinn, während er zwischen den Abfallhalden aus halbleeren Pizzaschachteln, zerknüllten Zigarettenpackungen, schmutziger Wäsche und allerlei anderem Unrat hingestreckt auf dem Boden lag, daß er – hätte er jemals die Größe und Würde wahrer Verzweiflung erlangt – am Ende selbst dieser Illusion verlustig gegangen wäre. Die Küste, an der er jetzt hingestreckt lag, befand sich jenseits des Ozeans von etwas so Erhabenem wie Verzweiflung. Heute, stellte Grimes als Nachhall auf Schopenhauers so beruhigende Beschreibung des menschlichen Daseins fest, empfand er nicht einmal mehr Selbstmitleid. Das erschreckte ihn. Allmählich verlor er sogar die Fähigkeit zur Selbstverachtung. Er entwickelte sich Zug um Zug zu einer verschrumpelten, verdorrten Hülle elementarster Lebensfunktionen, beladen von einem Bewußtsein, das zwar die Sehnsucht kannte, dem jedoch der Wille fehlte, sich selbst ein würdevolles Ende zu bereiten.

Diese Überlegungen waren in ausreichendem Maß erniedrigend, um Grimes die Kraft zu geben, sich auf die Knie hochzurappeln. Seine Stirn ließ er auf den nackten Dielen ruhen. Dann murmelte er ein paar an Jesus gerichtete Worte, die meisten davon lästerlichen Inhalts, und erhob sich, mehrmals die Augen zusammenkneifend, auf die Hinterbeine.

Die Sonne war ein Übel, doch er konnte die Jalousien nicht zumachen. Grimes hatte sie in einem seiner Anfälle blinder Raserei aus ihrer Verankerung gerissen. Die zerbrochenen Jalousien lagen irgendwo in dem knöcheltiefen Unrat, der die seichte Grube bildete, aus der er sich soeben erhoben hatte. Grimes stand inmitten der Grube und überlegte, was er als nächstes tun sollte.

Er wohnte im ersten Stock einer alten Feuerwache in New Orleans, die er seit acht Jahren sein Zuhause nannte. In den 80er Jahren hatte die Feuerwehr das Gebäude geräumt, um in modernere Räumlichkeiten umzuziehen, und es war leer geblieben, bis Grimes es entdeckt und gemietet hatte. Das Wohnzimmer war groß und hatte eine stumpf und glanzlos gewordene Messingstange zu bieten, die durch ein Loch im Boden in die ehemalige Spritzenhalle hinabführte. In der Spritzenhalle hing ein schwerer Sandsack, den Grimes in besseren Zeiten jeden Tag dreißig Minuten lang bearbeitet hatte, und außerdem gab es dort einen Satz Eisengewichte. Sowohl der Sack als auch die Gewichte waren jetzt ebenso nutzlos und müßig wie er selbst. Hinter dem Wohnzimmer lagen zwei Schlafzimmer und ein Bad. Er hatte die Räumlichkeiten ohne irgendwelche Rücksichten auf ästhetisches Empfinden oder Stil eingerichtet: Stühle zum Sitzen, zwei verschrammte Tische, auf die er Sachen legen konnte, Regale für Bücher. Die Küche war klein und wurde selten benutzt. In der hinteren Hälfte des Raums waren die Wände und die Decke schwarz von den Rauchspuren eines Feuers. Das alles erzeugte eine Atmosphäre, die Grimes an die Wochenschauberichte aus dem Berlin der Nachkriegszeit erinnerte. Bis zum heutigen Tag hatte er noch keinen Versuch unternommen, die Schäden zu beheben. Grimes hatte in dieser Wohnung gute und schlechte Zeiten erlebt. Er hatte Musik gehört und Whiskey geschlürft und nächtelang mit Freunden geredet. Er hatte sich hier der Liebe hingegeben – mit Frauen, die er geliebt, und mit solchen, die er nicht geliebt hatte. Und hier war er auch zerbrochen – aufs Rad seiner eigenen Psyche geflochten.

Im Augenblick betrachtete er die Wohnung – seine Wohnung – als sein Gefängnis und sein Grab. Die Tür war offen, er war ein freier Mann, doch er ging nie länger als ein paar Minuten am Tag nach draußen, wenn er sich in den Laden schleppte, um Zigaretten zu kaufen und Fruchtsäfte und ein paar Sachen zum Essen, die meist schlecht wurden, bevor er dazu kam, sie zu verzehren. Dann ging er wieder nach Hause, stieg die gerade Stufenflucht hinauf und warf die Tür für weitere vierundzwanzig Stunden geistloser Isolation hinter sich zu. Er hatte die Schnur seines Telefons herausgezogen. Er besaß keinen Fernseher. Er machte nie das Radio an. Manchmal hörte er Musik, doch allzu oft erinnerte sie ihn an Dinge, die er lieber vergaß.

Seit Monaten hatte er nicht mehr gearbeitet und konnte sich auch nicht vorstellen, es jemals wieder zu tun. Es machte ihm sogar angst, daß er je zu einer derartigen Betätigung fähig gewesen war. Grimes war Arzt; ursprünglich Chirurg und seit einiger Zeit Psychiater. Irgendwo im Nebel seiner Erinnerung wußte er, daß seine Arbeit einmal etwas unendlich Wertvolles für ihn gewesen war: die Berufung und Passion seines Lebens. Es hatte einmal, wie es schien, solche Dinge gegeben. Doch damals war damals, und jetzt war jetzt. Ihm schien es, als wären seine Hände abgestorben, denn es waren seine Hände gewesen, in denen seine Passion und seine Berufung gewohnt hatten. Er hatte Verrat begangen an der leidenschaftlichen Hingabe zu seinem Beruf, zu seiner Arbeit – wenn auch keinem anderen, so doch vor sich selbst. Die schmerzlichen Einzelheiten dieses Verrats waren zu einem feinen Staub vergeblichen Bedauerns zermahlen und gesiebt und schon längst über die kahle Ödnis der Melancholie fortgeweht worden.

Grimes vermied Alkohol und stand auch nicht unter dem Einfluß von irgendwelchen Drogen, abgesehen von den außer Rand und Band geratenen Neurotransmittern, die sein eigenes unstabiles Gehirn produzierte. Er hätte einige von ihnen mit Namen benennen können. Er hätte eingehende Spekulationen über die Natur – die biologische und psychologische Natur – seiner Krankheit anstellen und sich sogar selbst sachkundigen Rat verordnen können, wie sie zu behandeln sei, und von Zeit zu veranlaßte, was von seinem beobachtenden Ego noch übrig war, genau dies. Doch sein Herz zog es vor, nichts von alledem zu hören. Etwas in seiner Seele bestand darauf, diese dunkle Passage bis zu ihrem Ende zu durchleben, was immer dieses Ende bringen und wo immer es sich finden mochte.

Grimes streckte sich. Sein Körper fühlte sich an, als leide er unter einer permanenten Vergiftung. Er hatte keine Ahnung, wieviel Pfund er abgenommen hatte, aber seine Kleider schlotterten wie ein leerer Sack an seinem Körper. Als er noch kräftig und gesund gewesen war, hatte er einhundertfünfundneunzig Pfund auf die Waage gebracht und zweihundertzwanzig gestemmt. Er war noch immer einssiebenundachtzig und kräftig gebaut, doch fühlte er sich, als fehlten einige Wirbel in seinem Rückgrat. Mit achtunddreißig Jahren kam er sich vor wie siebzig, und es war ihm inzwischen egal. Er hatte den Kampf aufgegeben, der ihn mit jedem Schlag, den er zu landen versuchte, mehr erschöpfte. Das war der Punkt, an dem er war und an dem er sein würde, bis er sich irgendwo anders wiederfand. Auch heute wollte er, wie gestern und die Tage und Monate davor, nichts tun – nicht das beschauliche und die Batterie aufladende Nichtstun, sondern absolut nichts. Ein unaufhörliches Nichts. Bis zum Ende.

Er würde nichts tun – er würde mit derselben äußersten Entschlossenheit nach nichts streben, mit der er auch die anderen rastlosen und getriebenen Wege und Irrwege seines Lebens beschritten hatte. Und während Grimes inmitten der Ruinen seiner Existenz stand – wissend, daß er später wieder hier liegen würde, durchbohrt und bis aufs Mark gepeinigt von inhaltsleerer psychischer Qual –, begriff er, daß er an einem Ort angelangt war, an dem er noch nie zuvor gewesen war, einen Ort, an dem noch nie ein anderer gewesen war oder jemals sein würde: denn es war einer, der ihn allein betraf, und nur er allein konnte ihn kennen. Er war nicht mehr irgend etwas: Mensch oder Melancholiker, Psychiater oder Psychotiker. *Er war einfach nur* – und dem konnte er nicht entkommen. Er hatte alles von sich gestreift, das seinem Sein entsprach; er hatte sein eigenes Nichtsein gesucht, eine weit vollkommenere Vernichtung als eine Kugel durch den Kopf. Und am äußersten Rand dieses Nichtseins mußte er – trotz alledem – jetzt feststellen, daß er noch existierte. Ob es ihm gefiel oder nicht, er existierte.

Mit dieser Entdeckung – daß er existierte – verspürte Grimes eine Regung, ein Beben in seiner Brust: etwas, das ihn entfernt an erregtes Herzklopfen erinnerte. Dann war es verschwunden. Die Sonne bestrafte wieder seine Augen; seine vergifteten Glieder testeten ihre Fähigkeit, ihn vom Boden wegzuhalten. Die Grube, in der er stand, lockte ihn mit süßen Versprechungen.

Und dann schrillte die Türklingel.

Einen Augenblick lang reagierte Grimes nicht. Er hatte schon so lange keinen Kontakt mehr mit der Außenwelt gehabt, daß der Versuch zu einer Kommunikation, den das Schrillen der Glocke beinhaltete, ihm wie eine Halluzination vorkam. Dann klingelte es erneut. Diesmal verharrte der Daumen oder der Zeigefinger länger und mit mehr Nachdruck auf der Klingel. Grimes ging ans Fenster und riß es auf. Feuchte Luft und greller Straßenlärm schwappten ihm ins Gesicht. Er beugte sich über das Fensterbrett und sah nach unten.

Vor der Tür auf dem Gehsteig stand ein schlanker Mann in grauem Sommeranzug, einen flachen Strohhut mit gestreiftem Hutband auf dem Kopf – eine Kreissäge –, dessen Krempe sein Gesicht verbarg. Er hielt seine Schultern gerade. In der linken Hand trug er eine Aktentasche, das Leder weich vom Gebrauch. Grimes wartete. Der schlanke Mann trat einen Schritt zurück, von der Tür weg, und sah nach oben. Sein Gesicht war hager, von einer gesunden Hagerkeit, und viel der Sonne ausgesetzt gewesen. Die Augen, die blau waren, blickten offen und klug. Grimes schätzte ihn auf Anfang Sechzig.

»Guten Tag!« rief der schlanke Mann. Seine Stimme hatte einen ländlichen Einschlag, doch nicht der Gegend oder diesem Staat entsprechend. Alabama vielleicht. Oder Georgia.

Grimes setzte an, etwas zu sagen, mußte jedoch feststellen, daß seine Kehle aufgrund des mangelnden Gebrauchs ausgedörrt und heiser war. Ein unzusammenhängendes Krächzen kam über seine Lippen. Er nickte, hustete und versuchte es noch einmal.

»Was wollen Sie?« fragte Grimes.

Der dünne Mann nahm Grimes' Schroffheit hin, als hätte er nichts anderes erwartet. »Ich hatte gehofft, ich könnte mit Dr. Grimes sprechen. Mit Dr. Eugene Grimes.«

»Wer sind Sie?«

»Holden Daggett. Ich bin Anwalt.«

Grimes dachte darüber nach. »Heißt das, ich habe ein Problem?«

Daggett blinzelte nicht einmal. »Nicht, soweit ich weiß. Ich bin nicht hier, um irgendwelche Dokumente von einem Gericht – weder Bundes-, Staats- oder Zivilgericht – zuzustellen. Ich bin von einem Mandanten beauftragt, Ihnen einen Brief zu übergeben.«

»Einem Mandanten?« krächzte Grimes.

Daggett nickte und warf einen raschen Blick die Straße hinab, bevor er wieder nach oben sah. »Kann ich hereinkommen?«

Grimes studierte die klaren, klugen Augen noch ein wenig länger. Dann zog er den Kopf zurück. Er fühlte es erneut: das Flattern eines erregten Herzklopfens. Und noch etwas anderes: eine dunkle Vorahnung, einen Anflug von Angst. Bevor die Vorahnung das erregte Klopfen seines Herzens ersticken konnte, wandte er sich vom Fenster ab, durchquerte das Zimmer und drückte auf den Knopf an der Wand neben der Tür. Mit einem Summen und einem metallischen Klicken sprang das Schloß an der Haustür auf.

Vom Treppenabsatz aus sah Grimes zu, wie Daggett die mit einer Stahlplatte bewehrte Tür hinter sich schloß und über die ungeöffnete Post hinwegstieg, die den Boden des Flurs bedeckte. Daggett kam die Stufen mit gleichmäßigem Schritt und ohne stehenzubleiben empor, wobei sein Strohhut eine gerade, zielstrebige Linie in das graue Treppenhaus schnitt; den Absatz erreichte er, ohne zu keuchen oder auch nur schneller zu atmen. Grimes fühlte einen Anflug von Neid. Daggett musterte ihn von Kopf bis Fuß. Grimes, der sich plötzlich seines derangierten Erscheinungsbilds bewußt wurde, das er bot, scharrte unruhig mit den Füßen. Er hatte in seinem schwarzen Anzug geschlafen, der hoffnungslos zerknittert war und den mehrere grauen Flecken von herabgefallener Zigarettenasche zierten. Sein weißes Hemd war durchschwitzt und schmutzig. Er trug weder Schuhe noch Socken. Grimes fragte sich, warum er zugelassen hatte, daß dieser Fremde ihn so sah. *Weil du keinen Stolz hast,* beantwortete er sich die Frage selbst. Außerdem brauchte Daggett ja nicht länger zu bleiben, als er unbedingt mußte.

Daggett, dessen Gesicht nichts darüber verriet, was er von Grimes' Aussehen hielt, streckte ihm die Hand entgegen. Als Grimes sie ergriff, fiel ihm ein kleiner, erhabener und von rissiger Haut bedeckter Fleck an Daggetts linker Schläfe auf.

»In der Regel mache ich keine unangemeldeten Besuche«, sagte Daggett. »Aber Sie sind ein Mann, mit dem Kontakt aufzunehmen nicht leicht ist.«

»Mir gefällt es so, wie's ist«, sagte Grimes.

Zu Grimes' Überraschung quittierte Daggett dies mit einem Lächeln. Er nickte in Richtung des Haufens von Briefumschlägen am Fuß der Treppe. »Ich habe versucht, einen Termin mit Ihnen auszumachen. Ein paar der Briefe dort unten dürften von mir sein.«

Die Vorahnung regte sich erneut; sie war wie ein Kloß in seinem Hals. Er schluckte ihn hinunter.

»Aber nicht der Brief, den Sie für mich haben«, sagte er.

Daggett schüttelte den Kopf. »Den darf ich Ihnen nur persönlich aushändigen – oder gar nicht.«

Er spähte über Grimes' Schulter durch die Tür ins Wohnzimmer. Grimes schaute ebenfalls, als sehe er das Zimmer mit neuen Augen. Der Vergleich mit dem Berlin der Nachkriegszeit erschien ihm jetzt wie eine romantische Beschönigung. Das Zimmer sah aus wie ein Crack-Labor in Iberville, das von einer rivalisierenden Bande mit Feuerbomben ausgeräuchert worden war. Wieder verriet Daggetts Gesicht nichts darüber, was er von dem hielt, was er sah. Grimes machte sich eine geistige Notiz, mit ihm niemals Poker zu spielen. Er hustete.

»Ich hatte vor einiger Zeit einen Brand hier.«

»Das sehe ich« entgegnete Daggett mit gleichmütiger Stimme.

»Dann kommen Sie doch bitte herein«, sagte Grimes.

»Vielen Dank, aber das ist nicht nötig«, entgegnete Daggett. »Ich muß mein Flugzeug kriegen.«

Er machte seine Aktentasche auf und entnahm ihr ein weißes Kuvert. Auf der Vorderseite stand in breiten, kühnen Lettern das Wort *Grimes*.

»Das ist es, weshalb ich gekommen bin.« Daggett machte eine verlegene Pause. »Ich möchte Ihnen nicht zu nahe treten, aber Sie müssen verstehen, daß ich verpflichtet bin, Sie um irgendeine Art von Identifikation zu bitten. Um zu beweisen, daß Sie wirklich Dr. Eugene Grimes sind.«

Grimes' Blick huschte von dem Brief zu Daggetts Gesicht. »Vielleicht will ich diesen Brief gar nicht.«

»Wenn Sie ihn verbrennen wollen, ohne ihn zu öffnen, ist das Ihre Angelegenheit«, erwiderte Daggett.

Grimes zögerte.

»Ich bin einen weiten Weg gekommen, um ihn Ihnen zu geben«, sagte Daggett. »Aber ich nehme an, das dürfte Ihnen relativ egal sein.«

Grimes klopfte seine Jackentaschen ab und fand seine Brieftasche. Er klappte sie auf, zog seinen Führerschein heraus und reichte ihn Daggett. Daggetts Blick huschte von dem Foto auf dem Führerschein zu Grimes' Gesicht und wieder zurück. Das machte er dreimal. Grimes fragte sich, wie um alles in der Weit er inzwischen wohl aussehen mußte, wenn es nötig war, dreimal hinzuschauen. Hatte er sich so sehr verändert? Gedankenabwesend hob er die Hand und fand, als würde er nicht zu ihm gehören, einen dichten, verfilzten Bart an seinem Hals und Kinn. Herr im Himmel. Daggett gab ihm den Führerschein zurück und reichte ihm den Umschlag.

Grimes nahm ihn.

»Brauchen Sie eine Antwort darauf?« fragte er.

Daggett schüttelte den Kopf. »Meine einzige Anweisung lautet, ihn persönlich auszuhändigen.«

Er klappte seine Aktentasche zu und streckte Grimes die Hand entgegen. »Vielen Dank, daß Sie für mich Zeit hatten.« Für einen Moment trat eine unerwartete Wärme in die klaren blauen Augen des Anwalts. »Es war mir eine Freude, Sie kennenzulernen.«

Einen bizarren Augenblick lang fühlte Grimes, wie seine Kehle eng wurde. Daggett schien zu meinen, was er sagte, und Grimes wollte ihm glauben. Er dachte: *Mann, ich bin noch viel fertiger, als ich geglaubt habe.* Mühsam riß er sich zusammen und blinzelte.

»Für mich ebenfalls, Sir«, sagte Grimes.

Sie schüttelten sich erneut die Hände. Diesmal hatte Grimes das Gefühl, als drücke die feste, trockene Hand des Mannes sein Herz. Daggett ließ seine Hand los, nickte noch einmal und wandte sich der Treppe zu. Grimes wollte nicht, daß er ging. Mit einem Gefühl, das Scham verdächtig nahe kam, begriff er, wie sehr er sich nach menschlicher Gesellschaft sehnte.

»Mr. Daggett ...«, sagte Grimes.

Daggett drehte sich um.

»Ich konnte es nicht übersehen.« Grimes deutete auf den Fleck an Daggetts Schläfe. »Wenn ich mich nicht täusche, ist das ein Basalzellenkarzinom, eine Form von Hautkrebs.«

»Das kleine Ding?« Daggett berührte den Fleck mit einem Finger. »Ich war vor einem Monat bei einer gründlichen Untersuchung. Mein Arzt hat es mit keinem Wort erwähnt.«

»Man übersieht sie leicht«, sagte Grimes. »Sie wachsen langsam, aber es wird sich verschlimmern, wenn Sie es nicht wegmachen lassen. Heilung ist garantiert.«

»Ich werde Ihren Rat beherzigen.« Daggett legte den Kopf schief und sah ihn aus zusammengekniffenen Augen an. »Sie stammen irgendwo aus dem Norden, hab ich recht?«

»Chicago«, sagte Grimes.

»Hartes Pflaster – ließ ich mir sagen.« Aus seiner Brusttasche zog er eine Karte und reichte sie Grimes. »Ich wohne in einem kleinen Alligatornest in Georgia, von dem Sie sicher noch nie was gehört haben: Jordan's Crossing, am Ohoopee River.«

Grimes nahm die Karte, ohne sie zu lesen.

»Wenn Sie irgendwann einmal mitten im Nirgendwo festsitzen, kommen Sie vorbei«, sagte Daggett. Er lächelte. »An einem Samstagabend gibt es dort nicht viel, was man tun könnte – es sei denn Sie sind ein Schwarzbrenner –, aber das Tiefland des Ohoopee River ist sehr schön, vor allem im Frühling. Falls Ihnen so etwas gefällt.«

»Das tut es«, sagte Grimes. »Danke.«

Er schob die Karte zusammen mit dem Führerschein in seine Brieftasche. Daggetts Blick huschte noch einmal von oben bis unten über Grimes' Gestalt – die nackten Füße, den fleckigen schwarzen Anzug, den struppigen Bart.

»Geben Sie auf sich acht«, sagte er.

»Sie auch.«

Grimes sah zu, wie Daggett die Treppe hinabstieg und die Tür, ohne zurückzublicken, hinter sich zumachte. Einen Moment lang versank er in einer ungeheuren Stille, die sowohl von innen wie von außen kam. Er fühlte sich verlorener denn je. Und dennoch hatte der kurze Kontakt – das Drücken einer Hand, das Begegnen der Blicke, der Klang von Stimmen, nicht zuletzt seiner eigenen – Sauerstoff in sein Blut gepumpt, eine Brise nur – nicht mehr als das –, doch er fühlte sich belebt und wachgerüttelt aus seiner dumpfen Apathie. Er drehte sich um und ging nach drinnen.

Grimes machte sich auf dem Küchentisch Platz, indem er mit dem Unterarm einen Berg Abfall auf den Boden wischte. Der Brief in seiner Hand fühlte sich schwerer an, als er sein konnte. Auf der Vorderseite stand sein Name: *Grimes*. Sonst nichts. Grimes fand eine Zigarette, steckte sie sich an, setzte sich an den Tisch und riß den Brief auf. In dem Umschlag steckten drei Bögen Papier und ein Tikket der American Airlines. Grimes faltete die Papierbögen auf, vermied jedoch einen Blick auf die letzte Seite. Er wollte die Unterschrift erst zum Schluß anschauen. Doch als er den ersten Satz zur Hälfte gelesen hatte, wußte er, daß das nicht nötig war: Er konnte eine Stimme hören – dick wie eingekochter Kaffee –, die ihm grinsend ins Ohr flüsterte.

Lieber Grimes,

wenn Sie diese Zeilen lesen, bin ich wohl tot, und wer weiß, vielleicht bin ich sogar schon unter der Erde. Ich gratuliere. Sicher kann ich stolz auf Sie sein. Und trotzdem mache ich mir Sorgen um Sie: Ich frage mich, während ich dies in der Handschrift eines Todgeweihten zu Papier bringe, wie Sie ohne mich zurechtkommen wollen, wenn ich nicht mehr bin. Und ich frage mich natürlich auch, ob Sie dieser Tage je an mich denken?

Sicherlich tun Sie das.

Also lassen Sie mich zum Grund dieser Zeilen kommen: Sie sind mein Testament und letzter Wille. Gute Worte. Testament. Letzter Wille. Worte, die nicht leicht fallen. Und so, wie die Dinge zwischen uns stehen, zwischen Ihnen und mir, gibt es für mich nur einen, an den ich sie richten möchte: an Sie. Ich glaube, der richtige Ausdruck lautet »Begünstigter«.

Lachen Sie schon? Dann hören Sie weiter, was ich zu sagen habe.

Ich gebe Ihnen die Chance, das Instrument – der Hammer – einer apokalyptischen Gerechtigkeit zu sein. Ich sage es noch einmal: apokalyptisch.

Jetzt höre ich Sie lachen.

Aber ich höre Sie auch durch die Tränen, die über Ihre Wangen rollen, fragen, wie, zum Teufel, ich das bewerkstelligen will. Es ist einfach: Ich gebe Ihnen den Amboß, auf dem Sie diese Gerechtigkeit schmieden können. Es hat zwanzig Jahre gedauert, bis dieser Amboß fertig war, und er gehört mir. Wobei es mich traurig macht, daß ich ihn zu spät aus den Händen gebe, um mit eigenen Augen zu sehen, wie das Eisen glüht und die Funken stieben. Aber so ist es nun einmal; und wenn dies die richtige Zeit ist – dann müssen Sie der richtige Mann sein. Die Geschichte geht folgendermaßen:

Es war einmal ein Gesetzeshüter, dem das Menschliche nicht fremd war. Er wußte, daß mächtigen Männern ein unwiderstehliches, immenses Verlangen innewohnte, mit der Möglichkeit ihres eigenen Ruins zu spielen. Er wußte, daß sie die Leute bestahlen, denen sie dienen sollten, daß sie bestechlich waren und die Gesetze, die sie selbst gemacht hatten und über deren Einhaltung sie wachen sollten, auf jede nur erdenkliche Weise mißachteten, daß sie Kinder und Tiere und Huren mißbrauchten, daß sie den Tod derer befahlen, die sich ihnen entgegenstellten. Diese Männer waren hoch angesehen im Land, doch sie waren Abschaum.

Nun, der Gesetzeshüter war ebenfalls ein mächtiger Mann – sowohl in ihren Augen wie auch auf eine andere Weise, die sie niemals verstehen würden. Er tat seinen Teil und mehr an dem Morden und dem Foltern und an anderen gottlosen Dingen, so abscheulich und schändlich wie ein Mann sie nur begehen kann, und er steckte sich die Münzen jener in die Tasche, die glaubten, seine Herren zu sein. Doch dieser Mann – vielleicht gefiel es ihm manchmal zu glauben, er sei der einzige – dieser Mann kannte die innerste Natur dessen, was er tat, und flehte nicht um Vergebung – weder durch Gott noch durch sich selbst. Und obwohl auch seine Gier verderblich und unermeßlich war, vermochte sie ihn nicht zu fesseln. Er sah über diese Begierden hinaus auf die Möglichkeit einer tieferen Befriedigung – eine Orgie des Untergangs und der Zerstörung, ein Inferno, ein Festival der Anarchie, das die Grundmauern dieser Stadt der Korruption, deren Gassen und Kloaken er so gut kannte – besser kannte als jeder andere –, erschüttern und zum Einsturz bringen würde.

Und so trug dieser Mann, dieser Gesetzeshüter, auf seinem Lebensweg Beweise zusammen, sammelte unwiderlegbare Indizien und Belastungsmaterial, das selbst von den ausgekochtesten Anwälten nicht zu erschüttern war. Er sammelte Dokumente und Aussagen, Fotos und Filme, Datenbankdateien und Disketten. Er nahm die Stimmen der Schuldigen auf Band auf. Er stahl zuhauf Beweise für ihre geheimen Verbrechen. Ein Corpus delicti von ungeheuren Dimensionen. Und er bewahrte alles auf. Er sammelte alles und wartete auf den Augenblick, an dem Senatoren und Kongreßabgeordnete beim Nennen ihres Namens erzittern würden, an dem Richter auf der Schwelle ihres Hauses von korrupten Schlaubergern niedergeschossen würden, die diese Häuser für sie gekauft hatten und die wußten, daß sie zuviel wußten; warteten darauf, daß alte Familiennamen mit ihren eigenen Fäkalien beschmiert und ihre aufgeblasenen Abkömmlinge ins Gefängnis geschleppt würden. Der Louisiana-Supergau: ein Milliarden-Dollar-Knalleffekt und eine Million Jahre Texas Steel und gesiebte Luft für die, die glaubten, ihre Zeche niemals bezahlen zu müssen.

Dies war der Traum des Gesetzeshüters.

Lachen Sie noch immer, Grimes? Ich hoffe doch, denn dies alles gehört jetzt Ihnen, mein Freund. Das ist mein Vermächtnis an Sie. Sie werden das große Saubermachen in meinem Namen beginnen. Aber seien Sie vorsichtig: Die Betroffenen kriechen schon aus ihren Löchern und suchen. Die Wahrheit ist, daß überall schon Panik ausgebrochen sein muß. Jemand wußte, daß es ihn gibt – meinen Amboß; so ist es mit allen Geheimnissen, jemand weiß immer Bescheid. Ihnen ist das klar, Grimes. Als ich noch gelebt habe, sind die wenigen Mutigen, die es gewagt haben, ihre Nase zu weit in bestimmte Angelegenheiten zu stecken, gestorben – und das auf furchtbare Weise, wie ich zugebe –, aber jetzt bin ich tot, und die Hunde sind von der Leine und hecheln nach Blut. Alles, was Sie tun müssen, Grimes, ist, sich meine Trickkiste, den Sack voller Gaunerei und Verwerflichkeit zu holen und den Inhalt ans Licht zu bringen, bevor die Hunde Ihre Witterung aufnehmen.

Sie müssen selber herausfinden, wo meine Knallbonbons versteckt sind. Ich werde es Ihnen nur zum Teil verraten. Den anderen Teil müssen Sie sich von jemand anderem besorgen: einer Frau, einem Mädchen eigentlich. Sie ist neunzehn. Ihr Name ist Ella MacDaniels. Sie finden sie in der Willow Street 175. Behandeln Sie sie gut, Grimes. Sie ist außer Ihnen der einzige Mensch auf der Welt, der mir etwas bedeutet. Sie kennt mich als Charlie. Kümmern Sie sich um sie. Die Hunde werden auch hinter ihr her sein – früher oder später. Aber sie hat mit all dem nichts zu tun – außer, daß sie ein Teil von mir ist. Sagen Sie ihr nur, daß Charlie will, daß sie Sie zum Alten Haus bringt. Haben Sie verstanden? Das Alte Haus. Im Keller dort finden Sie zwei Koffer, und in den Koffern finden Sie meinen Schatz. Vergeuden Sie ihn nicht an meine einstigen Kollegen bei der Polizei oder an die Bundesbehörden; die einen würden ihn verkaufen, und die anderen ihn vergraben. Was Sie brauchen, sind die Medien, wenn Sie sie auf die Knie zwingen wollen. Die Medien haben die Macht. Bringen Sie alles der *Washington Post*, dann kaufen Sie sich einen Fernseher und sehen sich den Spaß an.

Das wär's also, Grimes. Viel Glück für Sie. Sie werden sich vielleicht fragen, wofür das Flugticket ist. Ich bin ein fairer Mensch und möchte nicht, daß Sie das Gefühl haben, Ihnen sei in dieser Angelegenheit keine Wahl geblieben. Das Ticket gibt Ihnen die Wahl. Sollten Sie zu dem Schluß kommen, daß Sie mein Vermächtnis nicht annehmen wollen, dann nehmen Sie das Ticket und rennen Sie, verschwinden Sie aus der Stadt und kommen Sie nie wieder zurück. Aber hören Sie gut zu, was ich sage, und glauben Sie mir, mein Sohn: Tun Sie's bald. Tun Sie's jetzt sofort.

Und falls Sie es tun, trauen Sie keinem, außer sich selbst.

Viel Glück, Grimes. Es wird ein kalter Tag hier unten in der Hölle, ziehen Sie sich also warm an.

Stets Ihr

Clarence Seymour Jefferson

Grimes starrte auf seine Hände. Zu seiner Verblüffung zitterten sie nicht. Sein Kopf war leer. Sein Körper wurde von einem überwältigenden Wunsch nach Schlaf erfaßt, einer intensiven muskulären Erschöpfung, die sich tief zwischen seine Schulterblätter bohrte. Er verstand, was sein Körper ihm sagen wollte: Du kannst dich nicht darauf einlassen, du bist dem nicht gewachsen, Freund. Tu dir selbst einen Gefallen und knipse dein Bewußtsein aus. Schwankend sah er zu der flachen Grube hinüber, die er sich in dem Abfall auf dem Boden gegraben hatte. Kein Bett aus Rosen, kein schattiges Plätzchen und auch nicht die Arme einer Frau hatten jemals so einladend ausgesehen. Sein Gehirn knirschte in einen niedrigeren Gang. *Sie werden kommen,* sagte sein Gehirn, *und du weißt es: Der Captain hat es gesagt.*

Grimes hatte nur wenig mehr als vierundzwanzig Stunden lang die Bekanntschaft von Captain Jefferson gemacht, und dennoch hatten sich diese Stunden seines Lebens unauslöschlicher in seine Seele eingebrannt als irgendein anderes Erlebnis. Vor etwas mehr als einem halben Jahr hatte Grimes' älterer Bruder, Luther, die Louisiana Mercantile Trust Bank um ein kleines Vermögen erleichtert. Captain Jefferson hatte bei seiner Jagd nach dem besagten Geld Cicero Grimes verhaftet und seiner Freiheit beraubt – hier in diesem Zimmer. Und hier hatte ihn der Captain auch verhört – ohne daß Gnade angeboten, erfleht oder gewährt wurde. Mit Zähnen und Klauen waren sie aufeinander losgegangen, hatten sich Stirn an Stirn und Auge in Auge wütend bekämpft und miteinander gerungen: vom Verhör zur Folter, von der Folter zur Odyssee durch die dunklen Labyrinthe des menschlichen Geistes und von der Odyssee zu einem endgültigen, schmerzdurchtränkten Stillstand irgendwo in der Kluft zwischen Leben und Tod.

Es war diese Erfahrung gewesen, und vor allem Grimes' Erfahrung seiner selbst und der Dinge, die er lieber nicht gewußt hätte, die ihn in die psychotische Depression gestürzt hatten, aus der er erst jetzt – mit Clarence Seymour Jeffersons Testament und letztem Willen in seinen Händen – langsam emporzutauchen begann.

Grimes warf den Brief auf den Tisch und griff nach dem Flugticket. Es war ein offener One-way-Flug Erster Klasse nach Buenos Aires. Grimes erinnerte sich, daß er in seiner Jugend Trost in dem geflügelten Wort gefunden hatte, daß man in einer absurden Welt die Pflicht hat, ein absurdes Leben zu leben. Aber das hier war nicht absurd; es war lächerlich. Zwischen den dünnen Blättern des Tickets fand er ein weiteres zusammengefaltetes Stück Papier. Er faltete es auseinander. In Jeffersons kühner, verschnörkelter Handschrift stand dort geschrieben:

P.S.: Grüßen Sie Ihren Vater von mir.

Grimes fühlte einen Anflug von Angst.

Jefferson war ein Mann, der für solche Spiele geboren war, süchtig noch Russischem Roulette, der andere zwang, dieses Spiel mit ihm zu spielen, und gewöhnlich ihre Leichen hinter sich zurückließ. Selbst jetzt – von jenseits des Grabs – hatte sein aufgeblähter Leichnam die Trommel des Revolvers gedreht und den Lauf an Grimes' Schläfe gesetzt. Sich selbst gegenüber war Grimes viel zu sehr in seiner eigenen Depression befangen, um sich darüber Gedanken zu machen, ob eine Patrone in der Kammer steckte oder nicht, doch die Erwähnung seines Vaters war, als sei er ins Polarmeer geworfen worden. Nach sechs Monaten des Stillstands fühlte sich Grimes mit einemmal entsetzlich lebendig. Er preßte eine Hand auf seine Augen und massierte die Knochen seines Gesichts. Dichte Bartstoppeln schabten an seinen Fingern, und aus der Mitte des Entsetzens, das sich in seinen Eingeweide ausbreitete, erwuchs eine noch größere Angst: Er durfte nicht zulassen, daß sein Vater ihn in diesem Zustand sah.

Er erinnerte sich, daß er irgendwo noch einen zweiten schwarzen Anzug hatte, der nicht so schäbig war wie der, den er trug. Wenn er Glück hatte, würde er auch noch ein halbwegs sauberes Hemd finden, vielleicht sogar eine Krawatte. George mochte Krawatten. George war sein Vater. Und George war vielleicht in Gefahr.

Die guten Zeiten – die Zeiten in der Grube – waren vorbei.

Cicero Grimes nahm die Hand von den Augen und stolperte ins Badezimmer, um sein Rasiermesser zu suchen.

DREI

Rufus Atwater war zweiunddreißig Jahre alt und Staatsanwalt der Stadt New Orleans. Er hatte sich aus zwei Gründen für diese Karriere statt der eines privaten Rechtsanwalts in freier Wildbahn entschieden. Zu allererst, weil er von Gott – obwohl er ihm Verstand gegeben hatte – mit einem häßlichen Äußeren geschlagen worden war: blaßorangefarbenes Haar, ein mit Sommersprossen übersätes unsymmetrisches Gesicht mit zuviel Stirn und Kinn und zu wenig Lippen, dazu Muskeln wie Knoten in einem Seil, egal wie oft er ins Fitneßstudio rannte und diese idiotischen Getränke soff. Die Leute engagierten nicht gern häßliche Anwälte, und aus demselben Grund würde er auch nie hinter dem Schreibtisch des Bezirksstaatsanwalts sitzen. Zum zweiten hatte er erkannt, daß er eine starke natürliche Neigung besaß, unangenehm zu sein; der Job eines Staatsanwalts machte es ihm möglich, in den Angelegenheiten anderer herumzuschnüffeln, zu drohen und die Leute zu erniedrigen und einzusperren. Und alles unter dem schützenden Schirm des Gesetzes und ohne die Gefahr, daß auf ihn geschossen wurde, wie auf die armen Trottel bei der Polizei. Bislang war er im wesentlichen sauber geblieben. Na schön, er hatte vielleicht mal fünfhundert hier und einen Tausender dort in seine Hüfttasche geschoben, aber das waren nur mickrige Trinkgelder, im Grunde genommen eine Beleidigung für seinen ungeheuren Ehrgeiz, der unter dem, was gemeinhin, wie er hoffte, für würdevolles Auftreten gehalten wurde, schwelte. Als Magdalena Parilland ihn kontaktiert hatte, um das Verschwinden von Clarence Jefferson untersuchen zu lassen, hatten Atwaters durch jahrelanges Herumschnüffeln im Leben anderer sensibilisierte Antennen ihm gesagt, daß ihm jetzt endlich ein Platz im größten Spiel der Stadt angeboten wurde.

Atwater hatte soeben ein Tonband abgehört, das er an

diesem Morgen von Jack Seed bekommen hatte. Er schaltete das Gerät aus, zog sich die Ohrstöpsel aus den Ohren und sah zu Jack hinüber, der neben ihm hinter dem Steuer saß. Sie fuhren in Seeds Chevy Impala nach Norden, und die tiefstehende Nachmittagssonne flirrte um die öligen Konturen von Jacks Kopf und blendete Atwaters Augen. Atwater setzte seine Sonnenbrille auf. Jack ließ mit einem selbstgefälligen Grinsen seinen Goldzahn aufblitzen.

»Und?« fragte Jack Seed.

»Was hast du gemacht?« fragte Atwater. »Eine Wanze in ihre Muschi gesetzt?«

Jack lachte geschmeichelt. »Nein, Mann. In den Mercedes. Ich hab' mir den Mercedes vorgenommen. Sie hat 'ne Quadrofonie-Anlage in dem Wagen. Ich hab' eine meiner Spezialwanzen in den linken vorderen Lautsprecher eingebaut.«

»Wenn Frechette die findet, dann können wir den ganzen verdammten weiten Weg nach Hause zurücklatschen.«

Seed schnaubte verächtlich. »Frechette findet nicht mal am hellichten Tag seinen eigenen schwarzen Schwanz. Wie auch immer – das Schöne daran ist, ich kann sie ausschalten, die Wanze meine ich. Wie jetzt gerade – wo sie ausgeschaltet ist, Mann. Frechette kann den Wagen mit einem beschissenen Spürgerät absuchen, solange er will; er findet trotzdem kein Signal, weil es keines gibt. Ich seh' nicht ein, was der Sinn dabei sein soll, den Wagen vierundzwanzig Stunden abzuhören. Sie schläft doch nicht in der verdammten Kiste. Aber weil heute der Erste des Monats ist, dachte ich mir, sie fährt vielleicht wieder zu diesem komischen Betonhangar raus, zu diesen Bauerngimpeln und den Hunden, und ich habe es deshalb angeschaltet, und hier ist sie und stöhnt uns das Band voll.«

»Das hast du gut gemacht, Jack.«

»Was, glaubst du, hat sie am Ende von dem Band gemacht? Sich einen runtergeholt? Mann, das muß ein gigantischer Monster-Dildo gewesen sein.«

»Die Dame hat die Fassung verloren«, sagte Atwater.

»Du würdest staunen, was die Leute in Autos alles treiben. Ich könnte dir Dinge erzählen ... Mit Hunden? Klar, Mann. Ein Kerl, für den ich mal einen Job gemacht habe – Techniker in einer privaten Tripperklinik droben im Garden District – er hat mir erzählt, daß zehn Prozent der Frauen, die zu einer Untersuchung dort hinkommen, Hundesperma in ihren Mösen haben. Kannst du das glauben? Zehn Prozent! Herrgott, ich war schockiert. Ich meine, vier, fünf Prozent ... klar, warum nicht? Aber zehn! Und das sind alles Firstclass-Miezen, keine Schlampen. In der Klinik dort machen sie, wie sie's nennen, ›tiefe Vaginalabstriche‹ und dabei ...

»Danke, Jack, ich kann's mir vorstellen.«

»Na ja, und die Frau von diesem Techniker bekam ihre tiefen Vaginalabstriche von einem Waschmaschinenvertreter, der ihr vor kurzem eine nagelneue ...

»Jack«, sagte Atwater , »ich muß nachdenken. Halt mal eine Weile die Klappe.«

Jack zuckte, nicht im geringsten beleidigt, mit den Schultern und starrte angestrengt durch die Windschutzscheibe. Atwater nahm den Briefumschlag, der auf seinem Schoß lag, und zog einen Stoß grobkörniger Schwarzweißfotos heraus.

Eigentlich hatte er nichts gegen Seeds unerschöpfliche Anekdoten über das menschliche Sexualverhalten. Sie waren nun mal eine Obsession im innersten Kern von Seeds genialen Fähigkeiten. Sein Motto war: »Wenn du einen acht mal fünf Glanzabzug von einem verheirateten Mann – mit Kindern auf Privatschulen und dreihunderttausend im Jahr – auf seinen Knien machen kannst, wie er einem Chinesen seinen Daumen in den Arsch steckt, dann gelingt dir auch von allem anderen ein Schnappschuß.« Seed war ganz versessen darauf gewesen, Atwater das besagte Foto zu zeigen, doch der hatte dankend abgelehnt.

Seeds wirklicher Name war Jack Santini. Er hatte sein Handwerk bei der CIA gelernt, doch die Agency war gezwungen gewesen, ihn ohne viel Aufhebens zu entlassen, nachdem einer von Noriegas Obristen Jack in Panama dabei erwischt hatte, wie er unaussprechliche Dinge mit seiner Frau anstellte. Jack hatte beide, den Obristen und seine Frau, mit bloßen Händen umgebracht. Mit seiner Abfindungsentschädigung hatte Jack Santini sich in New Orleans als privater Ermittler niedergelassen, doch bei den Preisen, die er für sein fachmännisches Können für angemessen hielt, waren die Geschäfte mehr als schlecht gegangen. Dann war er auf die geniale Idee gekommen, seinen Namen zu ändern. »So wie Archibald Leach, der seinen Namen in Cary Grant geändert hat.« Wiedergeboren als Jack Seed – »Ihr Geheimnis ist bei mir sicher« – war er seitdem nie wieder ohne Auftrag gewesen.

Atwater hatte Seed in den letzten Jahren immer wieder einen Auftrag von der Stadt zugeschanzt, vor allem wenn das Resultat von besonderer Wichtigkeit war, wie zum Beispiel bei den Kampagnen zur Wiederwahl des Bezirksstaatsanwalts. Jack hatte immer geliefert, und seine Diskretion war absolut. Wenn er in der Gesellschaft Atwaters in einem fort aus der Schule quasselte, dann nur weil er ihn als Bundesgenossen und Profi der Branche betrachtete und, wie Atwater vermutete, weil der Druck, all diese Geheimnisse für sich behalten zu müssen, einfach zu groß war. Bei diesem Job arbeitete Seed für Atwater privat. Sein Honorar von zweitausend Dollar pro Tag wurde, via Atwater, von der Parillaud bezahlt. Während Atwater den Stapel Fotos durchblätterte, die Jack von ihr geschossen hatte, schwelgte er in dem Vergnügen, das ihm die Ironie dieses finanziellen Arrangements bereitete.

Die Sequenz der Fotos zeigte die Parillaud, wie sie aus ihrem schwarzen Mercedes stieg, mit einem knochigen Burschen – Typ asketischer Erlösungssucher – in weißem Overall und einem Rudel gefährlich aussehender Hunde um sich herum redete und dann in das Gebäude ging, von dem Jack Seed gesagt hatte, es sehe aus wie ein Flugzeughangar aus Beton, das aber wahrscheinlich eine Art Lagerhaus war ... Ein zweiter Hinterwäldler tauche aus dem Hangar auf ... Ein paar weitere Aufnahmen von den beiden Bauerngimpeln, wie sie mit den Hunden spielten ... Dann kam die Parillaud wieder aus dem Hangar heraus ...

»Wie lange bleibt sie da drinnen?« fragte Atwater.

»Zehn, zwanzig Minuten. Sie nimmt nichts mit rein und bringt nichts mit raus.«

Atwater betrachtete eine Aufnahme von der Parillaud in schwarzem Hosenanzug, auf ihren Wagen zugehend. Ihr blondes Haar war nach hinten zu einem straffen Knoten gerafft. Das Bild war aus einiger Entfernung aufgenommen, und ihre Gesichtzüge waren ein wenig unscharf, doch Atwater konnte sich sehr gut an sie erinnern. Seine dünnen Lippen kräuselten sich. Er mochte seine Auftraggeberin nicht. Ohne dies an die große Glocke zu hängen, hielt er sie für eine reiche, arrogante Schlampe, die er liebend gern auf die Straße geschickt hätte, um den Pennern für fünfzig Cent einen zu blasen. Auf dem Foto sah sie aus wie dreißig, im wirklichen Leben wie fünfunddreißig, und tatsächlich war sie einundvierzig. Außer daß sie große Titten hatte – ob durch chirurgische Manipulation oder nicht, war für Atwater irrelevant –, war sie fähig, große Geschäfte zu tätigen, die im *Wall Street Journal* unterarmlange Spalten füllten; von ihrem Besitz redete sie nur in ›Einheiten‹. Eine ›Einheit‹ war in ihrem vor Reichtum stinkenden Schwanzlutscher-Jargon hundert Millionen Dollar wert. Um die Dinge noch schlimmer zu machen, hätte Atwater eine Menge dafür gegeben, sie einmal anständig durchvögeln zu können. Seine aus dem Bauch kommende Abneigung gegen sie steigerte ihren Sexappeal irgendwie nur noch mehr, was dazu führte, daß seine unerwiderte Begierde den Haß auf sie noch größer werden ließ, wodurch sein Ständer, mit dem er nichts anfangen konnte, um so härter und lästiger wurde. Es war eine Scheißspirale, die er nicht verstand.

Im Unterschied zur Parillaud war Atwaters eigene Frau erst achtundzwanzig und sah seit dem zweiten Kind aus wie ein Sack Kartoffeln. Atwater hatte seine Frau gern, doch sie zu vögeln hatte ihm seit geraumer Zeit eine Menge Fantasie abverlangt. Seit er auf der Lohnliste der Parillaud stand, hatte Atwater oft an sie gedacht, während er seine Pflichten bei seiner Frau erledigte, und sich vorgestellt, wie es die Parillaud den Pennern auf der Straße besorgen und Spaß daran haben würde. Atwater hatte sich geschworen, falls er jemals die Chance bekommen sollte, bei der Parillaud zu landen, sie einfach abzulehnen, sich umzudrehen und sie stehen zu lassen. Bloß nicht diesem Miststück Befriedigung verschaffen. Er würde ihr sagen: »Tut mir leid, Süße, du bist mir einfach zu alt.« Atwater schüttelte sich; er wurde allmählich ein zweiter Jack Seed.

Das nächste Foto zeigte eine Vergrößerung der Parillaud, wie sie einen weißen Umschlag von dem älteren der beiden Hinterwäldler entgegennahm. Atwater klopfte mit dem Fingernagel gegen seine Zähne. Er hätte eine Menge dafür gegeben, in diesen Umschlag hineinschauen zu können. Er mußte etwas mit diesem Grimes zu tun haben, über den er den ganzen Vormittag am Computer etwas in Erfahrung zu bringen versucht hatte.

Jack Seed warf einen Blick auf die Vergrößerung und erriet seine Gedanken.

»Was hast du über diesen Grimes herausgefunden?«

»Nichts bisher, das das Schwarze unterm Fingernagel wert wäre«, schnaubte Atwater, ohne den Blick von dem Foto zu wenden. »Er ist irgendeine Art Psychiater, Spezialgebiet Sucht.«

»Drogen? Vielleicht hat sie ihr Faible für Naschereien entdeckt«, brummte Jack.

Atwater schüttelte den Kopf. »Nicht sie. Um mit harten Drogen was anfangen zu können, braucht man Blut in den Venen, und sie hat keines.«

»Tatsächlich, sie ist verdammt eiskalt. Was hat sie derart getroffen, daß sie so die Fassung verliert wie heute morgen?«

»Ich weiß es nicht«, knurrte Atwater. »Aber ich würde es gern wissen.«

Atwater durchblätterte noch einmal die Fotos. Er hatte sie alle gesehen. In seinem Bauch fühlte er eine krampfartige Spannung, die ihm gar nicht gefiel. Der Zug setzte sich in Bewegung, und wenn er nicht aufpaßte, würde er am Schluß am Bahnsteig stehen mit nichts als seinem Honorar in der Hand. Ein weiteres beschissenes Trinkgeld. Atwater wollte mehr. Viel mehr. Er wollte ein Haus auf dem Land, eine begehbare Garderobe mit einer Menge ausländischer Anzüge darin und ein Schnellboot und ein paar blutjunge Freundinnen. Er schloß die Augen und ließ sich alles zum hundertstenmal durch den Kopf gehen.

Vor dreizehn Jahren hatte Filmore Faroe seinen Porsche gegen eine Eiche gefahren – auf eben dieser Straße hier –, mit seiner Frau auf dem Sitz neben ihm. Faroe, der nicht angeschnallt gewesen war, hatte den größten Teil seines Gesichts auf dem Baumstamm hinterlassen; Lenna Parillaud hatte sich einen Arm und ein paar Rippen gebrochen. Ein dummer, gewöhnlicher Unfall, wie er nun mal passiert; weder der Verdacht, daß ein Verbrechen dahinterstecken könnte, noch eine polizeiliche Untersuchung. Die Parillaud hatte die Plantage mitsamt dem darauf stehenden Palast, zu dem Atwater und Seed soeben fuhren, plus dem Rest von Faroes ungeheurem Vermögen geerbt. Anstatt ihre Zeit mit Einkaufen und dem Auftakeln ihrer Frisur durch überbezahlte Schwuchteln zu verbringen, wie es den meisten Frauen in ihrer Situation recht gewesen wäre, hatte die Parillaud wieder ihren Mädchennamen angenommen und eine Reihe von feindlichen Übernahmen und andere expansive Unternehmenskonsolidierungen bewerkstelligt, die die guten alten Louisiana-Boys, die geglaubt hatten, der Staat und seine Reichtümer gehörten per göttlichem Recht ihnen allein, völlig verblüfften. Respektiert, wenn auch nicht geliebt, war die Parillaud eine akzeptierte und gefürchtete Macht in der Finanzwelt geworden. Die Dinge gestalteten sich noch interessanter, als der Staat das Glücksspiel legalisierte: Die Parillaud hatte sofort eine Kasinolizenz angestrebt, was gewisse Kreise ihr auszureden versuchten.

Wie Jack Seeds berichtet hatte, waren die Überreste der vier Männer, die man mit der Überzeugungsarbeit beauftragt hatte, an Händen und Füßen gefesselt in einem Schweinepferch in den Sümpfen gefunden worden. Sie waren bei lebendigem Leib von den Schweinen gefressen worden. Atwater hatte eine flüchtige Vision von den vier

Männern, wie sie sich schreiend und wimmernd in dem Schlamm und dem Schweinekot wanden, während die Schweine sie grunzend in Stücke rissen. Leute durch Schweine aus dem Leben zu befördern, war ein Markenzeichen von Captain Clarence Jefferson, einem riesigen, fetten Cop vom Sittendezernat, der in den einschlägigen Kreisen als der 300-Pfund-Matschhammer bekannt war. Vor sechs Monaten war Jefferson, ohne eine Spur zu hinterlassen, verschwunden, und eine Menge Leute fingen an, ihre Unterwäsche einzuschmutzen. Atwater, der nie etwas mit dem Captain zu tun gehabt hatte, gehörte nicht zu ihnen. Er vermutete, daß dies ein Grund war, warum die Parillaud ihn engagiert hatte.

»Du hast doch ein paarmal für Clarence Jefferson gearbeitet, oder nicht, Jack?« frage Atwater.

Seed nickte. »Oft genug, um eine Vorstellung davon zu haben, warum ihn alle suchen. Erinnerst du dich an den Kerl, der am Arsch von dem Chinesen gefummelt hat? Das war der älteste Sohn von unserem hiesigen Senator. Der Captain besitzt die Negative. Er hatte mich außerdem beauftragt, einige Bankkonten unter die Lupe zu nehmen, die von Repräsentanten eines Kartells, das die Bohrrechte im Golf zugesprochen bekommen hatte, auf den Cayman Islands eingerichtet wurden. Die Konten werden von der Frau des Gouverneurs unseres Staates kontrolliert. Und glaube mir, das ist nur die Spitze eines sehr großen, infizierten Pints. Ich sage dir, wenn diese Scheiße je an die Öffentlichkeit kommt, dann muß das Gerichts-TV die Konzession für zehn neue Kanäle beantragen.«

Atwater schürzte seine dünnen Lippen. Jefferson war für ihn ein Rätsel. Die Beweise für die Korruption anderer, die er offensichtlich besaß, hatte es ihm ermöglicht, mehr oder weniger das zu tun, was er wollte. Trotzdem hatte er bescheiden gelebt, materiell zumindest – und soweit das jemand beurteiljen konnte – strikt im Rahmen seines Gehalts. Er hatte ein Haus besessen, nicht größer als das Atwaters, und eine Eldorado-Limousine, das war alles. Sicher, ein Mann wie Jefferson konnte irgendwo Millionen horten, wo nicht einmal Seed sie finden würde, aber falls er das getan hatte, dann hatte er nie etwas davon ausgegeben: keine Aktien oder sonstige Wertpapiere, keine Rennpferde oder Immobilien, kein Glücksspiel; und Hawaiihemden statt ausländischer Anzüge. Atwater hatte Jeffersons Leben bis in seine Kindheit zurückverfolgt: seine Karriere bei der Polizei, ein kurzes Gastspiel bei der Airforce, aber auch zurück bis zu der Privatschule in Atlanta, die Jefferson seit seinem zwölften Lebensjahr besucht hatte. Dort war die Spur versiegt. Atwater hatte nichts über seine Familie oder seine frühere Kindheit herausfinden können. Es war, als sei er im Pubertätsalter von einem anderen Planeten gekommen. Andererseits fehlte es dem Captain sicherlich nicht an der Cleverness und Findigkeit, seine eigene Vergangenheit zu verändern.

»Ich habe Jefferson nie persönlich kennengelernt«, sagte Atwater.

»Sei froh. Mit dem Captain zu tun zu haben, ist wie eine von AIDS befallene Klapperschlange zu vögeln ohne Pariser. Kreuze J. Edgar Hoover mit George Foreman, gib einen vierstelligen IQ und die übelsten Teile einer Giftschlange hinzu,und du hast den Captain.«

»Du redest, als wäre er noch immer hier«, sagte Atwater.

Er spähte über den Rand seiner Sonnenbrille. Bildete er es sich nur ein, oder sah Jacks Gesicht eine Spur blasser aus?

»Verheimlichst du mir was, Jack?«

Jack umklammerte das Steuer, als wollte er es erwürgen, und rollte unbehaglich mit den Schultern. Er antwortete nicht. Atwater wartete. Schließlich ließ Jack ein Grunzen hören, griff in das Kartenfach an der Fahrertür und zog ein weiteres Foto heraus. Er reichte es Atwater.

Das Foto zeigte einen der Hinterwäldler, der etwas in den Betonhangar trug. Atwater starrte mit zusammengekniffenen Augen auf den nicht deutlich auszumachenden Gegenstand in den Händen des Mannes.

»Was trägt er?« fragte er.

»Essen«, erwiderte Seed. »Es ist ein Tablett mit mehreren Tellern und einem Styroporbecher.«

Seed kramte eine Lupe aus dem Handschuhfach, eines von den Dingern, wie sie auch Juweliere benutzen, und legte sie flach auf das Foto. Atwater schob sie über das Tablett, kniff ein Auge zusammen und überzeugte sich, daß Seed recht hatte. Er sah zu Seed hinüber.

»Willst du damit sagen, daß sie jemanden da drin eingesperrt haben?« sagte Atwater.

Jack Seed nickte. »Ich nehme an, der Bunker ist so was wie ein Hochsicherheitsknast. Für eine Person.«

»Warum hast du mir das nicht gleich gesagt?«

»Weil ich meine Grenzen kenne«, brummte Jack. »Und ich will mit dem Matschhammer möglichst nichts zu tun haben.«

Atwaters Gedanken wirbelten durcheinander. Jefferson war tot. »Sie hat Jefferson da drin?« ächzte er.

»Für wen sonst wäre ein solcher Aufwand nötig?« meinte Seed.

Atwater fischte eine Schachtel Kools aus seiner Tasche und steckte sich eine zwischen die Lippen. Seed hob den Arm und ließ in seiner Faust ein Plastikfeuerzeug aufflammen. Atwater sog den Rauch tief in die Lungen.

»Die Parillaud hat uns also angeheuert, damit wir herausfinden, was mit ihm passiert ist, obwohl sie ihn gefangen hält«, murmelte er nachdenklich.

»Das ist nur ein Vorwand«, sagte Jack. »Sie will den Schatz des Captains, kann aber nicht aus ihm herauspressen, wo er ist, was mich nicht überrascht.«

»Ich dachte, Jefferson kann keiner in seine Gewalt bekommen.«

»'ne Menge Leute haben's im Laufe der Jahre versucht. Aber es war, als wäre der Captain durch eine Art Zauber unverwundbar. Die schlimmsten haben immer solches Glück. Körperlich war er der stärkste Bursche, von dem ich je auch nur gehört habe, aber unterm Strich ist er auch nur ein Mann, und wenn eine Pussi mit im Spiel ist, besonders eine reiche, blonde Pussi … Herr im Himmel, sogar ich hab' noch nie eine Pussi gesehen, die hundert Millionen wert ist.«

Atwater war aufgewühlt. Er konnte sich nicht entscheiden, ob dies alles eine gute oder eine schlechte Neuigkeit war. Bisher hatten Jack und er ihre Nachforschungen strikt für sich behalten; dies und die Tatsache, daß Atwater nie persönlich mit Jefferson in Kontakt gekommen war, hatten es ihnen ermöglicht, diskret und unauffällig zu bleiben. Sie waren auf die Spuren von anderen Interessensgruppen gestoßen, die ebenfalls nach der Hinterlassenschaft des Captains suchten: die Mafia, die ihm immer aus dem Weg gegangen war; die Leute des Gouverneurs, die völlig im dunkeln tappten; ein paar Schwachköpfe vom Bureau in Washington D.C., denen man schon in der ersten Woche, die sie in der Stadt waren, in einem Strip-Club im Quarter die Fressen poliert hatte und die ins Krankenhaus gebracht worden waren, und gewisse Cops von der städtischen Polizei, die sich prinzipiell zwar nicht unglücklich fühlten, daß er verschwunden war, die aber uniformblaue Backsteine schissen vor Angst, daß sie demnächst ihre schönen Uniformen gegen gestreifte Schlafanzüge im Angola Staatsgefängnis eintauschen müßten. Panik lag in der Luft, doch Atwater, den niemand in dem Spiel vermutete, hatte nicht den Kopf verloren. Soweit er es beurteilen konnte, hatten die anderen Interessenten keine Ahnung, daß er und Jack im Auftrag der Parillaud im Geschäft waren. Es erhob sich die Frage: Sollten sie auf eigene Faust weitermachen, oder die Finger davon lassen?

»Okay«, sagte Atwater. »Wenn die Parilllaud will, kann sie das ganze U.S. Marine Corps anheuern. Und wenn Jefferson ausbricht – was ihm zuzutrauen ist –, wird er verdammt schlechte Laune haben. Auf der anderen Seite haben wir dich und mich: 'ne Menge Grips, aber keine Muskeln. Mit anderen Worten, wir können es mit Leuten dieses Kalibers nicht auf deren ureigenstem Gebiet aufnehmen.«

»Ich bin froh, daß du es soweit auf die Reihe gekriegt hast.«

»Aber wir können uns für eine Seite entscheiden und

uns möglichst wertvoll machen für den, der bereit ist, dafür zu zahlen, was wir wissen. Drücke ich mich verständlich aus?«

»Du kannst dich ausdrücken wie du willst, Mann, aber laß dieses ›Wir‹-Gerede.«

»Das Glück ist auf der Seite der Mutigen, Jack.«

»Aber nicht auf der der Dummen. Versteh mich nicht falsch, Rufus; ich mag dich. Du hast Mumm, und mit Mumm erreicht man eine Menge in diesem Leben. Aber du hast nicht die nötige Zeit auf der Straße verbracht. Dir würde die Temperatur dort kaum behagen.«

»Ich habe Tag und Nacht mit Ganoven und Abschaum zu tun«, entgegnete Atwater gekränkt.

»Das ist was anderes. Wenn du sie zu Gesicht kriegst, sind sie von Cops und Gittern umgeben.«

Atwater fühlte, wie er rot wurde. Im Grunde genommen hatte Jack recht mit dem, was er sagte. Um sein Selbstwertgefühl zu stärken, dachte Atwater daran, mit welcher Begeisterung und mit welchem Erfolg er regelmäßig den Umgang mit der Waffe übte. Erst letzte Woche hatte er aus zwölf Metern in sechs Sekunden fünf Löcher in eine Zwanzig-Zentimeter-Scheibe gestanzt. Das war Balsam auf seine Seele gewesen. Er hatte noch nie einen Menschen getötet, das stimmte schon, oder auch nur auf einen geschossen, wie er zugeben mußte, aber er würde es können, wenn er mußte. Er war darauf vorbereitet, geistig und körperlich. Die Schießscheibe hatte er als Andenken behalten.

»Jack«, sagte er mit neuem Selbstvertrauen. »Ich weiß, ich bin kein harter Bursche wie du oder der Captain, aber irgend etwas ist faul an der Ceschichte – oberfaul, das fühle ich. Zum Beispiel – aus welchem Grund sollte sie Jefferson überhaupt aus dem Verkehr ziehen und in dieses Loch sperren wollen? Er muß etwas über sie in der Hand gehabt haben, etwas sehr Schwerwiegendes.«

»Das ist ihr Problem, und wenn du die Nase noch tiefer da reinsteckst, auch deines. Es ist an der Zeit, daß wir uns unsere Schecks geben lassen und von der Bildfläche verschwinden. Vergiß nicht, noch ahnt niemand etwas von unserem Wissen, daß er in diesem Bunker sitzt. Wenn er je rauskommt – und, wie gesagt, das traue ich ihm ohne weiteres zu – dann Gnade uns Gott, falls er erfährt, daß wir ihn da drin haben schmoren lassen. Ich habe nicht vor, für irgend jemanden in der stinkenden Schweinescheiße rumzuschnüffeln.«

Seed sagte nichts mehr und brachte den Impala vor den Doppelflügeln eines protzigen, schmiedeeisernen Tors in einer gut drei Meter hohen Backsteinmauer zum Stehen. Etwa hundert Meter jenseits des Tors tauchte die Zufahrt in ein schattiges Tunnel aus mächtigen Eichen und Spanischem Moos. Atwater stieg aus und ging zu der Sprechanlage, die in einen der Torpfosten eingelassen war. Zwei Vitdeokameras starrten von der Mauer auf ihn herab. Atwater drückte den Knopf.

Eine tiefe, überraschend klar klingende Männerstimme meldete sich: »Legitimieren Sie sich.«

Das war Bobby Frechette. Atwater hielt sich nicht für einen Rassisten; er arbeitete mit einer Menge schwarzer Kollegen und Kolleginnen zusammen. Aber wenn er einen Schwarzen aus irgendeinem Grund nicht mochte, dann wurde diese Person für Atwater – nach seinem Dafürhalten gerechtfertigterweise – zu einem Nigger, so wie jeder mit einer Glatze ein glatzköpfiges Arschloch war. Schwuchteln, das war er bereit, zuzugeben, waren ein Sonderfall. Frechette war fraglos ein Nigger, und weil er ein Nigger war, kam er ihnen mit diesem ›Legitimieren Sie sich‹-Schwachsinn, obwohl er Atwater, den er gut genug kannte und der in die Kamera emporblinzelte, längst gesehen haben mußte.

Mit der Kool zwischen den Lippen, beugte sich Atwater zu dem Sprechgitter hinab und sagte: »Mr. Rufus Atwater – ich möchte Miß Parillaud sprechen.«

Frechette antwortete nicht. Einen Augenblick später schwangen die Flügel des Tors mit einem Summen zurück, und Atwater stieg wieder in den Wagen. Während sie schweigend unter den mächtigen Ästen der Bäume hindurchfuhren, grübelte Atwater mißmutig über Jack Seeds

Worte nach. Jack war über vierzig und fühlte sich viel zu behaglich in dem Leben, das er sich eingerichtet hatte. Er war glücklich, wenn er für ein Trinkgeld arbeiten konnte. Atwater mußte ihn umdrehen. Der schattige Laubbaldachin über ihnen endete, und die Straße wand sich jetzt durch eine weite, makellos gepflegte Rasenlandschaft.

Eine ausgedehnte Esplanade mit zwei weißen Marmorspringbrunnen, einem Rosengarten und geschmackvoll gruppierten Bäumen und blühenden Sträuchern führte zum Herrschaftshaus der Parillaud empor. Es trug den Namen Arcadia und war 1872 von Filmore Faroes Urgroßvater, einem opiumsüchtigen Abenteurer aus Baltimore, gebaut worden, der in den letzten Tagen des Bürgerkriegs aufgetaucht war und unter den darniederliegenden Großgrundbesitzern der Gegend reiche Beute gehalten hatte. Bei Atwaters erstem Besuch, als sein Kopf noch von Visionen schwirrte, daß er Miß Parillauds vertrauenswürdigster und unentbehrlichster Berater werden würde, war er von der Schönheit des Hauses überwältigt gewesen. Es gab einen Ausdruck, der ihn immer schon fasziniert hatte: *éminence grise*. Ja, er hatte davon geträumt, die *graue Eminenz* der Parillaud zu sein; der Mann, der hinter ihrem Thron stand und die Fäden zog und hin und wieder vielleicht auch ein Rohr bei ihr verlegte. Jetzt, wo er aus ihrem Verhalten ihm gegenüber unmißverständlich wußte, daß dies ein törichtes Hirngespinst gewesen war – und ein peinliches dazu –, betrachtete er das näherkommende Haus mit dem Ekel frustrierten Neids. Sie würden Jeffersons geheime Scheißakten nie finden – ob er noch lebte oder nicht, und selbst wenn sie sie fanden, würden sie nie von ihnen profitieren. Die Macht, die die Akten darstellten, würde vom aufgerissenen Rachen des Reichtums der Parillaud verschluckt worden, und ihn – Atwater – würde man mit einem Trinkgeld und einem kühlen Dankeschön abspeisen und in die Stadt zurückschicken, wie einen mexikanischen Tellerwäscher, der nicht mehr gebraucht wird, nachdem die Gäste nach Hause gegangen sind.

Und jetzt wollte ihn auch noch Jack Seed im Stich lassen. Seed brachte den Impala auf dem weißen, glattgerechten Kies vor dem an einen italienischen Renaissance-Palast erinnernden Eingangsportal zum Stehen. Atwater stieß die Wagentür auf und schnippte den Stummel seiner Zigarette nach draußen. Er griff auf den Rücken, zog seine 9 mm Glock aus dem Galco-SOB-Gürtelhalfter und legte sie in das Handschuhfach. Als sein rechter Fuß bereits den Kies berührte, zögerte er, nahm seine Sonnenbrille ab und wandte sich noch einmal an Seed.

»Und was hältst du davon, Jack, wenn wir den Captain aus seinem Hochsicherheitsknast befreien?«

Seeds Augen wurden schmal, sein Blick huschte einen Moment zur Seite und kehrte dann wieder zu Atwater zurück.

»Ich hab' dich davor gewarnt, dich mit Klapperschlangen einzulassen.«

»Du hast es doch selbst gesagt, Mann. Wenn er rauskriegt, daß wir ihn da drin haben schmoren lassen, stehen wir ganz oben auf seiner schwarzen Liste. Aber wenn wir ihn befreien würden ...«

Seed sah wieder zur Seite.

»Ein Freund in der Not, Jack. Er würde uns was schulden.«

Seed zerrte mit zwei Fingern an seinem Schnauzbart.

»Ich weiß nicht, ob ich möchte, daß er uns was schuldet.«

Atwater legte Jack die Hand auf die Schulter und drückte sie. »Denk darüber nach, während ich drin bin. Tust du das für mich?«

Seed nickte mißmutig. Atwater schlug hinter sich die Tür zu und erklomm die Stufen zum Haus. Als er sich der Tür näherte, wurde diese von Bobby Frechette geöffnet. Der hünenhafte Nigger mit dem Arme-Schlucker-Gesicht trug einen anthrazitfarbenen Anzug, neben dem der Atwaters aussah, als habe er ihn selbst geschneidert. Atwater trat in die Halle; seine Schuhe klickten hallend auf den Marmorfliesen. In dem matten, bernsteinfarbenen Licht, das durch die Buntglasscheiben der Kuppel hoch über ihm fiel, wirkte die Halle düster. Dies hier war ein toter Ort. Frechette fixierte Atwater unverwandt, ohne ein einziges Mal zu blinzeln, und Atwater registrierte, daß sich sein eigener Blick auf den Knoten von Frechettes Krawatte konzentrierte. Frechette machte eine Bewegung mit der Hand, die bedeutete, daß er ihn filzen wollte. Normalerweise ließ Atwater das über sich ergehen. Doch diesmal lehnte sich etwas in ihm dagegen auf.

»Was soll dieses Spielchen? Sie wissen, daß ich nie eine Waffe trage.«

Bisher hatte Atwater seinen Blick auf die Krawatte geheftet, jetzt riskierte er einen schnellen Blick in Frechettes Gesicht: es war ausdruckslos und gelassen. Um die hohen Wangenknochen lag jedoch ein Anflug tiefverwurzelter Verachtung, die Atwater, wie er wußte, nie würde unterbinden können. Er senkte den Blick wieder.

»Nur Routine, Mr. Atwater«, sagte Frechette leise. »Keine persönliche Diskriminierung beabsichtigt.«

»Es ist mir egal, ob es beabsichtigt ist oder nicht. Ich bin der Anwalt Ihrer Chefin und kein gottverdammter Ganove.«

Frechette hielt seine Hände noch immer in Hüfthöhe erhoben. Er bewegte sie nicht. Atwater kämpfte gegen den Wunsch an, seine Arme zu heben und sich durchsuchen zu lassen. Dann nickte er mit dem Kinn an Frechette vorbei.

»Okay. Gehen Sie und fragen Sie Miß Parillaud, ob sie möchte, daß Sie mich durchsuchen. Wenn sie ja sagt, dann ist es okay. Ich kann warten. Meine Zeit ist hier anscheinend so und so nicht viel wert.«

Diesmal blinzelte Frechette. Er ließ den Blick, nach etwaigen Ausbeulungen suchend, über Atwaters Anzug gleiten. Der Blick gab Atwater das erhebende Gefühl, einen kleinen, aber bedeutsamen Sieg errungen zu haben.

»Miß Parillaud ist im Arbeitszimmer«, sagte Frechette und wandte sich um, um voranzugehen.

Atwater folgte ihm. Er fühlte sich um einige Zentimeter größer. Während er den breiten Korridor hinabging, dachte er darüber nach, wie all dieser superreiche Humbug einen Kerl wie ihn derart einschüchtern konnte. Auf seinem eigenen Terrain wurde Atwater durchaus ernst genommen. Er brüllte die altgedienten Cops mit Goldplaketten an den Uniformen genauso nieder wie Leichenbeschauer und Revier-Captains, wenn sie ihm dumm kamen, und in den Haftzellen durchbohrte er mit seinen Blicken Killer aus fünf Zentimeter Entfernung, während er ihnen klarmachte, daß er dafür sorgen werde, daß sie Zellengenossen bekämen, die sie in den Arsch fickten, bis Blut käme, wenn sie sich nicht schuldig bekennen würden. Und im Gerichtssaal konnte er sich gegen seine schlappschwänzigen, überbezahlten Gegner mehr als nur behaupten. Doch sobald er einen Fuß durch diese Tür hier setzte, senkte es sich wie ein unsichtbarer Schleier über ihn: eine ehrfürchtige Scheu und Befangenheit, die ihm die schiere, konzentrierte Gegenwart von so ungeheurem, so unerhörtem Reichtum einflößte. Er hatte das Gefühl, von Geburt an und ohne sein Wissen dazu erzogen worden zu sein, vor all dem, was diese gigantische Ansammlung von Marmor, Teak und Gold repräsentierte, auf die Knie zu sinken. Eine unter Staatsanwälten gängige Faustregel besagte, daß es mehr oder weniger unmöglich wäre, pro Jahr ein besteuertes Einkommen von mehr als fünfhunderttausend Dollar einzustreichen, ohne wissentlich das Gesetz zu brechen. Doch hier in Arcadia fühlte sich Atwater von dem Gefühl durchdrungen, daß Reichtum etwas Legitimes und Rechtmäßiges sei. Es war, als wüßten selbst die Wände und Böden, daß ein solcher Reichtum nur rechtens sein könne. Denn wie sonst wäre es möglich, so viel Geld an einem Platz zusammenzubekommen, unbehelligt und ungestraft? *»Sei still«*, schien das Geld zu sagen, *»und wisse, daß ich Gott bin.«*

Atwater zwang sich, an das Tonband von der schluchzenden Parillaud zu denken und an die Fotos und daran, wie er Frechette die Stirn geboten hatte. Es gelang ihm, seine Ehrfurcht auf ein erträglicheres Maß niederzuringen. Er würde sich nicht mehr länger herumschubsen lassen. Die Parillaud hatte die Chance gehabt, ihn in ihr Vertrauen zu ziehen, und war nicht schlau genug gewesen, es zu tun. All dieser Luxus, der Tag und Nacht ihr Gehirn durchtränkte, hatte sie weich und unvorsichtig gemacht, und diesen Frechette, trotz all seiner Routine, ebenfalls. Jack hatte das heute mit seinen Abhörwanzen und Teleobjektiven bewiesen. Und auch Atwater selber, als er Frechette abgetrotzt hatte, auf eine Durchsuchung nach Waffen zu verzichten. Das konnte sich noch als nützlich erweisen. Ja. Sie waren nachlässig. Sie waren schwach. Und Rufus Atwater war hungrig und bereit.

Frechette öffnete eine Tür und sagte in den Raum dahinter: »Rufus Atwater, Ma'am.«

»Lassen Sie ihn herein, Bobby.«

Frechette zeigte Atwater erneut seine Wangenknochen und trat einen Schritt zur Seite, um ihn vorbeizulassen. Atwater marschierte in das Arbeitszimmer. Die Jalousien waren herabgelassen und schräggestellt, und in dem mit dunklem Holz getäfelten Zimmer herrschte gedämpftes Dämmerlicht. Hinter einem Schreibtisch, der die Größe von Atwaters Schlafzimmer hatte und der vermutlich mehr wert war als sein ganzes Haus, stand Lenna Parillaud. Sie trug, wie es schien, denselben schwarzen Hosenanzug wie auf Seeds Fotos, und ihr Gesicht blieb im Schatten. Dankbar registrierte er, daß sie diesmal ausnahmsweise nicht viel Dekolleté zeigte. Irgendwo im Zimmer tickte eine Uhr. Atwater nahm sich vor, sich nicht wieder zu diesem idiotischen Unterlegenheits-Blödsinn hinreißen zu lassen. Er nickte mit der, wie er fand, genau richtigen Mischung von Respekt und Selbstbewußtsein in Richtung des im Schatten verharrenden Gesichts.

»Miß Parillaud«, sagte er.

»Rufus«, sagte sie. »Kommen Sie und setzen Sie sich.«

Atwater fühlte eine leichte Schwäche in seinen Beinen. Sie hatte ihn noch nie mit seinem Vornamen angesprochen. Während er auf den Stuhl diesseits des Schreibtischs zustrebte, sagte sie mit erhobener Stimme über seine Schulter hinweg: »Danke, Bobby.«

Atwater hörte, wie hinter ihm die Tür ins Schloß schnappte, und ließ sich auf dem Stuhl nieder. Seine Hand huschte zu seiner Tasche. Er zog sie zurück und hielt sie mit der anderen in seinem Schoß fest.

»Sie können rauchen, wenn Sie möchten«, sagte die Parillaud.

»Vielen Dank, ist nicht nötig«, erwiderte Atwater.

Er schlug die Beine übereinander und wünschte dann, er hätte es nicht getan, fürchtete jedoch, daß es nicht gut aussehen würde, wenn er sie gleich wieder nebeneinander stellte. Die Parillaud trat näher an ihre Seite des Schreibtischs, und er konnte ihr Gesicht jetzt gut sehen. Einen Augenblick lang war er schockiert. Seit er sie kannte, hatte er nie auch nur einen Hauch von Sonnenbräune auf ihrem Gesicht gesehen; tatsächlich war ihr Gesichtsteint immer unnatürlich weiß, als benutze sie irgendeinen Make-up-Puder. Doch jetzt im Moment war ihr Gesicht so bleich, wie es von Puder allein gar nicht möglich war. Sie sah erschöpft und mitgenommen aus. Unter ihren grünen Augen lagen dunkle Ringe, und in den Augenwinkeln entdeckte er einige Falten, die ihm noch nie aufgefallen waren. Sie war etwa einsachtundsechzig, einssiebzig groß und hatte eine vollschlanke, doch feste Figur. Ihm war aufgefallen, daß sie – wann immer sie wollte – fähig war, den Eindruck zu erwecken, sie sei verletzlicher und hilfsbedürftiger als ihr tatsächlich zumute war, ein O-bitte-Daddy-nur-für-mich-Spiel, mit dem sie vermutlich ihr ganzes Leben lang immer bekommen hatte, was sie wollte. Bei anderen Gelegenheiten war sie eigensinnig und bockig, bis zu dem Punkt, wo sie fast mit dem Fuß aufstampfte. Verwöhnte Zicke. Heute jedoch, das fühlte er, war zumindest ein Teil ihrer Verletzlichkeit echt.

»Was haben Sie über Dr. Grimes herausgefunden?« fragte sie.

Atwater hatte stets das Gefühl, daß ihre leise Sprechweise für die Parillaud nicht natürlich war, daß der sanfte, hauchende Tonfall etwas war, das sie kultivierte. Ihre normale Stimme besaß wahrscheinlich einen rauheren, schärferen Klang. Ein Hauch von dieser Schärfe klang jetzt durch. Sie versuchte, ruhiger zu wirken, als sie war.

Das war gut. Atwater fischte die Packung Kools aus seiner Tasche.

»Ich denke, ich stecke mir jetzt doch eine Zigarette an«, murmelte er.

Die Parillaud schob einen Kristallaschenbecher über den Schreibtisch und wartete, während er den ersten Zug inhalierte. Durch den Rauch sah Atwater sie an. Zum erstenmal fühlte er sich ihr überlegen. Es war ein Gefühl, das ihm sehr gefiel.

»In der kurzen Zeit habe ich nichts herausfinden können, das von besonderem Interesse wäre«, sagte er.

»Erzählen Sie trotzdem.«

Atwater sprach, ohne die Aufzeichnungen zu Rate zu ziehen, die in seiner Tasche steckten. »Grimes ist achtunddreißig und lebt alleine in einem alten Feuerwache-Gebäude am Irish Channel. Er ist nicht vorbestraft und war nicht beim Militär. Approbierter Doktor der Medizin, Abschluß an der University of Chicago. Danach Ausbildung zum Facharzt in allgemeiner und traumatischer Chirurgie. Dann verschwand er für ein paar Jahre nach Mittelamerika – Nicaragua oder San Salvador, vielleicht beides.«

»Weshalb?«

»Ich nehme an, er hat dort während des Krieges irgendeine Art Hilfsdienst gemacht – irgendwas beim Roten Kreuz, vermute ich. Ich warte auf mehr Informationen über diese Zeit. Vor etwa acht Jahren kehrte er in die Staaten zurück, gab die Chirurgie ganz auf und fing die Ausbildung zum Psychiater an – diesmal in Tulane. Ich hab' mir sagen lassen, daß es für Mediziner gar nicht so ungewöhnlich ist, sich nach den ersten Jahren in der Praxis für ein ganz anderes Fachgebiet zu spezialisieren, aber es ist ungewöhnlich, eine Facharztausbildung abzuschließen und zu praktizieren und dann von vorn einen völlig neuen Studiengang zu beginnen. Jetzt spezialisiert er sich auf die Behandlung von Suchtkranken – vor allem Heroinabhängige.«

Ein Schatten von Besorgnis – eine Frage? – huschte über das Gesicht der Parillaud. Atwater verstummte, doch die Parillaud sagte nichts.

Er fuhr fort: »Soweit ich es beurteilen kann, ist Grimes im Kollegenkreis zwar geachtet, gilt jedoch als eine Art Außenseiter.«

»Warum ist er nach New Orleans gekommen?« fragte sie.

»Das weiß ich nicht. Da es über ihn nicht viele Informationen gab, habe ich mir seine Familie etwas genauer angesehen. Er hat einen Bruder, der Luther heißt und ein ziemlich übler Patron ist: Hochdekorierter Vietnam-Held von der ausgeflippten Sorte, hat später ein paar Jahre im Angola-Staatsgefängnis gesessen, weil er bei einer Schlägerei zwei Kerle fast umgebracht hat. Wo er jetzt steckt, ist nicht bekannt. Der Vater der beiden, George, wohnt in Algiers, was möglicherweise der Grund ist, warum Grimes hierher gezogen ist. George ist ein alter Gewerkschaftsaktivist von der dunkelroten Sorte, hat in den fünfziger und sechziger Jahren als Organisator für die American Federation of Labor gearbeitet. Wurde zigmal verhaftet, immer wegen irgendwelcher Gewerkschaftsaktivitäten, einschließlich einer achtjährigen Gefängnisstrafe in Illinois wegen tätlichen Angriffs auf einen Polizisten während eines Streiks. Saubere Weste in den letzten dreißig Jahren.«

Nichts von dem, was er herausgefunden hatte, war hinsichtlich einer Verbindung mit Clarence Jefferson von Interesse, doch das sagte er nicht. Er beugte sich vor, um die Asche abzustreifen.

»Ich fürchte, das ist schon alles, was ich habe, Miß Parillaud.«

Die Parillaud stand noch immer. Sie verschränkte ihre Hände. Die Geste wirkte halbwegs beiläufig, doch Atwater hatte den Eindruck, daß sie nur dem Zweck diente, ihre Hände vor dem Zittern zu bewahren.

»Sie arbeiten sehr gründlich«, sagte sie. »Ich weiß das zu schätzen.«

Atwater paffte an seiner Kool und wählte seine Worte mit Bedacht.

»Ich nehme an, das hat etwas mit Ihrer Suche nach Captain Jeffersons kleiner Bibliothek zu tun«, sagte er.

»Nein«, entgegnete sie eine Spur zu schnell. »Das ist eine andere Sache. Eine persönliche Angelegenheit.«

Atwater faßte sie ins Auge und dachte: *Du lügst, du blaßgesichtiges Miststück. Nicht mehr lange, und ich sehe dich endlich auf deinen Knien.* Er wartete, daß sie nach dem Fortgang der Jefferson-Recherchen fragte. Wenn sie nicht fragte, stand Atwaters Entschluß fest.

»Ich muß persönlich mit Dr. Grimes sprechen. Von Angesicht zu Angesicht«, sagte die Parillaud.

Atwater grinste innerlich. Sein Gesicht legte er in besorgte Falten.

»Ich bin mir sicher, er wird Ihrem Wunsch mit Vergnügen nachkommen. Ich hoffe, es ist nichts Ernstes.«

»Wie gesagt, es ist persönlich.«

»Selbstverständlich. Ich wollte nicht neugierig sein.«

»Ich möchte, daß Sie Dr. Grimes heute abend hier zu mir heraus begleiten. Sobald Sie ihn ausfindig machen können.«

Das Grinsen verschwand von Atwaters innerem Gesicht. Er hatte für heute abend andere Pläne. Ihr entging sein Zögern nicht.

»Ich bitte Sie deshalb um diesen Gefallen, weil ich weiß, daß Sie gewissenhaft und äußerst diskret sind. Und Ihnen fehlt es auch nicht am angemessenen Taktgefühl.«

Das mußte er ihr lassen: Es gelang ihr sogar, einen zaghaften Anflug des bangen Kleinmädchen-Lächelns über ihr Gesicht huschen zu lassen, das in den letzten Jahren vermutlich einige der fettesten Deals der Branche zu ihren Gunsten entschieden hatte. Selbst während dieser Gedanke durch seinen Kopf schoß, fühlte er, wie er vor Freude rot wurde, und hörte sich sagen: »Sicher, Miß Parillaud. Was immer Sie wünschen.«

Sie nickte. »Dann sehe ich Sie später wieder, zusammen mit Dr. Grimes. Vielen Dank, Mr. Atwater.«

Sie stand da und wartete, daß er aufstehen und gehen würde, als habe er soeben ihre Schuhe geputzt. Einfach unglaublich. Atwater drängte es, zu sagen: »Ja, Sir, nein, Sir, drei Körbe voll von allem ...« Statt dessen erhob er sich und drückte seine Zigarette im Aschenbecher aus.

»Ich werd' mich sofort drum kümmern«, sagte er.

»Wenn möglich, möchte ich, daß Dr. Grimes freiwillig hier herauskommt. Drängen Sie ihn nicht. Fragen Sie ihn höflich und versichern Sie ihn meiner Dankbarkeit.«

»Und wenn das nicht möglich ist?« erkundigte sich Atwater.

»Dann gebrauchen Sie Ihr Urteilsvermögen. Egal wie – bringen Sie ihn mir her.«

»Ich kann allerdings nicht garantieren, daß ich ihn heute abend noch finde.«

Diesmal brach die echte Stimme durch die Decke ihrer Selbstbeherrschung.

»Dann geben Sie mir Bescheid und suchen weiter, Mr. Atwater.«

Ihr Blick bohrte sich in ihn. Der Blick eines Tigers. Zu seinem Entsetzen fühlte Atwater körperliche Angst. Er machte einen Schritt rückwärts und stammelte: »Wie Sie wünschen, Miß Parillaud.«

Atwater bekräftigte seine Worte mit einem hastigen Nikken und sah zu, daß er aus dem Zimmer kam. Im Korridor stand Bobby Frechette. Atwater hob die Schultern und stapfte ohne ein Wort an ihm vorbei. Er spürte, daß der Nigger den ganzen Weg bis zur Haustür hinter ihm ging, weigerte sich jedoch, ihm mit einem Blick über die Schulter oder einem Wort des Abschieds zu schmeicheln. Während er die breite Flucht der Eingangsstufen zu Jack Seeds Impala hinabstieg, dachte Atwater über die merkwürdige Stimmung nach, in der die Parillaud gewesen war. Sein Gefühl sagte ihm, daß die Grimes-Sache nirgendwohin führen würde. Vielleicht war es wirklich nur das, was sie gesagt hatte – eine persönliche Angelegenheit. Vielleicht stand in dem Brief, den sie heute morgen bekommen hatte, daß sie an Brustkrebs oder etwas ähnlichem litt. Warum dann aber ein Psychiater? Und warum hatte sie von Atwater verlangt, ihn für sie zu überprüfen? Er erinnerte sich an die Unsicherheit in ihrer Stimme. Nein – er mußte die Grimes-Sache mit aller Ernsthaftigkeit angehen und mit der nötigen Sorgfalt. In der Zwischenzeit konnte Jack den

Ball ins Rollen bringen. Heute abend. Atwaters Gespür trog ihn nicht. Er konnte nicht mehr länger warten. Irgend etwas tat sich. Er mußte am Ball bleiben, aber er konnte Jefferson nicht allein aus seinem Betongefängnis befreien. Atwater machte die Tür des Chevy auf und stieg ein. Er sah Jack an.

»Und, Jack? Bist du dabei?«

»Was, wenn es nicht Jefferson ist, der da drin sitzt?« fragte Seed.

»Aber du glaubst, daß er es ist.«

»Schon – aber was, wenn er's nicht ist?«

Atwater sagte das erste, was ihm in den Kopf kam.

»Dann verschwinden wir, ohne eine Spur zurückzulassen.«

Erst nachdem er den Mund wieder zugemacht hatte, begriff er, was ihm soeben über die Lippen gekommen war. Er war Staatsanwalt, der sich feierlich verpflichtet hatte, das Gesetz zu verteidigen und ihm Geltung zu verschaffen. Und jetzt hatte er Mord propagiert, zumindest den an den beiden Hinterwäldlern der Parillaud. Plötzlich war sie Realität: die Linie, von der er sich nie hätte träumen lassen, daß er sie je überschreiten würde. Innerlich schluckte er betroffen. Einmal – es war noch in der High-School gewesen – war er auf das oberste Brett des olympischen Sprungturms gestiegen und hatte es geschafft, bis an den vordersten Rand zu treten. Er hatte nicht auf das Wasser tief unter ihm hinabgeschaut. Das war gar nicht nötig gewesen: Es hatte ihn von Kopf bis Fuß mit einem schimmernden Entsetzen erfüllt. Er hatte es gerade noch geschafft, unter dem Gejohle seiner Freunde die lange Leiter wieder hinabzuklettern, ohne sich übergeben zu müssen. So ähnlich fühlte er sich jetzt: Er wollte nicht nach unten sehen. Er war im Begriff, einen Rückzieher zu machen und das, was er soeben gesagt hatte, zu relativieren, als sein Blick auf Seeds Gesicht fiel: Jack starrte ihn an, als sei er Vito Corleone. Atwater machte den Mund wieder zu.

Dann sagte Jack ruhig: »Wir werden ein paar Jungs brauchen.«

Und bei diesen Worten fühlte Atwater, wie etwas seine Wirbelsäule hinabschoß und dann in Spiralen durch seinen Bauch wieder hochstieg. Er fühlte sich schwindlig und von einer seltsamen Leichtigkeit. Das war es, Mann: So fühlte es sich an, wenn man von Marihuana auf Heroin umstieg. All seine Ängste verflüchtigten sich in dem Rausch von Macht und Kühnheit. Er – Rufus Atwater – war ein gottverdammter Alptraum auf Rädern. Er hatte den stählernen Panzerhandschuh des Gesetzes an seiner Faust, und seine Finger in der Möse dieses reichen Flittchens. Zum erstenmal verstand er, welche Macht Jefferson zu eigen gewesen war: Sein Wort hatte über Leben und Tod entschieden. Verdammt. Und heilige Scheiße. Tot *oder* lebendig – die Zeiten des Captains waren vorüber. Jetzt saß Rufus Atwater an den Hebeln. Er unterdrückte das Bedürfnis, die Luft tief in seine Lungen zu saugen. Statt dessen lächelte er dünn und richtete den Blick auf Jack.

»Geld ist kein Problem«, sagte er. »Ich regle das – auf die eine oder andere Weise. Besorg mir nur, was dafür nötig ist.«

Seed startete den Motor und fuhr los.

»Aber keine Mafialeute«, fügte Atwater hinzu. »Nur Unabhängige.«

Jack Seed schniefte und fuhr sich mit dem Rücken seines Zeigefingers über die Nasenlöcher.

»Zwei Bauerntölpel und vier Hunde«, überlegte Seed laut.

»Zwei Männer außer uns.«

»Sagen wir vier. Ich will ganz sichergehen. Burschen, die niemand vermißt, falls es Tote gibt.«

Atwater wußte kaum, wo seine Worte herkamen, aber sie gefielen ihm.

»Ich kenne einige Kubaner«, sagte Jack. »Ehemalige Armeeangehörige. Hatten die Schnauze voll von Castro.«

»Gut. Ich will heute nacht zuschlagen.«

Seed nickte. »Wenn wir bis morgen warten würden, wäre uns wahrscheinlich klar, wie völlig verrückt wir sind.«

Sie rasten nun auf das Tunnel aus Eichenkronen zu, durch das sie zu dem Eisentor kommen würden. Atwaters Herz raste ebenfalls. Er sah aus dem Fenster. Im Westen über dem manikürten Rasen war die Sonne nur mehr eine halbe, orangefarbene glühende Scheibe, und der Himmel ertrank in lohendem Rot.

»Was ist mit dem Seelenklempner?« fragte Seed.

Atwater drehte den Kopf. »Was?«

»Mit diesem Psychiater – Grimes.«

Jack hatte recht, dachte Atwater. Jetzt konnte er sich weniger denn je leisten, auch nur ein einziges Detail außer acht zu lassen. Alles konnte alles bedeuten. Im Wagen wurde es dunkel, als sie unter den moosbehangenen Eichen hindurchbrausten.

»Du sorgst dafür, daß die Kubaner auf der Matte stehen« sagte Atwater. »Um Dr. Grimes kümmere ich mich selbst.«

VIER

Cicero Grimes betrachtete seinen Vater George über die polierte Tischplatte aus Aluminium hinweg, und obwohl er es nicht wollte – und trotz allem, was ihn bedrückte –, mußte er lächeln. Sie saßen in einem Diner in einem ausrangierten Eisenbahnwaggon, in dem man einfaches französisches und amerikanischen Essen bekam ohne den üblichen servilen Humbug, mit dem man sich herumschlagen mußte, wenn man essen wollte. Grimes lächelte, weil es ihm gefiel, wie sein Vater sein Steak attackierte, wie er es in großen Bissen mit zuviel Senf und viel zu wenig Kauen hinunterschlang. Dies war nichts Lustiges oder etwas, worüber jemand anderer vielleicht gelächelt hätte; es war lediglich etwas, das Grimes gerne sah. George lehnte sich zurück, wischte sich den Mund mit einer Serviette ab und schielte auf Grimes' Teller, auf dem, verschmäht und zur Seite geschoben, dessen halbes Steak lag.

»Du siehst nicht gut aus, Gene«, sagte George. »Du solltest zusehen, daß du den Rest von dem Steak in den Bauch kriegst.«

Sein Vater nannte ihn Gene, nach Eugene Debs, dem Mann, der von seiner Gefängniszelle aus für das Amt des Präsidenten der USA kandidiert hatte. Cicero war ein Spitzname, den Grimes schon als Junge abbekommen hatte, nicht weil er besonders klug gewesen wäre oder sich als Redner hervorgetan hätte, sondern weil Cicero Grimes der Name des Bösewichts in einem Paul-Newman-Western gewesen war. Ihm selbst gefiel Cicero, gleichzeitig fand er den Namen, oder vielmehr die Tatsache, daß er einen Spitznamen hatte, ziemlich albern. Bei den meisten Leuten benutzte er seinen Taufnamen.

»Mir geht es gut, Dad«, sagte Grimes.

George grunzte. Er hatte sich in Schale geworfen und trug seinen dunkelblauen Popeline-Anzug, ein weißes

Hemd und eine knallrote Slim-Jim-Krawatte. Sein voller Schopf eisengrauer Haare war kurzgeschoren wie seit mehr als einem halben Jahrhundert im immer gleichen Keine-Gefangenen-Ledernacken-Schnitt. Seine Augen waren ebenso grau wie sein Haar und lagen tief in dem breiten, grobknochigen Gesicht. Die Hände, die das Messer und die Gabel packten, als seien es Stemmeisen, wiesen Knöchel so groß wie Walnüsse auf, und waren auf ihren Rücken von mächtigen Sehnen und dicken blauen Adern überzogen. Grimes' Hände waren nach einem ähnlichen Entwurf geschaffen, nur waren seine Finger halb so dick wie die seines Vaters. George hatte Jahrzehnte damit verbracht, Schweine- und Rinderhälften durch die Gegend zu wuchten und Kisten zu schleppen, und selbst jetzt arbeitete er noch unten auf den Docks, wenn er Arbeit bekam. Die Tausende von Tonnen totes Gewicht, die er über die Jahre gepackt und hochgehoben hatte, lebten weiter in seinen muskelbepackten Armen und massigen Schultern, wenn er sich über seinen Teller beugte.

»Du warst also flachgelegen, Gene«, sagte George.

»Das stimmt, ja«, entgegnete Grimes.

Was, zum Teufel, sollte er auch sagen? Ja, Dad, ich denke seit sechs Monaten darüber nach, mich aus der Welt zu schaffen, war aber zu sehr im Arsch, um die Dinge auf die Reihe zu kriegen.

»Ärzte werden nicht krank«, sagte er statt dessen.

George ließ es durchgehen. Er nickte.

»Macht's dir was aus, wenn ich rauche?« fragte Grimes.

»Es sind deine Lungen.«

Grimes steckte sich eine Pall Mall an. George schob sich den letzten Bissen seines Steaks in den Mund, wischte das Blut und die Soße mit einem Stück Brot auf und spülte den Bissen mit einem kräftigen Schluck DosEquis hinunter. Er sah sich im Restaurant um. Es war noch früh am Abend, und der Diner war nur halb voll, meist mit jungen Leuten, die übten, cool zu sein; die Typen in T-Shirts und mit tätowierten Armen, die Mädchen mit jeder Menge Make-up im Gesicht und Metallstiften in den Nasen.

»Das Lokal hat sich verändert«, brummte George. »Das war mal eine ganz normale Eßkneipe für Arbeiter.«

»Ist trotzdem nicht schlecht«, meinte Grimes. »Sie hätten sicherlich zumachen müssen, wenn sie sich nicht dem Markt angepaßt und ihre Klientel erweitert hätten.«

»Ich sag ja nicht, daß es mir nicht gefällt.« George zog eine Augenbraue hoch. »Es ist teuer geworden, für meine Verhältnisse, aber ich muß zugeben, die Frauen sind 'ne Klasse besser als früher.« Er deute mit dem Kinn auf Grimes' Anzug, dann auf seinen. »Die müssen denken, wir sind ein paar Arbeiter, die sich verlaufen haben.«

»Was, wir?« fragte Grimes. »Harvey Keitel und Robert Mitchum?«

George lachte auf. »Das hätte von Luther sein können.«

Grimes grinste und nickte. Die Traurigkeit, die in sein Herz sank, spiegelte sich in den Augen seines Vaters. Luther, Grimes' älterer Bruder und Georges ältester Sohn, war vor sechs Monaten gestorben. Grimes war bei ihm gewesen. Einige der besten Momente in Grimes' Leben waren jene gewesen, wenn sie zu dritt in einem Kino oder vor dem Fernseher gesessen und harten Männern mit sanften Augen zugeschaut hatten, wie sie tollkühne Taten vollbrachten. Doch das war, als sie alle noch viel, viel jünger gewesen waren.

»Luther hat diese Filme geliebt«, sagte George.

Grimes sah zur Seite; seine Kehle wurde eng. Luthers Tod war der Hauptgrund, warum er die letzten Monate auf dem Fußboden liegend zugebracht hatte. Grimes hob den Blick, als er fühlte, wie kräftige Finger seinen Arm drückten.

»He«, sagte George. »Luther würde keine Entschuldigungen für sich suchen, wenn er noch hier wäre. Und wir sollten das auch nicht.«

Die Enge in seiner Kehle wurde schlimmer.

»Ja«, würgte Grimes hervor.

George, der begriff, daß dies nicht die Zeit war, sich länger mit diesem Thema zu beschäftigen, verdrehte die Augen zur anderen Seite des Mittelgangs in Richtung einer

Frau in einem kurzen Kleid, das aus falschen Silberketten und sonst nicht viel bestand. Unter dem Kleid trug sie einen schneeweißen BH und Leggings. Georges Blick kehrte wieder zu Grimes zurück.

»Das Beste an meinem Alter«, sagte George, »ist, daß du hinsehen und es genießen kannst, ohne einen Schmerz zu fühlen.« Er grinste. »Herrgott, was für eine Qual mir so was mal bereitet hat. Aber ich hätte auch nicht darauf verzichten wollen – nicht für eine goldene Uhr.«

Grimes war dankbar für den Wechsel des Themas.

»Ich glaube, Aristoteles hat etwas in derselben Richtung gesagt.«

Georges Augen blitzten. »Sokrates«, sagte er.

»Dann eben Sokrates«, brummte Grimes.

George beugte sich mit leuchtenden Augen und erhobenem Zeigefinger vor, als sei er im Begriff, ein großes, unendlich wertvolles Geheimnis zu verraten. Grimes kannte diese Pose sehr gut.

»Männer werden nicht deshalb Tyrannen, weil sie nicht unter der Kälte leiden wollen.« George lachte grimmig auf. Er machte eine rhetorische Pause, um den Aphorismus wirken zu lassen.

Die Pause war nicht nötig. Grimes war sich bereits mit Unbehagen des Briefs in seiner Innentasche bewußt. Es war, als hätte sich sein Vater auf den Inhalt des Briefs bezogen, auf Jeffersons ›Männer der Macht‹, als wisse er um den Geist Jeffersons, der Grimes über die Schultern blickte.

»*Das* ist von Aristoteles«, sagte George. »Aus *Politik*. Diese alten Burschen wußten eine Menge.«

Grimes war bereit, von jedem einen Rat anzunehmen.

»Ist man je dahintergekommen, was man dagegen tun kann?«

George hob die Schultern. So etwas gefiel ihm.

»Na was wohl? Kämpfe gegen die Bastarde – Auge in Auge und wo immer du sie triffst, was sonst? Das ist die Geschichte der Menschheit, oder nicht? Und die Geschichte ist noch lange nicht vorbei, egal was die uns in der verdammten *New York Times* weismachen wollen.«

Grimes fühlte seine Hoffnung schwinden. Er war verrückt gewesen, sich ausgerechnet an seinen Vater um Hilfe in dieser Angelegenheit zu wenden. Das vermutlich Beste, das er jetzt tun konnte, war, sich so zu verhalten, als sei er nicht ganz auf der Höhe, und – wenn sein Glück anhielt – einem hitzigen Streit aus dem Weg zu gehen. Er fühlte sich wie ein Mittelgewichtsboxer, der mit John L. Sullivan in den Ring stieg. Zwar hatte er George zuvor ausgepunktet, doch die Siege waren immer Pyrrhussiege gewesen, was schlichtweg bedeutete, daß George – auch wenn er noch so oft auf die Bretter geschickt worden war – immer die moralische Oberhand behalten hatte. Georges Psyche wurde von dem Kampf für eine universale Gerechtigkeit, wie er sie sah, beherrscht. Offiziell hatte er seit 1945 keinen Krieg mehr gewonnen, doch es schien ihm nichts auszumachen, zu verlieren, solange er ein wenig Blut auf dem Boden zurückließ. Aber Blut war es nicht, was Grimes wollte.

»Da hast du recht, Dad«, sagte er.

Er war zu dem Schluß gekommen, ihm den Brief nicht zu zeigen, und fühlte sich besser; doch der Skorpion, den Jefferson in seine Tasche gesteckt hatte, kroch noch immer herum: »*Grüßen Sie Ihren Vater von mir.*« Was, zum Teufel, hatte er damit gemeint? Hatte er George ebenfalls einen Brief geschrieben? War die Sache mit Aristoteles ein Zeichen und nicht nur ein telepathischer Zufall gewesen? Gewöhnlich war George nicht so feinsinnig.

»Dad«, sagte Grimes. »Ist in den letzten Tagen irgend etwas Ungewöhnliches passiert?«

»Du meinst, davon abgesehen, daß du mich zum Essen eingeladen hast?«

»Ja. Irgendwas. Typen, die dein Telefon reparieren wollten, Bibelverkäufer an der Tür, Fremde, die sich an dich herangemacht haben ...«

George dachte darüber nach. »Nein«, sagte er. »Warum?«

»Nur so ...«

George grunzte und bedachte ihn mit einem seltsamen Blick.

Grimes ignorierte es.

»Ich habe darüber nachgedacht, für eine Weile wegzufahren«, sagte Grimes. »Ins Ausland. Und hab' mich gefragt, ob du vielleicht Lust hast, mitzukommen.«

George musterte ihn wortlos, während er nach einem Stück Fleisch stocherte, das sich zwischen seinen Zähnen verfangen hatte. Grimes fühlte, wie er unter dem forschenden grauen Stahlblick ins Schwimmen geriet.

»Ich dachte an Südamerika.« Grimes' Boot begann zu sinken. »Oder Europa.«

George bekam das Stück Fleisch zu fassen und schluckte es.

»Ich hab' keinen Paß.«

»Oh«, sagte Grimes. »wie wär's, wenn wir mit dem Wagen irgendwohin fahren? Nach Wyoming, vielleicht. Oder in die alte Heimat, nach Chicago?«

»Willst du, daß ich mir 'ne Lungenentzündung hole?«

Grimes seufzte, niedergeschmettert vom Wissen um seine eigene Unfähigkeit. »Du warst nie ein großer Urlauber, nicht wahr, Dad?«

»Ich konnte nie verstehen, wozu es gut sein soll, tausend Meilen zu fahren, um nichts zu tun.«

Ein flüchtiges Bild blitzte in Grimes' Erinnerung auf – das Bild eines jüngeren George, der mit aufgerollten Hemdsärmeln in der Küche stand, die Fäuste auf den Tisch gestemmt, und einer Schar von Gewerkschaftskumpeln klarmachte, was sie tun mußten, damit der Streik nicht zusammenbrach; der sie ansteckte mit seiner Überzeugung, daß der einzige Weg, das Richtige zu tun, sein Weg war. Grimes wandte sich ab und versuchte, den Blick der Kellnerin aufzufangen. Er wollte die Rechnung. Erneut spürte er den Griff der sehnigen Hand auf seinem Arm. Grimes schaute zurück, direkt in die Falle des forschenden grauen Stahlblicks.

»Sag mir nur, worum es geht, Sohn«, sagte George. »Und ich rate dir, so gut ich kann.«

Grimes sah George lange an, sehr lange, wie es ihm schien. Der geschäftige Lärm des Diners trat zurück, und

Stille breitete sich aus. Die grauen Augen, die seinen Blick erwiderten, hatten gelitten, sehr gelitten; und sie hatten Freude empfunden, große Freude. Mit einem Gefühl, als würde ihm eine Last auf die Schultern gelegt, die schwerer war als seine eigenen schlimmsten Ängste und kostbarer als seine besten verlorenen Träume, fühlte Grimes das ungeheure Ausmaß der Liebe, die sein Vater ihm entgegenbrachte. Doch er sah mehr als nur das, etwas Gefährliches und Inspirierendes, die Ursache für Grimes' Respekt vor seinem Vater. Er sah – und bezweifelte dies nicht –, daß hinter und jenseits dieser unermeßlichen Liebe eine höhere Instanz stand, und es war diese Autorität und nicht die Liebe zu seinem Sohn, der George Grimes seine Seele unterordnete. Nur seinem Bewußtsein allein – das, was in ihm selbst *wußte* – war George verpflichtet, schicksalhaft, hoffnungslos möglicherweise, doch stets bedingungslos und unbedingt. Was immer sein Bewußtsein ihm sagen mochte, und unabhängig davon, ob eine andere Instanz dies für richtig oder falsch erachtete, dem würde er folgen. Genau das war es, wie Grimes wußte, was George zu einem seltsamen und gefährlichen Mann machte. George lebte allein in einem zugigen, heruntergekommenen Reihenhaus, trug einen Popeline-Anzug aus dem Discountladen und eine Slim-Jim-Krawatte und war dreiundsiebzig Jahre alt. Es war lange her, daß er einen Befehl ausgesprochen hatte, und noch länger, daß jemand dem gehorcht hatte – Grimes eingeschlossen. Das Schicksal und die Zeit hatten ihn schwach gemacht. Doch für Grimes war er noch immer ein König; ein König aus jener anderen Zeit, als Riesen eine Welt durchschritten, die weiter und größer war als diese.

Grimes griff in seine Tasche, zog zwei Bögen Papier heraus und reichte sie George. Während George seine Brille suchte und aufsetzte, drückte Grimes seine Zigarette aus, zündete die nächste an und sah zu, wie sein Vater mit einer so vollkommenen Konzentration zu lesen begann, daß er innerlich zu leuchten schien. Mit schnellen, kurzen Bewegungen seines Kopfs las George die Zeilen und schob dann das zweite Blatt obenauf. Etwa bei der Hälfte blickte

George auf, zeigte Grimes die Seite und deutete mit dem Finger auf eine Zeile.

»Was heißt das?«

»*Corpus delicti!*«, sagte Grimes. »Das bedeutet die gesamten Fakten und Beweisstücke bei einem Verbrechen.«

»Ich weiß, was es bedeutet. Ich hab's nur nicht entziffern können.«

George las weiter. Als er zum Ende der Seite gelangt war, spähte er über den Rand seiner Brille in Grimes' Gesicht.

»Wo ist der Rest?«

Die letzte Seite, die mit Jeffersons Anweisungen, wo seine Koffer zu finden waren, steckte noch immer in dem Umschlag in Grimes Tasche. Er hatte sie von den beiden ersten Seiten des Briefs getrennt, bevor er aus der Wohnung gegangen war.

»Den Rest brauchst du nicht zu lesen«, sagte Grimes.

Während des Schweigens, das entstand, wappnete er sich für Georges Reaktion.

»Ich hätte nie gedacht, daß ich mal einen Grund habe, meinen eigenen Sohn einen hinterlistigen Bastard zu nennen.« In Georges Stimme lag kein Humor, schon eher bebte sie vor mühsam unterdrücktem Zorn. »Aber genau das bist du.«

»Du hast gesagt, du rätst mir, so gut du kannst.«

»Dann muß ich den verdammten Rest auch lesen.«

Köpfe drehten sich zu ihnen herum, auch der der Kellnerin. Grimes winkte sie an ihren Tisch. Er richtete den Blick wieder auf George. Das Alter hatte ihn nachsichtiger werden lassen – und dies beträchtlich, doch nach wie vor auf dem Fundament einer derart leidenschaftlichen und hitzigen Streitbarkeit, daß es manchmal überhaupt nicht so wirkte.

»Wir reden auf dem Nachhauseweg weiter«, sagte Grimes.

George bedachte ihn mit einem düsteren Blick, erkannte eine Dickköpfigkeit, die seiner eigenen gewachsen war, und faltete die Briefbögen zusammen. Er reichte sie

Grimes, als würde er sie ihm viel lieber in den Hals stopfen, und nahm dann seine Brille ab. Die Kellnerin trat an ihren Tisch.

»Alles in Ordnung?« fragte sie unsicher.

»Alles bestens«, sagte Grimes. »Wir möchten gern zahlen, bitte.«

Als sie verschwand, um die Rechnung zu schreiben, stand George auf und sagte: »Ich muß mal auf die Toilette. Bis nachher.«

Nach der Klimaanlage im Restaurant, war die Luft auf der Straße stickig und schwül. Während Grimes wartete, zog er sein Jackett aus und hängte es sich über die Schulter. Die Straßenbeleuchtung war angeschaltet, der Abendverkehr als ständiges, diffuses Dröhnen präsent. Der alte Ward 15 Distrikt hatte sich in den letzten zehn Jahren zum Besseren verändert, seit nach den interessanten Leute ohne Kohle weniger interessante mit Kohle in die Gegend gezogen waren. Warum auch nicht? Grimes konnte nicht einsehen, was ein paar Kunsthandwerkläden und Restaurants einem Viertel schaden sollten. Er schaute zum Himmel empor, sah Wolken und fragte sich, ob es später regnen würde. Dann kam sein Vater die Stufen des Eisenbahnwaggons herab, und sie nahmen die vier Blocks bis zu dem Reihenhaus, in dem George wohnte, in Angriff.

Die ersten beiden Blocks legten sie schweigend zurück. Je weiter sie sich von den Lichtern der Hauptstraße entfernten, um so spärlicher wurde der Verkehr. Sie waren inzwischen nahe genug, den Fluß riechen zu können. Grimes fühlte, wie sein Vater, der mit tief in den Taschen versenkten Fäusten neben ihm herstapfte, innerlich kochte.

»Gene«, knurrte sein Vater schließlich, »ich weiß, du hast nicht den ...« Ein flüchtiges Gefühl der Rücksichtsnahme im Hinblick auf seinen Sohn, ließ ihn zögern, doch dann setzte er, wie nicht anders zu erwarten, den angefangenen Satz fort: »Ich meine, ich kann verstehen, warum du nicht den Mumm für eine solche Sache hast.«

»Vielen Dank, Dad«, sagte Grimes.

»Du bist ein junger Mann, ein Akademiker sogar, der

mitten im Beruf steht. Du hast viel zu verlieren.« Und mit einiger Verzögerung fügte er hinzu: »Herrgott im Himmel, es gibt keinen Grund, sich zu schämen, wenn man so denkt.«

»Ich schäme mich nicht«, meinte Grimes. »Ich bin nur besorgt. Ich habe nämlich nicht die geringste Lust, mich von Psychopathen foltern zu lassen.«

Grimes fand, daß die Tatsache, daß er schon einmal gefoltert worden war – von seinem verblichenen Wohltäter Clarence Jefferson –, ihm das Recht gab, sich vor der Vergangenheit zu verschließen. Für diese Erfahrung – diese unsagbare, zutiefste Erniedrigung – schämte er sich in der Tat, auch wenn dies irrational war. Er hatte mit keinem Menschen darüber gesprochen und hatte auch nicht vor, das je zu tun.

»Und ich will nicht sterben«, fügte Grimes hinzu.

George schwieg eine Weile, dann griff er von einer anderen Richtung wieder an.

»Dies hier ist ein großes Land«, sagte er. »Und weißt du, warum?«

Grimes antwortete nicht darauf.

»Weil wir immer den Mumm hatten, der Wahrheit ins Auge zu sehen.«

»Ich glaub das nicht!« ächzte Grimes. »Du hast die meiste Zeit deines Lebens damit verbracht, jedem zu erzählen, der bereit war, dir zuzuhören, daß wir in einem korrupten Königreich leben.«

»Genau. Sitze ich deshalb im Gefängnis? Nein. Denkst du, ich bin der Ansicht, der Kerl, der nicht meiner Meinung ist, sollte im Gefängnis sitzen? Nein. Laß ihn seine Meinung vertreten, und möge der Mann mit den besseren Argumenten gewinnen. Was aber das Geschmeiß betrifft, das Tag für Tag seine Finger in unsere Taschen steckt und uns mit seinen Lügen und Heucheleien verarscht … Du kannst dein letztes Hemd drauf verwetten, daß ich die in Ketten sehen will. Der Grund,warum wir aus offenen Wunden bluten, ist der, daß die Leute so langsam begreifen, daß ein Haufen Arschlöcher, denen sie keinen Hot-dog-Stand anvertrauen würden, für sie bestimmen, wie ihr Leben verläuft. Es ist, als wäre es nicht ihr Land. In den alten Zeiten war es sogar noch schlimmer und leichter für das Gesocks, sich im Schutz ihres erkauften Prestiges zu verstecken. Heute können wir wenigsten ihre fetten Ärsche ans Licht zerren und sie zwingen, die Hosen runterzulassen. Wir können ihnen zeigen, daß dieses Land möglicherweise – nur möglicherweise – doch uns gehört.«

»Dad«, sagte Grimes. »Ich bin kein Arschloch, und ich habe dir – ob du's glaubst oder nicht – mehr als dreißig Jahre lang zugehört. Ich weiß, daß das Königreich korrupt ist. Ich weiß, daß der Richter, der ohne mit der Wimper zu zucken, die Jungs von nebenan ins Angola Staatsgefängnis schickt, sich nach seinem Verdauungs-Aperitif ein paar Linien Kokain in die Nase zieht. Ich weiß, daß wir von Gaunern und Dieben und Männern ohne Ehre regiert werden. Aber hör mir gut zu: Es ist mir egal.«

George sah ihn nicht an.

Grimes kam langsam in Fahrt. »Was immer ich dir und den Ideen, an die du glaubst, schulde, habe ich längst zurückgezahlt. Ich lebe mein Leben; ich bitte niemanden um einen Gefallen, und niemand braucht für mich an irgendwelchen Fäden zu ziehen. Wenn diese Stadt, oder von mir aus der ganze Staat, auf einem Raddampfer mit klingendem Spiel zur Hölle fahren will, dann ist das okay für mich. Wir leben in der Welt, die wir verdienen. Ich denke nicht daran, mir die Eier abschneiden zu lassen, weil ich versucht habe, was zu verändern, das mir scheißegal ist.«

George blieb unter einer Straßenlaterne abrupt stehen. Grimes ebenfalls. Er fühlte, daß sein Vater kurz vor einer Explosion stand, wie er sie schon oft zuvor erlebt hatte

»Dann gib *mir* die Gelegenheit, mich drum zu kümmern«, sagte George.

»Nein«, sagte Grimes.

Mit einem titanischen und für ihn ganz untypischen Aufwand an Selbstbeherrschung wandte George sich ab, die massigen Schultern hochgezogen, den Kopf auf die Brust gesenkt. Die Nackenmuskeln unterhalb seines Haaransatzes bildeten zwei dicke Stränge. Als er sprach, knirschte seine Stimme wie Kieselsteine.

»Ich will den Rest sehen, Gene. Ich meine ...« Er schüttelte den Kopf, als sei er selbst überrascht von der Heftigkeit seines Wunsches. »Gib ihn mir.«

Grimes schob seine Hand unter Georges linken Arm. Der Popeline-Stoff unter seinen Fingern war straff gespannt.

»Ich will aber nicht, daß du stirbst«, sagte Grimes.

George drehte den Kopf, sah ihn über die Schulter hinweg an und knurrte: »Sterben? Du weißt gar nicht, was das Wort bedeutet.«

Grimes hatte eine weitere Predigt erwartet, ein zorniges Aufbegehren, den vernichtenden Vorwurf, daß er feige sei. Dies jedoch hatte er nicht erwartet: In den Augen seines Vaters lag eine Verzweiflung, die Grimes noch nie bei ihm gesehen hatte. Wäre George von seinem Naturell her dazu imstande gewesen, die Hände auszustrecken und zu bitten, er hätte es, dies sagten seine Augen, in diesem Moment getan. Doch statt sich zu öffnen und loszulassen, ballten sich seine Hände zu Fäusten mit weiß hervortretenden Knöcheln, die er vor seiner Brust gegeneinander stieß. Und da es ihm auch nicht gegeben war, den Schmerz, den er fühlte, in Worte zu fassen, wandte er sich erneut ab.

Grimes fühlte sich hilflos. Er wußte, hätte nicht jede Generation ihr Kontingent an Georges hervorgebracht, dann wäre die Welt ein unbewohnbarer Ort. Doch er durfte nicht zulassen, daß sich ein alter Mann Hals über Kopf in ein Spiel auf Leben und Tod mit den kleinen Ganoven und den großen Verbrechern des gesamten Südens stürzte. Er drückte den Arm, den er noch immer mit seiner Hand umklammerte.

»Laß uns nach Hause gehen und was trinken«, sagte Grimes.

Georges Schultern schienen sich ein wenig zu entspannen. Seine Stimme klang weniger gepreßt.

»Ich lese eine Menge, weißt du? Immer schon«, sagte er. »Ich stehe am Morgen auf, rasiere mich, frühstücke und erledige, was zu erledigen ist, mache einen Spaziergang, schaue, ob es unten am Hafen einen Job gibt, kauf mir 'ne Zeitung und gehe wieder nach Hause. Dann ist es in der Regel zehn Uhr vormittags.«

Grimes verdrängte die Gedanken an seinen eigenen erbärmlichen Tagesablauf. Er hörte George zu.

»Ich hab' nicht vor, blind zu werden oder – noch schlimmer – den ganzen Tag fernzusehen, deshalb lese ich; meistens Bücher, die ich schon mal gelesen habe, und ich entdecke Dinge, die mir beim ersten Mal entgangen sind. Und eine dieser Neuentdeckungen lautet: ›Der Tod beschließt alles.‹ George sah ihn jetzt wieder an. ›Doch wenn das Ende naht, kann noch ein Werk von edlem Sinn vollbracht werden, das Männern ziemt, die mit den Göttern rangen.‹«

Grimes erschauderte tief in seinem Innern – vor Schuldgefühlen, vor Liebe, Mitgefühl, Bewunderung und weiß der Himmel was noch. Dann sagte eine Stimme in seinem Kopf: »*Wie kannst du es wagen, mir in einem Augenblick wie jetzt mit diesem Alten-Meister-Quatsch zu kommen? Das sind Autos, die an uns vorbeifahren, nicht Pferdedroschken. Du kannst in dieser Stadt für zweitausend Dollar jemanden umlegen lassen, für zwanzigtausend einen Richter wählen und deinen Schwanz für viel weniger in alles reinstecken, was atmet oder nicht – staatliche und städtische Steuern inklusive. Es gibt keine Götter mehr, mit denen man ringen könnte, alter Mann.* Dann sagte eine andere Stimme: *Dieser alte Mann hat gegen die Japaner, gegen Taft-Hartley, Joe McCarthy, das FBI und John F. Kennedy gekämpft und in Selma mehr als seinen Teil an Tränengas abbekommen, als die langhaarigen Freizeitrevoluzzer an den Unis noch dachten, KKK sei eine halluzinogene Droge. Er hat das Recht, zu zitieren, wen immer er möchte.*«

George beendete diesen Dialog für ihn, als er sagte: »Vergiß es, Sohn. Komm, laß uns was trinken gehen.«

Er befreite seinen Arm und marschierte los. Einfach so.

Grimes fühlte einen Anflug von Ärger. »He!« rief er.

Mit ein paar schnellen Schritten hatte er George eingeholt und stapfte neben ihm her.

»Was soll ich vergessen? Ich bitte dich um deinen Rat, weil mir ein Haufen Scheiße von der Größe Chinas in den

Schoß gelegt worden ist, und du sagst mir, daß du das für mich erledigen willst. Soll ich mich jetzt vielleicht entspannt zurücklehnen und Daumen drehen? Alles ist in bester Ordnung, mein Dad regelt das für mich.«

»Das ist der Rat, den ich dir geben kann. Wenn du ihn nicht befolgst, dann laß es. Und wenn du ihn nicht hören willst, dann hättest du mir diesen verdammten Brief nicht zeigen sollen.«

»Alles, was ich von dir wollte, war, daß du mit mir wegfährst.«

»Wenn du wie ein kastrierter Hund mit eingezogenem Schwanz davonlaufen willst, dann ist das deine Sache.«

Grimes hatte als Chirurg auf den Schlachtfeldern im Hochland von Nicaragua und den Bergen von El Salvador seinen Teil getan – unter feindlichem Feuer. George wußte das. Und Grimes fand, daß es nicht dafürstand, ihn daran zu erinnern.

Deshalb sagte er nur: »Wenn sie tatsächlich nach mir suchen und mich nicht finden, werden sie sich dich vorknöpfen.«

»Damit tun sie mir nur einen Gefallen. Du brauchst mir nur nicht zu sagen, wohin du rennst, und du bist vor ihnen sicher.«

Die Niederträchtigkeit dieser Erpressung raubte Grimes den Atem.

»Und du hast die Unverfrorenheit«, sagte Grimes, »mich einen hinterlistigen Bastard zu nennen.«

George sah ihm direkt in die Augen und schniefte: »Ich entschuldige mich dafür.«

Grimes wußte nicht, ob er laut loslachen oder seinen Vater bei der Kehle packen und ihn erwürgen sollte. Plötzlich wurde ihm bewußt, daß er sich seit Monaten nicht mehr so lebendig gefühlt hatte. Er spazierte durch die Nacht und redete und fuchtelte dabei mit den Armen, anstatt mit dem Gesicht nach unten in seinem Misthaufen zu liegen. Noch während er zu dem Entschluß gelangte, diese Offenbarung für sich zu behalten, sah er einen Wagen – im trüben Licht der Straßenbeleuchtung konnte er nicht erkennen, welche Farbe oder welche Marke, möglicherweise ein Nova –, der an der Ecke der Straße parkte, in der sein Vater wohnte. In dem Wagen saßen zwei Weiße, beide etwa Mitte Dreißig. Der eine hatte einen Schnauzbart und trug ein Sweatshirt, der andere ein Sportsakko; er las in einer Zeitung. Die beiden schienen nicht die geringste Notiz von Grimes und George zu nehmen. Es sah beinahe so aus, als bemerkten sie die beiden nicht eben sehr leisen nächtlichen Heimkehrer nicht einmal.

Grimes' Neigung loszulachen und der zarte Anflug von Wohlbefinden verschwanden spurlos unter einer Woge von Paranoia, die über ihm zusammenschwappte. Er widerstand dem Drang, die beiden Männer anzustarren oder George auf sie aufmerksam zu machen. George ging an dem Wagen vorbei, anscheinend ohne von den Insassen mehr Notiz zu nehmen, als sie von ihm, und überquerte die Kopfsteinpflasterstraße. Grimes blieb neben ihm und versuchte, ganz natürlich zu wirken. Er hatte keine Erfahrung mit solchen Situationen. Fast ausnahmslos waren all die zahllosen Wagen mit Männern drin, an denen er in seinem Leben vorübergegangen war, eben nichts als Wagen mit Männern drin gewesen. Deshalb war er jetzt auf seine primitivsten Instinkte angewiesen, das Richtige zu tun, und im Augenblick waren diese Instinkte im höchsten Maße alarmiert durch Mißtrauen und Angst. Wäre im nächsten Augenblick ein kleines Mädchen mit einem Luftballon um die Ecke gebogen, hätte er sie wahrscheinlich verdächtigt, den beiden Kerlen im Nova mit ihrem Ballon ein Zeichen zu geben.

Diese Vorstellung veranlaßte ihn, an das Mädchen in Jeffersons Brief denken – etwas, das er bisher vermieden hatte. *Sie ist neunzehn.* Grimes hatte ihren Namen vergessen. Ella? Die Vorstellung, daß die Wölfe auch sie suchen und aufspüren würden, beunruhigte ihn. Um die Wahrheit zu sagen, sie drehte ihm den Magen um, doch wenigstens kannte er sie nicht und konnte seine Schuldgefühle nicht mit Bildern von ihrem Gesicht füttern. Es war durchaus möglich, daß sie nur eine Fiktion war, daß Jefferson sich in seinem Brief einen letzten, posthumen schlechten Scherz erlaubt hatte, an dem er ein – weiß Gott welches – diabolisches Vergnügen fand. Wie damals, als er nur genußvoll gegrinst hatte, während Grimes sich zu seinen Füßen auf dem Wohnzimmerteppich wand. Jefferson war so gestrickt. Die Adresse des Mädchens war vermutlich das Heroinlager einer Bande bis an die Zähne bewaffneter vietnamesischer Gangster mit noch mehr Wahnvorstellungen als er selbst: Dr. Grimes klopft an die Tür, und es heißt *Gute Nacht schöne Welt*. Und Jefferson würde eine weitere lustige Geschichte haben, die er seinen Kumpels in der Hölle oder »dort droben«, wie er es nannte, erzählen konnte.

Die schwerfällige Denkmaschinerie in seinem Kopf kam knirschend bei einem anderen, plötzlich aufblitzenden Gedanken zum Stehen: Das Mädchen, Ella, war Jeffersons Tochter. Wer konnte sie sonst sein? Weshalb sonst würde er sich um sie Sorgen machen?

»Komm rein«, sagte George.

Sie waren vor Georges Haus angelangt: eine schmale Haustür und links davon ein einziges Fenster. Drinnen waren die Zimmer hintereinander angeordnet wie die Abteile in einem Eisenbahnwaggon. Vor dem Haus und von niemanden zu übersehen, wie es ihm jetzt schien, stand Grimes' 88er Olds. Der Wagen war auffallend wie ein bunter Hund. Grimes fand, er sollte ihn schleunigst für einen Nova oder Hyundai in Zahlung geben. George stieg die Stufen hinauf und schloß die Haustür auf; Grimes folgte ihm nach drinnen.

Die Tür öffnete sich direkt in das große Wohnzimmer. George machte sie hinter ihnen zu und ging, ohne das Licht anzuknipsen, direkt zum Fenster und spähte nach draußen.

»Hast du die zwei Typen auch gesehen?« fragte Grimes.

George trat vom Fenster weg und zog die Vorhänge zu. Ohne das von der Straße hereinströmende Licht war es stockdunkel im Zimmer.

»Sie sind weg«, sagte George aus der Dunkelheit. »Du kannst das Licht anmachen.«

Grimes knipste das Licht an. In der plötzlichen Helligkeit fühlte er sich idiotisch.

»Einen Augenblick lang hab' ich geglaubt, die beiden Burschen haben es auf uns abgesehen.«

»Das haben sie auch«, erwiderte George mit grimmiger Zufriedenheit.

»Woher willst du das wissen?«

»Erfahrung. Bei meiner Arbeit für die Gewerkschaft habe ich zwanzig Jahre damit verbracht, ständig über die Schulter zu schauen. Firmenschläger und Pinkerton-Detektive. Mein Gott, ich bin öfter aufgelauert, zusammengeschlagen, abgehört, verfolgt und fotografiert worden als jeder verdammte Ganove in diesem Staat. Und mehr als einmal habe ich dich dabei auf meinen Schultern getragen; aber du warst viel zu klein, um davon was mitzukriegen.«

Grimes warf seine schwarze Anzugjacke über die Sofalehne.

Sein Hemd war durchgeschwitzt, wie er feststellte.

»Was machen wir jetzt?« fragte er.

»Ich schätze, das liegt bei dir«, erwiderte George.

»Fang besser gar nicht erst davon an«, brummt Grimes.

»Wir werden uns nicht umlegen lassen, nur damit du das Gefühl hast, daß die guten alten Zeiten wieder präsent sind. Dies sind schlechte neue Zeiten, Dad. Entscheide dich: Wyoming oder Chicago oder – wenn dir das zu kalt ist – Florida. Ich muß mal ins Bad.«

»Du weißt, wo es ist.«

Grimes ging ins Badezimmer und erleichterte mit einem dankbaren Seufzen seine Blase. Er schloß die Augen. Sein Vater war noch schlimmer als verrückt. Die alten Zeiten lagen mehr als dreißig Jahre zurück; er war schon lange nicht mehr auf dem laufenden, was in einschlägigen Kreisen angesagt war. Die Kerle in dem Nova hatten wahrscheinlich einen Gras-Deal durchgezogen oder sonst irgendeine illegale Sache. Deshalb hatten sie paranoide Vibrations verbreitet. George gab nur an. Das war nur verständlich. Er mußte ihn für eine Weile aus der Stadt kriegen, bis sich die ganze Angelegenheit ein wenig abgekühlt hatte. Während seiner langen Meditationen in horizontaler Stellung hatte sich Grimes hundertmal versprochen, daß er diese stinkende Stadt verlassen würde, wenn es ihm wieder besser ging. Er war nur hierhergezogen, um in der Nähe des alten Mannes zu sein. Grimes wollte nicht unten im Süden sterben. Es wäre schön, wieder einmal Schnee zu sehen und ab und zu Kälte auf der Haut zu spüren. Das Mädchen? Ella? Sie hatte neunzehn Jahre ohne ihn überlebt. Und überhaupt – wenn er an ihre Tür klopfte, würde er sie garantiert in denselben Schlamassel mit hineinziehen, aus dem er selbst zu entkommen versuchte. Er drückte die Toilettenspülung und ging ins Wohnzimmer zurück.

George war dabei, Wild Turkey in zwei Gläser zu gießen. Als er Grimes eines reichte, schien er ruhiger. Er hob sein Glas und grinste.

»Auf die alten Zeiten.«

»Auf die alten Zeiten«, Grimes hob sein Glas, »du alter Bastard.«

Grimes kippte den Drink mit einem Ruck hinab und rang nach Luft. Ihm stiegen die Tränen in die Augen. George griff nach der Flasche und füllte ihre Gläser erneut.

»Ich hab' dir vorhin ein paar grobe Dinge an den Kopf geworfen, Gene«, sagte er. »Kannst du mir das verzeihen?«

»Nicht, bevor wir in Florida sind.«

»Ich hab' über das nachgedacht, was du über Chicago gesagt hast.«

Grimes hob erneut sein Glas. »Dann auf Chicago.«

»Auf Chicago«, erwiderte George.

Sie tranken, und Grimes fühlte sich allmählich wieder wie ein Mensch.

Dann schrillte zum zweitenmal an diesem Tag für Cicero Grimes die Türklingel.

Grimes stellte sein Glas ab und warf seinem Vater einen warnenden Blick zu.

»Ich mach auf«, sagte er.

»Warte«, flüsterte George.

Er schlich auf Zehenspitzen in den Korridor und verschwand in den hinteren Regionen des Hauses.

Grimes ging unruhig auf und ab. Er entschied sich, nicht durch den Vorhang nach draußen zu spähen. Aus den Tiefen des Hauses hörte er leises metallisches Knacken und Klicken. Die Klingel schrillte ein zweites Mal. Grimes wartete. Er schlüpfte wieder in seine Jacke und fragte sich, ob er noch immer wie Harvey Keitel aussah. Ganz bestimmt fühlte er sich gar nicht mehr so. Als George zurückkam, hatte er in jeder Faust eine Kanone. Grimes war kein Waffenfanatiker, doch soweit reichten seine Kenntnisse: eine Luger 9 mm und ein 45er Colt-Revolver. George hielt ihm die Luger hin.

»Gesichert und geladen«, flüsterte er. »Die hab' ich einem japanischen Hauptmann auf Tarawa abgenommen. Mußte unter die Wurzeln einer Kokospalme kriechen, um ihn auszuräuchern.« Er hielt den Colt in die Höhe. »Mit dem hier.«

Grimes hob die Hände, die Handflächen abwehrend nach vorn gestreckt; er wollte die Pistole nicht. Er spürte, wie sein durchschwitztes Hemd an seinem Rücken klebte.

»Nimm's nicht persönlich, Dad.«

»Wie du meinst.«

George schob die Luger hinter den Hosenbund auf seinem Rücken. Diesmal klopfte, wer immer es war, der vor der Tür stand, mit den Knöcheln dagegen. George huschte an die Wand hinter der Tür, den 45er entspannt und locker und ohne theatralisches Hollywood-Gehabe in der Faust. Er nickte Grimes zu. Grimes ging an die Tür und zog sie auf.

Auf der Treppe stand ein schlaksiger Rotschopf in einem Zweireiher, der eine Nummer zu groß war für seine Figur; Sommersprossen, großer Adamsapfel und babyblaue Augen. Trotz des Babyblaus lag etwas Verschlagenes und Raubtierhaftes in diesen Augen. Grimes empfand selten auf den ersten Blick eine Abneigung gegen irgend jemanden; wenn doch, dann beruhte dies meist auf Gegenseitigkeit. Vielleicht war das der Grund, warum das Lächeln des Rotschopfs unnatürlich und gezwungen wirkte. Vielleicht lächelte er aber immer so; manche Leute hatten ein solches Lächeln an sich: Je mehr sie sich bemühten, liebenswürdig zu erscheinen, um so heftiger die Gänsehaut, die sie damit anderen verursachten.

»Guten Abend«, sagte der schlaksige Rotschopf.

Er zeigte Grimes eine lederne Brieftasche mit einem Lichtbildausweis darin.

»Rufus Atwater, stellvertretender Staatsanwalt.«

Er sagte dies, als sei er ein Abgesandter des Papstes, als erwarte er von Grimes, daß er sich auf die Knie werfen und seinen Ring küssen würde. Grimes streckte die Hand nach der Brieftasche aus.

»Darf ich das mal sehen?«

Einen Augenblick Schweigen. Der Rotschopf schien eher verletzt denn verärgert. Dann: »Selbstverständlich. Heutzutage kann man nicht vorsichtig genug sein.«

Ein ländlicher Akzent mit einem Schuß Großstadt. Ein armer Junge vom Land, der es zu was gebracht hatte. Grimes verbat sich, allein deshalb ein Gefühl von Verwandtschaft aufkommen zu lassen. Er studierte den Ausweis. Wie die meisten solcher Plastikkarten bedeutete er so viel oder so wenig, wie man zu glauben bereit war. Zumindest stand nicht MORD e.V. darauf eingraviert, und Grimes fühlte sich etwas beruhigt. Er gab die Brieftasche zurück und warf einen raschen Blick die Straße hinauf und hinab. Der Rotschopf schien alleine zu sein, was nicht unbedingt etwas Gutes zu bedeuten hatte.

»Was kann ich für Sie tun, Mr. Atwater?«

Der Rotschopf lächelte sein vertrauenerweckendes Lächeln. »Ich würde gerne mit Mr. Eugene Grimes sprechen.«

»Der wohnt nicht hier.«

»Das weiß ich, Sir. Ich denke, ich sollte nicht verschweigen, daß ich im Auftrag einer privaten Mandantin hier bin, nicht als Staatsanwalt. Ich habe Ihnen meinen Ausweis nur gezeigt, um Ihnen zu versichern, daß ich ein rechtschaffener Mann bin.«

»Ein rechtschaffener Mann«, wiederholte Grimes.

»Das einzige, was in dieser Welt noch was wert ist«, sagte Atwater. »Zumindest sehe ich das so.«

Die Worte MORD e.V. erschienen kaum sichtbar unter den Schweißperlen auf Atwaters Stirn.

»Ich bin froh, daß Sie das gesagt haben«, lächelte Grimes.

»Ich bin Dr. Grimes.« Gewöhnlich nannte er sich nicht Doktor, doch in manchen Situationen gab es ihm zumindest die Illusion einer gewissen nicht antastbaren Würde. Er streckte die Hand aus. Atwater schüttelte sie.

»Darf ich reinkommen, Doktor?«

Durch die massive Holzplatte der Tür links von ihm fühlte Grimes die Gegenwart seines Vaters, bis zu den Zähnen mit – so gut wie sicher – illegalen Schießeisen bewaffnet.

»Ich fürchte, meinem Vater geht es nicht besonders gut«, sagte Grimes. »Etwas, das er gegessen hat. Es wäre mir lieber, wenn wir ihn nicht stören würden.«

»Tut mir leid, das zu hören.«

»Sie sagten, Sie kämen im Auftrag einer Mandantin!«

»Das ist richtig. Es handelt sich um Miß Magdalena Parillaud. Ich bin ihr Rechtsberater in besonderen Fällen. Sie haben vielleicht von ihr gehört.«

Grimes erinnerte sich verschwommen daran, den Namen im Wirtschaftsteil der Zeitung gesehen zu haben, als er sie in den Abfall warf. Die Worte *reich* und *zurückgezogen* drifteten durch seinen Kopf.

»Die Kombination von Howard Hughes und Barbara Stanwyck«, sagte er.

Barbara wer? schien Atwater sagen zu wollen, überlegte es sich dann jedoch anders. »Miß Parillaud wäre Ihnen dankbar, wenn Sie sie besuchen würden«, erklärte er.

Grimes beschlich ein ungutes Gefühl. Das war es also: Die ersten Fäden von Jeffersons Netz, doch aus einer Richtung, aus der er es nicht erwartet hatte.

»Weshalb?« fragte Grimes.

Atwater verzog das Gesicht, als erachte er dies als eine ausnehmend dumme Frage und spiele mit dem Gedanken, dieses auch zu sagen.

»Ich weiß es nicht«, sagte er statt dessen.

Die nackte Aufrichtigkeit in dieser Antwort gab Grimes ein besseres Gefühl. Beinahe hätte er Atwater gefragt, ob er sich in letzter Zeit an irgendwelchen großen Fällen versucht habe.

Atwater erholte sich wieder. »Sie hat nur gesagt, daß es

sich um etwas Persönliches handelt. Ich vermute, irgendeine medizinische Angelegenheit. Sie möchte Sie noch heute abend sehen.«

»Dann ist es also ein medizinischer Notfall«, meinte Grimes.

»Ich weiß nicht, ob man das so nennen kann.« Atwater scharrte unruhig mit den Füßen und beugte sich dann mit einem Von-Mann-zu-Mann-Achselzucken vor. »Sie wissen, wie die Reichen sind, Doc. Sie wollen, was sie wollen, und das sofort. Neurotisch allesamt. Aber das ist Ihnen sicherlich besser als jedem anderen bekannt. Sie wird Sie für Ihre Zeit selbstverständlich bezahlen. Ich kann Sie zu ihr rausbringen, und ihr Fahrer bringt Sie wieder in die Stadt zurück. Um die Zeit ist es eine Fahrt von etwa dreißig oder vierzig Minuten.« Atwater lächelte. »Wir können uns dabei unterhalten.«

Selbst in der unerquicklichen Situation, in der Grimes sich befand, konnte er sich nichts Abscheulicheres vorstellen, als vierzig Minuten mit diesem Ekelpaket in einem Wagen zu sitzen und mit ihm reden zu müssen. Atwater war in der Schule wahrscheinlich die Klassenpetze gewesen; der Typ Schleimer, der es fertigbrachte, seine Eltern wegen Haschrauchen anzuzeigen und sie dann wegen emotionaler Grausamkeit zu verklagen. Grimes' Gehirn befahl ihm, eine Entscheidung zu treffen. Wenn sie ihn in ihrer Gewalt hatten, würden sie wenigstens seinen Vater in Ruhe lassen. Das allein würde genügen, seinen Adrenalinspiegel um die Hälfte zu senken. Und wenn ihm bestimmt war, mit seinem Schwanz an einen tragbaren Stromgenerator angeschlossen zu sterben, und mußte es eben so sein. Außerdem war es ziemlich unwahrscheinlich, daß eine Millionärin zu viele fremde Leichen in ihrem Keller verscharren würde. Es hatte auch keinen Sinn zu fragen, wieso sie einen Staatsanwalt aus der Stadt beauftragte, einen Arzt für sie zu holen; er wollte nicht noch einmal zusehen müssen, wie sich Atwaters Gesicht verzog, während er versuchte, sich eine Antwort auszudenken, so glatt und wenig informativ wie möglich.

»Wo ist Ihr Wagen?« fragte Grimes.

Offensichtlich erleichtert, nickte Atwater mit dem Kopf über seine Schulter. Hinter dem 88er Olds parkte ein grüner Monte Carlo, der dringend einen Karosseriespengler und eine neue Lackierung nötig hatte.

»Geben Sie mir fünf Minuten«, sagte Grimes. »Ich fahre hinter Ihnen her.«

Atwaters unterentwickelte Lippen zuckten vor Enttäuschung. Er rang sich eine Entscheidung ab und sagte dann: »Natürlich. Warum nicht?«

Grimes nickte und machte die Tür vor seiner Nase zu. Er sah seinen Vater an.

»Soll ich mitkommen?« fragte George.

»Du hast einen schlechten Magen, vergiß das nicht.«

George zog die Luger unter seiner Jacke hervor und bot sie Grimes ein zweites Mal an.

»Du fährst nachts allein aufs Land raus; an deiner Stelle würde ich sie nehmen.«

Grimes schüttelte den Kopf. »Ich werd' auf keinen Fall einen Staatsanwalt erschießen.«

»Von wegen Staatsanwalt!«

Dies ließ in Grimes' Kopf eine Idee aufblitzen, und er folgte ihr: Gib deinem Vater was zu tun, das wird ihn beruhigen.

»Ich möchte, daß du ihn überprüfst, während ich weg bin. Ruf im Büro des Staatsanwalts an. Und notier dir das Nummernschild.«

George grunzte, als wollte er sagen, daß er einen Knochen erkannte, wenn ihm einer vorgeworfen wurde.

»Und wie willst du das angehen?« fragte er.

»Ich spiele den Unschuldigen. Ich weiß von nichts und niemandem. Keine Waffen, keine Angst. Nur ein Psychiater, der zu einer verrückten Millionärin gerufen wird.«

»Nicht so verrückt, daß sie nicht in der Lage wäre, ein Finanzimperium zu führen, das auf Sklavenarbeit und Geldgier gegründet ist.«

»Du weißt nicht zufällig Näheres über sie?«

Georges Augen wurden schmal. »Ich weiß nur, daß Filmore Eastman Faroe ihr Mann war und daß er ein Bastard und Sohn eines Bastards war. Ein Angehöriger des Ku-Klux-Klan und ein Faschist, strikt einer Tradition verbunden, die bis zum ersten brennenden Kreuz zurückreicht. Die einzigen, denen Filmore Faroe jemals einen anständigen Lohn bezahlte, waren seine Mordbrenner, die mit Äxten und Schrotflinten ihr Unwesen trieben. Gott sei Dank hat er keine Kinder hinterlassen. Wenn es je ein Geschlecht gab, das verdiente auszusterben, dann war es seines.«

Grimes hörte kaum zu. Er hatte keine Zeit für politischen Nachhilfeunterricht.

»Ich gehe jetzt bessere«, brummte er.

George streckte ihm die Hand entgegen. Sein Gesicht war, zu Grimes' Überraschung, ernst, das verriet, wie schwer es ihm fiel, seine Emotionen zu kontrollieren.

»Viel Glück, Sohn«, sagte er.

Grimes ergriff die Hand und erwiderte den kernig kräftigen Druck, so gut er konnte.

»He«, sagte er. »Ich bin in zwei Stunden wieder zurück. Mach dir keine Sorgen.«

George nickte knapp. Grimes ließ seine Hand los, ging zur Tür und öffnete sie. Draußen flammten die Scheinwerfer des Monte Carlo auf; der Motor machte eine winselnde Umdrehung und sprang dann an. Grimes wandte sich noch einmal zu seinem Vater um und legte in sein Grinsen eine Menge mehr Unbekümmertheit, als er empfand.

»Und erschieße niemanden, Dad.«

Grimes stieg in seinen Olds; der Monte Carlo bog hinter ihm auf die Fahrbahn und rollte an ihm vorbei. Grimes startete den Motor und folgte ihm die stille, dunkle Kopfsteinpflasterstraße entlang. Als er am Ende der Straße um die Ecke bog, schaute Grimes noch einmal zurück und sah seinen Vater auf der Türschwelle stehen und ihm nachblicken. Im letzten Augenblick hob George Grimes die Hand, um ihm zu winken. Und Cicero Grimes beschlich der verrückte Gedanke, daß er George nie mehr wiedersehen würde.

FÜNF

Als Grimes den Hecklichtern des Monte Carlo durch das mit einem Summen zur Seite gleitende Eisentor in der hohen Mauer um das Anwesen der Parillaud folgte, hatte er sich einigermaßen die Vorstellung eingebleut, daß er nur ein Arzt war, der bei jemandem, der einen Psychiater brauchte, einen Krankenbesuch machte. Das und mehr nicht.

Während der Fahrt hatte er sich unter Zuhilfenahme von Drohungen, Einschüchterungen und Schmeicheleien so weit gebracht, zu glauben, daß er noch nie etwas von Clarence Jefferson oder seinen großen und kleinen Machenschaften gehört hatte. Er würde nach bestem Wissen und Gewissen seinen ärztlichen Rat erteilen und seine Ansicht zu jedem anderen Thema unter der Sonne kundtun, außer diesem einen, von dem er nichts, absolut gar nichts wußte. Grimes konzentrierte sich auf die Straße, die sich in einer langgezogenen Kurve unter einem Baldachin mächtiger Baumkronen hindurchwand. Dicke, knorrige Stämme und hier und dort die langen, verfilzten Bärte von Spanischem Moos huschten im Licht der Scheinwerfer vorüber. Alte Eichen. Die Straße war jetzt wieder gerade, und im Scheinwerferlicht seines Olds konnte Grimes den orangefarbenen Stiftenkopf von Atwater in dem Monte Carlo auf und abhüpfen sehen. Er fragte sich, welche Rolle der Staatsanwalt in dieser Angelegenheit spielte. Vermutlich war er so was wie ein Informant. Jeder, der sich solche Bäume in seinem Vorgarten leisten konnte, mußte über Beziehungen jeder Art verfügen. *Trauen Sie keinem,* hatte Jefferson geschrieben. Das war so ziemlich alles, woran sich Grimes aus diesem verdammten Brief erinnerte. *Du weißt von nichts,* schärfte er sich noch einmal ein. Weder »Ich hab' möglicherweise von ihm gehört« noch »Wir sind uns mal bei einem geselligen Plätzchenbacken in der Birch Society vorgestellt worden« oder »Ich kenne jemanden, der mit seiner Schwester aufs College ging.« Nichts dergleichen. Beharrliches Leugnen. Kontrollierte Paranoia. Die Allee endete plötzlich, und Grimes registrierte, wie sich seine Augenbrauen erstaunt wölbten.

Ein Garten von der Größe eines Straßenblocks breitete sich vor ihm aus. Keine rankende Blütenpracht oder wild wuchernde Sträucher etwa, sondern ein starres, sorgfältig getrimmtes Mosaik von perfekt miteinander harmonierenden Blumenbeeten, zu geometrischen Formen gestutzten Büschen und symmetrisch angelegten Wegen so glatt wie Seidenbänder. Beleuchtete Springbrunnen, warfen – goldene – Fontänen in die Nacht. Weiße Marmorstatuen meditierten auf samtenen Rasenflächen, die man mit der Nagelschere manikürt hatte. Oberhalb des Gartens ragte die eindrucksvolle Fassade eines von versteckten Scheinwerfern raffiniert beleuchteten prachtvollen italienischen Renaissance-Palazzos auf, für den Cosimo de Medici auf den Knien zum nächsten Immobilienmakler gerutscht wäre. Aus seinem Dutzend oder mehr schlanker, hoher Bogenfenster drang der Schein von Kronleuchtern unter den gut sechs Meter hoben Decken. Zum Haupteingang, in der Mitte der Fassade, führte eine breite Treppenflucht empor, die sich zu einem in weißen Stein gefaßten klassischen Portal hin verjüngte.

Der Monte Carlo hielt mit laufendem Motor am Fuß der Treppe. Grimes parkte den Olds daneben und, und stellte den Motor ab. Er stieg aus und sah zu den von glatten, quadratischen Steinplatten gekrönten Säulen empor, die zu beiden Seiten der Treppe aufragten. Auf einem Fries des Gebälks, das sie trugen, war das Wort ARCADIA eingemeißelt. Grimes nahm an, daß dies der Name des Hauses war, den man ihm wohl in einer Zeit gegeben hatte, in der Ironie offenbar nicht sonderlich en vogue war. Er drehte sich um, als Atwater ihm mit dieser falschen Vertraulichkeit in der Stimme, die Grimes von Anfang an gegen den Strich gegangen war, aus dem Fenster des Monte Carlo zurief:

»Eine ziemliche Burg, nicht wahr?«

Unter seinem aufgesetzten Lächeln wirkte das Gesicht des Rotschopfs angespannt: irgendwie schien er nicht bei der Sache. Er glänzte vor Schweiß. Er warf einen Blick auf seine Uhr. »Hören Sie, Doktor, ich habe noch andere Dinge zu erledigen.« Ein ergebenes Schulterzucken. »So ist das Leben. Sie brauchen nur zu klingeln. Und – he – lassen sie sich nicht einschüchtern. Denken Sie immer dran – ihre Scheiße stinkt genauso wie Ihre und meine.«

Atwater zog den Kopf zurück und brauste davon.

Das Motorgeräusch des Monte Carlo wurde leiser und erstarb schließlich ganz; nur das leise Plätschern der Springbrunnen erfüllte noch die schwüle Nachtluft. Der Lärm und das hektische Gewimmel von New Orleans und der übrigen Welt schien unendlich fern von diesem Ort. Es war nicht nur seine geographische Abgeschiedenheit, Meilen entfernt von jeder anderen Behausung; es war ebenso eine Zurückgezogenheit des Herzens und auch des Geistes spürbar. Dieses Gebäude war von Meisterhand in großer Schönheit zu einer Zeit in Stein errichtet worden, als die Stadt nicht dreißig Minuten Autofahrt, sondern einen ganzen Tagesritt entfernt gewesen war. Er fragte sich, was für eine Art von Gemüt seinerzeit eine solche Einsamkeit geplant und nach ihr verlangt – und sie wohl auch gebraucht – hatte, und was für ein Mensch sie heute in Anspruch nahm. Mit einem leichten Schaudern, das sein Rückgrat hinablief, begriff er, daß es aus dieser olympischen Entrücktheit heraus leichtfiel, daran zu glauben, daß man zu allem befähigt war: Nicht nur in dem Sinn, man sei fähig, alles zustande zu bringen, sondern auch fähig, den Wunsch zu äußern, alles besitzen zu wollen, und zu glauben, daß dies Rechtfertigung genug und nur recht und billig sei. Trotz all der beherrschten und geometrischen Präzision, die über ihm emporragte und sich hinter ihm erstreckte wie der Deckel einer juwelenbesetzten Schatulle, war dies ein Domizil mit nicht erkennbaren Grenzen, ein Monument für das Paradoxon von Vernunft und Begehrlichkeit. Grimes stellte sich ein menschliches Bewußtsein vor – irgendein beliebiges menschliches Bewußtsein, das sich im Innern dieses Palastes breitmachte und zugleich gierig nach draußen grapschte, um immer mehr und immer verzweifeltere Sehnsüchte und Wünsche zu verfolgen, zu denen nie jemand nein sagen würde, sondern immer nur: »Es kostet soundso viel.« Wenn dieses Bewußtsein sein eigenes wäre, in diesen Mauern ein Leben lang kultiviert und verfeinert, wofür würde es – wofür würde er – den Kopf heben und in die ruhelose Hitze der Nacht hinausbellen?

Perverse Sehnsüchte regten sich in Grimes' Unterbewußtsein. Er schüttelte einen weiteren Schauder ab, der ihm über den Rücken lief. Das Plätschern von Wasser auf weißem Marmor war die einzige Antwort, die die Nacht ihm gab.

Im Augenblick war die Frage irrelevant. Er würde in Chicago gründlicher darüber nachdenken und höchstens wegen des kalten Windes frösteln. Heute nacht wollte er nein sagen – egal, wer ihn dort drinnen erwartete, und einerlei, welche Verlockungen man ihm offerierte.

Grimes stieg die Stufen empor, klingelte und wartete. Er knöpfte sein Hemd zu und zog die Krawatte gerade. Sein Anzug war verknittert, doch er war aus Leinen und schwarz. Gott sei Dank hatte er sich rasiert und für seinen Vater in Schale geworfen. Cicero Grimes – allzeit bereit, wenn man ihn anrief. Die Tür wurde von einem hageren Schwarzen geöffnet, gut eine Handbreit größer als Grimes. Was bedeutete, daß er an die einsfünfundneunzig sein mußte und sicherlich fünfundachzig sehnige Kilo auf die Waage brachte. Er hatte flache Wangenknochen und eine kühn gebogene Nase. In seinen Augen lag jener unnachahmliche muslimische Hochmut, so alt wie der Stein unter seinen Füßen. Sein Anzug war leger geschnitten und gerade teuer genug, die natürliche Angriffslust eines Mannes auf ein ziviles Maß zu stutzen. Wer immer der Kerl war, er war sicher nicht der Butler.

»Eugene Grimes«, sagte Grimes.

»Bobby Frechette.«

Grimes ergriff die Hand, deren Finger überraschend lang und zartgliedrig waren. An den ersten zwei Knöcheln entdeckte Grimes die harten, leicht höckrigen Schwielen eines Mannes, der ernsthaft und regelmäßig am hölzernen Schlagbrett trainierte. Ein Karatemann also. Grimes erwärmte sich etwas für ihn.

»Kommen Sie bitte herein, Doktor.«

Grimes trat in eine riesige Halle, aus deren Mitte eine breite Stufenflucht zu einer Balustrade im ersten Stockwerk emporführte. Über dem Foyer war eine Kuppel mit Buntglasscheiben in das Dach eingelassen. Frechette trat einen Schritt von Grimes zurück und streckte seine geöffneten Hände aus.

»Wenn ich bitten darf Doktor …« sagte Frechette.

Grimes begriff, daß er gefilzt werden sollte. Er nickte und hob die Arme. Ein Augenblick der Verletzbarkeit, empfunden auf einer sehr primitiven Ebene, doch Frechette nutzte ihn nicht aus, wie er es durchaus hätte tun können – nichts weiter als ein Mann, der seinen Job machte. Als die langgliedrigen Hände über seine Rippen und seine Glieder tasteten, dachte Grimes an die Peinlichkeit, die ihm erspart blieb, weil er die Luger seines Vaters abgelehnt hatte. Frechette richtete sich wieder auf.

»Danke, Doktor. Hier entlang, bitte.«

Grimes folgte Frechette einen breiten, mit Gemälden im Wert von mehreren Millionen Dollar behängten Korridor hinab. Auch wenn Grimes nicht unbedingt ein Kenner der schönen Künste war, konnte er doch einen Picasso oder einen Dáli identifizieren, wenn er einen sah. Er erinnerte sich jetzt wieder daran, wie unverständlich es immer für ihn gewesen war, wenn er in Medien über gestohlene Kunstschätze gelesen oder gehört hatte, die von reichen Sammlern gekauft wurden, die nun vermutlich die einzigen waren, die diese Schätze jemals zu Gesicht bekamen. Was nicht ganz zu der Theorie von Kunst als Statussymbol paßte. Als er nun durch Arcadia ging, Stimme jenes hemmungslosen Bewußtseins, das er sich draußen vorgestellt hatte, eine Antwort auf das, was ihm immer unverständlich gewesen war. *»Ich will es«*, sagte die Stimme, und der Wunsch war alles, was nötig war. Er war Erklärung und

Rechtfertigung genug. Es war nicht einmal nötig, einen Blick auf das Gemälde zu werfen; worauf es ankam, war der Besitz. Die Worte hallten mit einer anderen Stimme durch seinen Kopf: mit der seines Vaters. »*Ich will es, Gene.*« George hatte eine ganze Menge von dem bekommen, was er sich auch für Grimes' Leben gewünscht hätte, und trotzdem hatte seine Stimme gezittert, als er das sagte. Ein weiteres Echo aus Jeffersons Brief geisterte durch Grimes Gehirn: »... ein unwiderstehliches und immenses Verlangen ... eine ruinöse und unermeßliche Gier«. Und dann Rufus Atwater: Auch er wollte etwas haben. Was genau, wußte Grimes nicht. Grimes selber hatte seit langem, seit sehr langem nichts mehr gewollt, außer alleine in seiner Grube zu liegen, aber er maßte sich über niemanden ein Urteil an. Er hatte erfahren, daß auch seine eigene Gier ruinös und unermeßlich war; Clarence Jefferson hatte ihn auf die Folterbank seiner Begierden gespannt. Und nun suchte ihn Jeffersons Geist mit einer neuen Qual heim: dem Brief. Beinahe wäre Grimes vor Schreck stehengeblieben.

Der Brief steckte noch immer in seiner Tasche.

Er fühlte sich plötzlich an wie eine an seine Brust geheftete Platte radioaktiven Abfalls. Er hätte ihn verbrennen, ihn aufessen oder wegwerfen sollen. Er hatte nur nicht dran gedacht. Wenn Frechette den Brief gefunden und an sich genommen hätte, wäre es ihm wohl kaum möglich gewesen etwas dagegen zu tun, daß er ihn las. Einen Meter vor ihm bog Frechette nach links in einen weiteren Korridor. Grimes folgte, und mit einem Anflug von Erheiterung dachte er: Warum nicht? Gib ihr einfach den Brief ohne jede Gegenleistung, Vorbehalte oder Bedingungen – und dann soll Miß Magdalena Parillaud mit den Informationen tun, was immer sie tun will. Dann könnte er endlich die ganze verdammte Angelegenheit vergessen und zu seinem Leben ohne Wünsche zurückkehren.

So rasch, wie seine Stimmung sich aufgehellt hatte, verdüsterte sie sich wieder. Er war bereits infiziert von dem, was ihm ins Haus geschickt worden war. Er war dazu verurteilt, der Hüter der verbotenen Wahrheiten zu sein. Der einzige Mensch, auf den er sich verlassen konnte, wenn es galt, das Geheimnis zu bewahren, war er selbst. Falls die Parillaud die gehorteten Geheimnisse Jeffersons dazu benutzen wollte, ein paar miese Leute unglücklich zu machen, konnte es sein, daß die Grimes dafür bezahlen lassen würden. Und außerdem war da noch das Mädchen – Ella. *Kümmern Sie sich um sie, Grimes.* Er durfte das Mädchen nicht in all das mit hineinziehen. Wenn er schon nicht ihr Hüter sein konnte, wollte er wenigstens nicht ihr Henker sein. Seine Gedanken kehrten wieder auf den sicheren Boden seiner ursprünglichen Strategie zurück.

Traue keinem. Und du weißt von nichts.

Frechette blieb stehen und klopfte an eine schwere, massive Tür.

»Herein«, sagte eine Frauenstimme.

Frechette machte die Tür auf und forderte Grimes mit ausgestrecktem Arm auf, einzutreten.

Ganz ruhig, sagte Grimes sich selbst und trat ein.

Der Raum war groß, wohlproportioniert und mit dunklen, illustren Hölzern getäfelt. Indirektes Licht illuminierte die Ecken der Decke und die in der düsteren, klassischen Eleganz eines Studierzimmers oder einer Bibliothek gehaltenen Möbel. Eine Frau trat hinter einem mit grünem Leder bespannten Schreibtisch hervor und kam durch den Raum auf ihn zu.

Sie hatte blondes, welliges, bis auf die Schultern herabfallendes Haar; die Farbe konnte allerdings aus der Tube stammen; Grimes konnte so was nie unterscheiden. Auf den ersten Blick wirkte sie zierlich, beinahe schmächtig, und ihre Körpersprache vermittelte fast so etwas wie Scheu – die in Anbetracht der Umstände gestellt sein mußte, vielleicht jedoch auch nicht. Die Leute hatten oft das Gefühl, sie müßten in Gegenwart von Ärzten – vor allem von Psychiatern – besonders auf der Hut sein. Sie schienen zu glauben – eine erheiternde Vorstellung für Grimes –, Psychiater seien Gedankenleser, die die Macht besaßen, mit einem Blick ihre tiefsten Geheimnisse zu durchschauen. Ihr herzförmiges Gesicht wirkte unnatürlich blaß, was durch einen vollen, mit dunkelroten Lippenstift hervorgehobenen und verdrossen wirkenden Mund betont wurde. Das Licht in dem Raum war nicht hell genug, um die Farbe ihrer Augen ausmachen zu können, doch als sie, während sie den Raum durchquerte, direkt in die seinen blickten, erschienen sie ihm ziemlich schwarz, mit einem unsteten Schimmer darin, so melancholisch wie Mondschein auf glattem, leerem Wasser.

Grimes schätzte sie auf Mitte Dreißig, doch das ließ sich mit Sicherheit schwer sagen; sie konnte ebensogut Ende Dreißig oder Anfang Vierzig sein. Ein Flair von erstarrter Jugendlichkeit umgab sie, als sie irgend etwas in ihr gehindert worden, in der angemessenen Weise zu altern. Grimes hatte eine ähnliche Eigenschaft bei jungen, aber altgedienten Soldaten in Mittelamerika beobachtet und auch bei einem Streifenpolizisten, der bei ihm in Behandlung gewesen war, weil ihm das Gehirn seines Sergeants ins Gesicht gespritzt war, als sie zur falschen Zeit vor dem falschen Supermarkt angehalten hatten. Der Killer war entkommen, ohne daß der unter Schock stehende junge Polizist die Zentrale um Hilfe rief – ein berufliches Versagen, für das er sich sein Leben lang schämen würde. Es war seltsam, daß sich Grimes plötzlich an diesen speziellen Fall erinnerte, und für einen Augenblick fragte er sich, warum, doch dann kehrte er wieder in die Gegenwart zurück.

Wie alt auch immer, die Parillaud war eine bildhübsche Frau; nicht sein Typ, aber sehr hübsch. Sie trug ein meerblaues, knöchellanges Kleid mit einem hohen Dekolleté und langen Ärmeln, das ihre Konturen verbarg. Es war aus einem schillernden Material, wahrscheinlich irgendeine Art Seide, und sah sehr exotisch aus. Grimes gefiel es. Und zu seiner nicht geringen Enttäuschung mochte er auch sie, gleich auf den ersten Blick. Jemanden zu mögen, machte das Leben stets nur noch schwieriger. Als sie näher kam, sah er, daß ihre geweiteten, schwarzen Pupillen von einem schmalen Ring grüner Iris umgeben waren. Sie streckte ihm die Hand entgegen.

»Lenna Parillaud«, sagte sie.

»Eugene Grimes«, sagte er.

»Vielen Dank, daß Sie gekommen sind, Doktor. Ich bin Ihnen sehr verbunden.«

Aus der Nähe erkannte er, daß sie gar nicht so schmal war, wie er geglaubt hatte; ihr Körper war voller und an den richtigen Stellen mit den richtigen Rundungen versehen. Auch Ihre Hand war größer und kräftiger, als erwartet. Die Zerbrechlichkeit, die er gefühlt hatte, lag also nicht in ihrem Körper, sondern in ihren Augen – in dem Mondlicht auf dem glatten Wasser.

»Sollen wir hier bleiben oder ins Wohnzimmer gehen?« fragte sie.

Er mochte auch ihre Stimme. Sie war weich und verhalten, mit einem tiefen Timbre, doch mit einem Stück Stacheldraht im Hintergrund, das die Haut aufreißen konnte, falls sie sich jemals dazu entschließen würde, »Fuck you« zu sagen.

»Was immer Sie möchten, Miß Parillaud«, antwortete Grimes.

Sie sah sich in dem Raum um und zog die Stirn in Falten.

»Ich sitze seit Stunden hier drinnen. Gehen wir rüber.«

»Schön.«

Sie öffnete die Tür und ging in den Korridor hinaus.

»Sie können mich Lenna nennen, wenn Sie wollen, Doktor«, sagte sie.

Grimes hätte erwidern sollen »Nennen Sie mich Gene«, doch er tat es nicht. Er wollte eine förmliche Distanz bewahren; und außerdem mochte er die Art, wie sie *Doktor* sagte. Sie gab dem Klang des Worts einen sexuellen Unterton; zumindest gaukelte ihm das sein nach Kommunikation dürstendes Gehirn so vor. Beinahe Seite an Seite gingen sie den Korridor zurück, doch sie immer einen halben Schritt voraus, wobei ihre Absätze auf den Marmorfließen energisch klickten. Sie streifte eines der Gemälde im Vorbeigehen mit einem Blick, wandte dann ihr Gesicht über eine Schulter ihm zu und sah über das blaue Schimmern ihres Kleids hinweg zu ihm empor.

»Mögen Sie schöne Dinge, Doktor?«

Das Wort *schön* klang aus ihrem Mund wie ein Synonym für Langeweile. Oder Gleichgültigkeit.

»Die Dinge, die ich schön finde, mag ich auch«, sagte Grimes. »Definiert sich Schönheit nicht selbst?«

»Ich würde gerne Ihre Definition hören«, entgegnete sie.

»Ich habe nicht den Verstand, mir eine aus den Fingern zu saugen, aber ich kann mir eine von jemandem stehlen. Die, die mir am besten gefällt, lautet: ›dem Zweck angemessen‹«.

Sie dachte darüber nach. »Das gefällt mir auch.« Sie zuckte mit den Schultern und sah weg. »Wenn man diesen Maßstab anlegt, dann wird das Haus hier den Anforderungen nicht gerecht.«

Aus Gründen, die dem Teil seines Gehirns, über das er noch immer die Kontrolle hatte, unerfindlich waren, sagte er: *»Et in Arcadia ego.«*

Lenna blieb, die Hand auf die vergoldete Klinke einer Flügeltür gelegt, abrupt stehen und sah ihn wieder an.

»Von wem ist das? Virgil?«

Sie sagte es beiläufig, als wollte sie damit andeuten, daß sie ebenfalls mit einer aufgeblasenen Kleinbürgerbildung protzen konnte, und Grimes verwünschte sich im stillen für sein loses Mundwerk. Er hatte noch nie im Leben auch nur eine Zeile von Virgil gelesen und ganz sicher nicht in Latein, aber er hatte es ja nicht anders gewollt.

»So viel ich weiß«, sagte er, »ist das die Inschrift auf einem anonymen Grabstein irgendwo in Europa, glaube ich. Aber ich kann mich auch täuschen.«

»Auf einem Grabstein?«

Sie lächelte, und für einen Moment war die verdrießliche Melancholie in ihrem Gesicht fast verschwunden.

»Sie sind witzig«, sagte sie.

»Dann entschuldigen Sie«, meinte Grimes. »Das wollte ich nicht.«

»Es ist okay, wenn ein Arzt witzig ist. Es ist sogar gut.«

Grimes wußte nicht, was er darauf sagen sollte. Lenna stieß die Türflügel auf, und sie betraten einen der Räume, die er von draußen gesehen hatte: hohe Decke, ein glitzernder Kristalleuchter, dessen Licht von mehreren diskret positionierten Lampen ergänzt wurde. Der Raum war im gleichen Stil des ausgehenden 19. Jahrhunderts möbliert und dekoriert wie das, was er bisher von dem Haus gesehen hatte. Er war perfekt eingerichtet und gepflegt, doch er vermittelte nicht das Gefühl, als würde hier jemand wohnen; es war ein Raum, der seit Jahren nicht mehr von Lachen und angeregten Gesprächen erfüllt gewesen war. Man fühlte sich hier wie bei einer Besichtigungstour durch ein Haus des historischen Südens oder wie vor dem Schaufenster eines Antiquitätenladens. Nun, das war nicht Grimes' Problem.

»Nehmen Sie Platz«, sagte Lenna.

Grimes warf einen Blick auf das Sofa und entschied sich dann für einen Armstuhl, nicht zu tief und nicht zu weich. Lenna Parillaud blieb stehen.

»Einen Drink?« fragte sie.

»Nichts, danke«, sagte Grimes. »Also – was kann ich für Sie tun?«

Lenna wandte sich ab und machte zwei zögernde Schritte von ihm weg, wobei sie ihre Hände aneinander preßte.

»Was wünschen Sie sich am meisten vom Leben, Dr. Grimes?«

Grimes sehnte sich nach einer Zigarette. Auf einem kleinen Tischchen neben seinem Stuhl stand ein Jadeaschenbecher, doch er wollte den Schein beruflicher Gelassenheit, soweit er ihn aufzubringen imstande war, möglichst wahren, zumindest so gut es ging. Es war seine beste Verteidigung: dieses Schutzschild einer mitfühlenden Fassade, entstanden aus der Notwendigkeit seiner langjährigen Konfrontation mit Wahnsinn und Schmerz.

»Um darüber zu reden, bin ich nicht zu Ihnen herausgefahren«, sagte er schroff.

Ihr Haar wippte, als sie nickte. Sie wandte etwas den Kopf und bot ihm ihr blasses, zart wirkendes Profil in einem Winkel, von dem aus sie ihn unmöglich sehen konnte. Es war eine gewollt theatralische, aber im Schein der Kerzen und des Kronleuchters wirkungsvolle Pose: Sie sah tatsächlich erschöpft und gramerfüllt aus. Ihre Wimpern flatterten, als sie den Blick senkte.

»Es muß Ihnen schwerfallen zu glauben, daß es mir an irgend etwas mangeln könnte«, sagte sie.

»Dem ist nicht so«, entgegnete er.

Sie zeigte nach wie vor ihr Profil. »Wirklich?«

Aus der Art, wie sie das Wort in die Länge dehnte – traurig und von Wehmut erfüllt –, konnte er eine stumme Verzweiflung heraushören. Die Verzweiflung hämmerte an die Tür von Grimes besseren Instinkten. Er rang sie nieder. *Sag ihr, sie soll auf den Punkt kommen, damit du nein sagen und deinen Abgang machen kannst.* Grimes fühlte sich hin- und hergerissen zwischen seiner offiziellen Rolle als Psychiater und seinem Undercover-Status als glückloser Verlierer, der hoffte, daß ihm nicht die Eier von irgendwelchen Schweinen abgeschnitten wurden.

»Ganz richtig – wirklich«, sagte er zu ihrem Rücken.

Lenna drehte sich um und sah ihn an – direkt und einen Moment lang schockierend offen. Doch noch mehr schokkierten ihn ihre Worte.

»Clarence hat gesagt, Sie sind kein Mann, der sich herumschubsen läßt.»

Grimes war dankbar, daß er bereits saß. Clarence? Was, zum Teufel, hatte dieser Scheißkerl ihr erzählt? Und vor allem, warum? Und wem noch hatte er, außer ihr und Atwater, seinen Namen genannt? Es war genauso, als wäre er im Radio verkündet worden.

»Tut mir leid, Miß Parillaud«, sagte er. »Wer hat das gesagt?«

Seine Stimme klang überzeugender, als er zu hoffen gewagt hatte, doch die unbeschwerte, beinahe geringschätzige Vertrautheit, mit der sie den Namen aussprach, beunruhigte ihn. Er konzentrierte sich darauf, nicht derjenige zu sein, der den Blickkontakt abbrach.

»Clarence Jefferson«, sagte sie.

»Ich fürchte, ich hab' noch nie was von dem Mann gehört.«

Er schaffte es, ihren Blick zu erwidern, ohne zu blinzeln. Ein leichtes Schürzen ihrer Lippen. Lenna legte den Kopf in den Nacken und sah, mit sich selbst diskutierend, zur Decke empor. Sie schloß die Augen.

»Weshalb sollte ich ihn kennen?« erkundigte sich Grimes.

»Ich weiß nicht, ob Sie ihn kennen sollten oder nicht«, sagte sie. »Das ist ja das Problem.«

Sie machte die Augen wieder auf, ging zu einem Armstuhl wie der, auf dem Grimes saß, und zog ihn bis auf eine Armlänge an den seinen heran. Nachdem sie sich gesetzt hatte, stützte sie Ellbogen auf die Knie und starrte zu Boden. Ein tiefes, langgezogenes Seufzen kam über ihr Lippen. Als Experte auf diesem Gebiet erkannte er das Seufzen als das eines Menschen, der der Verzweiflung nahe war.

»Doktor«, sagte sie, »der einzige Mensch, dem ich vertraue, ist Bobby Frechette. Ich würde gerne auch Ihnen vertrauen. Der Rest der Welt kann mir gestohlen bleiben.«

»Alles, was Sie mir gegenüber sagen, ist vertraulich«, versichterte Grimes.

»Das meine ich nicht, verdammt!«

Lenna schlug mit ihren Handflächen krachend auf die Armlehnen des Stuhls. Ein Wutanfall. Grimes zuckte nicht einmal mit den Wimpern. Sie hatte ihn nicht angesehen, seit sie sich hingesetzt hatte; sie tat es noch immer nicht.

»Entschuldigen Sie, Dr. Grimes. Ich erlebe den zweitschlimmsten Tag meines Lebens.«

Grimes, den Psychiater, hätte brennend interessiert, was der schlimmste Tag in ihrem Leben gewesen war; der andere Grimes, der, dem ein ruhiges Leben vorschwebte, wollte es nicht wissen.

»Sagen Sie einfach, was Sie sagen müssen«, schlug er vor. »Wenn ich nicht damit zurechtkomme, sehen wir weiter.«

Lenna stützte ihre Ellbogen wieder auf die Knie, packte mit beiden Händen ihre Haare, als wolle sie ihren Kopf festhalten, und sagte, ohne aufzusehen, zwischen ihren Unterarmen hindurch:

»Wenn Sie mich, was Clarence betrifft, belügen – und ich bin mir dessen verdammt noch mal nicht sicher –, und ich Ihnen drohe, dann sagen Sie gar nichts mehr. Wenn Clarence mich, was Sie betrifft, angelogen hat – und er hat mich Jahrzehnte lang belogen, selbst wenn er es nur tat, um mir nicht die Wahrheit sagen zu müssen –, dann mache ich hier einen Narren aus mir, was auch in Ordnung ist, und bringe Sie damit möglicherweise in Gefahr, was nicht in Ordnung ist.«

»Machen Sie sich um mich keine Sorgen«, sagte Grimes mannhaft.

Er stellte fest, daß er allmählich begann, sich selbst nicht mehr leiden zu können.

Lenna seufzte: »Alles, was ich tue, ist verkehrt – es sei denn, Sie wissen, wovon ich rede, und helfen mir –, ich weiß nicht mehr, wie es weitergehen soll, Doktor. Ich bin vollkommen am Ende.«

Mittlerweile war Grimes mehr denn je davon überzeugt, daß ihr Problem – was immer hinter ihren wirren Andeutungen steckte – persönlich, schmerzlich und sehr intensiv war; sicher hatte es nichts mit Politik oder Geld oder dem »Amboß der Gerechtigkeit« zu tun. Trotzdem trat er mit hartem Absatz auf die Kehle seines wachsenden Mitgefühls. *Traue keinem. Sei ganz Arzt. Neutral und ruhig. Bleib einfach bei deinen Lügen.*

»Wenn ich wüßte, was das alles soll«, sagte er, »könnte ich Ihnen mit meinem Rat zur Seite stehen, aber ich weiß es nicht.«

Er fühlte sich wie ein fieses Schwein.

Schweigen. Ihr Gesicht war von ihren Armen und den Schatten verborgen, die sie warfen.

»Ohne mich in Vermutungen ergehen zu wollen, die Sie verletzen könnten«, sagte Grimes, »sollte ich Ihnen vielleicht sagen, daß mein Interesse als Arzt vor allem der Drogensucht und Suchterkrankungen allgemein gilt. Vielleicht wußte Ihr Mr. Jefferson das und hat mich Ihnen deshalb empfohlen.«

»Captain Jefferson, nicht Mister. Er war Polizist. Bei der

Sitte. Clarence war der König des Sittendezernats, gesalbt und gekrönt von eigener Hand.«

»Es ist durchaus möglich ...«, sagte Grimes und zögerte dann.

Er sah, wie sich Lennas Schultern strafften. Er sollte ihr keine Fäden in die Hand spielen, an denen sie ziehen konnte, doch er konnte der Versuchung nicht widerstehen.

»Es ist möglich, daß Jefferson, wenn er beim Sittendezernat war, mich irgendwann einmal unter falschem Namen aufgesucht hat. In meinem Metier kommt das des öfteren vor, das ist allgemein bekannt. Ein Polizist, der Probleme psychischer Art hat, wird mehr als jeder andere versuchen, seine wahre Identität zu verbergen.«

Vertrauen Sie mir, ich bin Arzt, dachte Grimes, während er log. Und seine Karte spielte.

»Sagen Sie mir, wie sieht dieser Jefferson aus?«

Kein Bild von einem Menschen oder von sonst irgend etwas war so tief und unauslöschlich in sein Bewußtsein eingebrannt wie dieses Gesicht und diese Gestalt, wie die Ausdünstungen des Körpers und der saure Schweißgeruch des fetten Mannes: Clarence Seymour Jefferson. Während Grimes sich noch für seine raffinierte Verwendung der Gegenwartsform beglückwünschte, erwuchs aus dem zunehmenden Unbehagen, das er für sein Verhalten empfand, eine bohrende Verachtung für die eigenen Feigheit.

Lenna hielt den Blick auf den Boden gesenkt und konnte nicht sehen, was auf Grimes' Gesicht' geschrieben stand. Sie holte tief Luft, um die Fassung wiederzuerlangen. Ihre Stimme bebte, zwischen Ärger und Widerwillen hin und her schwankend.

»Wie er heute aussieht, möchte ich gar nicht wissen. Oder vielleicht doch. Er wird seit sechs Monaten vermißt; vermutlich ist er tot.«

Grimes wußte das mit Sicherheit und brauchte keine diesbezüglichen Vermutungen anzustellen: Er hatte Jefferson ein vierzig Zentimeter langes Bowiemesser in den Wanst gerammt und ihn in einer brennenden Hütte, tief im Sumpfland am Ufer eines brakigen Flußarms dreihundert Kilometer westlich von hier liegen lassen. Er sagte nichts.

Lenna zwang sich, weiterzusprechen. »Wenn Sie ihm je begegnet wären, hätten Sie ihn sicher nicht vergessen.«

Grimes blinzelte und war erneut froh, daß sie ihm nicht ins Gesicht sah.

»Ein großer Mann – ein dicker Mann – ein kräftiger Mann.«

Die Worte kamen in kurzen Stößen über ihre Lippen, als dürfte sie sich selbst nicht mehr als drei auf einmal zumuten. In dem Ärger und dem Widerwillen, der ihre Stimme beherrrschte, schwang nun der klagende Unterton einer schrecklichen Zärtlichkeit mit. Grimes konnte diesen Unterton nur deshalb so deutlich wahrnehmen, weil in einem von Furcht beherrschten, aberwitzigen Winkel seines Herzens dieselbe Zärtlichkeit wohnte: Schrecklich deshalb, weil er sie haßte und fürchtete, und aberwitzig, weil ihm ihr schiere Existenz absolut und völlig unverständlich war – denn das Objekt dieser Zärtlichkeit war Clarence Jefferson.

»Entschuldigen Sie«, sagte Lenna. Sie holte von neuem tief Luft.

»Bitte reden Sie weiter.«

»Ja? Na schön. Clarence war etwa so groß wie Bobby und doppelt so schwer. Ein Weißer, etwa fünfzig. Gelbblondes, welliges Haar. Lippen wie ein Amorbogen; er lächelte viel und hatte eine einschmeichelnde Stimme. Sein Augen waren ...«

Sie unterbrach sich, und Grimes war dankbar dafür.

»Wie auch immer ... Sie würden sich an ihn erinnern«, fügte sie hinzu.

»Das würde ich wohl, ja«, sagte Grimes. »Aber ich tu' es nicht.«

Grimes wartete.

Das Gesicht immer noch hinter den Armen verborgen, nickte Lenna.

»Verzeihen Sie mir, Doktor Grimes. Ich habe Ihre Zeit verschwendet.«

Beinahe hätte Grimes erleichtert aufgeatmet. Seine Strategie schien aufzugehen, aber er mußte sie bis zum Ende durchziehen. So sehr es ihm widerstrebte – um glaubwürdig zu sein, durfte er die natürliche Neugier eines unschuldigen und unwissenden Mannes nicht vergessen.

»Meine Zeit ist kein Problem«, sagte er. »Aber eines muß ich Sie schon noch fragen: Wenn dieser Mann seit sechs Monaten tot ist, wie hat er Ihnen dann den Vorschlag zukommen lassen, daß ich Ihnen helfen könnte?«

Erneutes Schweigen.

»Sie brauchen mir nicht zu antworten«, sagte Grimes in der Hoffnung, daß sie es nicht tun würde. »Es ist nur so, daß mir das alles ein wenig bizarr vorkommt.«

Lenna ließ ihr Haar los und senkte die Arme. Sie hob den Kopf und sah ihn an. Ihre Augen waren jetzt trocken, doch er sah feuchte Spuren im Puder auf ihren Wangen.

»Sie glauben, ich bin verrückt«, sagte sie. »Ich meine geistesgestört oder paranoide Wahnvorstellungen ...«

»Nein.«

»Ich könnte es Ihnen nicht verdenken. Sie haben solch irres Zeug sicherlich schon tausendmal gehört.«

Wieder hörte er diese hoffnungslose Verzweiflung in ihrer Stimme, diesmal nur notdürftig verborgen.

»Sie sind deprimiert und verunsichert, aber nicht geisteskrank.«

Eine Pause entstand. Dann gab der Psychiater in Grimes unzensierte und vielleicht auch noch andere Dinge von sich selbst preis.

Er sagte: »Es ist immer schlimm, jemanden zu verlieren, der einem nahesteht.«

Dies war ein gefährlicher Lapsus. Er sah, wie Lennas Blick über sein Gesicht huschte, und fragte sich, was sie dort sah. Vielleicht, dachte er, ein paar Gespenster aus den Monaten – denselben sechs Monaten, die Jefferson nun tot war – die er auf dem Fußboden zugebracht und gewünscht hatte, er würde nicht mehr leben. Doch welcher Natur waren die Gespenster, die er in ihrem Gesicht sah? Hatte Lenna Jefferson geliebt? War jemand gefangen in der Psychose der Liebe, traute Grimes ihm alles zu. Machte es ihm etwas aus, wen sie liebte? Nein. Nicht wirklich. Er hoffte nur, daß er ihr nicht den Faden in die Hand gegeben hatte, mit dem sie seine Tarnkappe aufdröseln konnte.

Lenna wandte sich ihm zu, griff in den Ärmel ihres schillernden Kleids und zog ein gefaltetes Blatt Papier hervor. Sie strich sich eine Haarsträhne aus dem Gesicht, nahm all ihren Mut zusammen und das glättete das Papier.

Jefferson hatte ihr also auch einen Brief geschrieben. Der ihr am selben Tag ausgehändigt worden war, wie ihm der seine.

Lenna sah Grimes an. »Der ist vor ihm.«

Sie überflog den Brief. Es bereitete ihr offenkundig Schmerz, und ihm wurde klar, daß sie nicht vorhatte, den ganzen Brief zu lesen. Grimes war froh darüber. Er wußte schon mehr, als er wissen wollte. Lennas Augen hörten auf, hin und her zu ruschen, als sie die Passage fand, die sie gesucht hatte.

»Unten in der Stadt«, las sie laut, »findest du einen Mann, einen Arzt, der Eugene Grimes heißt. Er, und nur er allein kann dir alles sagen, was du wissen mußt. Aber, Lenna – dränge ihn nicht. Dieser Junge läßt sich nicht drängen oder herumschubsen, glaub mir. Bitte ihn nur, dir zu helfen. Und wenn er dir nichts sagt, dann frage ihn nur das eine: Ist er bereits der Mann, der er, wie er weiß, sein sollte? Oder ist er nur der Mann, der nicht zu sein er so große Angst hat? Sag ihm das, Lenna, dann …«

Lenna unterbrach sich abrupt und faltete den Brief auf ihrem Schoß wieder zusammen.

Grimes bat sie nicht, weiterzulesen. Seine Strategie lag ihm wie Asche im Mund. Er versuchte, seinen aufwallenden Zorn zu unterdrücken, angesichts dieser weiteren niederträchtigen List dieses fetten Bastards, der ihn dazu bringen wollte, das zu tun, was er von ihm verlangte. Verflucht sollte er sein. Und all die anderen Menschen ebenfalls. Wenn jemand eine bessere Welt wollte, dann sollte er das laut sagen und dafür sorgen, daß man damit anfing, sie zu schaffen. Und auch bereit sein, die Rechnung dafür zu bezahlen. Er schuldete niemandem etwas. Er hatte bereits gegeben, und er hatte bereits bezahlt. Er spürte, daß er die Fäuste ballte und entspannte sie mühsam wieder. Benutze deine Wut, dachte er, das wirkt echt. Professionelle Verärgerung.

»Ich muß sagen, von wem immer dieser Brief stammt, er hat größte Chancen, in der Zwangsjacke zu enden«, knurrte er. »Wie Sie schon erwähnt haben, solche Verrücktheiten sind mir nicht neu.«

Ein seltsame Ruhe hatte von Lenna Parillaud Besitz ergriffen. Grimes fragte sich, wie der Satz endete, den sie begonnen hatte: »… sag ihm das, Lenna, dann …«

Er wagte nicht, zu fragen. Lenna schob den Brief wieder in ihren Ärmel und schien zu einer Entscheidung gelangt zu sein, die Beherrschung oder zumindest Zurückhaltung von ihr verlangte.

»Sind Sie mit Ihrem eigenen Wagen gekommen?« fragte sie.

»Ja«.

Es war vorbei. Lenna Parillaud wischte sich mit der Hand übers Gesicht und stand auf. Grimes erhob sich ebenfalls.

»Es war nett, Sie kennengelernt zu haben«, sagte Grimes.

»Ich freue mich ebenfalls.«

»Es tut mir leid, daß ich Ihnen nicht mehr helfen konnte. Es scheint mir, daß Sie Opfer eines üblen Spiels geworden sind.«

Lenna Parillaud sah ihn an. »Wenn Sie wüßten, wie lange es her ist, daß mich jemand weinen gesehen hat, Dr. Grimes, hätten Sie eine ungefähre Vorstellung, wie übel dieses Spiel ist.« Ihre Augen bestanden jetzt nicht mehr nur aus geweiteten Pupillen; es war viel mehr Grün darin. »Aber ich kannte Clarence Jefferson, und Sie nicht. Er war ein Mensch, der zu allem fähig war. Und Sie haben recht: Er liebte Spiele.«

Grimes hatte genug von dem Ort und mehr als genug von dem schlechten Geschmack in seinem Mund, der von der Schmierenkomödie verursacht wurde, die er hier abgeliefert hatte. Bisher war ihm nicht klar gewesen, daß er überhaupt die Fähigkeit besaß, so gekonnt und ohne größere Skrupel zu lügen; sogar seinen Beruf hatte er dazu benutzt und ihm und sich selbst Schande bereitet. Und alles seinem Vater zuliebe? George hatte ihn nicht gebeten, so etwas zu tun; George wäre lieber gestorben.

Der Mann, der nicht zu sein er so große Angst hat.

Die Wut packte ihn erneut und erstickte seine Scham. Verdammt sollten sie sein. Mit einemmal sah sich die ganze Welt bemüßigt, ihm zu sagen, wie er sein Leben leben sollte. Der dicke Mann hatte zumindest mit einem recht gehabt: Schon immer, und dies reichte bis zu seinen ersten Kindheitserinnerungen zurück, hatte bei Grimes, wenn er unter Druck gesetzt oder herumkommandiert wurde, dies schon beinahe psychopathische Gegenreaktion ausgelöst. Er würde sich nie wieder unter Druck setzen lassen. Es war Zeit, von hier zu verschwinden. Er hatte lange genug mitfühlend und verständnisvoll gelächelt und mehr als genug geschmeidige Lügen erzählt. Ungeduldig schielte er zu der Flügeltür hinüber.

Lenna entging der Blick nicht. Sie ging, begleitet vom raschelnden Flüstern des blauen Kleids um ihren Körper, zur Tür und zog sie auf. Grimes holte sie auf der Schwelle ein. Drei Schritte von der Tür entfernt, stand Bobby Frechette mit hängenden, vor seinem Körper verschränkten Händen im Korridor.

»Bobby wird Sie zu Ihrem Wagen bringen«, sagte Lenna Parillaud. »Sie schicken mir Ihre Rechnung zu?«

»Meine was?« fragte Grimes.

Schon wieder ein Schnitzer, dachte er. Der sachliche Arzt, der zu sein er vorgab, hätte gönnerhaft gelächelt und blitzschnell den höchsten Stundensatz, den er je verlangt hatte, veranschlagt und dann verdreifacht. Doch Grimes war es scheißegal.

»Ihre Rechnung. Für Ihre Zeit, Doktor.«

»Gewiß«, sagte er. »Wenn Sie wieder mit mir sprechen wollen, rufen Sie an.«

Das war geheuchelt. Falls sie sich dessen bewußt war, ließ sie es sich nicht anmerken. Er kannte diese Stimmung, die von ihm Besitz ergriffen hatte. Die Stimmung, die verlangte: Laß mich in Ruhe, oder ich tu' dir auf die eine oder andere Weise weh. Grimes mochte diese Stimmung selbst nicht – geschweige denn, daß er sie genoß, doch sie erstickte alle Ängste. Er blickte den Korridor hinab. Selbst Bobby Frechette sah nicht mehr aus wie der mit allen Wassern gewaschene, souveräne Bursche. Er fühlte die Aggressivität in Grimes – wie Grimes sie bei ihm gefühlt hätte – und straffte sich fast unmerklich. Grimes starrte auf den Rükken seiner kühn gebogenen Nase. Sollte er doch versuchen, ihm diesen beschissenen Brief abzunehmen. Grimes hatte in seinen besten Zeiten auch Schwielen an den Knöcheln gehabt. In diesem Augenblick wäre ihm eine Prügelei – mit blinder Wut dreinschlagen, egal ob er den kürzeren ziehen würde oder nicht – ein grimmiges Vergnügen gewesen. *Herrgott im Himmel, Grimes, geh endlich.*

Grimes drehte sich zu Lenna um.

»Auf Wiedersehen, Miß Parillaud.«

Er streckte die Hand aus, und sie ergriff sie.

Zu seiner Überraschung lächelte sie. »Sie haben mich nie Lenna genannt, wie ich Sie gebeten habe.«

Ihr Lächeln machte seine miese Stimmung nicht besser. »Nein«, sagte er. »Hab' ich wohl nicht.«

»Auf Wiedersehen, Doktor.«

Grimes nickte und ging den Korridor entlang. Als er sich Bobby Frechette näherte, entspannte sich der, machte auf dem Absatz kehrt und ging voran. Grimes stülpte einen Deckel über seine Gedanken und beschränkte sich darauf, die Galerie der Protzgemälde mit stummen, finsteren Blikken zu streifen, bis sie die hohe Eingangshalle erreicht hatten. Frechette öffnete die Tür für ihn.

»Gut Nacht, Dr. Grimes«, sagte Frechette.

Grimes sah ihn an, und Frechette nickte. Frechette war ein guter Mann. Die Lust zur Gewalttätigkeit, die er noch vor einem Augenblick verspürte hatte, beschämte ihn jetzt. Er fügte sie zu dem Berg seiner anderen Gewissensskrupel hinzu und erwiderte Frechettes Nicken.

»Gute Nacht, Mr. Frechette.«

Grimes trat über die Schwelle nach draußen.

»Dr. Grimes?«

Grimes blieb stehen und sah zurück in Frechettes Augen. Ein Funken Leben blitzte in ihnen, der zehntausend Jahre alt war.

Frechette sagte: »An Ihrer Stelle würde ich ihr auch nicht trauen. Aber sie will Ihnen nichts Böses. Darauf gebe ich Ihnen *mein* Wort. Wenn Sie ihr – wie auch immer – helfen könnten, würde ich Ihnen was schulden.«

Grimes sah in Frechettes Gesicht, wie groß seine Sorge um Lenna Parillaud war. Und Grimes wußte, daß ihm etwas angeboten wurde, das man nicht mit Geld kaufen konnte – nicht einmal hier: Eine absolute und totale Loyalität.

»Der beste Rat, den ich ihr geben kann, ist, dieses Mausoleum hier zu verkaufen und ein neues Leben anzufangen.«

»Das könnte ich ihr auch sagen«, brummte Frechette.

»Warum tun Sie's dann nicht?«

Frechette gab keine Antwort.

»Wissen Sie, worum es eigentlich geht? Wozu das alles gut sein soll?« fragte Grimes.

Frechette schüttelte den Kopf. »Lenna behält viel für sich. Das heißt nicht, daß sie nicht ehrlich ist. Sie sagt immer die Wahrheit.«

Einer Eingebung seines Instinkts gehorchend, fragte Grimes: »Was hat sie für Sie getan?«

Frechettes Augen wurden schmal, während er mit sich zu Rate ging, wieviel er sagen durfte. Alles, was er entgegnete war: »Ich saß in der Todeszelle. Lenna hat mir ihre Hand gereicht, als niemand mehr dazu bereit war.«

Grimes zweifelte nicht daran, daß Frechette wegen Mordes gesessen hatte, aber er fragte sich, ob er diesen Mord auch tatsächlich begangen hatte. In den zu schmalen Schlitzen zusammengekniffenen Augen eine Antwort auf diese Frage zu finden, war unmöglich.

»Ohne sie bin ich ein *Ronin*«, sagte Frechette.

Grimes verstand – wie Frechette offenbar angenommen

hatte. Ein *Ronin* war ein Samurai ohne Herr: Ein Krieger mit hehren Zielen, der den Sinn seines Lebens verloren hatte.«

»*Sie* sind auch ein *Ronin*«, sagte Frechette.

»Diese Ehre verdiene ich nicht«, murmelte Grimes.

»Da bin ich anderer Meinung«, entgegnete Frechette. »Aber nur Sie können das wirklich wissen.«

Unter Frechettes festem Blick und dem Stachel der Scham, die er empfand, zerbröckelte Grimes' Entschlossenheit mit einemmal. Wenn Lenna im wesentlichen aufrichtig gewesen war – und er glaubte, daß sie es war –, und wenn Jefferson gewollt hatte, daß sie erfuhr, worum es ging – was, nach seinem Brief an sie zu urteilen, offenbar ebenfalls zutraf –, welches Recht hatte Grimes dann, dem im Wege zu stehen? Er griff in seine Jacke, um den Brief, den Jefferson ihm geschickt hatte, hervorzuziehen. Seine Hand tauchte in seine Tasche und erstarrte dort.

Der Brief war verschwunden.

Seine Finger ertasteten den schmalen Karton des Flugtickets, aber keinen Briefumschlag.

Weil Frechette vor ihm stand, unterdrückte Grimes den den Impuls, sämtliche anderen Taschen zu durchsuchen. Er wußte, der Brief hatte in der Tasche gesteckt, und jetzt war er nicht mehr da. Nur sein Vater hatte von dem Brief gewußt. Der Mann, der ihn einen hinterlistigen Bastard genannt und ihm kurz darauf, während Grimes beim Pinkeln gewesen war, den Brief aus seiner Jackentasche gestohlen hatte: George Grimes, mit seinen Schießeisen aus dem Zweiten Weltkrieg und seinem ach so wichtigen Sinn für edle Werke.

Cicero Grimes verfluchte seinen Vater, verfluchte Gott und verfluchte den Tag.

Dann geisterte ein Bild durch seinen Kopf, das Bild von der blauen Flammenspitze eines Schneidbrenners, die an den Augäpfeln seines Vaters leckte, während Männer ohne Gesichter im Hintergrund lachten. Grimes fühlte plötzlich eine so ungeheure Angst, daß er glaubte, sich übergeben zu müssen. Das Bild verblaßte langsam. Er sah wieder Frechette vor sich, der ihn neugierig anschaute. Grimes zog die leere Hand aus seiner Tasche.

»Ich muß gehen«, sagte er.

Grimes sah keine Veranlassung für eine Erklärung. Er stieg zu seinem Wagen hinab und startete den Motor. Es hatte keinen Sinn, seine Zeit zu verschwenden und nachzusehen, ob George noch zu Hause war und Milch trank und Plätzchen aß. Grimes mußte das Mädchen finden, bevor George es tat. Das Mädchen Ella. *Sie ist neunzehn.* Herr im Himmel. Ella. Das war alles, woran er sich erinnern konnte. Er schaltete wütend durch die Gänge. Den ganzen Weg von Arcadia bis hinab zu der Allee aus alten Eichen war seine Stirn von finsteren Falten gefurcht. *Ihr Nachname. Ihre Adresse. Ihr Nachname. Ihre Adresse.* Als das schmiedeeiserne Tor in der hohen Backsteinmauer zurückglitt, lag Grimes' Stirn noch immer in düsteren Falten. Er konnte sich einfach nicht erinnern.

Grimes trat aufs Gas, und der 88er Olds preschte mit quietschenden Reifen zwischen geisterhaften Feldern und Sumpfgras durch die Nacht, umtost von einer wahrhaft dionysischen Orgie des erfrischenden Fahrtwinds. Es würde ihm schon wieder einfallen. Bis er in der Stadt zurück war, würde er sich wieder erinnern. Er mußte. Und dann würde er seinen gottverdammten Vater vielleicht eigenhändig umbringen.

SECHS

Die Rhythm Factory verlangte ihrer Klientel, was Trinken, Schwitzen, Abtanzen und das Bemühen anging, den Abend in vollen Zügen zu genießen, wie jede Nacht Höchstleistungen bis zum Anschlag ab. Während ihr eigenes Gesicht immer wieder in das grelle Licht der Scheinwerfer tauchte, sah Ella Momentaufnahmen der erhitzten, selbstvergessen Gesichter im heißen, stampfenden Rhythmus des Sounds vor sich. Es war, wie sie wußte, ihre Art des Tanzens, die die Zuschauer mochten – mehr noch als ihre Stimme. Für sie selbst war es anders herum: Das, was am meisten zählte, war die Stimme. In ihrer Stimme lagen all ihre Träume und Ambitionen. Aber wenn das Publikum auf ihre sich mit der trägen Eleganz einer Schlange windenden Glieder abfuhr und die Art, wie sie alles, was sie hatte, wiegte und schüttelte, war das in Ordnung für sie, zumindest solange sie auf der Bühne stand. Die Art, wie sie tanzte, bereitete ihr keinerlei Anstrengung – *nicht* zu tanzen, wäre eine Anstrengung gewesen –, und sie konnte ihre ungeteilte Aufmerksamkeit auf das Phrasieren ihrer Stimme, das Öffnen der Kraftkanäle zu ihrem Zwerchfell und das Mitschwingen der Resonanzräume in den Höhlungen ihres Schädels konzentrieren und darauf, sich nicht die Kehle zu zerfetzen. Die Stimme würde zur vollen Reife noch Jahre brauchen, das wußte sie, und sie war klug genug, geduldig zu sein. Sie hatte die Zeit: Sie war erst neunzehn. Das Tanzen gab ihr eine Plattform, von der aus sie agieren konnte. Anderen, besseren Sängerinnen war es vielleicht möglich, darauf zu verzichten, doch wenn die Zeit reif war, würde die Stimme reif sein, und wenn das so war, würde Ella vorbereitet sein. Sie würde bereits ein alter Hase sein, ein Halb-Profi. Sie würde cool sein. *Verdammt, Mädchen, du bist schon richtig cool. Sie lieben dich.* Sie schloß die Augen, bog ihren Kopf in dem blauen Geflirr von Lichtern zurück und ließ, während ihre Füße den Rhythmus in die Bretter stampften, ihre Arme zuckend und von einer durch sie hindurch rollenden Woge harten, fetzigen Funks getragen – *mmh, wer spielt den satten Baß?* – sich in die Höhe winden. Alle johlten und pfiffen, und sie wußte, sie liebten sie. Die Band in ihrem Rücken spürte die Energie ebenfalls und legte – für Ella jedesmal ein Wunder – noch einen unsichtbaren, in die Glieder fahrenden Schlag zu. Ellas blutrote Fingerspitzen trafen sich über ihrem Kopf, und sie wiegte und schlängelte sich, einer Flamme gleich, hielt die bis zur Unerträglichkeit gespannte Pose länger, als ihr zustand, und die Band hielt den gleichsam auf Zehenspitzen schwankenden Rhythmus ebenfalls, bis zu dem Punkt, an dem sie zusammensackte und mit flammenden Augen und geblähten Nasenflügeln, mit zuckendem Kopf, groovenden Schultern und bebenden Brüsten das Mikrofon attackierte, während ihre Stimme den letzten Refrain hinausschmetterte, der wie ein kreischender Vogel zur Decke emporstieg.

Die Band legte perfekt einen abrupten Break hin, und sie starrte, ohne zu lächeln, auf den tumultartigen Applaus hinab, der vor der Bühne ausbrach. Sie lächelte nie auf der Bühne. Vielleicht später – wenn sie die war, die sie werden wollte – würde sie lächeln, aber jetzt konnten sie in ihr Gesicht und auf ihre Lippen emporstarren und denken, Mann, wer, zum Teufel, ist *sie*? Sie war zu jung, um zu lächeln und dabei sexy zu bleiben. »Ein sexy Lächeln kommt mit dem Alter«, hatte Charlie gesagt. »Wenn du jetzt lächelst, siehst du wie ein kleines Mädchen aus, das nach Anerkennung heischt, aber wenn du ihnen ein Ist-mir-scheißegal-Grinsen zeigst, macht das ihre Schwänze steif« und wenn sie nach der Show ihre Freundinnen vögeln, denken sie beim Orgasmus an dich. Und nächste Woche sind sie wieder da, um mehr davon zu kriegen.« Das war Charlies Theorie gewesen. Sie hatte es nicht glauben wollen, und es war ihr zuerst vielleicht sogar ein wenig unheimlich gewesen, aber es hatte funktioniert. Jeden Freitagabend war die Rhythm Factory voll, und sie pfiffen und johlten und leckten sich die Lippen nach dem goldenen Ring in ihrem Nabel und der Art, wie man ihre Titten durch was auch immer sie anhatte sah. Die Factory war ein kleiner Club, und niemand, außer denen, die in der Gegend wohnten, verlief sich hierher, aber es war Ellas Gegend, und fühlte sich hier zu Hause. Mit zwei Freundinnen aus dem College teilte sie sich eine Wohnung drei Blocks die Straße runter. Sie wandte dem Gejohle und Gepfeife den Rücken zu und zwinkerte Sammy zu, dem Mann am Baß. Sammy grinste und ging zum Mikrofonständer.

»Ella MacDaniels«, knurrte er ins Mikro. »Ella MacDaniels! Laßt es mich hören, Leute!«

Ella wandte sich wieder dem Publikum zu. Der Club war in einem schäbigen Keller untergebracht und hatte eine Klimaanlage, die seit 1979 nicht mehr richtig funktionierte. Hinter der Menge, an der gegenüberliegenden Wand war eine lange Bar mit verspiegelten Glasregalen, auf denen unter nackten blauen Glühbirnen Reihen von Flaschen die Gäste anblitzten. An der Bar stand, ohne sich dagegenzulehnen, ein Mann in dunklem Anzug und Krawatte. Ella hatte ihn während des Sets ein paarmal gesehen. Er fiel nicht nur wegen seiner Klamotten auf, obwohl der Anzug alles andere als frisch gebügelt war, sondern vor allem deshalb, weil er weiß und schon älter war. Ältere Soulbrothers tauchten hier oft genug auf, um ein Ohr an der Szene zu behalten und in Erinnerungen zu schwelgen, wieviel heißer sie zu ihren Zeiten gewesen sei, doch weiße ältere Männer nie. Und der alte Mann schien sie direkt anzusehen. Aber das taten die übrigen achtzig oder neunzig Leute ebenfalls. Ella breitete die Arme aus und verneigte sich tief. Die langen Strähnen ihres dichtgeflochtenen Haars fielen neben ihrem Gesicht herab. Sie warf sie, als sie sich aufrichtete, über ihre Schultern zurück und stand dann reglos im Licht der Scheinwerfer, großgewachsen und schlank.

»Das war alles, was ihr heute abend von uns zu hören kriegt«, sagte Sammy. »Aber wenn nur ein Fünkchen Grips in euren Köpfen übriggeblieben ist, dann bleibt ihr noch ein wenig und haltet die Chose am Kochen – mit unseren

Freunden aus Havanna, mit Zwischenstop in Miami: Ernesto Ruiz y Los Halcones de la Medianoche! Ernesto Ruiz und die Nighthawks! Okay, Leute – noch einen Applaus für Ella MacDaniels!«

Der Beifall brandete erneut auf, die Band legte einen Klangteppich aus ein paar Akkorden, und Ella verbeugte sich noch einmal und verschwand hinter der Bühne. Sie ging direkt zu der winzigen privaten Toilette gleich neben dem Büro des Managers und warf den Riegel vor. Nach einer Show brauchte sie einen Augenblick für sich selbst, um die aufgewühlten Emotionen zu genießen und die warme Glut in ihrem Herzen, die aus dem Wissen kam, gefallen zu haben. Dies war eine weitere Sache, die Charlie ihr beigebracht hatte: »Nimm immer etwas für dich mit, tief in dir drinnen. Mache es zu einem Teil von dir. Halte dich daran fest, wenn die Dinge schlecht laufen und du nicht mehr weißt, was das alles soll, denn diese Zeiten werden kommen.« Charlie hatte eine Art, Dinge zu sagen, daß man sie nie vergaß. Sie vermißte ihn. Er war heute abend wieder nicht hier gewesen. Im ersten Jahr als sie hier aufgetreten war, hatte er so gut wie keine Show versäumt, hatte mit nach hinten an seinen massigen Schädel geklatschtem Haar in den Schattenregionen vor der Bar gestanden, wo der alte Mann heute abend gestanden hatte. Manchmal hatte einer der Gäste der eher finsteren Sorte ihn mit einem schiefem Blick bedacht, und Charlie hatte mit ihm gesprochen, lächelnd und leise, und wer immer es gewesen war, er war nie wieder hier aufgetaucht. Er hatte ihr nie gesagt, warum, und sie hatte, einem Instinkt gehorchend, nie gefragt. Nun kam auch Charlie nicht mehr, hatte sich seit Monaten nicht mehr blicken lassen, und sie hatte aufgehört, auf ihn zu warten. Derselbe Instinkt hatte sie schon oft gewarnt – seit sie ein Kind gewesen war – daß auch Charlie eines Tages aus ihrem Leben verschwinden würde. Jetzt, wo er fort war, vermißte sie ihn. Um ehrlich zu sein, sie vermißte ihn schrecklich. Aus keinem nachvollziehbaren Grund fühlte sie sich weniger sicher, wenn er nicht in ihrer Nähe war.

Ella ließ das kalte Wasser laufen und klatschte sich eine Handvoll davon ins Gesicht. Die milchkaffeebraune Haut ihres Körpers, von der durch die Schlitze und Risse in ihrem Outfit mehr zu sehen war, als verborgen blieb, war von Schweißperlen übersät. Sie riß einen langen Streifen rauhes Papier von dem Handtuchspender und wischte sich damit über das Gesicht und die Arme. Sie trug kein Makeup; brauchte auch keines. Nur das rote, zerfetzte Kleid, den Ring durch ihren Nabel und den Brillantknopf in der Nase. Ihre Gesichtszüge waren feingeschnitten, fast zart, aber doch kräftig, abgesehen von der Nase, die breit war – im tiefsten Grund ihres Herzens dachte sie, breiter als ihr lieb war. Beim Lesen von Illustrierten hatte sie sich immer wieder Fantasien strikt verboten, die darum kreisten, die Nase operieren und den Rücken höher und schmaler machen zu lassen. Aber das war Schwachsinn. Statt dessen hatte sie sich das Piercing verpaßt, und das gefiel ihr. Sie hörte, wie etwas gegen die Tür polterte, stopfte die Papiertücher in den überquellenden Abfalleimer, schob den Riegel zurück und trat auf den schmalen Korridor hinaus.

Ernesto und seine Halcones drängten sich lachend und schwatzend, mit Instrumenten beladen, durch den engen, schwarzgestrichenen Korridor zur Bühne. Sie fühlte, wie Sammy von hinten ihre Schultern drückte.

»Du warst großartig heute abend.«

Sie lächelte, und er küßte sie auf die Wange. Sammy hatte vier Kinder und besaß einen Abschleppdienst, aber in seinen besten Zeiten hatte er bei Mac Rebennack und als Sessionmusiker für Allen Toussaint gespielt. Er schlüpfte an ihr vorbei in die Toilette für seine Freitagabend-Line, seine letzte Reminiszenz an sorglosere Tage. Abgesehen von einem Joint dann und wann hatte Ella nichts mit Drogen am Hut. Früher war hier mal ein Türsteher beschäftigt gewesen, der als Einleitung seines Aufreißprogramms ein paarmal versuchte, ihr eine Line Coke aufzudrängen. Sie hatte Charlie von ihm erzählt. Als sie den Typen das nächstemal gesehen hatte, war sein Arm in Gips gewesen und er hatte eilig die Straßenseite gewechselt, um ihr nicht über den Weg zu laufen. Sie strebte auf die Garderobe zu. Dort würde sie eine Camel Light rauchen und eine Flasche Evian trinken, sich umziehen und dann noch mal vor in den Club schauen, um sich Ernesto anzuhören und, wenn er wirklich so gut war, wie sie erwartete, vielleicht noch ein bißchen tanzen. Als sie die Tür zur Garderobe erreichte, sah sie über die Köpfe der Kubaner hinweg und erblickte den alten Mann, der an der Bar gestanden hatte.

Er sah erhitzt und befangen aus; die Muskeln in seinem faltigen Nacken waren dick vor Anspannung. Dies hier war nicht seine Welt, das sah sie ihm an, und er tat ihr fast ein wenig leid. Der Blick des alten Mannes fing den ihren auf. Über das Chaos auf dem Gang rief er ihr zu: »Miß MacDaniels?«

Ella blinzelte. Der Mann war ihr völlig fremd, und er gehörte auch nicht hierher, doch andererseits konnte sie an ihm nichts Bedrohliches entdecken. Sie ertappte sich dabei, daß sie nickte.

Der alte Typ zwängte sich entlang der Wand, wobei er, während er sich an den Leuten vorbeischob, seine zugeknöpfte Jacke mit einer Hand zusammenhielt. Sie wartete auf ihn. Vor ihr blieb er stehen und zog unbewußt seine Krawatte gerade. Auch das rührte sie. Seine Augen waren grau und aufrichtig unter dicken grauen Brauen, die eine Spur dunkler waren als sein Haar. Er lächelte unsicher.

»Mein Name ist George Grimes. Kann ich einen Augenblick mit Ihnen sprechen?«

Ella konnte sich nicht vorstellen, was er hier wollte. War er von einem anderen Club? Ein Agent? Nein. Er war nicht glatt genug.

»Worum geht es?« fragte sie.

George Grimes dämpfte seine Stimme. »Charlie schickt mich.«

Ellas Magen krampfte sich zusammen. Sie hatte nie einen von Charlies Freunden kennengelernt; für sie war sein Leben ein Buch mit sieben Siegeln gewesen.

»Ich muß mich umziehen«, sagte sie. »Warten Sie?«

»Okay«, sagte George. »Hier?«

»Wenn Sie es aushalten.«

»Oh ... Ich hab' schon Schlimmeres überlebt.«

Er lächelte erneut, diesmal entspannter, und diesmal lächelte Ella zurück.

»Fünf Minuten«, sagte sie und stieß die Tür zur Garderobe auf.

Der Raum war düster und schäbig und eng und mit den Sachen von einem Dutzend anderer Leute vollgestopft. Aus einem Berg von Klamotten und Taschen zog sie einen blauen Nylonrucksack hervor und ließ ihn vor einem mit Lippenstift in Form von Telefonnummern vollgeschmierten Spiegel auf den Tisch plumpsen. Sie machte ihn auf und zog ein Paar schwarze Arbeiter-Schnürstiefel mit Doc-Martens-Sohlen heraus, ein schwarzes Lycra-Oberteil mit Halsträger, das gerade bis zum Rippenansatz reichte, und ein Paar schwarze Leggings. Die Jacke war ebenfalls im Rucksack, aber es war viel zu heiß hier drin, sie anzuziehen. Sie zog sich ihr Kleid über den Kopf, rollte es zusammen und schob es in den Rucksack. Mit einer Hand stützte Sie sich auf die Tischkante, streifte sich mit einem erleichterten Seufzen die Pumps von den Füßen und steckte sie in den Sack. Während sie sich anzog, fragte sie sich, was Charlie wollte und warum er George Grimes geschickt hatte, anstatt selber zu kommen. War Charlie okay? Eilig schnürte sie die Stiefel zu, richtete sich auf, und öffnete die Tür.

Auf dem Korridor war es jetzt ruhiger. George, der neben der Tür stand wie ein Wachsoldat, drehte sich zu ihr um. Hinter ihm tauchte Sammy aus der Toilette auf. Sammy schniefte und zerrte an seiner Nase. Als er George sah, erschienen Falten auf seiner Stirn.

»Alles okay, Baby?« krächzte Sammy.

George drehte den Kopf. Ella lächelte und nickte.

»Alles in Ordnung, Sam. Bis später auf der Tanzfläche.«

Sam zuckte mit den Schultern und trabte davon. Sie sah George an und nickte in Richtung der Tür.

»Es ist zwar ein mieser Verschlag, aber ruhig.«

George kam nach ihr herein und machte die Tür hinter

sich zu. Es gab einen einzigen kaputten ehemaligen Drehstuhl am Schminktisch.

»Setzen Sie sich«, sagte sie.

»Danke.«

George nickte und testete den Stuhl mit der Hand, bevor er sich setzte. Ella zog die Wasserflasche aus ihrem Rucksack und riß die Banderole am Verschluß auf. Sie hielt die Flasche George hin.

»Es ist zwar warm, aber möchten Sie 'nen Schluck?«

»Nein, vielen Dank, Miß«, sagte George. »Aber trinken Sie nur.«

Er wartete, während Ella die Flasche ansetzte und gut einen halben Liter hinuntergurgelte. Unvermittelt fragte sie sich, ob es unladylike sei, und senkte die Flasche. Komisch – gewöhnlich machte sie sich kaum Gedanken darüber, ladylike zu sein. Es ist sein Alter, sagte sie sich, und er ist ein Gentleman. Er achtete sogar darauf, nicht ihren Körper anzustarren, obgleich sie nicht sagen konnte, ob er es gern getan hätte.

»Sie kennen also Charlie?« fragte sie.

George schüttelte den Kopf. »Nicht persönlich«, brummte er.

Er zögerte und schien nach einem Weg zu suchen, das zu sagen, was er zu sagen hatte.

»Das hier ist, was man eine bizarre Situation nennen könnte, Miß MacDaniels. Ich weiß nicht, wie ich es sonst anbringen sollte – außer geradeaus.«

Ella spürte, wie sich ihr Magen erneut zusammenkrampfte. »Sagen Sie es schon.«

»Na ja – es sieht so aus, als sei der Mann, den Sie als Charlie kennen, tot.«

Einen Augenblick lang fühlte sie gar nichts, dann war George plötzlich auf den Beinen und half ihr, sich auf den Stuhl zu setzen.

»Trinken Sie noch was von dem Wasser, Miß. Dann fühlen Sie sich besser.«

Ella trank erneut einige Schlucke. Sie stellte die Flasche auf den Tisch, kramte ihre Zigaretten aus dem Rucksack und steckte sich eine an. In ihrem Gehirn rasten die Gedanken so schnell durcheinander, daß sie sie nicht festhalten konnte. Einer davon platzte heraus.

»Sind Sie ein Cop?« frage sie.

George schüttelte den Kopf. »Nein, Miß. Ich nicht, aber Charlie war einer. Sein richtiger Name war Clarence Jefferson.

Der Name sagte ihr nichts, aber plötzlich verstand sie besser, warum Charlie nie über sich gesprochen hatte. In ihrer Brust fing es an zu flattern und zu beben, und sie wußte, daß sie gleich heulen würde.

»Es tut mir leid, Miß«, murmelte George.

Ella versuchte die Tränen zurückzuhalten, die über ihr Gesicht rollten, schaffte es aber nicht. Sie konnte auch nicht mehr denken. Es war, als wüßte sie nicht, woher die Tränen kamen oder warum.

»Hier. »

George reichte ihr ein sauberes, weißes Taschentuch, und sie nahm es und wischte sich damit übers Gesicht.

»Tut mir leid«, murmelte sie.

»Mir auch«, brummte er.

Sie hob den Blick und sah in seinem faltigen Gesicht den aufrichtigen Kummer, den ihr Schmerz ihm bereitete. Tief drinnen war sie schockiert. Sie hatte nicht gewußt, daß Charlie ihr soviel bedeutete.

»Ich weiß, Sie brauchen Zeit, um damit fertig zu werden«, sagte George. »Aber ich weiß nicht, ob wir die jetzt im Augenblick haben.«

Die Tränen versiegten, als ihr bewußt wurde, daß die Besorgnis in seiner Stimme drängender war als sein Mitgefühl für sie. Sie ließ das Taschentuch sinken.

»Wie meinen Sie das?«

George wich einen Moment lang ihrem Blick aus, dann sah er sie wieder an.

»Ich will Ihnen keine Angst einjagen und hoffe, daß ich mich täusche, aber es ist möglich, daß Sie in einer gewissen Gefahr sind.«

Ella wußte nicht, was sie darauf sagen sollte.

»Jefferson, das heißt Charlie, sagte, ich solle Sie bitten, mich zum Alten Haus zu bringen.«

»Das Alte Haus«, murmelte sie.

Aus irgendeinem Grund, der ihr schleierhaft war, kam sie sich blöde vor, wegen der Art, wie sie es gesagt hatte.

»Ja. Sagt Ihnen das etwas?«

Sie nickte. Seit sie zwölf gewesen war, hatte Charlie sie ein halbes Dutzendmal in den Ferien zu dem Alten Haus mitgenommen. Als er sie das letztemal eingeladen hatte, mitzukommen, war sie zu Hause geblieben, weil sie damals mit Terrence gegangen war, und Charlie aus irgendeinem Grund nicht gewollt hatte, daß er mitkäme. Charlie hatte ihr etwas Geld gegeben, und sie und Terrence waren statt dessen nach Jamaika geflogen. Charlie und sie waren immer nur allein im Alten Haus gewesen. Es war weit weg.

»Es ist in Georgia«, sagte sie.

Sie war verwirrt. Es war, als habe sich ein Tuch über sie gesenkt, durch das sie nicht hindurchschauen konnte. Sie kannte diesen alten Knacker gerade mal ein paar Minuten, und schon bat er sie, mit ihm nach Georgia zu fahren. Sie mußte mit jemandem sprechen. Mit Sammy vielleicht oder einem der Mädchen in ihrer Wohnung. Sie würden ihr alle dasselbe raten, was sie auch ihnen geraten hätte: Sieh zu, daß du den alten Kerl los wirst, und ruf die Polizei. Der alte Kerl sah die Angst in ihrem Gesicht.

»Ich weiß, das muß Ihnen völlig verrückt vorkommen – und beängstigend«, sagte er. »Es ist auch beängstigend. Ich habe nichts, das ich Ihnen sagen oder zeigen könnte, das Sie veranlassen würde, mir zu vertrauen. Ich könnte, wer weiß wer sein, und ich habe keine amtliche oder gesetzliche Legitimation. Aber Sie stecken da in etwas drin, das Ihnen keine große Wahl läßt. Charlie hat uns gewarnt, weder den Cops noch sonst irgend jemandem zu trauen.«

»Wie hat er Ihnen das alles mitgeteilt?« fragte sie.

»In einem Brief.«

»Kann ich den mal sehen?«

»Wir sollten schauen, daß wir von hier verschwinden.«

Der Kerl war unglaublich. Ihr in den Straßen der Großstadt geschultes Mißtrauen erwachte.

»Wohin verschwinden?« wollte sie wissen.

»Zum Alten Haus.«

»Machen Sie Witze? Es muß schon fast Mitternacht sein.«

George Grimes' Fäuste ballten und öffneten sich an seiner Seite. Es wirkte nicht aggressiv, eher nervös. Der alte Mann sah aus, als hätte er Angst.

»Ich will Ihnen keinen Schreck einjagen«, sagte er, »aber wenn wir bis morgen früh warten, weiß ich nicht, ob wir noch die Gelegenheit haben.«

Ella stand auf. »Ich muß mit Sammy reden«, sagte sie.

»Tun Sie das bitte nicht.« Die Dringlichkeit in seiner Stimme spiegelte sich auch in seinen Augen. »Je mehr Leute wir in diese Sache mit hineinziehen, desto geringer sind unsere Chancen. Und Ihre ebenfalls.«

»In was für eine Sache? Ich habe keine Ahnung, wovon Sie reden.«

Ella fühlte, wie ihr erneut die Tränen in die Augen stiegen, und sie kämpfte dagegen an. Als sie von der Bühne gekommen war, hatte sie sich stark gefühlt und allem und jedem gewachsen. Sie hatte sich durch und durch als Frau gefühlt, der, wenn auch nicht die ganze Welt, so doch zumindest ein kleines Stück davon zu Füßen lag. Jetzt hatte sie Angst und kam sich vor wie ein kleines Mädchen. Nimm es wie Lampenfieber, dachte sie. Wenn sie Lampenfieber hatte, sagte sie sich immer: *Das Schlimmste, das sie dir antun können, ist, dich umzubringen.* Worauf sie stets erwiderte: *Stimmt nicht. Sie können dich von der Bühne buhen.* Und dann: *Wenn sie's tun, dann sollen sie sich selber ins Knie ficken.* Sie holte ein paarmal tief Atem, etwas, sie immer machte, bevor sie auf die Bühne ging, und gewann etwas von ihrer Beherrschung zurück.

»Haben Sie Charlies Brief bei sich?« fragte sie.

George Grimes mußte zu lange darüber nachdenken. Als er nickte, wußte sie längst, daß er ihn hatte.

»Wir werden folgendes tun«, sagte sie. »Auf der anderen Straßenseite ist ein Café. Wir gehen dort rüber und trinken einen Espresso, und ich rauche noch eine Zigarette und lese währendessen den Brief. Andernfalls rufe ich jetzt sofort ein paar von den Jungs rein und lasse Ihnen den Brief abnehmen.«

Der alte Typ sah sie an und kam zu dem Schluß, daß sie es ernst meinte, was gut war, denn genau das tat sie. Ella schnappte sich ihren Rucksack und warf ihn sich über den Rücken. Jetzt fühlte sie sich besser. *Wenn man sich entschließt, etwas zu tun, auch wenn es noch so hart, ist, fühlt man sich immer besser.* Das hatte Charlie gesagt. Oder Jefferson. Es gefiel ihr nicht, daß sie seinen Nachnamen nicht gekannt hatte. Es war nicht so, daß er sie angelogen hatte, es war nur …, sie wußte auch nicht, was es war, sie fühlte sich eben im Stich gelassen. Oder etwas Ähnliches. Wieder richtete sie den Blick auf George Grimes. Vielleicht war das auch nicht sein richtiger Name. Aber irgendwie wußte sie, daß er in Ordnung war – zwar verrückt, das war mal sicher, aber sie konnte nichts Böses in ihm fühlen. Sie ging zur Tür und öffnete sie.

»Wir nehmen den Hinterausgang«, sagte sie.

»Das ist mir recht, Miß«, sagte George Grimes. »Wenn ich noch mal über die Tanzfläche müßte, würde ich das kaum überleben.«

Der Hinterausgang war mit einem Riegel verschlossen. Ella schob ihn zurück, und die Tür schwang auf und gab den Blick auf eine Eisentreppe frei, die vom Untergeschoß zur ebenen Erde hinaufführte. George folgte ihr die Treppe empor auf einen von Abfall übersäten Hinterhof zwischen den Rückfronten zweier heruntergekommener siebenstökkiger Geschäftshäuser. Es gab kaum Licht in dem Hof, doch etwa dreißig Meter links von ihnen war der schwarze Schlund eines noch schmäleren Durchgangs zu erkennen, der im rechten Winkel nach vorn auf die Straße hinausführte. George sah nach links und nach rechts.

»Dort entlang«, flüsterte Ella.

Sie ging voran und strebte auf den Durchgang zu. Vielleicht war es nur das Gehen und das Bewußtsein, freien Himmel über sich zu haben, doch sie fühlte sich klarer im

Kopf. Die Hälfte von dem, was in der Garderobe auf sie eingestürmt war, verschwamm in ihrem Kopf zu einem nebelhaften Fleck, durchgeistert vom blendenden Licht der Bühnenscheinwerfer, dem Stampfen der Musik und dem Beifall des Publikums. Ein doppelter Espresso bei Carlo's, in netter und ruhiger Atmosphäre, und sie würde das alles vielleicht auf die Reihe kriegen.

Sie waren noch etwa zwanzig Meter von dem Durchgang entfernt, als ein Mann auftauchte, der sie mit einem Grinsen fixierte.

Ella spürte Georges Hand auf ihrem linken Arm, und blieb angewurzelt stehen. Die Hand war fest und trocken und beruhigend. Er war ebenfalls stehengeblieben, dicht hinter ihr. Der Kerl vor ihnen war weiß und sah arrogant aus. Er grinste, als sei er Mr. Joe Cool, der Große, persönlich, obwohl er nur ein fettes Arschloch in einem Sweatshirt war. Sein krauser, verfilzter Bart ließ ihn noch fetter aussehen, als er war. Mr. Joe Cool hob ein Walkie-Talkie an seinen Mund und sprach etwas hinein.

Sie war sich nicht sicher, wegen des Verkehrslärms, der aus dem Durchgang hinter ihm drang, doch sie glaubte, »das Küken ist im Topf« verstanden zu haben.

Gleichzeitig hörte sie, wie der Atem des Alten hinter ihr schneller wurde. Plötzlich konnte sie sich nicht mal an seinen Namen erinnern.

»Drehen Sie sich nicht um, Miß, wenn Sie können«, hörte sie ihn in ihr Ohr flüstern.

Beinahe hätte sie sich tatsächlich umgedreht, doch sie tat es nicht. Die Hand verschwand von ihrem Arm. Sie bedauerte es.

Joe Cool kam, noch immer grinsend, auf sie zu und schob das Walkie-Talkie in die Tasche seiner ausgebeulten, ehemals weißen Hose.

»'n Abend, ihr Turteltäubchen«, griente er. »Wohin des Wegs?«

Eine Gänsehaut lief über Ellas Arme, und ihr war mit einemmal kalt. Sie drehte sich nicht um. Obwohl sie es wollte. Sie wollte die ruhigen graue Augen mit den buschigen Brauen darüber sehen. George – sein Name fiel ihr jetzt wieder ein. Georges Augen – die, in denen nichts Böses lag. Joe Cool hatte die Augen einer Ratte, glitzernd und leer. Sein Blick huschte zwischen ihren Schenkeln und ihren Brüsten hin und her.

»Oh – wie ich diesen niedlichen, süßen kleinen Ring in deinem Bauch liebe«, sagte er.

»Was willst du?« schnarrte George.

Beinahe hätte Ella einen erschreckten Satz zur Seite gemacht. Die Stimme war hart wie Stahl, und in ihr klirrte die unmißverständliche Warnung: »Leg dich nicht mit mir an, Freundchen.« Sie fragte sich, ob George verschwunden und jemand anderer an seine Stelle getreten war. Auch seine Nähe konnte sie nicht mehr fühlen, doch sie drehte sich nicht um. Joe Cool blieb stehen und stemmte die Hände in die Hüften, wobei er ihnen seinen Schmerbauch entgegenstreckte, als sei darauf zu lesen: »Bin ich nicht ein toller Hecht und umwerfend witzig vom Scheitel bis zur Sohle.«

»Ooh«, griente er. »Ich will mit dir und deiner kleinen Tussi nur ein paar Takte reden, Alterchen. Keine Fisimatenten – keine Probleme. Ihr kommt schön mit mir und …«

»Kann ich mal die Marke sehen«, sagte George.

»Die Marke?« schnaubte Joe Cool mit einem kurzen, gemeinen Lachen. »Dann laßt mich mal schauen, was ich alles hier hinten habe.«

Joe Cool griff nach hinten unter sein Sweatshirt, ohne den Blick von dem Ring in Ellas Nabel zu nehmen. Als sein Arm wieder nach vorn kam, fühlte Ella, wie sie zur Seite, gegen die Wand seitlich des Durchgangs gestoßen wurde. Noch bevor ihre Schulter gegen die schmutzigrote Backsteinmauer krachte, wurde Joe Cool herumgewirbelt und stürzte, rückwärts stolpernd, mit zwei feuchten, dunkelroten Flecken auf seinem Sweatshirt zu Boden. Jetzt erst, doch noch während Joe Cool fiel, registrierte Ella den Nachhall eines ohrenbetäubenden Doppelknalls, der zwischen den hohen Mauern hin und hersprang und erstarb. Ein Scheppern war zu hören, als ein silbrig glänzender Revolver Joe Cools Hand entglitt und zwischen den Unrat fiel. Sein Hinterkopf schlug mit einem Krachen auf das Pflaster, das Ella lieber nicht gehört hätte. Sie wandte den Kopf.

Der alte Mann stand in eine bleiche Rauchwolke gehüllt und hielt einen seltsam langläufigen Revolver auf Joe Cool gerichtet. Er warf ihr einen Blick zu und legte den Zeigefinger seiner freien Hand an die Lippen. Ella nickte. Sie schrie nicht. Ihr war nicht nach Schreien zumute, obwohl sie wußte, daß sie es eigentlich tun sollte. Der Blick des alten Mannes – Georges Blick ruckte wieder zu dem Fleischhaufen zwischen den leeren Coladosen zurück. Joe Cool rührte sich nicht. George sah erneut zu ihr herüber und machte eine Handbewegung. Er wollte anscheinend, daß sie sich nieder duckte. Sie nickte und kauerte sich gegen die Wand. Die Backsteine rieben kalt und feucht an der nackten Haut ihres Arms. George machte ein paar Schritte vorwärts, seine Waffe unbeirrt auf sein Ziel gerichtet, und hob Joes Revolver am Abzugsbügel vom Pflaster auf. Neben dem Toten lag ein aufgeplatzter Müllbeutel, den Joe bei seinem Sturz aufgerissen hatte. George schob den silbernen Revolver zwischen den Abfall in dem Beutel. Den Lauf seiner Waffe nach wie vor auf Joe gerichtet, packte er dessen Handgelenk und zerrte ihn mit einer Kraft, die sie überraschte, zu der Wand, an der Ella kauerte, etwa zehn Schritte näher als sie am schwarzen Schlund des Durchgangs. Joes Fettbauch schwabbelte, unnatürlich bleich und von roten Blutfäden überzogen, die unter seinem hochgerutschten Sweatshirt hervorsickerten, doch er gab keinen Ton von sich. Ella stellte fest, daß sie absolut nichts für ihn empfand. *Du hast einen Schock.* Das einzige, woran sie denken konnte, war, daß wenigstens der alte Mann auf ihrer Seite war.

Sie beobachtete, wie sich George entlang der Mauer auf den Durchgang zu schob. Mit einem Schock wurde ihr bewußt, daß Joe Cool über sein Walkie-Talkie mit irgend jemandem gesprochen haben mußte. Sie fühlte, wie die Angst um George ihr die Kehle zuschnürte. Er war jetzt dicht vor dem schwarzen Schlund des Durchgangs und bewegte sich wie eine alte, in vielen Kämpfen erfahrene

Katze. Direkt vor der dunklen Mündung des Durchgangs blieb er stehen und wartete. Er lauschte. Ihr Gehör hatte sich von dem Krachen der Schüsse wieder erholt, und sie horchte ebenfalls. Alles, was sie vernahm, war der Lärm des Verkehrs und ein rhythmisches Stampfen aus dem Club. George wandte ihr plötzlich das Gesicht zu, sah sie aber nicht an. Er ließ sich steif in die Hocke sinken und setzte sich dann, sich mit einer Hand auf dem Pflaster abstützend, auf den Boden. Mit den Füßen in ihre Richtung zeigend, schob er sich auf dem Hosenboden seitlich näher an den schwarzen Schlund des Durchgangs heran. Was, zum Teufel, machte er? George hob den rechten Arm, den, der näher zur Wand war, und streckte ihn, mit dem Lauf seines Revolvers in den Himmel zeigend, in die Höhe. Dann wartete er wieder reglos in dieser Haltung; die längsten Sekunden vergingen, die Ella je gezählt hatte. Sie wollte, daß er sie ansah, doch sein Blick war auf einen fernen Punkt hinter und über ihrem Kopf gerichtet.

Abrupt kippte Georges Oberkörper nach hinten. Sein ausgestreckter Arm mit der Waffe ruckte in den Durchgang, zugleich drehte sich sein Gesicht in dieselbe Richtung, und Ella hörte dreimal kurz hintereinander das Krachen des Revolvers, diesmal nicht so laut wie vorher. Ein ersticktes Aufstöhnen war zu hören, dann ein metallisches Klappern. George blieb reglos liegen und starrte über seinen Arm hinweg. Dann stemmte er sich mühsam wieder in eine sitzende Position, seine Hand und der Revolver waren für sie nach wie vor nicht zu sehen. Ächzend rappelte er sich auf die Beine. Ohne einen Blick in ihre Richtung verschwand er in dem Durchgang. Ella kauerte allein an der kalten Wand und wartete – endlose Sekunden, die ihr wie Minuten schienen. Noch ein Schuß. Ella zuckte zusammen und hätte fast das Gleichgewicht verloren. Sie richtete sich auf und sah zu der Treppe hinüber, die in den Club hinunterführte. Sammy. Ein Telefon. Starke Jungs, die sie kannten und mochten … Lauf!

»Miß MacDaniels? Ich komme!« rief George.

Beinahe wäre sie davongelaufen, aber sie tat es nicht.

George tauchte, ein zweiter Revolver am Zeigefinger seiner freien Hand baumelnd, aus dem Durchgang auf. Er warf ihn zu dem ersten in den offenen Müllbeutel und kam dann, während er seinen eigenen Revolver auf seinem Rükken hinter den Gürtel schob, auf sie zu. Er war genauso, wie sie ihn brauchte: cool wie einer von Sammys Bassläufen und ebenso klar.

»Gehen Sie jetzt sofort in den Club zurück«, sagte George, »und vergessen Sie alles, was soeben passiert ist.«

»Was?«

»Sie müssen mir gefolgt sein. Ich wollte Sie damit nicht in Gefahr bringen, und ich muß mich dafür bei Ihnen entschuldigen, aber wenn Sie jetzt zurückgehen und kein Wort zu den Cops sagen, dann weiß keiner mehr als zuvor.«

Ella hörte, wie sie sagte: »Das können Sie nicht machen.«

»Doch, das kann ich. Sagen Sie mir nur, wo das Alte Haus ist.«

»Ich kenne die Adresse nicht. Ich kenne nur den Weg von Macon aus dort hin. Es liegt in der Nähe eines kleinen Orts, der Jordan's Crossroads heißt.«

George machte ein finsteres Gesicht. »Ich schätze, Jordan's Crossroads muß genügen. Bitte, Miß, gehen Sie jetzt. Man hat sicher die Schüsse gehört. Niemand wird wissen, daß Sie Ihre Garderobe verlassen haben.«

Wider aller Vernunft war Ella wütend.

»Sie haben mir die schlimmsten fünf Minuten meines Lebens bereitet, Sie altes Arschloch, und jetzt glauben Sie, Sie können einfach verschwinden! Ich komme mit Ihnen.«

Und damit hatte es sich, und sie sah, daß George Grimes, der ihr prüfend in die Augen sah, das ebenfalls kapiert hatte.

»Miß«, sagte er, »wenn in Tarawa mehr von Ihrer Sorte dabei gewesen wären, hätten wir das ganze verdammte Atoll in zwei anstatt in drei Tagen gesäubert.«

Ella hatte nicht die geringste Ahnung, wovon er redete, doch es klang wie ein Kompliment. George packte ihren Arm.

»Verschwinden wir.«

Ella folgte ihm in den Durchgang. Zehn Schritte weiter lag ein Mann in einem Sportsacko mit dem Gesicht nach unten in einer schimmernden dunklen Lache. George nickte auf ihn hinab, als er über ihn stieg.

»Der hier wußte, was er tat. Er hat nur nicht damit gerechnet, daß ich es auch wußte.«

Ellas Fuß streifte den Arm des Toten. Erneut fühlte sie nichts.

»Waren das Cops?« fragte sie und mußte sich sputen, um mit ihm Schritt zu halten.

»Nein. Cops hätten ihre Marken gezeigt«, sagte George über die Schulter. »Ich habe keine Ahnung, wer sie waren oder wer sie geschickt hat.«

Sie hatten fast das andere Ende des Durchgangs erreicht. Autos flitzten durch den Ausschnitt der Straße, den sie vor sich sah.

»Wenn wir auf der Straße sind, biegen wir nach rechts«, sagte George. »Mein Wagen steht fünfzig Meter weiter. Bleiben Sie ein paar Schritte hinter mir.«

Im nächsten Augenblick war sie bereits auf dem Trottoir und blinzelte in eine Flut greller Lichter und tosenden Lärms, blendender und irritierender als jene unten im Club. Nach ein paar Schritten begriff sie, daß dies alles irritierend normal war. Die Straße war genauso, wie sie sie erwartet hätte, wenn nichts geschehen wäre. Ihre Füße flogen über das Trottoir, als hätten ihre Stiefel Flügel; dann ging sie langsamer, damit George ein Stück vor ihr blieb, wie er verlangt hatte. Nur wenige Fußgänger waren zu sehen. Die Typen, die in Autos vorüberfuhren, glotzten auf nichts außer auf ihren Hintern, der ebenfalls irritierend normal war. George blieb vor einem verbeulten Wagen stehen und zog die Beifahrertür auf. Während er um die Motorhaube herumging, stieg sie mit ihrem Rucksack ein und schlug die Tür zu. Alles geschah wie in einem Traum, als würde sie schweben, als würde alles von selbst geschehen, ohne daß sie darüber nachzudenken brauchte. George schob sich hinter das Steuer und startete den Motor.

»Sind Sie okay?« fragte er.

»Fahren Sie schon los!« zischte sie.

Sie reihten sich ohne Probleme in den vorbeifließenden Verkehr ein.

»Wenn wir ein paar Querstraßen weiter sind, halten Sie bitte an einer Telefonzelle«, sagte sie.

»Wozu, zum Henker?« knurrte George.

»Ich will Sammy im Club anrufen und ihm sagen, daß ich okay bin und daß er nichts über Sie und mich sagen soll, wenn die Bullen auftauchen.«

George starrte sie wortlos an.

»Wir wollen doch nicht, daß Sammy glaubt, Sie haben mich gekidnapt, oder? Die hätten dann unsere Beschreibung, und wir wären relativ leicht zu finden, glauben Sie nicht auch?«

»Mein Gott«, sagte George. Er schien beeindruckt.

»Außerdem hat Sammy ein Gramm einstecken, das er sicher verschwinden lassen möchte.«

Plötzlich, wie aus heiterem Himmel, begann sie am ganzen Körper zu zittern. Ihr war mit einemmal furchtbar schlecht, und die Übelkeit stieg wie eine Welle aus ihrem Magen auf.

»Halten Sie an«, stieß sie hervor und klammerte sich am Türgriff fest.

George fuhr rechts ran, ohne Kommentar oder großes Getue, und bremste den Wagen sanft. Ella erbrach sich in den Rinnstein. Sie hatte nichts im Magen, nur eine dünne, schleimige Flüssigkeit. Dankbar spürte sie Georges Hand auf ihrem Rücken. Sie würgte noch einmal trocken und fühlte sich besser. Hastig zog sie ihren Kopf zurück in den Wagen und knallte die Tür zu; während sie sich noch in den Sitz zurücklehnte, fuhr George bereits wieder los.

»Die Nerven«, brummte George. »Eine verzögerte Reaktion. Ist mir früher öfters passiert.«

Ella kramte in ihrem Rucksack nach einer Zigarette. Sie wünschte, sie hätte das Wasser mitgenommen.

»Wissen Sie was?« sagte George. »Ich habe nicht damit gerechnet, daß es mir Spaß machen würde, mit Ihnen unterwegs zu sein, Miß MacDaniels.«

Ella zündete die Zigarette und inhalierte tief. Gut.

»Ich auch nicht, wenn ich die Gelegenheit gehabt hätte, darüber nachzudenken. Ich möchte, daß Sie mich Ella nennen.«

»Ella.«

»Hab' ich mir schon das Recht erworben, Charlies Brief zu lesen?«

George grinste und nickte mehrmals. Er griff in seine Jacke und zog einen Umschlag hervor.

»Herr im Himmel«, knurrte er amüsiert, doch in seiner Stimme schwang etwas mit, das wie sarkastische Bewunderung klang. »Herrgott im Himmel.«

Dann gab er ihr den Brief, und sie nahm ihn und hielt ihn auf ihrem Schoß. Bevor sie ihn öffnete, überlegte sie stumm, wie lange sie nach Georgia brauchen würden und ob es ihr je wieder vergönnt wäre, den johlenden Beifall der Menge in der Factory zu hören.

SIEBEN

Cicero Grimes schaffte es, in die Stadt zurückzukommen, ohne sich oder sonst jemanden umzubringen oder wegen gemeingefährlichen Verhaltens im Straßenverkehr eingesperrt zu werden. Außerdem gelang es ihm, sich an Ella MacDaniels' Namen und Adresse zu erinnern. Gestärkt durch diese Omen wagte er es, sich der Hoffnung hinzugeben, daß alles noch gut werden könnte. Am Stadtrand hielt er an einer Tankstelle und rief seinen Vater an. Wie erwartet, nahm er nicht ab. Grimes fuhr durch spärlichen Verkehr weiter. Alles, was er tun mußte, war, seinen Vater unter Kontrolle zu bekommen. Und das Mädchen. Er hatte Zeit, denn er war sich sicher, daß Ella MacDaniels wohl kaum mitten in der Nacht mit einem Fremden wie George einfach mitgehen würde. Vielleicht sollten sie alle drei nach Arcadia zurückfahren und mit Lenna Parillaud Briefe tauschen. Grimes mußte zugeben, daß er sich sicherer fühlen würde, wenn Bobby Frechette in ihrem Team mitspielte. Es war durchaus möglich, daß Jefferson mit Lenna irgendeine Abmachung getroffen hatte, daß sie sich um seine Tochter kümmern – Warum hatte er Grimes nichts davon geschrieben? Es war unmöglich, die Gedanken des Captains zu erraten. Dazu hatte er es viel zu sehr geliebt, den Leuten Rätsel aufzugeben. Als Grimes in die Willow Street bog, sah er auf einer Uhr, daß es bald Mitternacht war.

Durch die Windschutzscheibe spähend versuchte er, im Vorbeifahren die Hausnummern zu entziffern. Ein Stück weiter die Straße hinab sah er rot und blau blinkende Lichter. Ein Streifenwagen der Polizei stand halb auf dem Gehsteig, um ihn herum eine Meute Neugieriger. Das siebenstöckige Haus, das hinter den Schaulustigen emporragte, sah nicht wie ein Wohnhaus aus, eher wie ein Geschäftshaus, und Grimes entspannte sich. Es war also nicht Ella

MacDaniels' Wohnung. Als er näher kam, sah er zwischen den Neugierigen ein Paar reglos auf dem Trottoir ausgestreckte Beine herausragen und fluchte leise. Wahrscheinlich ein Besoffener, der seinen Rausch ausschlief, oder ein Epileptiker, aber es konnte natürlich auch ein Herzinfarkt sein oder eine Messerstecherei oder was anderes, wo seine Hilfe nötig war. Grimes brachte es einfach nicht fertig, an einem Verletzten oder Ohnmächtigen vorbeizufahren, ohne sich zumindest zu vergewissern, ob er etwas für ihn tun konnte. Er fuhr hinter dem Streifenwagen rechts ran, stieg aus und spähte über die Schulter eines Gaffers. Bestürzt schluckte er. Der Mann war niedergeschossen worden. Grimes würde wertvolle Zeit verlieren.

»Bitte, Leute! Laßt uns ein bißchen Platz! Zurücktreten!«

Einer der Polizisten versuchte, die Neugierigen in Schach zu halten. Der andere kniete mit einem kleinen weißen Plastikkoffer, auf dem ein rotes Kreuz zu sehen war, neben dem Verletzten. Der Deckel des Köfferchens stand offen, und der Cop kramte in zielloser Panik darin herum. Es sah aus, als suchte er nach einem kalten Bier. Grimes schob seine Bedenken beiseite und drängte sich nach vorn. Der erste Cop deutete mit seinem Gummiknüppel auf ihn.

»Das war keine Bitte, Sir, sondern ein Befehl, als ich sagte zurücktreten.«

Grimes sah ihm ins Gesicht. »Ich bin Arzt, Officer. Vielleicht kann ich helfen.«

Der zweite Cop blickte vom Gehsteig zu ihm auf, und auf seinem Gesicht malte sich grenzenlose Erleichterung, daß ihm die Verantwortung für etwas, wovon er nichts verstand, von den Schultern genommen wurde. Er war jung und aufgeregt.

»Gott segne Sie, Doc. Die Ambulanz ist unterwegs.«

»Wie ist Ihr Name, Officer?« fragte Grimes.

Namen entspannten die Menschen, machten sie effektiver. Noch während der Cop seinen Namen sagte, machte sich Grimes an die Arbeit.

»Felton, Rod Felton«, murmelte der junge Streifenpolizist.

Grimes kniete sich neben dem Verletzten nieder und preßte seine Finger in dessen Leiste. Der Femoralpuls war schnell und dünn. Das blutdurchtränkte Hemd des Mannes war bis unter seine Achseln hochgeschoben, und in seinem Bauch waren etwa auf der Medioclavicularlinie zwei Einschußlöcher zu sehen, eines zwei Finger oberhalb, das andere zwei Finger unterhalb des rechten Rippenbogenrands. Darm und Leber. Schlimme Sache, die Leber. Schwere innere Blutungen, schwierig unter Kontrolle zu bekommen. Die Brust des Mannes hob und senkte sich in schnellen, flachen Atemstößen. Plasmavolumen war jetzt das Wichtigste. Als Grimes den Erste-Hilfe-Koffer näher heranzog, warf er einen Blick in das Gesicht des Mannes.

Sein Kopf, der auf einer zusammengeknüllten Jacke lag, rollte von einer Seite zur anderen. Das von einem Bart bedeckte Gesicht glänzte vor kaltem Schweiß und hatte eine ungesunde gelblich-graue Färbung; es war schmerzverzerrt, und der Mann stöhnte leise. Im Erste-Hilfe-Koffer fand Grimes einen Beutel mit Kochsalzlösung und eine 16er Injektionskanüle. Eine 18er wäre besser gewesen. Er fand auch eine Schere und reichte sie Officer Felton.

»Rod, können Sie bitte das Hemd aufschneiden«, sagte Grimes, zu dem jungen Polizisten gewandt. »Ich muß an seinen Hals herankommen.«

»Sicher, Doc.«

Während Felton das hochgeschobene Hemd durchschnippelte, riß Grimes den Beutel auf und führte das verdickte Ende des Infusionsschlauchs ein, steckte es fest und preßte den Beutel, bis die Lösung in den Schlauch stieg. Die Venen des Mannes waren kollabiert, und er befand sich in einem kardiovaskulären Schock. In dem Koffer fand sich keine vorbereitete Infusion, Grimes würde es also mit der Subclavia versuchen müssen. Felton zog dem Mann das blutige Hemd von Hals und Schultern.

»Guter Mann«, brummte Grimes. »Geben Sie mir diesen Schlauch, wenn ich es sage.«

Grimes reichte Felton den Infusionsbeutel und den Verbindungsschlauch, legte die Kanüle auf die Brust des Mannes, erhob sich und kauerte sich hinter dem Kopf des Verletzten erneut nieder. Während er dies tat, fiel sein Blick auf ein Plakat in einem verglasten Schaukasten an der Wand des Hauses:

THE RHYTHM FACTORY
heute abend:
aus Miami!
ERNESTO RUIZ
und
THE NIGHTHAWKS

Als Grimes' Blick weiterschweifte, blieb er, ohne daß er wußte, weshalb, an einem zweiten Plakat daneben hängen:

Jeden Freitag:
ELLA MACDANIELS
und
CATDADDY

Unterhalb der Ankündigung war die grobkörnige Vergrößerung einer Fotografie zu sehen, die den Kopf und die Schultern einer jungen, ernst dreinblickenden Dunkelhäutigen mit sehr schönem Gesicht zeigte. Grimes biß sich auf die Lippen.

Ella MacDaniels plus ein auf der Straße niedergeschossener Mann war eine Gleichung, für die es nur eine Lösung gab: George Grimes.

Wo war George? Wo war das Mädchen?

Später.

Grimes richtete den Blick wieder auf den sich schnell und flach hebenden und senkenden weißen Brustkorb des Verletzten. Sein Kopf war vollkommen klar; die Information von dem Plakat wartete, in einem angstfreien Raum gespeichert, auf nähere Überprüfung. Die Beschäftigung mit ärztlichen Obliegenheiten wirkte bei ihm immer so: Sie klärte sein geistiges Gesichtsfeld von allen anderen Sorgen und Nöten und überzog seine Nerven mit Eis. Paradoxerweise hatte das eine beruhigende Wirkung auf ihn. Es war jammerschade, daß er diesen Zustand nicht auch in anderen Bereichen seines Lebens erreichen konnte. Er hob den Kopf des Mannes und schob die zusammengerollte Jacke der Länge nach zwischen die Schulterblätter, um den Abstand zwischen Schlüsselbein und erster Rippe zu erweitern. Der Mann sah ihn mit den trüben, panikerfüllten Augen eines Sterbenden an, und Grimes begriff im selben Augenblick, daß es sich bei ihm um einen der beiden Kerle in dem Nova handelte und daß es sein Vater gewesen war, der ihn niedergeschossen hatte.

»Hat jemand gesehen, was passiert ist?« fragte Grimes.

Er nahm die Injektionskanüle von der Brust des Mannes und riß die sterile Plastikverpackung auf, Augen und Hände vollkommen auf das konzentriert, was er tat, während er zuhörte.

»Er kam aus dem Durchgang dort getaumelt und ist direkt vor mir zusammengebrochen«, sagte eine Stimme hinter ihm. »Ich habe weder einen Schuß noch sonst was gehört.«

»Hinten im Hof liegt noch einer«, sagte Felton. »Aber der ist mausetot. Drei Kugeln im Leib und eine im Kopf. Der finale Schuß, die Mündung auf die Stirn gesetzt.«

Grimes mußte an die Japaner auf Tarawa denken. Mit den Fingerspitzen ertastete er den Punkt, den er suchte: zwei Zentimeter lateral und inferior von der Mitte der Clavicula. Das HIV-Risiko schoß ihm kurz durch den Kopf. Er verdrängte es, setzte die Nadel auf die Sternalkerbe und stach vorsichtig zwischen Schlüsselbein und der ersten Rippe tiefer. Der Mann war zu benommen, um den Stich zu fühlen. Das Innere der Kanüle füllte sich dunkelrot. Grimes ging zwei, drei Millimeter tiefer, und hielt dann die Nadel in der Vene fest,

»Jetzt brauche ich den Schlauch, Rod.«

Grimes nahm den Infusionsschlauch aus Rods Hand und schraubte ihn auf die Plastikkanüle. Mit den Fingern einer Hand hielt er sie fest, nahm mit der anderen Hand den Infusionsbeutel von Felton entgegen und preßte ihn zusammen, um Kochsalzlösung möglichst schnell in den Blutkreislauf des Verletzten zu bekommen.

»Ist irgendwo in dem Koffer noch einer dieser Beutel?« fragte Grimes.

»Nein, das war der einzige.«

Eine Sirene näherte sich. Die Ambulanz. Grimes' Auftritt war bald zu Ende.

»Geben Sie mir bitte ein paar Streifen Klebeband«, sagte er.

Während Felton in dem weißen Koffer herumkramte, betrachtete Grimes den Verletzten mit prüfendem Blick. Seine wächsernen Lider flatterten, als sei er im Begriff, für ein paar Augenblicke das Bewußtsein wiederzuerlangen, und Grimes empfand Mitleid mit ihm. Wer immer der Kerl war oder was immer er getan hatte, mit zwei Kugeln im Bauch hier im Dreck zu liegen tilgte vieles aus dem Schuldregister. Mitleid besaß die Eigenschaft, gut oder böse als unwichtig erscheinen zu lassen. Trotzdem – Grimes mußte es wissen. Er beugte sich an das Ohr des Mannes und flüsterte:

»Arbeiten Sie für Atwater?«

Der Kopf des Kerls hob sich vom Pflaster, die Lider flogen auf, und seine von panischer Angst erfüllten Augen schwammen ziellos umher bei dem Versuch, Grimes' Gesicht zu fokusieren.

»Wer bist du?« murmelte er.

Grimes tat es leid, die Angst des Mannes noch verstärkt zu haben, doch sie bewies ihm, was er wissen wollte. Sanft drückte er den Mann auf das Trottoir zurück und sprach wieder mit normaler Stimme.

»Seien Sie ganz ruhig, Sir. Der Krankenwagen ist da.«

Eine Hand, von der drei Streifen Klebeband baumelten, schob sich in Grimes' Blickfeld. Er sah auf und blickte in Feltons angespannt interessiertes Gesicht.

»Danke, Rod«, murmelte Grimes.

Er nahm die Klebestreifen einen nach dem anderen und befestigte die Kanüle und den Schlauch so gut es ging an der Haut des Verletzten.

»Was hat er gesagt?« fragte Felton.

»Er hat mich gefragt, wer ich bin.«

Grimes sah, daß Felton dies für eine durchaus angemessene Frage hielt. Wenigstens hatte er offenbar nicht gehört, daß Grimes den Namen Atwater erwähnt hatte.

»Ich heiße Tom Jackson«, sagte Grimes, und bin Arzt oben in Kansas City. Ich mache hier Urlaub, auch wenn es im Moment nicht so aussieht.«

Felton fühlte gemeinsame Bande und entspannte sich wieder. »Das ist überall das gleiche; man entkommt seinem Job nie«, sagte er. »Mir ist das auch schon passiert.«

»Ja, immer im Dienst«, erwiderte Grimes mit einem Nikken.

Hinter ihnen kam Bewegung in die Menschentraube, die sich um sie gebildet hatte; Sanitäter tauchten auf, die eine fahrbaren Trage zwischen den Gaffern hindurchrollten. Grimes sah sich plötzlich zwei argusäugigen Männern in weißen Anzügen gegenüber, die seine Arbeit mit unverholenem Kompetenzneid begutachteten, während sie ihre Gerätschaften auspackten.

»Ich hab' eine Subclavial-Kanüle gelegt«, sagte Grimes.

»Ja«, brummte einer der Sanitäter als sei dies die zweitbeste Lösung.

»Das ist Dr. Jackson«, sagte Felton.

»Ja«, sagte der Sanitäter.

Grimes reichte ihm den fast leeren Infusionsbeutel. Er zog den Erste-Hilfe-Koffer zu sich heran, fand einen Spritzenbehälter und warf die gebrauchte Nadel hinein. Dann richtete er sich auf. Es war Zeit, zu verschwinden.

»Also dann ... ihr Jungs versteht das Geschäft besser als ich.«

»Schon gut.«

Grimes nickte, schob sich rückwärts durch die Menge und strebte auf seinen Wagen zu. Plötzlich spürte er eine Hand auf seiner Schulter und drehte sich um. Felton lächelte ihn an.

»Sie waren großartig, Doc. Vielen Dank.«

»Ohne Sie wäre ich aufgeschmissen gewesen, Rod. Danke.«

»Wo wohnen Sie eigentlich?«

»Bei Freunden – drüben im Garden District«, sagte Grimes.

Er log immer besser. Ehe Felton noch mehr Fragen stellen konnte, streckte Grimes die Hand aus.

»Alles Gute für Sie.«

Felton ergriff die Hand und drückte sie. »Und für Sie einen schönen Urlaub. Und erzählen Sie den Leuten zu Hause in Kansas keine Horrorgeschichten. Der Ruf dieser Stadt ist eh schon schlecht genug.«

Grimes grinste, ging zu seinem Olds und stieg ein. Als er wegfuhr, sah er, wie die Sanitäter die Bahre mit ihrer blutenden Fracht zur Ambulanz rollten. Grimes fühlte, wie sich die klinische Ruhe, die von ihm Besitz ergriffen hatte, verflüchtigte. Irgendwo im Kopf des Mannes dort hinten auf der Bahre existierte Grimes' wirklicher Name, und auch der seines Vaters. Grimes ging nicht so weit, sich zu wünschen, daß der Mann sterben würde, doch der Gedanke geisterte ihm durch den Kopf. Sein Vater war inzwischen längst unterwegs zum Alten Haus – wo immer das sein mochte; vielleicht mit dem Mädchen, vielleicht aber auch nicht. Es gab für Grimes nur einen Ort, wo er jetzt noch hingehen konnte. Bei der nächsten Ampel bog er nach rechts und lenkte den Olds wieder in die Richtung, in der Arcadia lag.

ACHT

Der Besuch von Dr. Grimes ließ Lenna in einem Zustand größter psychischer und motorischer Unruhe zurück. Wäre sie fähig gewesen, sein Verhalten auf die eine oder andere Weise zu interpretieren, hätte sie sich besser gefühlt, doch sie konnte es nicht. Dabei hielt sie sich für eine sehr gute Menschenkennerin, vor allem was Männer betraf, unter denen sie die meiste Zeit ihres Lebens verbracht hatte. Sie hatte tausend Verhandlungen durchgestanden und immer gewußt, was in den Köpfen ihrer Opponenten vorging, trotz deren Heuchelei und falschem Lächeln. Ihr Vorteil war, daß die anderen in der Regel überhaupt nicht schlau aus ihr wurden. Sie konnte sich lebhaft vorstellen, wie sie innerlich verzweifelten und lamentierten: Was für eine gottverdammte Frau, und wer, zum Teufel, konnte schon jemals sagen, was im Kopf einer Frau vorging? Diese aufgeblasenen und selbstgefälligen alten Männer wußten, daß Lenna zwar ihre Sprache beherrschte, sie jedoch nicht die ihre. Sie wußten, wie sie sich gegenseitig unter Druck setzen konnten, doch nicht, womit sie zu beeinflussen war: Zeigten sie zuviel Aggressivität oder zuwenig? Lenna hingegen konnte so aggressiv sein, wie sie wollte, und während die Verführungsversuche der Männer schlichtweg lächerlich wirkten, machten die Lennas aus ihnen winselnde Schwachköpfe, die nicht mehr in der Lage waren, nüchtern zu denken. Manche von ihnen waren klug genug, offen und ehrlich zu spielen und sie wie eine aus ihren Reihen – die eben nur einen Rock trug – zu behandeln, doch selbst sie zogen den Kürzeren, weil sie eben keine von ihnen war. Lenna war weder in diese noch in sonst eine Schublade zu pressen.

Und Grimes – das fühlte sie deutlich – ebenfalls nicht.

Während sie im Halbdunkel ihres Arbeitszimmers auf und ab ging, verfolgte sie diesen Gedankengang: Was war es, das sie anders machte als andere, und – falls so etwas existierte – war es dasselbe, das auch Grimes anders machte? Grimes war Psychiater. Er kannte alle Tricks, wie man Hunde zum Nicken bringt und wie man eine kühle, glatte Fassade wahrt, hinter der das Gehirn auf Hochtouren arbeitet. Erst ganz zum Schluß hatte er etwas mehr von sich preisgegeben, wie es ihr schien. Aber was? Diese Betrachtungsweise brachte sie nicht weiter. Sie konzentrierte sich wieder auf sich selbst.

Ihre Stärke in diesem Spiel um Macht und Geld – das hatte sie schon vor langer Zeit gelernt – lag darin, daß es ihr nicht wirklich wichtig war, ob sie gewann oder verlor. Ihre Gegner verknüpften zentrale, oft lebenswichtige Aspekte ihres Egos mit Sieg oder Niederlage bei den Verhandlungen und hatten deshalb Angst. Egal, wie tief diese Angst verborgen sein mochte, sie existierte. Lenna hatte überhaupt keine Angst. Sie hatte keine Angst, weil nichts von ihr selbst auf dem Spiel stand. Sie führte ihre Geschäfte so, wie es ihr paßte, weil sie sonst nichts Besseres mit ihrer Zeit anzufangen wußte und nirgendwo erwartet oder vermißt wurde. Aus demselben Grund, beziehungsweise Nicht-Grund, absolvierte sie auch ihr tägliches Fitneßprogramm in dem Studio, das sie sich im Keller eingerichtet hatte: Es gab niemanden, für den sie gut aussehen wollte, und sie hegte auch nicht den Wunsch, ihre Lebensspanne zu verlängern. Wenn sie sich dafür begeistert hätte, Narben von Schönheitsoperationen zu sammeln, Hollywood-Stars kennenzulernen, schöne Dinge zu kaufen oder auf Großwild-Safaris den Sinn des Lebens zu suchen, wäre sie statt dessen vielleicht mit diesen Dingen beschäftigt gewesen, nichts davon hätte ihre Fantasie und ihren Geist in dem Maß in Anspruch genommen, das sie brauchte, ihr Monster in Schach zu halten. Das Monster, das sie in der Tat fürchtete: denn es wohnte im innersten Kern ihres Ichs und im Zentrum ihrer unausrottbaren Selbstverachtung.

Vielleicht war das der Grund, warum sie Grimes nicht durchschauen konnte: Er wollte nichts, und es war ihm egal. Aber dieser Gedanke half ihr auch nicht weiter. Sie wußte nicht, ob Grimes ein Lügner war oder nicht. Dies war der Dorn des Zweifels, der sie, wie Clarence Jefferson – der Lügner aller Lügner – sicherlich gewußt hatte, quälen würde. Die Logik – jene Logik, die sich auf ihr Wissen um Jeffersons Techniken der Psychofolter gründete – legte den Gedanken nahe, daß Grimes ein ehrlicher Mensch war, von Clarence nur willkürlich ausgewählt, um ihre Qual noch größer zu machen. Ganz sicher war Grimes kein Atwater, den es nach einem Platz an den Trögen der Macht verlangt. Die größten Zweifel hinsichtlich des Doktors bereitete ihr die Exaktheit, mit der Jefferson seinen Charakter beschrieben hatte: daß Grimes kein Mann war, der sich unter Druck setzen oder herumschubsen ließ. Dies hatte sie auch an der Art gespürt, wie er mit seinen blassen Augen Bobby Frechette gemustert hatte. Einen Augenblick lang hatte sie beinahe erwartet, daß er mit seinen geballten, seltsam hölzern herabhängenden Fäusten auf Bobby losgehen würde. Jefferson hatte sie gewarnt, ihn nicht zu drängen, sondern zu warten. Doch das Warten – und die Hoffnung, der sie keinen Namen zu geben wagte, zerrten an ihren Nerven. Lenna zog Jeffersons Brief aus dem Ärmel und las ihn zum hundertstenmal. Dann ging sie zum Schreibtisch und rief Bobby Frechette.

Einen Augenblick später trat Frechette durch die Tür und blieb schweigend und abwartend stehen. Seine Gegenwart besänftigte das flaue Gefühl in ihrem Magen. Nur ein einziges Mal hatte sie mit Bobby wie mit einem Dienstboten geredet, und Bobby hatte auf der Stelle und mit ruhiger, gefaßter Stimme seine Kündigung ausgesprochen. Er beschützte sie, doch sie hätte diesen Schutz auch von jedem anderen erkaufen können; es wäre ihr möglich gewesen, eine ganze Privatarmee anzuheuern, wenn sie gewollt hätte. Lenna schätzte Bobby, weil er – obwohl er sie verehrte und bewunderte – stets bereit war, ihr in die Augen zu sehen und zu sagen, was sie nicht hören wollte. Von Jeffersons Brief hatte sie ihn nicht in Kenntnis gesetzt.

»Bobby«, begann sie. »Was halten Sie von Dr. Grimes?«

Frechette schwieg, und Lenna wartete.

»Er hat mich mit Respekt behandelt«, sagte Frechette schließlich.

»Würden Sie ihm vertrauen?« fragte Lenna.

»Ich traue ihm zu, daß er nach niemandes Pfeife tanzt. Das ist allerdings nicht dasselbe.«

Lenna nickte müde. Dies wußte sie bereits selbst.

»Grimes war ganz unten, auf dem Boden der Grube«, sagte Bobby.

»Das wissen Sie?«

»So wie ich weiß, daß Sie dort waren«, murmelte Bobby.

So etwas hatte er noch nie zu ihr gesagt. Hatte er in den Dingen herumgewühlt, die sie ihm nicht erzählt hatte? Hatten die Jessups ihr Versprechen gebrochen?

»Was meinen Sie damit?« fragte Lenna.

»Wie oder wann oder warum, weiß ich nicht weder bei Ihnen noch bei ihm«, sagte Bobby. »Ich weiß es nur deshalb, weil ich selbst dort gewesen bin. Und wenn es von mir verlangt würde, ginge ich wieder dort hin. Und Grimes ebenfalls.«

Lenna wußte jetzt ganz sicher, daß Grimes sie belogen hatte: Bobby und Jefferson waren beide, wenn auch auf verschiedene Weise, zur gleichen Meinung über den selben Mann gekommen.

»Das alles hat mit der Jefferson-Sache zu tun, stimmt's?« fragte Frechette.

Lenna konnte in seinen Augen die Sorge um sie lesen wie in einem offenen Buch.

»Könnte sein. Das ist es, was ich herausfinden muß.«

»Grimes ist keiner, der springt, wenn Jefferson pfeift«, sagte Bobby Frechette.

Lenna zuckte innerlich zusammen. In gewisser Weise hatte sie genau das bei Jefferson getan. Keine andere Strafe war der Ungeheuerlichkeit ihrer Schuld angemessen gewesen.

»Lenna ...«, sagte Bobby. Er zögerte und fuhr dann fort: »Vielleicht steht es mir nicht zu, das zu sagen ...«

»Reden Sie keinen Unsinn, Bobby.«

»Sie sollten die Finger von der ganzen Geschichte lassen.«

»Das kann ich nicht.«

»Was immer der Captain hinterlassen hat, diese ganze Erpressungsscheiße ... vergessen Sie's. Und falls er etwas über Sie hatte und irgend jemand versuchen sollte, das gegen Sie zu verwenden, dann wird dieser Jemand sterben.«

»Haben Sie Clarence Jefferson getötet, Bobby?«

»Nein ...«

Er dehnte das Wort, damit sie wußte, daß er die Wahrheit gesagt hatte, und auch, daß er es liebend gern getan hätte.

»Was immer Jefferson gegen Sie in der Hand hatte«, fuhr Bobby schließlich fort, »es ist mir egal. Überlassen Sie das Suchen Atwater und dem übrigen Abschaum. Und wenn die Kerle was finden und an Sie herantreten, ist immer noch Zeit, sich mit ihnen zu befassen.«

»Es geht gar nicht mehr darum, Bobby.«

»Ich kann beurteilen, wie Sie wirklich sind, Lenna.«

Frechette schloß einen Moment lang die Augen. »Niemand sonst kann das. Glauben Sie mir: Sie brauchen diese Schleimer und ihre Machenschaften nicht. Sie haben sie nie gebraucht.«

Er verstummte und ließ seinen Blick durch den Raum schweifen.

»Und Grimes hatte recht: Sie brauchen auch dieses Haus nicht.«

»Wie hat er es genannt?« fragte Lenna.

»Ein Mausoleum.«

Lenna wußte, daß Bobby Arcadia haßte. Sie haßte es ebenfalls; doch es war Teil ihrer Strafe, auf die sie sich mit ihrem Gewissen geeinigt hatte. Allerdings hatte Frechette noch nie von Emotionen beherrscht mit ihr gesprochen.

»Was ist los, Bobby? Erwarten Sie Schwierigkeiten?«

»Nein.« Bobby kämpfte mit sich. »Aber ich habe die Spuren der Tränen auf Ihrem Gesicht gesehen. Es hat mir überhaupt nicht gefallen.«

»Dann helfen Sie mir«, sagte sie eindringlich. »Und vergeben Sie mir, daß ich Ihnen nicht sagen kann, warum ich so verzweifelt bin.«

Dies verletzte ihn, obwohl er es nie zugegeben hätte. Er zog sich in seinen Schutzpanzer zurück. Ein ausdrucksloser, glasiger Schimmer verschleierte seine Augen.

Lenna wandte sich ab, während sie versuchte, einen roten Faden in dem Durcheinander von Eindrücken in ihrem Kopf zu entdecken. In dem Brief hatte Jefferson geschrieben, sie solle warten. Inzwischen kannte sie den Satz schon auswendig: *»Sag ihm das, Lenna, und* nur *das, dann habe Geduld und warte.«* Doch sie konnte nicht warten. Sie drehte sich wieder zu Bobby um.

»Ich möchte Grimes noch einmal sehen. Morgen.«

Bobby blieb passiv. Er nickte nur einmal.

»Nicht hier«, sagte Lenna. »Wir fahren zu ihm in die Stadt. Und kein Atwater. Sie haben recht. Ich werde ihn morgen auszahlen.«

»Das wird möglicherweise nicht so einfach sein. Er könnte sich einbilden, daß er was hat – etwas das er jemand anderem verkaufen könnte.«

»Dann werden wir uns die Kerle vorknöpfen – wie Sie gesagt haben.«

Das Licht kehrte in Bobby Frechettes Augen zurück, und er nickte.

»Ich danke Ihnen, Bobby.«

Frechette schloß die Tür hinter sich, und Lenna trat an ihren Schreibtisch. Sie suchte in der Schublade nach einem Fläschchen mit Tabletten und fand es. Ihre Schlaflosigkeit war chronisch. Zweimal in der Woche erlaubte sie sich eine Schlaftablette. Heute würde sie zwei nehmen. Egal was, nur um die Stunden auszulöschen, die sie würde warten müssen, bis sie Grimes wiedersah. Tief in ihrem Innern wußte sie, daß er ihr das nächstemal die Wahrheit sagen würde. Oder war das nur eine Hoffnung, mit der sie sich selbst täuschte? Lenna warf zwei der ovalen Kapseln in ihren Mund und trank Wasser aus einem Glas. Eine ungeheure Erschöpfung, die ihre Glieder und ihren Kopf lähmte, ergriff von ihr Besitz. Lenna stellte das Glas ab und ging hinauf in ihr Schlafzimmer.

Während sie sich duschte und abschminkte, begannen die Tabletten zu wirken: ein eigenartig selbstverständliches Gefühl tiefen Friedens erfüllte sie. Schon oft hatte sie sich gefragt, wie Moleküle so etwas bewirken konnten. Bewies dies, daß alles, was sie fühlte, am Ende doch nur ein Traum war? Doch gerade weil dieses von Drogen induzierte Gefühl des Friedens so glaubhaft war, stimmte es nicht mit dem überein, was sie wußte, und war daher falsch und unaufrichtig. Sie betrachtete ihr Gesicht im Spiegel: Abgeschminkt wirkte es leblos und wächsern. Noch so eine dieser Unaufrichtigkeiten. Sie trieb dahin auf einem Meer von Unaufrichtigkeiten. Durch dieses Meer ging sie zu ihrem Bett und legte sich nackt auf die Bettdecke. Liebte sie wirklich, was sie von Herzen zu lieben glaubte – *wen* sie zu lieben glaubte, oder war das ebenfalls eine Unaufrichtigkeit?

Lenna kannte nicht einmal ihren Namen.

Sie hatte nie ihr Gesicht gesehen.

Sie hatte nie ihre Stimme gehört.

Die Moleküle, die ihr einen falschen Frieden schenkten, raubten ihr das Bewußtsein, und Lenna sank in einen tiefen Schlaf.

Als sie erwachte, war die erste Empfindung, die in ihr Bewußtsein drang, daß ihr kalt war. Sie fröstelte, schlang die Arme um ihre Brust und machte die Augen auf; die Nachttischlampe blendete sie. Sie blinzelte. Ihr Kopf war von einem milchigen Nebel erfüllt: keine Gedanken, keine Bilder, keine Träume. Das Telefon neben der Lampe klingelte. Sie begriff, daß es das war, was sie geweckt hatte, nicht die Kälte. Sie zog die Bettdecke über ihre Schultern und griff nach dem Telefon.

»Bobby?« murmelte sie.

»Tut mir leid, daß ich Sie wecke, Lenna.« Bobby Frechettes Stimme. »Atwater ist unten am Tor. Er will Sie sprechen.«

»Warum?« fragte sie. »Wieviel Uhr ist es?«

»Es ist Viertel nach eins.«

»Was will er?«

Eine Pause.

»Er sagt, er hat Clarence Jefferson gefunden. Lebend.«

Die Schlaftabletten dämpften diese Neuigkeit so weit, daß sie ihre Antwort nicht laut hinausschrie.

»Lassen Sie ihn rein. Ich komme runter.«

Die Leitung knackte und war tot. Lenna stand auf und tappte ins Bad. Sie fühle sich ein wenig unsicher auf den Beinen, doch ihr Kopf wurde allmählich klarer; sie hielt ihn unter die kalte Dusche und fühlte sich noch klarer.

Hastig rieb sie sich das Gesicht und den Kopf mit einem groben Handtuch trocken und ging ins Schlafzimmer zurück. Ihr blaues Kleid lag verknüllt auf dem Boden. Sie stieg darüber hinweg, schob die Tür des Kleiderschranks auf und nahm den Bügel mit dem schwarzen Hosenanzug heraus, den sie am Morgen getragen hatte. So wie sie war, zog sie ihn an – ohne Unterwäsche. Sie schlüpfte in hohe schwarze Lederpumps. Ein Blick in den Spiegel. Ihr Haar war naß und stand zerzaust in alle Richtungen. Sie sah aus wie eine Schlampe. Es war ihr egal.

Atwater hatte Jefferson gefunden. Er lebte.

Lenna ging zur Tür und den Korridor entlang zu dem breiten Treppenabsatz im ersten Stock. Über die Balustrade hinweg sah sie Bobby Frechette unten in der Halle stehen. Er wirkte angespannt, wie sie ihn noch nie zuvor erlebt hatte. Sie sah, wie sich seine Hand auf den Rücken schob und die Stelle tätschelte, wo seine 9mm Beretta steckte. Dann hörte er ihre leisen, vom Teppich gedämpften Schritte und drehte sich um.

»Bleiben Sie dort oben«, sagte er. »Ich möchte mich erst vergewissern.«

Lenna ging an der Balustrade vorbei und begann, die Treppe hinabzusteigen.

»Warum?« sagte sie.

Sie spürte noch immer die Wirkung der Schlaftabletten – wie klebrige Fäden von Spinnweben in ihrem Kopf. Bobbys Vorsicht kam ihr fremd und unsinnig vor.

»Bitte tun Sie, was ich Ihnen sage, Lenna. Atwater hat diesen Privatschnüffler dabei, diesen Seed. Sie sind in einem geschlossenen Lieferwagen hier aufgetaucht, und das macht mir Kummer. Lassen Sie mir etwas Zeit.«

Lenna fuhr sich mit einer Hand über das Gesicht. Die Vorstellung, daß ein Wurm wie Rufus Atwater sich mit Bobby Frechette anlegen könnte, ergab für sie keinen Sinn. Dennoch blieb sie, die Hand auf dem Geländer, auf halber Höhe der Treppe stehen.

Ein Klopfen an der Haustür war zu hören. Bobby trat in den kleinen Alkoven neben der Tür; dort drin war eine Reihe von Monitoren angebracht, die Aufnahmen der rund um das Haus installierten Kameras zeigten. Gleich darauf erschien Bobby wieder in der Halle; er kaute nachdenklich auf seinen Lippen.

»Was ist denn da draußen nicht in Ordnung?« fragte sie.

»Nichts. Seed sitzt im Lieferwagen. Atwater grinst in die Kamera.«

Sie empfand eine plötzliche Ungeduld. »Dann lassen Sie sie rein.«

»Ich hätte ein paar Leute holen sollen.«

»Herrgott, Bobby, es ist Rufus Atwater. Machen Sie die Tür auf.«

Lenna setzte ihren Weg die Treppe hinab fort. Frechettes Rechte tastete sich wieder auf seinen Rücken, und er öffnete mit der Linken die Tür.

Eine Salve von Schüssen peitschte durch den breiter werdenden Spalt, doch Lenna ging wie in Trance weiter.

Die Beretta erschien in Bobbys Hand, während er versuchte, die Tür zuzuschlagen, doch die Kugeln warfen ihn zurück, und er schlitterte in einer blutigen Bahn über den Marmorboden. Als er auf die Fliesen krachte, entglitt die Beretta seinen Fingern und schepperte über den Boden.

Rufus Atwater kam durch die Tür gestürmt, eine Automatic mit beiden Händen haltend.

Lennas unmittelbare Reaktion war ein krampfartiger, stechender Schmerz in ihren Eingeweiden, als ihr durch den Kopf schoß, wie entsetzlich Bobby sich fühlen mußte –

nicht weil er ein paar Kugeln im Leib hatte, sonder weil er versagt und sie enttäuscht hatte.

Bobby Frechette drehte sich auf dem Rücken liegend herum und kroch durch sein Blut auf die Beretta zu. Atwater richtete seine Pistole auf ihn.

»Atwater!«

Ihre Stimme war laut genug, die Halle mit Echos zu füllen, doch es war kein Schrei. Es war ein Befehl. Er genügte, Atwater daran zu hindern, den Abzug wieder durchzudrücken, doch für Bobby genügte er nicht. Bobby kroch weiter.

Diesmal war es ein Schrei: *»Bobby!«*

Bobby kroch trotzdem weiter. Als seine Hand noch eine Armlänge von der Beretta entfernt war, begann Atwater wieder zu schießen, blindlings und schnell hintereinander jagte er mehrere Kugeln in Bobbys Körper. Bobby Frechette schluckte das Blei. Er schluckte alles. Selbst als die Wucht der Geschosse ihn weiter über den blutverschmierten Marmorboden zurückstieß und Rufus Atwater mit ausgestreckter Waffe auf ihn zukam, schaffte es Bobby Frechette, die Beretta zu fassen. Er wälzte sich herum. Durch das Krachen der Schüsse hörte sie einen Laut, der ihr das Herz brach.

»Lenna!«

Bobby, dessen Glieder und zerfetzter Leib konvulsivisch zuckten, feuerte einen Schuß ab.

Die Kugel durchschlug harmlos die Buntglaskuppel im Dach.

Atwater duckte sich entsetzt, dann beugte er sich vor und preßte den Lauf seiner Automatic gegen Bobbys Kopf. Er drückte ab. Zwei Schüsse peitschen.

Dann klickte die Automatic metallisch; das Magazin war leergeschossen.

Bobby Frechette lag jetzt still.

Lenna konnte sein Gesicht nicht sehen.

Sie fand sich am Fuß der Treppe, in die Mündung von Atwaters leerer Pistole starrend, wußte aber nicht, wie sie dort hingekommen war. Atwater glotzte sie aus verdutzt aufgerissenen, glasigen Augen an. Die Pistole in seiner

Hand zitterte. Schwere Schritte polterten die Stufen draußen vor der Tür herauf. Jack Seed stürzte in die Halle und blieb wie angewurzelt stehen. Er richtete den Lauf einer Schrotflinte auf den zerfetzten Körper auf dem Boden. Sein Mund klappte auf.

»Herr im Himmel«, ächzte Jack Seed.

Er sah zu Atwater hinüber. Atwater blinzelte. Schweiß troff ihm von der Nase. Als erwache er aus einer Trance, betätigte er den Mechanismus, der das Magazin seiner Pistole auswarf. Es fiel klappernd zu Boden. Seed sah von dem leeren Magazin zu Bobby Frechette hinüber.

»Verdammt, Mann«, sagte Seed. »Das war ein Magazin mit siebzehn Schuß.«

Atwater, der mit fliegenden Händen versuchte, ein neues Magazin in den Pistolengriff zu schieben, antwortete nicht darauf. Unter der Haustür hinter Seed tauchten zwei Latinos auf. Sie hatten ebenfalls Schrotgewehre in den Händen. Für einen kurzen Augenblick senkte sich eine unglaubliche Stille über die grauenvolle Szene. Und Lenna wußte, daß sie – was immer ihre Absicht war – nicht wagen würden, sie zu töten.

Lenna ging durch die Halle, durch das unter den Sohlen ihrer hochhackigen Schuhe klebrige Blut, und ließ sich neben Bobby auf die Knie sinken. Er lag mit dem Gesicht nach unten. Unmöglich zu sagen, wie oft er getroffen war. Eine Seite seines Schädels klaffte weit offen. Sie wandte den Blick nicht ab. Sanft drehte sie sein Gesicht ihr zu. Es war rot von Blut, doch unversehrt. Seine Augen waren geschlossen. Sie legte eine Hand an eine seiner hochknochigen Wangen, die noch warm war von dem Feuer, das in ihm gebrannt hatte, dem Feuer, das für sie gebrannt hatte und für alles, wofür er eingetreten war. Lenna schloß ebenfalls die Augen. Sie weinte nicht. Nicht vor diesen Männern, die um sie herumstanden. Statt dessen fühlte sie das letzte Flackern dieses sterbenden Feuers und hoffte, es möge seinen Weg in ihr Herz finden.

Die Zeit verging. Dann hörte sie eine Stimme und machte die Augen auf. Plötzlich konnte sie nichts mehr sehen, nicht einmal das Blut an ihren Händen. Einen Augenblick lang war sie blind.

Die Stimme sagte: »Schafft diesen schwarzen Sack Scheiße aus meinem Haus.«

Lenna richtete sich auf. Ihre Sehkraft kehrte, noch verschwommen, zurück. Sie drehte sich zur Tür um.

Filmore Faroe, auf beiden Seiten von einem dritten und vierten Latino gestützt, stand dort und nickte mit seinem aufgedunsenen Schädel in ihre Richtung. Seine Augen glitzerten.

»Hallo, Magdalena«, sagte Faroe.

Lenna gab ihm keine Antwort. Sie fühlte nichts: weder Angst noch Haß oder Trauer. Aber sie schloß die rechte Hand, um zu bewahren, was sie von Bobbys Feuer an sich genommen hatte.

Faroe kostete den Moment aus, so lange er währte, dann wandte er sich den beiden ersten Latinos zu.

»Bringt ihn rein«, sagte er.

Die beiden Männer verschwanden nach draußen. Faroe starrte wieder sie an.

»Ich habe oft an diesen Augenblick gedacht, Magdalena. Sehr oft. Ich habe an all die Dinge gedacht, die ich dir sagen würde. Jetzt, wo der Augenblick gekommen ist, gibt es nichts, das ich dir zu sagen habe. Nichts, von dem ich möchte, daß du es weißt. Absolut nichts. Ist das nicht erstaunlich?«

Wieder antwortete Lenna mit keinem Wort.

»Aber es gibt etwas, das ich gerne wüßte.«

Faroe verstummte, und das Glitzern in seinen Augen verschwamm.

»Wie lange war ich da drin?«

Ohne Emotionen sagte Lenna: »Dreizehn Jahre.«

Faroe blinzelte einmal, als sei er soeben mit einem Rätsel konfrontiert worden, das sein Begriffsvermögen überstieg. Sein Mund zitterte. Er holte tief Luft und sah in die Kuppel der Halle empor. Dann faßte er sich wieder. Als er soweit war, sah er sie erneut an.

»Danke«, murmelte er.

Das Scharren von Füßen und ersticktes Wimmern war draußen auf den Stufen zu hören. Die beiden Latinos tauchten wieder unter der Tür auf; zwischen sich schleppten sie Harvill Jessup. Harvills Mund war mit einem grauen Kreppband zugeklebt, seine Hände mit Handschellen auf den Rücken gefesselt. In seinem linken Oberschenkel klaffte eine Schußwunde. Über dem Kreppband rollten seine Augen wild. Faroe machte eine Bewegung mit dem Kopf, und Harvill wurde mit Fußtritten vor ihm auf die Knie befördert.

»Mr. Atwater!« bellte Faroe.

Atwater rannte quer durch die Halle zu ihm.

»Mr. Faroe, Sir?«

Faroe schüttelte einen der Arme ab, die ihn stützten, und nahm Atwater die Pistole aus der Hand.

»Machen Sie bitte das Klebeband weg.«

Atwater riß das Kreppband von Harvills Mund. Harvill sah Lenna mit nacktem Entsetzen in den Augen an und sprudelte hervor: »Sie haben die Hunde erschossen, Miß Par-low! Miß Parillaud! Sie haben sie alle umgebracht!«

Ohne irgendeinen Anschein von Vergnügen schoß Faroe ihm in den Kopf.

Dann gab er Atwater die Pistole zurück.

»Ich bin in meinem Arbeitszimmer.«

Faroe ging ohne Hilfe auf den Korridor zu.

»Mr. Faroe?« Atwater hüstelte. »Was machen wir mit Ihrer … ich meine, mit …?«

Ihm blieben die Worte im Hals stecken, als Faroe mitten in der Halle stehenblieb und zu ihm zurücksah. Lenna schaute er mit keinem Blick an.

Er sagte: »Bringen Sie sie ins Steinhaus, Mr. Atwater.«

»Wie bitte, Sir?« fragte Atwater. »Sie meinen den Hangar? Den Betonbunker?«

Noch nie war Lenna seine schleimige Art, sich anzubiedern, so widerwärtig vorgekommen wie jetzt.

»Steinhaus nennt es meine Frau, und so soll es auch weiter heißen. Sie kann Sie hinführen, wenn Sie den Weg nicht finden. Machen Sie alles mit ihr, wozu Sie Lust haben, –

nur darf nichts davon ihr Leben in Gefahr bringen. Alles. Haben Sie mich verstanden?«

Atwaters Mund klappte ein Stück auf.

»Wirklich alles?« fragte Jack Seed.

»Ich bin es nicht gewohnt, mich zu wiederholen, Mr. …« Faroe wandte sich an Atwater. »Wie heißt der noch mal?«

»Seed«, sagte Atwater.

»Mr. Seed«, beendete Faroe den Satz.

Seed nickte.

Faroe warf einen verstohlenen Blick auf Lennas Gesicht. Was dieser Blick ihm sagte, wußte sie nicht. Sie wußte selbst nicht, was sie zu sagen gehabt hätte. Faroe wandte sich ab und ging auf den Korridor zu, in dem er verschwand. Lenna bemerkte, daß der, der Jack Seed hieß, auf ihre Brüste starrte. Mit einem kurzen, breiten Finger und dem Daumen zupfte er zweimal an seinen wulstigen, hinter einem Schnauzbart versteckten Lippen.

»Also?« sagte Seed. »Worauf warten wir?«

Atwater schaute sie an. Lenna starrte zurück, ohne irgend etwas zu empfinden. Ihre Rechte war noch immer zur Faust geschlossen, noch immer warm. Obwohl Bobby Frechette tot war, behütete sein Feuer sie nach wie vor. Sollten diese Tiere doch mit ihr machen, was sie wollten.

»Bring sie ins Steinhaus«, sagte Atwater, »wie Mr. Faroe gesagt hat.«

Seed schob sich näher und blieb vor Lenna stehen. Sie roch seinen Atem, als er eine Handschelle um ihr linkes Handgelenk schnappen ließ.

»Kommst du allein mit ihr zurecht?« fragte Atwater.

»Aber sicher.« Seed grinste. Er tätschelte seinen Bauch.

»Gut. Ich brauche deine Leute, um hier klar Schiff zu machen. Laß den Lieferwagen da und nimm den Mercedes der Lady.« Atwater zog seine Krawatte gerade. »Ich hab' ein paar Dinge mit Mr. Faroe zu besprechen.«

Seed zog erstaunt die Augenbrauen hoch.

»Soll das heißen, du willst gar nichts von ihr abhaben?«

Atwater maß Lenna mit einem trägen Blick von Kopf bis Fuß und kräuselte seine schmalen Lippen.

»Diese Befriedigung will ich ihr nicht geben. Leben Sie wohl, Miß Parillaud.«

Das kühle Metall der Handschelle zerrte an ihrem Handgelenk.

Jack Seed zog sie durch die Halle und die Stufen vor dem Eingang hinab, der lauernden schwarzen Dunkelheit und – inmitten dieser Dunkelheit – dem Steinhaus entgegen.

NEUN

Die Nacht war pechschwarz und drohte mit Regen, als Cicero Grimes von der Route abbog und seinen Olds an dem Schild PRIVATSTRASSE – ZUFAHRT VERBOTEN vorbei in die Richtung steuerte, in der das Herz von Arcadia lag. Als Grimes noch ein Kind gewesen war, hatte sein Vater mit der glühenden Leidenschaft und der grimmigen Hingabe, die jenen eigen ist, die ohne die höheren Weihen einer bürgerlichen Schulbildung aufgewachsen sind, aus den großen klassischen Texten der Literatur vorgelesen. Grimes erinnerte sich an sein Erstaunen, als George ihn beim Lesen in *Schall und Wahn* überrascht und erklärt hatte, dies sei ein »gutes Buch«, und ihm empfohlen hatte, auch *Licht im August* zu probieren. Zugleich hatte Grimes wegen seines Erstaunens quälende Scham empfunden, denn diesen Rat implizierte, daß George insgeheim glaubte, solche Bücher überstiegen das Begriffsvermögen eines Arbeiters. George hätte zweifellos und ohne weiteres die GI-Bill in Anspruch nehmen und selbst aufs College gehen können, doch er hatte sich in der Gewerkschaftsbewegung engagiert und war zu der Ansicht gelang, daß dies eine Arbeit von größerer Bedeutung und Tragweite sei – vielleicht sogar auch einem tieferen Sinn habe – als das übliche Rattenrennen. Anders als bei ihm, hatten Luthers Vorlieben mehr zu *Waffen und Munition* und Mickey Spillane tendiert, doch er war Soldat geworden und in den Krieg gezogen, und am Ende war George mit beiden Söhnen zufrieden gewesen.

Das Ergebnis des Ganzen war, daß Grimes eine vage Vorstellung von dem besaß, was Arkadien für die alten Griechen bedeutet hatte: Ein idyllisches, ländliches Paradies mit sanften Hügeln, Wäldern und Weiden, in dem die Freuden des Fleisches unschuldig und mannigfach waren und Pan, der Gott in Ziegengestalt, regierte. Später wurden Eigenschaften Pans der Figur des Teufels zugeschrieben, aber das hatten die Christen so hingedeichselt.

Lenna Parillauds modernes Arcadia wäre für die alten Griechen und vermutlich auch für Pan selbst eine herbe Enttäuschung gewesen: Es lag mitten im Mississippidelta, wo weit und breit nicht einmal die Andeutung von einem Berg oder Hügel zu sehen war, und wenn es hier je Wälder gegeben hatte, dann waren sie längst der Axt und dem Pflug zum Opfer gefallen. Der Mond war fast noch voll, und wenn er hin und wieder zwischen den Wolken hindurchlugte, goß er ein gespenstisch silbriges Licht über die endlosen Felder mit wogendem Schilfgras, das sich im Wind wiegte, soweit das Auge zu schauen vermochte. Grimes war kein Farmer, aber dieses Land mußte von erster Güte sein – dies war der Grund für den ursprünglichen Reichtum des Staates, und dennoch sah er nirgends eine Spur, daß die Felder in irgendeiner Form und mit dem Ziel, einen Ertrag zu erwirtschaften, kultiviert wurden. Vielleicht war Lenna Parillaud eine Öko-Fanatikerin. Doch selbst wenn das zutraf – Schilfgras war nicht gerade das, was man als schützenswerte Pflanze bezeichnen würde. Oder vielleicht war das Land für sie dasselbe wie die Bilder an den Wänden ihres Hauses, und die Tatsache, daß es sich in ihrem Besitz befand, war der einzige Ertrag, den sie von ihm erwartete.

Während Grimes die schmale, mit schwarzem Asphalt geteerte Fahrbahn entlangbrauste, fragte er sich, wo sein Vater im Augenblick wohl war und was er diesbezüglich tun konnte. Ein Dialog entspann sich in seinem Kopf. Tu allen einen Gefallen, Grimes: Geh nach Hause und laß George sein letztes großes Abenteuer erleben. Er braucht keinen zweitklassigen Schlappschwanz wie dich, der glaubt, ihn retten zu müssen. Aber er hat soeben auf offener Straße zwei Männer niedergeschossen und ein neunzehnjähriges Mädchen entführt. Die Sache ist ihm jetzt schon über den Kopf gewachsen. Dann ruf die Cops und verpfeife ihn; das ist das einzig Vernünftige, was du tun kannst. Niemand kann sagen, daß es falsch wäre. – Aber es ist meine Schuld, daß er da hineingeraten ist. Er ist ein alter Mann. Ich will nicht, daß er stirbt. Er hat seine Entscheidung getroffen, und du triffst deine.

Wie hatte er es noch mal genannt? »Wie ein kastrierter Hund mit eingezogenem Schwanz davonlaufen ...«

Grimes lachte grimmig auf. Wenn er seinen eigenen Verstand und seine Gefühle so gut kennen würde, wie George die seinen kannte, dann hätte er ... Grimes mußte feststellen, daß ihm auch jetzt nicht einfiel, was er dann getan hätte. Aber für ihn rollte die Welt nun einmal nicht auf den geraden Eisenschienen, auf denen sie sich für George bewegte. George mochte es möglicherweise nicht gefallen, wer Zugführer war, aber er wußte wenigstens, daß er sich in einem Zug vorwärts bewegte. Grimes fühlte sich eher wie ein blinder Bettler, der durch ein Land wanderte, das er nicht sah. In einer absurden Welt war die einzige vernünftige Möglichlichkeit, die blieb, ein absurdes Leben zu führen.

Dann sagte ihm eine ruhigere Stimme, daß auf dem tiefsten und letzten Grund dieser Angelegenheit nichts von all diesen Dingen lag, sondern etwas viel Simpleres. Es war eine sehr tief sitzende Sache, die in seinem Innersten, in seinen Knochen und Eingeweiden entstanden und gewachsen war, und sie war alt – so alt vielleicht wie dieses mit Silber übergossene Delta – und verlangte deshalb weder Sinn noch Verstand. Worum es ihm ging, war dies: Wenn George Grimes sterben sollte, sei es in einem Hagel von Pistolenkugeln oder als sabbernder Greis in einem Rollstuhl, dann wollte er – Eugene Grimes, sein Sohn – am Ende bei ihm sein. Er wollte bei ihm sein, um zu fühlen, wie sein Geist dem Körper entwich; er wollte die Musik seines letzten Atemzugs hören, denn irgendwie wußte er auf dem tiefsten Grund seines Herzens, daß diese Musik süß und hörenswert sein würde.

Das war alles.

Und Grimes hatte endlich etwas, das er tun wollte.

Mit diesem Wollen wuchs sein Gefühl der Dringlichkeit, und er trat aufs Gaspedal. Er war unterwegs zu Lenna Parillaud, die er angelogen hatte, um sie um ihre Hilfe zu bitten. Auch wenn er inzwischen nichts mehr hatte, das er ihr als Gegenleistung anbieten konnte, denn die Information, die sie brauchte, besaß jetzt George. Doch verfügte die Parillaud über die Mittel, George aufzuspüren. Sie konnte Männer anheuern und Hubschrauber und Aufklärungsflugzeuge oder was man sonst noch für so etwas brauchte. Es war sogar möglich, daß sie wußte, wo das Alte Haus stand; wer konnte schon wissen, was der Brief enthielt, den Jefferson ihr geschrieben hatte. Plötzlich fiel ihm wieder ein, daß George zwei Männer erschossen hatte, die für Atwater tätig waren, und daß Atwater für die Parillaud arbeitete. Sein Kopf summte. Vielleicht machte er wieder einmal genau das Falsche. Das Gesicht von Bobby Frechette tauchte vor seinem inneren Auge auf. Er hatte Frechettes Wort, daß sie keine Gefahr für ihn bedeutete. Und das Wort von Frechette genügte ihm.

Eine Wolkendecke schob sich vor den Mond und tauchte die Landschaft in schwarze Tinte. Er sah nichts mehr, außer dem Stück Straße, das seine Scheinwerfer aus der Dunkelheit herausschnitten, und nahm den Fuß vom Gas. Eine Abzweigung kam in Sicht, ein weiterer schlichter schwarzer Asphaltstreifen, der zu beiden Seiten im rechten Winkel von dem, auf dem er fuhr, wegführte. Er bremste den Olds fast bis auf Schrittempo herunter und versuchte, sich zu erinnern. Er war ziemlich dicht hinter Atwater hergefahren, und es war durchaus möglich, daß sie abgebogen waren, ohne daß er es richtig registriert hatte, doch er entschied sich, daß der richtige Weg der geradeaus war. Als er den Olds auf Höhe der Abzweigung wieder beschleunigte, sah er in der tintenschwarzen Dunkelheit, etwa zwei Kilometer vor ihm, ein weißes Licht, das sich näherte. Ehe ihm bewußt war, weshalb, hatte er die Scheinwerfer ausgeknipst und trat auf die Bremse.

Noch während seine Räder quietschend zum Stehen kamen, begriff Grimes, daß er dachte wie sein Vater, ohne sich dessen jedesmal wirklich bewußt zu sein: Er war jetzt unsichtbar und hoffte nur, daß er die Scheinwerfer des anderen Wagens zuerst gesehen hatte. Das Licht vor ihm teilte sich in zwei helle Punkte und kam näher. Es war nach ein Uhr nachts, und dies hier war eine selten benutzte Privatstraße; Grimes hatte hier nichts zu suchen. Und höchstwahrscheinlich auch sonst niemand. Das andere Auto fuhr sehr schnell. Wenn Grimes die Scheinwerfer nicht wieder anmachte oder mit seinem Olds irgendwie von der Straße verschwand, dann würde es in kürzester Zeit einen ohrenbetäubenden Schlag tun, und er wäre seiner Sorgen für immer entledigt.

Hastig ruckte er den Schalthebel in den Rückwärtsgang und jagte den Olds zur Querstraße zurück. Rechts oder links? Die Seite, von der der Fahrer weniger sah: also links. Grimes kurbelte das Lenkrad gegen den Uhrzeigersinn und bog in die linke Abzweigung der Kreuzung, ließ das Lenkrad zurückschwingen, stieß noch etwa zehn, fünfzehn Meter zurück und machte den Motor aus.

Das andere Auto näherte sich schnell; das satte Dröhnen eines PS-starken, hochtourig gefahrenen Motors. Lichtkegel.

Als die Scheinwerfer die Kreuzung erfaßten, schrillte das Kreischen von Gummi auf Asphalt durch die Nacht. Eine schwarze Limousine, ein Mercedes, kam schlingernd mitten auf der Kreuzung zum Stehen. Grimes packt den Zündschlüssel. War er doch gesehen worden? Der Mercedes stieß drei Meter zurück, und in diesem Augenblick sah Grimes sie.

Die Seitenfenster – vorne und hinten – waren herabgelassen. Hinter dem Beifahrersitz, die Arme mit Handschellen um den Holm zwischen beiden Fenstern gefesselt, saß ein Frau. Zuerst erkannte Grimes sie nicht. Ihr Haar war durcheinander gewirbelt und hing ihr ins Gesicht. Über ihrem Mund klebte ein breiter Streifen. Sein erster Gedanke war, daß es das Mädchen war, Ella MacDaniels, daß die Kerle sie und seinen Vater vor ihm gefunden hatten und daß sein Vater tot war. Dann fiel ihm das Plakat vor dem Club wieder ein: Ella MacDaniels war dunkelhäutig.

Für einen kurzen Augenblick erhaschte Grimes einen

Blick auf das Gesicht des Mannes auf dem Fahrersitz: wulstige, zu einem lüsternen Grinsen verzogene Lippen unter einem dicken Schnauzbart. Dann, als der Mercedes anfuhr und mit aufheulendem Motor in die gegenüberliegende Abzweigung der Kreuzung bog, ruckte der Kopf der Frau zurück und mit ihm ihr Haar. Grimes sah, daß es Lenna Parillaud war.

Grimes legte die Hände aufs Steuer und starrte reglos hinter den roten Rücklichtern her, die rasch kleiner wurden.

Das war's also. Soviel zu seinen Hubschraubern, Flugzeugen und allem anderen. Grimes war verdammt vorsichtig gewesen, sich nicht mit ihr und den Mächten, über die sie verfügte, einzulassen. Wer, zum Teufel, konnte es wagen und verfügte über die Mittel, so etwas mit ihr zu machen? Seine Finger auf dem Lenkrad wurden weiß: Bobby Frechette war tot. Er mußte tot sein. Frechette war kein *Ronin:* Nur sein Tod konnte es möglich gemacht haben, daß das mit ihr geschah. Grimes drehte den Zündschlüssel, und der Motor des Olds sprang grollend an. Die roten Lichter waren in der Ferne kaum noch auszumachen.

Und du bist auch kein *Ronin*, dachte er – nicht mehr.

Grimes jagte den Olds geradeaus über die Kreuzung in die Straße, die der Mercedes genommen hatte, in dem Lenna Parillaud saß.

Weil er ohne Licht fuhr, mußte er seine ganze Konzentration darauf richten, sich nicht selbst ins Jenseits zu befördern, indem er von der Straße abkam. Der Mercedes fuhr ebenfalls gefährlich schnell, ziemlich am oberen Limit, aber sein Fahrer konnte wenigsten sehen, wohin er raste. Grimes kurbelte das Fenster herunter, um einen besseren Blick auf die Straße zu haben. Die schwarze Asphaltpiste war zu beiden Seiten von einem tiefen Wassergraben gesäumt. Eine Handbreit mehr nach rechts oder links, und er würde mit ihm Bekanntschaft machen. Vergeblich versuchte er, den roten Lichtern näher zukommen. Es mußten bereits mehrere Kilometer sein, die er so fuhr. Die roten Lichter vor ihm veränderten sich nicht. Dann kamen sie näher. Grimes holte auf. Noch immer holte er auf. Grimes nahm den Fuß vom Gaspedal und wurde langsamer. Weiter vorn leuchteten die Bremslichter auf und vergrößerten den roten Schein, dann waren die Lichter mit einemmal ganz verschwunden.

Der Mercedes war von der Straße abgebogen.

Grimes ließ den Olds mit gleichbleibenden fünfzig Stundenkilometern rollen und hielt angestrengt nach der Abzweigung Ausschau. Die Dunkelheit narrte sein Gefühl für Entfernungen. Er mußte ganz nah sein. Dort – ein heller Streifen, der sich zu einer Art Feldweg erweiterte. Grimes lenkte den Olds vorsichtig auf den knirschenden Sand. Weiter voraus war nichts zu sehen, nur ein kurzer, heller Streifen, der von der Dunkelheit geschluckt wurde. Er hielt an, stellte den Motor ab und lauschte.

Völlige Stille.

Wenn der Mercedes noch immer fahren würde, müßte er ihn hören, dessen war er sich sicher. Hatte ihn der Fahrer mit dem Schnauzbart entdeckt? Hatte er einen Komplizen, der auf dem Rücksitz neben der Parillaud gesessen hatte? Warteten sie bereits mit Pump-guns oder abgesägten Schrotflinten auf ihn? Er durfte auf keinen Fall weiterfahren; sie mußten ganz in der Nähe sein. Grimes stieg aus, drückte leise die Wagentür zu, ging zum Kofferraum und machte ihn auf. Aus dem Chaos, das er nur fühlen konnte, kramte er eine große Taschenlampe und ein Montiereisen hervor, das er zum Radwechseln brauchte. Er steckte beides in die Taschen seines Anzugs, machte den Kofferraum zu und tappte auf dem Feldweg in die Dunkelheit hinein.

Er ging, so schnell er konnte, ohne zu rennen und fing bald an, von der Anstrengung zu schwitzen, aber das war gut so. Der klebrige Schweiß half ihm, nicht an das Krachen und das Mündungsfeuer der Schüsse denken zu müssen, die jeden Augenblick irgendwo in der pechschwarzen Dunkelheit vor ihm aufblitzen konnten. Wenigstens hatte er einen schwarzen Anzug an. Er klappte die Revers seines Jacketts zu, um den weißen Fleck des Hemds auf seiner Brust zu verdecken. Drei- oder vierhundert Meter weiter vorn sah er einen matten gelben Lichtschein auftauchen.

Die Scheinwerfer des Mercedes, die in die ihm entgegengesetzte Richtung leuchteten. Vom Widerschein des Lichts aus der Dunkelheit geschält und schwärzer als die ihn umgebende Finsternis, ragten weiter vorn und seitlich der Lichter die geometrischen Umrisse eines riesigen Klotzes auf. Irgendein Gebäude.

Als er näher kam, ging er langsamer. Er konnte den Mercedes jetzt deutlich sehen. Beide Türen standen offen, und der Wagen war leer. Er stand auf einem großen geteerten Hof, auf dessen gegenüberliegender Seite sich ein kleines Wohnhaus erhob; die Hofseite links davon nahm ein Gebäude ein, das auf den ersten Blick wie eine große Scheune aussah, das jedoch völlig aus Beton zu sein schien. Zwischen dem Haus und der Scheune öffnete sich der Hof zu den Feldern. Das Wohnhaus lag im Dunkeln. Die Betonscheune hatte keine Fenster in ihren Mauern, doch Grimes konnte über ihrer dunklen Silhouette Licht in den Himmel emporsickern sehen, das offenbar durch Dachfenster nach draußen drang. Die Scheinwerfer des Mercedes waren auf die Front der Scheune gerichtet, in der ein Stück seitlich davon eine Schiebetür aus Metall zu erkennen war. Soweit er sehen konnte, gab es nirgendwo einen zweiten Eingang, und die Metalltür war zu. Die dritte Seite des Hofs, rechts von ihm, wurde von einer Reihe von Bäumen mit blaßgrauen Stämmen eingenommen, die im Widerschein des Scheinwerferlichts wie bleiche Gestalten wirkten. Nichts regte sich auf dem Hof; es war so still, daß Grimes das Hämmern seines Herzschlags in seinen Ohren hörte. Er schlich auf die Reihe der Bäume zu.

Es waren Silberbirken. Er schlüpfte hinter den ersten Stamm und ließ seinen Blick erneut über den Hof schweifen. Er lag noch immer in völliger Stille, doch jetzt konnte er im gespenstischen Widerschein des von der Mauer zurückgeworfenen Scheinwerferlichts vier dunkle, im Hof verstreut liegende Bündel ausmachen. Das am weitesten entfernte war größer als die anderen. Selbst auf diese Entfernung konnte Grimes an der Form und der erschlafften Massigkeit erkennen, daß es sich um einen menschlichen

Körper handelte. Die anderen Bündel konnte er nicht identifizieren.

Grimes blickte auf seine Füße hinab. Der Boden, auf dem er stand, war mit kniehohem Gras und Farnen bewachsen. Er entschied sich, nicht das Risiko einzugehen, die Taschenlampe anzuknipsen. Bemüht, nicht auf irgendwelche Äste zu treten oder sich den Fuß zu brechen, schlich Grimes ein gutes Dutzend Baumstämme weiter und spähte dann von neuem auf den Hof.

Die drei kleineren Bündel schienen tote Hunde zu sein.

Grimes schluckte und stellte fest, daß sein Mund trokken wie Stroh war. Er hatte keine Schüsse gehört; dieses kleine Massaker mußte bereits früher stattgefunden haben. Lenna und ihr Entführer hielten sich in der Betonscheune auf. Es war nach wie vor nichts zu hören, doch die Mauern sahen dick aus und die Tür sehr massiv. Grimes wandte sich vom Hof ab und ließ sich, mit dem Rücken gegen den Baum gelehnt, auf die Fersen sinken. Das Montiereisen in seiner Tasche drückte gegen seine Seite, und er dachte über das Blutbad nach, das auf dem Hof stattgefunden hatte. Er machte die Augen zu und überlegte, welche Möglichkeiten es gab. Er konnte davonlaufen; das war immer das Nächstliegende. Sein Vater war so nett gewesen, ihm das Flugtikket und damit einen Freifahrtschein in friedlichere Gefilde zu belassen. Oder er konnte warten, bis derjenige, der mit Lenna in der Scheune war, herauskam – und dann versuchen, ihn an der Tür zu überrumpeln. Grimes fiel das gemeine Grienen auf den wulstigen Lippen des Kerls wieder ein, und sein Magen krampfte sich vor Abscheu zusammen. Nein – er würde, sein Montiereisen in der Faust, da reingehen müssen und auf das Beste hoffen.

Grimes hörte ein Rascheln.

Weil seine Augen ohnehinbereits geschlossen waren, war er versucht, sie nicht zu öffnen und es dem Tod anheimzugeben, ihn hier und jetzt zu erlösen. Das Rascheln kam näher; er fühlte, wie Gras gegen seine Scheinbeine streifte und riß die Augen auf.

Sein erster Gedanke war, daß ihn der Tod bereits geholt

hatte und ihm unverwandt ins Gesicht starrte. Obschon er bereit war, sich vorzustellen, daß der Tod ihm in der Gestalt eines schwarzen Wolfs aus den niederen Regionen der Ewigkeit entgegentreten könnte, fiel es Grimes doch schwer, zu glauben, daß er dies blutend tun würde.

Der Hund stand zwischen Grimes' gespreizten Knien und sah ihm, wie er mit einem Schock fühlte, direkt in die Seele. Die Augen des Hundes – er wußte sofort, daß es ein Rüde war – waren so schwarz wie das Meer und zweimal so tief. Falls Grimes jemals geglaubt hatte, daß Bewußtsein etwas sei, das nur dem Menschen vorbehalten ist, dann verwarf er diese Vorstellung nun binnen eines Augenblicks. In dem unergründlichen Meer der Hundeaugen bewegte sich ohne jeden Zweifel eine tiefe Traurigkeit und unendlicher Schmerz. Er hatte eine lange, spitze Schnauze, und sein Gesicht, das zugleich animalische Wildheit und Zuneigung zu den Menschen erahnen ließ, war edel geschnitten und irgendwie genauso traurig wie seine Augen. Der Hund war riesig, seine Brust fast so breit wie die von Grimes und von einem langen, zottigen dunklen Fell bedeckt. Irgendeine ausgefallene, mächtige Zuchtvarietät eines deutschen Schäferhunds. Auf seinem Schädel, der sich sanft und breit vom Scheitel zum Ansatz seines halb abgerissenen Ohrs hinabwölbte, klaffte eine nasse Wunde. Auf dem Grund der blutenden Schramme schimmerte hell der nackte Knochen hervor.

Grimes stellte fest, daß er den Atem anhielt. Dann atmete er wieder. Außerdem stellte er fest, und dies überraschte ihn aus irgendeinem unerfindlichen Grund nicht einmal, daß er, obwohl ihm so ziemlich alles, was er an diesem Tag erlebt hatte, angst gemacht hatte, vor dem Hund keinerlei Angst verspürte. Er kam zu dem Schluß, daß er die Geschichte gleich ein für allemal klären konnte. Wenn der Hund vorhatte, ihn zu töten, gab es nicht viel, was er tun konnte, ihn daran zu hindern.

»Komm her, mein Freund«, flüsterte Grimes.

Der Hund kam näher.

Er schob seine Brust und Schultern zwischen Grimes'

Schenkel und hob die Schnauze zu seinem Gesicht empor. Um den Hals des Hundes lag ein einfaches, etwa zwei Finger breites Lederhalsband, aber nirgendwo war eine Marke, die ihn identifiziert hätte. Er öffnete die Schnauze und entblößte zwei Reihen gefährlich aussehender gelber Fänge, dann rollte eine lilafarbene Zunge hervor, die Grimes viel länger vorkam, als dies möglich sein konnte, und leckte ihm den Hals. Grimes zuckte nicht zurück. Er fuhr mit den Händen durch das Fell an den Flanken des Hundes, und der Hund preßte seinen Hals gegen Grimes' Brust und leckte ihm übers Gesicht. Unvermittelt wußte Grimes, daß der Hund, wem immer seine Loyalität bisher gehört hatte, diese nun auf ihn übertragen hatte.

Grimes war sich ganz und gar nicht sicher, ob er dies wollte, doch er war nicht in Stimmung, zu debattieren.

»Okay, mein verwundeter Soldat«, sagte Grimes. »Wir flicken dich später wieder zusammen.«

Wenn er ehrlich zu sich selbst war, mußte er zugeben, daß er um die Gesellschaft des Hundes ebenso froh war, wie dieser offenbar um die seine. Er machte sich los und stand auf. Der Hund richtete sich auf den Hinterläufen auf und ließ seine Vorderpfoten auf Grimes' Schultern fallen. Hätte der Baum nicht direkt hinter Grimes gestanden, er wäre unter dem Gewicht zu Boden gegangen. Der Hund war sogar noch größer, als Grimes gedacht hatte: die glitzernden schwarzen Augen waren fast auf einer Höhe mit seinen eigenen.

»Aus, Kumpel«, sagte Grimes.

Sofort ließ der Hund sich auf seine vier Pfoten fallen und stand abwartend da. Grimes registrierte geschmeichelt, daß ihm so prompt gehorcht wurde. Er drehte sich um und sah auf den Hof hinaus – er war genauso still wie zuvor.

»Komm«, sagte er und trat aus dem Schutz der Bäumen hervor.

Der Hund trabte vor ihm mit federnden Schritten und leise tappenden Pfoten über den Asphalt, wie um Grimes zu zeigen, daß mit ihm alles in Ordnung war und daß er bestens zurechtkam. Ohne zu zögern, lief er zu dem Toten hinüber und setzte sich neben ihn. Vermutlich war dies sein ehemaliger Herr. Grimes folgte ihm. Der Mann war so tot, wie er nur sein konnte; Brust und Bauch waren von einer Ladung Schrot zerfetzt, und in seiner Schläfe klaffte ein schwarzes Einschußloch. Seine Lider waren halb offen, das Weiße seiner nach oben gerollten Augen erschreckend hell in dem von Schatten übergossenen Gesicht. Es sah häßlich und seltsam banal aus – so wie es immer war. Grimes kauerte sich neben dem Toten nieder, zog seine verrenkten Glieder gerade und schloß ihm die Augen. Er tat dies sanft – zum einen aus Respekt vor den Toten, zum anderen, weil er den Hund nicht reizen wollte, dann durchsuchte er rasch die Taschen des Toten nach Waffen. In einer Hosentasche fand er ein volles Pistolenmagazin, aber nirgendwo eine Waffe. Er ließ das Magazin, wo es war, richtete sich wieder auf und betrachtete den Hund und die Schramme des Streifschusses an seinem Schädel. Der Hund erwiderte den Blick.

»Sieht so aus, als hättest du das meiste Glück gehabt«, sagte Grimes leise.

Er nahm an, daß der Hund von der Kugel betäubt und für tot gehalten worden war. »Verdammt schlau von dir, dich zu verstecken, als sie zurückkamen.«

Grimes ging an den drei toten Hunden vorbei zum Mercedes hinüber. Der Hund trottete mit fast professioneller Nichtbeachtung seiner toten Artgenossen vor Grimes her und steckte schnüffelnd den Kopf in den Fahrersitz. Aus seiner mächtigen Brust stieg ein leises, urtümliches Grollen, ein Geräusch, wie es, in Grimes' Vorstellung, vielleicht ein Berg macht, dem die Eingeweide herausgerissen werden. Grimes wollte schlucken, fand jedoch keinen Speichel. Der Hund klang wütend – blutrünstig wütend – auf den Kerl mit dem Schnauzbart.

»Aus, Kumpel«, flüsterte Grimes. »Sitz.«

Mit einem Anflug von Widerstreben zog sich der Hund knurrend aus dem Wagen zurück und setzte sich auf die Hinterläufe. Grimes war erneut beeindruckt. Er sah sich kurz im Innern des Wagens um. Keine Waffen. Er richtete sich auf.

»Bei Fuß, Kumpel«, flüsterte er.

Mit dem Hund an seiner rechten Seite ging Grimes zu der Schiebetür aus Stahl hinüber. An ihrem rechten Rand stand ein verbogenes, schartiges Stück Metall ab, dessen Ränder blau verfärbt waren. Das Schloß war aufgesprengt worden. Diese Kerle waren vorbereitet gewesen, und sie hatten keine langen Faxen gemacht. Grimes konnte die geradezu militärische Rücksichtslosigkeit in ihrem Vorgehen beinahe körperlich spüren. Tötet alles, was sich bewegt, sprengt die Tür auf und geht rein. Er stemmte die Hände gegen das Tor und erhöhte allmählich den Druck, bis es sich bewegte. Die ersten Zentimeter glitt es leicht und fast ohne ein Geräusch zurück. Licht fiel von drinnen durch den Spalt. Erneut stellten sich Grimes die Nackenhaare auf, als irgendwo neben seinem Knie wieder das tiefe, drohende Knurren einsetzte. Grimes ließ sich in die Hocke sinken und sah dem Hund in die Augen.

»Hör mir mal zu, Soldat«, flüsterte er. »Wenn wir denjenigen finden, mit dem du noch eine Rechnung offen hast, dann kannst du seinen Schwanz zum Abendessen haben. Bis dahin will ich, daß du ruhig bleibst, okay? Wie ich. Ganz ruhig.«

Der Hund kniff einmal die Augen zusammen, und Grimes nahm an, dies sollte bedeuten, der Handel gilt. Er richtete sich wieder auf, stemmte sich gegen die Tür und schob sie weitere ein, zwei Schritte auf. Der Hund hob witternd die Nase, blieb jedoch an seiner Seite. In der Scheune sah es aus wie in einem Lagerhaus: Stapel von Kisten im grellen, weißen Licht mehrerer Reihen Leuchtstoffröhren. Grimes beugte sich ein wenig zur Seite, schob seine Hand unter das Lederhalsband und ließ sich von dem Hund nach drinnen ziehen.

Er wurde beinahe von den Füßen gerissen. Die Kraft des Tiers war schockierend, und es strengte sich noch nicht einmal an. Grimes nahm ihn etwas zurück, und der Hund zerrte sofort weniger heftig. Falls es der Tote draußen im Hof gewesen war, von dem er dressiert worden war – hatte er perfekte Arbeit geleistet. Grimes ließ sich von dem Hund durch ein Labyrinth von gestapelten Kisten führen, dann erreichten sie eine zweite Tür, die ebenfalls aus Stahl bestand und mit Sprengstoff aufgesprengt worden war. Sie hing in den Angeln und war einen Spalt weit offen. Grimes spähte in einen kurzen, leeren Korridor, an dessen Ende er eine dritte Tür sah. Diese Tür war zu und zeigte keinerlei Spuren von Gewaltanwendung. Auf dem Boden des Korridors war eine Lache geronnenen Bluts. Kein Laut war von drinnen zu hören. Grimes ging durch den Korridor und legte ein Auge an das Guckloch in der Tür. Er hatte eine Linse erwartet, die den Blick von drinnen ermöglichte, doch diese hier war gedacht, um von draußen nach drinnen zu sehen.

Eine gewölbte Perspektive, ein gekrümmter Raumkegel bot sich seinem Blick. Das Blickfeld war von verschwommenen senkrechten Linien durchzogen, die er nach einer Weile als Eisengitter identifizierte. Er blickte in einen riesigen, hell erleuchteten Käfig. Im Inneren des Käfigs, in der Mitte seines Gesichtsfelds, stand ein massiver brauner Kasten. Grimes blinzelte irritiert und fokussierte seinen Blick von neuem. Nein, er hatte sich nicht getäuscht: Der Kasten war ein Haus. Es hatte sogar ein Fenster und Wände aus Baumstämmen. Ein Schuppen oder eine Hütte. Am Rand des Raumkegels, wo die Linsen sein Blickfeld am stärksten krümmten, und näher an den Gitterstäben als an der Hütte, machte er die undeutliche Bewegung von etwas Rosigem aus – rosig wie nacktes Menschenfleisch. Das surreale Bild war in völlige Stille getaucht.

Grimes sah auf den Türknauf hinab, ein gedrungener, mattierter Stahlzylinder über einem leeren Schlüsselloch. Es sah aus wie eines der Dinger, die man extra verschließen mußte. Wie auch immer – er war aufgeschmissen, wenn es verschlossen war. Vorsichtig legte er die Hand auf den Knauf, drehte ihn und zog. Die Tür bewegte sich ein paar Millimeter auf ihn zu. Grimes warf einen Blick auf den Hund, der still und ruhig mit gespitzten Ohren dasaß.

»Wir sind im Geschäft«, flüsterte Grimes.

Ohne den Knauf loszulassen, legte er erneut das Auge an das Guckloch. Der verschwommene, rosige Fleck war verschwunden. Er zog die Tür ein winziges Stück weiter auf, und der Fleck erschien wieder und wurde deutlicher. Es war ein nackter Mann. Ein nackter Mann mit einem Schnauzbart. Er wiegte sich in einen seltsamen Tanz, den er vollführte, vor und zurück. Seine rechte Hand hielt seinen Penis gepackt. Als Grimes erneut vorsichtig an dem Knauf zog, um durch das Guckloch einen anderen Blickwinkel zu erhalten, löste sich die Kante des Türblatts einen winzigen Spalt weit vom Rahmen, und ein plötzlicher Schwall von Geräuschen drang heraus.

»Dann fick mich doch, du Madenschwanz! Such dir ein Loch aus und steck ihn rein!«

Lenna Parillauds verächtliche Stimme. Doch Grimes konnte in der Stimme auch Angst und Entsetzen hören. Ein höhnisches, heiseres Lachen war die Antwort.

»Warum diese Hast? Wir haben alle Zeit der Welt, Miß Hoch-zu-Roß. Ich persönlich bin ein großer Fan von dem ganzen Vorspiel-Mist. Ist das nicht genau das, worauf ihr Mädels auch steht?« Er lachte erneut.

Grimes nahm das Auge vom Guckloch und zog das Montiereisen aus der Tasche. Mit einemmal fühlte er einen monströsen Zorn, der von innen gegen seine Schläfen hämmerte. Ein Schwall Adrenalin und anderer chemischer Aggressionssubstanzen durchflutete seine Adern und schwächte seine Glieder. Etwas in ihm schrie nach Blut. *Ganz ruhig,* sagte eine innere Stimme. Er holte tief Luft und nickte; die Anspannung seiner Muskeln ließ nach. Sein Blick wanderte nach unten. Der Hund sah zu ihm empor, leckte sich die Lefzen und fixierte mit seinen glänzenden schwarzen Augen wieder den Spalt in der Tür.

»Ja«, flüsterte Grimes, »ich bin auch bereit. Los!«

Er riß die Tür weit auf. Ein dunkler, knurrender Schatten fegte an ihm vorbei. Grimes stürmte hinter ihm her.

Eindrücke: Eine breite Front lückenloser Gitterstäbe; die Tür des Käfigs ist zu. Ein überraschter Schrei, in den sich Angst mischt. Eine plumpe Bewegung rechts von ihm. Ein Klirren. Die Tür zum Käfig. Schlüssel baumeln vom Schloß auf der anderen Seite. Drei Schritte, mehr nicht. Der Hund, schon dort. Ein markerschütterndes wölfisches Heulen, das die ältesten Synapsen in Grimes' Gehirn versengt. Seine Hände wechseln das kalte Eisen von der Rechten in die Linke. Arm durch die Stäbe, Finger an den Schlüsseln, drehen, zerren … Die Tür schwingt nach außen auf. Ein schwarzer Blitz schießt an ihm vorbei. Grimes stürmt in den Käfig.

Er wendet den Kopf.

Eindrücke: Ein nackter Mann, der von einer sitzenden dunklen Gestalt wegwatschelt. Braune Flüssigkeit, die über seine Beine hinabläuft. Haariger Arm, nach einem Bündel Kleider auf dem Boden ausgestreckt. Auf dem Kleiderbündel: ein blauschimmernder Revolver. Ein Gesicht, ein Schnauzbart, von Angst und Entsetzen verzerrt. Das kalte Eisen wechselt erneut die Hand – von links nach rechts –, und der Arm hebt und wirft es. Das verzerrte Gesicht kreischt bereits gellend, als das Eisen krachend aufschlägt und eine blutige Spur über Haare, Zähne und die weißen, gebleckten Lippen zieht.

Grimes rennt weiter.

Eindrücke: Ein langgestreckter, spitzzulaufender knurrender Hundeschädel, der unter einem wabbelnden weißen Bauch an etwas zerrt und ruckt. Der nackte Mann rudert wild mit den Armen, während er mit einem schrillen Falsettoschrei nach hinten fällt; seine Hände krallen noch immer blind nach dem Revolver, als sich der Hund mit einem Ruck und unter einem Schauer von aufspritzendem Blut von seinem Schritt losreißt. Die willenlosen Hände tasten und krallen, dann erschlaffen sie zuckend. Der schwarze Blitz ist erneut über ihm, fährt ihm an den Hals, vergräbt sich mit einem bösartigen Knurren und triefenden Lefzen in seiner Kehle.

Grimes bückte sich und hob den Revolver auf.

Über bebende, von glänzendem schwarzem Fell bedeckte Schultern hinweg sah er in ein gurgelndes Gesicht.

Grimes stieß den Lauf des Revolvers in ein hervorquellendes, glasiges Auge und drückte ab.

Nachdem das Krachen des Schusses verhallt war, senkte sich Todestille über den Schauplatz. Dann, nach geraumer Zeit, drang das mahlende, schmatzende Kauen von messerscharfen Reißzähnen an Grimes' Ohr.

»Aus!« sagte Grimes.

Der Hund beachtete ihn nicht.

»Aus, verdammt noch mal! Es ist vorbei.«

Der Hund unterbrach sein Tun und starrte mit stummem Vorwurf im Blick zu ihm empor. Grimes war bemüht, nicht von der hechelnden, blutverschmierten Hundeschnauze mit den entblößten gelben Fängen weg auf das zu schauen, was unter ihr auf dem Boden lag. Er schlug mit der Hand auf seinen Schenkel.

»Komm her, Kumpel«, sagte Grimes.

Sein bluttriefender Beschützer sprang auf, erhob sich auf die Hinterläufe, die Vorderpfoten auf Grimes' Schultern, und lehnte sich schwer auf ihn, während er ihm die Kehle leckte und sein Gesicht mit dem Blut eines anderen Menschen besabberte. Grimes schloß die Augen und überließ sich in blindem Vertrauen den Sympathiebekundungen, während er mit angehaltenem Atem gegen die Übelkeit ankämpfte, die in ihm aufstieg. Schließlich legte er einen Arm um den Hund und drückte ihn.

»Guter Hund«, sagte er

Er öffnete die Augen wieder. Und starrte auf eine alte Blockhütte in einem Stahlkäfig in einer Betonscheune, mit einem Toten zu seinen Füßen, blutigem Geifer an seiner Kehle und einer gefesselten Multimillionärin. »Guter Hund«, murmelte er noch einmal, was nicht mehr oder weniger passend war als sonst irgend etwas, das ihm in den Sinn gekommen wäre. Denn ohne den Hund hätte der Tote wahrscheinlich seinen Revolver erreicht.

»Guter Hund«, sagte Grimes noch mal. »Ich schulde dir was.«

Er stieß den Hund von seinen Schultern, schob den Revolver hinter seinen Gürtel und sah zu Lenna Parillaud hinüber. Sie saß auf einem merkwürdigen Plastik- oder Gummistuhl, die Handgelenke mit Riemen an die Armlehnen gefesselt; ein weiterer Riemen war um ihre Brust und die Rückenlehne des Stuhls geschlungen. Sie trug eine schwarze Jacke und eine ebensolche lange Hose und schien körperlich unversehrt. Während Grimes zu ihr hinüberging, blickte sie ihm mit den ruhigen grünen Augen entgegen, an die er sich jetzt wieder erinnerte. Er begann, die Riemen aufzuknoten.

»Sind Sie okay?« fragte er.

Lenna holte tief Luft und hielt sie in ihren Lungen.

»Ja und nein«, sagte sie ausatmend.

Alles Make-up war von ihrem Gesicht geschrubbt. Sie sah weniger blaß aus als zuvor – und älter. Die Falten um ihre Augen waren nicht zu übersehen, die Haut trockener. Ohne das Make-up sah sie, wie Grimes fand, besser aus. Ihre Hände waren fleckig von getrocknetem Blut. Es schien nicht ihres zu sein. Sie senkte den Blick auf etwas rechts von ihm. Grimes spürte den Hund an seiner Seite.

»Sie haben einen Freund gewonnen«, sagte sie.

»Sie brauchen keine Angst zu haben«, entgegnete Grimes. »Bisher ist er auf unserer Seite.«

»Er schien mich nie zu mögen.«

»Sie kennen ihn?«

»Ja.«

»Wie heißt er?«

»Er heißt Gul«, sagte Lenna.

Grimes gefiel der Name sofort, als er ihn hörte. Er probierte ihn aus.

»Gul.«

Gul bellte einmal.

Grimes löste den Riemen um Lennas Brust, und sie stand auf. Ihr Gesicht war ausdruckslos, beinahe gleichmütig. Er wurde nicht schlau aus ihr. Sie schien geradezu übermenschlich ruhig – als sei nichts, das um sie herum geschehen war, besonders ungewöhnlich. Er schrieb es dem Schock zu.

»Warum sind Sie zurückgekommen?« fragte sie. Es klang, als wäre es ihr lieber, wenn er es nicht getan hätte.

»Um bei der Wahrheit zu bleiben – ich suche meinen Vater.« Ihr Ausdruck veränderte sich nicht. »Ihren Vater?« sagte sie tonlos.

»George. Er ist verschwunden.«

Lenna entgegnete nichts darauf, und Grimes fühlte sich unbehaglich.

»Das ist eine lange Geschichte«, brummte er. »Ich schätze, Ihre auch. Wir sollten sie uns woanders erzählen.«

»Bobby ist tot. Bobby Frechette.«

Grimes sah auf die getrockneten, rotbraunen Flecken an ihren Händen hinab.

»Das tut mir leid«, murmelte er.

»Atwater hat ihn ermordet.«

Grimes ging der Tod Frechettes ziemlich nahe, doch der Leibwächter – der Samurai – hätte nicht gewollt, daß er wertvolle Zeit mit Trauern verschwendete.

»Wir sollten von hier verschwinden«, sagte er.

Lenna ging an ihm vorbei und blieb vor dem Toten stehen. Sie sah auf ihn hinab. Grimes ersparte sich das. Lenna hob den Blick und sah Grimes direkt in die Augen.

»Ich hätte ihn noch ein wenig länger leben lassen«, sagte sie.

Grimes gab keine Antwort. Er spürte den Revolver, der hart gegen seinen Bauch drückte und konnte nicht sagen, warum er den Mann erschossen hatte: Um dem Kerl ein paar Augenblicke entsetzlicher Schmerzen zu ersparen, oder um seinen Zorn zu besänftigen, der ihn draußen auf dem Korridor gepackt hatte? Es machte keinen Unterschied mehr.

»Sein Name war Jack Seed«, sagte Lenna.

Grimes konnte nicht behaupten, daß ihn das interessierte. Dieser Ort war bis unters Dach angefüllt mit üblen Schwingungen. Er wollte so schnell wie möglich fort.

»Lenna«, drängte er.

Lenna wandte sich um und ging auf die Gittertür zu. Grimes folgte ihr, und der Hund – Gul – trottete sichtlich zufrieden hinter ihm her. Schweigend verließen sie das Gebäude.

Draußen sagte Grimes: »Mein Wagen steht vorn, wo der Feldweg anfängt. Können Sie bis dahin gehen?«

»Sehe ich aus, als könnte ich das nicht?« schnarrte Lenna.

»Ich wollte nur höflich sein«, sagte Grimes.

»Ersparen Sie mir das«, zischte sie. »Und lassen Sie mich in Ruhe ... Kümmern Sie sich nicht um mich.«

»Na schön«, knurrte Grimes.

»Sind Sie immer so?« fragte Lenna.

»Wie denn?«

»Wie der große Mr. Psycho-Medizinmann persönlich – so beschissen ruhig, kühl und gelassen.«

Daß er diesen Eindruck erweckte, war neu für Grimes. Ihn erstaunte vor allem Lennas Ruhe. Ihre ganze Art hatte sich verändert, seit sie sich zuletzt gesehen hatten; sie war spitz und sarkastisch geworden. Aber eine Menge anderer Dinge hatten sich ebenfalls geändert. Wie immer sie glaubte damit umgehen zu müssen, es war okay für ihn. Der Gedanke kam ihm in den Sinn, ob dies eine authentischere Version von Lenna war als die, die er zuvor kennengelernt hatte, aber er wußte, daß das Blödsinn war. Alle Versionen eines Menschen waren im Grunde genommen authentisch, selbst die aufgesetzteste Pose.

»Ich versuche nur, über den Tag zu kommen«, sagte er.

»Sie sind so verdammt rational.«

»Und Sie sind aufgebracht und durcheinander«, entgegnete Grimes. »Wer wäre das nicht?«

»Mein Gott.«

Lenna drehte sich um und ging weg. Sie verschwand aus dem Lichtschein des Mercedes und tauchte dort, wo der Feldweg begann, in der Dunkelheit unter. Mit einem Achselzucken folgte ihr Grimes. Er konnte vor sich ihre Schritte hören, doch solange seine Augen sich nicht an die Dunkelheit gewöhnt hatten, konnte er sie nicht sehen. Sie schien sich hier auszukennen, und er fragte sich, warum. Das Anwesen lag auf ihrem Land. Aber aus welchem Grund baute ein Mensch mitten im Nirgendwo ein kleines Hochsicherheitsgefängnis, in dem eine Holzhütte mit Wellblechdach stand? Doch jetzt schien nicht der Augenblick, sie dies zu fragen. Ihm fiel die Taschenlampe ein. Er zog sie aus seiner Tasche und knipste sie an. Jetzt konnte er wenigsten erkennen, wohin er trat. Er beschleunigte seine Schritte und holte sie ein. Sie erreichten das Auto ohne den Austausch von weiteren Giftigkeiten, dank des Schweigens, in das sich beide hüllten.

»Was ist das?« rief sie, als sie den Wagen sah.

»Ein 88er Olds«, brummte Grimes und fügte hinzu: »Es ist ein Klassiker.«

Er machte die Tür für sie auf, und sie stieg ohne weiteren Kommentar ein. Plötzlich wurde Grimes bewußt, daß irgendwo unterwegs zum Wagen der schwarze Schatten an seinen Fersen verschwunden war. Der Hund – Gul war fort.

Grimes leuchtete mit der Lampe die Straße zurück – nichts. Sein erster Gedanke war, zurückzugehen und ihn zu holen, doch dann überlegte er und kam zu dem Schluß, daß dies nicht der Augenblick für Sentimentalitäten war. Wenn der Hund sein heimatliches Revier nicht verlassen wollte, dann war das seine Sache. Allerdings – Atwater und die anderen kämen bestimmt hierher, und dann würden sie ihn töten. Grimes zögerte. *Es ist nur ein Hund, Mann. Später kann er dir ja leid tun.* Grimes ging um den Wagen herum und setzte sich hinters Steuer.

»Wohin fahren wir?« fragte Lenna. »Und sagen Sie bloß nicht, zur Polizei.«

»Ich hab' keine Ahnung«, knurrte Grimes. »Sagt Ihnen ›das Alte Haus‹ irgendwas?«

»Ich dachte, ich hätte Sie gebeten, mich in Ruhe zu lassen.«

Grimes massierte sich die Augen. Ein Zigarette wäre jetzt gut. Er fand eine und zündete sie sich an. Sie schmeckte wundervoll. Ein angenehmes, verschwommenes Gefühl breitete sich in seinem Kopf aus; bis ein Name aufblitzte.

»Holden Daggett«, sagte er.

»Was?«

Lenna starrte ihn an. Grimes zog seine Brieftasche heraus, suchte in den Fächern und fand die Karte. Er schob die Brieftasche wieder zurück und richtete das Licht der Taschenlampe auf die Visitenkarte. Nachdem er sie gelesen hatte, steckte er sie in seine Brusttasche, knipste die Taschenlampe aus und drehte den Zündschlüssel. Der Motor sprang an. Er schaltete die Scheinwerfer an.

»Also, wohin fahren wir?« fragte Lenna.

Grimes öffnete den Mund, um zu antworten, und erstarrte. Am äußersten Rand der Scheinwerferkegel sah er in der Dunkelheit zwei Lichtpunkte aufglühen. Ohne lange nachzudenken, stieß er die Tür auf, stieg aus und rief: »Gul! Entscheide dich endlich, verdammt noch mal!«

Nichts. Grimes wartete, und während er wartete, öffneten die dunklen Wolken über ihm ihre Schleusen, und ein wolkenbruchartiger Regenguß prasselte nieder. Grimes machte Anstalten, wieder in den Wagen zu steigen, doch es war schon zu spät: Seine Kleider klebten bereits klatschnaß an seiner Haut. Er blinzelte. Durch die silbernen Schleier, in die die Scheinwerfer den Regen verwandelten, waren die beiden Lichtpunkte nicht mehr zu sehen.

Dann ertönte aus dem Dunkel der niederprasselnden Nacht ein langgezogenes Heulen, ein klagendes *Juuu-wuuuhh-wuauu,* das Grimes' Blut gefrieren ließ und ihm ins Herz schnitt.

Er wartete noch eine Weile und wurde noch nasser. Doch Gul tauchte nicht auf.

»Viel Glück, alter Kumpel!« rief Grimes.

Er wischte sich den Regen aus dem Gesicht und stieg wieder in den Olds. Als er die Tür zuziehen wollte, trabte eine schwarze, geschmeidige Vierbeinergestalt mit naß glänzendem, tropfendem Fell gelassenen Schritts ins Licht der Scheinwerfer, um den Wagen herum und glitt an Grimes vorbei auf den Rücksitz.

Grimes konnte sich nicht erinnern, wann ihn irgend etwas so glücklich gemacht hatte.

»Na wunderbar«, schnaubte Lenna. »Haben Sie eine Vorstellung, wie ein nasser Hund stinkt?«

Gul schüttelte sich auf dem Rücksitz. Lenna erduldete es in eisigem Schweigen, das beredter war als alle Worte. Grimes knallte die Tür zu und lenkte den Wagen rückwärts auf die Asphaltstraße zurück. Guls Atem stieß feucht und warm in seinen Nacken.

»Er hat unseren Arsch gerettet«, sagte Grimes. »Zeigen Sie ein bißchen Dankbarkeit.«

»Sie haben noch immer nicht gesagt, wohin wir fahren«, murrte Lenna.

Grimes legte den Vorwärtsgang ein und lenkte den Olds in Richtung des Highway.

»Ich hab' mir sagen lassen, daß es dort schön ist – besonders im Frühling. Vorausgesetzt, man mag so was«, sagte Grimes.

»Und wo wäre das?« fragte Lenna.

»Eine Gegend in Georgia«, erwiderte Grimes, »die man das Ohoopee River Tiefland nennt.«

TEIL ZWEI

DAS OHOOPEE RIVER TIEFLAND

Der dicke Mann brennt.

Er wartet.

Und während er brennt und wartet, erinnert er sich.

Er erinnert sich an die Kälte des Stahls und die Gluthitze der Flammen, an das Knirschen von reißenden Sehnen und brechenden Knochen und an den unerträglichen Schmerz auf der Haut seiner Waden und Schenkel, an die wimmelnde Vermehrung mikroskopisch winziger Lebensformen, die danach trachteten, sich von ihm zu ernähren, und bei dem Versuch krepierten. Und obwohl er sich an all diese Dinge erinnert, erinnert er sich nicht an das Schreien und Stöhnen, obgleich es, wie er sich vorstellt, einiges davon gegeben haben muß, denn der Schmerz war ungeheuerlich. Der Schmerz war ungeheuerlich gewesen und war es noch immer. Doch seine Kraft hat ihm geholfen, die Hölle der Schmerzen zu überstehen – seine Kraft und sein Wille. Diese beiden Dinge – und auch das verzehrende Brennen in ihm.

Denn obgleich die Flammen schon seit langem erloschen waren, hat er nie zu brennen aufgehört. Jetzt brennt er innerlich; aus Enttäuschung und dem Bedürfnis, zu wissen, aus Machtlosigkeit und der Ungeduld des einst Mächtigen. Zäh tropft das Plop, Plop, Plop des Was-sein-könnte, und endlos dehnt sich das Immer-wieder-Fragen, was sein wird. Mit seiner linken Hand – seiner einzigen Hand – greift er aus seinem Schlupfwinkel hervor, doch er weiß weder – obgleich er es hofft –, was sie berühren, noch was diese Berührung bringen wird. In jeder oder in allen Minuten jeder einzelnen Stunde, die verstreicht, in jeder oder in allen der verrinnenden Sekunden eines jeden Monats, der vergeht, hätte ein schwächerer Mann als der dicke Mann seine geistige Gesundheit dahinfahren lassen und sich dankbar dem Wahnsinn anheimgegeben. Doch der dicke

Mann, von Blasen und Schwären und Narben übersät und mit einem Armstumpf geschlagen, wird sich diese Erlösung nicht erlauben. Er wird in unendlich kleinen Portionen die unendliche Schuld bezahlen, die niemals beglichen werden kann, bis zu dem Augenblick der Vollendung, an dem alle Schuld null und nichtig ist. Bis zu diesem Tag wird er nicht ermüden oder nachgeben – weder dem feigen Gejammere seines Organismus noch den süßen Versuchungen seiner Psychose. Denn es gibt eine höhere Macht als ihn – oder sie, diese Frau. Das weiß er, auch wenn er nicht daran glaubt. Er dachte – dies gesteht er sich ein – er dachte, er hätte die menschliche Gemeinschaft überwunden, indem er ihre heiligsten Tabus eines nach dem anderen zerschmetterte, in Blutbädern und Orgien, die ebenso wild wie sinnlos gewesen waren. Und nun hatte ihn sein Warten – mehr noch als das verzehrende Brennen in ihm – eines Besseren belehrt. Seine mannigfachen Verfehlungen – sein Tanz unter einer heidnischen Sonne im Reich menschlicher Gewalttätigkeiten, von dem er geglaubt hatte, es sei ein Teil von ihm geworden – waren nichts anderes als der Fluch, der Segen brachte: Ein glorreiches Opfer auf dem Altar der Macht, die ihn verdammte.

Bei diesem Gedanken lacht der dicke Mann glucksend auf, und sein Leib erbebt, und das Brennen versengt ihn von neuem, und er nimmt es hin als etwas, das ein Teil von ihm ist.

Sein eigener Trotz, seine Widerspenstigkeit macht ihn zum König der Spötter.

Und deshalb: Die Wahl zu treffen liegt bei ihm und steht unausweichlich bevor. Und in dieser Wahl liegt das Wissen, wenn nicht sogar der Glaube, vor dem er auf die Knie sinken muß. Seine Natur, sein innerstes Wesen, zertritt Bewußtsein und Gewissen unter dem Absatz ihres Stiefels und verlangt, daß er am Ende für den Handel geradesteht, ohne zu wissen, was in dem Leib heranwächst, den er mit der Zeit zu verachten gelernt hat. Sein eigener Fluch ist jetzt über ihm. Der volle Mond ist im Schwinden begriffen. Das Licht beginnt, durch die Bäume zu schimmern. Und der dicke Mann nimmt all seine Kraft zusammen, die einst unerschöpflich war, und wartet und brennt, während er wartet, und hat gebrannt für die, die er liebt.

Für die eine wie die andere.

Für sie beide.

Und für das Geheimnis, das sie umgibt.

Das Geheimnis, das ihn quält; von dem er fälschlich glaubte, darüberzustehen.

Die letzte Verfehlung, der er sich schuldig macht: Die Liebe, mit der er an sie denkt.

In seinem Schlupfwinkel.

EINS

Es goß wie aus Kübeln, dicke, schwere Tropfen, die den Highway gut fünf Zentimeter hoch unter Wasser setzten und ihre Höchstgeschwindigkeit um mindestens fünfzig Kilometer die Stunde verringerten. Auf dem Beifahrersitz des 88er Olds schlief Lenna Parillaud. Auf dem Rücksitz lag Gul, naß und stinkend, in einem ähnlichen Zustand des Vergessens hingestreckt. Womit es Cicero Grimes allein überlassen blieb, angestrengt durch die beschlagene Windschutzscheibe zu spähen und zu überlegen, was sie tun sollten. Die Luft im Wagen war stickig und wurde von Minute zu Minute schlimmer, und der Schweiß, der aus Haaren und Kleidern dunstete, kondensierte auf Glas und Holz und auf Grimes' Stirn. Der Olds hatte keine Klimaanlage. Grimes fischte sein Päckchen Pall Malls aus der Tasche. Sie waren so naß, daß sie sich nicht aus der Pakkung schütteln ließen. Das entschied die Angelegenheit. Mit der Geschwindigkeit eines Mountain-Bikers durch den strömenden Regen zu kriechen, war ein Unterfangen, das sich nur ein in Panik geratener Verlierer antun würde. Er war aus härterem Holz gemacht. Und er brauchte dringend eine Zigarette.

Als ein Stück weit voraus ein verschwommener Lichtklecks in der Dunkelheit irgendeine Art von Raststätte ankündigte, bog Grimes von der Straße ab und hielt auf dem Parkplatz. Lenna schlief weiter. Vielleicht träumte sie was Schönes. Gul hob den Kopf und sah Grimes an.

»Schlaf weiter«, sagte Grimes seufzend.

Gul machte die Augen zu und ließ den Kopf wieder auf die Pfoten sinken. Aus dem Fach in der Seitentür zog Grimes eine Straßenkarte und fand ihre ungefähre Position. Sie waren noch ein ganzes Ende von Georgia entfernt, wie er schon vermutet hatte, doch nicht sehr weit von der Hütte an der Grenze nach Mississippi, die Grimes früher einmal gemietet hatte. Er benutzte sie als Zufluchtsort, wenn er der Stadt überdrüssig war, und manchmal auch als Unterkunft für Patienten, die er zur Entgiftung hierher brachte. Schon lange, schon sehr lange war er nicht mehr dort gewesen. Sie würden dort unterschlüpfen können, bis der Sturm vorbei war, und Gelegenheit haben, ihre Klamotten zu trocknen und einigermaßen die Fassung wiederzuerlangen – zumindest hoffte er dies. Er sah zu den Lichtern der Leuchtreklame draußen empor: eine Tag-und-Nacht-Tankstelle mit rund um die Uhr geöffnetem Supermarkt. Als er die Wagentür öffnete, schoß Guls Kopf erneut in die Höhe.

»Bleib«, sagte Grimes. »Ich komm wieder.«

Gul blieb, wo er war, und Grimes wurde wieder naß, als er den Olds volltankte. Er ging in den Laden. Dort angelte er sich ein Quart Tropicana und eine Stange Pall Malls vom Regal und ging dann zum Kühlschrank hinüber. Als er sich vornüberbeugte, um zwei Pfund in Styropor und Plastik verpackte Steaks aus dem Fach zu holen, drückte der Revolver in seinem Gürtel schmerzhaft gegen seinen Bauch. Er knöpfte seine Jacke zu. Mit einem Lächeln im Gesicht ging er auf den Burschen hinter der Kasse zu und hoffte, daß die Cops nicht schon unterwegs waren.

»Schlimme Nacht da draußen«, brummte Grimes freundlich.

»Hier drin ist jede Nacht schlimm, Kumpel«, maulte der Typ hinter der Kasse.

Grimes nickte mitfühlend, zahlte mit feuchten Scheinen und sah zu, daß er wegkam.

Als sie eine halbe Stunde später vor Grimes' Hütte hielten, hatte der Regen noch kein bißchen nachgelassen. Die Hütte lag zwar nicht am Ende der Welt, etwa fünfzig Meter entfernt stand ein weiteres Haus, aber sie war ruhig. Lenna rührte sich noch immer nicht. Grimes stieg aus. Gul sah ihn erwartungsvoll an; erst als Grimes mit der Zunge schnalzte, sprang er, über die Sitzlehne hinwegsetzend, aus dem Wagen. Während Grimes nach seinen Schlüsseln kramte und die Tür der Hütte aufschloß, verschwand Gul in der Dunkelheit, um nachzuschauen, ob es etwas oder jemanden gab, der sich mit ihm anlegen wollte. Nachdem er in der unmittelbaren Umgebung der Hütte nichts dergleichen entdeckt hatte, kam er zurück, und als Grimes über die Schwelle trat, folgte Gul ihm auf den Fersen und schüttelte sich ausgiebig in der Mitte der Wohnküche. Grimes nahm den neuerlichen Schauer wortlos hin, knipste den Hauptschalter für den Strom an, packte seine Einkäufe auf die Frühstückstheke und goß einen Pott Wasser in die Kaffeemaschine. Die Atmosphäre der Hütte war – wie immer, wenn er lange nicht hier gewesen war – vertraut, wenn auch unbewohnt und ein wenig verstaubt, doch nach dem Regen war sie um kein Jota weniger behaglich als eine Suite im Royale. Im Schrank fand Grimes einen Regenmantel und ging nach draußen, um Lenna aus dem Wagen zu holen.

Sie wachte auf, als er die Wagentür öffnete.

»Wo sind wir?« fragte sie schlaftrunken.

Ihr Blick war verschwommen und die Augen geschwollen. Grimes kam zu dem Schluß, daß sie sicher irgendwelche Tabletten nahm, aber das war nicht sein Problem. Er nickte mit dem Kopf über die Schulter zur Hütte hinüber.

»Erholungspause«, sagte er. »Die Hütte gehört mir. Es ist sicher hier.«

Er half ihr, auf die Beine zu kommen, und legte ihr den Regenmantel über die Schultern, während er sie nach drinnen führte. Dort setzte er sie aufs Sofa und gab ihr ein Glas Orangensaft. Sie blickte sich in dem sparsam möblierten Raum um, als befinde sie sich in einem mexikanischen Gefängnis.

»Sie wohnen hier?« fragte sie mitleidig.

»Manchmal«, brummte Grimes. »Wenn ich ein wenig ausspannen will.«

Grimes ging in eines der beiden kleinen Schlafzimmer, legte den Revolver und den Inhalt seiner Taschen auf den Nachttisch und zog die nassen Kleider aus. Während Gul in dem Zimmer herumschnüffelte, kramte Grimes ein Paar Jeans und einen Pullover aus der Kommode und zog beides an. Aus einem Wandschrank holte er seinen Erste-Hilfe-Kasten und nahm ihn, zusammen mit den nassen Klamotten, mit in die Wohnküche. Lenna hatte ihren Orangensaft ausgetrunken und sah eine Spur wacher aus. Grimes stellte den Erste-Hilfe-Kasten auf den Tisch. Lenna stand auf.

»Würde es Ihnen was ausmachen, mir zu sagen, was Sie vorhaben?« fragte sie.

Allmählich gewöhnte sich Grimes an ihren trockenen, immer auf Konfrontationskurs gesteuerten Sarkasmus. Es ist nur ihre Art, sagte er sich, es bedeutet nicht, daß du ihr auf die Nerven gehst oder etwas dergleichen.

»Ich dachte, es könnte nichts schaden, wenn wir erst mal zu uns kommen und versuchen, wieder einen klaren Kopf zu kriegen«, sagte Grimes. »Zumindest ich hab' das dringend nötig.

»Mit anderen Worten, Sie wissen es nicht«, bemerkte Lenna spitz.

»Das würde ich nicht sagen«, entgegnete Grimes.

»Sie fangen an, mir auf die Nerven zu gehen«, zischte Lenna.

Grimes ging zum Trockner neben dem Ausguß, warf seinen Anzug hinein und machte das Gerät auf der niedrigsten Stufe an.

»Ich möchte meine Klamotten trocknen, dem Hund das Ohr annähen und in Ruhe überlegen, wie wir tausend Kilometer hinter uns bringen können, ohne abgeknallt zu werden oder noch schlimmeres. Dann würde ich mich auch gerne eine Stunde hinlegen.«

»Sie wollen dem Hund das Ohr wieder annähen?«

Lenna starrte ihn an, als sei er verrückt geworden.

»Es wäre einfacher, wenn Sie uns für 'ne Weile allein lassen. Er wäre dann nicht so nervös.«

»Gibt's hier irgendwo ein Bad, wo ich den Geruch von Jack Seed abwaschen kann?«

Grimes deutete auf eine Tür. »Das Bad ist da hinten. Sie finden dort auch einen Bademantel.«

Lenna ging ins Badzimmer und machte hinter sich die Tür zu. Grimes seufzte erleichtert und riß eine der Pakkungen mit den Steaks auf. Gul kam herbeigetrabt, machte vor ihm Platz und leckte sich die Lefzen. Grimes nahm ein 400-Gramm-Steak heraus und zeigte es ihm.

»Sitz«, sagte Grimes.

Er ging zum Tisch hinüber, und Gul beobachtete mit traurigen Augen, wie Grimes das Fleisch auf den Tisch legte. Aus dem Erste-Hilfe-Kasten nahm er eine Spritze, eine Ampulle Lidocain und ein Päckchen mit chirurgischem Nähzeug. Er zog das Lidocain in die Spritze, riß das Päckchen mit Faden aus Darmsaite der Stärke zwei auf und klemmte die Nadel in einer Pinzette fest. Dann nahm er das Steak wieder vom Tisch und wandte sich Gul zu.

»Okay, Kumpel«, sagte Grimes.

Gul zögerte und trottete dann gemächlichen Schritts zu Grimes hinüber, als wollte er sagen, daß er an dem Fleisch gar nicht mehr so sehr interessiert sei. Doch als Grimes das Steak fallen ließ, schnappte er es in der Luft und schlang es, zwei- oder dreimal zubeißend, in einem Stück hinunter. Grimes verdrängte eine Sequenz beunruhigender Bilder aus dem Betongefängnis aus seinem Kopf und setzte sich auf einen Stuhl. Mit zwei Händen packte er Guls Nackenfell, zog ihn zwischen seine Beine und sah dem Hund direkt in die Augen.

»Hör zu«, sagte er. »Wir können dich nicht mit halb herabhängendem Ohr rumlaufen lassen. So nimmt dich keiner mehr ernst. Ich werd's dir wieder anflicken. Es wird weh tun, aber du packst das schon. Danach tut es viel weniger weh als jetzt. Okay?«

Grimes war froh, daß sich Lenna nicht im Zimmer aufhielt; er wäre sich idiotisch vorgekommen, wenn sie diese Unterhaltung mitbekommen hätte. Gul sah ihn eine Weile unverwandt an, dann blinzelte er.

»Guter Hund«« sagte Grimes.

Er untersuchte die Wunde. Sie war ziemlich sauber, aber es fehlten einige kleinere Partien Haut, und an den Rändern war sicher einiges tote Gewebe, das entfernt werden mußte. Er schraubte die Flasche mit Antiseptikum auf, beträufelte damit einen Wattebausch und tupfte die Wunde ab. Gul versuchte, sich ihm zu entziehen, und knurrte.

Grimes zog ihn wieder zwischen seine Beine und vermied es, dabei Guls entblößte Fänge anzusehen.

»Ich weiß«, brummte er, »ich weiß. Es dauert nicht lange.«

Grimes säuberte die Wunde, bis alle Haare und sämtlicher Schmutz entfernt waren, und griff nach der Spritze. Gul versuchte erneut, sich ihm zu entziehen. Grimes zerrte ihn zwischen seine Beine zurück.

»Vertrau mir«, brummte Grimes. »Das ist ein Lokalanästhetikum. Halt jetzt still und nimm es wie ein Mann.«

Gul setzte sich. Grimes stach die Nadel mehrmals entlang des Wundrands in die Außenseite von Guls Ohr, wobei er jedesmal einige Tropfen des Narkotikums aus der Spritze drückte. Die ganze Zeit gab er dabei ein, wie er hoffte, beruhigendes Brummen von sich.

»Du bist ein tapferer Soldat, Kumpel, ein echter Soldat, und du hast mir vorhin das Leben gerettet. Das vergesse ich dir nicht, nein Sir. Wir brauchen dich bei dieser Geschichte, verstehst du? Ja – wir brauchen dich dringend. Wir brauchen jemanden, der weiß, wie er mit sich selber zurechtkommt. Herrgott! Du und ich, wir sind die einzigen hier, die nicht völlig ausgeflippt und verrückt sind. Guter Hund, braver Hund.«

Zu Grimes' Erstaunen und großer Erleichterung hielt Gul absolut still, während er den Rest des Anästhetikums entlang des Wundrands an der Innenseite des Ohrs injizierte.

»So … Das Schlimmste ist vorbei«, sagte Grimes.

Gul bedachte ihn mit einem Wie-kannst-mir-so-was-antun-Blick. Grimes murmelte beruhigend und kraulte Guls Nacken, während er wartete, bis das Narkosemittel zu wirken begann, dann nahm er die Schere, schnitt das tote Fleisch von den Wundrändern ab und setzte acht Stiche. Während der ganzen Zeit murmelte er mit leiser, beruhigender Stimme etwas vor sich hin, das auch für ihn keinen Sinn ergab, doch Gul ließ alles über sich ergehen, ohne sich zu rühren. Während er konzentriert arbeitete, ließ sich Grimes einige Dinge durch den Kopf gehen.

Sein Vater hatte inzwischen drei Stunden Vorsprung vor ihnen und war außerdem vermutlich auch nicht in den Sturm geraten. Sie würden ihn nie einholen. Vorausgesetzt natürlich, daß sie überhaupt in derselben Richtung unterwegs waren. Soviel Grimes wußte, lag das Alte Haus irgendwo in Mexiko, und George hatte sicherlich schon die Hälfte von Texas hinter sich gebracht. Holden Daggett war das einzige Verbindungsglied, das sie hatten, doch Grimes glaubte, daß der Anwalt eine vielversprechende – wenn auch ihre einzige – Möglichkeit war. Clarence Jefferson mußte Daggett seit Jahren vertraut haben, wenn er ihm die Vollstreckung seines letzten Willens und Testaments überlassen hatte. Es war auch nachvollziehbar, daß Jefferson sich mit seinem Anliegen nicht an irgendeinen Winkeladvokaten in der Stadt gewendet hätte. Grimes hoffte außerdem, daß Daggett, wenn Jefferson ihm so weit vertraut hatte, wahrscheinlich wußte, wo das Alte Haus lag. Falls er es nicht wußte, blieb Grimes nichts anderes übrig, als sich vor den Fernseher zu setzen und CNN zu schauen, bis er in den Nachrichten wieder was von George Grimes, dem letzten der Desperados, hören würde.

»Es sähe diesem alten Bastard ähnlich, wenn er sich auf seine alten Tage noch zu einer Art Nationalheld mausern würde – oder nicht, Kumpel?«

Ohne den Kopf zu bewegen, verdrehte Gul die Augen nach oben und sah ihn an. Grimes schnitt den Faden durch, stutzte die Enden des letzten Knotens und legte die Pinzette und die Nadel beiseite. Er besah sich sein Werk.

»Der Teufel soll mich holen, wenn du jetzt nicht verdammt gut aussiehst«, sagte Grimes. »Komm her.«

Er breitete die Arme aus, und Gul legte seine Vorderpfoten auf seine Knie und leckte ihm das Gesicht. Grimes kraulte ihm die Flanken, irritiert darüber, wie gut sich die Dankbarkeitsbezeugungen des Hundes anfühlten.

»Du bist ein Arschloch«, brummte Grimes, um vor sich selbst seine Verlegenheit zu überspielen. »Aber jetzt bist du wenigstens ein hübsches Arschloch.«

»Ich schätze, damit sind Sie jetzt zu zweit«, sagte Lenna.

Grimes sah auf. Lenna stand, in einen weißen Bademantel gehüllt, der bis zu ihren Knöcheln reichte, in der Tür zum Badezimmer. Ihr Haar war naß und gekämmt. Der glasige Schimmer in ihren Augen war verschwunden; stattdessen entdeckte Grimes dort eine tiefe Traurigkeit. Sie lächelte, doch die Traurigkeit blieb.

»Sitz, Kumpel«, sagte Grimes zu Gul.

Er stand auf, ging zur Küchentheke und riß ein zweites Steakpaket auf. Er warf den Brocken Fleisch vor Gul auf den Boden.

»Friß«, sagte er. »Und sei ein braver Hund.«

»Das war nett, was Sie mit dem Hund gemacht haben.«

»Danke.«

Lenna ging zum Ofen und goß sich aus dem Pott der Filtermaschine eine Tasse Kaffee ein.

»Ich hab' unter der Dusche nachgedacht«, sagte sie. »Dieses komische Vehikel, das Sie da draußen stehen haben, ist leicht zu entdecken, und Atwater weiß, daß es Ihr Auto ist.«

»Dieser kleine Scheißkerl kann die Cops genauso wenig in Anspruch nehmen wie wir.«

»Es ist nicht dieser kleine Scheißkerl, der mir Sorgen macht«, sagte Lenna.

»Wer dann?«

»Mein Mann. Filmore Faroe.«

Der Name ließ in Grimes' Gedächtnis ein paar vage Erinnerungen an das aufsteigen, was sein Vater über die Faroes gesagt hatte: Eine Familie, die verdiente, auszusterben. Ein Mann des Ku-Klux-Klan und ein Faschist. Vielleicht erinnerte Grimes sich auch falsch – er hatte nicht sonderlich achtgegeben –, aber er glaubte, George hätte gesagt oder zumindest angedeutet, daß Filmore Faroe tot sei.

»Ich dachte, er ist tot«, sagte Grimes.

»Offiziell ist er das. Aber Fil lebt. Er ist so lebendig wie Sie und ich und vermutlich sehr wütend auf uns.«

»Was haben wir ihm getan?«

Lenna ging mit ihrem Kaffee zum Sofa und setzte sich. »Hören Sie, ich betrachte Sie nicht mehr als meinen

Arzt – verstehen Sie? Andernfalls ist das alles völlig unmöglich für mich. Ich hab' genug von all diesem aufgesetzten Empathie-Schwachsinn.«

»Ist mir auch recht«, sagte Grimes.

»Sie haben mich angelogen, was Clarence Jefferson betrifft.

Grimes beschloß, sie beim Wort zu nehmen.

»Im nachhinein betrachtet«, sagte er, »hat mir das auch nicht viel geholfen. Ich habe Sie nicht darum gebeten, mir Rufus Atwater auf den Hals zu schicken, oder darum, daß mein dreiundsiebzigjähriger Vater zwei von seinen Männer niederschießen und dann untertauchen mußte. Ich entschuldige mich nicht.«

»Das erwarte ich auch nicht. Aber Sie haben Clarence Jefferson gekannt?«

»Clarence Jefferson war ein Teufel, der stets seinen Teil verlangt – und immer bekommen hat.«

»Wie gut haben Sie ihn gekannt?«

Grimes riß ein trockenes Päckchen Pall Mall auf, setzte sich auf den Stuhl und zündete sich eine an. Gul kam angetrottet und vergrub seine Schnauze zwischen Grimes' Schenkeln. Grimes legte ihm die Hand auf den Rücken und schob ihn sanft weg.

»Platz, Kumpel.«

Gul gehorchte. Das Summen des Wäschetrockners im Hintergrund, das monotone Trommeln des Regens auf dem Dach, Lenna, die sich mit ihrem Kaffee in der Hand auf dem Sofa zusammenrollte und der zufrieden gähnende Hund zu seinen Füßen: all dies trug dazu bei, daß Grimes ein surreales Gefühl von Häuslichkeit überkam. Bevor er Gefallen daran finden konnte, dachte er über Lennas Frage nach. Sie war nicht leicht zu beantworten.

»Ich hatte nur einmal mit Jefferson zu tun, aber das vierundzwanzig Stunden lang«, sagte Grimes. »In einem Ort, der Bad City heißt. Das Warum und Wozu ist nicht wichtig – zumindest nicht für Sie. Um eine lange Geschichte kurz zu machen: Er hat versucht, mich umzubringen, und ich habe ihn getötet.«

»Sie?« rief sie. »Sie haben Clarence Jefferson getötet?«

Zum erstenmal, seit er sie kannte, stand ihr der nackte Schock ins Gesicht geschrieben.

»Ich wollte nicht, daß es so klingt, als wäre es einfach gewesen«, sagte Grimes. »Ich hab' ihm ein Messer in den Bauch gerammt und ihn in einer Hütte liegen lassen, die vor meinen Augen niedergebrannt ist. Ich schätze, ich hatte einfach Glück.«

»Glück ist etwas, das Jefferson nie hatte. Er hat es einfach nicht zugelassen.«

»Glück kann jeder haben, vor allem jemand, der gern Spiele spielt. Er hat mir einen Brief geschickt, eines von diesen Nur-im-Falle-meines-Todes-zu-öffnen-Schreiben. Ich bekam es vor kurzem. Sieht so aus, als hätten Sie auch einen Brief bekommen.«

So ruhig sie dies vermochte, sagte Lenna: »Was steht in dem Brief?«

Grimes entging die Verzweiflung nicht, die sich in ihr Gesicht gegraben hatte. Das verwirrte ihn. Warum sollte eine wie sie an Jeffersons *Corpus delicti* interessiert sein? Aber schließlich fiel ihm kein Grund ein, ihr nichts davon zu sagen.

»Ich nehme an«, sagte Grimes, »Sie wissen von diesem Haufen von Beweisen, die er beiseite geschafft hat?«

Lenna nickte.

»In dem Brief steht, wie ich sie finden kann.«

Lenna blinzelte nicht einmal.

»Er schreibt, die Beweise würden eine Menge wichtiger Leute das Leben schwer machen«, fuhr Grimes fort. »Und daß einige dieser Leute – einflußreiche, mächtige Leute – versuchen würden, die Beweise in ihre Finger zu kriegen. Jefferson wollte, daß ich das gesamte Beweismaterial den Medien übergebe. Er hat die *Washington Post* empfohlen.«

»Und?«

»Ich fand die Idee nicht besonders verlockend, aber ich war so dumm, meinem Vater, George, davon zu erzählen, und er sah das Ganze ein wenig anders. Er hat den Brief aus meinem Jackett gestohlen und ist verschwunden, um selber die Beweise zu holen.«

»Das ist alles? Alles, was im Brief stand?«

»Hören Sie, wenn ich den Brief noch hätte, könnten Sie das verdammte Ding von mir aus haben. Sie können sich gar nicht vorstellen, wie wenig mich Jeffersons beschissene Beweise interessieren oder was Sie oder sonstwer damit anfangen möchten. Wenn wir sie vor George finden – was ich bezweifle, weil ich keine Ahnung habe, wo das Alte Haus ist – gehören sie Ihnen, okay? Ich will nur nicht, daß mein Vater von solchen Typen wie Ihrem Rufus Atwater durch die Mangel gedreht wird.«

Die Verzweiflung in Lennas Gesicht schien noch größer zu werden. Grimes hatte das Gefühl, daß sie gar nicht verstand, wovon er sprach. Er versuchte noch einmal, es ihr plausibel zu machen.

»Wir fahren nach Georgia, um den Mann zu finden, der mir den Brief ausgehändigt hat: Holden Daggett, ein Anwalt. Ich wette, daß Daggett weiß, wo das Alte Haus ist, auch wenn er vielleicht keine Ahnung hat, was dort versteckt liegt. Mit etwas Glück gehört Jeffersons Beweismaterial bald Ihnen. Dann können Sie sich gegen Ihren Mann zur Wehr setzen und noch eine Milliarde machen, und ich kann vergessen, daß ich Sie jemals getroffen habe, und zu meinem Leben zurückkehren, das viel angenehmer war, als mir je bewußt geworden ist.«

Grimes stand auf und marschierte im Zimmer umher. Er blieb am Fenster stehen und kehrte ihr den Rücken zu. Sich ärgern war Energieverschwendung. Er zog gierig an seiner Zigarette.

»Dr. Grimes«, sagte sie hinter ihm. »Mir sind Jeffersons gesammelte Beweise ebenso egal wie Ihnen, glauben Sie mir. Aber er hat gesagt, daß Sie über alles Bescheid wissen. Ich muß es wissen. Alles.«

Er drehte sich um. Die Verzweiflung in ihren Augen war ebenso abgrundtief wie zuvor, nur erregte sie jetzt sein Mitleid. Er wußte nicht, weshalb. Unter der angestrengten Festigkeit ihrer Stimme konnte er ein unterdrücktes Schluchzen hören. Grimes ging zu dem Stuhl und setzte sich.

»Sie müssen mir verzeihen«, sagte Lenna. »Aber ich kann Ihnen nicht alles sagen, was ich weiß. Noch nicht. Obwohl ich es gerne täte.« Sie preßte ihre Lider zusammen. »Wirklich gerne, glauben Sie mir.«

Langsam faßte sie sich wieder und sah ihn an. »Aber ich kann Ihnen nicht trauen. Es ist zu wichtig. Es ist zu gefährlich.«

»Lenna«, sagte Grimes, »der Grund, warum ich Sie in dem Käfig gefunden habe, ist der, daß ich nach Arcadia zurückgefahren bin, um Sie um Hilfe zu bitten. Ich möchte meinen Dad finden – verdammt soll er sein. Mir geht diese ganze Angelegenheit ebenso an die Nieren wie Ihnen.«

»Nein, das tut sie nicht«, erwiderte sie. »Ohne Ihnen zu nahe treten zu wollen, das kann sie gar nicht.«

Und mit einem kalten Schauer, der ihm über den Rükken lief, sah Grimes etwas Furchtbares in ihren Augen und glaubte ihr.

Er ließ sich Jeffersons Brief noch einmal durch den Kopf gehen: der Amboß der Gerechtigkeit, die große Apokalypse, das Alte Haus, das Mädchen, das wußte, wo es lag, die Kombination zu dem Safe, die *Post*. Er irrte sich nicht. Daggett war die einzige Spur, die sie hatten.

Grimes zuckte mit den Schultern und sagte: »Jefferson hat mir nicht gesagt, wo das Alte Haus ist. Er wollte, daß mich ein Mädchen dort hinführt.«

»Ein Mädchen?« Lenna legte eine Hand auf ihre Brust.

»Eine junge Farbige. Aber mein Vater war vor mir bei ihr. Jefferson schrieb, daß das Mädchen ›ein Teil von ihm‹ sei. Ich hab' das so verstanden, daß sie seine Tochter ist – seine illegitime Tochter.«

Leise, sehr leise sagte Lenna: »Hat er Ihnen ihren Namen genannt?«

»Ella MacDaniels«, sagte Grimes.

Noch leiser – kaum hörbar – flüsterte Lenna: »Ella.«

»Sie ist neunzehn Jahre alt. Eine Sängerin.«

Lenna wandte das Gesicht ab und schien gegen die

Tränen anzukämpfen – lange Zeit. Dann hob sie den Blick und sah ihn an.

»Sie ist nicht Clarence Jeffersons Tochter«, sagte Lenna, als bereite ihr die Vorstellung Übelkeit.

Grimes sagte nichts darauf. Der kalte Schauer kroch wieder über seinen Rücken.

Lenna richtete den Blick nach oben, in weite Ferne: auf irgendein Bild in ihrem Innern, weit, weit weg in Raum und Zeit. Grimes sah, daß Tränen in ihren Augen schimmerten. Er wartete. Lenna blinzelte die Tränen fort und holte tief Luft.

»Als ich Filmore Faroe kennenlernte, war er sechsunddreißig, gutaussehend, charismatisch und reich. Und ich glaubte – und glaube es noch immer, daß er, soweit er dazu fähig ist, mich geliebt hat. Ich war mit rotem Kopf durch den Debütantinnenball getaumelt und hatte ein paar Verabredungen mit unreifen Jungs, aber ich hatte noch nie mit einem Mann geschlafen. Ich habe ihn geheiratet, ohne wirklich zu wissen, warum.«

Sie verstummte und schluckte schwer, und mit einemmal wußte Grimes, warum sie so verzweifelt war.

Lenna sagte: »Ich war damals auch neunzehn.«

ZWEI

Ella MacDaniels zog den Hahn des 45er Colts mit dem Daumen zurück und drückte den Abzug. Der Hahn schnappte mit einem metallischen Klicken nach vorn. Sie hatte diesen Bewegungsablauf inzwischen etwa fünfzigmal wiederholt, und ihre Hand fing an, weh zu tun. Sie legte die Waffe auf ihren Schoß und massierte ihren Zeigefinger und den Daumenballen. George warf ihr einen Blick von der Seite zu.

»Vielleicht sollten Sie mal 'ne Weile damit aufhören«, sagte er. »Man kriegt schneller Blasen, als man glaubt.«

Sie hatten den Mississippi überquert, soeben die Vororte von Mobile, Alabama, hinter sich gelassen und fuhren jetzt auf der I-65 nach Norden. Für ein paar Augenblicke war Georges Gesicht in das gespenstische Licht eines vorbeidonnernden Sattelschleppers getaucht, der nach Süden fuhr, dann versanken seine Züge wieder im Schatten.

»Okay«, sagte Ella.

Sie legte die Hand wieder auf die Waffe, um sich daran zu gewöhnen, wie sie sich anfühlte, aber sie spannte und drückte sie nicht mehr ab. Sie hatte noch nie zuvor eine Waffe in der Hand gehabt, und das Vergnügen, das sie empfunden hatte, war beunruhigend für sie gewesen, wenn auch nicht so sehr, daß es ihr den Spaß verdorben hätte. Der Colt war wunderschön gearbeitet und konzipiert – wer immer es gewesen war, der ihn entworfen und konstruiert hatte –, soviel sah sie; aber das Vergnügen lag in etwas anderem als nur in seiner Schönheit. Sie hatte schon andere schöne Dinge in Händen gehabt, aber nichts davon hatte sich so angefühlt, wie dieser schwere, schwarze Colt aus Stahl. Jetzt verstand sie, warum Waffen ein Übel waren und warum Menschen mit Verstand ihren Besitz kontrollieren wollten, denn es war ein verbotenes Vergnügen, das dem Bösen selbst entsprang: dem Bösen der Macht und der Macht des

Bösen. Ella nahm den Colt in die Hand und bewegte ihr Handgelenk auf und ab und hin und her, um sein Gewicht zu spüren. Sie dachte noch ein wenig länger darüber nach.

Sie glaubte daran, daß es richtig war, ihre Seele den Dingen zu öffnen, die sie fühlte – in ihrem Herzen, ihrem Bauch und ihrem ganzen Körper –, ohne davor zurückzuschrekken. Sie erwartete nicht, daß alles, was sie in ihrem Leben fühlen würde, nur Gutes sein könnte. Sie war Sängerin und eine aufrichtige Sängerin dazu, und jeder, der seinen Song mit Aufrichtigkeit sang, legte Wert auf das Feeling in dem Song – ohne Wenn und Aber. Wer das nicht tat, war ein schlechter Sänger oder – was dasselbe war – überhaupt kein Sänger. Die Musik, die sie als die ihre empfand, handelte nicht nur von Liebe und Sex und gebrochenen Herzen und Schmerz. Es ging natürlich meist um solche Dinge, aber sie hatte auch schon andere Songs gesungen, schwierige, fiese und gemeine Songs, die von Verletztheit und Haß handelten, und von dem Wunsch, sowohl im Text wie auch in der Musik, jemandem weh zu tun. Und weil sie eine aufrichtige und echte Sängerin war und den Song respektiert hatte, hatte sie die Gemeinheit in ihren Knochen gefühlt und gewollt, daß jemand weh getan wurde – nicht irgend jemand bestimmtem, sondern allen, für die der Song gedacht war. Oder vielleicht war er auch für niemanden gedacht – sie wußte es nicht; das einzige, was sie wußte, war, daß es darauf ankam, den Song zu fühlen.

Und so öffnete sie sich dem Lied des Colts, und es war einer der gemeinen, miesen Songs. Dies war die Wahrheit, die in ihm lag, und so verstand sie, was sie fühlte, als sie den Colt in ihrer Hand drehte. Wie bei den Tönen, die sie in ihrer Brust und ihrer Kehle erzeugen konnte, war diese Wahrheit zum Teil in ihr und zum Teil in der Musik, und immer in beidem: und jeder Teil hatte eine gewisse Macht über den anderen. Sie sah auf den Colt hinab, blau-schwarz schimmernd, ölig, schwer und kalt in ihrer Hand. Er ließ ihre Hand schlanker aussehen, und ihr fiel nichts ein, das denselben Effekt gehabt hätte. Der Colt verlieh ihr so schlanke Hände wie noch nie. Er tanzte mit ihr. Er war wie die üblen Kerle und schlimmen Finger, die sie im Club gesehen und mit denen sie auf der Stelle hatte vögeln wollen; es aber nicht getan hatte, weil sie miese Typen waren, Frauenhasser und Crackfreaks und Zuhälter, mit einer endlosen Reihe von beliebig austauschbaren Mädchen, die an die Stelle der zuvor gevögelten und nach noch mehr Erniedrigung verlangenden Tussi traten. Das war nicht ihr Metier. Sie hatte nicht die Zeit, für jemanden den Affen zu machen. Der Colt war durch und durch übel. Wäre sie nicht in der Situation gewesen, in der sie war, hätte sie zu dem Colt spontan und rundheraus gesagt: Nein, danke, Slim, und ihn nie wieder in die Hand genommen. Doch so wie die Dinge lagen, würde sie so lange mit ihm tanzen, wie sie mußte, und keine Sekunde länger. Sie würde sich von ihm nicht bange machen lassen, aber sie würde sich ihm auch nicht hingeben.

Sie sah zu George hinüber, und der Colt erschien ihr auf einmal nicht mehr ganz so mies. George war ein Tänzer; zu diesem Schluß war sie gelangt. Während der ersten zwei Stunden ihrer Fahrt durch die Nacht war sie aus ihm nicht schlau geworden. Sie hatte nicht gewußt, woher, zum Teufel, er kam. Dann hatte sie begriffen, daß er – anders als so ziemlich jeder, dem sie jemals begegnet war – von nirgendwo herkam, sondern nur dort war, wo er war. Ebensolange hatte sie gebraucht, zu verstehen, daß er sie behandelte, als stufe er sie auf der höchsten Ebene ein, die er kannte: die, auf der er war. Er sagte ihr offen, was er dachte; er ließ ihr Zeit, sich zu entscheiden, und wenn sie sich entschieden hatte, versuchte er nicht, sie zu was anderem zu überreden. Das war so aufrichtig, so wahrhaftig; es war unheimlich.

Wie zum Beispiel das mit der Waffe: Sie hatte ihm wegen des Colts Fragen gestellt, und er hatte ihr geantwortet; dann hatte sie ihn gebeten, ihn ihr zu geben, und er hatte ihn entladen und ihn ihr hinübergereicht und erklärt, was sie dazu wissen mußte. War er deshalb verantwortungslos und verrückt? fragte sie sich. Dann, als sie den Hahn spannte, um zum erstenmal den Abzug durchzudrücken, hatte George gesagt: »Der einzige Grund auf der ganzen

Welt, dieses Ding in die Hand zu nehmen, ist, wenn Sie ganz tief in Ihren Eingeweiden wissen – und ich mein nicht irgendwo im Magen, sondern viel tiefer –, daß Sie, wenn der Augenblick kommt, einen Menschen zu töten, es auf der Stelle und ohne Zögern und Zaudern tun können. Das ist etwas, das man wissen muß – und wissen sollte, bevor dieser Augenblick eintritt. Wissen Sie das nicht, dann ist es für Sie viel sicherer, keine Waffe in die Hand zu nehmen. Denken Sie darüber eine Weile nach.«

Jetzt, als sie ihn ansah, sein schmaler Schädel nur ein Schatten im Widerschein ihrer Scheinwerfer auf der Straße, wandte er sich ihr zu und fragte: »Und? Können Sie es tun?«

Ella war klar, daß George wissen würde, wenn sie ihn anlog.

»Ja«, sagte sie leise. »Ich kann es tun.«

»Gut«, sagte George. »Wir fahren bei Mitch vorbei; vielleicht gibt er uns Gelegenheit für ein kleines Übungsschießen, damit Sie den Rückschlag spüren können.«

»Wer ist Mitch?« fragte sie.

»Entschuldigen Sie«, sagte George. »Ich hab' die ganze Zeit hin und her überlegt; ich dachte, ich hätte es Ihnen gesagt. Mitch ist ein alter Kumpel von der Gewerkschaft; wohnt nur ein paar Meilen von dieser Straße, nicht weit von Greensville. In den sechziger Jahren haben er und ich den Streik in einer Konservenfabrik organisiert, die Schwarzen weniger zahlte als Weißen, in der Sicherheit am Arbeitsplatz ein Fremdwort war und auch sonst noch einiges schief lag. Unter Reagan haben sie dann die Gewerkschaft wieder hinausgeworfen – überall das gleiche Lied –, aber wenigstens konnten sie die Uhren nicht mehr so weit zurückdrehen, wie sie es gerne getan hätten.«

Georges Gedanken schienen für eine Weile abzuschweifen, doch dann holte er sie mit einem Seufzen zurück und knurrte:

»Wie auch immer, ich schätze, die Cops sind nicht hinter uns her – dank Ihnen –, und Georgia ist morgen früh auch noch da. Wir können uns also ein paar Stunden Ruhe gönnen. Ich hab' sie dringend nötig, auch wenn Sie sich noch so munter wie ein Fisch im Wasser fühlen. Mitch wird uns außerdem ein anderes Auto geben. Wir sollten nicht das Risiko eingehen, daß vielleicht doch irgendwer hinter dem hier her ist.«

Ella filterte die Hälfte von dem, was er gesagt hatte, durch den Schleier ihrer eigenen Unwissenheit. Keiner, mit dem sie sich je länger unterhalten hatte, hatte ihr so sehr das Gefühl vermittelt, so wenig über die Welt – oder zumindest ihre Vergangenheit – zu wissen. Ihre eigene Welt kannte sie gut genug. Aber Tarawa, Gewerkschaften, niedrigere Löhne für Schwarze? Sogar Reagan war nur eine verschwommen erinnerte Comicfigur aus ihrer Kindheit. Sie schämte sich nicht, weil sie diese Dinge nicht wußte; sie fühlte nur, daß ihre Neugier angestachelt wurde; vor allem wegen der Überzeugung, mit der George über diese Dinge sprach.

»Es ist mitten in der Nacht. Wird Mitch nicht überrascht sein?« fragte sie.

George lachte glucksend. »Sicher sogar, aber nicht so sehr, daß er es sich anmerken läßt. Ich hab' schon öfters versucht, ihn zu überraschen.«

»Ich muß Sie etwas fragen«, sagte Ella.

»Nur zu.«

»Hat es Ihnen Spaß gemacht, die beiden Männer vorhin zu töten?«

»Das ist eine gute Frage.« George dachte darüber nach.

Dann sagte er: »Ich habe lange Zeit nichts getan – oder vielmehr nichts, das mir das Gefühl gab, was zu tun. Fast so lange, wie Sie auf dieser Welt sind, Ella.« George rollte seine Schultern. »Jetzt tue ich wieder was, und es fühlt sich verdammt gut an. Sie können nicht wissen, wie gut. Die beiden Typen vorhin zu töten ist ein Teil davon. Es hat mir das Gefühl gegeben, daß ich noch immer ein richtiger Kerl bin. Das ist ein gefährliches Gefühl – vor allem in meinem Alter. Aber ich habe die beiden nicht gebeten, sich an meine Fersen zu heften, Sie zu bedrohen und uns aufzulauern, wie sie es getan haben. Sie haben es selber so gewollt. Ich schätze schon, daß ihr Tod mein Gefühl, am Leben zu sein, verstärkt hat, das muß ich zugeben, aber es hat mir kein Vergnügen bereitet, ihr Leben auszulöschen. Ich hatte nicht die Zeit, sie dafür genügend zu hassen. Es war nur etwas, das getan werden mußte, und ich entschuldige mich nicht dafür, es getan zu haben.«

Er hielt den Blick auf die Straße vor ihnen geheftet. »Glauben Sie, das ist kalt und gefühllos?«

Ella dachte über ihre eigene Reaktion auf die beiden toten Männer nach. Es war, wie George gesagt hatte: Sie waren da gewesen und hatten ihnen Böses antun wollen – und dann waren sie weg gewesen.

»Ich hab' kein Mitleid mit ihnen«, sagte sie. »Vielleicht sollte ich ..., ich weiß es nicht. Jemandem das Leben zu nehmen, ist nichts Gutes – grundsätzlich betrachtet, meine ich. Aber ich nehme an, das ist alles relativ.«

»Eine Menge Leute reden heutzutage davon, daß Gut und Böse ›relativ‹ sind, als würden sie uns damit etwas Neues erzählen. Deshalb sind Sie verwirrt.« Er zuckte mit den Schultern. »Ich glaube, Gut und Böse waren außerhalb der menschlichen Seele, in der Welt draußen, schon immer relativ, aber in einem drinnen sind sie nicht relativ, und das ist es, worauf es ankommt. Man schaut in sich hinein und zieht seine Grenze, und damit stehst du entweder auf der einen oder der anderen Seite und hast den Preis dafür zu zahlen. Diese beiden Kerle sind für Geld gestorben.« Er warf von der Seite einen Blick auf ihr Gesicht und ihren Körper. »Oder Schlimmeres. Sollen ihre Familien Mitleid mit ihnen haben.«

»Was ist, wenn das, was Sie unter gut verstehen, was anderes ist als das, was ich darunter verstehe?« fragte Ella. »Was, wenn das, was für Sie gut ist, für mich böse ist?«

»Dann heißt es – bis zu einem gewissen Punkt –, leben und leben lassen«, sagte George. »Wird dieser Punkt überschritten, redet man miteinander. Reden war mein Job, verhandeln. Ich rede sogar mit dem Teufel, wenn ich damit einem Kampf aus dem Weg gehen kann. Aber wenn Sie mir eine Kanone unter die Nase halten, sollten Sie wissen, daß ich besser darauf vorbereitet bin als Sie: bereit, zu sterben oder in ein Krankenhaus zu kommen oder ins Gefängnis oder sonst irgend wohin, wo du mit deinem Schmerz allein bist und deine Wunden lecken kannst. Das ist der Unterschied, auf den es ankommt. Die Menschen messen dem Leben – oder mit heiler Haut davonzukommen – mehr Wert zu, als es wirklich hat. Ihrem Leben, meinem Leben, wessen Leben auch immer. Das ist es, was sie schwach macht. Das ist der Grund, warum die beiden tot sind und ich nicht.«

Georges Lippen wurden schmal, sein Kinn wirkte hart und grimmig.

»Ich habe den Glauben an diesen Quatsch, daß das Leben des Menschen ein heiliges Gut ist, schon vor langem verloren, als sich die Toten – Freund und Feind – zu Haufen türmten, die mir bis zu den Schultern reichten, während ich zusah, wie sie verwesten.«

Ella fühlte die Betroffenheit und Leidenschaft in seiner Stimme und begriff, daß dies die zentrale Erfahrung seines Lebens war.

»Tarawa?« fragte sie.

George nickte. »Ja.«

»War das in Vietnam?«

George entspannte sich und schüttelte grinsend den Kopf. »In den Zeiten von Vietnam hatte mich das FBI wegen kommunistischer Agitation, wie sie's damals nannten, für zehn Jahre aus dem Verkehr gezogen. Sie hätten mich nicht nach Vietnam gehen lassen, selbst wenn ich es gewollt hätte, aber ich war so und so schon viel zu alt dazu.«

»Sie müssen mich für ziemlich beschränkt halten«, sagte Ella.

»Nein«, meinte George lachend. »Als ich neunzehn war, wußte ich auch nicht viel darüber, was vor fünfzig Jahren und zehntausend Kilometer entfernt passiert war. Mein Gott, ich war mit siebzehn so dumm, daß ich mich freiwillig zum Marine Corps gemeldet habe – *vor* Pearl Harbor.« Er warf ihr einen Blick zu. »Dort hat uns die japanische Luftwaffe ohne Warnung angegriffen.«

»Soviel weiß ich immerhin«, sagte Ella.

George grinste. »Sie wollen doch nicht etwa einem alten Mann zuhören, der Geschichten aus dem Krieg erzählt?«

»Doch, das interessiert mich ... wirklich«, sagte Ella.

Das war nicht gelogen. Sie erlebte das Abenteuer ihres Lebens mit diesem Mann, und sie wollte wissen, was ihn zum Ticken brachte. Das konnte ihr möglicherweise sogar das Leben retten – oder seines. Allerdings war es ihr unmöglich, sich vorzustellen, daß er es jemals nötig haben würde, gerettet zu werden.

»Ich möchte es wissen. Erzählen Sie weiter«, drängte sie.

»Na schön«, brummte George. Er rutschte in seinem Sitz nach hinten, damit er aufrechter saß. »Die Insel selbst hieß Betio, ein Fliegenschiß auf der Karte des Pazifischen Ozeans, und gehörte zum Tarawa-Atoll. Es war nicht so, daß ich als ein grüner Junge dort hinkam. Ich war im Jahr davor mit Carlson's Raiders, dem zweiten Bataillon, in Makin gewesen, wo wir hundertfünfzig Japse überraschten und nur zwei von ihnen übrigließen, damit sie die Geschichte erzählen konnten, und ich dachte, mich könnte so schnell nichts mehr umhauen.« Er verzog das Gesicht. »Mein Gott.«

Obwohl er so wenig gesagt hatte, fühlte Ella einen Kloß im Hals. Sie wußte nicht einmal, warum. Dann begriff sie, daß es deshalb war, weil George einen im Hals stecken hatte. Er hustete.

»Wie auch immer – auf Betio warteten viertausend Japse auf uns; Soldaten der Kaiserlichen Marine, Mann für Mann die besten Elitekämpfer, die je eine Uniform trugen, und sie hatten sich so tief eingegraben, wie es nur diese gottverdammten schlitzäugigen Schweinehunde fertigbringen.« Er hielt inne. »'tschuldigung«, sagte er.

Beinahe hätte Ella »Wofür?« gesagt, dann begriff sie, daß es wegen des Fluchens war. »Kein Problem«, sagte sie.

»Die Insel ist weniger als zwei Quadratkilometer groß, und wir haben dreieinhalbtausend Tonnen Sprengbomben auf das Stückchen Erde runtergeworfen. Als wir aus dem Landungsboot sprangen, sah es so aus, als hätten wir Popcorn abgeworfen. Wir wateten fünfhundert Meter durch roten Schaum. An diesem ersten Tag sind sechzig Prozent meiner Kompanie gefallen, und ich hatte nicht ein einziges gelbes Gesicht gesehen. In der Nacht, während wir warteten, war mein Wunsch, zu töten, größer als meine Angst, zu sterben, und als wir dann endlich damit anfingen, am zweiten und dritten Tag, ja, da habe ich dabei auch Vergnügen empfunden. Wir haben sie zu Hunderten verbrannt und ihnen mit den Bajonetten die Bäuche aufgeschlitzt, wir haben sie mit Granaten und Maschinengewehrfeuer in ihren Schützengräben und Löchern in Fetzen geschossen, bis die Insel vom Verwesungsgeruch ihrer gelben Eingeweide zum Himmel stank. Wir haben alle viertausend getötet, und ich wünschte mir, es wären vier Millionen gewesen. Später, als sie die Bombe auf Hiroshima warfen, habe ich geweint. Vor Freude.«

»Nein!« hörte Ella sich rufen. »Sie meinen das nicht so. Ich kann damit nicht einverstanden sein.«

»Sie haben recht, wenn Sie das nicht können«, sagte George. »Und ich will darüber nicht streiten. Aber sie waren ein Übel. Ich rede nicht über einzelne, sondern über das, was sie als Nation getan haben. Sie haben Millionen von Chinesen, Siamesen, Koreanern und Malaien umgebracht und Abermillionen in Sklaverei gehalten, die nicht einmal wußten, wo Japan liegt. Sie waren Tyrannen und Folterknechte – das ist eine historische Tatsache, und wir haben dazu beigetragen, dem ein Ende zu setzen. Ich hab' sie damals gehaßt, und ich hasse sie auch heute noch, und wenn es ein Leben nach dem Tod gibt, dann werde ich sie auch dann noch hassen.«

Georges Hände umklammerten das Lenkrad so fest, daß seine Knöchel weiß hervortraten. Zum erstenmal hatte Ella Angst vor ihm. Sie glaubte nicht eine Sekunde lang, daß er ihr etwas antun würde, aber sie hatte trotzdem Angst. Es war sein plötzlich auflodernder Zorn und seine Bitterkeit, die ihr angst machten. Sie war froh, nicht in seiner Haut zu stecken.

»Sie sind kein Mensch, der sich vom Haß beherrschen läßt, George. Ich glaube Ihnen das nicht.«

»Glauben Sie, Sie könnten zwanzig schreienden, in einem Bunker gefangenen Menschen mit einem Flammenwerfer den Garaus machen und dann weiterrennen, um noch mehr zu finden und dasselbe wieder zu tun, ohne Haß in Ihrem Bauch? Glauben Sie, diese gelben Ratten haben sich zu Hunderten und Tausenden selbst umgebracht, weil ihre Ehre es von ihnen verlangt hat?« Er schnaubte verächtlich. »Nein. Sie hatten Angst und waren in Panik geraten vor einem Haß, der größer war, als sie sich hatten vorstellen können, der Zentimeter für Zentimeter auf sie zukam, egal was sie ihm entgegenschleuderten. Dieser Haß sickerte über den Sand, in ihre Bunker und in ihre kleinen gelben Gehirne, bis er sie zum Zerplatzen brachte. Sie waren eine der großen Kriegerrassen der Erde. Wir haben sie nicht besiegt, weil wir bessere Soldaten waren als sie; wir haben sie besiegt, weil wir besser hassen konnten. Und dann haben wir sie abgeschlachtet. Es hatte nichts mit Mut oder Uncle Sam oder der Liebe für unsere Angehörigen zu Hause zu tun, was uns die Strände hinaufgetrieben hat. Mitten durch massiertes Maschinengewehrfeuer. Und mit den zerfetzten Leibern unserer Kameraden überall. Nein. Es war Haß, so schwarz und rein und blutig, wie Haß nur sein kann.«

Ella spürte das Grauen in sich; sie fühlte sich niedergeschmettert und wie ausgebrannt. Mühsam klammerte sie sich an einen der Gedanken, die durch ihren Kopf wirbelten, und platzte damit heraus.

»Aber es gibt doch viel zuviel Haß, oder nicht? Überall auf der Welt.«

George sah sie an, und etwas in ihrem Gesicht wischte den Zorn aus seinen Augen. Sein Gesicht zuckte vor Verwirrung und Bedauern und sah mitgenommen und grau aus. Er holte tief Luft und ließ sie langsam entweichen.

»Es tut mir leid, wenn ich Sie auf einen Horrortrip geschickt habe, Ella«, sagte George. »Das war nicht meine Absicht.«

»Ich weiß. Ich bin okay.«

Für eine Weile war er allein mit seinen Erinnerungen an die von seiner Generation erbrachten Opfer und jenes Grauen, das sie sich nicht einmal vorstellen konnte.

»Sie haben ja recht«, sagte er. »Es gibt zuviel Haß in der Welt. Aber wenn wir keine Verwendung dafür hätten, würden wir ihn gar nicht empfinden.«

Auf die Weise hatte sie den Haß noch nie betrachtet. Es machte Sinn.

»Vielleicht haben Sie ja ebenfalls recht«, entgegnete sie. »Obwohl ich mir wünsche, daß es nicht so wäre.«

»Ja«, sagte George. »Ich auch.«

Sie schwiegen ein Zeitlang, lauschten dem Brummen des Motors und dem Surren der Reifen auf dem schwarzen Asphalt und sahen den vorbeidonnernden Sattelschleppern entgegen. Der 45er Colt auf Ellas Schoß fühlte sich gar nicht mehr so verführerisch an, und sie war froh darum. Vielleicht hatte sie mehr gelernt als nur ein Stück Geschichte aus Tarawa. Vielleicht konnte sie jetzt Charlies Brief besser verstehen. Vielmehr Clarence Jeffersons Brief, wie sie ihn jetzt in ihren Gedanken zu nennen versuchte. George hatte ihr den Brief gegeben, und sie hatte ihn – so gut sie es im Straßenlicht der Stadt vermochte – gelesen, ohne einen Kommentar ihrerseits und ohne daß George sie irgend etwas gefragt hätte. Instinktiv mochte sie das an ihm: daß er sie nicht mit Fragen löcherte. Es gab ihr das Gefühl, daß ihm das, was er in ihr sah, genügte, und daß er nicht mehr brauchte. Es war völlig anders als das öde Gequatsche im Club und der Zwang, ständig eine Show abziehen zu müssen, um sich interessanter zu machen, als sie sich selbst fühlte. Sie zog den Rucksack, der zwischen ihren Füßen lag, auf ihren Schoß. Sie hatte keine Zigarette mehr geraucht, seit sie in das Auto gestiegen war und gekotzt hatte. Jetzt, wo sie daran dachte, fühlte sie, wie die Gier in ihr stärker wurde.

»Was dagegen, wenn ich eine rauche?« fragte sie.

»Nein«, brummte George.

Sie kurbelte das Fenster herunter. Der Wind war kühl und angenehm. Sie steckte sich eine Camel an. Der Brief von Jefferson steckte zusammengefaltet in ihrer Jackentasche. George hatte ihn nicht zurückverlangt. Sie mußte ihn noch einmal lesen.

»Könnten wir das Licht anmachen?« fragte sie.

In der Stadt hatte George nein gesagt, weil sie nicht die Aufmerksamkeit irgendeines Cops auf sich lenken wollten. Jetzt sagte er: »Besser, wenn wir damit warten, bis wir vom Highway abbiegen.«

Er beugte sich vor, um an ihr vorbei auf ein Straßenschild zu schauen. Sie drehte sich, um es zu lesen, aber es war schon vorbei.

»Nur noch ein paar Minuten«, sagte George.

Ella lehnte sich zurück, rauchte die Zigarette und ließ ihre Gedanken davonfliegen und ihren Kopf leer werden. Sie war todmüde. Erschöpft. George täuschte sich in ihr: sie würde nie einen guten Marine abgeben. Hätte sie genug Haß aufbringen können? Vielleicht machte sie sich was vor, aber sie glaubte nicht. Oder vielleicht empfand sie es nur so, weil sie nicht die zerfetzten Leiber ihrer Freunde zu ihren Füßen gesehen hatte. Wen sollte sie jetzt hassen? Irgend jemanden? Würde sie sich entscheiden müssen, oder würde George sich darum kümmern? Sie lehnte den Kopf an den Türholm. George lenkte den Wagen vom Highway und bog auf eine Landstraße.

Ella starrte durch das offene Fenster auf eine nächtliche Landschaft voll mit nichts. Sie zog an ihrer Zigarette. Und fühlte sich einsam. Sie versuchte an jemanden zu denken, mit dem sie jetzt lieber zusammen wäre, als in der Alabama-Version vom Arsch der Welt herumzukutschieren. Ihr fiel niemand ein. Ihr fiel auch nichts ein, wo sie lieber gewesen wäre. Sie war nicht durch Zufall in diese Situation geraten. Es war vorherbestimmt. Es stand in ihren Sternen. Egal, daß sie nicht wußte, was, zum Teufel, das alles sollte, und daß es anscheinend niemanden gab, der es ihr erklären konnte. Wenn es nicht irgendwie ein Teil von ihr war, dann wäre das Ganze überhaupt nicht passiert. George dachte, das hier sei sein Abenteuer, das sah sie ihm an, aber er täuschte sich. Es war in Wirklichkeit ihres. Sie konnte nicht erklären, woher sie das wußte, aber sie stand im Zentrum von allem, was geschah.

Hinter ihrer linken Schulter hörte sie ihn sagen: »Ella? Möchten Sie immer noch, daß ich das Licht anmache?«

Sie schüttelte den Kopf, ohne ihn anzusehen, und das Licht blieb aus. Sie würde den Brief später noch einmal lesen, wenn sie wieder einigermaßen Ordnung in ihre Gedanken gebracht hatte, oder morgen vielleicht. Der Wind wehte ihr den Zigarettenstummel aus den Fingern. Dieses Zeug in dem Brief über die Apokalypse und der Corpus-delicti-Quatsch war so und so nicht ihre Sache; es war Blödsinn, und außerdem ging es gar nicht darum. Sie war aus irgendeinem anderen Grund hier. Und Charlie war nicht Charlie; er war Jefferson. Clarence Jefferson. Sie begriff, daß das der Grund war, warum sie sich einsam fühlte. Charlie war nicht der, für den sie ihn all die Jahre gehalten hatte.

Ella konnte sich an keine Zeit erinnern, in der sie Charlie nicht gekannt hatte. Er war immer da gewesen – seit ihrer Kindheit. Und er hatte sie geliebt, das hatte sie immer gewußt und nie daran gezweifelt. Er hatte auch ihre Singerei geliebt, und er hatte ihr ein Gefühl der Sicherheit gegeben. Immer. Es hatte nie einen Grund gegeben, vor irgendwas oder irgendwem Angst zu haben, wenn Charlie an ihrer Seite war. Er hatte ihr gesagt, daß sie sein könne, wer immer sie sein wolle, und tun könne, was immer sie tun müsse; wenn sie dabei nur sie selbst bliebe – nicht mehr, aber auch nicht weniger als das. *»Wenn du nicht den Mut hast, deinen Träumen zu folgen, Ella, wie sollten sie dann wahr werden?«* Und das war so einfach gewesen und so richtig, daß es sie verblüfft hatte. Solche Gefühle hatte er in ihr ausgelöst. Er hatte sie geliebt, das wußte sie, obwohl er das nie in viele Worte gekleidet hatte; nicht einmal in seinem letzten Brief, der gar nicht an sie gerichtet war.

Und jetzt war er tot. Und er war nicht der, für den sie ihn ihr ganzes Leben gehalten hatte.

Mit dem sanften Fahrtwind in ihrem Haar, im Herzen das dumpfe Gefühl von Trauer und Einsamkeit, legte Ella MacDaniels eine Hand auf den ungeladenen Revolver auf ihrem Schoß und schlief ein.

DREI

Filmore Faroe verbrachte die letzten Stunden der Nacht und die frühen Morgenstunden – seine ersten Stunden in Freiheit – damit, durch sein Arcadia zu wandern. Sein wiedergewonnenes Arcadia. Er ging durch die Räume des Hauses und fand es fast unverändert. Sogar seine Kleider waren noch da, beinahe als hätte sie erwartet, daß er eines Tages zurückkehrte. Er ging in die Gärten hinaus, die er so sehr geliebt hatte. Und während er umherspazierte, Schritt für Schritt und allein, verließ er die Sicherheit der Kieswege und beleuchteten Wandelgänge und verlief sich. Und in seiner Ratlosigkeit, wo er war, wanderte er weit und dann noch weiter.

Er empfand das verzweifelte, unwiderstehliche Bedürfnis, draußen im Freien zu sein, die frische, kühle Luft der Freiheit zu atmen und nichts über seinem Kopf zu fühlen als den Himmel. Die Sehnsucht danach hatte ihn überkommen, als ein kriecherischer Rufus Atwater in sein Arbeitszimmer gekommen war und eine Geschichte über Clarence Jefferson und eine irgendwo versteckte Sammlung von belastendem Material erzählt hatte. Faroe hatte die Information registriert, doch nicht darauf reagiert und auch keine Entscheidung getroffen. Seine Welt war soeben auf den Kopf gestellt worden. Noch vor einer Stunde war er so hilflos und machtlos gewesen wie jeder andere Mensch aus Fleisch und Blut. Jetzt starben Männer auf seinen Befehl. Ein vergessenes Imperium war ihm in den Schoß gefallen. Seine Gedanken wirbelten so schnell durch seinen Kopf, daß er nicht die Zeit hatte, auch nur einen davon zu Ende zu denken, bevor der nächste auf ihn einstürmte, um sogleich, unvollendet, vom nächsten verdrängt zu werden. Doch während er durch die Gärten wanderte, wurden seine Gedanken – flatterhaft und bruchstückhaft, wie sie waren – von der wachsenden Flut von Eindrücken zum

Schweigen gebracht, die seine von Methedrine und der Ewigkeit, die er dahinvegetiert war, überempfindlich gewordenen Sinne bestürmten. Wie ein Mensch, der ausgedörrt und halb verdurstet der Wüste entkommen ist und mit unersättlicher Gier Wasser in sich hineingießt, um sich dann, von Bauchkrämpfen gepeinigt und sich die Seele aus dem Leib kotzend, wiederzufinden, taumelte er benommen von Duft zu Geräusch, von Anblick zu Berührung, von Blume zu Springbrunnen, vom Himmel zur Erde in einem wachsenden Delirium unersättlicher Wahrnehmung.

Aus der Dunkelheit ragte der gespenstische Schatten eines Fliederbuschs empor, der seinen Blick einfing und ihn – gleich einem von rastloser Eile getriebenem Schlafwandler – unwiderstehlich zu sich hinzog, über Gras, so weich und nachgiebig unter seinen Füßen, die nur Stein und Beton gekannt hatten, daß er ins Taumeln geriet, als wate er durch einen Sumpf. Eine Erinnerung blitzte auf: Er hatte den Busch selbst gepflanzt. Der betörende Duft der Blüten machte ihn schwindlig, als er näher kam. Dann, als er zwischen die Blätter und Zweige stolperte, rammte der Duft wie gewalttätige Daumen durch die Nasengänge in sein Gehirn empor, ließ seinen Kopf fast zerbersten und warf ihn geblendet zu Boden. Seine Finger krallten sich in die Erde – erotisch und feucht – und fanden dann tastend den Stamm.

Dessen Stärke versetzte ihm einen Stich ins Herz. Durch die rissige Rinde, über die seine Hände tasteten, fühlte er einen anderen Stamm, tief in diesem verborgen: den schlanken, biegsamen Setzling, fast nur ein Halm oder dünner Zweig, den er in einer anderen Zeit in Händen gehalten hatte. Während er in seinem Käfig in einem endlosen, in dichten Nebel gehüllten Traum immer mehr geschrumpft war, war der Baum gewachsen und hatte Jahr für Jahr einen neuen Wachstumsring dem Stamm hinzugefügt, den seine Hände jetzt in unermeßlichem Schmerz umkrallten. Für ihn waren diese Jahre verloren. Endgültig und für immer verloren. Sie existierten nicht. Ihm waren sogar der Haß und die Verbitterung versagt worden, die jeder andere Gefangene empfindet und hegt: Die Qual der Hoffnung und der Fantasie, der Verzweiflung und des Selbstmitleids, mit dem ein Häftling das Verstreichen der Tage in die Wand seines Verlieses ritzt. Sie hatte ihm nicht nur seine Freiheit genommen, sondern sogar die Empfindlichkeit des Verlusts seiner Freiheit, denn dreizehn Jahre lang hatte er nicht einmal gewußt, daß er existierte. Die Bedeutungslosigkeit dieser Zahl entsetzte ihn: es hätten ebensogut dreizehn Monate oder dreizehn Jahrzehnte sein können – er hätte keinen Unterschied festzustellen vermocht. Aus diesem endlosen, formlosen Ozean aus Stumpfsinn und Apathie tauchten, umschäumt von Scham und Wut, Erinnerungen an ihre Kränkungen und Beschimpfungen empor, an ihren Hohn und Spott und an ihr schönes Gesicht, das glänzte und strahlte im Triumphgefühl ihrer Rache. Aber auch diese Augenblicke konnten sich einmal oder millionenfach zugetragen haben. Sie schlängelten sich durch die ungeheure, ozeanhafte Leere seiner Erinnerung wie ein Schwarm gefräßiger Aale. Sie hatte ihm mehr geraubt, als nur seinen Stolz, seine Freude und seine Macht; sie hatte ihm sogar die Möglichkeit, sich selbst wahrzunehmen, genommen. Er hatte ein Viertel seines Lebens verloren.

Für einen Augenblick war sein Geist klar, und er sah und fühlte den ungeheuren Verlust in all seiner makellosen Grausamkeit: viel grausamer jetzt als all die Erniedrigungen, die er erduldet hatte.

Der Augenblick schnappte über ihm zu, verschlang ihn in seinem schwarzen Maul – und Filmore Faroe zerbrach.

Er schlug sein Gesicht gegen den höhnenden Stamm des Flieders. Er riß sich an seiner rauhen Borke die Nägel blutig. Er schluchzte und brüllte unter den willkürlich anbrandenden Sturzwellen seiner Emotionen. Sein Mund füllte sich mit einem bitteren Klumpen aus Blättern und Blüten. Nasse, kalte Tropfen – winzig und zahllos – trommelten auf seinen Rücken und sammelten sich zu Rinnsalen auf seinen Wangen. Die Erde unter ihm bewegte sich und kippte, als ein Platzregen, so schwer und lastend wie aller Schmerz der Welt, auf ihn niederprasselte, und in diesem

Regen tobte und kroch Faroe, bis er seine eigene Stimme nicht mehr hörte und nach vorn auf den Bauch fiel und reglos liegenblieb.

Irgendwann später hoben sie ihn hoch und trugen ihn über den Rasen und den Kies zu den breiten Stufen des Portals. Seine große Wanderung hatte ihn, wie er jetzt sah, nicht weiter als ein paar hundert erbärmliche Meter gebracht. Die Bilder und Geräusche, die ihn zuvor in eine so bizarre Ekstase versetzt hatten, waren jetzt lediglich eine tote Landschaft, die nur oberflächlich in sein Bewußtsein drang. Seine Gedanken nahmen eine realistischere Form an. Er wurde sich des niederprasselnden Regens bewußt und der Männer, die ihn stützten und in deren Gesichter zu sehen er bisher vermieden hatte, und auch der prächtigen Fassade des Hauses, die vor ihm aufragte. Nichts davon war ihm wichtig. Wenn sie ihn wieder in das Steinhaus zurückgeschleppt hätten, er hätte sich nicht gewehrt – hätte es gar nicht vermocht. Er begriff, daß die ungeheure, unerträgliche Müdigkeit in seinen Knochen – eine Erschöpfung, die kein Schlaf lindern konnte – nichts Neues für ihn war. Er hatte sie schon viele Male zuvor gefühlt, wenn er gefesselt und von seinen eigenen Fäkalien besudelt in seinem Plastikstuhl gesessen hatte. Ja. Die Spritze, die ihm seine geistig minderbemittelten Aufpasser heute morgen gegeben hatten, ließ nach – das Methedrine, das künstliche Hoch, machte jetzt schwarzer, tiefster Depression Platz. Er erkannte, daß er sich nach den Tranquilizern sehnte, die ihn normalerweise wieder in den Nebel zurückbefördern würden. Eine plötzliche Kälte ergriff ihn, und er begann, unkontrolliert zu zittern. Anstelle der verlorenen Erfahrungen, um die er geweint hatte, erhob sich ein eisiger und abweisender Gipfel: die Zukunft, die er erringen mußte.

»Ich kann es nicht«, hörte er sich selbst sagen. »Ich kann's nicht.«

Sie standen am Fuß der Stufen, die zur Tür führten. Ein Gesicht, naß vom Regen, schob sich über seine Schulter. Rufus Atwater.

Atwater lächelte ihn an, als sei er ein Kind oder ein Verrückter.

»Sicher können Sie es, Mr. Faroe«, sagte Atwater. »Nur noch ein paar Schritte jetzt, und wir sind zu Hause und im Trockenen.«

Faroe biß die Zähne zusammen, damit sie nicht aufeinanderschlugen, so sehr zitterte er am ganzen Leib. Es hatte keinen Sinn, Atwater zu korrigieren, doch selbst in diesem Zustand empfand es Faroe als Erniedrigung, daß sie glaubten, er käme die Stufen nicht hinauf. Er schüttelte ihre Arme ab.

»Lassen Sie mich los.«

Atwater ließ seinen rechten Arm los und nickte an Faroe vorbei dem Mann zu, der seinen linken Arm hielt. Faroe blickte hoch und sah die Lettern ARCADIA in den Stein gemeißelt – so wie einst er die Lettern seines Namen in das Antlitz der Welt gemeißelt hatte. Das Zittern hörte auf. Er fühlte, wie eine große Kraft in ihn floß, und mit der Kraft gewalttätiger Zorn und Entschlossenheit. Er konnte – und würde – es tun. Er würde sein Schicksal bei der Kehle pakken und jeden vernichten, der ihm im Weg stand. All dies gehörte wieder ihm und mehr. Er war von den Toten zurückgekehrt. Es gab nichts, das er nicht wagen würde. Er war Filmore Faroe.

Es war an der Zeit, die Dinge in die Hand zu nehmen; Faroe konnte sie überall um sich fühlen, auf seine Befehle wartend. Zweifellos bot er einen jämmerlicher Anblick: gebeugt, wie unter der Last von hundert Jahren, bleich und aufgeschwemmt, verklebt von einer Kruste seines eigenen Unflats und so dumm wie ein Nigger in den Baumwollfeldern. Er wußte nicht einmal, wer Präsident der Vereinigten Staaten war. Und doch standen diese Männer wie Statuen und warteten auf sein Wort. Und Faroe wußte, sie täuschten sich nicht. Er war der Boß. Sein Gehirn summte wie ein Dynamo. Die Depression der Minuten zuvor war verflogen, doch die körperliche Erschöpftheit dauerte an. Er mußte sie abschütteln. Er brauchte ein Aufputschmittel, etwas, das ihn auf die Beine brachte. Er wandte sich zu Atwater um.

»Mr. Atwater, ich möchte, daß Sie zum Steinhaus zurückfahren.«

»Sir?« sagte Atwater.

»Durchsuchen Sie die Wohnung der Jessups, ihr Haus. Irgendwo dort müssen Sie eine Menge Medikamente finden. Es ist wichtig. Bringen Sie alle her.«

Faroe dachte: die Jessups. Er hatte dem toten Woodrow dort, wo er gelegen hatte, gegen den Kopf getreten, zweimal. Das Gefühl war ungeheuer gewesen. Und Harvill das Lebenslicht auszublasen war noch besser gewesen. Aber er hatte zugelassen, daß Gefühle sein Denken beherrschen. Jetzt mußten die Vorbereitungen für seine Rückkehr an die Macht getroffen werden.

»Bringen Sie Woodrow Jessups Leiche ebenfalls mit«, sagte Faroe. »Ich will, daß die beiden konserviert werden.«

Atwater lächelte beunruhigt.

»Konserviert?« fragte er.

Es war offensichtlich, daß Atwater an seinem Geisteszustand zweifelte.

»Stecken Sie sie in die Gefriertruhe. Wenn Sie zurückkommen, will ich einen genauen Überblick über den Stand der Dinge haben. Ich war lange weg, Mr. Atwater.« Faroe lächelte. »Ich gehe davon aus, daß Sie der Mann sind, mit dem ich reden muß.«

Die Zweifel verflogen. Atwater grinste. »Ja, Sir. Ich bin Ihr Mann.«

»Gut«, brummte Faroe. »Ich will mehr über Captain Jefferson wissen. Wir haben eine Menge zu tun.«

Er gab wieder Befehle. Die Macht, die daraus erwuchs, erfüllte ihn. Es würde noch mehr Befehle geben, Tausende davon – wichtige und unwichtige. Das war es, was er brauchte – keine frische Luft und Fliederduft. Das war es, wofür er leben wollte. Er legte eine Hand auf Atwaters Schulter.

»Wir haben eine Menge zu tun«, sagte Faroe noch einmal.

Atwater strahlte. »Wir sind bereit und warten, Mr. Faroe.«

»Diese Männer« – Faroe nickte zu den Latinos hinter Atwater – »woher haben Sie sie?«

»Jack Seed hat sie über einen Mann namens Herrera besorgt, einem ehemaligen Oberst in der kubanischen Luftwaffe. Sie sind keine Gefahr für uns – alles illegale Einwanderer.«

Faroe war hoch erfreut. Er hatte schon des öfteren mit Hilfe von Militärs aus lateinamerikanischen Ländern Geschäfte erledigt. Da sie unbelastet waren von den lauen ethischen Grundsätzen demokratischer Gesellschaften, besaßen sie – im Gegensatz zu ihren amerikanischen Pendants – die bewundernswerte Eigenschaft, daß sie, waren sie einmal gekauft, auch gekauft blieben.

»Holen Sie Herrera ans Telefon. Ich will mit ihm persönlich sprechen.«

Atwater nickte.

»Der Fliederbaum, wo Sie mich gefunden haben …«, sagte Faroe. »Sie wissen, welchen ich meine?«

Ein wenig irritiert, nickte Atwater erneut.

»Ich will, daß er mitsamt den Wurzeln herausgerissen und verbrannt wird. Nicht umgesägt oder umgehackt, sondern mitsamt den Wurzeln ausgegraben. Ist das klar?«

»So klar wie der hellichte Tag, Mr. Faroe«, sagte Atwater.

Faroe nickte. »Gut. Und jetzt lassen Sie uns zum Geschäftlichen kommen.«

VIER

Lenna Parillauds Familie rühmte sich, daß ihr Name seit den Tagen von Louis Napoleon in der Geschäftswelt von New Orleans einen guten Klang hatte. Ihr ursprünglicher Reichtum war auf der Einfuhr von Sklaven gegründet gewesen. Als die Familie nach dem Bürgerkrieg vor dem Ruin ihrer Unternehmungen gestanden hatte, hatte sie sich auf den Import von Möbeln und Hausrat, anstelle von lebendigem Sklavenfleisch, verlegt. Dies hatte ihnen ermöglicht, am Rand der wohlhabenden Gesellschaft der Stadt wieder Fuß zu fassen und sich ein wenn auch serviles, so doch komfortables Auskommen zu erbuckeln und zusammenzukratzen. Zu Zeiten von Lennas Vater hatte in Louisiana der Ölboom begonnen, der auch dem Geschäft der Familie Aufschwung brachte, und er hatte expandiert und im Garden District ein zweites großes Warenhaus mit eleganten Ausstellungsräumen auf drei Stockwerken eröffnet.

Als Filmore Faroe offiziell ›gestorben‹ war, hatte eine der ersten Transaktionen, die sie als Erbin seines Vermögens getätigt hatte, in dem anonymen Kauf der Firma ihres Vaters sowie sämtlicher mit dem Firmennamen verbundener Rechte bestanden. Sie hatte fast den doppelten Marktwert dafür bezahlt. Doch dies hatte sie nicht aus Mildtätigkeit oder gar Familienanhänglichkeit getan. Nachdem der Vertrag unterzeichnet war, hatte Lenna jedes einzelne Möbelstück, jeden Wandbehang und jeden Teppich des Inventars der Warenhäuser verbrannt. Sie hatte beide Grundstücke von Bulldozern einebnen und auf ihnen Gärten anlegen lassen, die sie der Stadt schenkte. Seitdem war der Name der Parillauds nie wieder auf dem Firmenschild eines öffentlichen Unternehmens aufgetaucht. Sie hatte sie besucht, ihren Vater und ihre Mutter, und sich ihre Entrüstung und ihre Klagen angehört: das scheinheilige Gejammere ihrer Mutter, wie »entsetzlich heutzutage alles geworden sei« und daß es keine Achtung mehr gebe auf der Welt vor Eigentum und Schönheit, und die verbitterten, eitlen Prahlereien ihres Vaters, daß er, wenn er gewußt hätte, was passieren würde, für kein Geld der Welt bereit gewesen wäre, zu verkaufen. Lenna sagte ihnen, wer der wirkliche Käufer war, und weidete sich an dem Schmerz und der Verständnislosigkeit in ihren Gesichtern. Dann ließ sie sie allein mit ihrem »Warum?«, auf das sie keine Antwort bekommen würden, bis sie starben. Seitdem hatte sie keinen der beiden mehr gesehen oder gesprochen. Dies war eine der offenen Rechnungen gewesen, die bis auf den letzten Cent zurückzuzahlen Lenna sich gezwungen gefühlt hatte.

Als sie sieben Jahre alt gewesen war, hatten ihre Eltern sie in eine vornehme katholische Klosterschule gesteckt, wo ihr die Werte der bürgerlichen Gesellschaft vermittelt werden sollten. Dort wurde sie in den zahlreichen komplexen und subtilen Heucheleien unterrichtet, deren Beherrschung als Voraussetzung für all jene betrachtet wurde, die die Blüte der katholischen Frauenschaft des Südens repräsentieren sollten. Zu ihrer späteren Schande – als sie erwachsen wurde, schämte sie sich dafür – hatte sie nie gegen ihre Familie oder gegen die verhaßten, aufgeblasenen und keifenden männerlosen Ordensschwestern rebelliert, die sie unterrichtet hatten. Während einige ihrer Klassenkameradinnen wenigstens masturbiert und Marihuana geraucht hatten, war Lenna ein braves Mädchen gewesen; die perfekte Tochter. Sie hatte folgsam alles getan, was von ihr verlangt wurde. Und als ihre vom Glanz des Reichtums und gesellschaftlichem Statusdenken verblendeten Eltern, ohne ein einziges Mal nach ihren Gefühlen zu fragen, ihre Heirat mit Filmore Faroe betrieben hatten, wobei sie ihre mädchenhaften Zweifel und Ängste mit drastischem Nachdruck beiseite wischten, hatte ihr die Überzeugung und die echte Entschlossenheit gefehlt, sich dem zu widersetzen.

Jene Männer, für die Geld die einzige wahre Leidenschaft – eine Berufung, ein Glaubensbekenntnis, eine Unvermeidbarkeit ist, und für die deshalb die damit verbundenen Begleiterscheinungen, wie das Ausgeben des

Geldes, ein unerhebliches Nebenprodukt sind, waren rar gesät, doch Filmore Faroe war einer von ihnen. Für Faroe, wie für viele andere seiner Sorte auch, war Geselligkeit und sozialer Kontakt im besten Fall eine langweilige und ermüdende Notwendigkeit, der man hin und wieder nachkommen mußte. Jedes Gespräch, bei dem es nicht um Geschäfte ging, betrachtete er als eine Trivialität. Seine Geschäfte führten ihn oft ins Ausland, nach Südamerika und nach Afrika, wo ihm mäßig großzügige Bestechungsgelder übermäßig profitable Gewinne einbrachten. Er war durch und durch ein Rassist, auch wenn er sich nicht offener dazu bekannte als die meisten Männer seiner Generation und gesellschaftlichen Klasse. Sein Vater war aktiver Klan-Mann gewesen, doch Filmore hatte nicht die Zeit dafür, obwohl er regelmäßig Geld spendete.

Während Faroe seinen Leidenschaften nachging, fand Lenna sich im goldenen Käfig von Arcadia gefangen. Faroe wollte nicht, daß sie aufs College ging, und so ging sie nicht; er wollte nicht, daß sie arbeitete, und so ließ sie es; er wollte nicht, daß sie alleine in die Stadt fuhr, und so blieb sie auf der Plantage, ritt auf edlen und sündhaft teuren Pferden über die Felder, las Bücher und kümmerte sich um das Haus und die Angestellten. Wenn sie versuchte, mit ihrer Mutter über diese Dinge zu reden, erinnerte die sie nur stets daran, daß es ihre vor Gott geschworene Pflicht sei, ihren Mann zu lieben, zu ehren und ihm zu gehorchen, wie sie es ebenfalls ihr Leben lang getan habe. Sie sei mit einem der reichsten und geachtetsten Männer von Louisiana verheiratet: Was könne sie denn mehr verlangen? Nach zwei Jahren Einzelhaft im goldenen Käfig – so empfand sie es –, war Lenna so weit, den in ihrem Kopf umherspukenden Selbstmordsehnsüchten nachzugeben.

Grimes hörte zu, ohne sie zu unterbrechen und ohne Fragen zu stellen. Lenna suchte nicht nach Entschuldigungen für sich; im Gegenteil – sie legte Wert darauf, ihre Geschichte so zu erzählen, daß die Verachtung, die sie für ihr braves Befolgen der gesellschaftlichen Regeln während der

Schulzeit, für ihren Mangel an Charakter und für ihre Feigheit empfand, nicht zu überhören war. Grimes hütete sich, den Fehler zu machen, die psychologische Macht dieser gesellschaftlichen Elite und ihrer Erziehungsmethoden zu unterschätzen. Die herrschende Klasse Louisianas, zu der sie gehört hatte, war klein, elitär und – nicht nur vor zwanzig Jahren, sondern bis zum heutigen Tag – zutiefst anachronistisch. Grimes erinnerte sich an die Geschichte eines jungen Burschen, der während der alljährlichen feudalen Gartenparty seiner Eltern auf einen Baum gestiegen war und sich vor den Augen sämtlicher Gäste das Gehirn herausgeblasen hatte. Die Klatschkolumnisten hatten sich genüßlich die Mäuler zerrissen. Grimes hatte auch andere aus diesen Kreisen gekannt, die süchtig geworden waren oder sich anderen Formen der Selbstzerstörung hingegeben hatten. Der Lohn für Anpassung hatte seinen Glanz verloren, und Lenna – ebenso wie die anderen – hatte sich betrogen gefühlt. Ihr persönlicher Akt der Rebellion war banal: der Wunsch, durch eine belebte Straße zu gehen und das pulsierende Leben zu spüren – nur ein einziges Mal, doch er löste eine Tragödie aus, die nicht mehr aufzuhalten war.

Am Abend ihres einundzwanzigsten Geburtstags brach Lenna endlich aus ihrem goldenen Käfig aus. Sie warf einundzwanzig rote Rosen und ein Smaragdkollier in den Abfalleimer, zog ihre engsten Jeans, ein T-Shirt und eine Armeejacke an und fuhr in die Stadt. In ihrer Tasche steckte ein Telegramm aus Zaire – von Faroe, der ihr alles Liebe und einen schönen Tag wünschte.

Bereits auf der Fahrt in die Stadt ließ der Reiz des Unbekannten und Verbotenen ihr Herz vor Aufregung bis zum Hals schlagen. Sie hatte keine Ahnung, wohin sie fuhr oder was sie tun würde, wenn sie dort war. Während dieser wenigen Kilometer allein am Steuer ließ sie ihr ganzes bisheriges, nur vom Wunsch zu gefallen beherrschtes Leben zurück; und zwar für immer, wie sich herausstellen sollte. Sie hatte die Münze der Angepaßtheit geworfen, und auf ihrer verdeckten Seite eine Widerspenstigkeit entdeckt, von der sie gar nicht gewußt hatte, daß sie existierte. Diese Widerspenstigkeit nahm von ihr Besitz wie eine Droge und erfüllte sie mit einem unwiderstehlichen Freiheitsdrang. Wenn sie diese Sehnsucht nach Freiheit unterdrückte, dies war ihr sonnenklar, würde sie einen hohen Preis dafür bezahlen müssen und es ihr ganzes Leben lang bereuen.

Als sie in der Stadt anlangte, parkte sie den Wagen und schlenderte in einer dunstigen, seufzenden Dämmerung durch von Licht und Leben erfüllte Straßen, deren Namen sie noch nie gehört hatte, vorbei an grell geschminkten Frauen in Hot-pants und hochhackigen Schuhen und an gleißenden Neonlichtfronten lärmender Bars. Es machte ihr angst, und es war verboten, und beinahe wäre sie wieder nach Hause gefahren. Doch seine Musik lockte sie hinein. Nein – es war weniger als Musik und zugleich viel mehr: ein einziger letzter Ton, sehnsuchtsvoll und unerträglich lange gehalten in der dunstigen Nacht, bis er klagend in der Stille erstarb. Lenna stieg vom Bürgersteig die Stufen in den aufbrandenen Beifall eines Jazzkellers hinab.

Er stand lässig und schlank und ohne von dem Applaus Notiz zu nehmen vor einer fünfköpfigen Band. In seinen Händen hielt er die Trompete, deren Klang sie heruntergelockt hatte. Er sah auf, blickte über die Köpfe der Zuschauer durch den verräucherten Raum, und sie schaute in seine Augen. Sie konnte nicht sagen, ob er ihre sah, doch mit einem seltsamen Flattern in ihrem Magen hoffte sie es. Dann wandte er sein Gesicht wieder ab und begann eine neue Ballade. Er sah nicht wieder in ihre Richtung, nicht ein einziges Mal. Lenna suchte sich einen Tisch und trank Weißwein. Sie schaute ihm zu, wenn er spielte, und sogar wenn er nicht spielte. Selbst wenn die anderen ihre Soli brachten, hatte sie nur Augen für ihn. Für seine großen Hände und langen Glieder, sein kräftiges Kinn und seinen breiten Mund. Lenna blieb auch noch den nächsten Set und noch einen, doch soviel sie beurteilen konnte, existierte sie nicht für ihn. Als die Zugaben gespielt waren und die Gäste einer nach dem anderen nach Hause gingen, kam Lenna wie aus einer Trance allmählich wieder zu sich. Sie fragte sich, ob sie nüchtern genug war, heimzufahren. Gerade als sie zu dem Schluß gekommen war, daß es ihr egal wäre, tauchte er wie aus dem Nichts vor ihr auf, lächelte und lud sie zu einem Drink mit der Band ein.

In seinen Augen sah sie, daß er wußte, wie einfach es sein würde. Die Tatsache, daß er es wußte – daß er sie so sah –, ließ ihre Knie vor Erregung weich werden. Eine Stimme in ihrem Kopf, die sie noch nie zuvor gehört hatte, sagte: *Du wirst gevögelt werden.* Und sie schrie zurück: *Ja, ich möchte gevögelt werden. Ich will gevögelt werden. Ich will ihn. Und ich muß mich vor keinem rechtfertigen.* Als sie sagte »Okay«, und er »Cool«, zitterte Lenna am ganzen Leib.

Sein Name war Wes Clay.

Eingepfercht auf dem Rücksitz eines Taxis und umschwirrt von Scherzen und flapsigen Sprüchen, die sie nicht verstand, über die sie aber trotzdem lachte, rauchte Lenna ihren ersten Joint. Die Straßen der Stadt glitten an den Fenstern vorüber, und ihr war, als würde sie fliegen; sie fühlte sich wundervoll, sie war, wo sie sein wollte, und tat, was sie tun wollte. In einem zweiten Club begrüßten sie andere Musiker mit Handschlag und tranken und rauchten mit ihr. Jetzt sah Wes Clay sie immerzu an, und sie fühlte sich unter seinem dunklen Blick wie Eis in der Sonne. Er fragte sie, was sie über dieses und jenes dachte, und als sie antwortete, hörte er ihr zu. Er war wunderschön. Und als er erfuhr, daß sie Klavierunterricht gehabt hatte, mußte sie was spielen, und sie zeigten ihr ein paar gut klingende Anschläge auf dem Piano und jammten zusammen und alberten herum, bis es hell wurde. Dann nahm Wes Clay sie mit zu sich nach Hause, und sie liebten sich. Sie liebten sich, und es hatte nichts mit Vögeln zu tun, wie sie erwartet hatte, denn Lenna hatte sich in ihn und er sich in sie verliebt.

Grimes erinnerte sich an seinen ersten Eindruck von Lenna, als er sie an jenem Abend zum erstenmal gesehen hatte: die in der Zeit erstarrte Jugendlichkeit in ihrem Gesicht. Wenn er jetzt in ihr Gesicht blickte, sah er, wie diese Jugendlichkeit auftaute und lebendig wurde, sah die Zärtlichkeit und Lebensfreude, das Staunen und die Leidenschaft, die vielen zerbrechlichen Kostbarkeiten, die sie in sich verschlossen gehalten und in Eis gepackt hatte, damit sie nicht starben. Obwohl er noch nicht wußte, warum, und obgleich die Glückseligkeit ihrer so lange zurückliegenden Liebe so offenkundig war –, zu erkennen im unbedachten Strahlen ihrer Augen und im unerwarteten Aufblitzen ihres Lächelns fühlte Grimes eine unerträgliche Traurigkeit in sich aufsteigen. Er hörte ihr weiter zu.

Sex mit Filmore Faroe war nicht der Rede wert gewesen. Es war zwar kein traumatisches Erlebnis, wie sie manchmal zu glauben versucht war, aber es bereitete ihr kein Vergnügen oder gar Lust. Faroe gab sich rücksichtsvoll und konventionell, und sie hatte das Gefühl, daß sie so ziemlich das gleiche tat. Wenn er nie mehr als das gewollt hatte, dann hatte sie es auch nicht gewollt. Wes Clay jedoch wollte ihr Fleisch – ihre Säfte, die Laute, die über ihre Lippen kamen. Er wollte sie nackt, und sie zog ihre Kleider aus. Er wollte ihre Zunge, und sie saugte an seinen Lippen. Er wollte ihre Haut, und sie überließ sich seinen Händen, seinen gleitenden Fingern, die sie von Kopf bis Fuß umgarnten mit unaussprechlichen Manipulationen, die ihr Gesicht an seines zogen und ihre Schenkel öffneten, während er ihr in die Schulter biß und »Baby« murmelte. Und aus einer Million Gründen oder gar keinem – ob betrunken oder stoned oder von allen guten Geistern verlassen –, vertraute sie ihm, daß er etwas Gutes wollte, und was immer dieses Gute war, sie wollte es auch. Sie bat ihn, in sie einzudringen. Sie fühlte, wie sein Penis ihre Scham teilte und gegen den anfänglichen Widerstand stieß, den sie nicht kontrollieren konnte und der sie schwindlig machte und den zu durchbrechen sie sich von ihm ersehnte. Er zog sich wieder zurück, behutsam, und drang erneut in sie ein und wäre fast ganz eingedrungen, hätte es können, doch er tat es nicht, sondern wartete und zog sich wieder zurück. Sie hörte seine Stimme »Baby« murmeln, und sie seufzte, stemmte ihre Hüften hart nach oben, und diesmal glitt er ganz in sie hinein, und danach wußte sie nichts mehr – nichts von dem, was über ihre

Lippen kam oder was sie tat. Nur noch das Gewicht seiner Männlichkeit, die sie umschlang und niederpreßte und ihren Bauch, ihre Kehle, ihr Gesicht mit einem fließenden Rhythmus füllte, der sie von innen erglühen ließ und von außen gegen ihr Fleisch hämmerte, und in dem sie ertrunken und gestorben wäre, hätte sie es vermocht.

Danach, mit ihrem Kopf in seinem Arm und seinem Samen in ihr, streichelte sie seine Brust, während er schlief. Dann schlief auch sie und träumte von Dingen, an die sie sich nie mehr erinnern würde.

Als sie aufwachte und begriff, wo sie war, wollte sie schreien, bis das Haus zusammenfiel, und ihren Jubel der Welt ins Gesicht schleudern, damit sie alle wußten, daß sie hier war: hier, in einem fremden Bett und ohne Reue, hundert Meter groß und stärker als das Meer. Wes schlief noch, ausgestreckt auf dem Laken, mit einem Strahl Sonnenlicht auf dem Gesicht. Von der Straße unten drang das Rumoren des Verkehrs und des Werktags zu ihnen herauf. Lenna wußte jetzt, was sie vom Leben wollte: alles, das zu wollen ihr verboten war. Dieses *Ihrem-Wollen-Verbotene* war eine träge Flüssigkeit in ihren Muskeln und Adern, eine selige Wonne, dick wie Öl und widerlich süß auf ihrer Zunge. Sie schloß die Augen, fuhr sich mit den Fingern durchs Haar und wölbte ihren Rücken. Dann betrachtet sie ihn, wie er ruhig atmend im Licht des Morgens neben ihr lag. Sie ließ ihre Wange über seine Rippen hinabgleiten, über seinen Bauch und seinen Schenkel. Sein gekräuseltes Haar kitzelte ihr Gesicht. Seine Haut war glatt und warm. Ihre Zunge leckte über seinen Bauch und schmeckte Salz und möglicherweise sich selbst. Sie sah zu, wie sein Glied wuchs und schluckte das Öl des Verbotenen in ihrer Kehle; sein süßlicher Geschmack machte sie schwindlig. Sie leckte über seinen Schenkel, dann über seine Eier. Er bewegte sich. Sie sah nicht in sein Gesicht. Sie wollte es nicht. Sie wollte das alles für sich allein. Sie wollte seine Gedanken nicht wissen; es war ihr egal, ob er es mochte. Sich auf die Knie hebend, ohne in sein Gesicht zu sehen, beugte sie sich mit geschlossenen Augen nieder und saugte seinen Schwanz in ihren Mund. Sie bewegte sich in einer wirbelnden Dunkelheit, nur sie und ihr Nehmen und Geben. Seine Finger drangen in ihre Scheide ein; sie griff nach hinten, führte seine Hand und erreichte ihr Ziel schneller, als sie es für möglich gehalten hatte; dort wartete sie auf ihn, auf einem dünnen, zum Zerreißen gespannten Draht balancierend. Dann kam er in ihren Mund, und sie ließ sich fallen, trinkend und von einem konvulsivischen Zucken geschüttelt, während sie fiel. Und als sie dann schwer atmend und schweißgebadet dalag, hörte sie ihn »Baby« murmeln.

Lenna blieb drei Tage bei ihm. Sie aßen aus Kartons und Tüten in seinem Zimmer und manchmal in Cafés. In einer Bar sahen sie sich im Fernsehen einen Boxkampf an und tranken Jack Daniels ohne Eis. An den Abenden hörte und sah sie ihm und der Band beim Spielen zu. Am Morgen, am Nachmittag und bevor er zum Spielen ging, liebten sie sich. Sie sagte ihm nicht, daß sie ihn liebte, weil sie wußte, daß es so war, und deshalb wurde sie auch geliebt, und alles, was sie tat, geschah aus Liebe. Sie hatte keine Angst und war cool und gelassen in dieser für sie so gefährlichen Situation; Worte waren für die bestimmt, die Angst hatten. Sie wußte nicht einmal, ob er sie gut oder schlecht behandelte oder sie ihn. Es gab keine Karten oder Wegweiser. Auch die waren für die Ängstlichen. Es gab nichts dort draußen, wovor Lenna sich fürchten mußte. Es gab nur ihn und sie und das, was sie im nächsten Augenblick tun würden, und sie verschwendete keinen Gedanken daran, wie es vielleicht enden könnte.

Am vierten Abend war es zu Ende. Inzwischen war eine groß angelegte Suche nach ihr im Gang – sie war nicht nach Hause gekommen, vermutlich entführt –, die sich vor allem auf die Stadt konzentrierte, wo man ihren Wagen gefunden hatte. Faroe kam mit der ersten Maschine nach Hause und wartete auf eine Lösegeldforderung. Ihr Name stand in sämtlichen Zeitungen, die sie nicht gelesen hatte, und kam auf allen Nachrichtenkanälen, die sie nicht gesehen hatte.

Ein schwarzer Streifenpolizist entdeckte sie in dem Club, wo sie mit einem Glas Wein an ihrem Tisch saß. Der Cop ging zu Wes hinüber und sprach mit ihm. Lenna wußte sofort, worum es ging. Wes kam zu ihr herüber und lächelte. Er würde nicht zulassen, daß sein Herz hier brach, und sie ebenfalls nicht. Dafür waren sie zu furchtlos. Sie waren zu cool. Wes sagte: »Du mußt jetzt gehen, Baby.« Sie waren zu cool, sich zum Abschied zu küssen. Es war alles richtig, das wußte sie. Dann ging Wes zur Bühne zurück und spielte ein letztes Mal für sie.

Es war der Cop, dem die Angst ins Gesicht geschrieben stand.

»Verraten Sie niemandem je seinen Namen, haben Sie verstanden?« sagte er zu ihr. »Sie haben ihn nie getroffen; Sie waren nie hier.«

Als er sie zur Straße hinaufführte, hörte sie ihn wieder, den sehnsuchtsvollen, schmerzenden, unerträglich lange gehaltenen Ton, bis der Streifenwagen mit ihr davonrollte.

Grimes versuchte, sich Wes Clay vorzustellen. Über einen gewissen Punkt hinaus war es schwierig. Lenna hatte ihn nur vier wundervolle Tage gekannt. Ihre Erinnerung an ihn war das idealisierte Bild, das sich jeder Verliebte von seiner ersten Liebe konstruiert. Dies bedeutete nicht, daß es ein falsches Bild war – es lag ihm fern, die Wahrhaftigkeit ihrer Liebe in Frage zu stellen –, nur daß es für einen Dritten wie Grimes schwierig war, ein bißchen Fleisch und Blut um die glorifizierten Knochen zu hüllen. Doch er hatte den Eindruck, daß das kurze und makellose Glück ihrer Affäre Lenna dazu verleitet hatte, in ihrer Erinnerung eine Vollkommenheit zu konstruieren, die sie nie wieder finden würde. Sie hatte mit Wes Clay nicht lange genug zusammengelebt, um seine Fehler – so klein oder groß sie auch gewesen sein mochten – zu erkennen; sie hatte ihn niemals außer sich vor Wut gesehen oder im Griff seiner Launen und schlechten Angewohnheiten oder der sonstigen zahlreichen kleinen Schwächen, gegen die kein Mensch gefeit ist. Doch selbst wenn Wes während der Zeit, in der sie bei ihm gewesen war, solche Unzulänglichkeiten gezeigt hätte, wären sie für sie entweder nicht sichtbar gewesen oder nur ein weiteres Zeichen seines Charmes und ein Grund mehr, ihn zu lieben. Denn er war ihr Geliebter und darum perfekt und vollkommen für diese kurze Zeit.

Als sie nach Arcadia zurückkehrte, log Lenna und entschuldigte sich. Man verstand und glaubte ihr vielleicht sogar, denn ihr Körper trug keine Zeichen, die sie verraten hätten, und Wes Clay existierte nicht. Sie wurde zu einem Psychiater geschickt, den sie ebenfalls belog, und bekam bescheinigt, daß sie depressiv, vernachlässigt und verwirrt sei. Lenna hatte keine besonders klare Erinnerung an Faroes Reaktion auf all das, teils weil es ihr egal war, und teils weil sie sich tatsächlich deprimiert und verwirrt fühlte. Nach zwei Wochen begann ihr Körper, noch etwas anderes zu fühlen – sehr vage zunächst, doch zunehmend deutlicher –, und drei Wochen später war sie einen Monat über ihrer Zeit.

Lenna dachte an Abtreibung und wußte, daß dies für jeden, der einigermaßen bei Verstand war, die einzige Möglichkeit darstellte. Auch wenn sie in sich hineinhörte, wußte sie nicht, wer der Vater war, und wenn sie versuchte, es auszurechnen, kam sie zu dem Ergebnis, daß es sowohl Wes als auch Faroe sein konnten. Falls Wes der Vater war, war der Skandal vorprogrammiert; wenn Faroe es war, war sie zu einer lebenslangen Verbindung mit ihm verdammt, die sie nicht mehr wollte. Wenn sie wieder davonliefe, würden sie sie wieder einfangen. Sie war erwachsen und im Prinzip frei, zu tun und zu lassen, was sie wollte, aber sie wußte ohne jeden Zweifel, daß Faroe sie suchen und zurückbringen lassen konnte.

Vielleicht war sie damals tatsächlich nicht bei Verstand, eine Lähmung des Willens, eine Trägheit des Geistes – im Endeffekt war es egal, was es war – , denn der Entschluß nahm von ihr Besitz, die Schwangerschaft durchzustehen und das Kind auszutragen. Sie wurde von Übelkeit und Erbrechen geplagt; sie fühlte sich ausgelaugt und erschöpft; sie war anämisch und schwach; sie aß wenig und verlor Gewicht – all die normalen Heimsuchungen einer heimlichen, von lähmenden Angstattacken belasteten Schwangerschaft. Doch ihre tiefste, innerste Überzeugung, die sie niemandem hätte erklären können, selbst wenn sie es gewollt hätte, wankte nie. Komme, was da wolle, sie würde ihr Kind zur Welt bringen.

Ihr Kind.

Nach vier Monaten Schwangerschaft fühlte sie sich ungeheuer aufgebläht, doch nach der Waage im Badezimmer hatte sie kaum zwei Pfund zugenommen. Niemand bemerkte etwas, und falls eine der Dienstbotinnen es doch bemerkte, wagte sie nicht, es zu sagen. Während dieser Zeit ging Faroe seinen Geschäften nach. Nicht ohne Geduld bemühte er sich, ihre Stimmungen zu durchdringen, doch sie entwickelte eine aufbrausende Gereiztheit, die sie zuvor nicht an sich gekannt hatte. Faroe schickte sie wieder zu dem Psychiater, der ihre Schwangerschaft ebenfalls nicht registrierte. Nach fünf Monaten nahm sie ihr Essen mit auf ihr Zimmer und weigerte sich, mit Faroe zu schlafen oder ihn auch nur zu sehen. Trotz ihrer Überzeugung, daß sie langsam verrückt wurde, weigerte sie sich, noch einmal zu dem Psychiater zu gehen. Schließlich – nach einer Reihe von scheußlichen Szenen, in denen auch ein Schlosser und das Beiseiteräumen einer Barrikade eine gewisse Rolle spielten – fand Lenna sich mit Faroe allein in ihrem Zimmer wieder, und mußte feststellen, daß die Wölbung ihres Bauchs nicht mehr zu verheimlichen war.

Der Druck von dreiundzwanzig Wochen des Schweigens, der Heimlichtuerei, der wachsenden Angst und Paranoia durchbrach schließlich die Mauern ihrer Entschlossenheit. Sie erzählte Faroe alles, und er hörte ihr, die Lippen zu einem weißen Strich zusammengepreßt, schweigend zu. Als sie mit ihrer Beichte zu Ende war, stand Faroe auf und ging ohne ein Wort.

Das Schloß an der Tür wurde ausgetauscht, nur hatte sie diesmal keinen Schlüssel, und ihr Leben im Exil dauerte an. Sie wurde mit den nötigen Eisenpräparaten und Vitaminen versorgt, und jeden Abend kam Faroe in ihr Zimmer und machte mit ihr einen Spaziergang in den Gärten. Er verlor nie ein Wort über das, was er fühlte. Ihre Eltern erfuhren nichts von alledem – dies war sowohl ihr Wunsch wie auch der Faroes –, und sie sah niemanden, abgesehen von einer Krankenschwester aus Guatemala, die ihr das Essen brachte und ihr beim Baden half und kein Wort Englisch verstand. Trotz dieser Umstände war Lenna jetzt hoffnungsvoller gestimmt. Sie wußte – oder vielmehr glaubte sie, zu wissen –, was es für einen Mann wie Faroe bedeutete, daß seine Frau möglicherweise das Kind von einem Nigger in ihrem Leib trug. Vielleicht hatte sie die Qual des Zweifels an Faroe weitergegeben und dadurch irgendwie ihre eigene Qual vermindert. Ihre Gesundheit besserte sich, sie wurde kräftiger und nahm stetig zu. Und ihre Bindung zu ihrem Kind wurde zunehmend enger. Das Kind hatte um nichts gebeten und wußte nichts von der Welt, in die es geboren würde. Es wußte nichts über seinen Vater oder seine Rassezugehörigkeit. Während dieser letzten Monate machte Lenna sich Gedanken über die Zukunft. Wenn Wes der Vater des Kindes war, würde Faroe niemals zulassen, daß sie es behielt, das war ihr klar. Es würde ohne eine Spur irgendwo bei einer gut dafür bezahlten Familie verschwinden, deren Namen sie nie erfahren und die sie niemals finden könnte. Nein, sie unterschätzte Faroes Macht keineswegs. Und wenn es sein Kind war? Sie wußte nicht, was dann sein würde. War er fähig, zu vergeben und zu vergessen? Er verlor kein Wort darüber, und sie wagte es nicht, ihn darauf anzusprechen, aus Angst, ihn damit zu provozieren. Er würde das Kind als seines akzeptieren, daran zweifelte sie nicht, doch würde er ihr erlauben, daran Teil zu haben? Oder würde er sie aus Arcadia und der Nähe zu ihrem Kind verstoßen? Sie wußte es nicht.

Und ebensowenig wußte sie, daß Filmore Faroe bereits seinen Handel mit einem Teufel namens Clarence Jefferson abgeschlossen hatte.

Grimes hätte lieber nicht gehört, was als nächstes kam. Lenna hatte begonnen, ihre Hand gegen ihren Bauch zu pressen und ihn zu reiben, als quälte sie dort ein Schmerz, der sie zerriß. Und während sie mit ihrer Geschichte fortfuhr, gruben und krallten sich ihre Finger in ihren Leib; sie schaukelte vor und zurück, als sei sie von inneren Krämpfen geplagt, real und peinigend, und krümmte sich über ihre Knie nach vorn. Grimes war klar, daß dies ein psychischer Schmerz war, doch er unterdrückte den Impuls, die Hand auszustrecken und sie zu berühren. Das Beste, was er für sie tun konnte, war, stillzusitzen und zuzuhören, denn er wußte, daß dies eine Geschichte war, die nie zuvor jemand gehört hatte, und daß ihr Schmerz eine unvermeidbare Notwendigkeit für diese Geburt darstellte.

Als Lennas Fruchtblase platzte, brachte Faroe einen vietnamesischen Arzt ins Haus, dessen Namen sie nie erfuhr. Der Arzt gab ihr eine Spritze, und Lenna wachte in einer Hütte mit nur einem Raum und einem Wellblechdach wieder auf. Wo diese Hütte lag, wußte sie nicht. Ihre Gedanken taumelten durch einen rotierenden, sich windenden Tunnel aus Drogen, Schmerz und Angst, und sie konzentrierte sich auf ihre Aufgabe, das Kind aus ihrem Leib in die Welt zu pressen. Faroe war auch dort, mit versteinertem, grimmigem Gesicht; neben ihm die Latino-Krankenschwester und der vietnamesische Arzt. Stunden vergingen, und Lenna konzentrierte sich noch immer darauf, ruhig zu atmen und zu pressen. Dann begann Regen auf das Blechdach der Hütte zu trommeln. Als das Mädchen zur Welt kam und Lenna ihr Weinen hörte und hinsah, weinte Lenna ebenfalls. Sie weinte wegen ihrer Schönheit. Sie weinte wegen ihres verknautschten, vom Weinen roten Gesichts. Sie weinte wegen ihres unschuldigen, bebenden Zorns, mit dem sie ihre winzigen Fäustchen ballte. Und sie weinte wegen ihrer hellbraunen Haut, obgleich sie sie in diesem Augenblick gegen nichts in der Welt getauscht hätte.

Die leise murmelnde, lächelnde Krankenschwester brachte das Baby zur Seite, und der Arzt beugte sich über Lenna. Sie fühlte kaum den Stich einer weiteren Spritze. Lenna bat darum, das Kind wiederzubekommen. Sie konnte die Kleine nicht sehen. Sie hatte sie noch nicht einmal in ihren Armen gehalten. Sie bat noch einmal. Sie verlangte ihr Kind, forderte es und wurde ignoriert. Ihr Bewußtsein trübte sich und begann zu schwinden. Ihr fiel die Spritze ein, und sie kämpfte dagegen an, doch die Realität entglitt ihr mehr und mehr. Noch einmal verlangte sie das Kind, doch ihre Worte waren nunmehr ein undeutliches Lallen in ihren Ohren.

Gebt mir mein Kind.

Sie hörte, wie die Tür geöffnet wurde; das Prasseln des Regens schwoll zu einem Rauschen, und eine massige Gestalt – ein breiter, stämmiger Schatten mit einem Panamahut, die alles durchdringende Gegenwart des gekauften Bösen – trat in die Hütte. Ein ersticktes Aufstöhnen, das Klirren von Ketten.

Lennas Gehirn leistete verbissen Widerstand – jeder Wissenschaft Hohn sprechend – gegen die Chemikalien, die sich in ihr Bewußtsein fraßen und sie niederdrückten. Sie begriff. Sie versuchte zu schreien, doch ihre Stimmbänder waren gelähmt. Schüsse krachten, erbarmungslos klar und ohrenbetäubend laut in dem winzigen, erbärmlichen Raum, der jetzt vom Rauch der blutigen Exekution erfüllt wurde. Sie stemmte sich von der Matratze hoch.

Am Fuß des Betts kniete Wes Clay.

Sein einst so schönes Gesicht – noch immer schön, selbst jetzt – war so zerschlagen, daß sie bezweifelte, daß er ihre Augen sehen konnte. Noch immer war Lennas Kehlkopf von einer quälenden Lähmung befallen. Sie konnte nicht sprechen. Sie konnte nicht schreien. Sie kämpfte gegen die herabsinkende Ohnmacht an. Ein dumpfer Schlag. Wes Clay ächzte und kippte nach vorn, aus ihrem verschwommenen Gesichtsfeld. Sie sah Filmore Faroe, sein Gesicht eine glänzende Maske fanatischer Bigotterie, während abscheulicher Schaum aus seinem Mund quoll. Er hob beide Arme über seinen Kopf. Ein Aufblitzen von Stahl in dem matten Lampenschein, und eine einzige verzweifelte Frage überflutete ihre verwirrten Sinne: Wo ist mein Kind? Lenna kroch zum Rand des Bettes. Sie sah sie – ihr Baby, ihr kleines Mädchen – dort – in unschuldiger Zufriedenheit in der Beuge eines dicken, sich wölbenden Arms, sicher im Griff einer riesigen Hand. Lenna versuchte, ihre Arme zu heben, um ihr Baby zu nehmen, zu liebkosen und zu halten. Doch bevor sie noch die Arme ausstrecken konnte, erstarrte sie vor dem Anblick des entsetzlichen, alles verschlingenden Grauens, das sich vor ihren Augen auftat.

Tropfend und hin- und herschwingend hing, von Filmore Faroes blutverschmierter Faust an den Haaren gehalten, Wes Clays Kopf vor ihr in der Luft.

Noch immer konnte Lenna nicht schreien. Sie sah in Faroes Gesicht empor.

Faroe blinzelte zweimal. Dann ließ er seine Trophäe sinken, drehte sich um und verschwand ohne ein Wort.

Lenna fiel von der Matratze auf die blanken Holzdielen. *Ihr Baby!* Sie rappelte sich auf die Knie hoch, mit dröhnendem, wattegefülltem Kopf und flüssigem Gummi in ihren Adern und Gliedern. Das Krachen der Tür drang durch den Nebel. Sie hob den Kopf.

Der Raum war leer.

Die massige, stämmige Inkarnation des Bösen – und das in Lumpen gewickelte Bündel Unschuld in seinem gewaltigen Arm – waren wie vom Erdboden verschluckt, verschwunden. Und mit ihrem Verschwinden entschwand auch Lennas Seele, und ihr Herz erstarrte zu Stein.

Und jetzt schrie sie: mit einem Schmerz zu groß und zu tief für menschliches Begreifen.

Sie kroch durch nasses, klebriges Blut. Vorbei an einer schimmernden Machete; vorbei an leblosen Körpern, einem, zwei; vorbei an einem dritten, den sie nicht anzusehen wagte. Die Tür schwankte vor ihr im matten Lichtschein. Blutverschmierte, gefühllose Finger tasteten nach dem Knauf, drehten ihn und zogen daran.

Peitschender Regen schlug ihr ins Gesicht.

Ein gleißender, zackiger Blitzspeer spaltete den Himmel.

Sie kroch weiter, hinaus in den mit nassen Geißeln wütenden Wind einer endlosen Nacht.

Endlich fiel sie. Und während sie fiel, schleuderte sie mit einer Stimme, die viel älter war als ihre eigene, einen Schrei über die nächtlichen Felder, der so unermeßlich und bodenlos war wie die Dunkelheit selbst.

FÜNF

In seinem Leben als Arzt hatte Grimes, mehr als ihm zuträglich war, mit der endlosen Vielfalt menschlichen Leidens – meist wahllos und ohne erkennbaren Grund zugemessen – Bekanntschaft gemacht. Dennoch war er von Lennas Erzählung wie betäubt. Faroes Verbrechen war so ungeheuerlich, daß eine solche Tat für jeden gewöhnlichen Sterblichen nur im Zustand geistiger Umnachtung oder als eine von einer tiefen Psychose gesteuerte Handlung möglich gewesen wäre. Aber Faroe war kein Wahnsinniger. Er hatte sich im Recht gefühlt – von jeder Schuld losgesprochen und bis in die letzte Faser seines Wesens durchdrungen und gerechtfertigt von den Werten einer ganzen Subkultur, eines noch immer lebendigen Relikts der Geschichte, das schwarze Menschen für weit geringere Vergehen tötete als das von Wes Clay; und nicht zuletzt losgesprochen auch von seinem eigenen Geschlecht, einem Geschlecht, das auszusterben verdiente.

Lenna saß auf dem Sofa. Ihre Bauchkrämpfe schienen sich gelegt zu haben. Sie weinte nicht mehr und wirkte nur noch erschöpft. Grimes hätte dieses oder jenes sagen können, doch alle Worte wären nichts als Platitüden gewesen – hohl und leer und ohne Bedeutung angesichts der Dimension dessen, was sie erlitten hatte. Seine Worte hätten ihr nicht geholfen, sondern nur seinen eigenen Wunsch, zu helfen, befriedigt. Er hielt seine Worte und seine Tränen zurück und ließ sie zu Ende erzählen.

Später in der Nacht, in der Lenna ihr Kind geboren hatte, fand Filmore Faroe ihren bewußtlosen Körper und brachte ihn nach Arcadia zurück. Als sie zu sich kam, erzählte er ihr, daß das »Kind des Niggers« getötet worden sei. Während all der Jahre, die folgten, gab Faroe nie auch nur mit einer Andeutung zu erkennen, daß er es für möglich hielte, daß dies nicht die Wahrheit wäre, Lenna verharrte in diesem an Katatonie grenzenden Zustand des völligen psychischen Zusammenbruchs noch viele Monate lang. Dann tauchte der Spieler von Spielen, die massige Verkörperung des Dunklen – Clarence Jefferson – wieder auf, erschien heimlich bei ihr und bot ihr sein Geschenk an, dem nicht zu widerstehen war.

Grimes konnte sich seine samtene Karamelstimme lebhaft vorstellen, seine strahlenden und schamlosen Augen, die überzeugende Kraft seiner Logik, mit der er auf die traumatisierte Frau einredete und sie in sein Netz lockte.

Sie könne, so erzählte ihr Jefferson, Faroes Herz zurückgewinnen. Ja, wirklich, denn ein solch monströses Verbrechen mache sogar Faroe verwundbar für die Schwäche, den Virus der Schuld. Jefferson kenne Faroe besser als Faroe sich selbst; darüber hinaus sei ihm nichts Menschliches fremd. Faroe habe Lenna geliebt, und es gebe nicht viele betrogene Liebhaber, die nicht auf dem tiefsten, verborgensten Grunde ihrer Eifersucht und Scham die Treulose noch mehr liebten, und selbst wenn er sie zugleich auch hasse, werde Faroe ihre reumütige Rückkehr akzeptieren, versprach ihr Jefferson. Wenn Lenna Rache nehmen wolle, die sie wieder ins Leben zurückbringen würde, müsse sie ihm vertrauen. Dann – wenn sie Faroes Zuneigung wieder gewonnen habe, werde Clarence Jefferson in die Tat umsetzen, was immer ihr als Strafe vorschwebe.

Grimes zweifelte nicht einen Augenblick daran, daß Jefferson auch Filmore Faroe mit ähnlich salbungsvollen Worten zu dem verhängnisvollen und mörderischen Vorgehen überredet hatte, das dieser dann an den Tag legte.

Grimes war klar, daß das meiste, was in dieser Welt als böse angesehen wurde, in Wahrheit nichts weiter war als das Produkt von Dummheit und anderen menschlichen Schwächen wie Selbsttäuschung, Habsucht und Haß. Clarence Jefferson stand über solchen emotionalen und intellektuellen Fallstricken. Er hatte es sich zur Aufgabe gemacht, die Maske fortzureißen, hinter der sich – wie er es sah – alles menschliche Leben in unverzeihlicher Unkenntnis seiner wahren Natur verkroch. Der Kosmos war amoralisch und scherte sich einen Dreck um das, was in Menschen vorging. Alle Männer – alle Frauen – waren in ihrer tiefsten Seele gewalttätig und schlecht. Alles, was die Zivilisation erschaffen hatte – Gesetzeswerke, Religion, Kunst – war nichts als ein bröckelnder Schutzwall, der immer wieder durchbrochen wurde und nur dem einen und einzigen Zweck diente: die gewalttätige, tobende See des Bösen im Menschen einzudämmen. Die einzige Erlösung, die einzige absolute Wahrheit lag darin, das Böse anzunehmen und es im größtmöglichen Ausmaß auszuleben. Dies war Jeffersons *raison d'être*. Er war der Calvin des *Bösen Menschen*, ein Philosophenkönig der Verworfenheit.

Und in ihrer geistigen und seelischen Wüste hatte Lenna zugehört und die Worte des dicken Mannes vernommen. Die Vorstellung entsetzte Grimes, doch es war vermutlich genau das richtige: Haß war ihr einziger Ausweg gewesen, das einzige Rettungsseil, das stark genug war, sich an ihm aus dem Wahnsinn herauszuziehen. Welch andere Emotion konnte ihrem Leben noch Sinn geben? Die gekaufte Liebe eines Therapeuten etwa? Der hehre Balsam des Verzeihens? Er konnte beinahe hören, wie Jefferson bei diesem Gedanken in seinem Grab ein ironisch glucksendes Lachen ausstieß. Allein der Haß hatte Lenna die Kraft gegeben, ihre geistige Gesundheit und ihr Selbst wiederzufinden. Sie hatte sich gegen die Selbsterniedrigung gewappnet, die sie, wie sie wußte, würde ertragen müssen, und über die Jahre hinweg hatte sie schließlich Faroes Vergebung und dann seine Liebe und am Ende sogar sein Vertrauen wiedergewonnen.

Dann hatte sie dem dicken Mann gesagt, was sie wollte, und selbst er war beeindruckt gewesen.

Jefferson arrangierte Faroes angeblichen Tod bei dem Verkehrsunfall, wobei er sich eines Stadtstreichers von ähnlichem Aussehen und Körperbau bediente. Er tauschte die entsprechenden Röntgenaufnahmen und Krankenblätter aus, wählte den geeigneten Leichenbeschauer und Untersuchungsrichter und kümmerte sich um alle rechtlichen und offiziellen Angelegenheiten, bis hin zu der bewegenden und tränenreichen Einäscherungszeremonie, nach der Faroes Asche in den von ihm selbst angelegten Garten von Arcadia verstreut wurde. Der echte Filmore Faroe war inzwischen ein mit Drogen vollgepumpter Gefangener, der ahnungs- und besinnungslos der Fertigstellung des Steinhauses und der Anheuerung der Jessups entgegendämmerte.

Schweigend hörte Grimes zu, was sie mit Faroe gemacht hatte. An dem erbarmungslos und perfekt inszenierten Sadismus ihrer Rache erstaunte ihn nicht nur dessen Präzision und Maßlosigkeit, sondern vor allem die lange Zeit, die sie ihn durchzuhalten imstande gewesen war. Er hätte sich für etwas weit Primitiveres und Kürzeres entschieden – etwas, wobei vermutlich ein stumpfes Messer oder eine rostige Rasierklinge eine Rolle gespielt hätte. Lenna zählte die Jahre nicht, die sie ihn in seinem Gefängnis verfaulen ließ. Emotionslos berichtete sie über Filmore Faroes Befreiung aus dem Steinhaus und daß er sie von Jack Seed dort hatte hinschaffen lassen, damit der mit ihr tun und lassen konnte, was er wollte. Dann saß sie zusammengesunken auf dem Sofa und starrte ins Leere.

Grimes dämmerte, daß sie in noch größeren Schwierigkeiten steckten, als er vermutet hatte. Filmore Faroe war in diesem Augenblick sicherlich ein sehr wütender Mann, dem gewiß nicht entgehen würde, daß er, solange Lenna auf freiem Fuß war und nach Jeffersons gesammeltem Belastungsmaterial suchte, noch lange nicht außer Gefahr war. Die Macht, die Lenna besessen hatte, lag jetzt in Faroes Händen, und diese Macht richtete sich gegen sie. Und auch gegen George und Ella. Grimes sah Lenna erneut an und wußte nicht, was er tun sollte. Einen Augenblick lang wünschte er sich, sie würde sich vor seinen Augen in Luft auflösen. Dann schämte er sich wegen dieses Gedankens.

»Es war Jeffersons Brief, dem Sie entnommen haben, daß Ihre Tochter lebt«, sagte er.

Lenna nickte, noch immer ins Leere starrend.

»Und daß ich das Übrige weiß.«

»Das wissen Sie doch auch, oder?«

»Ja«, sagte Grimes. »Ich wußte es die ganze Zeit. Warum haben Sie mir das alles nicht erzählt?«

»Ich konnte Ihnen nicht trauen. Nicht im Hinblick auf Ella, die allein irgendwo da draußen war. Ich wußte nicht, wem ich glauben sollte. Und Jefferson schrieb mir, ich dürfe Sie nicht unter Druck setzen. Er sagte, ich solle warten.«

Lenna sah ihm in die Augen. Der Klang ihrer Stimme änderte sich ein wenig, und sie zitierte ohne zu zaudern Jeffersons Brief.

»›Sag ihm das, Lenna, und nur das, dann gedulde dich und warte … Denn Grimes, so wie du ihn vor dir siehst, ist ein Clown – ein wahrer Clown, ein Narr –, und deshalb hat er das Herz eines Clowns, und wenn er die Zeit für gekommen hält – die Zeit des Narren und nicht die, die möglicherweise für seine Absichten am günstigsten erscheint –, wird er zu dir kommen mit seinem Clownsmut und seiner Narrenkraft und dir beistehen und den Weg zeigen, den nicht einmal er selber weiß.‹«

Grimes sah in ihr gequältes Gesicht, so lange er es ertrug. Dann schluckte er und stand auf.

Er ging zur Tür hinüber, zog sie auf und sah nach draußen. Der Regen hatte sich zu einem feinen Nieseln abgeschwächt. Gul trottete an ihm vorbei und verschwand in der Dunkelheit. Grimes steckte sich eine Pall Mall an und dachte über Jefferson nach. Er haßte ihn. Der dicke Mann hatte sein vergiftetes Netz in einem weiten Bogen über Raum und Zeit gesponnen, doch sein Genie lag in dem Umstand, daß er die darin gefangenen Menschen nicht selbst auffraß. Er ließ sie sich gegenseitig auffressen, während er dabeistand und lachte. Er labte sich an dem Kampf und der Qual, mit der sie sich gegenseitig zerfleischten. Alles, was Grimes in dieser Nacht erfahren hatte, bestätigte nur seine ursprüngliche Ansicht, daß die einzige Möglichkeit, damit umzugehen, die war, sich einfach von dem Netz fernzuhalten. Doch Jefferson hatte selbst das vorhergesehen; mit dem scheinbar unverfänglichen Satz *»Grüßen Sie Ihren Vater von mir«* hatte er auch Grimes in die Falle gelockt. Der Hohn mit dem Flugticket hatte es nur noch unausweichlicher gemacht, daß Grimes, der Narr, genau das Falsche tun würde. Wäre der Brief ohne das Ticket angekommen, hätte Grimes ihn auf der Stelle verbrannt und seine Sachen gepackt, um nach Montana zu verschwinden. Aber er hatte es nicht getan und hatte Jeffersons Grüße an seinen Vater ausgerichtet – und jetzt waren er und George und Ella und weiß der Himmel wer noch eifrig damit beschäftigt, für den dicken Mann die schmutzige Arbeit zu erledigen. Haß. Jefferson hatte Grimes einige seiner eigenen Lektionen über Haß gelehrt. Das Flugticket war mehr gewesen, als nur Hohn: es war eine stete Erinnerung, die ihn zwang, vor sich selbst zuzugeben, daß er noch immer – selbst jetzt noch – von all dem einfach weggehen konnte, wenn er es wollte. Er konnte sie alle sitzenlassen in dem ganzen Schlamassel. Dann würden seine Überlebenschancen um einiges besser sein, als sie es im Augenblick waren.

Er schnippte die Zigarette in das nasse Gras und wandte sich von der Tür ab. Ohne Lenna anzusehen, ging er zum Trockner und nahm seinen Anzug heraus. Er war noch immer ein bißchen feucht, doch Grimes war nicht in der Stimmung, sich deshalb graue Haare wachsen zu lassen. Gul kam wieder hereingetrottet, von neuem durchnäßt und mit wachsam gespitzten Ohren; er folgte Grimes, der mit dem Anzug überm Arm ins Schlafzimmer ging. Er fand ein sauberes Hemd und stieg in den Anzug. Vor dem Spiegel band er sich seine schwarze Krawatte um, ohne sich in die Augen zu sehen. Seine Schuhe waren noch immer naß und kalt, aber dagegen konnte er nicht viel tun; er wollte verdammt sein, wenn er mit Schuhen an den Füßen starb. Mühsam band er die Krawatte fertig und drehte sich zu Gul um, der auf seinen Hinterbeinen saß und mit blindem Gehorsam zu ihm aufsah.

»Wir sind im Arsch, Kumpel, weißt du das?« brummte Grimes.

Gul erhob sich und kam angetrottet. Grimes ließ sich in die Hocke sinken. Gul leckte ihm die Kehle, und Grimes schob seine Hand in das Maul des Hundes. Gul kaute auf seinen Fingern, ohne ihm weh zu tun.

»Weißt du, was Clarence Jefferson zu mir gesagt hat, bevor er gestorben ist?« fragte Grimes.

Gul ließ seine Hand los und sah ihn wartend an.

»Er hat gesagt: ›Sag mir, daß du mich nicht haßt.‹«

Gul blinzelte.

Grimes grinste und rieb dem Hund die nassen Flanken, bis er fühlte, wie der Haß aus seinem Herzen verschwand. Wenn er es ohne Haß tun könnte, wäre es die Sache vielleicht wert. Und – auch wenn er ein streitsüchtiger alter Bastard war – Grimes wollte seinen Vater wiedersehen. Er warf einen Blick zu dem Tisch hinüber, auf den er den Inhalt seiner Taschen geleert hatte: Brieftasche, Schlüssel, Revolver, Paß, Ticket nach Argentinien. Gedankenverloren schlenderte er zum Tisch, steckte alles in seine Taschen und ging ans Fenster. Der Regen hatte aufgehört. Er schnalzte mit der Zunge, und Gul trottete neben ihm ins andere Zimmer zurück. Lenna saß noch immer so auf dem Sofa, wie er sie verlassen hatte. Sie starrte noch immer ins Leere und sah verloren aus.

»Sie sollten sich anziehen«, brummte Grimes.

Lenna reagierte nicht.

»Lenna?« sagte Grimes.

Sie sah zu ihm auf.

»Ziehen Sie sich an«, sagte Grimes. »Wir fahren nach Baton Rouge.«

»Ich dachte, wir fahren nach Georgia«, erwiderte Lenna.

»Wir brauchen einen Flughafen«, erklärte er. »Ich habe ein Ticket, das wir benutzen können.«

SECHS

Rufus Atwater saß in Filmore Faroes Arbeitszimmer und sehnte sich danach, eine Kool zu rauchen, wagte es aber nicht, zu fragen. Ihm gegenüber thronte Faroe hinter seinem lederbezogenen Schreibtisch und starrte ihn aus Reptilienaugen an.

Während Atwater zum Steinhaus gefahren und mit seiner entnervend makabren Ladung von Medikamenten, Toten und schlechten Neuigkeiten wieder nach Arcadia zurückgekehrt war, hatte Faroe sein äußeres Erscheinungsbild verändert. Das verwahrloste Wrack mit grauen, wirr im Gesicht klebenden Haaren, das Atwater auf den Stufen zurückgelassen hatte, trug jetzt einen grauen Anzug mit blauer Seidenkrawatte. Außerdem hatte sich Faroe den Kopf vollkommen kahl rasiert und sah gefährlicher aus als irgendeiner der hartgesottenen Ganoven, die Atwater in seiner Eigenschaft als Staatsanwalt je zu Gesicht bekommen hatte. Dieser Effekt wurde durch die Gegenwart des Kubaners, Roberto Herrera, noch verstärkt, der im Schatten hinter Faroes rechter Schulter stand. Ab und zu sagte Faroe etwas in schnellem Spanisch zu Herrera, der stumm dazu nickte, und Atwater fühlte sich noch unwürdiger und verunsicherter, als er ohnehin schon war. Faroe legte ihm die Daumenschrauben an: dieser kubanische Schwanzlutscher sprach Englisch.

Jack Seed, den Atwater jetzt vermißte und zugleich in die Hölle wünschte für seine Idiotie, lag mit halb weggeblasenem Kopf und abgebissenem Schwanz und Eiern in eine Decke gewickelt draußen in dem Dodge Tradesman Lieferwagen. Aber jetzt gab es kein Zurück mehr. Bobby Frechette umzunieten, war ein entscheidender Wendepunkt gewesen. Als Atwater, den Abzug der Automatic wieder und wieder drückend, durch die Tür marschiert war, hatte er sich für immer verändert. Er war kein Staatsanwalt mehr: Er war ein Killer. Elend und deprimiert oder nicht – er sollte sich allmählich auch wie einer benehmen.

Atwater hatte Faroe alles über die Parillaud, über Jefferson und seine und Seeds Nachforschungen, die zur Befreiung Faroes aus dem Steinhaus geführt hatten, erzählt. Beinahe wie ein nachträglicher Gedanke, und nur um der Vollständigkeit willen, hatte er auch Dr. Grimes erwähnt. Jefferson hatte vor Jahren für Faroe gearbeitet, und der Gedanke an das versteckte Beweismaterial – höchstwahrscheinlich auch gegen ihn –, hinter dem die Parillaud und die anderen Interessengruppen her waren, hatte Faroe ins Grübeln gebracht. Seit fast einer Stunde saß er schweigend vor sich hinbrütend an seinem Schreibtisch. Niemand hatte gewagt, seine Gedankengänge zu unterbrechen, und Atwater war zu dem Schluß gekommen, daß er es auf keinen Fall tun würde.

Endlich drehte Faroe den Kopf halb zu Herrera um und knurrte etwas in Spanisch, das sich wie eine Reihe von Befehlen anhörte. Herrera hörte aufmerksam zu – sein hageres Gesicht wirkte schlau, wie Atwater zugeben mußte, vielleicht sogar intelligent –, dann salutierte er – Herr im Himmel, er salutierte! – und verließ den Raum mit forschem, militärischem Schritt. Als die Tür hinter ihm ins Schloß gefallen war, rieb sich Faroe mit der Hand über seinen glattrasierten weißen Schädel und sah Atwater an.

»Kein Grund, wegen Colonel Herrera beunruhigt zu sein, Mr. Atwater«, sagte Faroe. »Seine Interessen überschneiden sich in keiner Weise mit den Ihren. Hier ist Teamarbeit gefordert.«

Atwater ließ die Luft aus seinen Lungen entweichen und hoffte, daß es nicht wie ein erleichtertes Aufatmen klang. Er würde also nicht zusammen mit Jack irgendwo auf der Plantage verscharrt werden. Er wurde nach wie vor gebraucht. Er war noch immer ein Mitglied des Teams. Seine Zuversicht kehrte allmählich zurück.

»Ich wußte gar nicht, daß er Colonel war, Mr. Faroe«, sagte er.

»Kubanische Luftwaffe. Er ist mit einer von Fidels MiGs

abgehauen. Unsere Regierung zeigte sich dankbar, aber nicht so dankbar, wie Colonel Herrera es gerne gesehen hätte. Er nimmt an, daß ich nicht annähernd so knauserig sein werde.«

»Wie immer er sich entscheidet, Sie können auf mich zählen, Mr. Faroe«, sagte Atwater.

»Es ist wichtig, daß Sie verstehen, was hier auf dem Spiel steht, Mr. Atwater. Meine Rückkehr ist ein weit komplizierteres Unterfangen, als Sie vielleicht annehmen. Ich werde Zeit brauchen, mich mit der Situation wieder vertraut zu machen. Schließlich bin ich offiziell tot. Aber dieser Zustand hat durchaus auch gewisse Vorteile, wie Sie sich sicherlich vorstellen können.«

Atwater hatte eine nur äußerst vage Vorstellung davon, doch er wollte Faroe wissen lassen, daß er mit von der Partie war. »Vollkommen«, sagte er.

»Voraussetzung für meine erfolgreiche Rückkehr an den mir zustehenden Platz ist, daß wir Magdalena lebend in die Finger kriegen. Ist Ihnen das klar?«

Atwater war dies alles andere als klar. »Ich denke schon, Sir«, sagte er.

»Sie sind Staatsanwalt, und zweifellos ein sehr guter. Ich bin sicher, Sie können weit kompetenter und besser als ich die Verbrechen auflisten, die Magdalena begangen hat, und deren Hauptopfer ich bin.«

Jetzt begriff Atwater. Er nickte grinsend.

»Ich kann mir vorstellen, daß sie schwere Zeiten vor sich hat.«

»Ich bin mir sicher, man kann es so arrangieren, daß sie niemals vor einem Gericht erscheinen wird«, sagte Faroe. »Selbstmord im Gefängnis ist schließlich nichts Ungewöhnliches.«

»Das kommt vor, ja«, sagte Atwater.

»Ich will mich im Augenblick nicht in der Öffentlichkeit zeigen. Wenn wir Magdalena erst mal haben, kann ich meine Rückkehr unter die Lebenden in aller Ruhe vorbereiten. Und dann kann auch meine Befreiung aus dem Steinhaus zu gegebener Zeit rekonstruiert werden.«

Atwaters Augenbrauen wölbten sich beeindruckt. »Deshalb also sollten wir die Jessups in die Tiefkühltruhe legen.«

Faroe nickte. »Und diese Atempause als Toter ist jetzt, wo wir so dicht an Jeffersons Vermächtnis dran sind, um so wichtiger. Sie sind offenkundig ein Mann von beträchtlicher Intelligenz, Mr. Atwater. Vermutlich können Sie sich ebenso gut wie ich vorstellen, welche Art von Beweismaterial er beiseite geschafft hat. Aber Sie können sich wohl schwerlich vorstellen, welch ungeheuren Nutzen ich daraus ziehen kann.«

Für Atwater war dies beileibe kein neuer Gedanke. Doch es erschien ihm als kluge Politik, damit vor seinem neuen Herrn nicht zu prahlen. »Da haben Sie recht, Sir. Ich wüßte nicht, was ich damit anfangen sollte.«

»Dieses Material wird meine Rückkehr in die Arena mehr als vereinfachen; es gibt mir mehr Macht in die Hand, als sich irgend jemand im ganzen Staat – ob gewählt oder sonst irgendwie zu Einfluß gelangt – erträumen kann. Vielleicht sogar im ganzen Süden.«

»Wir haben seit Monaten nach Jeffersons Hinterlassenschaft gesucht«, sagte Atwater. »Ich weiß nicht, ob wir so nahe dran sind, wie Sie es gerne hätten. Oder ob wir Miß Parillaud überhaupt finden können. Selbst wenn alle polizeilichen Behörden zusammenarbeiten, ist die Suche nach jemandem, der untergetaucht ist, mehr oder weniger eine Sache des Glücks.«

»Das meiste Glück entstammt den Fehlern anderer«, sagte Faroe. »Es ist klar, daß Dr. Grimes unvorbereitet in diese Sache geschlittert ist. Die Chancen stehen also nicht schlecht, daß er einen Fehler gemacht hat.«

»Grimes?« fragte Atwater verwirrt. »Wie paßt der in das Bild?«

»Ist Ihnen das Occamsche Ökonomieprinzip ein Begriff?« fragte Faroe.

»Ich fürchte, nein«, erwiderte Atwater.

»Es ist eine Maxime der Scholastiker des Mittelalters zur Lösung von Problemen der Kausalität. Wenn man die Wahl hat zwischen einem einzigen plausiblen Grund für ein Phänomen einerseits und mehreren verschiedenen, doch in ihrer Summe ebenso plausiblen Gründen andererseits, dann liegt die Lösung des Problems mit großer Wahrscheinlichkeit in dem singulären Grund und nicht in den vielfachen Gründen.«

Diese Art von Geschwätz erinnerte Atwater immer fatal an die entbehrungsreichen Jahre an der Uni. Nichtsdestoweniger konnte er folgen.

»Sie wollen sagen, daß Grimes der Schlüssel sowohl zu Miß Parillauds Verschwinden als auch zu Jeffersons Vermächtnis sein kann.«

»Sehr gut. Wissen Sie, wo Grimes wohnt?«

»Ja, Sir«, erwiderte Atwater.

»Fahren Sie hin und durchsuchen Sie seine Wohnung, seine Praxis und was auch immer. Finden Sie etwas.«

»Ich habe bereits zwei Männer auf seinen Vater angesetzt. Er heißt George. Grimes hat sich gestern abend mit ihm getroffen; es sah aus, als hätten sie sich wegen irgendwas gestritten.«

»Sehen Sie? Sie sind schon von ganz alleine draufgekommen«, sagte Faroe.

Atwater konnte sich des Verdachts nicht erwehren, daß dies eine beschönigende Art war, ihm zu sagen, daß er ein Arschloch sei. Na schön. Er würde Faroe beweisen, daß er mehr brauchte als einen Haufen dahergelaufener kubanischer Piloten, um die Situation in den Griff zu kriegen. Und dann würde ihm als Lohn für seine Loyalität ein ordentlicher Batzen Geld ins Haus stehen. Atwater stand auf.

»Ich kümmere mich darum«, sagte Atwater.

»Keine Polizei«, sagte Faroe. »Nicht, bis ich bereit dazu bin.«

»Selbstverständlich«, sagte Atwater.

Er war in einem Maß irritiert, daß er es wagte, die Frage zu stellen, die ihm die ganze Nacht nicht aus dem Kopf gegangen war.

»Bitte vergeben Sie mir meine Neugier, aber ich muß Sie einfach fragen. Aus welchem Grund hat Miß Parillaud Sie in diesem Gefängnis eingesperrt?«

»Ich habe Ihrer Neugier schließlich meine Freiheit zu verdanken, Mr. Atwater«, sagte Faroe. »Und deshalb vergebe ich Ihnen.« Er beugte sich vor, und seine Stimme klang eine halbe Oktave tiefer. »Aber wenn Sie mir oder sonst irgend jemandem diese Frage noch einmal stellen, dann wird unsere Beziehung so abrupt zu Ende sein, wie ein Fingerschnippen von mir.«

»Ich glaube, das ist alles, was ich wissen wollte«, murmelte Atwater.

Er wandte sich um und ging zur Tür, die Hand bereits in der Tasche mit seinen Kools, aber irgend etwas bohrte noch immer in ihm. Er arbeitete für Faroe, keine Frage, aber es gefiel ihm nicht, wie ein Dienstbote behandelt zu werden. Als er die Tür aufzog, drehte er sich noch einmal um.

»Wo ist Herrera hingefahren, Mr. Faroe?« fragte Atwater. »Ich glaube, Sie sollten mir das sagen.«

»Der Colonel besorgt die nötigen Muskeln, die wir brauchen, um Ihrem Grips Geltung zu verschaffen«, sagte Faroe. »Er beschafft die erforderliche Ausrüstung und mehr Männer.«

»Was für Ausrüstung?« fragte Atwater.

»Ich habe ihn beauftragt, so viel Feuerkraft zu rekrutieren, wie er für nötig hält«, sagte Faroe. »Inklusive einem Hubschrauber.«

Aus irgendeinem Grund machte dies, mehr als alles andere, Atwater mit einem Schlag bewußt, wie tief die Scheiße war, in die er hineingeriet. Dann registrierte er, wie Faroes Reptilienaugen ihn durchbohrten. Er wollte nicht, daß Faroe glaubte, er hätte Bedenken, also erwiderte Atwater den Blick der Reptilienaugen und setzte sein, wie er fand, Clarence-Jefferson-Grinsen auf.

»Ein Helikopter ist genau das, was der Onkel Doktor verschrieben hat.« Irgend jemand mußte schließlich den Platz des Captain einnehmen, jetzt, wo er nicht mehr unter den Lebenden weilte.

Rufus Atwater machte die Tür hinter sich zu, steckte sich eine Kool an und machte sich auf den Weg, um Cicero Grimes an die Wand zu nageln.

SIEBEN

Der Morgen graute bereits, als sie die Vororte von Baton Rouge erreichten und nach Nordwesten in Richtung des Ryan Airport abbogen. Grimes fühlte sich benommen und schwindlig. Er war so müde, daß er nicht mehr in der Lage war, Dringlichkeit oder Eile oder sonst irgendein Gefühl für die Kilometer, die noch vor ihnen lagen, zu empfinden, doch sein Körper funktionierte mechanisch. Sie waren in Bewegung. Außerdem hatte er Hunger. Er brauchte einen Kaffee und heiße Pfannkuchen und nahm an, daß es Lenna, die mit dunklen Ringen unter den Augen neben ihm saß, ähnlich erging. Wenigstens sie hatte während der Fahrt eine Weile schlafen können.

»Möchten Sie eine Pause machen und was essen?« fragte Grimes.

Lenna schüttelte den Kopf. »Ich hab' keinen Hunger.«

Anstatt eines Frühstücks zündete sich Grimes eine Zigarette an. Sie schmeckte ziemlich beschissen. Wenige Minuten später sah er die Ausfahrt zum Flughafen und bog ab. Lenna drehte sich um und sah über die Sitzlehne nach hinten zu Gul.

»Heißt das, daß wir Ihren Freund hier zurücklassen?« fragte sie.

»Sie machen Scherze«, brummte Grimes. »Glauben Sie, ich könnte irgendwas von dem, was uns bevorsteht, alleine auf die Reihe kriegen? Wir chartern uns ein Flugzeug.«

»Haben Sie das Geld dazu?« erkundigte sich Lenna.

Nein. Und Sie tragen seit Jahren kein Geld mehr mit sich herum, hab' ich recht?«

»Ja. Gestern hätte ich die ganze Airline kaufen können.«

Grimes bog auf den Parkplatz.

»Vielleicht ist ein Flug in der Touristenklasse eine interessante Erfahrung für Sie«, grinste Grimes.

Er lenkte den Wagen in eine Parklücke, und Lenna stieg

aus und warf die Tür zu. Grimes drehte sich zu Gul um, der den Kopf von der Sitzbank gehoben hatte und ihn ansah, als wollte er sagen »Wo bleibt die Action?« Grimes stieß die Fahrertür auf, und Gul erhob sich auf alle viere, wobei er mit dem Kopf gegen das Wagendach krachte.

»Okay, du Blödmann«, sagte Grimes. »Laß uns lostigern und etwas Kohle auftreiben.«

Grimes stieg aus, und Gul folgte ihm. Sie gingen zum Terminal hinüber, und als die automatischen Türen hinter ihnen zuglitten, erspähte Grimes ihr erstes Problem: Ein Mann vom Sicherheitsdienst kam auf sie zugewatschelt, ein Typ von der Sorte, die sich nur deshalb für einen Job wie diesen bewirbt, damit sie den Leuten sagen können, daß sie nicht rauchen oder barfuß herumlaufen dürfen. Sein Blick war auf Gul fixiert. Grimes hörte ein leises Knurren neben sich. Ohne nach unten zu sehen, sagte er leise:

»Ich möchte ihn auch am liebsten umbringen, Kumpel. Aber wir müssen cool bleiben. *Cool*. Unser Motto ist: Kühle Brise, leiser Tod.«

Es schien zu funktionieren. Das Knurren erstarb. Grimes schenkte dem Sicherheitsfuzzi ein falsches Lächeln, doch der lächelte nicht zurück.

»Ich fürchte, Sir, Sie können Ihren Hund hier nicht mit reinbringen«, sagte der Sicherheitsmann.

»Ich hab' gar keinen Hund«, sagte Grimes.

Der Wachmann schien ein wenig aus dem Gleichgewicht ob dieser dreisten Behauptung. Er starrte auf Gul hinab, der zurückstarrte. Grimes hoffte, der Wachmann würde dem Hund nicht länger in die Augen starren, als für ihn ratsam war. Der Mann vom Sicherheitsdienst schien dies ebenfalls zu spüren und richtete seinen Blick auf Grimes.

»Sie haben den Hund mit reingebracht, Sir«, sagte er. »Ich habe es gesehen. Und jetzt muß ich Sie bitten, ihn aus dem Gebäude zu schaffen.«

Grimes fühle, wie die ganze Anspannung und die Wut, die er unter Kontrolle gehalten hatte, langsam in seiner Brust hochkochten.

»Hören Sie, Sportsfreund«, sagte Grimes. »Meine Frau und ich« – er nickte in Richtung Lenna – »haben unseren Wagen auf Ihrem Parkplatz abgestellt und sind hier reingekommen, weil wir am Schalter der American dort drüben was Geschäftliches zu erledigen haben. Dieses prächtige Tier ist uns aus freien Stücken durch die Tür gefolgt. Ich kann nur sagen, daß es uns nichts getan hat. Sie allerdings gehen mir auf die Nerven. Wenn Sie den Hund draußen haben wollen, dann ist das Ihr Problem. Nur zu, versuchen Sie's, aber verlangen Sie nicht von mir, Ihren Job zu tun. Und jetzt tun Sie was für Ihr Geld und gehen Sie mir aus den Augen.«

Das Gesicht des Wachmanns war mittlerweile hochrot angelaufen. Er kam nicht näher, doch seine Hände fuchtelten mit einer unbestimmten Geste in Guls Richtung. Gul zeigte ihm eine Reihe gelber Zähne, inklusive einem Aufblitzen seiner gewaltigen Reißzähne, und ließ einen tiefen, drohenden Schließmuskelerbeber hören. Die Hand des Wachmanns kroch zu seinem Revolver im Gürtelhalfter. Gul sank auf die Hinterbeine, und seine Schultern spannten sich.

»Wenn ich nach dieser Waffe greifen wollte«, sagte Grimes, »würde ich mich vorher vergewissern, daß ein guter Handchirurg in der Nähe ist.«

Die Hand des Wachmanns huschte von seinem Bauch zu seinem Gesicht, dessen Farbe binnen Sekunden von Rot zu Weiß gewechselt hatte. Er rieb sich das Kinn.

»Schauen Sie, mein Freund«, sagte Grimes. »Das ist zwar nicht meine Angelegenheit, wie schon gesagt, aber als unbeteiligter Beobachter würde ich sagen, wenn Sie das Tier seiner Wege gehen lassen, wird es sich nicht um Ihre kümmern, und wir alle können das tun, wozu wir hergekommen sind.«

Damit und mit einem falschen Lächeln im Gesicht ließ Grimes den Wachmann stehen und strebte auf den Schalter der American Airlines zu. Lenna und Gul folgten ihm. Der Wachmann blieb ratlos und zu einer Statue der Demütigung und Unentschlossenheit erstarrt zurück. Hinter dem

Schalter saß eine junge Frau mit einem Namensschild an der Bluse, das sie als Jeannie identifizierte.

»Guten Morgen, Sir. Was kann ich für Sie tun?« flötete Jeannie.

»Hi«, sagte Grimes. »Ich würde gerne das Geld für dieses Ticket zurückhaben.«

Grimes fischte das Ticket, das Jefferson ihm geschickt hatte, aus seiner Tasche und reichte es Jeannie. Dann zog er den Führerschein aus seiner Brieftasche und reichte ihn ihr ebenfalls.

»Mein Ausweis«, sagte er.

Jeannie studierte das Ticket. Auf ihrer Stirn erschienen Falten.

»Das ist ein Ticket über viertausend Dollar«, sagte Jeanie.

»Als die American Airlines das Ticket verkaufte, hat sie das Geld genommen, ohne sich lange zu zieren – in bar, wie Sie sehen können. Und jetzt möchte ich mein Geld zurück. Falls ich für die Rückbuchung eine Gebühr bezahlen muß, dann ziehen Sie sie ab.«

»Wir werden Ihnen das Geld natürlich zurückerstatten, Sir, aber wir können Ihnen den Restbetrag nur in Form eines Schecks zuschicken.« Jeannie, die spürte, daß ihm dies nicht gefallen würde, setzte ihr geübtes Lächeln auf.

Grimes lächelte zurück. »Ich weiß, daß Sie diese Vorschriften nicht machen und nur Ihren Job tun, und deshalb will ich auch nicht mit Ihnen streiten«, sagte Grimes. »Würden Sie bitte Ihren Vorgesetzten rufen?«

Jeannie dachte darüber nach und kam zu dem Schluß, daß es eine gute Idee sei. Sie griff nach dem Telefon und wählte eine kurze Nummer. Grimes drehte dem Schalter den Rücken zu und wartete.

»So sieht also das Leben in der wirklichen Welt aus«, sagte Lenna.

»Ja«, sagte Grimes. Er nickte auf den Hund hinab. »Ich schätze, für ihn ist das alles auch neu.«

Gul lag auf dem Steinboden und beäugte seine Umgebung mit verächtlichem Desinteresse. Ein Stück weiter den breiten Terminal hinab war der Wachmann in ein dringliches Gespräch mit einem Kollegen vertieft, der zu ihnen herüber sah. Der Vorgesetzte erschien und stellte sich als Russell Beakes vor, ein beleibter Zeitgenosse, der eine gewichtige Miene vor sich hertrug, die jedem Manager der mittleren Verwaltungsebene zur Ehre gereicht hätte.

»Ich fürchte, unsere Mitarbeiterin hat Sie richtig informiert, Mr. Grimes«, erklärte Beakes. »Selbstverständlich haben Sie Anspruch auf Rückerstattung, aber Sie müssen leider die übliche Vorgehensweise in Kauf nehmen.«

»Ich will mein Geld«, knurrte Grimes.

»Ich fürchte, Sie haben mich nicht verstanden«, sagte Beakes.

»Besitzen Sie die Berechtigung, mir mein Geld zurückzugeben oder nicht, und wenn nicht, wer hat sie dann?«

»Prinzipiell könnte ich natürlich ...«, begann Beakes.

»Dann tun Sie es.«

»Es wäre gegen die Vorschriften, eine Barrückzahlung über eine solche Summe zu tätigen. Ich hoffe, Sie verstehen, wenn ...«

»Ich will mein Geld«, bellte Grimes.

Beakes leckte sich über die Lippen und warf einen Blick über Grimes' Schulter – zu den beiden Typen vom Sicherheitsdienst hinüber, vermutete Grimes. Der Gedanke, den Revolver aus der Tasche zu ziehen und sein Geld einfach zurückzurauben, schoß ihm durch den Kopf. Gul, da war er sich sicher, konnte die beiden Wachmänner leicht ausschalten. Lenna unterbrach seine Überlegungen, als sie den Arm über den Schalter streckte und nach dem Hörer des Telefons griff. Sie schenkte Russell Beakes ein strahlendes Lächeln.

»Entschuldigen Sie«, sagte sie. »Ist Ihnen der Name des Präsidenten Ihrer Gesellschaft geläufig, Mr. Beakes?«

»Selbstverständlich. Mr. Stephen J. Cochrane.« Beakes blinzelte besorgt.

Zu Jeannie gewandt, fragte Lenna: »Kann ich damit ein Ferngespräch führen?«

Jeannie, die Lennas Tun mit großen Augen verfolgte, nickte. Lenna fing an, eine Nummer zu tippen.

»Ich besitze sechs Prozent der Aktien von American Airlines, Mr. Beakes. Steve und ich fahren jeden Winter in Vail zusammen Ski. Das liegt in Colorado.«

Sie war mit der Nummer fertig und hielt den Hörer ans Ohr. Beakes' Hände flatterten. Er warf Grimes einen hilfesuchenden Blick zu.

»Steve wird es nichts ausmachen, wenn ich ihn am Samstagmorgen aus dem Bett hole, damit er seine Genehmigung für eine Rückerstattung gibt«, sagte Lenna. »Aber Sie werden möglicherweise Schwierigkeiten haben, einen neuen Job zu finden.«

Beakes streckte die flatternden Hände aus und entwand den Hörer so behutsam Lennas Griff, als sei er eine tickende Bombe. Mit einem gekränkten Lächeln legte er ihn vorsichtig auf.

»Wenn es Ihnen nichts ausmacht, ein paar Minuten zu warten«, sagte Beakes, »wird der Doktor sein Geld bekommen.«

Beakes verschwand, und Lenna wandte sich wieder Grimes zu.

»Vielleicht sollte ich öfters ausgehen.«

Ein paar Minuten später waren seine Taschen mit Banknoten gepolstert, und Grimes fühlte sich besser. Er bedankte sich bei Beakes und Jeannie, beugte sich zu Gul hinab und sah ihm in die Augen.

»Bleib«, sagte Grimes.

Gul blinzelte einmal. Grimes und Lenna strebten quer durch die Halle des Terminals dem Ausgang zu. Unterwegs kamen sie an den beiden Fuzzis vom Sicherheitsdienst vorbei, die finstere Gesichter aufgesetzt hatten.

»Es ist bloß ein gottverdammter Hund«, hörte Grimes den einen sagen.

»Du hast seine Augen nicht gesehen«, entgegnete der andere.

Grimes nickte ihnen zu. »Einen schönen Tag noch.«

Vor der Tür blieb Grimes stehen und drehte sich um. Hinter dem Schalter der American fuchtelte Beakes aufgeregt mit den Armen in Richtung der Wachmänner, wobei er immer wieder zu Gul hinüber sah. Gul hatte sich keinen Zentimeter bewegt; sein Blick war auf Grimes fixiert. Grimes nickte und schlug sich auf den Schenkel.

Gul durchquerte die Halle in einem hochmütigen, breitschultrigen Trab. Im Steinhaus hatte Grimes gesehen, wie er sich dreimal so schnell bewegt hatte, doch selbst sein lässiger Trab war noch ziemlich schnell. Die beiden Wachmänner stolperten rückwärts, um nicht in seinen Weg zu geraten. Als Gul die Tür fast erreicht hatte, breitete Grimes die Arme aus, und Gul richtete sich auf den Hinterläufe auf und warf seine Vorderpfoten auf Grimes' Schultern. Nur mit Mühe gelang es Grimes, nicht flach auf dem Hosenboden zu landen. Er rieb Guls Flanken.

»Du bist ein guter Hund«, sagte Grimes.

Sie gingen nach draußen, stiegen wieder in den Olds und fuhren die kurze Strecke zu dem angrenzenden Flugplatz, der von Lufttaxis, Luftfrachtspeditionen und Privatflugzeugen benutzt wurde. Grimes steckte dem Mann am Tor fünfzig Dollar zu und erklärte ihm, daß sie ein Lufttaxi brauchten und einen Hund dabei hätten. Der Mann kratzte sich am Kopf und deutete dann auf eine schäbige Hütte am hintersten Ende einer langen Reihe von Büros. Am Giebel der Bretterbude hing ein dick mit öligem Schmutz verkrustetes Emailschild. Trotz der Schmutzschicht war die Schrift darunter noch deutlich auszumachen:

Tilus Oates
Der Letzte der Unabhängigen
Die Welt ist eine Auster

Grimes ließ Lenna und Gul im Olds zurück und ging zu Fuß zu der Hütte. Kein Lebenszeichen. Er klopfte an die Tür, die in ihren Angeln klapperte. Keine Antwort. Grimes zuckte mit den Schultern und ging zum Wagen zurück. Als er dort ankam, klapperten die Türangeln erneut, und die Tür flog auf.

»Was, zum Teufel, haben Sie für ein Problem, Mann?«

Grimes drehte sich um. Ein hünenhafter Kerl, etwa in

Grimes' Alter, mit wildem, struppigem Bart stand in der Tür und starrte ihn aus glasigen Augen an. Er trug eine TEXAS-LONGHORNS-Baseballmütze mit einem tief gewölbten Good-ole-boy-Schirm und ein gestreiftes Flanellnachthemd, das bis zu seinen Knien reichte. Das Hemd hing in aparten Falten vom drallen Äquator seines Bauchs. Waden und Knöchel unterhalb des Hemds waren haarig und weiß und hatten etwa die Form von Feuerlöschern. Seine Füße waren nackt und fest im Boden verankert.

»Wissen Sie, wieviel Uhr es ist?«

Grimes sah auf seine Uhr. »Kurz vor sieben«, sagte er.

»He, Mann, die Antwort hab' ich ungefähr so dringend gebraucht wie eine Kugel durch meine verdammte Birne.« Er schob eine Hand unter seine Mütze und rieb sich den Kopf. »Die mir höchstwahrscheinlich so oder so bevorsteht.«

»Ich suche Mr. Titus Oates«, sagte Grimes.

»Oates ist tot«, knurrte der Hüne.

»Tut mir leid, das zu hören«, sagte Grimes.

»Was hätten Sie denn von ihm gewollt?«

»Ihm ein Geschäft zukommen lassen.«

Der massige Kerl zog die Hand unter seiner Kappe hervor und ließ seine jetzt klareren, pfiffigen Augen über Grimes und den 88er Olds hinter ihm schweifen.

»Was für eine Art von Geschäft?«

»Ein Austerngeschäft«, sagte Grimes. »Wir wollten einen Flug chartern.«

»Wohin?«

»Ungefähr tausend Kilometer weit.«

Die Augen des Hünen wurden schmal. »Mexiko?«

»Nein«, sagte Grimes.

»Hmmm. Welches Gepäck – und was heißt wir?«

»Kein Gepäck, nur ich, die Lady und ein Hund. Ich zahle in bar.«

Der Hüne schnaubte verächtlich. »Sehe ich aus, als würde ich American Express nehmen?«

Er faßte den Olds näher ins Auge.

»Lassen Sie mich den Hund sehen. Ich bin heikel, wenn es um Tiere geht.«

Grimes' Hoffnung sank. »Sicher«, sagte er.

Er ging zum Olds, machte die Tür auf und streckte den Kopf hinein.

»Was ist das für ein Kerl?« fragte Lenna.

»Ich hab' keine Ahnung«, knurrte Grimes.

Er sah Gul an. Gul öffnete hechelnd das Maul und ließ die Zunge heraushängen.

»Hör zu, Kumpel, ich möchte, daß du einen Freund von mir kennenlernst, und ich will, daß du nett zu ihm bist, okay? Sei cool, ja? Sei brav.«

Guls Zunge glitt noch ein Stück weiter hervor. Grimes fühlte, daß Lenna ihn ansah, als sei er nicht ganz richtig im Kopf.

»Dann komm«, brummte er. »Und bei Fuß.«

Gul sprang auf den Asphalt und trabte neben Grimes auf die Bretterbude zu. Der massige Kerl riß sich die Mütze vom Kopf und schlug sich damit auf seinen Schenkel.

»Du lieber Himmel!« ächzte er. »Das ist ein ausgewachsener Riesenköter, Mann.«

Gul blieb ganz cool.

»Er ist ganz harmlos«, sagte Grimes.

»Das hoffe ich nicht für ihn«, sagte der Hüne. Er ließ sich auf ein Knie sinken und streckte Gul mit einem Grinsen die Hand entgegen. »Hier, mein Junge.«

Gul sah zu Grimes hoch.

»Ein Hund mit nur einem Herren, eh?« sagte der Hüne. »Das gefällt mir. Ja, wirklich.«

Grimes nickte Gul zu. »Nur zu. Und denk daran, was ich dir gesagt habe.«

Gul trottete zu dem Hünen hinüber und beschnüffelte seine Hand, dann seine nackten Füße. Der große Kerl lachte.

»Und was für ein gottverdammt prachtvoller Hundesohn du bist, auf den seine Mom sicher mächtig stolz ist, hab' ich recht?« Er bemerkte die genähte Wunde auf Guls Schädel.

»Hmm ... Streit gehabt, wie, alter Junge?«

Der Hüne sah auf und musterte Grimes mit einem langen Blick seiner pfiffig blitzenden Augen. Grimes sagte nichts. Er hörte, wie hinter ihm eine Wagentür zuschlug. Die Augen des großen Kerls blinzelten.

»Haben Sie schon wieder ein Problem, Doktor?« fragte Lennas Stimme.

»Verdammt«, ächzte der Hüne. »Und eine Blondine auch noch. In einem 88er Olds. Wissen Sie was, Doktor? Ich fühle mich fast dafür entschädigt, daß Sie mich zu einer so unchristlichen Zeit geweckt haben.«

Gul drehte sich um und trabte zu Grimes zurück; der massige Bursche richtete sich wieder auf.

»Schade, daß es nicht Mexiko ist«, brummte er. »Ich hätte einen Zwischenstop machen, ein paar Erzeugnisse des Landes einkaufen und damit den Rückflug finanzieren können. Aber wenn Ihr Hund woandershin will, werden wir uns schon einigen, nehme ich an.«

»Wieviel?« fragte Grimes.

Der große Mann kniff nachdenklich die Augen zusammen. »Fünfhundert pro Kopf.«

Grimes warf einen Blick auf Gul. »Soll das heißen, tausendfünfhundert?«

Der Hüne stemmte die Fäuste in seine nicht vorhandenen Hüften und streckte grinsend den Bauch vor.

»Wollen Sie etwa mit mir *feilschen*, Doc?«

»Sie gehören auf einen Steckbrief, Mann.«

Grimes griff in seine Tasche und blätterte das Geld ab. Er ging zu dem Hünen und knallte ihm die Scheine auf die ausgestreckte Hand.

»Wie soll ich Sie nennen?«

»Schätze, Titus wird vorläufig genügen. Oder Oates, wenn es Ihnen lieber ist.« Titus Oates deutete auf den Hund. »Und wie heißt er?«

»Gul«, sagte Grimes.

»Cooler Name.«

Grimes wandte sich halb um. »Das ist Lenna.«

»Lenna ist auch cool.« Oates winkte ihr zu. »Hab' ich Zeit für'n Frühstück?«

»Wir hatten keine«, sagte Grimes.

»Hmm«, machte Oates. »So dringend also.«

Er machte kehrt und stapfte in die Hütte zurück.

»Fahren Sie den Olds nach hinten. Sie finden dort eine Plane, wenn Sie eine brauchen. Ich bin in fünf Minuten fertig.«

Grimes ging zum Wagen zurück und grinste Lenna an. »Sehen Sie? Wir haben unseren Flug«, sagte er.

Lenna funkelte wütend. »Ich kann nicht glauben, daß Sie diesem Kerl so einfach unser Geld gegeben haben.«

Lenna ließ sich in den Beifahrersitz fallen. Mit einem Achselzucken beförderte Grimes Gul auf den Rücksitz und setzte sich dann hinters Steuer. Ohne ein Wort startete er den Motor, fuhr um Oates' Büro herum und parkte den Olds neben einem himmelblauen, vom Rost angenagten Cadillac. Zu Lenna gewandt, sagte er:

»Besitzen Sie wirklich sechs Prozent von American Airlines und machen in Vail Skiurlaub mit ›Steve‹?«

»Nein«, erwiderte Lenna. »Aber ich könnte es, wenn ich wollte. Das ist der Unterschied. Und ich hätte diesen Piloten auch für achthundert Dollar gekriegt – Maximum. Ich meine, Sie mögen ja mit dem Hund ganz gut zurechtkommen, aber in Zukunft überlassen Sie die diffizileren Dinge lieber mir, okay?«

Grimes sah sie an. In ihrem Haar fing sich das Sonnenlicht und entzündete einen goldenen Schimmer. Sie mochte übellaunig und verdrießlich und manchmal auch beleidigend sein – na wenn schon, und wieso auch nicht? Vielleicht gefiel ihm das ja. Lenna wandte ihm ihr Gesicht zu, und mit dem goldenen Haar und ihren Augen, so wie sie ihn anblickten, sah sie – nun, ah – einfach wunderschön aus. Lenna erwiderte seinen Blick ohne zu lächeln. Sie neigte ihr Gesicht nach vorn, über die Kluft zwischen ihnen hinweg. Grimes sah auf ihren Mund, dann in ihre Augen.

»Doktor?« sagte Lenna. »Ich … nun, ah – ich kann mich im Augenblick selber nicht leiden. Ich meine, ich …« Sie verstummte und rieb sich die Stirn. »Ich weiß selber nicht, was ich meine. Ich brauche irgend etwas, verstehen Sie? Ich habe kein Recht, darum zu bitten, ich weiß, aber ich brauche etwas, das mir das Gefühl gibt, nicht der letzte Dreck auf Gottes Erdboden zu sein.«

»Das sind Sie nicht«, sagte Grimes.

»Als Jack Seed mich letzte Nacht auf diesem Stuhl festgebunden hatte, da empfand ich keine Angst. Nicht wirklich. Und wissen Sie, warum?«

Grimes hätte eine gelehrte Vermutung äußern können, doch er mußte es ihr überlassen, es auszusprechen.

Er schüttelte den Kopf. »Nein.«

»Weil ich das Gefühl hatte, alles zu verdienen, was er mir antun konnte.«

Ihr Blick hielt unverwandt den seinen fest. Sie wartete.

»Das kann ich nicht verstehen«, sagte Grimes.

»Nein?«

Er räusperte sich. »Schauen Sie, ich kann Ihre Meinung über sich selbst nicht ändern, aber wenn Sie meine hören wollen, dann finde ich, daß Sie etwas Besseres verdienen.«

Lenna schloß die Augen, und sie küßten sich. Ihre Lippen trafen sich sanft, und Grimes machte ebenfalls die Augen zu. Ihr Atem war süß und warm auf seinem Gesicht. Der Kuß, beinahe zärtlich, dauerte fort – einen langen Augenblick. Und mit dem wachsenden Gefühl eines sich langsam füllenden Raums in seiner Brust, von dem er nicht gewußt hatte, daß er leer war, begriff Grimes, daß er dieses Etwas ebenfalls gebraucht hatte. Er hob die Finger an ihre Wange und berührte sie und streichelte ihr Haar. Er öffnete die Lippen ein wenig, und sie öffnete ihre, und sie verharrten so, bis sich ihre Finger in sein Haar gruben. Und er eine Erektion hatte. Er machte die Augen auf und sah, daß ihre ebenfalls offen waren, die Pupillen riesig und schwarz, mit grünem Rand. Sie sahen einander in die Augen, während sie sich küßten, und Grimes fand seine Hand unter ihrem Jackett, wie sie über ihren Bauch nach oben glitt. Sie atmete heiß in seinen Mund, und er schob seine Hand auf ihre Brust. Die Haut war ein wenig schlaff und unendlich zart zugleich unter seiner Berührung. Er rollte die schlaffe Haut zwischen Fingern und Daumen und drückte sie, noch immer in die grüngeränderte

Schwärze ihrer Augen sehend, und wieder atmete sie in seinen Mund. Dann umfaßte er ihre Brust, und sie glitt in seine Hand, schlaff wieder, aber auch voll und zart unter seinen Fingern, während er sie straff spannte. Ihre Brustwarze geriet in den Bereich seiner Finger, und er registrierte, daß er daran zog und sie zwischen den Fingern rollen wollte, bis es ihr weh tat. Er hielt inne. Er wollte ihr weh tun – nicht schlimm, nur ein bißchen –, und er wußte, daß etwas in ihr diesen Wunsch in ihm provozierte und daß in diesem wortlosen Austausch von nicht eingestandenen Sehnsüchten ein Meer von Erotik schlummerte. Doch wußte er auch zuviel über das Grauen, das sie in der Vergangenheit erlebt hatte, und was er wußte, war noch zu frisch. Obwohl er es nicht wollte, zeigte ihm sein inneres Auge das blutbesudelte Innere der Hütte, die zum Zentrum des Steinhauses gemacht worden war, und er hörte ihre Schreie. Er spürte, wie seine Erektion erschlaffte. Ihre Lippen berührten sich noch immer, doch nur leicht jetzt. Der Zweifel, der wohl in seinen Augen stand, spiegelte sich jetzt auch in ihren. Hunger und gieriges Verlangen, das sie soeben noch erfüllt hatte, verebbte und machte Verwirrung Platz. Lenna schloß die Augen, und er war froh darüber. Vorsichtig zog er seine Hand zurück und drückte ihr Gesicht an seine Brust.

Sie saßen eine Weile schwer atmend aneinandergeschmiegt, und Grimes versuchte, an gar nichts zu denken. Dann schreckte ihn ein krachender Schlag auf das Dach und ein ohrenbetäubendes Bellen von Gul auf. Als Lenna hochfuhr, sah Grimes hinter ihr ein breites, bärtiges Gesicht durch das Fenster grinsen.

»Senkt den Pimmel, wir starten in den Himmel!« bellte Titus Oates.

Grimes drehte dich um. »Gul«, sagte er.

Gul hörte auf zu bellen, blieb jedoch wachsam.

»Guter Hund«, sagte Grimes.

Bis sie oben waren glaubte Grimes nicht, daß sie es schaffen würden. Titus Oates flog eine alte einmotorige De Havilland Beaver, die das aeronautische Äquivalent zu seinem Büro schien: Das Flugzeug klapperte, als würde ein Niesen genügen, es auseinanderbrechen zu lassen. Lenna saß im Cockpit, offensichtlich vollkommen unbekümmert, und während sie erzählte und Titus Oates eine Menge lachte und fluchte, hockte Grimes auf einen Sitz im leeren Frachtraum geschnallt und hielt Gul zwischen seinen Schenkeln fest. Gul ließ das ohrenbetäubende Dröhnen des Motors und das Vibrieren des Rumpfs mit der derselben schläfrigen Gelassenheit über sich ergehen, die er auch in den anderen heiklen Situationen seiner Odyssee durch die unbekannte Welt an den Tag gelegt hatte. Als sie schließlich mit konstanter Geschwindigkeit flogen und das röhrende Dröhnen des Motors zu einem gleichförmigen, hohen Brummen verflachte, war Grimes so geschafft, daß er in seinen Gurten einschlief.

Er erwachte von dem Stoß, mit dem das Fahrgestell den Boden berührte. Titus Oates handhabte seine Propellermaschine, als wollte er sie provozieren, mit ihm in die Hölle zu fliegen. Grimes war dankbar, daß er kein Frühstück im Bauch hatte, das er wieder herauskotzen konnte, und klammerte sich zur Beruhigung seiner Nerven an Gul fest. Als sie endlich hielten, beugte sich Oates über seinen Sitz in den Laderaum zurück und grinste breit.

»Wie war's, Doc? Der Teufel flog runter nach Georgia, war's nicht so?«

»Wo sind wir?« fragte Grimes.

»Lenna hat mir gesagt, wo Sie hinwollen, und ich hab' mich ans Funkgerät geklemmt und 'nen schönen kleinen, schnuckligen Landestreifen für Sprühflugzeuge gefunden, keine fünfzig Kilometer südlich von dem Kaff, wo Sie hinwollen. Jordan's Crossroads – richtig?«

»Gut gemacht«, sagte Grimes.

Er öffnete seinen Sitzgurt und erhob sich unsicher. Grimes stakste zur Ladeluke, schob sie auf und sprang, gefolgt von Gul, auf das Rollfeld hinab. Die Sonne war blank und warm und der Himmel blau. Sie befanden sich auf einem kurzen Asphaltstreifen inmitten weiter Felder, die in allen Richtungen von unterschiedlich fernen grünen Wäldern umgeben waren. Ein Stück weiter stand neben dem Rollfeld ein weiteres Flugzeug, vermutlich das, mit dem die Felder besprüht wurden. Jenseits davon war ein ebenerdiges, weißgestrichenes Gebäude zu sehen und daneben ein zweites, von der Größe einer Scheune, vor dem ein Stapel Benzinfässer aufragte. Ein Mann in olivegrünem Overall kam aus der weißen Baracke und steuerte auf sie zu. Lenna und Oates waren aus dem Cockpit geklettert und gesellten sich zu Grimes.

»Geben Sie mir ein paar hundert Dollar, und ich kümmre mich darum, daß der Bursche keinen Aufstand macht«, sagte Oates.

»Geben Sie ihm achtzig«, sagte Lenna.

Folgsam suchte Grimes nach den passenden Scheinen, konnte sie jedoch nicht finden. Er gab Oates einen Hunderter. Oates kritzelte etwas auf eine Karte.

»Wenn Sie wieder mit mir zurückfliegen wollen, ich werd' 'ne Weile in der Gegend bleiben. Hier in der Ecke brennen sie einen der besten Whiskeys, den man für Geld gewöhnlich gar nicht zu kaufen kriegt. Ich trag mich mit dem Gedanken, einen Teil von meinem Profit zu investieren.«

Er reichte Grimes die Karte, auf der eine Nummer stand. Grimes bedachte Oates mit einem fragenden Blick, und Oates spreizte seinen Daumen in Richtung der Brusttasche seiner Drillichjacke, aus der ein Metallteil ragte.

»Ich hab' 'n Handy«, sagte Oates. »Wenn man in der modernen Unternehmerwelt nicht auf der Strecke bleiben will, muß man sich die neueste Technologie besorgen. Übrigens, ich könnte mir vorstellen, daß der gute alte Gul einen prima Geschäftspartner abgeben würde. Bis zu vierhundert Dollar wär's mir wert, wenn Sie ihn an ein gutes Zuhause verkaufen möchten.«

Mittlerweile überraschte Grimes die Dreistigkeit von Titus Oates überhaupt nicht mehr.

»Gul geht seine eigenen Wege. Ich hab' nicht das Recht, ihn zu verkaufen«, sagte Grimes. Er wandte sich zu Lenna um. »Gehen wir.«

»Wenn Sie es sich anders überlegen«, rief Oates hinter ihnen her, »wissen Sie, wie Sie mich finden können!«

Der Neffe des Sprühpiloten fuhr sie in seinem Pick-up nach Norden in den nächsten Ort. Es war ein kleiner Ort mit einer Hauptstraße und zwei Kirchen. Wie ihnen der Neffe erzählte, wäre das nächste Motel noch gut fünfzig Kilometer entfernt, doch eine Witwe namens Stapelton vermiete manchmal Zimmer an Angler während der Saison. Wenn sie ihr einen Ehering zeigen konnten, wäre das wahrscheinlich okay, aber für den Hund könne er nicht die Hand ins Feuer legen. Grimes schätzte, daß sie inzwischen etwa fünf Stunden Vorsprung vor seinem Vater hatten. Wieder einmal richtig zu schlafen – in einem Bett, und wenn es nur für eine Stunde war –, war etwas, wofür er im Augenblick bereit war, jeden Preis zu zahlen. Einen Kilometer außerhalb des Orts stiegen sie aus dem Pick-up und erklommen die Stufen zu Mrs. Stapletons Veranda.

»Ich überlass' das besser Ihnen«, sagte Grimes zu Lenna. Während Lenna die Klingel drückte und wartete, blickte Grimes sich mit vor Müdigkeit brennenden Augen um. Das Haus stand ein Stück abseits der Straße, und als der Pick-up verschwunden war, konnte man nur noch das Gezwitscher der Vögel hören. Soweit sein Blick reichte, nur üppiges Grün und mindestens ein Dutzend in verschiedenen Farben blühende Bäume, deren Namen er nicht kannte. Eine sanfte Brise wehte über die Veranda. Grimes wurde ganz schwindlig, als der blühende, knospende Friede dieses Fleckchens Erde wie eine Flut über ihm zusammenschwappte. Er fühlte sich, als sei er soeben auf einem anderen Planeten angekommen, wo Gefahr ein Fremdwort war. Und er dachte: Holden Daggett hat recht gehabt. Wenn das hier das Ohoopee River Tiefland war, dann war es im Frühling tatsächlich ein verdammt schöner Fleck.

ACHT

Der Tag fing schlecht an für Rufus Atwater. Er schleppte seinen Arsch zurück in die Stadt und brach in Grimes' Wohnung ein, wo er einen Schweinestall von solchen Ausmaßen antraf, daß er glaubte, im falschen Haus zu sein. Doch nein, die Wohnung gehörte Dr. Eugene Grimes. Was für ein ausgeflippter Schweineigel von einem Seelenklempner. Allein die Vorstellung, die Wohnung nach Hinweisen durchsuchen zu müssen, erfüllte Atwater mit solcher Niedergeschlagenheit, daß er sich, als er in einem der oberen Zimmer ein Bett fand, rücklings darauf fallen ließ, um sein Los zu beweinen, und dort einschlief. Als er wieder aufwachte, stieg in ihm Panik auf, doch dann stellte er fest, daß es noch nicht ganz neun Uhr vormittags war. Nicht gut, aber auch nicht besonders schlimm.

Der schlimme Teil kam erst, als er sein Handy zückte, einige Anrufe tätigte und erfuhr, daß Dusty und Hank, die beiden Ganeffs, die er zur Beschattung von George Grimes an geheuert hatte, von einem Unbekannten niedergeschossen worden waren. Dusty war nach vier Stunden vergeblicher Bemühungen auf dem Operationstisch gestorben. Was, zum Teufel, ging hier vor? War es möglich, daß der alte Knacker sie umgelegt hatte? Atwater kam zu dem Schluß, daß es nicht sehr günstig wäre, irgendwas davon Faroe zu erzählen. Er riß sich zusammen und nahm sich Grimes' Wohnung vor, leerte Schubladen und Schrankfächer auf den Boden, durchblätterte Bücher und Akten, durchsuchte die Taschen sämtlicher Klamotten, die ihm in die Finger kamen. Nach einer Stunde erfolglosen und verheerenden Herumstöberns, sah die Wohnung auch nicht viel schlimmer aus als zuvor, und Atwater war um nichts klüger.

Er verfluchte Grimes, Faroe und Jefferson – in eben dieser Reihenfolge und mit wachsender Inbrunst – und stolperte die Treppe zur Haustür hinab. Dieser kubanische Schwanzlutscher Herrera erledigte sicherlich in diesem Augenblick seine Aufgaben aufs Perfekteste und schlich sich in Faroes Vertrauen und Wertschätzung ein, während er, Atwater, von einer Pleite zur nächsten tappte. Atwater beschloß, sich ein Frühstück zu genehmigen und zu überlegen, was er als nächstes tun sollte. Er zog, mit einem Fuß die Post beiseite wischend, die den Boden des Flurs bedeckte, die Haustür auf. Die Tür schob jedoch den Wust von Briefen zu einem Haufen zusammen, der sich unter der Tür verklemmte.

Er hatte die Post nicht angesehen.

Atwater hörte auf, nach der Post zu treten, warf die Tür wieder zu und ließ sich auf die Knie sinken. Eilig raffte er alles zu Stapeln zusammen und begann dann, sie nacheinander durchzublättern. Die Reklamesendungen und einen ganzen Berg von medizinischen Zeitschriften warf er beiseite. Die Bank- und Kreditkartenauszüge warf er ungeöffnet auf einen Haufen, um sie später durchzusehen. Alles, worauf die Adresse von Hand geschrieben war, sortierte er zu einem weiteren Stoß. Es waren auch einige Ansichtskarten von ehemaligen Patienten oder Freunden darunter, die Atwater ohne jedwede Erleuchtung las und auf den großen Haufen mit dem Reklameschwachsinn legte. Dann begann er, die Briefe mit maschinengeschriebener Adresse aufzureißen und zu überfliegen. Angebote von Versicherungen und Finanzberatern, Einladungen zu Vorträgen und Konferenzen, einiger Steuerkram, irgendwas von einem Anwalt in Georgia, der um einen Termin für ein persönliches Gespräch bat, Strom- und Wasserrechnungen, eine Anfrage von einem Fachjournal über Suchterkrankungen, ob Grimes interessiert sei, einen Artikel über Entgiftung von Opiatsüchtigen für sie zu schreiben – und noch ein Brief von dem Anwalt in Georgia.

Atwaters Magen krampfte sich in banger Hoffnung zusammen.

Er setzte sich auf den Boden, zündete sich eine Kool an und las die beiden Briefe des Anwalts, eines gewissen Holden Daggett aus Jordan's Crossroads, Georgia, noch einmal. Es gab nicht den geringsten Hinweis darauf, weshalb

Daggett Grimes sprechen wollte; Daggett brachte lediglich sein Bedauern zum Ausdruck, daß Grimes nicht geantwortet habe und telefonisch nicht erreichbar sei. Im zweiten Brief schrieb Daggett, falls er nichts Gegenteiliges höre, werde er Grimes persönlich aufsuchen und die Angelegenheit mündlich erläutern.

Auf den ersten Blick sah es nach nicht viel aus, doch zwei Dinge ließen Atwaters Herz höher schlagen. Erstens war aus beiden Briefen eine gewisse Dringlichkeit herauszulesen, ohne daß sie konkret auf die Angelegenheit eingingen, um die es sich handelte, was zumindest seltsam war. Zweitens war der Tag, für den Daggett seinen Besuch bei Grimes ankündigte, gestern gewesen – derselbe Tag, an dem Lenna Parillaud *ihren* Brief erhalten hatte und die Hölle losgebrochen war.

Atwater hatte nicht die Zeit, das Bild Stück für Stück zusammenzupusseln; es wußte nur, es existierte. Er rannte wieder noch oben und suchte den Atlas. Auf der Karte von Georgia entdeckte er Jordan's Crossroads. Dann zückte er erneut sein Handy und rief Gough Lovett an, einen Privatdetektiv aus Savannah. Er gab ihm eine Beschreibung von Grimes und der Parillaud durch – sie würden auffallen wie bunte Hunde – und sagte ihm, er solle sich umgehend auf den Weg nach Jordan's Crossroads machen. Atwater hätte auch Faroe anrufen können, um ihm zu berichten, was er entdeckt hatte, aber ihm gefiel der Gedanke nicht, daß draußen in Arcadia irgendwelche Pläne gemacht wurden, ohne daß er dabei war. Er wollte Faroe persönlich Bericht erstatten. Dann würde Faroe vielleicht begreifen, mit was für einem Hochkaräter er es bei Rufus Atwater zu tun hatte.

Atwater verließ Grimes' Wohnung und brauste durch spärlichen Verkehr nach Arcadia zurück. Die schiere Größe von Faroes Plantage irritierte ihn jedesmal aufs neue. Er war schon oft hier herausgefahren, aber Arcadia schien jedesmal viel größer, als er es in Erinnerung hatte. Die Straße zum Haus führte nicht am Steinhaus vorbei – das lag meilenweit weg im Sumpf versteckt, und Atwater war froh darum. Nur nie wieder an diesen entsetzlichen Ort! Atwater war ein anständiger, aufrechter Bürger, dem Absonderlichkeiten gegen den Strich gingen, und diese Betonfarm war das Absonderlichste, das er je gesehen hatte. Und das war noch vor dem Schock seines Lebens gewesen: Als er Jack Seed nackt und massakriert in diesem stillen Betonkäfig gefunden hatte. Atwater fröstelte und lenkte den Wagen durch das schmiedeiserne Tor des Anwesens.

Als er dort ankam, stand ein Helikopter auf Faroes Rasen. Atwater wußte nichts über Hubschrauber, aber dieses Ding auf dem Rasen war verdammt groß und sah aus wie die, die er in Kriegsfilmen über Vietnam gesehen hatte, nur daß dieser hier mattschwarz war und nicht mit Maschinengewehren protzte. Abgesehen davon waren diese kubanischen Kanaken überall. Auf seinem Weg zu Faroes Arbeitszimmer, mußte Atwater an mindestens einem Dutzend von ihnen vorbeigekommen sein. Die meisten der Kubaner trugen Kampfanzüge und entweder M16 – vielleicht auch Armalites – oder Pumpguns. Er sah sogar eine Kalaschnikov. Herr im Himmel! Herrera war dieser »Oberst«-Humbug offenbar gewaltig zu Kopf gestiegen.

Atwater machte sich Sorgen – nicht um sich, sondern um Mr. Faroe –, daß dies alles hier außer Kontrolle geriet. Er hatte nichts dagegen gehabt, zusammen mit Jack Seed ein paar Ganoven anzuheuern, die für sie die schmutzige Arbeit erledigten. Und er machte Faroe auch keine Vorwürfe, daß er Herrera ins Spiel gebracht hatte – der gute Mann war lange weg gewesen und hatte keine einschlägigen Kontakte mehr. Aber diese zweite Phase der Aufrüstung war, gelinde gesagt, übertrieben. Während er – Atwater – die diffizilen Dinge erledigte – Spuren fand und Privatdetektive anheuerte –, verwandelte sich Arcadia in ein gottverdammtes Heerlager. Es sah aus, als bereitete Herrera so was wie einen Staatsstreich vor.

Natürlich lungerte Herrera, als Atwater eintrat, auch jetzt wieder in Faroes Arbeitszimmer herum, ölig glänzend und schmierig wie ein Haufen Scheiße. Atwater tat so, als existiere Herrera nicht, und marschierte geradewegs zum Schreibtisch. Filmore Faroe strahlte mit seinem rasierten

Schädel und glitzernden Reptilienaugen wie ein frischpolierter Silberdollar. Atwater mußte unwillkürlich an die Unmengen von Ampullen mit Speed denken, die er für Faroe aus dem Wohnhaus der beiden Hillibillies mitgebracht hatte. Der Boß war bis obenhin damit voll. Atwater hatte gehört, daß Speed die verrücktesten Dinge mit Menschen anstellen konnte. Außerdem war Faroe dreizehn Jahre lang in diesem abartigen Käfig eingesperrt gewesen. Vielleicht war das der Grund, weshalb er mit den kubanischen Söldnern ein wenig übers Ziel hinausgeschossen war. Vor dem Schreibtisch blieb Atwater stehen. Faroe sah auf.

»Sie hatten recht«, sagte Atwater. »Ich hab' was gefunden.«

»Setzen Sie sich«, sagte Farce.

Atwater setzte sich und berichtete von den Briefen Holden Daggetts. Während er sprach, zog er die Schreiben aus seiner Tasche. Faroe las sie ohne Kommentar, dann sah er Atwater wieder an.

»Jordan's Crossroads ist ein Kaff im tiefsten Georgia, wo's mehr illegale Schnapsbrenner als Kirchgänger gibt«, erklärte Atwater. »Ich hab' einen Privatdetektiv aus Savannah hingeschickt. Er dürfte noch vor Mittag dort sein. Er wird diesen Daggett im Auge behalten, und er hat die Beschreibung Ihrer Frau und von Dr. Grimes. Er ist sich sicher, daß er sie in einem so kleinen Ort nicht übersehen wird. Das heißt, falls sie auftauchen.«

»Und wenn sie auftauchen?« fragte Farce.

»Sagt er uns Bescheid und wartet auf weitere Instruktionen.«

Faroe zog die Stirn in Falten. »Wir haben es mit verzweifelten, zu allem entschlossenen Leuten zu tun, Mr. Atwater. Vergessen Sie nicht, was sie mit Jack Seed gemacht haben.«

Beinahe hätte Atwater geantwortet: Hör zu, du Großkotz: Es war nicht meine Idee, den guten alten Jack loszuschicken, damit er deiner Frau seinen Schwengel in den Arsch steckt. Statt dessen räusperte er sich und fragte: »Was soll ich also tun?«

»Wir spielen hier um hohe Einsätze«, sagte Faroe. »Bei so was ist immer ein Risiko dabei.«

Faroe verstummte und zog sich in sich zurück; offenbar dachte er nach. Nach einer respektvollen Pause sagte Herrera etwas in Spanisch. Faroe grunzte und nickte mit seinem kahlrasierten Schädel. Atwater wartete.

»Ich will sie lebend haben«, sagte Faroe. »Umbringen können wir sie auch noch später.«

»Sir?« sagte Atwater.

»Oberst, wie lange dauert es, bis Ihre Männer bereit sind?« fragte Faroe.

»Sie sind jetzt bereit, Sir«, schnarrte Herrera.

»Gut. Sagen Sie ihnen, daß wir in zehn Minuten aufbrechen.«

Herrera salutierte und verließ den Raum.

Atwater beugte sich vor. »Sie schicken sie nach Georgia?«

»Wenn wir warten, bis Ihr Galoschentreter aus Savannah sie aufspürt, verlieren wir die Stunden, die wir brauchen, hinzukommen. Bis wir dort sind, sind sie vielleicht schon wieder weg.«

»Und was, wenn Grimes und die Parillaud nicht dort auftauchen?«

»Dann haben wir nichts verloren, außer ein paar Gallonen Flugbenzin. Zweifeln Sie etwa an meinem Urteilsvermögen?«

»Nein, Sir. Es ist nur so, daß ich – mit allem Respekt, Sir – diesen Kerlen nicht hundertprozentig vertraue. Wenn ich das nicht offen aussprechen würde, wäre ich nicht der richtige Mann für diesen Job.«

»Ich weiß das zu schätzen, Mr. Atwater. Außerdem bin ich derselben Ansicht wie Sie«, sagte Faroe. »Deshalb werden Sie dabei sein. Sie werden an meiner Stelle das Kommando übernehmen.«

»Sie meinen, Herrera hat zu tun, was ich sage?«

»Oberst Herrera wird Ihren Befehlen gehorchen.«

Rufus Atwater erbebte innerlich. Er war mehr als nur ein Killer. Endlich war er auf dem Weg ganz nach oben.

NEUN

In seinem Traum saß Lenna Parillaud mit gespreizten Schenkeln auf dem Sofa in Grimes' Hütte, ihr blaues Kleid über ihre Hüften hochgeschoben, während Grimes zwischen ihren Schenkeln kniete und sie vögelte. Lenna sah ihn aus ihren grünen Augen an, die Muskeln ihrer Schenkel angespannt, während sie sich mit den Zehen vom Boden hochstemmte und sich gegen ihn preßte. Ihr Mund stand offen, und aus ihrer Kehle stiegen erstickte Laute der Leidenschaft. Mit ihrer rechten Hand masturbierte sie, ihre linke hielt sie ausgestreckt gegen Grimes' Brust. Gerade als Grimes im Begriff war, mit dem, wie er wußte, irrsten und befriedigendsten Orgasmus seines Lebens zu kommen, wachte er mit einer schmerzenden Erektion auf und starrte mit irritiertem Blinzeln auf die Tapete von Mrs. Stapletons Gästezimmer. Die Erektion blieb, um ihn weiter zu martern, doch die Bilder seines Traums verblaßten schnell und ließen in seiner Magengrube eine quälende Leere zurück.

In dem Zimmer gab es zwei Betten. Grimes wälzte sich herum und sah zum anderen Bett hinüber. Lenna lag vollständig angezogen und, wie es schien, in tiefem Schlaf auf dem Bett.

Sie lag auf dem Bauch, das Gesicht in der Beuge ihres Arms versteckt. Ein Bein angezogen, was zur Folge hatte, daß die Naht ihrer Hose in die Kerbe ihres Hinterteils schnitt und den schwarzen Stoff straff über ihre üppigen Rundungen spannte. Das Wort *prachtvoll* drängte sich in Grimes' Kopf, gefolgt von einigen anderen, die allesamt kürzer und weniger elegant waren. Er rieb sich die Augen und flehte, wie schon so oft zuvor, zu Gott, ihn ein für allemal von sämtlichen Drüsenfunktionen, Chromosomen und Nervensträngen und allem Übrigen zu befreien, was sonst noch daran beteiligt war, ihn mit der Last der Lust zu quälen.

Während sein Gehirn danach trachtete, sich auf eine nutzbringendere Ebene des Bewußtseins emporzuschwingen, begriff Grimes, daß Sex mit Lenna zwar eine durchaus angenehme Vorstellung war, daß jedoch die Realisierung dieser Vorstellung einen weit höheren Preis fordern würde, als er zu zahlen bereit oder fähig war. Sie war psychisch angeschlagen, und er war im Augenblick auch nicht gerade jemand, der in sich ruhte. Er mochte sie, und es war ihm nicht egal, was mit ihr passierte, aber er liebte sie nicht. Und er hatte auch nicht vor, sich in sie zu verlieben – oder in sonst irgendwen, wenn er schon mal beim Thema war. Seiner Erfahrung nach war es äußerst selten, daß sich Sex für beide Beteiligten gleichermaßen unbeschwert und zwanglos gestaltete; und er bezweifelte, daß die Situation hier und jetzt einer dieser seltenen Augenblicke sein könnte. Entweder würde sie sich in ihn oder er sich in sie verknallen, und das würde nur Schwierigkeiten, Kummer und Schmerz mit sich bringen. Inzwischen bereute er es, daß er sie im Auto geküßt hatte. Er war fix und fertig und nicht ganz bei Sinnen gewesen und sie wahrscheinlich ebenfalls. Jetzt war er ausgeruht und wieder klar im Kopf. Er sah auf seine Uhr. Es war kurz nach drei am Nachmittag.

Statt der zwei Stunden, die er sich genehmigen wollte, hatte er fast vier Stunden geschlafen. Er schwang die Beine von der Matratze und stand auf. Am Fuß des Bettes sprang Gul vom Fußboden hoch und kam mit wedelndem Schwanz zu ihm. Grimes kauerte sich nieder und rieb Guls Flanken.

»Schscht«, machte er leise.

Lenna rührte sich nicht. Grimes ging ins Badezimmer, warf sich kaltes Wasser ins Gesicht und spülte sich den Mund aus. Er hatte einen Wolfshunger. Als er ins Zimmer zurückkam, schlief Lenna noch immer fest. Wenn er unbemerkt verschwinden und sich Jeffersons Koffer allein holen könnte, würde er sich einigen Kummer ersparen. Wie immer er es auch drehte, er war seinem Vater nach wie vor einige Stunden voraus. Hastig kritzelte er eine Nachricht für Lenna auf den Notizblock auf dem Tisch und ließ ihr etwas Geld da für den Fall, daß sie Hunger haben würde, wenn sie aufwachte. Dann schob er den Revolver an seinem Rücken in den Gürtel und schlich, gefolgt von Gul, auf Zehenspitzen aus dem Zimmer.

Unten im Flur verwöhnte die fürsorgliche Mrs. Stapleton in Erinnerung an ihren hundeliebenden Ehemann Gul mit einem Napf Milch und Wasser, während Grimes in Holden Daggetts Kanzlei anrief. Er erreichte nur den Anrufbeantworter. Ohne etwas zu sagen, legte er wieder auf. Neben Mrs. Stapletons Apparat lag ein Telefonbuch. Grimes blätterte darin herum und fand Daggetts Privatnummer. Er wählte von neuem. Nach dreimal klingeln nahm jemand ab.

Eine ruhig und gelassen klingende Stimme sagte: »Holden Daggett am Apparat.«

»Guten Tag, Mr. Daggett«, sagte Grimes. »Hier ist Eugene Grimes.«

»Dr. Grimes«, sagte Daggett bedächtig; »Wie geht es Ihnen!«

»Gut«, sagte Grimes. »Ich muß Sie sprechen.«

»Dann werde ich Ihnen eine Beschreibung geben, wie Sie meine Kanzlei finden«, sagte Daggett.

»Sie scheinen gar nicht überrascht zu sein«, sagte Grimes.

»Wenn einer Ihrer Patienten Ihnen anvertraut, daß er glaubt, er ist Napoleon, sind Sie wahrscheinlich auch nicht sonderlich überrascht.«

Das war ein Argument, dem schwer zu widersprechen war, obgleich die Parallelen, die es implizierte, Grimes ein gewisses Unbehagen bereiteten. Er hörte sich die Beschreibung Daggetts an, rief Gul mit einem Zungenschnalzen zu sich und ging den Kilometer oder so bis ins Zentrum von Jordan's Crossroads zu Fuß.

Der Spaziergang tat ihm gut. Im einzigen Restaurant des Orts erstand er zwei Cheeseburger zum Mitnehmen, einen Becher schwarzen Kaffee ohne Zucker, eine Flasche Orangensaft und ein Pfund rohes T-bone-Steak. Ein Stück weiter die Straße hinab fand er eine Bank, auf die er sich setzte und die Burger aß, während Gul das Steak hinunterschlang. Auf der Hauptstraße herrschte das brodelnde Leben eines Samstagnachmittags: eine Handvoll Leute, meist Weiße, die ohne Hast auf den Gehsteigen schlenderten oder vor Schaufenstern stehenblieben, und drei oder vier parkende Pick-ups, mit Schrotflinten in Halterungen quer vor den Rückfenstern. Der Kaffee machte Grimes auch nicht viel munterer, aber es war ein Anfang. Er hatte den zweiten Cheeseburger etwa zur Hälfte verdrückt, als ein rotgesichtiger Mann – offenbar ein Bürger dieses gesegneten Orts – in Jeans, Tennisschuhen und einer grünen FALCONS-Windjacke vorüberschlenderte und ihn unter dem Schirm seiner Baseballmütze hervor freundlich angrinste.

»Schönen guten Tag«, sagte der Falcons-Fan.

Gul knurrte unfreundlich über den Resten seines Steaks. Grimes, der die willkürliche Verstümmelung eines unschuldigen Zeitgenossen fürchtete, hakte einen Finger unter Guls Halsband.

»He, benimm dich«, flüsterte Grimes ihm ins Ohr. Er sah zu dem Mann empor. »Guten Tag.«

»Schöner Hund«, sagte der Mann. Er sprach gedehnt, und seine Stimme klang dickflüssig wie Sirup.

Plötzlich fühlte sich Grimes mit seinem schlaffen halben Cheeseburger in der Hand und dem riesigen, knurrenden schwarzen Schäferhund neben sich schrecklich exponiert. Er hatte das Gefühl, auf seine Stirn sei mit riesigen Lettern *Fremder* geschrieben. Er zwang sich zur Ruhe. Der Typ wollte nur freundlich sein; das war doch nett. Ein Menge Leute fühlen sich zu Hunden hingezogen. Zeig dem Mann ein Lächeln, bevor er die Cops ruft!

Grimes lächelte, so gut er konnte. »Danke«, sagte er.

»Mein Schwager hat 'ne Schäferhündin. Wenn Sie Nachkommen von diesem Prachtkerl haben wollen, ich schätze, er dürfte interessiert sein.«

Es gab keinen Grund, zu lügen.

»Ich bin nur auf der Durchfahrt«, sagte Grimes.

»Tja, dann wünsche ich Ihnen viel Glück. Und passen Sie aufeinander auf«, sagte der Mann.

»Das werden wir«, sagte Grimes.

Der Mann schnalzte mit der Zunge in Richtung Gul, grinste ob des hartnäckigen Ausbleibens einer Reaktion auf seine Bemühungen und ging weiter, ohne sich noch einmal umzusehen.

Grimes warf seinen Abfall in eine Mülltonne und ging ebenfalls weiter. Ein Stück die Hauptstraße hinunter fand Grimes das hübsche rote Backsteinhaus, das Daggett ihm beschrieben hatte. Neben der Tür war ein Messingschild, auf dem der Name eingraviert war. Er klingelte, und Holden Daggett, in grauer Flanellhose mit Bügelfalte und weißem, kurzärmeligem Hemd, öffnete die Tür. Sein Blick huschte über Grimes' rasiertes Gesicht und sauberes Hemd.

»Diesmal hab' ich Schuhe angezogen«, sagte Grimes.

Daggett grinste, und sie schüttelten sich die Hand.

»Das ist Gul.«

»Angenehm«, sagte Daggett. »Kommen Sie herein.«

Daggetts Büro machte einen gediegenen Eindruck, die Wände mit Holz getäfelt, die Regale und Möbel aus altem, dunklem Holz. Der Geruch von rechtschaffener Arbeit. An einer Wand hing zwischen verschiedenen Diplomen eine Schwarzweißfotografie von einer Gruppe junger Marines in Ausgehuniformen. Daggett posierte als schmal aussehender Jüngling in der ersten Reihe. Am unteren Rand der Fotografie stand: *Parris Island, 1951. Diplomverleihung*.

»Was kann ich für Sie tun?« erkundigte sich Daggett.

Grimes setzte sich.

»Mr. Daggett«, begann Grimes, »der Brief, den Sie mir gestern ausgehändigt haben, hat mein Leben, gelinde gesagt, auf den Kopf gestellt. Er stammte von einem Mann namens Clarence Jefferson. Ich vermute, er war Ihr Mandant.«

Daggetts Gesicht blieb ausdruckslos. »Fahren Sie fort, Doktor.«

»Vielleicht wissen Sie nicht, wer Clarence Jefferson wirklich war, doch das spielt keine Rolle. Aber ich muß in Erfahrung bringen, wo ich ein Haus finde, das Jefferson das ›Alte Haus‹ genannt hat.«

»Das Alte Haus«, wiederholte Daggett mit tonloser Stimme.

»Jefferson will, daß ich zum Alten Haus gehe. Er hat mir auch beschrieben, wie ich dort hinfinde, aber ich habe den Brief nicht mehr. George, mein Vater, hat ihn. Aus Gründen, die nur er versteht, versucht er, Jeffersons Anweisungen auf eigene Faust zu folgen. Ich bin mir ziemlich sicher, daß ich einen Vorsprung von ein paar Stunden vor ihm habe, und es ist mir wichtig, daß das so bleibt. Ich will nicht, daß er in Gefahr gerät.«

Daggetts Miene veränderte sich nicht.

»Ich hoffe«, sagte Grimes, »daß Sie, da Sie ja offenbar Jeffersons Angelegenheiten regeln, möglicherweise wissen, wo dieses Alte Haus ist. Ich gebe Ihnen mein Wort, daß Sie mir nichts verraten, von dem Jefferson nicht gewollt hätte, daß ich es weiß.«

Daggett legte die Stirn in Falten und wandte sich ab, um aus dem Fenster zu starren. Grimes wartete, daß er etwas sagen würde, doch er tat es nicht. Grimes fühlte, daß er seine Zeit verschwendet hatte. Es war sinnlos, einen Mann wie Dagett zu etwas überreden zu wollen, das er nicht tun mochte. Und er hatte nicht die Absicht, dem Mann zu drohen. Nach einigen Augenblicken des Schweigens stand Grimes auf.

»Ich verstehe, daß Sie die Angelegenheiten Ihrer Mandanten vertraulich behandeln müssen«, sagte Grimes. »Das ist eine heilige Pflicht – vor allem einem verstorbenen Mandanten gegenüber.«

Daggett wandte sich, ihm wieder zu und betrachtete ihn stumm.

»Aber ich wäre Ihnen dankbar, wenn Sie noch einmal darüber nachdenken würden«, sagte Grimes. »Falls Sie Ihre Meinung ändern sollten, können Sie mir bei Mrs. Stapleton eine Nachricht hinterlassen.«

Grimes wandte sich zur Tür und hoffte, Daggett würde ihn aufhalten. Er tat es nicht.

»Komm, Kumpel«, sagte Grimes zu Gul.

Als er durch das Büro auf die Tür zustrebte, fiel sein

Blick wieder auf die Fotografie der jungen Marines auf Parris Island. Er blieb stehen. Es war einen Versuch wert.

»In welcher Division waren Sie?« fragte Grimes.

Daggett sah zu dem Foto hinüber, dann zu Grimes.

»In der Ersten«, erwiderte Daggett.

»Sie haben das Chosin Reservoir gehalten«, sagte Grimes.

Ein Schatten huschte über Daggetts Augen. Grimes betrachtete erneut den schmalen jungen Mann auf dem Foto und fragte sich, was für ein Gefühl es gewesen war, sich den fortdauernden massierten Angriffswellen der chinesischen Infanterie gegenüber zu sehen.

»Sie sind gut informiert«, sagte Daggett.

»Mein Vater war in der Sechsten«, sagte Grimes. »Erstes Bataillon. Im Pazifik.«

Daggett schürzte die Lippen. »Diese Jungs haben Großes geleistet«, entgegnete er.

»Das habe ich auch gehört«, sagte Grimes.

Daggett nickte bedächtig. Er schluckte.

»Würden Sie mich einen Augenblick entschuldigen, Dr. Grimes?«

»Sicher«, sagte Grimes.

Er ging in das Empfangszimmer hinaus und setzte sich. In dem Zimmer war es heiß. An der Decke war ein Ventilator angebracht, aber er bewegte sich nicht. Grimes überlegte, ob er seine Jacke ausziehen sollte, dann fiel ihm der Revolver ein, der in seinem Gürtel steckte. Einen Moment lang hatte er den Eindruck, als hörte er Daggett sprechen. Dann kam Daggett aus seinem Büro, auf dem Kopf einen flachen Strohhut.

»Kommen Sie«, sagte Daggett.

Daggetts Wagen war ein hellbrauner Lincoln Town Car, der sicherlich mehr als zehn Jahr auf dem Buckel hatte, aber wie neu aussah. Sie fuhren nicht zurück durch das Ortszentrum, sondern nach Westen. Daggett schien in Gedanken versunken und sagte nichts, und Grimes stellte keine Fragen. Während die Außenwelt vorüberflog, ließen sie die Hallen einiger weniger Gewerbebetriebe am Ortsrand und dann einen breiten Streifen bestellter grüner Felder zurück, ehe die Straße sich zwischen bewaldeten Hügeln hindurchwand. Zedern, Pinien und Pappeln. Zunächst kamen ihnen vereinzelt andere Autos entgegen, vielleicht eines pro Kilometer, dann wurden die Autos immer weniger, bis sie ganz ausblieben und Grimes das Gefühl hatte, daß sie die einzigen Menschen weit und breit wären.

Gul saß zwischen Grimes' Knien und schaute aus dem Fenster und ab und zu in sein Gesicht empor. Grimes zwinkerte ihm zu. Vielleicht entwickeln sich die Dinge gar nicht so schlecht, wie wir geglaubt haben, Kumpel. Wenn er diese verdammten Koffer aus dem Alten Haus schaffen konnte, würde zumindest sein Vater die Jagd abblasen müssen. Aber was würde mit Ella MacDaniels und Lenna sein? Und mit Faroe? Die Scheiße stand noch immer knietief. Grimes verfluchte Jeffersons schwarze Seele. Immer nur ein Schritt auf einmal, schärfte er sich ein. Mehr kannst du gar nicht tun. Schnapp dir die Koffer und bring sie weg von dort.

Der Lincoln erklomm den Kamm eines Hügels und fuhr dann bergab. Die mächtigen Bäume, in deren Schatten sich die Straße abwärts schlängelte, traten allmählich zurück, und die Landschaft öffnete sich in ein breites Tal. Zu ihrer Linken – Richtung Süden – fielen die Wiesen des Talgrunds sanft zum glitzernden, mäandernden Band eines Flusses ab, der golden in der Nachmittagssonne schimmerte.

»Der Ohoopee River«, erklärte Daggett.

Grimes vermutete, daß man das Tal irgendwann einmal für landwirtschaftliche Zwecke gerodet hatte, doch jetzt war es ein einziges Meer von Blumen. Die Schönheit des sich selbst überlassenen Lands erinnerte ihn an Lennas Plantage, aber dieses Tal hier und das Tiefland dahinter waren viel schöner. Inmitten der Wiesen, etwa einen halben Kilometer vom Fluß entfernt, stand ein altes Farmhaus mit Scheune. Grimes spürte, wie sein Herz schneller schlug. Daggett bog von der Straße ab und lenkte den Lincoln auf einen hartgebackenen Feldweg, der hier und dort von Bäumen gesäumt war. Als sie sich den Gebäuden näherten, sah Grimes, daß das halbe Dach der Scheune eingebrochen war. Das Farmhaus hatte keine Farbe mehr und neigte sich, ausgehöhlt von Altersschwäche und Fäulnis, gefährlich zur Seite. Einige der Fenster waren unter der Spannung der Verdehnungen zersprungen. Nirgendwo ein Anzeichen von menschlichem Leben. Daggett fuhr um das Haus herum auf einen gepflasterten Hof, von dem aus man auf den Fluß hinabsehen konnte. Er lenkte den Lincoln in einem Kreis über den Hof, bis seine Schnauze wieder zur Straße hin zeigte, und stoppte. Dann sah er Grimes an.

»Das ist das Alte Haus«, sagte Daggett. »Ich warte hier auf Sie.«

»Okay«, brummte Grimes.

Er stieß die Tür auf. Gul sprang ungeduldig hoch, um aus dem Wagen zu kommen, doch Grimes packte sein Halsband und hielt ihn zurück. Eine beunruhigende Wachsamkeit ergriff Besitz von seinen Sinnen und schnürte ihm die Kehle zu. Über die Schulter sah er zu Daggett zurück.

»Es droht Ihnen hier keine Gefahr«, sagte Daggett.

Grimes ließ Gul aus dem Wagen springen und stieg ebenfalls aus. Er machte die Wagentür zu. Gul stöberte auf dem Hof herum, seine lange Nase dicht über dem Boden, die Schultern tief geduckt. Grimes erklomm die Stufen zur Veranda. Die Dielen knarrten unter seinen Schritten. Hinter einer Fliegengittertür stand die innere Tür offen. Gul war jetzt neben ihm; die Ohren, die sich zuckend bewegten, gespitzt, den Blick unverwandt auf die Tür gerichtet. Grimes zog die Gittertür auf und trat über die Schwelle.

Sie befanden sich in einer großen Küche mit Steinfliesen, möbliert mit massiven Schränken im Stil der 50er Jahre und mit den entsprechenden Haushaltsgeräten ausgestattet: Herd, Kühlschrank, Toaster, Kaffeemaschine, ein Tisch mit sechs Stühlen. Auf dem Tisch eine von Schimmel überzogene karierte Tischdecke. Über allem lag eine dicke Schicht Staub, der flirrend in dem warmen, honiggelben Licht tanzte, das durch die schmutzigen Fenster sickerte. Zwei offenstehende Türen führten aus der Küche: die eine in einen Waschraum oder etwas in der Art, die andere in einen Korridor. Am Ende des Korridors war ein nach oben in den ersten Stock führendes Treppengeländer zu erkennen. Auf den ersten Blick schien alles wie in der Zeit erstarrt, ebenso verlassen wie verwahrlost, doch dann begann Gul leise zu knurren, so leise, daß es kaum zu hören war.

Grimes kauerte sich neben ihm nieder und legte eine Hand auf seinen Rücken. Guls Muskeln waren angespannt. Er sah Grimes nicht an. Seine schwarzen Augen, in denen wieder die primitive Gewalttätigkeit glitzerte, die Grimes am Abend zuvor mit eigenen Augen gesehen hatte, waren unverwandt auf den Korridor gerichtet.

»Ruhig, Kumpel«, murmelte Grimes. »Ganz ruhig.«

Gul Ohren zuckten, dann huschte er lautlos und mit einer für Grimes erneut verblüffenden Schnelligkeit durch die Küche. An der Schwelle zum Korridor blieb er stehen, sah zu Grimes zurück und wartete. Grimes folgte ihm. Er dachte daran, den Revolver zu ziehen, entschied sich dann aber dagegen. Das wäre denn doch ein wenig zu dick aufgetragen, dachte er, und außerdem war er alles andere als vertraut mit dem Gebrauch einer Waffe. Neben Gul trat er in den Flur hinaus.

Gleich links neben der Küchentür war eine Treppe, die in den Keller hinabführte. Die Stufen lagen im Dunkeln. Laut Jeffersons Brief waren die Koffer dort unten. Grimes suchte nach einem Lichtschalter. Als er ihn endlich gefunden hatte, warf Gul sich herum und trabte zielstrebig den Korridor hinab.

»Gul!« zischte Grimes. Aus irgendeinem Grund war seine Stimme nur ein gepreßtes Flüstern.

Gul blieb vor einer geschlossenen Tür stehen. Er schnupperte an dem Spalt am Boden, sah zu Grimes zurück, dann wieder auf die Tür und stand dann reglos da, mit der Nase auf das zeigend, was immer sich auf der anderen Seite der Tür in dem Zimmer verbarg. Nach einer Weile sah er wieder zu Grimes zurück, ohne sich von seinem Platz zu regen. Widerwillig folgte Grimes ihm und blieb ebenfalls vor der Tür stehen. Er konnte spüren, wie der Hund neben ihm förmlich zitterte. Grimes' Kehle war vor Angst wie zugeschnürt, obwohl ihm zugleich die Lächerlichkeit der Situation bewußt war. Sollte er anklopfen oder einfach hineingehen? Wie sollte er hineingehen – schnell, langsam, auf den Knien? Er war an solche Dinge nicht gewöhnt. Grimes wischte sich über die Stirn und lehnte sich neben der Tür mit dem Rücken gegen Wand. Wenn eine Kugel durch die Tür flog, würde sie über Guls Kopf hinweggehen. Grimes streckte den Arm aus und drehte den Türknauf. Nichts geschah. Er stieß die Tür auf.

Gul fletschte die Zähne und ließ sein tiefstes Knurren hören. Er sah aus, als sei er bereit, jederzeit wie ein Blitz in das Zimmer zu stürmen, falls dies nötig sein sollte, doch blieb er vor der Tür stehen. Grimes machte einen Schritt von der Wand weg und sah in ein Wohnzimmer voller Spinnweben.

Für einen Augenblick verlor Grimes jegliches Gefühl unterhalb seines Nackens.

Das Gesicht ihm zugewandt, saß in einem Lehnstuhl aus Chintz, zwischen den Schatten im Hintergrund des Zimmers, eine massige Gestalt in einem blauen Hawaii-Hemd und einem Panamahut. Unter der Hutkrempe erkannte Grimes das warme Lächeln und die unergründlichen Augen seiner schlimmsten, in Schweiß gebadeten Alpträume.

»Sie fetter Hundesohn«, stieß Grimes hervor.

ZEHN

Irgendwo in Alabama – sie hatte keine Ahnung, wo – erwachten Ella MacDaniels und George Grimes beim ersten Morgengrauen und ließen das Gewese über sich ergehen, das Mitch Kerrigan um sie veranstaltete, während er ein kräftiges Frühstück zubereite und sie zu überreden versuchte, ihn mitzunehmen. Mitch wußte nicht, wohin sie fuhren, und auch nicht, weshalb; George weigerte sich, ihm Einzelheiten zu sagen, doch Mitch wollte trotzdem mitkommen, und Ella stellte fest, daß all das sie traurig machte.

Mitch war Mitte Fünfzig und wirklich nicht das, was man unter einem Verlierer verstand. Er besaß zusammen mit einem seiner Söhne eine Autospenglerei; er hatte eine Frau, Alicia, die er liebte, und er war weder krank, noch hatte er Schulden. Und doch versetzte ihn die Anwesenheit Georges in helle Aufregung. Sie redeten über die Schlachten, die sie vor über dreißig Jahren geschlagen hatten, und obwohl Ella bei den in rascher Folge hin- und herfliegenden Anspielungen auf die AFL-CIO und die Fleischhauer, auf die ACWU und Taft-Hartley und »diesen Bastard Meany« schnell den Faden verlor, war sie tief beeindruckt von dem Feuer ihrer Leidenschaft und der ihr dämmernden Erkenntnis, daß in dieser ihr unbekannten und lang vergangenen Zeit, von der die beiden sprachen, ihr Leben und Tun von größeren und dringlicheren Idealen inspiriert gewesen war, als sie und ihre Generation je gekannt hatten. Sie vermißten diese Zeit und sehnten sich nach ihr zurück, und darin lag die Traurigkeit, die Ella für sie empfand. Und vielleicht war sie auch wegen sich selbst traurig, weil sie nicht wirklich wußte, was es war, das sie vermißten. Ella war klar, daß es mehr als genug Leid und Zwietracht in dieser Welt gab, aber sie wußte nicht, wie sie damit umgehen sollte. Niemand, den sie kannte, wußte es.

Es war schwer, sich so sehr und mit jeder Faser seines Wesens zu engagieren, oder vielmehr gab es nichts, wo man ein solches bedingungsloses Engagement festmachen konnte, und so zuckte man eben mit den Schultern und ging seiner Wege. Es war wie ein Songtext ohne eine Melodie, die ihn mit Leben erfüllte.

Anschließend an das Frühstück fuhr Mitch mit ihnen in den Wald, um einige Waffen auszuprobieren.

Nach langen Diskussionen über die jeweiligen Vorzüge von automatischen Pistolen und Trommelrevolvern überließen sie am Ende die Entscheidung ihr, und Ella tauschte Georges 45er Colt gegen eine mit Black Hills Teilmantel-Flachkopf-Projektilen geladene Smith & Wesson Model 15 Combat Masterpiece. Es war, wie wenn die Jungs in der Band über Verstärker und Wah-wahs diskutierten. Der Abzug des kleinen Trommelrevolvers ging strenger als der des 45er Colts, aber das war ihr angenehmer als das metallische Repetieren des Schlittens bei der Automatik, die sie ebenfalls ausprobierte. Er hatte einen kurzen Zwei-Zoll-Lauf, doch weil die beiden davon überzeugt waren, daß sie ihn in einer Entfernung von höchsten drei bis fünf Meter benutzen würde, war das egal. Mitch hängte ein paar Ziele auf – flachgetretene Pappschachteln, die er an Holzpflökken befestigte –, und sie feuerte dreißig Schuß aus drei und fünf Metern darauf ab. Drei Meter waren – wenn sie sich vorstellte, daß der Pappkarton ein Mensch war – erschrekkend nah. Erneut hörte sie den Sirenengesang der Waffe und ihrer Macht, und sie nahm sich vor, ihm nicht zu trauen. Dann gab Mitch ihnen seinen Jeep Cherokee und unternahm einen letzten Versuch, sich ihnen anzuschließen, doch George sagte nein.

Bevor sie losfuhren, schüttelte Mitch die Hand von George und sagte: »In unserer Jugend brannte ein Feuer in unseren Herzen.«

Etwas in der Art, wie Mitch das sagte, und etwas in Georges Gesicht, als er es hörte, machte Ella klar, daß der jüngere der beiden diese Worte vor langer Zeit aus dem Mund des älteren gehört und sich zu eigen gemacht hatte.

Sie fuhren den ganzen Tag unter einem wolkenlosen Himmel und wechselten sich alle zwei oder drei Stunden am Steuer ab. Die Interstate war langweilig. Fünfzehn Kilometer hinter Montgomery bogen sie auf den Highway 80, der von Anfang an schön war und sie über die Staatsgrenze zwischen Alabama und Georgia Richtung Macon brachte.

George redete viel, als sei dies etwas, wozu er nicht oft Gelegenheit hatte, und Ella hörte zu, ohne daß es ihr langweilig wurde. In einem Ort namens Geneva kauften sie Obst, Sandwiches und Milch. An einem Rastplatz mit ein paar Picknicktischen und einem wunderschönen Blick auf den Flint River hielten sie und aßen. Dort erzählte ihr George von seinen beiden Söhnen, Luther und Gene, und davon, wie stolz er auf sie war. Sie spürte, daß sie ihm – obwohl er kein Wort darüber verlor und sich vermutlich eher die Zunge abgebissen hätte, als es zuzugeben – eine Menge Kummer gemacht hatten, und dies veranlaßte sie, darüber nachzudenken, wieviel Kummer sie ihren Eltern mit ihrer Singerei in irgendwelchen Kaschemmen und ihrem, wie sie es sahen, wilden Leben bereitet hatte. Soweit sie aus seinen Andeutungen schlau wurde, waren Georges Söhne ein wenig weitergegangen als dies. Der ältere der beiden, der Soldat gewesen war – ein ›wahrer Soldat‹, wie George es ausdrückte – war tot. George vermied es zu sagen, wie oder warum er gestorben war. Gene, der jüngere, war Arzt und der eigentliche Empfänger von Charlies Brief. Obwohl George ihn liebte, beinahe zu sehr liebte, irritierte ihn ganz offenkundig irgend etwas an Gene, oder machte ihn zumindest besorgt, und obgleich es ihm nie an Worten fehlte, wenn es um Politik oder Kriege ging, schien er nicht die richtigen Vokabeln zu finden, wenn er erklären wollte, weshalb dies so war.

Ella wollte unbedingt mit Gene sprechen. Gene hatte Charlie gekannt. Nicht Charlie – Clarence Jefferson. Es war nur ein Name, das war ihr klar, doch wenn sie »Clarence Jefferson« dachte, konnte sie kein Gesicht sehen und keine Stimme hören; trotzdem verschwand Charlie nach und nach. Warum hatte er ihr nicht seinen richtigen Namen gesagt? Vielleicht weil er ein Cop war. Ein schlechter Cop. Charlie hatte sie immer gut behandelt. Er hatte sie immer in ihrem Wunsch, Sängerin zu werden, bestärkt und unterstützt; er hatte ihr nie gesagt, sie sei eine Träumerin und eine Närrin, wie einige andere das getan hatten. Sie hatte sich manchmal dafür geschämt, aber in gewisser Weise hatte sie Charlie mehr geliebt als ihren Vater und ihre Mutter.

Ella hatte weder Brüder noch Schwestern. Ihre Eltern, Sam und Tina MacDaniels, waren das Beste, das sich irgend jemand wünschen konnte. Sie liebte sie, aber sie hatte noch nie das Gefühl gehabt, so wie sie zu sein. Aber das dachten die meisten ihrer Freunde über ihre Eltern. Aber bei Charlie war da noch etwas anderes gewesen. Nichts Sexuelles. Charlie hatte sie nie angerührt oder auch nur so geschaut, als wolle er etwas. Ihr Vater, Sam, hatte Charlie immer als einen alten Freund bezeichnet, aber er war jedesmal seltsam nervös gewesen, wenn Charlie zu Besuch kam, und soweit sie wußte, hatten die beiden nie irgendwas zusammen unternommen. Seit sie denken konnte, war Charlie dagewesen, und Ella hatte nie besonders darüber nachgedacht, aber der Brief, den er an Grimes geschrieben hatte, hatte alles, was sie über ihn zu wissen glaubte, auf den Kopf gestellt. Zwei Sätze aus dem Brief gingen ihr immer wieder durch den Kopf: »Außer Ihnen ist sie der einzige Mensch auf der Welt, der mir was bedeutet … Sie hat mit all dem nichts zu tun – außer daß sie ein Teil von mir ist.«

Ella sah George über den Picknicktisch hinweg an und sprach die Frage aus, die ihr im Schlaf gekommen war.

»George«, sagte sie. »Glauben Sie, daß Clarence Jefferson mein Vater ist?«

George sah sie, gegen die Sonne blinzelnd, an. Sie erkannte, daß dieser Gedanke auch ihm schon gekommen war.

»Ich weiß es nicht«, sagte er. »Ich nehme an, es wäre möglich.«

Jetzt, nachdem sie die Frage ausgesprochen hatte, gewannen die Worte immer mehr an Bedeutung. Ella betrachtete ihre Arme. Ihre Haut war blasser als die ihrer Eltern.

An sich bedeutete das gar nichts – oder vielmehr hatte es nie etwas bedeutet, bisher. Sie versuchte, in ihren Körper hineinzuhorchen: die Wahrheit lag irgendwo in ihr verborgen. Die eine Hälfte von ihr stammte von ihrem Vater, und diese Hälfte konnte sich ganz sicherlich Gehör verschaffen. Sie machte die Augen zu, fühlte das Vibrieren ihrer Kraft und Energie, dachte an ihre Eltern und konnte sie überhaupt nicht in sich fühlen. Und plötzlich wußte sie, daß sie nicht das leibliche Kind der beiden war. Sie waren zwar in ihrem Herzen, aber nicht in ihrem Blut. Zu ihrer Überraschung erschütterte sie dieses neue Wissen nicht so sehr, wie sie erwartet hätte, aber auf einer bestimmten Ebene war es auch gar nicht so neu: sie hatte es ihr ganzes Leben lang gewußt. Von neuem konzentrierte sie sich lange und intensiv. Auch Charlie konnte sie nicht in sich fühlen. Obwohl sie es wollte. Der Gedanke, es nie zu wissen, entsetzte sie, obgleich sie nicht zu sagen vermochte, weshalb. Sie versuchte es noch einmal, aber sie konnte Charlie noch immer nicht fühlen. Es war anders als mit ihren Eltern. Sie waren ganz sicher nicht in ihr. Bei Charlie hatte sie Zweifel: Sie konnte ihn nicht hören, aber zugleich konnte sie nicht mit derselben Sicherheit sagen, daß er nicht in ihr war. Zumindest wäre es möglich. Er konnte ihr Vater sein. Sie wollte, daß er es war.

»Ella?« sagte George.

Ella machte die Augen auf und blinzelte. An ihren Wimpern glitzerten Tränen, die ihr gar nicht bewußt gewesen waren. Sie fühlte sich idiotisch und wischte sie mit ihrem Handrücken fort.

»Die Familie ist immer eine heikle Angelegenheit – auf die eine oder die andere Art«, brummte George. »Ich weiß nicht, was ich Ihnen sonst darüber sagen kann. Wir suchen sie uns nicht aus, und sie suchen sich uns nicht aus.« Er grinste. »Nicht wie bei dir und mir.«

Es war, als würden seine Worte sie berühren, sie tröstend umfangen, und Ella begriff, wie verlassen und einsam sie sich gefühlt hatte.

»Ich würde Sie mir jederzeit aussuchen. Immer.«

Dann blickte sie auf und sah ihm in die Augen – in seine alten grauen und irgendwie verrückten Augen, und eine tiefe Traurigkeit stieg in ihrer Brust empor und brach sich in einem quälenden Schluchzen Bahn. Sie senkte den Kopf und hoffte, daß er es nicht gesehen hatte, aber sie konnte die Traurigkeit und ihr Schluchzen nicht unterdrücken und nicht die Tränen, die sie weinte – um George und um sein Alter und seine Söhne, die ihm Kummer bereitet hatten, und um ihre Eltern, die nicht ihrer Eltern waren und doch die besten gewesen waren, die man sich wünschen konnte, und um Mitch und sein wiederentfachtes Feuer der Jugend und um die ganze Welt und alle Menschen, die sich abmühten, ratlos und heillos und verloren, und um Charlie, wer immer und was immer er auch gewesen war, und um sich selbst, um Ella MacDaniels, wer immer und was immer sie auch sein mochte.

Sie spürte, wie George, ohne etwas zu sagen, seine Hand auf ihren Rücken legte. Die Traurigkeit verflog. Sie gewann ihre Fassung zurück, war wieder okay.

»Ich weine nicht oft«, sagte sie. Sie blickte ihn an.

»Ich weiß«, sagte George. »Ich auch nicht.«

»Weiß Gene, ob Clarence Jefferson mein Vater ist?«

»Vielleicht. Er versteht es, Dinge rauszukriegen. Wir fragen ihn, wenn wir wieder zurück in New Orleans sind.«

Ella sah, wie sich sein Gesicht vor Sorge verdüsterte.

»Ist er in Gefahr?« fragte sie.

George wischte seine Sorgen beiseite.

»Falls es so ist, dann nicht mehr, als wir auch.« Er grinste. »Ich habe ihn so erzogen, daß er auf sich selbst aufpassen kann, zumindest hoffe ich das. Zwar ist er nicht immer einer Meinung mit mir, aber ich vermute, ich möchte es gar nicht anders haben. Er ist sicher sauer auf mich, weil ich hinter diesen Koffern mit brisantem Material her bin und Sie mitgenommen habe.«

»Warum?«

»Er ist der Meinung, daß es nicht seine Angelegenheit wäre und daß es so und so nichts ändern wird.«

»Sie denken, daß es was ändern wird.«

»Ich erwarte nicht, daß sich der Löwe friedlich zum Lamm legen könnte, aber es wird ganz sicher einige spektakuläre Enthüllungen im Fernsehen zur Folge haben. Und vielleicht bringt es die Leute ja auch dazu, sich zweimal zu überlegen, wem sie ihre Stimmen und damit Macht geben.«

Er nickte über den Picknicktisch in Richtung des Jeeps. »Wir sollten weiterfahren. Sind Sie noch dabei?«

»Bis zum Ende«, sagte Ella.

Ella übernahm das Steuer, und nach zehn Kilometern war George eingeschlafen. In Macon umfuhr Ella das Stadtzentrum und nahm dann die Interstate 16 weiter nach Osten. Als sie auf die Route 1 nach Süden abbog, stand die Sonne tief am Himmel hinter ihnen. George wachte auf und streckte sich gähnend. Er blinzelte durch das Fenster auf die vorübergleitende Landschaft.

»Wir sind fast da«, sagte Ella.

»Schneller, als ich dachte.«

»Das Alte Haus liegt mitten im Nirgendwo. Die nächste Ortschaft, durch die wir kommen, ist Jordan's Crossroads. Das ist unsere letzte Gelegenheit für einen Kaffee und was zu essen, wenn Sie möchten.«

»Gute Idee«, brummte George.

Als sie die Hauptstraße von Jordan's Crossroads erreichten, lenkte Ella den Jeep auf den Parkplatz hinter dem Restaurant, und George kletterte mit steifen Gliedern aus dem Wagen. Sie gingen hinein, setzten sich an einen Tisch am Fenster und bestellten beide ein Steak, halb durch, mit Pommes frites. Während sie aßen, vergegenwärtigte sich Ella noch einmal den Weg, der sie aus der Stadt führen würde. An der Kreuzung mußten sie die Straße nach Westen nehmen und nach ungefähr zwanzig Kilometern bei einer Abzweigung, an die sie sich nur noch vage erinnern konnte, nach links abbiegen. Weder ein Wegweiser noch sonst irgendein Orientierungspunkt in der Landschaft war ihr in Erinnerung geblieben, aber sie hoffte, daß sie die Abzweigung erkennen würde, wenn sie darauf zufuhr. Sie sah von ihrem Steak auf.

In einer Nische in der hintersten Ecke des Restaurants

saß eine blonde Frau in einem schwarzen Hosenanzug. Die Frau starrte sie an. Als Ella den Blick auffing, schaute die Frau hastig weg. Ella wandte sich wieder ihrem Teller zu. Sie konnte sich vorstellen, daß hier unten im tiefsten Süden ein alter weißer Mann und eine junge schwarze Frau, die zusammen aßen, ein gewöhnungsbedürftiges Gespann abgaben. Zuhause in der Stadt überraschte so etwas niemand mehr, aber das hier war am Arsch der Welt, wie George sagen würde. Ku-Klux-Klan-Land. Arische Nationalisten und andere Schwachköpfe, die sich für das Salz der Erde hielten. Die blonde Frau sah allerdings nicht aus wie eine von hier. Ella schielte erneut zu der Nische hinüber.

Die Frau starrte sie schon wieder an. Plötzlich fühlte sich Ella tief in ihrem Innersten ganz schwach; ein eigenartiges Gefühl, das sie noch nie empfunden hatte. Sie wußte nicht, was sie machen sollte … Der Frau, die sie anstarrte, liefen Tränen über das Gesicht.

ELF

Als Lenna Parillaud in Mrs. Stapletons Gästezimmer aufwachte, wußte sie einen Augenblick nicht, wo sie war, und Angst kroch in ihr Herz. Sie war aus einem bleiernen, bewußtlosen Tiefschlaf aufgeschreckt, das Kissen naß von Schweiß und Sabber, und ihre Glieder gehorchten ihrem Befehl, sich zu bewegen, nur widerstrebend. Ihre Wirbelsäule zwischen den Schultern und dem Hinterkopf fühlte sich an wie ein Stück Gummischlauch. Sie stemmte sich hoch, ließ die Beine über die Bettkante fallen, hob unter Zuhilfenahme ihrer Hände den Kopf und massierte ein wenig Leben in ihren Nacken. Grimes und sein Hund waren verschwunden. Er hatte lediglich ein paar Scheine auf seinem Bett und auf dem Tisch eine Nachricht zurückgelassen. Die Nachricht lautete:

Liebe Lenna,

ich bin unterwegs, um Jeffersons Scheißkoffer zu holen; in ein paar Stunden bin ich wieder hier. Im Ort gibt es ein Restaurant. Wenn Sie nicht im Zimmer sind, suche ich Sie dort. Seien Sie nicht allzu sauer auf mich.

Ihr Grimes

Lenna war in der Tat sauer. Ihr Kopf wurde allmählich klarer. Grimes war wirklich ein Arschloch, daß er nicht angegeben hatte, von wann die Nachricht stammte. Wie sollte sie wissen, was ›ein paar Stunden‹ bedeutete? Der Gedanke schoß ihr durch den Kopf, daß er sich ganz aus dem Staub gemacht hatte. Sie dachte an sein hageres, breitknochiges Gesicht und an seine ruhigen, blaßblauen Augen und kam zu dem Schluß, daß ihre Wahnvorstellung übertrieben war. Außerdem hatte sie Hunger. Lenna strich, so gut es ging, ihre vom Schlafen verknitterten Klamotten glatt, stieg die Treppe hinab und marschierte im dunstigen Sonnenlicht des späten Nachmittags in den Ort.

Wie Grimes vorgeschlagen hatte, ging sie ins Restaurant und setzte sich in eine Nische an der hinteren Wand. Sie bestellte Kaffee und – mit einigem Widerwillen – einen Thunfischsalat. Als der Salat kam, war die Portion viel zu groß und das Dressing zu süß; nach zwei Bissen schob sie ihn zur Seite. Sie ließ den Blick durch den Raum schweifen und bei einigen der Familien verweilen, die hier aßen, sich zankten, lachten, über das Wetter oder Baseball redeten und darüber, welche neuen Filme im Multiplex liefen; die sich miteinander beschäftigten und in hundert verschiedenartigen Weisen für einander da waren und ihre Zuneigung und Sorge umeinander zeigten. Gute Menschen, in einem guten Land, in dem sie sich wie eine Fremde fühlte. Das lag wahrscheinlich daran, daß diese Leute im wesentlichen glücklich waren. Falls sie selbst jemals dem Glück begegnen sollte, würde sie nicht wissen, was damit anfangen.

Lenna war noch nie in einem Multiplex gewesen oder in sonst einem Kinosaal. Sie hatte auch noch nie in einem Diner wie dem hier gesessen. Wenn sie nicht allein zu Hause aß, speiste sie in der unterkühlten Atmosphäre teurer Restaurants, von gutaussehenden Obern mit falschem Lächeln umsorgt und in Begleitung von Geschäftspartnern, deren Lächeln noch falscher war; in der Sorte von Lokalen, in denen es zum guten Ton gehörte, zumindest einen winzigen Makel am Essen oder am Wein zu entdecken, damit man es in die Küche zurückschicken und einen neuen Versuch abwarten konnte. Es war nicht so, daß sie diesen Diner hier mochte, dafür fühlte sie sich viel zu fremd, aber er zeugte von einer prosaische Wärme und Stabilität, die sie nie kennengelernt hatte und um die sie die Menschen beneidete. Dann erinnerte sie sich wieder daran, daß sie in dieser Welt einmal zuhause gewesen war: drei Tage und drei Nächte lang, vor zwei Jahrzehnten und tausend Jahren, in den Armen von Wes Clay.

Alles, was sie je getan hatte, war falsch gewesen – außer

diesen drei Tagen und drei Nächten. Alles andere bereute sie; alles andere erschien ihr hoffnungslos verloren und nicht wiedergutzumachen. Sie war wie eine ansteckenden Krankheit für jeden, der sie berührte: Wes Clay, Filmore Faroe, Bobby Frechette, Cicero Grimes, Ella MacDaniels, ihre eigenen Eltern. Sie alle taumelten aus dem Dunstkreis ihrer Krankheit und trugen infizierte, schwärende Wunden oder Schlimmeres. Sie dachte an die Verzweiflung, mit der sie Grimes' Umarmung hingenommen hatte. Seine kräftigen Finger auf ihrer Haut, sein nach Nikotin riechender Atem auf ihren Lippen hatten sie wieder in die Welt zurückgeholt, und sie hatte ihn begehrt. In diesen wenigen Augenblicken hatte sie ihn geliebt, wie sie seit zwanzig Jahren nicht mehr geliebt hatte, doch Grimes hatte etwas Besseres verdient. Für Lenna war Clarence Jefferson die passende Gesellschaft gewesen, und sie für ihn: ein Pakt zur sexuellen Erniedrigung und Selbstbestrafung. Die gekreuzigten Heiligen und blutüberströmten Märtyrer ihrer Kindheit hatten sie dieses Geheimnis gelehrt: Schuld kann allein durch Strafe getilgt werden. Und welch bessere Strafe konnte es für sie geben, als zuzulassen, daß ihr Körper vom Mörder ihres Kindes beschmutzt und mißbraucht wurde?

Nur das hatte auch nicht geholfen. Sie hatte sich selbst nur noch mehr vergiftet. Sie hätte Clarence Jefferson töten sollen, bei einer der hundert Gelegenheiten, als sie die Chance dazu gehabt hatte. Und Faroe ebenfalls. Sie hätte sie beide töten und sich dann der Polizei stellen sollen. Die nackte Wahrheit war, daß alles, was sie getan hatte, eine einzige Orgie des Selbstmitleids gewesen war: Sie hatte Faroe am Leben und Jefferson in ihr Bett gelassen, nur um ihnen ins Gesicht schleudern zu können: *»Schaut, was ihr mir angetan habt!«* Dann dachte sie: Schau, was du dir selbst angetan hast!

Es war zu spät, noch viel daran zu ändern, aber vielleicht konnte sie ja ein wenig tun. Ein bruchstückhafter Satz aus der Bibel geisterte ihr durch den Kopf: »Hätte uns der Herr nicht einen geringen Rest übriggelassen ...« Noch gestern hatte sie über all die Macht geboten, die man mit

Millionen kaufen kann. Alles, was sie jetzt noch besaß, war dieses Gehirn, diese Seele und dieser Körper, der hier an diesem Tisch saß. Ein sehr kleiner Rest. Aber vielleicht bekam sie ja für den Verlust ihrer Macht in der Außenwelt die Macht über sich selbst zurück. Sie konnte noch immer tun und lassen, was sie wollte.

Sie würde sich von Cicero Grimes losreißen und sich auch in Zukunft von ihm fernhalten. Er war ein guter Mensch. Sie würde ihn vor ihrer ansteckenden Krankheit schützen; zumindest das war sie ihm schuldig. Sie würde ihm eine Nachricht schreiben und verschwinden. Das Wichtigste war, daß Ella MacDaniels in Sicherheit war und das auch weiterhin sein würde; und dies setzte voraus, daß Faroe starb. Wenn er jemals herausfand, daß Ella am Leben war, konnte niemand wissen, was er tun würde. Lenna mußte nach Arcadia zurück und ihn töten. Wenn sie Glück hatte, würde sie dabei ebenfalls sterben, denn jenseits des Augenblicks von Faroes Tod vermochte sie keinen Sinn mehr in ihrem Leben zu erkennen. Und dennoch konnte sie ihr Herz nicht daran hindern, zu fragen: Willst du Ella denn nicht kennenlernen? Willst du ihr nicht helfen? Willst du sie nicht lieben?

Lenna packte ihr Herz und würgte die egoistischen Sehnsüchte, bis sie sich nicht mehr rührten. Nur eines war für die Betroffenen noch furchtbarer und bedrohlicher als Lennas Liebe: ihr Haß. Ella hatte ihr Leben in Freiheit verbracht. Wenn es bekannt würde – wenn Ella herausfinden sollte, daß sie Lennas Tochter war, dann wäre es mit ihrer Freiheit für immer zu Ende. Selbst wenn Faroe tot wäre, würde Ella in einen Sumpf von Klatsch und Schmutz gezogen werden. Ella durfte nie erfahren, woher sie stammte.

Nachdem sie zu dieser Entscheidung gelangt war, fühlte Lenna sich besser. Sie war jahrelang im Treibsand gesteckt und hatte mit einemmal wieder festen Boden unter den Füßen. Jetzt wußte sie, was sie zu tun hatte. Zum erstenmal seit sie Ella unter ihrem Herzen getragen hatte, sah sie wieder eine sinnvolle Aufgabe vor sich. Nicht Rache oder Haß oder selbstquälerischer Masochismus, sondern das Beschützen einer Freiheit, die unendlich viel wertvoller war als ihre eigene. Sie griff nach ihrer Kaffeetasse und trank sie aus. Als sie die Tasse abstellte, schweifte ihr Blick durch das Restaurant.

In einer Zeitschleife, so kurz, daß sie wie eine Ewigkeit erschien, strahlte der Schmerz in ihrem Leib nach außen, durch alles hindurch, was sie war, und die Sehnsüchte, die sie ausgemerzt glaubte, kehrten wieder ins Leben zurück: nicht schreiend oder kreischend, sondern singend – mit Engelsstimmen und einer Musik, so süß, daß jeder Nerv und jede Zelle des geringen Rests, der noch ihr eigen war, zerschmolz.

Die junge Frau, die dort drüben am Fenster saß, war wunderschön und stark. In den Linien ihres Gesichts, in ihren Wangenknochen und in den vollen Lippen ihres Munds erkannte Lenna Wes Clay. Die Glieder des Mädchens waren lang, ihre Finger elegant und anmutig. Sie hatte lange Wimpern und sanfte Augen, und ihre Haut war von einem warmen, schimmernden Braun. Ihr Haar fiel in einer Kaskade schwarz glänzender Zöpfe über ihre Schultern. Im Nasenflügel trug sie einen Brillantknopf.

Lenna fühlte und sah all dies im Bruchteil einer Sekunde, und in diesem kurzen Augenblick erinnerte sie sich mit vollkommener Klarheit, warum sie ihr Herz so bereitwillig und freudig an Wes Clay verloren hatte, den Mann ihres Lebens, ihren unglückseligen Geliebten. Und darüber hinaus verstand Lenna, vollkommen und endgültig, warum ein verwirrtes, verzweifeltes Mädchen vor nunmehr zwanzig Jahren mit verbissener und unbeugsamer Entschlossenheit das Grauen ihrer einsamen Schwangerschaft überstanden hatte.

Denn hier war ihre Tochter: Ella, ebenmäßig und groß gewachsen und stolz und so unaussprechlich schön und kostbar.

Ella lächelte dem alten Mann zu, der mit ihr am Tisch saß, und Lenna verlor ihren Halt und fiel.

Ellas Lächeln war so wunderschön, daß Lenna hörte, wie unter ihr die Erde aufbrach, und fühlte, wie sie fiel, hinabstürzte in was immer dort unten war. Sie flehte zu

Gott: Ja, laß es geschehen. Laß mich mit diesem Bild in meinem Herzen für immer verschwinden, und ich werde es in seiner strahlenden Schönheit lebendig erhalten, selbst im finstersten Winkel der Hölle, und andere werden kommen und es betrachten und Trost finden in ihrer Höllenqual. Mehr will ich nicht. Mehr habe ich nie gewollt. Alle Schuld ist beglichen, und ich biete alle Qual und Not meines Lebens und mehr mit frohem Herzen für diesen einen Augenblick. Laß mich jetzt für immer gehen.

Dann sah Ella sie direkt an.

Lenna sah weg.

Sie wollte es nicht. Sie wollte hier sitzen und dieses Mädchen für immer und ewig anstarren, doch statt dessen senkte sie den Blick. Weil unter ihr der Fußboden eines Diners war und nicht der Abgrund, den sie erfleht hatte; weil ihr Blick ansteckend war und den Tod brachte, und weil sie sich schämte. Sie schämte sich, daß sie und keine andere, bessere Frau die Mutter dieses wunderschönen Geschöpfs war. Sie konnte ihrer Tochter nicht in die Augen sehen und ihr sagen, wenn auch nur mit dem wortlosen Schweigen eines stummen Blicks: Ich bin deine rechtmäßige, leibliche Mutter. Lenna fühlte, daß Tränen über ihr Gesicht liefen. Verwirrung ergriff sie – Panik. Verschwinde. Geh. Geh – jetzt sofort! Dann: *nur noch einen Augenblick, nur noch einen einzigen, kurzen Moment.* Der Chor ihrer Sehnsüchte zog ihren Blick zum Fenster hinüber.

Sie sah, wie Ella auf ihren Teller hinabblickte.

Ella hob die Gabel an ihren Mund.

Ein Blick noch, nur noch ein einziger …

Ella ließ die Gabel unberührt sinken.

Dann: Ella sah sie wieder direkt an.

Lenna schaute zur Seite.

Sie leerte ihren Kopf. Sie erhob sich. Sie warf etwas Geld auf den Tisch. Sie sah die Serviette neben ihrem Teller, nahm sie und wischte sich die Tränen aus dem Gesicht. Die Tür. Der Gehsteig. Der Weg fort von hier. Geh. Sie drehte sich um und starrte zur Tür. Der Raum war ein Tunnel, ein verschwommener Tunnel. Einen Schritt nach dem anderen.

Sie bewegte sich den Gang hinab, den Blick auf die Tür geheftet. Eine Wahrnehmung, so sengend wie die Hitze aus einem offenen Hochofen, loderte und brüllte unmittelbar links von ihr: Ella, ihr Tisch. Lenna ging weiter, wankte durch den Gluthauch, war hindurch, war vorbei, die Tür noch immer vor sich. Dann eine Stimme.

»Entschuldigen Sie, Miß.«

Gegen Lennas Willen weigerten sich ihre Beine, weiterzugehen. Sie spürte, wie ihre Schultern bebten. Eine Flut von Empfindungen körperlicher Natur überwältigte sie. Eingeweide, Kopf, Muskeln. Ihr stockte der Atem. Ich will nicht weinen. Ich werde nicht weinen. Wieder die Stimme: schlichtes, argloses und unfaßbares Mitgefühl.

»Geht es Ihnen nicht gut?«

Lennas Gedanken stürzten durcheinander. Sag was und verschwinde. Nein, sag nichts und geh. Die Tür: dort. *Nur ein paar Worte. Nur ein einziges Mal mit ihr sprechen.* Sie gab nach. Sie drehte sich um und sah in die riesigen, sanften Augen, ein paar Handbreit von ihr entfernt.

»Vielen Dank«« stammelte Lenna. »Ich bin okay.«

Sie fühlte ein Schluchzen ihre Kehle emporsteigen und würgte es wieder hinab. Sie merkte, daß sie vor Anstrengung zitterte. Ella nahm ihren Arm.

Ella berührte sie.

Ella sagte: »Bitte setzen Sie sich doch für einen Augenblick zu uns.«

»Nein. Ich darf nicht. Ich muß ...« Lenna ging der Atem aus, und sie wagte nicht, neuen zu schöpfen. »Ich muß ...«

Der alte Mann wischte sich den Mund ab, warf die Serviette auf den Tisch und stand auf.

Zu Ella sagte er: »Gehen Sie mit ihr nach draußen. Ich zahle inzwischen.«

Lenna klammerte sich mit ihrem Blick an ihm fest. Er hatte graue Augen, besorgt, doch stark. Er nickte ihr zu und lächelte freundlich. Mit dem Lächeln verwandelte er sich einen Augenblick in Cicero Grimes, und sie begriff, daß dies sein Vater George war. Das Nicken und sein Lächeln gaben ihr Kraft. Sie drehte sich um, ging auf die Tür zu –

und konnte spüren, daß Ella ihr folgte. Als sie den Gehsteig erreichte, atmete sie wieder. Sie wandte sich um und blickte auf die Mulde unterhalb von Ellas Hals. Unmöglich, ihr ins Gesicht zu sehen.

»Entschuldigen Sie«, sagte Lenna, »aber könnten Sie mich bitte einen Augenblick stützen?«

Ella zögerte. »Klar«, sagte sie dann.

Ellas Arme öffneten sich. Lenna trat zwischen sie, und die Arme legten sich um sie. Lenna machte die Augen zu, und die Haut von Ellas Hals streifte ihre Wange. Sie spürte, wie ihre Körper sich berührten, fühlte behutsame Hände auf ihrem Rücken. Es war der sanfteste Ort, an dem sie je gewesen war, der schönste, der tiefste. Sie legte die Arme um Ella. Sie dachte nichts; sie fragte sich nicht, was sie fühlte, sie nahm einfach nur das Geschenk an, das ihr eine Fremde aus freien Stücken und in aller Unschuld darbot. Sie verlor das Gefühl für Zeit, und in den Sekunden oder Minuten, die vergingen, erholte sie sich wieder soweit, daß sie, als sie George Grimes hinter sich hüsteln hörte, in der Lage war, loszulassen und einen Schritt zurückzutreten. Jetzt fühlte sie sich besser. Sie war sogar fähig, Ella in die Augen zu sehen.

»Sie sind sehr nett«, sagte Lenna. »Es tut mir leid, wenn ich Sie belästigt habe.«

»Das haben Sie nicht«, erwiderte Ella. »Ist schon okay. Kein Grund, sich Gedanken zu machen. Sie sollten erst mal mich sehen, wenn ich meine schlechten Tage habe.«

Wieder schnürte ein aufsteigendes Schluchzen Lenna die Kehle zu; erneut schluckte sie es hinab und rang verzweifelt um einen Entschluß. Sie klammerte sich an einem Gedanken fest: *Nur Cicero Grimes weiß, daß Ella meine Tochter ist.* Dabei mußte es auch bleiben. Sie durfte nicht zulassen, daß ihre Gefühle die bei klarem Verstand getroffene Entscheidung, Ella vor ihrer Herkunft zu schützen, ins Wanken brachten.

»Sie sind Lenna Parillaud«, sagte George Grimes.

Sie sah ihn an und nickte. »Das stimmt. Und Sie sind George Grimes.«

Lenna streckte die Hand aus, und George schüttelte sie. In seinen Augen glomm ein verhülltes Mißtrauen auf. Sie war froh darum. Sie wollte nicht, daß Ella mit einem Narren unterwegs war.

»Das ist meine Freundin Ella MacDaniels«, sagte George.

Lennas Stimme war nicht viel mehr als ein Flüstern.

»Ella.«

George blickte die Straße hinauf und hinab. »Wir sollten zum Jeep gehen«, sagte er.

Als sie den Parkplatz überquerten, ging George zwischen Lenna und Ella. Er zog die Stirn in Falten.

»Sind Sie alleine unterwegs?« fragte er sie.

»Nein«, erwiderte Lenna. »Ich bin mit Ihrem Sohn Gene gekommen.«

»Wo ist Gene?«

Lenna warf einen Blick an ihm vorbei auf Ella. Sie wollte Ella nicht mehr als nötig in die Sache mit hineinziehen. Je weniger sie wußte, um so besser für sie. George verstand den Blick.

»Ella erfährt alles, was ich weiß«, sagte George. »Das haben wir so ausgemacht.«

Lenna sah ihn an. »Gene ist weg, um Jeffersons Dokumente zu holen.«

George grunzte. »Weiß sonst noch jemand, warum Sie hier sind?«

Lenna sah keinen Grund, Daggett zu erwähnen. »Nein. Zumindest glaube ich das.«

Sie erreichten einen rot-schwarzen Jeep Cherokee und blieben stehen. George rieb sich mit dem Daumen übers Kinn und sah nach Westen.

»In 'ner Stunde ist es dunkel.«

Sein Blick kehrte zu Lenna zurück.

»Ich hoffe, es macht Ihnen nichts aus, Miß Parillaud, wenn Ella und ich mal kurz was unter vier Augen bereden.«

Lenna nickte und ging auf die andere Seite des Jeeps. Georges offenkundige Sorge um Ella war beruhigend. Sie klammerte sich an ihre Entscheidung, ihren Weg von hier an alleine zu gehen und sich von all denen fernzuhalten, denen sie nicht weh tun wollte. Jetzt schien ihr das mehr denn je eine gute Idee.

»Miß Parillaud?« rief George.

Sie drehte sich um und ging zu ihnen zurück.

George hüstelte. »Miß Parillaud ...«

»Lenna, bitte«, sagte sie.

»Okay – Lenna ... Nun, äh ... Ich weiß, daß es vielleicht nicht sehr freundlich klingt, aber Sie müssen verstehen, daß wir hier in einer Situation sind, die unter Umständen gefährlich werden kann. Ich glaube Ihnen ja, daß Sie mit Gene hergekommen sind, aber er ist nicht hier. Wir kennen Sie weder, noch wissen wir, was für Absichten Sie haben, und um ganz ehrlich zu sein, wir wären dumm, Ihnen völlig zu vertrauen.«

George verstummte und sah Ella an. Sie nickte.

»Wir sind ganz gut bewaffnet«, fuhr George fort, »und wir sind bereit, uns zu verteidigen, gegen wen auch immer, der sich uns in den Weg stellt. Wir wollen Ihnen keine Angst machen oder Ihnen sonst irgendwelche Unannehmlichkeiten bereiten, aber Sie müssen verstehen, daß wir nicht zulassen können, daß Sie alleine hierbleiben und uns womöglich in Schwierigkeiten bringen. Was ich sagen will: Sie müssen mit uns kommen.«

»George meint damit nicht«, fügte Ella hinzu, »daß wir Sie erschießen würden oder was in der Art, Lenna ...«

»Selbstverständlich nicht«, sagte George.

»... es ist nur, weil wir glauben, es wäre besser, wenn wir alle zusammenblieben, bis wir Gene finden. Wir beschützen Sie.«

»Richtig«, sagte George. »Genau das mein' ich doch. Jeder, der sich mit Ihnen anlegt, bekommt es mit uns zu tun.«

Lenna sah die beiden an, wie sie vor ihr standen, heldenhaft und grimmig entschlossen und zugleich so schrecklich verwundbar, und sie begriff, daß sie sie liebte. So einfach war das, so einfach und so schmerzvoll. Sie hatte so lange ganz in sich zurückgezogen gelebt, in ihrem Gefängnis aus Verlust und Haß, daß sie jetzt nicht wußte, wie sie damit umgehen sollte. Sie fühlte, wie ihr erneut die Tränen in die Augen schossen, doch diesmal aus einem Grund, der noch beunruhigender war als all ihr Schmerz: Sie war glücklich. Sie war glücklich, einfach nur dazustehen und zu atmen, hier auf dem Parkplatz, neben diesen beiden Menschen, die sie noch nie zuvor gesehen hatte.

»Alles, was Sie tun müssen, ist einzusteigen«, sagte Ella.

Und Lenna blinzelte die Tränen fort und sagte mit einem Lächeln zu Ella. »Gerne. Sehr gerne.«

ZWÖLF

Der gute Doktor sah mager und verändert aus. In dem Spiel von Licht und Schatten in seinen blaßblauen Augen und in den eingefallenen Mulden und Kratern seines Gesichts waren deutlich, doch für ein unbedarftes Auge kaum auszumachen, die Stigmata der Zeit zu erkennen, die sie beide zusammen verbracht hatten. Davon abgesehen war Grimes derselbe Mensch, der er gewesen war, der er war und immer sein würde: ein Clown inmitten eines unverständlichen Abenteuers, ein Mensch, der sich nach dem sehnte, was er verloren hatte, und es doch nicht zu benennen vermochte. Nicht einmal auf der Suche nach einer Antwort, sondern lediglich nach einer Frage, die es wert war, gefragt zu werden: die jüngste, doch nicht die letzte einer langen Reihe von Fragen seit alters her.

All dies sah Jefferson in den Schatten der blaßblauen Augen, und er fühlte, wie sein Herz von ungewohntem Mitleid bewegt wurde, von einer unerklärlichen Liebe. Was war das für eine Liebe, diese Regung, die ihn hier in seinem Schlupfwinkel in der Unempfindlichkeit seines innersten Asyls erschüttert hatte? Aus welch seltsamen Stoff war sie gewirkt? Und von welcher fremden Hand?

In der Glut der grünen Hölle seines Exils im Ohoopee River Tiefland hatte Jefferson lange darüber nachgedacht, doch ohne Erfolg. Wenn Begehren eine amoralische Barbarei war, der er sich ohne Bedauern und ohne Reue hingegeben hatte, dann war Liebe eine Erniedrigung und ein Verbrechen, ein Eintauchen in willkürlich gewählte stinkende Gossen, ein vergebliches Ungeschehenmachen, das blöde, gurgelnde Lachen eines Idioten über einen Witz, den er nicht verstanden hatte. Wäre seiner Liebe ein erotisches Element beigemischt gewesen, dann wäre alles einfacher: Er hätte Grimes in den Arsch und in den Mund gefickt, als er die Gelegenheit dazu gehabt hatte, und damit wäre höchstwahrscheinlich alles zu Ende gewesen. Statt dessen hatte er ihn bis an den Rand des Zusammenbruchs und darüber hinaus gemartert; er hatte sein Nervensystem zu dürren Drähten schwarzer Asche versengt – um was zu suchen? Er hatte es nicht gewußt. Die einzigen Orte, an denen Unbescholtenheit Ruhe fand, waren Schweigen und Schmerz, und Grimes hatte sie beide kennengelernt. An solch einem Ort war es auch geschehen, daß Jefferson geliebt hatte. Und wie ein Fensterladen, der unvermutet in einen strahlenden Tag hinein aufgestoßen wird, hatte sich Liebe in den Tod geöffnet.

Sein Geist war zu einem Schlachthaus ungelöster Rätsel geworden, die Architektur seines Verstands zu einer ausgebrannten Ruine ohne Dach, deren nackte, geschwärzte Mauern sich im Rauch neigten. Durch schwärendes Fleisch und steife Gelenke an seinen Stuhl gefesselt, war er trotzdem hier im Tiefland umhergewandert, auf der Suche nach der stillen Mitte. Auf der Suche nach seiner Kasteiung.

Nichts darf gewollt werden.

Gewalt braucht keine Rechtfertigung.

Leiden muß vergeblich sein.

Dies waren seine Werkzeuge. Sie konnten nicht in Frage gestellt werden. Sie konnten nicht stumpf und nutzlos gemacht werden durch prosaische Vernunft, denn ihre Macht, ihre verborgene Bedeutung, war in der Unvernunft begründet. Rechtfertigung war eine Geißel – eine nichtige, schale Zuflucht der Zivilisierten, der Feigen und Schwachen. Er würde keine Rechtfertigung suchen. ›Warum?‹ war der blökende Schlachtruf der bemitleidenswert Dummen. Er würde nicht fragen »Warum?« Glaubten sie denn wirklich, daß sie es erklären könnten?

Die, die der Sprache erst seit armseligen viertausend Jahren mächtig waren und mehr als dreitausend Jahre lang an den Schürzenbändern des Denkens gehangen hatten? Ihre Trillionen Worte der Auslegung und Einsicht, der Analyse und der Erklärung hatten das kilometerdicke Geheimnis nicht einen Zentimeter tief durchdrungen. Verängstigter Abschaum, der über verblichenen, fleckigen

Fotografien einer Wahrheit masturbierte, in deren reifes, faulendes Fleisch zu ficken sie nicht wagten.

»Warum?« Er erstickte an dem Wort. Das mannigfache Grauen der menschlichen Existenz war an diese Typen vergeudet. Sie waren die Fliegen, die Scheiße genauso glücklich fraßen wie Schokoladekuchen.

Seine Kasteiung war von einer weit strengeren Art gewesen. Seine Kasteiung hatte dem Ziel gedient, alles auszutilgen, an dem andere ihre Menschlichkeit festmachten: Vertrauen, Freundschaft, Fortschritt, Treue, Liebe und – ganz besonders und vor allem – jede auch noch so winzige Spur von alldem, was der trügerischen Glückseligkeit der Zärtlichkeit nahekam. Er tastete sich in der Zeit zurück, über Fragmente erinnerter Greueltaten stolpernd: Männer, die für Verbrechen hingerichtet wurden, die sie nicht begangen hatten; Gesunde, die nach der Begegnung mit ihm körperlich oder seelisch für immer verkrüppelt blieben; schreiende, kreischende, um Gnade winselnde arme Schweine, die bei lebendigem Leib von Tieren aufgefressen wurden; die mit Blut getränkten Holzdielen einer Hütte im Sumpf. Männer und Frauen, von jenen getrennt, die sie liebten. Mütter von ihren Töchtern. Väter von ihren Söhnen.

So wie auch er sich von allem abgetrennt hatte.

Sein Drang, die Nichtigkeit und Freudlosigkeit der menschlichen Existenz zu durchmessen, hatte ihn wissentlich in eine Wüste – in eine kahle Ödnis – unausgesprochener, verschwommener Sehnsüchte verdammt, doch er hatte all diese Sehnsüchte in den Schmutz getreten. Er hatte aus seinem Leben alles verbannt, das tröstend war und das möglicherweise Freude bereiten könnte. Sogar den pervertierten Trost der Verzweiflung hatte er sich versagt. Er hatte sich all seiner Menschlichkeit beraubt: ohne Vernunft, ohne Rechtfertigung, ohne ›Warum?‹. Er hatte nichts gewollt: weder Liebe noch Erkenntnis, weder Macht noch Schönheit. Diese Dinge hatte er angehäuft, ausgebeutet und verschwendet, doch er hatte sie nicht gewollt. Er hatte versucht, sich von allem zu befreien, außer vom Tod. Er hatte versucht, die klirrenden Ketten seiner erbärmlichen menschlichen Existenz abzustreifen: Eine blinde Reise ins Unbekannte jenseits davon, ohne Erwartungen oder Bedürfnisse an das, was er dort finden würde.

Und er war gescheitert.

War gescheitert an einem schreienden Bündel durchnäßter Windeln.

War gescheitert an einem Mann, der ihn nicht hassen konnte.

Und er war ins Tiefland des Ohoopee River gekommen, um das Ausmaß seines Scheiterns, den Irrtum seiner Einsamkeit, die widerwärtige und schmachvolle Unvermeidbarkeit seines Menschseins zu begreifen.

Er hatte das Bedürfnis gehabt, sie wiederzusehen, ihre Nähe zu fühlen.

Er hatte sie zu diesem Treffpunkt bestellt.

Die Maserung von Holz.

Das körnige Gefüge von Stein.

Das Herz des Atoms.

Verborgene Geheimnisse, die sich dem Auge des Menschen nur enthüllen, wenn er schiere Gewalt anwendet.

Wenn es tatsächlich einen Grund gab, sie zu sich zu rufen – denn er selbst kannte diesen Grund nicht –, dann würde er nur durch eine derartige Anwendung von schierer Gewalt offenbart werden.

Und wenn diese Offenbarung kam, falls sie überhaupt kommen würde, könnte sie ihren Platz bei all den anderen enthüllten Geheimnissen einnehmen – der Maserung von Holz, dem Gefüge von Stein, dem Herz des Atoms –, und sich dann für immer dem Blick entziehen: winzige Sandkörner, zermahlen und zerrieben vom gewaltigen Ozean des Unverständlichen, des Unfaßbaren.

Am Ende, dachte er, hatte nichts, das wahr und wirklich war, einen Sinn ergeben.

Clarence Jefferson lächelte quer durch das verstaubte, muffige Wohnzimmer und sagte:

»Sie haben abgenommen, Grimes. Ich bin besorgt.«

DREIZEHN

Clarence Seymore Jefferson, der wie ein siecher Potentat auf einem zerfledderten, faulenden Thron saß, sah nicht gut aus, aber er war unwiderlegbar lebendig.

Grimes stand auf der Schwelle des Wohnzimmers und beruhigte sich mit dem Gedanken, daß Gul, wenn er ihm den entsprechenden Befehl gab, Jefferson ohne Bedenken und vermutlich mit einigem Genuß in Stücke reißen würde. Gul pirschte geduckt über den mottenzerfressenen Teppich, bereit, sich im Bruchteil einer Sekunde auf die entstellte, gebeugte Gestalt in dem Chintzlehnstuhl zu stürzen. Das tiefe, urtümliche Knurren des Hundes ließ die von tanzenden Staubpartikeln erfüllte Luft erbeben.

»Gul«, zischte Grimes. »Bleib ruhig.«

Gul blieb stehen. Sein Blick ließ Jefferson nicht los, der reglos wie ein in Bronze gegossener heidnischer Götze und ohne zu blinzeln in seinem Stuhl saß. Gul ließ sich, seine Schultermuskeln nach wie vor zum Sprung gespannt, auf den Teppich sinken und wartete.

»Guter Hund«, sagte Grimes. Er sah Jefferson an. »Das ist Gul.«

Jefferson sah zu dem großen schwarzen Hund hinüber und nickte.

»Ich kenne Gulbudeen«, sagte er.

Irgendwie war Grimes nicht überrascht.

»Sie kennen alle und jeden, nicht wahr Clarence?«

Jefferson schüttelte seinen massigen Schädel. »Niemand kennt alle und jeden«, sagte er. »Setzen sie sich doch. Sie sind hier schließlich unter Freunden.«

Jefferson hob den rechten Arm und deutete auf einen zweiten Sessel. Der Arm endete am Handgelenk in einem dicken schwarzen Stumpf, der aussah wie dunkles, getrocknetes Harz. Grimes' Blick huschte von dem Stumpf, dessen Ursache er sehr wohl kannte, zu Jeffersons Augen.

Jefferson wußte es ebenfalls; er lächelte. Grimes sah weg, ging zu dem zweiten Sessel hinüber und setzte sich. Der Griff des Revolvers hinten in seinem Gürtel drückte gegen seine Niere, und er verlagerte sein Gewicht.

»Sie können Ihre Kanone ruhig auf den Schoß legen, Grimes«, sagte Jefferson. »Ich bin nicht beleidigt.«

Grimes zog den Revolver hervor, steckte ihn vorn in seinen Gürtel und überdachte seine Situation. Der erste Anblick von Jefferson hatte ihm Übelkeit und Ekel bereitet. Weil er geschockt war, weil ein formloser Rest von Angst in ihm aufstieg, die Jefferson ihm bei ihrer vorhergehenden Begegnung eingeflößt hatte: als sie einander – Schlag um Schlag – bis an die Grenzen der menschlichen Existenz getrieben hatten. Und als Grimes überlebt, doch nicht gesiegt hatte. Diesen Rest von Angst wischte Grimes beiseite. Er würde sich nicht in ein weiteres Spiel dieser Art von Spielen hineinziehen lassen. Er würde ihn weder fürchten noch hassen. Ob wissentlich oder nicht, Jefferson hatte ihn in jenem Tunnel, durch den sie gemeinsam gekrochen waren, die Torheit des Hasses gelehrt – doch jetzt war nicht die Zeit, sich an dieses dunkle Kapitel zu erinnern. Er durfte sich nicht in die Vergangenheit hineinziehen lassen. Auch wenn um Grimes eine See von hemmungslosen Gefühlen tobte: Jeffersons Qual, Georges Gier nach Ruhm, Filmore Faroes Raserei. Er konnte sich diesen Luxus nicht erlauben. Er mußte die ganze Kraft seines Willens und seiner Vernunft gegen die Flut der Gefühle aufbieten, die in seinem eigenen Innern brodelten, denn sonst war er verloren.

Nachdem er sein Denken zumindest teilweise wieder unter Kontrolle hatte, stellte Grimes fest, daß seiner Übelkeit noch eine andere Ursache zugrunde lag: Der eigentümliche Geruch, der in dem Raum hing. Er kannte diesen Geruch, denn wer ihn einmal kennengelernt hat, vergißt ihn nie. Es war der Geruch von Feldlazaretten auf den Schlachtfeldern des Krieges und von faulenden Gliedmaßen, die auf die Amputation warteten. Dieser Geruch rief in ihm stets eine seltsame Mischung von Ekel und Mitleid hervor, denn dies war der Geruch von unschuldigen, pausenlos an ihrem Lebenswerk – der Verdauung menschlichen Gewebes – schuftenden Bakterien. *Pseudomonas*. Wundbrand. Grimes schluckte seinen Ekel hinab und orientierte sich.

Diese Seite des Farmhauses sah nach Norden. Das Licht, das durch die Fenster fiel, war sanft und bleich. In den Apfelbäumen vor den Fenstern schmetterten namenlose Vögel, gleichgültig gegenüber denen, die im Haus lauschten, verschwenderische Melodien in den Wind. Grimes dachte: Bakterien, Vögel, Hunde, Menschen. Er fragte sich, ob sie alle in sich selbst existierten – so wie er. Und konnte keinen Grund sehen, weshalb dem nicht so sein sollte. Falls dem so war, überlegte er weiter, durch welche unendlich großen und unendlich kleinen Entwicklungssprünge und aufgrund welcher Alchimie und über wie viele Äonen hinweg hatten die unentwegt arbeitenden Bakterien ihre innere Existenz transformiert – in welche Form auch immer: in den Gesang von Vögeln oder in die Tapferkeit von Guls Herzen oder in den fiebrigen Glanz von Jeffersons Augen. Und dann fragte er sich, welche zufälligen, kurzlebigen Kräfte sie alle hier zusammengeführt hatten, an diesem späten, verblassenden Nachmittag, in dem staubbedeckten, vom Geruch des Wundbrands geschwängerten Wohnzimmer im Tiefland des Ohoopee River.

Grimes erkannte in seinen Gedankengängen den hypnotischen Einfluß von Clarence Jefferson. Der Captain saß in seinem Sessel, und beobachtete, als sei er zwischen kahlen Felsspitzen verborgen, Grimes' Verwunderung und wartete mit entmutigender Gelassenheit auf ein längst vorausgesehenes Ergebnis. An der Rückenlehne seines Sessels lehnte eine hölzerne Krücke. Auf dem Fußboden neben ihm lag in Reichweite seiner linken Hand eine automatische Schrotflinte mit abgesägtem Lauf.

Der dicke Mann war nicht mehr dick. Während Grimes einige Kilos verloren hatte, war Jefferson bis auf die Haut, bis auf den Lebensfaden abgemagert. Sein Körper war zu schlaff herabhängenden Hautsäcken geschrumpft. Hätte Grimes nicht die ehemals wahrhaft titanische Kraft – die psychopathische Kraft – Jeffersons so gut gekannt, hätte er nicht für möglich gehalten, daß in dieser abgemagerten Gestalt noch ein Puls schlug. Doch er schlug: in dem weich geschwungenen, empfindsamen Mund, im Leuchten seiner Augen, in der unverschämten Zurschaustellung seines harzigen Armstumpfs. Einsachtundneunzig und so breit wie ein Scheunentor, sein blonder Schädel ein ebenmäßig gemeißelter Marmorblock: Clarence Jefferson forderte noch immer seinen Schöpfer heraus – obwohl er stank. Auf seinem Gesicht, dessen klassisch edle Linien nun, da er ausgezehrt war, deutlicher zum Vorschein kamen, glänzte ein dünner, ungesunder Schweißfilm. Sein linkes Bein lag auf einem abgeschabten gepolsterten Lederschemel, dessen Füllung aus einem Riß an der Seite hervorquoll. Das Bein der braunen Leinenhose war bis zum Knie aufgeschlitzt, um das von einem Ödem stark angeschwollene Bein zu entlasten. Der nackte Fuß war ebenfalls dick angeschwollen. Große Hautpartien an der Seite des Beins und des Fußes waren von bizarren Verfärbungen und dem unverkennbar nekrotischen Narbengewebe eines Faulbrands entstellt. Unter einem Rand der Vernarbung, oberhalb des grotesk angeschwollenen Knöchels, war eine schwärzlichviolette runde Fläche auszumachen, die in der Mitte feucht glänzte und an den Rändern flammendrot war.

Ecthyma gangraenosum. Das offene Geschwür lag im Schatten, und Grimes konnte es nicht genau erkennen, doch ihm war klar, daß der süßliche Gestank von dort kam.

Als Grimes ihn das letzte Mal gesehen hatte, war Jefferson flach auf dem Rücken gelegen und von Flammen umgeben gewesen. In seinem Bauch hatte eine fast dreißig Zentimeter lange Stahlklinge gesteckt.

»Wie haben Sie überlebt?« fragte Grimes.

»Weil ich mich dazu entschlossen hatte«, erwiderte Jefferson.

»Sie waren ziemlich am Ende und weit weg von Zuhause.«

»Das Feuer, Grimes. Sie erinnern sich? Durch das Feuer bin ich wieder zu mir gekommen, und das Feuer hat die

Wand einstürzen lassen. Ich mußte mir nur das Messer aus dem Bauch ziehen und kriechen.«

Grimes blickte auf das geschwollene, brandige Bein.

»Sie wissen, daß Sie bald sterben werden«, sagte er.

»Vielleicht«, sagte Jefferson.

»Darf ich es mir ansehen?« fragte Grimes.

Jefferson zögerte, dann erschien ein Grinsen auf seinem Gesicht, das Grimes' Blut gefrieren ließ.

»Ich bin gerührt, Grimes. Ja, wirklich.«

Grimes stand auf und ging hinüber. Als er näher kam, sah er, daß sich in dem nassen Zentrum der schwarz und violett schimmernden Wunde etwas Bleiches, Winziges bewegte. Er ließ sich in sicherer Entfernung von Jeffersons guter Hand in die Hocke sinken. Der linke Unterarm schien der einzige Teil von Jefferson, der nicht abgemagert war: er hatte noch immer etwa den Umfang von Grimes' Oberschenkel und war so glatt und hart wie Eisenholz. Grimes wußte, daß Gul Jefferson an die Kehle fahren würde, bevor er die Schrotflinte erreichen konnte, aber wenn diese riesige Pranke, deren Sehnen und Venen auf dem fleischigen Handrücken kaum auszumachen waren, sich um Grimes' Kehle legen konnte, dann hieß es *adios muchachos* und zwar für immer – Gul oder nicht. Grimes nahm die eiternde Wunde genauer in Augenschein. Obwohl er in solchen Dingen eine gewisse Erfahrung hatte, schluckte er betroffen.

Das bleiche, winzige Etwas inmitten der Wunde war eine lebendige Made.

»Das ist allerdings ein bißchen sehr altmodisch, nicht wahr?« sagte Grimes.

Jefferson lachte. »Wissen Sie was, Grimes? Sie enttäuschen mich nicht.«

»Sie haben dieses kleine scheußliche Ding da reingesetzt.«

»Lassen Sie es in Frieden. Der kleine Bursche hält mich am Leben.«

»Vielleicht für eine Weile«, sagte Grimes. »Aber gegen die Infektion in Ihrem Blut hilft er auch nicht. Was Sie brauchen, sind ein paar ultrastarke Antibiotika.«

Die Namen Tobramycin und Ciprofloxacin geisterten durch seinen Kopf. Doch sie zu erwähnen, schien nicht der Mühe wert.

»Bestimmt sind sie nicht den ganzen weiten Weg hierher gekommen, um mir ein Rezept auszuschreiben«, knurrte Jefferson.

Grimes kniff die Augen zusammen und enthielt sich eines Kommentars. Dieser Mann, dieser Captain des Sittendezernats, war die Ursache all seines Kummers und Leids, die ihn um ein Haar umgebracht hätten, und doch freute er sich, ihn zu sehen. Er war froh, daß Jefferson nicht tot war. Beinahe hätte er es gesagt, tat es aber nicht. Grimes bewunderte Mut mehr als alles andere. Clarence Jefferson mochte vielleicht ein mieser Schweinehund sein, aber Courage hatte er, und das nicht zu knapp.

»Warum bin ich dann gekommen« fragte Grimes.

»Weil ich Sie darum gebeten hatte. Ich wußte, als alter Freund würden Sie nicht nein sagen.«

»Und warum ich?«

Jefferson warf einen kurzen Blick zur Decke empor, dann sah er wieder Grimes an.

»Weil Sie eine zweite Chance verdient haben«, sagte er.

»Vielen Dank«, knurrte Grimes.

Jeffersons Augenbrauen wölbten sich. »Wollen Sie etwa bestreiten, daß Sie mich gebraucht haben in Ihrem stinkenden Loch, in dem Sie verfault wären, wenn Daggett sie nicht aufgestöbert hätte? Und daß ich gewußt habe, daß er sie in dem Zustand finden würde?«

Grimes ersparte sich eine Antwort.

»Ich habe Schmerzen in Ihr Leben gebracht, Grimes«, sagte Jefferson. »Damals und jetzt wieder.«

»Ich beklage mich nicht.«

Clarence Jefferson lächelte. »Ihr Stoizismus stand für mich schon immer außer Frage.«

»Lassen Sie mich damit in Frieden.«

»Aber wie unser gemeinsamer Freund Seneca schon gesagt hat, steht Gott *jenseits* des Leidens, der wahre Stoiker steht *darüber*.«

»Eines Tages«, sagte Grimes, »werde ich noch dahinterkommen, warum mir alle Leute erzählen wollen, wie ich mein Leben leben soll.«

»Sie sind ein vielgeliebter Mann, Grimes. Das ist auch der Grund, warum Sie hier sind.«

»Ich will einzig und allein meinen Vater aus Schwierigkeiten heraushalten.«

»Sie machen sich was vor, Grimes«, sagte Jefferson. »Sie sind hier – wie letzten Endes wir alle –, um sich dem Leid und Schmerz zu stellen und sie bis zur Neige auszukosten. Wenn es so ist, wie unser verehrter Seneca behauptet, daß Leiden der Natur Gottes widerspricht, dann ist unsere menschliche Natur aus eben demselben Grund davon bestimmt. Deshalb sehnen wir uns schlußendlich auch so sehr nach dem Schmerz, der unser Leben in Gefahr bringt. Oder vielmehr nicht nach dem Schmerz allein, sondern nach seiner Transzendierung. Der Mensch, der dadurch die brennende Qual des Verlangens, des Hasses und der Angst besiegt, *übertrifft Gott selbst*. Ist es nicht das, was wir alle wollen?«

»Ich will es ganz sicher nicht«, sagte Grimes. »Ich will nur wieder zurück in mein Loch.«

»Kommen Sie, Grimes. Zynismus ist was für kleine Jungs. Wir sind erwachsene Männer, oder etwa nicht? Sie müssen doch zugeben, daß ein extrem großes Maß an Schmerz das kostbare Privileg einer verschwindend kleinen Elite ist.«

»Das ist der hanebüchenste Schwachsinn, den ich je gehört habe.« Grimes spürte, wie er allmählich in Wut kam. Das war ganz einfach dumm. Er richtete sich wieder auf. »Ich hab' keine Lust, mit Ihnen zu streiten.«

Jefferson sah zu ihm auf. »Wie Sie meinen. Aber hören Sie mich wenigstens bis zum Ende an. Sicherlich werden Sie das Schicksal nicht um die immense Arbeit betrügen wollen, die es aufbringen mußte, um uns wieder zusammenzuführen.«

Grimes ging ans Fenster und sah in die ersten Schatten der Dämmerung hinaus, die sich über das Tal legten. Er sollte gehen, konnte es jedoch nicht. Ohne sich umzudrehen, hörte er Jefferson zu.

»Sie wissen genau, Grimes, daß Sie ebenso wenig hier sein müssen wie ich. Erzählen Sie mir nicht, daß Sie kommen mußten, weil Ihr Gewissen Ihnen keine andere Wahl gelassen hat. Der Stoiker investiert in die Verzweiflung der Schuld auch nicht mehr seiner Energie als in die Nichtigkeit der Freuden. Sie selbst haben sich entschlossen, hierherzukommen, genau wie ich auch, und zwar aus einem einzigen Grund: Weil wir beide auf dem tiefsten Grund unseres Herzens wissen, daß wir nur dann, wenn wir mit der Vergänglichkeit und dem Tod Wange an Wange tanzen, diese bezwingen und unseren rechtmäßigen Platz bei den Sternen einnehmen können.«

»Und Lenna Parillaud und mein Vater«, knurrte Grimes, noch immer durch das Fenster starrend. »Tanzen die auch?«

»Jeder ist zu dem Tanz eingeladen.«

»Dann ist diese Elite, von der Sie gesprochen haben, doch nicht so klein.«

Es entstand eine Pause.

»Ich hab' vielleicht ein wenig übertrieben«, sagte Jefferson nach einer Weile. »Es hat nichts gebracht. Und trotzdem habe ich es so gemeint. Denn wenn unsere Überwindung von Vergänglichkeit und Tod mehr sein soll als die jämmerliche Unterwerfung unter die wahllose und zufällige Feindseligkeit des Kosmos, muß eine Bedingung – nur eine – erfüllt sein. Und zwar die folgende: daß unser Leid und unser Schmerz der geistigen und seelischen Kraft des Mannes – oder der Frau –, der oder die danach verlangt, angemessen ist.«

Grimes drehte sich um und sah ihn an. In Jeffersons Augen lag eine Ungeduld, eine Begierde, die Grimes schon zuvor dort gesehen und abgewiesen hatte.

»Sie haben also, was Sie wollten«, sagte Grimes. »Sie sitzen auf ihrem göttlichen Thron und befinden darüber, wer von uns für die Ewigkeit tauglich ist und wer nicht, während wir anderen wie Arschlöcher herumrennen.«

»Kein Mensch, der bei Verstand ist, will ein Gott sein. Ein König vielleicht, aber kein Gott.«

»Vielleicht will ich gar kein König sein«, sagte Grimes.

»Nicht einmal der ihres eigenen Lebens?« fragte Jefferson.

Grimes hörte die Herausforderung so deutlich wie das Klatschen eines Fehdehandschuhs auf dem Boden. Er sagte nichts.

Jefferson nickte.

»Dieses Königreich ist von allen am schwersten zu erobern«, sagte Jefferson. »Und es zu behalten, ist noch schwerer. Beide Bestrebungen sind ohne Blutvergießen nicht möglich: sowohl des Blutes, das in den Adern fließt, wie auch das der Seele – Ihr eigenes und das von anderen.«

Das also war der springende Punkt von allem, was der Captain ihm zu sagen und weshalb er ihn hierhergerufen hatte.

Grimes weigerte sich, die Dinge so zu sehen, wie Jefferson sie sah; die Last war ihm viel zu schwer. Trotzdem war er seinem Ruf gefolgt; er war hier. Vielleicht hatte der Captain ja recht – damals recht gehabt; doch Grimes hegte den Verdacht, daß Jefferson von denselben mysteriösen unterschwelligen Strömungen getrieben wurde wie er – wie sie alle, und daß Jeffersons Überlegungen nichts weiter waren als ein dünner Mantel, mit dem er seine Angst vor dem Unbekannten in sich selbst verhüllte. Als Grimes seinen Blick festhielt, hatte er den Eindruck, als sei der fiebrige Glanz in Jeffersons Augen intensiver geworden. Grimes wollte sich mit seinem eigenen Unbekannten auf seine eigene Weise auseinandersetzen. Er beschloß, daß es Zeit war, zu gehen.

»Okay«, sagte Grimes. »Ich habe Sie zu Ende angehört. Sie haben in Ihrem Brief von zwei Koffern gesprochen. Wo sind sie?«

»Sie meinen den Amboß der Gerechtigkeit«, sagte Jefferson.

»Wenn Sie darauf bestehen«, sagte Grimes. »Existieren die Koffer überhaupt? Oder war das nur ein Teil in dem großen Spiel?«

»Schauen Sie hinter mich«, sagte Jefferson.

Grimes trat vom Fenster weg und sah hinter Jeffersons Lehnstuhl. Im Halbschatten zwischen dem Sessel und der

Wand standen zwei große braune, mit Riemen zugezurrte Lederkoffer. Grimes beugte sich hinab und hob einen davon an. Um ein Haar hätte er sich dabei einen Bandscheibenschaden geholt.

»Der ist so schwer, als wären Goldbarren drin«, ächzte Grimes.

»Mehr als Gold, Grimes, viel mehr.«

»Na schön«, knurrte Grimes. »Deshalb bin ich gekommen.«

Grimes zog den zweiten Koffer hinter dem Sessel hervor, hob beide hoch und schleppte sie bis in die Mitte des Zimmers, wo er sie wieder absetzte. Weiter als bis zu Daggetts Wagen würde er es mit den beiden Koffern vermutlich gar nicht schaffen. Gul blickte auf und zeigte ihm seine Zunge. Wenigstens Gul wußte, wie der Hase lief. Grimes ließ den Blick noch einmal durch den im Verfall begriffenen, nach Verwesung stinkenden Raum schweifen. Das Alte Haus. Es glich einem Grab.

Als hätte er seine Gedanken gelesen, sagte Jefferson: »Ich bin hier in diesem Haus geboren.«

Die Worte, obgleich emotionslos ausgesprochen, klangen in Grimes' Ohren wie eine verzweifelte Bitte. Er drehte sich zu dem vom Wundbrand fauligen und in dem zerschlissenen Lehnstuhl die letzten Funken seiner Lebenskraft ausschwitzenden Wrack um, und mit diesen Worten und in diesem Augenblick starb die Legende von Clarence Jefferson vor seinen Augen. Grimes sah nur mehr einen in seiner eigenen Haut verfaulenden Mann, der seit tausend endlos langsam dahinkriechenden Stunden hier saß, mit nichts und niemandem, der ihm Gesellschaft leistete, außer der Erinnerung an die Leben, die er zerstört hatte – und mit dem Versuch, ein paar bittere Tropfen Bedeutung aus dem zu pressen, was er getan hatte, und mit der Made in seinem Bein. Daß Jefferson nicht den Verstand verloren hatte, war nur ein weiterer Maßstab für seinen dämonischen Willen. Grimes zögerte jedoch, Jefferson zu konzedieren, daß er auch ein großer Geist war. Konnte es möglich sein, daß Größe sich dem Bösen verschrieb und dennoch Größe bewahrte? Es gab

Leute, die nur zu bereitwillig von der Erhabenheit und vom Glanz des Verbrechens sprachen; Jefferson hatte es gelebt. Besaß er deshalb Größe? Sein Körper wurde langsam und in furchtbarer Weise vergiftet, so wie er die Leben von Lenna und Faroe und vielen anderen vergiftet hatte, die tot und vergessen waren. Und dennoch schien es Grimes, daß dem langsamen Verfaulen Jeffersons keine Gerechtigkeit innewohnte, nur mehr und längeres Leiden.

Jefferson saß stumm in seinem Sessel und starrte Grimes an, als warte er darauf, daß der Schleier der Isolation wieder über seine Schultern fiel, und Grimes empfand tiefes Mitleid mit ihm. Er hätte lieber etwas anderes gefühlt – Triumph vielleicht oder Erleichterung oder Freude. Doch Mitleid war alles, was er zustande bringen konnte. Es gab nichts mehr zu sagen.

»Leben Sie wohl, Clarence«, sagte Grimes.

Ohne auf eine Antwort zu warten, bückte er sich und nahm die Koffer.

»Los, Gul«, sagte er. »Gehen wir.«

Während Gul sich majestätisch erhob, schwang Jefferson sein Bein von dem Schemel. Gul knurrte und zeigte ein paar Zähne.

»Ruhig«, sagte Grimes.

Grimes hatte eine dunkle Ahnung von dem entsetzlichen Schmerz, den Jefferson fühlen mußte, doch der Captain stemmte sich ohne eine Miene zu verziehen auf die Füße. Er griff nach seiner Krücke.

»Ich bringe Sie zur Tür.«

»Danke.«

Grimes schleppte die Koffer den Korridor zur hinteren Tür entlang. Gul folgte ihm bei Fuß und behielt die riesenhafte Gestalt im Auge, die hinter ihnen herstapfte. Sie durchquerten die düstere Küche und traten auf die Veranda hinaus, wo Grimes die beiden Koffer abstellte. Auf der anderen Seite des gepflasterten Hofs saß Daggett in seinem Lincoln und wartete. Jenseits des Wagens breitete sich bis zum Horizont die abendliche Pracht des Tals aus, durch das sich golden der Fluß wand.

Hinter ihm sagte Jefferson: »Sie sollten noch eine Weile bleiben. Wenn die Sonne untergeht, sieht das Tiefland, wenn man Glück hat, manchmal aus, als wäre es in Blut getaucht.«

Grimes drehte sich um, und sah in das abgemagerte Gesicht des dicken Mannes

»Ich schätze, es ist ein ebenso guter Platz zum Sterben wie jeder andere«, sagte Jefferson.

»Das glaube ich erst«, erwiderte Grimes, »wenn ich Ihren Kopf auf einem Pfahl sehe.«

»Bevor Sie gehen, habe ich hier etwas, das ich Ella geben wollte.«

Jefferson verlagerte sein Gewicht von der Krücke auf das rechte Bein und lehnte sich mit der rechten Schulter gegen einen der Pfosten, die das Dach der Veranda stützten. Er schob die linke Hand in seine Tasche.

»Ich hatte gehofft, Sie bringen sie mit – zu einem letzten Besuch.«

»Ich nehme an, sie ist bei meinem Vater«, erwiderte Grimes. »Ich habe sie nicht kennengelernt.«

»Wollen Sie damit sagen, daß die beiden hierherkommen?«

»Wahrscheinlich. Ich habe George Ihren Brief gezeigt«, sagte Grimes. »Er war zuerst bei ihr.«

Ein eigentümliches Licht trat in Jeffersons Augen. Genauso hatte er Grimes angesehen, als er in das Wohnzimmer getreten war. Jefferson zog seine leere Hand wieder aus der Tasche. Was immer er Ella hatte geben wollen, er ließ es in seiner Tasche.

»Falls die beiden tatsächlich hier auftauchen, sagen Sie ihnen, sie sollen sich aus Schwierigkeiten raushalten, bis ich wieder bei ihnen bin. Und reizen Sie George nicht. Er ist bewaffnet und paranoid und hat nicht meine Geduld. Und er wird sicherlich enttäuscht sein, die hier nicht bekommen zu haben.« Er nickte auf die Koffer hinab. »Ist da was drin, das Lenna in Schwierigkeiten bringen oder verletzen könnte?«

»Nein, nichts.«

»Ich nehme an, es gibt so und so nicht mehr viel, das Sie ihr noch antun könnten.«

Jefferson blinzelte nicht einmal.

»Bis ich Lenna begegnet bin«, sagte Grimes, »dachte ich, Ella wäre Ihre Tochter.«

»Ella ist mein Kind«, sagte Jefferson. »Ich habe sie dazu gemacht.«

Grimes war froh, daß er Lenna nicht mitgenommen hatte, denn spätestens jetzt hätte sie Gul an die Kehle Jeffersons gehetzt. Er fragte sich, welcher Mensch dazu fähig war, ein neugeborenes, schreiendes Kind zu rauben, noch bevor es ein einziges Mal im Arm seiner Mutter gelegen hatte. Eigentlich wußte er es bereits, denn er kannte Jefferson; nicht so, daß er es hätte in Worte fassen können, aber trotzdem erschien es ihm nicht weniger klar und plausibel. Mehr Rätsel gab ihm die Frage auf, warum Jefferson seinen Auftrag, das Kind zu töten, nicht ausgeführt hatte; daß er dazu, ohne mit der Wimper zu zucken, fähig gewesen wäre, daran zweifelte Grimes nicht einen Augenblick.

»Sie sollten Ella töten«, sagte Grimes. »Warum haben Sie es nicht getan?«

Jeffersons Lippen wölbten sich in einem Lächeln, wie man es auf den Köpfen der Totempfähle sieht.

»Weil etwas in der Erde mir gesagt hat, es nicht zu tun.«

Grimes konnte das Lächeln nicht ertragen und schaute zur Seite.

»Später dann«, sagte Jefferson, »wurden Lenna und ich ein Liebespaar.«

Grimes hoffte, daß das Zusammenkrampfen seiner Eingeweide nicht in seinem Gesicht zu erkennen war.

»Hat sie Ihnen das nicht erzählt?« fragte Jefferson.

»Warum sollte sie?«

Grimes konnte sich vorstellen, warum Lenna sich dem perversen Trost von Jeffersons Umarmung hingegeben hatte, warum sie es gebraucht hatte: Es war für sie eine angemessene Strafe für die Schuld gewesen, die sie gequält hatte und noch immer quälte. Doch das ganze erdrückende und nicht geringer werdende Ausmaß dieser Schuld zu ergründen, überforderte Grimes' Vorstellungskraft.

»Denken Sie nicht schlecht über sie, Grimes.«

»Das tue ich nicht«, sagte Grimes. »Und würde es auch niemals tun.«

»Wie Sie wissen, ist sie ein Tänzer.«

»Ja«, sagte Grimes. »Das ist sie.«

Jefferson streckte ihm die linke Hand entgegen.

»Viel Glück in Washington. Nun werden Sie doch noch ein Held.«

»Nicht, wenn ich es vermeiden kann.«

Grimes ergriff die massige Hand mit seiner Rechten und drückte sie.

»Ziehen Sie sich warm an, Grimes«, brummte Jefferson.

Und Grimes sah in Jeffersons Gesicht Dinge und fühlte in seiner Brust Dinge, die er lieber nicht gesehen oder gefühlt hatte. Er ließ die Hand los, packte die beiden Koffer und ging, ohne noch einmal zurückzusehen, über den Hof zu dem Lincoln hinüber. Gul trottete an seiner Seite. Der Hund sah mit seinen traurigen Augen zu ihm auf.

»Kopf hoch, alter Junge«, brummte Grimes. »Wir bringen den Kram hier nach Washington. Es ist vorbei; wir sind so gut wie weg. Auf geht's. Nur du und ich.«

Gul bellte mürrisch.

»Nein. Lenna kann sich um sich selbst kümmern. Was können ein paar Clowns wie du und ich schon ausrichten?«

Gul bellte erneut.

»Okay«, sagte Grimes. »Du hast recht. Ein Schritt nach dem anderen, wie bisher.«

Grimes wuchtete die Koffer in Daggetts Wagen. In einer Stunde würde es dunkel sein. Er versuchte, es nicht zu tun, doch er konnte es nicht verhindern: als er die Beifahrertür aufmachte und Gul in den Wagen ließ, blickte Grimes zu dem Alten Haus zurück.

Die Veranda war leer. Jefferson war fort.

Grimes stieg in den Wagen, und Holden Daggett fuhr sie durch die zunehmende Dunkelheit nach Jordan's Crossroads zurück.

VIERZEHN

Grimes und Daggett redeten nicht viel auf dem Weg in den Ort zurück. Grimes erzählte Daggett, daß Jefferson ärztliche Hilfe brauche, und Daggett sagte, daß er das wisse, aber Jefferson sei nicht der Mann, mit dem man reden könne, wenn er sich einmal etwas in den Kopf gesetzt habe. Dann fragte Grimes, wie lange Daggett Jefferson schon kannte.

»Er ist seit fast vierzig Jahren – als Kind und als Erwachsener – mein Mandant«, erwiderte Daggett. »Clarence war zehn. Sein Vater starb unter … nun, eh … seltsamen Umständen. Seine Mutter schickte ihn weg, runter in den Süden. Sie wollte nicht, daß jemand wußte, woher er kam. Ich arrangierte alles Nötige. Vor mir war mein Vater das Oberhaupt der Familie. Das ist der Lauf der Dinge hier in dieser Gegend.«

»Wissen Sie, was in den Koffern ist?« erkundigte sich Grimes.

»Das ist nicht unbedingt meine Angelegenheit«, erwiderte Daggett. »Und es steht mir auch nicht zu, darüber zu diskutieren.«

»Ich wollte nur nicht, daß Sie sich in Gefahr begeben, ohne es zu wissen«, brummte Grimes.

»Sagen wir, ich weiß so viel, wie ich wissen muß – nicht mehr und nicht weniger. Niemand hält mir einen Revolver an den Kopf, und ich breche keine Gesetze oder ethischen Grundsätze – was ich auch nie tun würde, für niemanden auf der Welt. Aber ich weiß Ihre Besorgnis zu schätzen.«

Als sie Mrs. Stapletons Haus erreichten, stieg Grimes aus, holte Gul vom Rücksitz und ging um den Wagen herum zu Daggetts Fenster.

»Kann ich Sie noch um einen Gefallen bitten?« fragte er.

»Sie können es versuchen«, erwiderte Daggett.

»Diese Koffer wiegen eine Tonne. Kann ich sie in Ihrem

Auto lassen, bis ich eine Möglichkeit gefunden habe, sie aus dem Ort zu schaffen?«

Daggett nahm seine Kreissäge ab, zupfte ein Taschentuch aus der Tasche und wischte damit über das Lederband.

»Wir sind nur Sklaven des Schicksals, des Zufalls, von Königen und verzweifelten Menschen«, sagte er.

»Weggefährten vielleicht«, sagte Grimes, »aber nicht Sklaven.«

»Das macht es um so schwerer«, sagte Daggett.

»Da haben Sie wahrscheinlich recht«, erwiderte Grimes.

Daggett seufzte und setzte seinen Strohhut wieder auf.

»Ich bin noch ein paar Stunden in meinem Büro. Wenn Sie später kommen, erreichen Sie mich zu Hause.«

»Ich danke Ihnen«, sagte Grimes.

»Komische Sache«, murmelte Daggett, »wie manche Menschen einem unter die Haut gehen können.«

Grimes war klar, daß er damit Clarence Jefferson meinte.

»Ja«, brummte er. »So ist es.«

»Bis bald«, sagte Daggett.

»Danke – inzwischen.«

Daggett fuhr davon, und Grimes fühlte, wie etwas von dem Druck von ihm abfiel. Er hatte die Koffer. Zumindest würde George nicht mit ihnen durch die Gegend fahren. Kurz bevor er ins Haus ging, fiel ihm ein, seinen Revolver wieder in den Hosenbund auf dem Rücken zu stecken.

Drinnen unterhielt er sich ein paar Minuten mit Mrs. Stapleton, die wieder eine Menge Aufhebens um Gul machte: wie schön seine Augen seien, und wie sehr er ihrem Mann gefallen hätte. Während sie Gul eine Schale mit Wasser und eine mit kleingeschnittenen fetten Fleischbrocken hinstellte, erzählte sie Grimes, daß seine Frau Lenna in den Ort gegangen sei, und Grimes war weder überrascht noch besorgt. Sie war sicherlich im Restaurant. Er ging in ihr Zimmer hoch, das er leer fand; seine Nachricht war ebenfalls weg. Dann ging er wieder nach unten und sagte Mrs. Stapleton, daß sie noch an diesem Abend weiterfahren würden. Er versicherte ihr, daß das Zimmer sehr schön gewesen sei und ihre Gastfreundschaft wunderbar gewesen wäre und zahlte ihr mehr, als sie verlangte.

Im Wohnzimmer fischte er aus seiner Tasche die Karte, die Titus Oates ihm gegeben hatte, und wählte die Nummer.

Es klingelte mehrere Male, ohne daß jemand abnahm, und Grimes war bereits im Begriff, aufzugeben. Dann war ein Klicken zu hören, und eine dröhnende Stimme brüllte in Grimes' Ohr.

»Wer, zum Teufel, ist das?« Oates klang aufgebracht.

»Hier ist Grimes«, sagte er.

»Was wollen Sie, Mann? Ich sitze hier vor vier Schrotgewehren, die auf meine verdammten Eier zeigen, und eines davon ist mit Rehposten geladen, wie man mir gerade noch mal versichert hat. Diese Jungs hier haben mich schon für 'nen Fahnder von der AT&F gehalten, was ich ihnen Gott sei Dank ausreden konnte. Was, zum Teufel, haben Sie vor? Wollen Sie mich in die Hölle fahren lassen?«

Grimes begriff, daß er Oates offenbar bei seiner Expedition in die Wälder, zwecks illegalen Ankaufs von schwarzgebranntem Whiskey, gestört hatte. Er glaubte, das Atmen eines zweiten Mannes dicht an Oates' Handy zu hören. Grimes hatte das Gefühl, daß es am besten war, das Spiel nach Oates' Bedingungen zu spielen.

»Ich wollte Sie und Ihre Maschine für den Rückflug chartern.«

»Jesus!« ächzte Oates.

»Wann können Sie am Flugplatz sein?« fragte Grimes.

»Hören Sie, Vetter, ich bin den halben Nachmittag mit verbundenen Augen durch die Gegend gefahren und weiß nicht einmal, in welchem Staat ich bin. Haben Sie eine Vorstellung, wie leicht man hier draußen jemanden verschwinden lassen kann?«

»Regen Sie sich nicht auf«, sagte Grimes. Er dachte dabei vor allem an den Burschen, der mithörte. »Diese Jungs nehmen nur ihr verfassungsmäßiges Recht, Waffen zu tragen, in Anspruch; genau wie wir alle auch. Ich bin sicher, es sind ehrenwerte Männer.«

»Natürlich sind es ehrenwerte Männer. Deshalb haben sie auch den Bürgerkrieg verloren.«

»Wann können Sie zurück sein?«

Es entstand ein Pause, und Grimes hörte das leise Murmeln von Stimmen im Hintergrund.

»In 'ner Stunde – vielleicht später. Das hängt davon ab, wie lange wir noch am Feilschen sind«, sagte Oates.

»Lassen Sie mich nicht hängen«, sagte Grimes. »Und behalten Sie die Flinte mit den Rehposten im Auge.«

»Okay, bis später – und Ihre Mutter soll verdammt sein.«

Ein leises Klicken, dann war die Leitung tot.

Grimes versuchte, sich einen Zeitplan zurechtzulegen. Er würde losziehen und Lenna suchen, dann könnte Dagget sie zu dem Flugplatz hinausfahren. Es war jetzt allmählich an der Zeit, daß sich George und Ella hier sehen ließen – vorausgesetzt, sie waren nicht aufgehalten worden. Grimes beschloß, nicht auf sie zu warten. Alleine unterwegs zu sein, machte alles viel einfacher. Es wäre ihm sogar lieber gewesen, wenn er Lenna an irgendeinem sicheren Ort hätte zurücklassen können, aber ihm war klar, daß sie damit nicht einverstanden sein würde. Er verließ sich darauf, daß Jefferson friedlich wäre, falls sie das Alte Haus fanden. Und so holte Grimes Gul, gab Mrs. Stapleton einen Kuß zum Abschied und marschierte zum zweitenmal an diesem Tag in den Ort.

Alles in allem entwickelten sich die Dinge besser, als er zu hoffen gewagt hatte. Er war zuversichtlich, Jeffersons Amboß der Gerechtigkeit nach Washington D.C. schaffen und die heiße Ware anonym irgendeinem ehrgeizigen Journalisten-Crack übergeben zu können, der damit den Pulitzerpreis gewinnen und im Film von Tom Cruise gespielt würde. Vielleicht konnten sie sogar Bob Hope überreden, von seinem Altenteil vor die Kamera zurückzukehren und Cicero Grimes zu mimen; abgesehen davon, daß Grimes nicht die Absicht hatte, seinen Namen preiszugeben. Er stellte fest, daß er nicht die geringste Neugier hinsichtlich dessen verspürte, was in den Koffern war. Je weniger er wußte, um so besser.

Lennas Problem mit Faroe stand auf einem anderen Blatt. Im Augenblick sah es Gott sei Dank so aus, als wäre Faroe in weiter Ferne. Lenna würde sich später darum kümmern müssen. Wahrscheinlich das Beste, das sie tun konnte, war, sich der Gnade des Gesetzes anzuvertrauen. Sie konnte sich die nötigen Anwälte leisten, und es müßte schon eine ganz besonders hartherzige Jury sein, die sie für schuldig befinden würde. Filmore Faroes Arm war zwar lang und seine Taschen tief, aber selbst wenn es ihm gelingen sollte, Recht und Gesetz zu manipulieren, tausend Stunden vor den Fernsehkameras würde er nicht überleben. Vielleicht hat George recht, dachte Grimes. Vielleicht war dies tatsächlich ein großes Land.

Grimes erreichte den Diner in der Hauptstraße und spähte durch die Fenster. Er entdeckte niemanden, den er kannte, doch konnte er nicht alle Tische sehen. Er befahl Gul, draußen sitzen und cool zu bleiben, und ging hinein. Die Bedingung, der er Lenna beschrieb, erinnerte sich an sie, weil sie neunzig Dollar Trinkgeld auf dem Tisch hatte liegen lassen, die man selbstverständlich zurückgeben würde, wie sie ihm versicherte, falls Lenna ein Irrtum unterlaufen sei. Die Bedienung erzählte ihm auch, daß Lenna das Lokal in Begleitung eines älteren Herrn und einer jungen Farbigen verlassen hatte. Einen Augenblick lang dachte Grimes' voller Mitgefühl an Lenna: Ella zum erstenmal zu sehen, mußte ein Martyrium für sie gewesen sein. Dies erklärte auch das versehentliche, mehr als fürstliche Trinkgeld. Er sagte der Bedienung, sie könne es behalten, und ging.

Gul erhob sich und sah ihn erwartungsvoll an.

»Ich nehme an, sie sind zum Alten Haus rausgefahren«, sagte Grimes. »Uns bliebt nichts übrig, als sie zu holen.«

Sie gingen die Hauptstraße hinab, in Richtung von Daggetts Kanzlei. Die Sonne war hinter den Häusern hinabgesunken, und plötzlich sahen die Dinge nicht mehr ganz so gut aus wie zuvor, aber ausgesprochen schlecht standen sie deshalb noch lange nicht. Es gab keinen Grund zur Panik. Daggetts Wagen parkte vor seiner Kanzlei, etwa sechzig Meter weiter die Straße hinab. Als sie am Ausgang einer

Bank vorbeischlenderten, ging die Tür zu Daggetts Kanzlei auf und Daggett trat auf die Straße. Grimes war schon im Begriff, Daggett zuzurufen, als ein Mann hinter ihm auftauchte. Ehe er bewußt wurde, weshalb, veranlaßte eine instinktive Reaktion Grimes, mit ein paar schnellen Schritten zur Seite unter das breite Granitportal der Bank zu huschen, wo er außer Sicht war.

»Gul.«

Gul folgte ihm.

»Guter Hund. Sitz.«

Vorsichtig spähte Grimes die Straße hinab. Der Kerl, der hinter Daggett aufgetaucht war, trug eine Baseballmütze und eine grüne FALCONS-Windjacke mit Satin-Appretur. Es war derselbe Mann, der Grimes und Gul auf der Bank angesprochen hatte. Seine rechte Hand steckte in seiner Jakkentasche und zeigte durch den gespannten Stoff wie mit ausgestrecktem Finger auf Daggett. Daggetts seltsam steife Bewegungen, als er den Kofferraum öffnete, ließen darauf schließen, daß er dies nicht freiwillig tat. Der Falconsfan warf einen Blick in den Kofferraum, nickte und sagte etwas. Daggett knallte den Deckel zu und stieg in den Wagen. Der Falconsfan warf einen raschen Blick die Straße hinauf und hinab und setzte sich dann auf den Beifahrersitz. Daggetts Lincoln startete und fuhr davon.

Grimes trat auf die Straße hinaus.

Er hatte keine Ahnung, was genau, zum Teufel, hier vor sich ging, aber es war sicher nichts Gutes. Er hatte nicht den blassesten Schimmer, wo der Typ Dagget hinbrachte. Auf jeden Fall waren die Koffer weg. Der Falconfan war zwar nur ein Mann, aber er veränderte das Bild grundsätzlich. George und Ella befanden sich jetzt in Gefahr. Grimes mußte so schnell wie möglich zum Alten Haus, alle von dort wegholen und sie zu der Landepiste und zu Titus Oates' Maschine schaffen. Grimes brauchte ein Auto.

Er sah sich auf der Hauptstraße um. An ihrem Ende in der Richtung, in die Daggett gefahren war, entdeckte er eine Tankstelle.

»Los, komm«, sagte Grimes.

Er rannte los, und Gul trabte leichtfüßig neben ihm her. Nach hundert Metern begann Grimes, die viel zu vielen Pall Malls und die Monate, die er auf dem Fußboden verbracht und sich von Junkfood ernährt hatte, zu spüren. Er sagte sich, daß er es nicht anders verdiente und biß die Zähne zusammen. Als er sich endlich in die Auffahrt der Tankstelle und an den Zapfsäulen vorbeischleppte, fühlten sich seine Lungen an, als würde jemand Klebstreifen von ihren Innenwänden abreißen. Zu seiner Erleichterung entdeckte er auf der anderen Seite der verglasten Front des Kassenraums einen Ford Pick-up. Er ging die letzten Schritte, stieß die Tür auf und stürmte hinein.

Hinter der Theke stand ein junger Bursche in einem verwaschenen BLACK-CROWES-T-Shirt und einer Art Stetson auf dem Kopf, den ein Sticker der Konföderiertenflagge zierte. Der Bursche ignorierte Grimes und starrte mit aufgerissenen Augen Gul an.

»Hey, cooler Hund«, sagte er.

»Danke«, keuchte Grimes.

»Wollen Sie ihn verkaufen?«

»Ich hab' nicht das Recht, ihn zu verkaufen. Aber ich würde gerne Ihren Pick-up für ein paar Stunden mieten.«

»Tut mir leid, Kumpel. Ich hab' nicht das Recht, ihn zu vermieten.«

»Es ist dringend«, sagte Grimes. »Sehr dringend. Ich zahle Ihnen hundert Dollar.«

»He, Mann. Ich will Sie nicht verarschen. Der Wagen gehört meinem Boß. Ich kann das nicht machen.«

»Zweihundert«, sagte Grimes.

Wär das meiner, hätten Sie ihn längst. Wenn's so dringend ist, kann ich ja die Cops für Sie rufen.«

»Nein«, sagte Grimes. Er kramte nach seinem Geld. »Dreihundert.«

»Ich hab' hinten 'n Motorrad stehen«, sagte der Bursche und grinste aufmunternd.

»Ein Motorrad?« ächzte Grimes.

»Eine echte Electra Glide. 1973. Brettert durch die Kurven, als wär' sie im Namen des Herrn unterwegs.«

Grimes hatte seit fast zwanzig Jahren nicht mehr auf einem Motorrad gesessen.

»Sie verstehen nicht«, knurrte er. »Ich brauche einen Wagen. Ich muß den Hund mitnehmen.«

»Na und?« griente der Bursche. »Ich hab' Ihnen doch schon gesagt, das ist ein cooler Hund.«

Auf dem Hof hinter der Tankstelle startete der Bursche die Harley für ihn, und Grimes gab ihm dreihundert Dollar.

»Danke bestens«, sagte der Bursche.

Grimes schwang sich in den Sattel und legte die Hände um die Griffe. Trotz seiner schmerzenden Lungen und der Angst um George und Lenna, konnte er nicht abstreiten, daß ihm ein wonniger Schauer über den Rücken lief. Dann fiel ihm Gul ein. Der Hund hatte den Kopf interessiert zur Seite gelegt und sah mit milder Neugier in den Augen zu ihm empor. Grimes schob sich auf dem Sitz so weit es ging zurück und klatschte mit der Hand auf die Sattelbank vor ihm.

Ohne Zögern sprang Gul auf den Platz vor Grimes und ließ sich dann auf dem Benzintank nieder, als sei dies seit jeher sein Lieblingsplatz gewesen.

»Vergessen Sie einfach, daß er da ist«, riet ihm der Bursche mit dem Südstaaten-Stetson, »und er sitzt wie in Abrahams Schoß.«

Grimes drehte ein paarmal den Motor hoch und kickte dann den Ständer weg.

»Paß gut auf«, sagte der junge Bursche mit einem Grinsen.

»Ich werd's versuchen«, sagte Grimes.

»Ich hab' mit dem Hund geredet.«

Gul ließ ein kurzes Blaffen hören.

Cicero Grimes zuckte mit den Schulter, ließ die Kupplung kommen und donnerte nach Westen in Richtung des Ohoopee River Tieflands davon.

FÜNFZEHN

Ella fuhr gut fünf Kilometer zu weit in westlicher Richtung, bevor sie bemerkte, daß sie die Abzweigung verpaßt hatte.

Bei ihrem letzten Aufenthalt im Alten Haus war es Winter gewesen, und die Landschaft hatte anders ausgesehen. Jetzt war alles grün und üppig. Sie fuhr den Jeep rechts ran, wendete und brauste zurück. Es kostete sie nicht mehr als zehn Minuten. Nachdem sie auf die Nebenstraße eingebogen waren, fühlte sie sich noch immer nicht sicher, ob dies die richtige Straße war, bis sie den Sattel des Hügels erreichten und das Tal sich vor ihnen öffnete. Die Sonne war eine riesige, vom fernen Horizont zur Hälfte verschluckte rote Scheibe, und die sanft zum Fluß hin abfallenden Wiesen loderten in der verschwenderischen Pracht blühender Blumen. Es war schöner, als sie es in Erinnerung hatte. Inmitten der blühenden Wiesen stand die schwarze Silhouette des Alten Hauses. Die Silhouette weckte eine Traurigkeit in ihr, die ihr die Kehle zuschnürte, und sie dachte an Charlie und daran, wie oft er sie hierher gebracht hatte und daß er jetzt tot war. Sie sah George an.

»Das ist es«, sagte sie. »Das ist das Alte Haus.«

»Das haben Sie gut gemacht«, erwiderte George.

Auf dem Rücksitz sagte Lenna. »Woher kennen Sie das Haus?«

Ella sah über die Schulter nach hinten. Lenna hatte die unergründlichsten Augen, die sie je gesehen hatte, und etwas in der Art, wie die Frau sie ansah, machte Ella fast ein wenig angst. Es war nicht so, daß sie dachte, Lenna könnte ihr etwas antun, aber irgend etwas in diesen Augen ließ sie an Leid und Not, an einen geradezu verzweifelten Hunger denken. Zugleich fühlte Ella sich angezogen wie von einer leisen, lockenden Stimme, die aus einer dunklen Höhle nach ihr rief. Sie wäre gern irgendwo, an einem Ort, der sicher und normal war, mit Lenna zusammengewesen, um mit ihr zu reden und sie besser kennenzulernen, aber das würde warten müssen. Sie schaute auf die Straße zurück und sagte über die Schulter:

»Ich war schon oft hier – mit Charlie.«

»Charlie?« fragte Lenna.

»'tschuldigung ... Ich meine Clarence Jefferson« entgegnete Ella. »Ich hab' ihn nur als Charlie gekannt.«

Ein Schweigen, das mit Händen zu greifen war, sickerte über ihre Schultern, und Ella sah in den Rückspiegel. Sie konnte nur Lennas roten Rosenmund sehen. Ella fand, daß er wunderschön war. Lenna biß sich auf die Lippen.

»Haben Sie ihn schon lange gekannt?«, fragte Lenna.

»Mein ganzes Leben«, erwiderte Ella. »Ich glaube, er war so was wie ein Onkel von mir.«

Die Frage spukte schon den ganzen Tag durch Ellas Kopf: War Charlie ihr Vater? Mehr als alles andere – mehr noch als die Koffer zu finden, und nach Washington zu bringen – wollte sie Georges Sohn, Gene, kennenlernen und die Wahrheit her ausfinden.

»War er ein netter Onkel?« fragte Lenna.

»O ja«, sagte Ella. »Charlie war der Beste.«

Im Spiegel sah sie, wie es in Lennas Gesicht zuckte. Sie zog den Kopf ein, um Lennas Augen sehen zu können, aber George unterbrach sie. Sie waren fast an dem Feldweg angelangt, der von der Straße zum Alten Haus abzweigte.

»Fahren Sie auf dem Weg zur Farm ganz langsam«, sagte George. »Sehen Sie die Büsche oder Bäume dort vorn, etwa dreißig Meter vor dem Haus?«

Ella ging vom Gas und auf den holprigen, von Löchern übersäten Feldweg. Weiter vorn gab es eine mit Gestrüpp überwucherte Buschgruppe, die bis an den Weg heranreichte.

»Ich sehe sie«, sagte Ella.

»Ich spring da vorn raus und schleiche mich von der anderen Seite an das Haus. Halten Sie nicht an. Auf dem Hof drehen Sie nur um, so daß der Wagen wieder Richtung Straße schaut. Lassen sie den Motor laufen und warten Sie im Wagen auf mich.«

»Okay.«

»Haben Sie Ihre Kanone?«

Ella legte die Hand auf den Rucksack neben ihr.

»Geladen und gesichert.«

George sah über die Schulter zu Lenna. Ella konnte ihr Gesicht nicht sehen.

»Das hat sie bei mir aufgeschnappt«, sagte George. »Aber machen Sie sich keine Sorgen. Es wird keine Schwierigkeiten geben.«

George sah wieder Ella an. Sein Blick war angespannt und konzentriert.

»Wenn ihr hört, daß es doch Probleme gibt, oder wenn ich in fünf Minuten nicht zurück bin, fahrt ihr los.«

Ella öffnete den Mund.

»Versprechen Sie's mir«, sagte George. »Wir haben auch gegenüber Lenna eine Verantwortung.«

Ella war entsetzt von dem Gedanken, ohne George von hier wegzufahren, aber sie war es ihm schuldig, jetzt cool zu sein. Sie nickte. »Okay.«

»Sie fahren dann auf dem schnellsten Weg in den Ort zurück und gehen zur Polizei. Sie haben nichts getan, das gegen das Gesetz verstößt und können ihnen alles erzählen.«

George warf einen prüfenden Blick in Lennas Gesicht. »Haben Sie das ebenfalls verstanden?«

»Wir tun, was Sie sagen«, murmelte Lenna.

»Gut.«

George rutschte in seinem Sitz nach unten. Als sie sich den Büschen näherten, die sie ein paar Meter weit vor Blikken vom Haus her schützen würden, verminderte Ella das Tempo auf Schrittgeschwindigkeit.

»Macht hinter mir die Tür zu«, sagte George.

Ella nickte. Als sie auf Höhe der Büsche waren, öffnete George die Tür und verschwand aus ihrem Blickfeld. Ella beugte sich über den Sitz und zog die Tür zu.

Im Rückspiegel sah sie, wie George sich aufrappelte und

hinter den Büschen verschwand. Ella sah auf ihre Uhr – fünf Minuten. Sie fuhr im gleichen Tempo weiter.

Das Alte Haus warf einen tiefen Schatten über den Weg und den Hof vor ihnen. Es war genauso, wie sie es in Erinnerung hatte, nur die Schlagseite, mit der es sich zur Seite neigte, war noch eine Spur windschiefer, und ein weiteres Fenster fehlte. Für sie hatte das Haus immer etwas von einem geheimnisvollen, verwunschenen Schloß an sich gehabt, und sein Anblick hatte ihr stets ein seltsames Prickeln in der Magengegend beschert. Dieses Prickeln war jetzt noch intensiver. Sie und Lenna waren zum erstenmal allein, und irgendwie trug das ebenfalls zu diesem seltsamen Gefühl bei. Auf dem Parkplatz hinter dem Diner hatte George ihr gesagt, daß Lenna eine reiche, mächtige Frau sei, »reicher als Krösus«. Er vermutete, daß sie aus irgendwelchen selbstsüchtigen Gründen hinter den Koffern her war. Aus Georges Mund hatte es geklungen, als sei Lenna irgendwie gefährlich; auf Ella hatte sie eher traurig und verloren gewirkt. Sie hoffte, daß Lenna nicht zu große Angst hatte.

»George ist nur vorsichtig«, sagte Ella. »Er weiß, was er tut.

»Dessen bin ich mir sicher«, sagte Lenna.

»George war auf Tarawa«, erklärte Ella. »Und schlimmer als das kann es nicht werden.«

Lenna sagte nichts darauf, und Ella nahm an, daß sie – ebenso wie sie – nicht wußte, wo oder was Tarawa war. Der Jeep bog um das dunkel aufragende Haus auf den gepflasterten Hof, wo es noch am hellsten war. Sie hatte diese Seite des Hauses immer gemocht, weil man auf der hinteren Veranda sitzen und den Sonnenaufgang beobachten konnte. Vorsichtig wendete sie den Jeep in einem Halbkreis und ließ den Motor laufen, wie George gesagt hatte. Dann nahm sie ihren Rucksack und schob eine Hand hinein. Der Griff der Smith & Wesson fühlte sich gut an. Sie ließ die Hand im Rucksack, um Lenna nicht zu ängstigen, und wandte sich ihr zu.

»Es wird nicht lange dauern«, sagte Ella und lächelte beruhigend.

»Sie waren sehr lieb zu mir«, sagte Lenna. Der hungrige Ausdruck noch immer in ihren Augen.

»Wir müssen hier nur ein paar Koffer holen. Das ist alles.«

Ella sah auf ihre Uhr. Noch zwei Minuten. Sie fragte sich, ob sie es fertigbringen würde – ob sie wegfahren und George zurücklassen konnte. Ihr Magen krampfte sich bei dem Gedanken zu einem harten Knoten zusammen. Sie hatte es versprochen. Aber es würde gar nicht so weit kommen, beruhigte sie sich. George würde rechtzeitig auftauchen. Und wenn nicht? Könnte sie es fertigbringen? Wenn sie Schüsse hören würde, vielleicht; aber nicht, wenn alles ruhig blieb. Sollte sie ein wenig länger warten? Zehn Minuten? Aber was, wenn George dann noch immer nicht auftauchte … Dann würde sie hineingehen und nachsehen müssen. Wenigstens kannte sie sich in dem Haus aus. Dann dachte sie: Was, wenn Schüsse fallen und dann nichts mehr zu hören ist? Konnte sie einfach wegfahren – ohne George, der möglicherweise irgendwo verwundet lag? George würde sie niemals irgendwo alleine liegen lassen. Sie waren schließlich Partner – auch wenn es Schwierigkeiten gab. Sie konnte ihn nicht im Stich lassen. Aber sie hatte auch Verantwortung für Lenna. George selbst hatte es gesagt. Ella sah erneut auf ihre Uhr und blinzelte ungläubig: nur dreißig Sekunden waren vergangen.

»Sind Sie okay?« fragte Lenna.

Ella begriff, daß ihr Gesicht sie verraten haben mußte. Sie lächelte.

»Klar«, sagte sie. »Ich bin nur etwas steif vom langen Fahren.« Sie griff die Idee dankbar auf: »Ich werd' mir ein wenig die Beine vertreten.«

Sie stieß die Tür auf und stieg aus, ohne die Hand aus dem Rucksack zu nehmen, den sie vor sich über eine Schulter schlang. Sofort fühlte sie sich besser. Die hintere Veranda war leer. Über dem Brummen des Motors hörte sie das Zwitschern von Vögeln und das Summen von Insekten – sonst nichts. Sie sah auf ihre Uhr. Noch eine Minuten. So lange konnte sie noch warten. Sie hörte, wie Lenna ihre Tür öffnete und ebenfalls ausstieg. Ella drehte sich um.

»Meine Beine sind auch ganz steif« sagte Lenna.

Ella war schon im Begriff, ihr zu sagen, sie solle wieder einsteigen, als Lennas Blick an Ella vorbei zur Veranda hinüberhuschte. Ihr Gesicht wurde starr vor Entsetzen. Als Ella Anstalten machte, sich umzudrehen, um zu sehen, was sie entdeckt hatte, packte Lenna ihren rechten Arm.

»Gib mir deinen Revolver«, flüsterte Lenna.

Ihre Stimme war seltsam eindringlich, und ihre grünen Augen flackerten wild.

»Nein, Lenna!«

Ella riß ihren Arm los, machte einen Schritt rückwärts und zog die Hand, die den Revolver hielt, aus dem Rucksack. Jetzt war sie in Panik. Sie richtete die Waffe, noch während sie herumwirbelte, auf die Veranda. Dann erstarrte sie.

Auf der Veranda, unter dem sich neigenden Vorsprung des oberen Stockwerks stand der riesenhafte Schatten eines Mannes, der sich auf eine Krücke stützte. So abgezehrt und schmal war die Silhouette des hünenhaften Schattens, daß die Krücke auch eines seiner Beine sein konnte. Der Schatten trug einen Panamahut. Noch während sie ihn mit aufgerissenen Augen anstarrte, hob die Schattengestalt einen Arm und nahm den Hut ab. Ein paar schüttere Strähnen blonder Haare wehten bleich in der leichten Abendbrise. Seine Stimme klang dick und süß wie Sirup über den Hof:

»Hallo, Ella.«

Beim Klang der Stimme begannen Ellas Augen zu brennen.

»Charlie?« rief sie.

»Laß mich dich in die Arme nehmen«, sagte der Schatten.

»Charlie!« rief sie noch einmal.

Sie lief los, quer über den Hof, schneller und schneller. Als sie näher kam, sah sie sein Gesicht: dasselbe Gesicht, das vertraute Gesicht, das von so tiefen Furchen und Mulden ausgehöhlte Gesicht, daß sie beinahe wünschte, er wäre es nicht. Dann entdeckte sie das angeschwollene, in stinkende Lumpen gewickelte Bein und atmete den Gestank ein, der selbst aus der Entfernung zu riechen war. Und sie sah den dicken, seltsam verdrehten Fuß. Wie ein Peitschenschlag traf sie das Wissen, daß nur ungeheure, unmenschliche Verletzungen diese Veränderung verursacht haben konnten. Trotzdem war er es: Es war Charlie. Und Charlie lächelte jetzt, trotz seiner Schmerzen, lächelte aus den Höhlungen seines Gesichts ihr zu.

Zwei Meter hinter Charlie schwang die Fliegengittertür auf, und der Lauf einer Schrotflinte, der unmißverständlich und unverwandt auf Charlies Hinterkopf zeigte, schob sich aus der Dunkelheit.

»George!« rief Ella. »Es ist alles in Ordnung.«

Die Erinnerung an die beiden Männer, die George gestern abend niedergeschossen hatte, spukte ihr durch den Kopf. Sie mußte George klarmachen, daß sie okay war. Ella blieb drei Schritte vor den Stufen zur Veranda stehen und zerrte den richtigen Namen aus ihrem Gedächtnis hervor.

»Es ist Clarence Jefferson!« schrie sie.

Der Lauf der Schrotflinte blieb, wo er war. Charlie hatte nicht einen Muskel bewegt. Georges trockene Stimme kam aus der Küche: »In einem stimme ich mit Ihnen überein, Mr. Jefferson: Wenn es um Schrotflinten geht, ist mir eine Automatic jederzeit lieber als eine Pumpgun.«

Charlie hatte nicht aufgehört, sie anzulächeln. Er sah auf den Revolver in ihrer Hand hinab, und aus seinem Lächeln wurde ein Grinsen.

»Sieht ganz so aus, als hätte ich diesmal keine Chance. Sie sagen, wie es weitergeht, Mr. Grimes.«

»Der Revolver im Gürtel unter Ihrem Hemd«, sagte George. »Schnallen Sie ihn ab und geben Sie ihn der Dame dort. Sie wissen, wie.«

Charlie setzte seinen Hut wieder auf, und Ellas Blick fiel auf seine rechte Hand. Der Arm endete in einem schwarzen Stummel, so dick und brutal wie ein Abflußrohr. Ella schluckte. Mit seiner linken Hand griff Charlie auf den Rükken unter sein blaues Hawaiihemd und zog einen schweren, blauschimmernden Revolver hervor. Er warf ihn in die

Luft, fing ihn am Lauf wieder auf und streckte ihn ihr entgegen. Ella machte ein paar Schritte nach vorn. Als sie die Waffe nahm, starrte Charlie mit einem Ausdruck in den Augen über den Hof zu Lenna hinüber, aus dem Ella nicht schlau wurde. Sie warf einen Blick über die Schulter zurück.

Lenna stand neben dem Jeep und starrte ihrerseits Charlie an.

Der Blick offenbarte Ella, daß sie einander kannten. Sie kannten einander gut. Was in Ellas Herzen ein seltsames Gefühl weckte, das sie nicht genau benennen konnte. Eifersucht. Sie spürte das ungeheure Gewicht der Revolver in ihren Händen, drehte den Kopf wieder zur Veranda und sah Charlie an.

»Ich hab' gewußt, daß du nicht tot bist«, sagte sie. »Ich hab' es gewußt.«

»Ich weiß, es ist egoistisch von mir«, erwiderte er, »aber ich hatte gehofft, daß du kommst.«

Ohne Eile schob sich Charlie auf seiner Krücke ein paar Schritte vorwärts. Er bewegte sich noch immer mit derselben ungeheuren, doch beherrschten Kraft, die immer so beruhigend auf sie gewirkt hatte. George war ein alter Berglöwe – gefährlich, aber nicht unverwundbar. Charlie, selbst ein verstümmelter Charlie und nur noch ein Schatten seiner selbst, war ein Berg.

»Wollen Sie nicht zu uns rauskommen, Mr. Grimes?« sagte Charlie.

George trat aus der Tür, die Schrotflinte an der Schulter. Er ließ sie bis zur Hüfte herabsinken, doch ihre Mündung zeigte nach wie vor auf Charlies Rücken. Ella sah George fragend an, und sie konnte sehen, daß er in ihren Augen den Wunsch las, Charlie zu umarmen. Seine stählerne Wachsamkeit schmolz ein wenig.

»Geh nur«, sagte George.

Ella legte beide Revolver auf die Dielen der Veranda und rannte die Stufen hinauf. Jefferson breitete seine Arme aus, auch den verkrüppelten, und sie schmiegte sich an seine Brust. Unter seinem Hemd war er noch immer ungeheuer breit, doch auf seinem Rücken standen Knochen hervor, die früher nicht dagewesen waren.

»Wie geht es meiner Schönen«, murmelte er leise.

»Es geht ihr gut«, sagte Ella.

Sie machte einen Moment lang die Augen zu. Seit ihrem Auftritt in der Factory vor weniger als vierundzwanzig Stunden, hatte sie eine Menge seltsamer Dinge erlebt, doch jetzt war ihre Verwirrung größer denn je. Ein Satz aus dem Brief, den Charlie geschrieben hatte, der ihr den ganzen Nachmittag durch den Kopf gegeistert war, fiel ihr wieder ein: *»Er tat seinen Teil und mehr an dem Morden und dem Foltern und an den anderen gottlosen Dingen, so abscheulich und schändlich, wie ein Mann sie nur begehen kann.«* War Charlie wirklich dieser Mann? Sie machte einen Schritt rückwärts. Der Geruch, den er verströmte, war ekelerregend, doch sie ließ es sich nicht anmerken.

»Können wir miteinander reden – du und ich, meine ich?« fragte sie.

»Sicher«, sagte Charlie. »Wir werden uns die Zeit dafür nehmen.«

Charlie sah an ihr vorbei, und Ella drehte sich um. Lenna war bis zur Veranda gekommen. Zu ihrer Verwirrung entdeckte Ella in ihrem Gesicht mühsam unterdrückten Zorn. Nein – auch Schmerz. Beides. Ellas Gefühl sagte ihr etwas, das sie nur schwer verstand; Lenna war eifersüchtig. Es war unübersehbar – wie es die Eifersucht einer anderen Frau immer war. Sie verstand es nicht.

»Ella«, sagte George.

Ella sah ihn an. Sein Gesicht beruhigte sie: keine Eifersucht darin.

»Wir sollten vermeiden, daß wir hier draußen in der Dunkelheit festsitzen«, sagte George. »Am besten, wir holen uns das, weshalb wir gekommen sind, und sehen, daß wir wieder verschwinden.«

»Können wir Charlie mitnehmen?«

Die Antwort auf ihre Frage kam vom gepflasterten Hof, rechts von Ella.

»Nein, das können wir nicht.«

Es war Lenna, deren Gesicht zu einer Maske der Erbitterung erstarrt war. Sie ging die zwei Schritte bis zu den Stufen. Charlie schaute sie an.

»Nicht, Lenna«, sagte er. »Das ist nicht die Zeit dafür.«

Lenna ignorierte ihn und hob Charlies Revolver von der Veranda auf. Sie zog den Hahn zurück und richtete den Lauf auf Charlies Gesicht.

»Du begleitest niemand mehr«, zischte Lenna.

Ella las in Lennas funkelnden Augen, daß sie im Begriff war, abzudrücken.

Mit einem Schritt trat Ella vor die Mündung und ging auf Lenna zu. Lenna blinzelte irritiert und versuchte, etwas zu sagen, brachte jedoch kein Wort hervor. Was immer sie in diesem Augenblick fühlte, Ella wußte, daß es schrecklich war, und sie tat ihr leid, doch sie durfte nicht zulassen, daß sie Charlie erschoß. Alles um Ella herum schien zur Reglosigkeit erstarrt. Sie blieb vor Lenna stehen.

»Lenna, George und ich haben Ihnen gesagt, daß jeder, der sich gegen Sie stellt, es auch mit uns zu tun bekommt – erinnern Sie sich?«

Die Qual in Lennas Gesicht wurde noch intensiver. Der Revolver in ihrer Hand war nur wenige Zentimeter von Ellas Brust entfernt. Sie schien unfähig, eine Antwort hervorzubringen.

»Dasselbe gilt auch für Charlie«, sagte Ella.

Lennas Blick verlor seine Starre, dann sah sie auf den Revolver in ihrer Hand hinab und erkannte, worauf er zielte.

»O Gott«, flüsterte Lenna. Es klang, als rissen sich die Worte mit Gewalt aus ihrer Brust: »O Gott.«

Mit Mühe hob sie den Lauf des Revolvers, bis er harmlos in den Himmel zeigte. Am ganzen Leib zitternd, machte sie die Augen zu.

»Bitte«, sagte sie. »Nimm ihn mir weg, Ella.«

Ella hob die Hand und griff vorsichtig nach dem Lauf des Revolvers. Lenna öffnete ihre Faust, und Ella faßte mit der anderen Hand den Revolvergriff. Sie hielt den Lauf weiter nach oben gerichtet und ließ mit Daumen und Zeigefinger den Hahn langsam zurückgleiten. Dann bückte sie sich rasch, hob ihren eigenen Revolver auf und reichte Charlies Revolver George. George nickte ihr zu. Niemand sagte etwas.

Lenna öffnete für einen kurzen Moment die Augen, nur so lange, bis sie die Küchentür ins Visier genommen hatte, dann schloß sie sie wieder, rannte quer über die Veranda und verschwand im Haus. Hinter ihr schlug die Tür zu und Ella hörte ersticktes Schluchzen. Sie blickte jetzt überhaupt nicht mehr durch, doch sie wußte – woher auch immer –, daß Lenna jemanden brauchte, der bei ihr war. Der Grund war nicht wichtig; wichtig war nur, daß Lenna Hilfe brauchte. Sie lief los, um zu folgen.

»Sie sollten sie vielleicht besser eine Minute allein lassen, Ella«, sagte George.

Ella wollte ihn ignorieren, doch dann begriff sie, daß er recht hatte, und blieb stehen. Sie würde eine Minute warten, aber dann zu Lenna hinein gehen. Sie würde sie wieder festhalten, wie nur sie – das fühlte sie genau – es konnte. Und dann würde sie die Rätsel lösen, die plötzlich überall um sie herum auftauchen.

»Wir können Charlie mitnehmen, wenn er es will«, sagte George. »Lenna natürlich auch. Aber ich spür's im Urin – wir sollten uns schleunigst auf den Weg machen.«

»Sie haben recht«, sagte Charlie. »Aber das, weshalb Sie gekommen sind, ist weg. Der gute Doktor war schneller als Sie. Ich meine Ihr Sohn. Er hat mich gebeten, Ihnen auszurichten, Sie sollen sich aus Schwierigkeiten raushalten, bis er wieder bei Ihnen ist.«

Georges Augen wurden schmal vor Mißtrauen.

»Außerdem hat er noch gesagt«, fügte Charlie hinzu, »daß Sie nicht seine Geduld haben und daß ich Sie nicht reizen soll. Wir könnten ihn im Ort treffen. Falls Sie das wollen.«

George sah Ella an. »Was halten Sie davon?«

Ella nickte. »Fahren wir. Ich hole Lenna.«

George nickte ebenfalls. Ella machte einen Schritt vorwärts, blieb stehen und lauschte. Kein Laut kam mehr aus der dunklen Küche. Lenna hatte aufgehört zu weinen. Aber etwas anderes drang von weit her an ihr Ohr. Sie sah von George zu Charlie. Keiner der beiden schien etwas zu bemerken.

»Hört ihr das nicht?« sagte sie und machte kehrt.

Die beiden Männer konzentrierten sich. Ella ging zum Rand der Veranda und ließ den Blick über das Tal schweifen. Es schien so friedlich wie zuvor, aber das Geräusch wurde lauter. Ein tiefes, schmetterndes Dröhnen.

»Könnt ihr es jetzt hören?« fragte sie und drehte sich um.

George war ebenfalls an den Rand der Veranda getreten und reichte Charlie seinen Revolver. Die Gesichter der beiden waren ernst und entschlossen.

»Wenn wir es bis zum Wald hinauf schaffen, haben wir unter den Bäumen Deckung fast bis nach Jordan's Crossroads zurück. Falls sie uns aber auf offener Straße erwischen, dann geht es uns wie 'ner Bierdose auf einem Zaun.«

Charlie wich Ellas Blick aus und spähte zum Himmel empor.

»Sie haben recht, Mr. Grimes. Aber es ist zu spät.« Er deutete mit seinem Armstumpf. »Wir müssen uns hier gegen sie verteidigen.«

Ella folgte seinem Blick. Einen Moment sah sie nichts; der Himmel über dem fernen Bergrücken war leer. Dann entdeckte sie ihn: Ein schwarzer Helikopter vor dem dunklen Hintergrund des Waldes, der über das Tal auf sie zuschwebte. Ella hielt ihr Gesicht dem Hof zugewandt. Sie wollte nicht, daß sie die Angst in ihren Augen sahen, die plötzlich durch ihren Körper schäumte wie eine Droge und ihre Glieder lähmte.

Hinter ihr sagte George: »Womit ist das Ding hier geladen?«

»Mit Doppelacht Schrot«, erwiderte Charlie. »Sechs Schuß.«

»Wenn sich die Frauen im Jeep verstecken und wir hier warten, bis der Hubschrauber gelandet ist ...«, begann George.

»Sie können Männer absetzen, ohne zu landen«, sagte Charlie.

»Selbst dann können wir sie beschäftigen und ablenken, während Ella und Lenna versuchen, in den Wald zu fliehen.« Ella versuchte verzweifelt, die Kontrolle über ihre Muskeln wiederzuerlangen. Sie wollte ihnen sagen, daß sie ohne sie nirgendwohin gehen würde. Dann schlug die Gittertür zu.

Das Scheppern ließ die Erstarrung von ihr abfallen. Sie wirbelte herum. Lenna stand auf der Veranda und sah zu dem näher kommenden Helikopter empor.

»Ich fliehe nirgendwohin«, sagte Lenna.

»Warum nicht?« fragte Ella.

Lenna sah auf sie hinab. Zum erstenmal, seit sie einander begegnet waren, wirkten Lennas Augen, obwohl rotgerändert vom Weinen, auf geradezu unheimliche Weise ruhig. Ella fröstelte.

Lenna sagte: »Weil ich diejenige bin, die sie haben wollen. Ich bin es, hinter der sie her sind.«

SECHZEHN

Rufus Atwater war noch nie in einem Helikopter geflogen. Sein Hintern tat ihm weh, und noch immer hob sich hin und wieder und gänzlich unerwartet sein Magen. Seine Ohren waren taub vom dröhnenden Schmettern der Rotoren, aber trotz alldem war er so konzentriert und angespannt, als stünde er unter Strom. Der Flug in einem Helikopter, einem Sikorsky, wie er erfahren hatte, ging unter die Haut und peitschte mit seinem Dröhnen und Vibrieren das Nervensystem auf, ob es einem gefiel oder nicht. Seit tausend Quadratkilometern, so kam es ihm vor, glitten nun schon die Baumwipfel unter ihrem Schatten vorüber, und Atwater hoffte nur, daß der kubanische Grünschnabel vorn im Cockpit seinen Weg zum Zielpunkt fand. Die Sonne stand hinter ihnen, so daß zumindest der Pilot sehen konnte, wohin er flog. Und sie hatten da vorn Karten und Kompasse und andere Instrumente, von deren Sinn und Zweck Atwater nicht den geringsten Schimmer hatte. Es gefiel ihm nicht, alles anderen überlassen zu müssen, insbesondere diesem Roberto Herrera, aber ihm blieb gar keine Wahl. Obwohl offiziell er das Kommando hatte, fiel es Atwater, umgeben von einem Dutzend bewaffneter Männern, die eine fremde Sprache sprachen, schwer, sich auch so zu fühlen. Sie hätten natürlich Englisch sprechen können, aber sie taten es nicht, nur um ihn verrückt zu machen.

Verrückt oder nicht – er war bester Laune. Filmore Faroe hatte recht gehabt damit, sie mit einem eiligen Schulterklopfen und nur von seinen guten Wünschen begleitet auf dem schnellsten Weg hierher zu schicken; Cicero Grimes war in Jordan's Crossroads eingetroffen und hatte mit Holden Daggett Kontakt aufgenommen. Aber es war Rufus Atwater gewesen, der diese Spur zu Daggett gefunden hatte, und Atwater hatte auch in kluger Voraussicht Gough Lovett aus Savannah eingesetzt. Atwater hatte

Lovett bei einem Besäufnis mit Jack Seed kennengelernt, als der zu einer Tagung der Privatschnüffler in der Stadt gewesen war. Lovett hatte Atwater vor vierzig Minuten zurückgerufen und berichtet, daß er Grimes und Daggett zu irgendeinem heruntergekommenen, halb verfallenen Farmhaus gefolgt wäre und daß Grimes in das Haus gegangen sei. Von der Parillaud war weit und breit nichts zu sehen gewesen. Lovett hatte ihm die Lage des Farmhauses – innerhalb eines Dreiecks zwischen zwei Landstraßen und dem Ohoopee River – genau beschrieben, und Herrera hatte das Gebiet auf seinen Karten ausfindig gemacht. Atwater spürte ein leichtes Beben in seiner Hand und sah hinab.

Sein Telefon klingelte schon wieder.

Atwater verfluchte den Lärm der Rotoren, schaltete das Handy ein und steckte sich einen Finger ins linke Ohr.

»Ja?« brüllte er.

»Atwater?« Lovetts Stimme klang fern und vom atmosphärischen Knistern verzerrt, war aber gut zu verstehen.

»Ja, am Apparat.«

»Ich habe die Koffer«, sagte Lovett.

»Sie haben die Koffer? Was für Koffer?«

»Grimes hat zwei Koffer aus dem Farmhaus geschleppt. Irgendwann mußte ich mich entscheiden: Der Typ oder die Ware. Ich nahm an, daß Grimes so schnell nirgendwohin gehen würde und hab' mir die Ware geschnappt. Ist das okay?«

Atwaters Magen hob sich erneut bedenklich, doch diesmal nicht wegen des Flugs. Es war zu gut, um wahr zu sein, Mann. Er krümmte sich in seinem Sitz nach vorn. Die Koffer? Die Ware? Jeffersons gesammelte Beweise? Was sonst würde Grimes aus einem verfallenen Haus holen! Dieser gerissene Schweinehund. Atwater preßte den Finger tiefer in sein Ohr.

»Ja, das ist okay. Das ist perfekt. Sie können sich auf einen Bonus gefaßt machen. Wo sind Sie?«

»Ich bin in Daggetts Büro«, sagte Lovett. »Was soll ich tun?«

Atwater ließ den Blick über den mit Waffen vollgepackten Innenraum des Helikopters und seine dösende Besatzung schweifen. Sie konnten unmöglich mitten in Jordan's Crossroads landen, das war mal sicher.

»Können wir draußen bei dieser Farm mit einem Helikopter runtergehen?«

»Kein Problem. Es ist so ruhig wie ...«

Die Stimme versank in einem knackenden Prasseln.

»Gough? Sind Sie noch da? Ich hab' Sie nicht verstanden.«

»Ich sagte, die Farm ist so ruhig wie ein Grab!«

»Gut. Bringen Sie die Ware zur Farm raus«, sagte Atwater. »Wir treffen uns dort.«

»Okay. Was mach ich mit Daggett?«

»Bringen Sie ihn auch mit. Wir können auf der Farm unser Lager aufschlagen und uns dann später um Grimes und die Frau kümmern. Haben Sie das verstanden?«

»Hab' ich, ja.«

»Wir werden dort sein in ... Augenblick mal.« Atwater beugte sich nach vorn zu Herrera, der auf dem Sitz des Copiloten saß, und brüllte: »Roberto? Wie lange noch, Amigo?«

Herrera deutete mit dem Zeigefinger nach unten.

»Wir haben gerade den Fluß lokalisiert. Jetzt folgen wir ihm bis zur Farm. Ich weiß nicht – ungefähr zehn Minuten, mehr oder weniger.«

Atwater beugte sich wieder über das Handy. »Ungefähr zehn Minuten.«

»Wir sehen uns dort«, sagte Lovett.

»Roger.«

Atwater schaltete das Handy aus. Er konnte kaum schlucken. Er konnte kaum atmen. Noch bevor die Nacht vorüber war, würde er Mr. Filmore Faroe so weit haben, daß er ihm die roten Häärchen an seinem Arsch sauber leckte. Sie mußten jetzt nur noch die Parillaud finden, aber die war irgendwo in der Nähe, und Grimes ebenfalls. Die warteten nur darauf, eingesammelt zu werden. Atwater ließ sich von seiner Euphorie sogar zu freundlicheren Gefühlen gegenüber Herrera verleiten; schließlich hatte der gute Mann sie hier hergebracht. Für einen Kubaner war Herrera kalt wie ein Fisch. Atwater hatte sich erzählen lassen, daß die Kommunisten, nachdem Herrera sich mit der MiG aus dem Staub gemacht hatte, seine Eltern und Geschwister in eine Art Militärgefängnis gesteckt hatten, aus dem sie nicht mehr aufgetaucht waren. Vielleicht war das der Grund, warum er scheinbar überhaupt keine Nerven hatte. Aber das war okay; das und nichts anderes erwartete man von einem Mietsoldaten.

Atwater spähte auf die Landschaft hinab, die unter ihnen vorüberflog. Die Sicht war nicht mehr besonders gut, aber dort unten war der Fluß auszumachen, der sich durch den lichter werdenden Wald schlängelte. Er schaute und wartete, schaute und wartete, während die Minuten dahinkrochen und die Kilometer vorbeiflogen. Und während er auf die unter ihnen wegrollende Landschaft hinabstarrte, ließ allmählich seine Konzentration nach und alles, was seine Augen noch wahrnahmen, war ein verschwommenes Grün, während seine Gedanken in einer Fantasielandschaft aus Macht und Reichtum umherschweiften, die bevölkert war von Edelmätressen in hautengen Modellkleidern oder durchsichtigen Negligés und von Oberkellnern, die für ihn mit einem Fingerschnippen die besten Tische in Restaurants frei machten. Herreras Stimme drang in seine Träumereien.

»Dort ist es!« rief Herrera.

Atwater blinzelte.

Er ließ den Blick in Richtung von Herreras ausgestrecktem Arm suchend über die Landschaft schweifen, konnte aber nichts erkennen. Dann sah er es: inmitten offener Felder, die sich vom Fluß über den Hang des Tals erstreckten, war ein dunkles, undeutliches Etwas auszumachen, das sich beim Näherkommen als zwei kleine, separat stehende Schachteln entpuppte. Gebäude, kein Zweifel. Ein Farmhaus mit einer Scheune.

Rufus Atwater wurde in seinem Sitz durchgerüttelt, und er dachte: Das ist es, Mann! Das ist es diesmal wirklich – in Gottes und drei Teufels Namen!

SIEBZEHN

Als der schwarze Helikopter in weitem Bogen über dem Tal heranschwebte, zog George Ella vom Rand der Veranda zur Küchentür. Mit einem Nicken in Richtung der Tür forderte er Lenna auf, ihnen zu folgen.

»Wir sollten besser reingehen.«

Ella sah zu Charlie hinüber, der mit seiner Krücke auf sie zustapfte. Auch er nickte ihr zu. Ihr fiel es noch immer schwer, ihn als Clarence Jefferson zu sehen, den Mann, von dem sie nichts wußte, den Mann, dem kein Laster fremd war und den so viele fürchteten. Sie wollte nicht, daß er Jefferson war. Charlie legte seinen Armstumpf auf ihre Schulter und folgte ihr durch die Fliegengittertür in die Küche. Drinnen schien das Dröhnen des Helikopters noch lauter als draußen – und näher. Ella hatte Angst und fühlte sich nutzlos. Sie wußte nicht, was sie tun sollte und wurde sich der Smith & Wesson in ihrer Hand bewußt, derselben Waffe, die sie den ganzen Tag so stolz und vergnügt mit sich herumgetragen hatte. Jetzt war sie auf einmal so schwer und so wirklich. Sie schluckte die in ihrem Magen aufkeimende Übelkeit hinunter. Auf eine seltsame, ihr unverständliche Weise fühlte sie sich zwischen Charlie und Lenna gefangen. Geistesabwesend sah sie zu, wie George mit seiner Schrotflinte an einem der Fenster Position bezog und nach draußen spähte. Sie entschied sich, in seiner Nähe zu bleiben. George drehte den Kopf und sagte zu Charlie:

»Die Farm ist zu groß, um sie verteidigen zu können.« Er nickte mit dem Kopf nach draußen. »Und sie haben durch die Scheune und die anderen Nebengebäude jede Deckung, die sie brauchen.«

»Ein Kerl mit Nerven wie Drahtseile«, sagte Charlie, »würde sie reinkommen lassen, bevor er den Tanz eröffnet.«

George sah ihn an, dann ließ er den Blick durch die Küche und den Korridor hinab bis zur Vordertür und wieder zurück zu Charlie schweifen.

»Ist mir recht«, brummte George. »Sie behalten die Vordertür im Auge, und ich kümmere mich um die, die hier rein wollen. Von der Diele aus.« Er sah wieder durchs Fenster. »Die Maschine hat weder ein Kennzeichen noch sonst eine Identifikationsnummer. Haben Sie eine Ahnung, wer das ist?«

»Nein«, erwiderte Charlie.

»Ich bin kein direkter Freund von FBI- oder sonst irgendwelchen Regierungsbullen, Gott ist mein Zeuge«, sagte George, »aber das heißt nicht, daß ich sie, ohne mit der Wimper zu zucken und ohne zu fragen, umlege, falls sie von dem Verein sind.«

»Hört mir zu!«

Ella drehte sich um. Im Zwielicht der Dämmerung stand Lenna hoch aufgerichtet inmitten der Küche. Ihr Gesicht war weiß, und ihre Finger krallten sich wie in einem stummen Gebet ineinander. Ihr Blick war starr auf Charlie gerichtet.

»Gestern nacht ist Faroe aus dem Steinhaus entkommen.«

»Filmore Faroe?« fragte George. »Ich dachte, der ist tot.

Ohne den Blick von Charlie zu nehmen, schüttelt Lenna den Kopf. Ella sah jetzt ebenfalls Charlie an.

»In dem Helikopter müssen Faroes Leute sein«, sagte Lenna.

Es lag nicht in Charlies Natur, Angst zu zeigen, doch Ella konnte ihm ansehen, daß dies so ziemlich die schlechteste Nachricht war, die er sich vorstellen konnte. Sein Gesicht war von öligem Schweiß bedeckt, den sie draußen nicht bemerkt hatte, und sie begriff, daß er krank war – sehr krank. Er antwortete nicht auf das, was Lenna gesagt hatte.

»Wenn ich mich ihnen ausliefere«, sagte Lenna, »werden sie euch keine Schwierigkeiten machen.«

»Sei nicht naiv, Lenna«, knurrte Charlie.

»Faroe will es mir heimzahlen.«

»Faroe will es der ganzen Welt heimzahlen.«

Vom Fester her rief George: »Sie springen raus!«

George wandte den Kopf und sah Lenna an, und die Art, wie er dabei das Kinn vorschob, sagte Ella, daß er keinen von ihnen ohne Kampf aufgeben würde.

»Tot oder nicht«, sagte George, »dieser Kerl will Sie um jeden Preis.«

Ella rannte zum Fenster und sah über Georges Schulter nach draußen. Mitten in der Wiese jenseits des Hofs schwebte der schwarze Helikopter ein paar Meter über dem sich biegenden Gras, und aus seiner Tür sprangen, wie es aussah, Soldaten mit Gewehren.

»Vier, sechs, acht«, zählte George. »Und Sie hatten recht, Mr. Jefferson. Das Ding hebt wieder ab.«

Während sich der Helikopter in den Himmel emporschraubte, beobachtete Ella, wie die acht Soldaten in zwei Gruppen zu je vieren nach rechts und links ausschwärmten und geduckt auf den Hof und die Scheune zuliefen.

»Weiß Faroe Bescheid?« fragte Charlie.

Ella wandte sich vom Fenster ab und fing Lennas angstvollen Blick auf, als hätte Charlies Frage etwas mit ihr zu tun. Wer war Faroe? Und was wußte er?

»Nein«, sagte Lenna. »Er weiß nichts. Niemand weiß etwas, außer dir und mir.«

»Und Doktor Grimes«, sagte Charlie.

Lenna blinzelte einmal. »Ja.«

Ella war überzeugt, daß die beiden über sie redeten. »Wer ist Faroe?« fragte sie.

Lenna sah sie auf eine Art an, die sie nicht verstand. Charlie steckte seinen Revolver hinter den Gürtel und kam auf Ella zu. Keiner der beiden gab ihr eine Antwort auf ihre Frage. Charlie zog ein in braunes Papier gewickeltes Päckchen aus seiner Tasche und steckte es in ihren Rucksack, den sie über eine Schulter geschlungen hatte.

»Für später«, sagte er.

Bevor sie fragen konnte, was es war, rief George: »Sie kommen! Achtung – Stunde Null!«

Damit verließ er seinen Beobachtungsplatz am Fenster und scheuchte sie alle in den Korridor. Charlie stakste mit seiner Krücke bis ans andere Ende und blieb mit gezogenem Revolver vor der Wohnzimmertür stehen. Direkt hinter ihm befand sich die große Eingangstür, die auf die vordere Veranda führte. Das ganze Haus zitterte, als der Helikopter im Tiefflug über sie hinwegschmetterte. Ella fühlte Georges Hand schwer auf ihrer Schulter. Sein altes Habichtgesicht war verzerrt vor Anspannung.

»Schauen Sie mich an«, sagte er.

Ella sah ihn an.

»Ob es Ihnen gefällt oder nicht – Sie sind hier die Hauptperson.«

Plötzlich fühlte Ella sich entsetzlich allein.

»Sagen Sie, ›ich verstehe‹«, befahl George.

»Ich verstehe.« Ihre Stimme kratzte heiser in ihrer Kehle.

»Wenn Sie das nicht akzeptieren, bringen Sie uns alle in Gefahr. Sagen Sie, ›ich verstehe‹.«

»Ich verstehe ...« Ein Flüstern nur.

»Werden Sie tun, was ich von Ihnen verlange?«

In Georges Augen standen Tränen. Tränen um sie. Diesmal war ihre Stimme fest und stark.

»Alles. Alles, was Sie wollen.«

»Okay.« George wandte sich zu Charlie um. »Sagen Sie ihr, wo sie sich verstecken soll.«

Charlie sah sie an und deutete mit seinem Armstumpf die Treppe hinauf.

»Der Dachboden«, sagte er. »Erinnerst du dich?«

Ella nickte.

»Der Kaltwassertank neben dem Boiler ist leer. Nimm den Deckel ab, steig rein und mach den Deckel über dir wieder zu. Warte! Wenn jemand den Deckel aufmacht, der nicht vorher sagt, wer er ist – erschieß ihn. Dann schaust du vorsichtig raus, und wenn du noch jemanden siehst, erschieß auch ihn.«

Ella nickte erneut.

Unvermittelt wirbelte Lenna herum und stürmte an Ella vorbei zur Küchentür. Doch George blockierte ihren Weg mit ausgestrecktem Arm und stieß sie gegen die Wand.

»Ich weiß, was Sie vorhaben, Lenna«, sagte George.

»Das ist tapfer und edel, aber wenn wir uns ohne Kampf ergeben, wimmeln sie wie Ameisen durch das Haus. Und finden Ella. Falls sie sich aber zumindest blutige Nasen holen, bevor wir aufgeben, sind sie eher bereit zu glauben, daß wir haben, was sie wollen. Vertrauen Sie mir. Ich weiß, wovon ich rede.«

Lenna ließ die Schultern sinken. Was George sagte, war richtig. Sie nickte.

»Bringen Sie Ella nach oben«, sagte George. »Dann warten Sie auf dem Treppenabsatz, bis das Schießen aufhört.«

George wandte sich wieder Ella zu. Unversehens nahm er sie in den Arm, zog sie an sich und gab ihr einen Kuß auf die Wange. Er flüsterte ihr ins Ohr: »Gott schütze dich, mein Kind.«

So unvermittelt, wie George sie an sich gezogen hatte, schob er sie wieder weg – in Richtung der Treppe.

»Geh jetzt. Los!«

Er wandte ihr den Rücken zu, und Lenna packte Ellas Hand und zerrte sie zur Treppe.

Charlie stand nicht mehr an der Haustür. Ella hörte ihn im Wohnzimmer umherstapfen. Sie hätte sich gerne von ihm verabschiedet, aber sie war es den anderen jetzt schuldig, cool zu bleiben. Als sie hinter Lenna die Stufen hinaufhastete, sah sie, wie George sich neben der Küchentür flach auf den Boden legte. Durch die halb offene Tür waren er und seine Schrotflinte von der Küche aus nicht zu sehen. Warum war die Angst, ihn allein zu lassen, so viel größer als die Angst zu sterben? Sie ertrug es kaum. Lenna zerrte sie weiter, und sie erreichten den Treppenabsatz, wo die Treppe zum oberen Stockwerk einen Knick machte. Dort bleiben sie stehen. Ella sah nach oben. Der Flur im ersten Stock war stockdunkel. An seinem hinteren Ende würde sie, wie sie wußte, eine Klapptür mit ausziehbarer Leiter finden, über die man in den Dachboden hinauf kam. Der Gedanke an den Wassertank flößte ihr Angst ein. Ihre Entschlossenheit wankte.

»Ella …?« sagte Lenna.

Ella sah in Lennas Gesicht.

»Wenn hier alles wieder ruhig ist, dann fahr in die Stadt zurück und suche Grimes. Warte auf ihn in dem Restaurant, in dem wir uns getroffen haben. Er weiß, was zu tun ist.«

»Wie erkenne ich ihn?«

»Er hat einen großen schwarzen Hund bei sich.«

»Okay.«

Lenna holte tief Luft, und als sie sprach, zitterte ihre Stimme, und die Worte kamen stoßweise, als müsse sie sie durch eine Beengung, die ihr die Kehle zuschnürte, herauspressen.

»Ella«, sagte Lenna, »ich werde dich nie wieder sehen, und das alles ergibt für dich wohl kaum einen Sinn. Aber ich möchte dir etwas sagen, das du von hier mitnehmen sollst für mich. Willst du das tun?«

Ella nickte. »Was ist es?«

»Ich liebe dich«, sagte Lenna.

Lennas Augen hielten die ihren fest, und Ella konnte in ihrem Gesicht sehen, daß dies die Wahrheit war. Die verzweifelte, schreckliche Wahrheit zwar – doch nichts als die reine Wahrheit. Und während Ella dies fühlte, fühlte sie auch, daß alles, was sich hier abspielte, irgendwie wegen ihr und nicht wegen Lenna oder wegen Charlies Koffern voller Beweise geschah. Sie war der Mittelpunkt, um den sich alles drehte – sie und die verzweifelte Liebe in Lennas Augen.

Lenna sagte: »Nimmst du das für mich in deinem Herzen mit dir?«

»Ja«, flüsterte Ella. »Ich nehme es in meinem Herzen mit mir. Und ich werde es nie vergessen.«

Lenna schlang ihre Arme um Ella, und Ella hielt sie fest.

Dann krachten unten Schüsse.

Das ohrenbetäubende Donnern eines Schrotgewehrs: mehrere Schüsse, so schnell hintereinander abgefeuert, daß Ella sie nicht zählen konnte. Das Rattern von Maschinenpistolen antwortete. Am Fuß der Treppe fetzten Holzsplitter aus dem Treppengeländer, und von den Wänden spritzten Kalkfontänen. Das Aufbellen eines Revolvers. Schmerzensschreie, Stimmen, die in Spanisch durcheinanderbrüllten. Wieder das Dröhnen der Schrotflinte. Dann ein gellender Schrei, in dem die Pein und die Not eines tödlich getroffenen Menschen schrillte.

Es war George.

Ella riß sich aus Lennas Armen los. Lenna versuchte sie festzuhalten, bekam jedoch nur den Gurt ihres Rucksacks zu fassen. Ella streifte ihn mit einem Ruck von der Schulter und stürzte, zwei oder drei Stufen auf einmal nehmend, die Treppe hinab. Der Korridor war von grauem, beißendem Pulverrauch erfüllt. Aus dem Wohnzimmer kam das Krachen von Charlies Magnum. Ella rannte in Richtung der Küche, wo jetzt keine Schüsse mehr fielen. George Grimes' gellende Kriegsschreie, die nach dem Schweigen der Schrotflinte schaurig durch die Küche hallten, ließen Ella das Blut in den Adern gefrieren. Sie blieb an der Küchentür stehen und sah hinein.

Die Fliesen waren rot von Blut. Zusammengesunkene, sich krümmende und zuckende Leiber lagen, in dem dichten Pulverrauch nur undeutlich auszumachen, in Blutlachen. Inmitten der Küche lag George auf dem Rücken und kämpfte mit einem Soldaten, der über ihm kniete. Georges rechte Faust umklammerte seinen 45er, doch die linke Hand des Soldaten preßte sie auf den Fußboden nieder. Mit der anderen Hand schlug der Soldat wild nach Georges Gesicht. George brüllte mit hervorquellenden Augen gegen die Schläge an, während die Finger seiner Linken den Hals des Soldaten umkrallten und ihm die Kehle zusammendrückten.

Ella wollte ihm zu Hilfe eilen, doch sie war wie gelähmt. Sie brachte es nicht fertig, in das Blut zu treten.

Plötzlich ließ George vom Hals des Soldaten ab; seine Hand zuckte in das Gesicht empor, und sein Daumen bohrte sich tief in das rechte Auge des Mannes. Der Soldat brüllte vor Schmerz auf und versuchte vergeblich, sich von Georges Daumen in seiner Augenhöhle zu befreien, doch ließ er auch jetzt Georges Hand mit dem Revolver nicht los. Mit der freien Hand tastete er auf seinen Rücken ... Ella sah den Griff eines Messers aus seinem Gürtel ragen und die fliegenden Finger des Soldaten, die sich darum schlossen.

Mit aller Kraft trieb sie sich vorwärts, durch das Blut und den Rauch hindurch.

Als der Soldat das Messer freibekam, rammte ihm Ella den kurzen Lauf ihres 38er in die linke Achselhöhle und jagte ihm zwei Geschoße in die Brust. Der Soldat ächzte keuchend und kippte zur Seite; noch während er fiel, riß George seine Hand los, rammte den Lauf seiner 45er unter das Kinn des Soldaten und drückte noch einmal ab.

Ella taumelte, mit brennenden Augen und am ganzen Leib zitternd, entsetzt rückwärts.

»Fort mit dir!«

Ella blinzelte heftig. Als sie die Augen wieder öffnete, hatte George sich aufgesetzt, ein Bein des toten Soldaten quer über seinem Schoß. Ein nasses, schwarzrotes Loch klaffte unter der rechten Schulter von George. Er schrie sie wieder an:

»Geh weg! Ich will dich nicht sehen!«

Hände packten von hinten ihre Schultern und zerrten sie in den Korridor.

Es war Lenna. Ella wehrte sich nicht, als sie durch den Korridor zur Treppe geschleppt wurde. Aus dem Wohnzimmer war das Splittern von Glas zu hören und der Einschlag von Kugeln in der Wand. Lenna schob Ella ohne ein Wort die Treppe hinauf, dann lief sie zur Vordertür und riß sie auf.

»Lenna!« schrie Ella.

Lenna trat auf die Veranda hinaus und war verschwunden. Ella hörte draußen Schreie. Das Rattern der Maschinenpistolen verstummte.

Sie wirbelte herum und rannte die Treppe hoch. Auf dem Absatz raffte sie ihren Rucksack auf, überwand mit ein paar Sätzen die nächste Treppe und ließ die Leiter zum Dachboden herab. Sie kletterte hinauf, hakte die Leiter aus, zog sie nach oben und schloß die Falltür. In einem Giebel des Dachbodens war ein kleines Fenster, durch das genügend Licht drang, um sich orientieren zu können. Rechts von ihr sah sie unter der Schräge des Dachs die Umrisse des Kupferboilers und daneben den Wassertank. Sie lief hinüber und nahm den hölzernen Deckel ab. Das Innere des Tanks war mit fleckigem Metallblech ausgekleidet. Sie würde da nur hineinkriechen, wenn es absolut sein mußte. Von draußen hörte sie das Schmettern des Helikopters; es kam näher. Es war jetzt ganz nah. Sie hatte keine Schüsse mehr gehört, seit Lenna nach draußen gegangen war. Ella warf ihren Rucksack über die Schultern und huschte zum Fenster. Es war eine ganze Armlänge zu hoch, um hinaussehen zu können, doch darunter stand eine von einer dikken Staubschicht bedeckte Kommode. Ella kletterte hinauf. Sie war jetzt in einer Höhe mit dem Fenster, konnte jedoch, außer Himmel, noch immer nichts sehen. Sie griff nach oben, bekam eine der Dachlatten zwischen den Balken zu fassen, hielt sich daran fest und beugte sich auf den Zehenspitzen nach vorn.

Jetzt konnte sie Stück der Wiese unterhalb des Fahrwegs erkennen und darauf den Helikopter, der inzwischen gelandet war. Seine Rotoren drehten sich noch und peitschten in weitem Umkreis das Gras flach. Ella starrte hinab und wartete. In der Ladeluke des Hubschraubers kauerte ein schlanker Mann mit einem schmalen, länglichen Gesicht und rotem Haar. Er fuchtelte mit dem Arm und winkte breit grinsend jemand zu sich. Dann wurde Lenna, George und Charlie von einer Gruppe bewaffneter Soldaten zum Helikopter gebracht. George und Lenna trugen Handschellen. Der dünne Mann zog sich zurück, und die drei Gefangenen wurden in den Hubschrauber gestoßen. Nach ihnen kletterten die Soldaten an Bord.

Einen Augenblick später hob der Helikopter ab und verschwand. Ella MacDaniels war allein.

ACHTZEHN

Ungeachtet des ihm ins Gesicht peitschenden Fahrtwinds und des massigen, gegen seinen Bauch und seine Brust drückenden schwarzen Hundekörpers vor sich, jagte Cicero Grimes die Harley mit halsbrecherischem Tempo durch die zunehmende Dämmerung auf der schwarzen Asphaltstraße in Richtung des Ohoopee River Tieflands.

Über der leeren Straße wölbte sich jetzt ein dichter Baldachin aus Baumkronen, und die 73er Harley flog mit der ihm versprochenen Eleganz und Leichtigkeit durch die Kurven. Guls Schädel zwischen den Griffen der Lenkstange vor ihm sah aus wie die schwarze Gallionsfigur eines heidnischen Kriegsschiffs. Gul war ein ganz besonderer Hund, und Grimes war stolz, mit ihm durch die Nacht zu brausen. Er brauchte das Gefühl, nicht alleine zu sein, brauchte etwas, woran er sich festhalten konnte. Er und Gul würden die anderen in Sicherheit bringen. Sie mußten es tun.

Als sie die Abzweigung nach links erreichten, die zum Alten Haus führte, nahm Grimes das Gas weg und ließ einen Fuß über den Asphalt schlittern, um zu verhindern, daß ihm in der scharfen Kurve die Maschine unter dem Hintern wegrutschte. Als er wieder auf der Geraden war, drehte er das Gas bis zum Anschlag auf und fühlte, wie mit dem Anschwellen des satten Dröhnens unter ihm ein gewaltiger Zorn in seiner Brust wuchs.

Zu viele Leute glaubten, sie könnten mit ihm umspringen wie mit einem Hampelmann, und davon hatte er jetzt allmählich die Schnauze voll. Er hatte die Nerven bewahrt, so gut er konnte; er hatte ihre Scheiße pfundweise geschluckt, ohne seine Gelassenheit zu verlieren – Jefferson, George, Atwater, Lenna, das Arschloch am Flughafen, und jetzt kam ihm irgendein Football-Fan, dem er nie was getan hatte, in die Quere. Grimes bemerkte, daß er mit den Zähnen knirschte. Er wollte das alles nicht. Er wollte mit Gul nach Wyoming und beim Sonnenuntergang unter dem Sweetwater Rim stehen; er wollte mehr Zigaretten rauchen, als für ihn gut war, und sich einen Dreck darum scheren; er wollte in billigen Hotels Whiskey trinken und eine langbeinige Frau lieben, die er noch nie zuvor gesehen hatte, am nächsten Morgen zuschauen, wie sie Pancakes aß – und nie wieder einen dieser Dreckskerle sehen. Aber er konnte nichts von all diesen schönen Dingen tun. Seine Zähne knirschten noch grimmiger aufeinander. Dann fiel ihm ein, daß er sich vorgenommen hatte, dies alles ohne Haß durchzustehen.

Zum Teufel mit diesem frommen Wunsch. Er würde ihnen zeigen, was Haß war. Er würde ihnen zeigen, was Zorn war.

Gul drehte den Kopf und bellte.

Weiter vorn, auf halber Höhe des Berghangs, blitzte unter den Ästen und Blättern kurz Holden Daggetts brauner Lincoln auf.

Diese schleimige Eiterbeule in der grünen Falcons-Jacke fuhr also auch zum Alten Haus hinaus. Warum? Sie hatten doch die verdammten Koffer. Was wollten sie denn noch? Eine weitere Hinterfotzigkeit in Jeffersons Spiel? Grimes war nicht bei Trost gewesen, ihm zu trauen, ihn am Leben zu lassen. Er zog die Harley durch eine langgezogene Kurve. Wenn er sich richtig erinnerte, war das Tal nicht mehr weit – vielleicht noch einen oder eineinhalb Kilometer. Auf der anderen Seite des Hügels würde der Wald bald zurücktreten und Wiesen Platz machen. Daggett fuhr nicht viel schneller als fünfzig Kilometer die Stunde, und sogar mit Gul auf dem Tank war Grimes sich sicher, daß er den Lincoln überholen könnte, wenn er wollte. Aber was würde das bringen? Er dachte kurz daran, seinen Revolver zu ziehen und dem Falcons-Fan durch das Fenster eine Kugel zu verpassen, aber selbst wenn er nicht aus Versehen Daggett traf und vorausgesetzt, daß Mr. Flacon ihn nicht zuerst erwischte, würde er ziemlich sicher in einem Haufen verbogenem Stahl im Straßengraben enden. Grimes blieb auf Distanz. Der Lincoln konnte unmöglich die Farm erreichen, ohne daß George dies mitbekam. Und George konnte es mit dem Falcon-Heini allemal aufnehmen. Vielleicht endete doch noch alles gut? George würde sich die Koffer zurückholen, und sie konnten alle zusammen von hier verschwinden. Eine Frage jedoch nagte nach wie vor in seinem Kopf: Warum fuhr der Falcon-Fan zum Alten Haus hinaus, und von wem erhielt er seine Befehle?

Ein paar hundert Meter vor ihm erreichte der Lincoln den Sattel des Berghangs und verschwand. Kurz darauf sah Grimes ein Stück weit links davon eine riesige, gedrungene schwarze Libelle langsam über die Baumlinie des Bergrükkens emporsteigen. Durch das Röhren der Harley-Auspuffe hörte er das Schmettern der Helikopterblätter. Der Helikopter stand nach seinem senkrechten Aufstieg eine Weile still und schwebte dann mit geneigter Nase in ihre Richtung.

Die Hand Filmore Faroes hatte über drei Staaten hinweg nach ihnen gegriffen und schloß sich jetzt um sie.

Grimes warf alle Vorsicht über Bord und jagte die Harley bis zum Limit hinter dem Lincoln her. Das Dröhnen des Motors und das Brausen des Fahrtwinds in seinen Ohren schluckte den Lärm der Helikoptermotoren. Grimes spürte den Revolver, der gegen seine Wirbelsäule drückte. Wenn er bei dieser Geschwindigkeit danach griff, würden sie unweigerlich stürzen.

Gleichzeitig fühlte er, wie sich Guls Muskeln spannten, und eine urwüchsige, urtümliche Kraft brandete durch seine Eingeweide. Er hatte nicht die geringste Ahnung, was er tat, und er konnte auch nicht begreifen, was er damit zu erreichen hoffte, doch jede Faser, jede Zelle in ihm, die den Stempel des Lebens trugen, peitschten ihn vorwärts auf das Paradoxon des Todes zu. Es war nicht Mut, was ihn vorwärtstrieb, denn er empfand keine Angst, die Mut erst ermöglicht. Er empfand nichts als ein atavistisches Delirium, das bar aller Moral und jeden Denkens war. Er wollte jemanden zu Brei schlagen; er wollte spüren, wie seine Fäuste die Knochen im Gesicht von irgendeinem Feind zerschmetterten. Grimes riß den Mund auf und brüllte einen Schrei hinaus, der im Wind zerflatterte.

Gleich darauf erreichte er den Kamm und bretterte auf

der anderen Seite mit derselben Geschwindigkeit abwärts, dem sterbenden Rot im westlichen Himmel entgegen.

Schräg über ihm schwebte der Helikopter auf die Straße zu.

Vor ihm näherte sich Daggetts Lincoln der Baumgrenze. Grimes konnte vor dem helleren Hintergrund der Wiesen die Silhouetten von Köpfen und Schultern der beiden Insassen sehen.

In diesem Augenblick griff Holden Daggett ins Steuer und riß den Lincoln nach links. Wie von einer Schnur gezogen schoß der Wagen über den Asphalt hinaus und krachte in den Stamm einer mächtigen Pappel. Ein hohler, scheppernder Schlag. Kreischender Stahl. Ein grünes Etwas flog in einem Schauer aus zerplatzendem Glas und herabregnenden Blättern durch die Windschutzscheibe und verschwand in der Wiese. Das Heck des zerknautschen Lincoln schlitterte seitwärts, und die Limousine blieb quer zur Straße stehen. Grimes' Weg war versperrt.

Hastig begann er zu bremsen, wobei er zu verhindern versuchte, daß die Räder blockierten und die Maschine ausbrach. Das Autowrack kam näher. Quietschender Gummi ... Sein Motorrad wurde langsamer und langsamer. Gul blieb stoisch und gelassen. Es gab eine Lücke, einen schmalen Streifen schwarzen Asphalts auf der einen Seite des Wagens, wo er vorbeikommen konnte ... Dann, zwanzig Meter vor dem Lincoln, blockierte das Hinterrad, und tief in seinen Eingeweiden wußte er, daß die Maschine nicht mehr zu halten war.

Grimes warf sein Gewicht nach hinten und links. Die Harley kippte in eine Schräglage und begann zu fallen. Während er den linken Griff losließ, legte er einen Arm um Guls rechte Schulter und schleuderte ihn vom Tank. Gul verschwand aus seinem Blickfeld und Grimes spürte, wie das Hinterrad der Harley seitlich ausbrach und in einem qualmenden Bogen nach vorn schlitterte. Er ließ die Bremsen los, machte die Augen zu und stieß sich ab. Die Arme über den Kopf haltend und die Knie anziehend landete er auf dem Rücken. Der Aufprall stauchte seine Knochen zusammen und trieb ihm die Luft aus den Lungen. Eine pechschwarze, von gelben und roten Lichtklecksen durchgeisterte Dunkelheit drehte sich wirbelnd um ihn. Sein Gehirn prallte wie ein Punchingball zwischen gewalttätigen, ohrenbetäubenden Geräuschen hin und her. Dann hörte die schwarze Spirale abrupt auf, sich zu drehen.

Benzingeruch. Er machte die Augen auf. Rauch. Und durch den Rauch sah er grünes Gras, dazwischen Blumen. Sein Körper war noch immer zusammengekrümmt. Er streckte einen Arm aus; ein Bein. Er konnte sich bewegen. Zwar fühlte er noch immer nichts, aber er konnte sich bewegen und rappelte sich auf Händen und Knie hoch. Etwas Warmes und Nasses leckte ihm übers Gesicht und über ein Ohr. Guls Schnauze ... Grimes schüttelte den Kopf und sah auf.

Die Fahrertür des qualmenden Lincoln schwang quietschend auf. Der Wagen war nicht frontal, sondern mit dem rechten Scheinwerfer gegen den Baum geprallt; der rechte Kotflügel war bis zum Rad eingedrückt. Holden Daggett löste seinen Sicherheitsgurt, stieg taumelnd aus und hielt sich am Holm der offenen Tür fest. Er blickte über die Tür hinweg auf die Wiese unterhalb des Lincoln und setzte sich auf unsicheren Beinen in Bewegung.

»Daggett!«

Grimes stemmte sich mit zitternden Knien auf die Beine. Schmerz stach an zu vielen Stellen durch seinen Körper, um ihn klar identifizieren zu können. In seinen Ohren ein Dröhnen, das lauter wurde. Im Gras auf der anderen Seite der Straße sah er ein blutüberströmtes Gesicht auftauchen, einen grünen mit dunklen Flecken bespritzten Blouson. Er sah, wie Daggett darauf zutorkelte. Irgendwo neben dem zerschnittenen Gesicht sah er eine Pistole hochkommen.

»Gul!« Grimes schleuderte den Arm nach vorn. »Faß!«

Gul jagte los, und Grimes rannte hinter ihm her. Daggetts Rücken versperrte ihm den Blick auf den Mann. Die Waffe bellte in rascher Folge mehrmals auf, doch Daggett war nicht aufzuhalten. Als seine Hände nach der Kehle des Falcons-Fans griffen, wurde Daggett, auf dessen Hemdrükken dunkle, kreisförmige Flecken erschienen, von einem konvulsivischen Zucken geschüttelt, drehte sich langsam um die eigene Achse und brach zusammen. Jetzt, da sein Blickfeld wieder frei war, sah Grimes, wie Gul nach einem weiten Sprung aufkam und seine Zähne in die Hand schlug, die die Waffe hielt. Mit gespreizten Beinen zerrte er den schreienden Mann in einem Halbkreis durch das Gras. Grimes sprang über Daggett hinweg und legte all seine Kraft und seinen Schwung in den Fußtritt, den er zwischen den Beinen des Falcons-Fans landete; er hörte ein scheußliches Knirschen, als das Schambein brach. Der Mann landete zwischen den Blumen. Grimes setzte nach, um ihm noch einen Tritt zu versetzen, doch bevor er ihn erreicht hatte, war Gul bereits über der grünen Jacke, und sein Knurren war in der Flut des aus der aufgerissenen Kehle hervorquellenden Bluts nur mehr als ersticktes Gurgeln zu hören.

Grimes hob die im Gras liegende Automatic auf und drehte sich um. Holden Daggett lag auf dem Rücken, sein schmaler Brustkorb naß von Blut. Daggett hustete, und roter Schleim troff über seine Lippen und sein Kinn. Grimes ließ die Automatic fallen und kniete sich neben Daggett hin. Er drehte ihn auf die Seite, damit er nicht am Blut erstickte. Daggett blinzelte und blickte zu ihm auf.

»Warum, verdammt noch mal, haben Sie das getan?« fragte Grimes.

Daggett schob mit der Zunge Blut von seinen Lippen.

»Ich hab' es nie leiden können, wenn mir gesagt wurde, was ich tun soll«, ächzte er.

Seine zerfetzten Lungen krampften sich in einem neuerlichen qualvollen Hustenanfall zusammen.

Grimes riß Daggetts Hemd auf. »Haben Sie einen Erste-Hilfe-Kasten im Auto?«

Daggett versuchte das Husten zu ersticken. »Wollen Sie mich zum Lachen bringen?«

Das Schmettern des Helikopters drang in Grimes' Bewußtsein. Er sah über die Schulter nach oben. Der Helikopter schwebte in einem langsamen Bogen über der Straße tiefer und steuerte mit pendelndem Heck auf die Wiese zu.

Daggett tastete mit der Hand nach der Automatic.

»Drehen Sie mich auf den Bauch herum, damit ich sie kommen sehe« keuchte er.

»Wir können es bis zu den Bäumen schaffen«, sagte Grimes.

Die Haut in Daggetts Gesicht wirkte dünn wie Papier, doch seine Augen waren klar.

»Wenn Sie Ihren Vater sehen, erzählen Sie ihm, daß Sie und ich uns über die alten Zeiten unterhalten haben.«

Das Chosin Reservoir. Grimes fühlte sich schuldig. Er hatte Daggett in diese Geschichte hineingezogen. Doch dies war wohl eine Beleidigung für Daggett; er schob das Schuldgefühl beiseite.

»Das werde ich«, sagte Grimes.

Er drehte Daggett vorsichtig in die Position, die er verlangt hatte, und der Anwalt legte den Kopf auf seinen Unterarm. Er wurde zusehend schwächer. Grimes sah zu dem Helikopter hinüber. An der Seite des schwarzen Kampfhubschraubers glitt eine Tür zurück, und ein Uniformierter mit einer Maschinenpistole erschien. Grimes drückte Daggetts knochige Schulter und stand auf.

»Gul!« rief Grimes, drehte sich um und rannte in Richtung der Bäume los. Sein linkes Knie knackte bei jedem Schritt, hielt jedoch durch. Gul preschte neben ihm her. Als sie an dem Lincoln vorbeisprinteten, ratterte eine Salve aus der Maschinenpistole durch das Dach des Wagens und fetzte einen Schauer von Holzsplittern aus dem Baumstamm, doch Grimes hatte es geschafft und tauchte in das Halbdunkel des Waldes.

Mit ausgestrecktem Arm griff er nach einem Baumstamm, um seinen Lauf zu bremsen. Der Schwung wirbelte ihn um den Baum herum, und er krachte mit der Brust gegen die hintere Seite des Stamms. Schmerz stach durch seine Rippen. Keuchend rang er nach Atem.

»Gul, hierher! Platz. Bleib.«

Gul kauerte sich mit gespannten Muskeln und gespitzten Ohren neben ihm auf den Boden. Grimes spähte hinter dem Baumstamm hervor.

Der Helikopter schwebte in sicherer Entfernung auf die Wiese herab. Durch die offene Seitentür sah Grimes hinter dem Kerl mit der Maschinenpistole die Silhouetten mehrerer Männer auftauchen. Grimes griff nach hinten unter seine Jacke und zog den Revolver aus dem Gürtel. Seine Hände zitterten, und er mußte seine Rechte mit der Linken stabilisieren, damit sein Finger den Abzugbügel fand. Die eine Seite der Trommel war blutverschmiert, und in den Rillen klebten Hautfetzen von seinem Rücken, auf dem er nach dem Sturz über die Straße geschlittert war. Er blickte auf. Der Helikopter landete, und drei Männer mit Maschinenpistolen sprangen heraus und liefen geduckt auf den Lincoln zu. Alle drei sahen wie Soldaten aus. Grimes war etwa sechs Meter von dem Wrack des Lincoln entfernt. Ein vierter, ebenfalls mit einer Maschinenpistole bewaffneter Mann kauerte in der Tür des Helikopters und sicherte die anderen. Daggett lag reglos im Gras. Erst nachdem die Soldaten nah genug waren, begann Daggett zu schießen.

Als sein erster Schuß krachte, stolperte der erste der drei Soldaten, griff sich an die Hüfte und fiel. Der Mann im Helikopter schickte einen langen Feuerstoß aus seiner Maschinenpistole. Die beiden heranstürmenden Soldaten feuerten jetzt ebenfalls. Falls Daggett noch einen Schuß aus der Waffe bekam, hörte es Grimes nicht, doch er sah, wie die Kugeln aus den Maschinenpistolen Daggetts Körper förmlich zerfetzten. Die Waffen verstummten. Die beiden Soldaten kauerten sich tief auf den Boden und wechselten die Magazine. Der Verwundete rappelte sich wieder auf und lief hinkend zu den beiden anderen. Geduckt näherten sich die drei dem Lincoln.

Grimes zog den Kopf hinter den Baumstamm zurück und packte den Griff des Revolvers fester. Wenn diese Bastarde sein Blut wollten, würden sie es mit ihrem eigenen mischen müssen. Er dachte an Daggett und das Chosin Reservoir. Und an seinen Vater. Kurz fragte er sich, wie George sich verhalten würde. Er würde sie nahe herankommen lassen. Grimes wollte warten, bis sie sich auf eine Distanz von drei Metern genähert hatten. Nein, auf einen

Meter. Dann würde er mitten zwischen sie hineinspringen – sie damit verwirren und ihnen den Vorteil ihrer Maschinenpistolen nehmen, die sie nicht abfeuern könnten, aus Angst, sich gegenseitig zu erschießen. Er würde ihnen seinen Revolver in den Bauch rammen und abdrücken – jeweils nur einmal. Und außerdem gab es ja auch noch Gul: der wenigstens einen erledigen und den anderen Angst einjagen könnte. Es war eine minimale Chance; Vorraussetzung war, daß sie überhaupt hierherkamen, wo er stand.

Sie taten es nicht. Grimes hörte ein metallisches Klappern und riskierte einen Blick. Zwei der Soldaten standen hinter dem Lincoln und hielten ihre Maschinenpistolen auf den Waldrand gerichtet, während der dritte Jeffersons Koffer aus dem Wagen wuchtete. Sie hatten gewußt, daß die Koffer dort waren. Grimes zog den Kopf zurück und wartete. Er hörte nur das Motorgeräusch des Hubschraubers und riskierte einen weiteren Blick; die drei Männer liefen geduckt zum Helikopter zurück. Zwei von ihnen gingen rückwärts, um den dritten zu decken, der auf dem weichen Boden mit den beiden schweren Koffer nur schwankend vorwärtskam.

Grimes lehnte die Stirn an den Baumstamm. Sie hatten gar nicht vor, ihn bis in den Wald zu verfolgen: lediglich die Koffer waren wichtig für sie, und er war das Risiko nicht wert. Der Krampf in seinem Magen ließ nach – und verstärkte sich gleich wieder: Wo war George? Und Lenna und Ella? Und Clarence Jefferson?

Sie lagen entweder tot im Farmhaus, oder sie waren als Gefangene im Helikopter. Hatte es einen Sinn, die Soldaten auf sich aufmerksam zu machen und zu verhandeln? Grimes hatte nichts, womit er hätte handeln können. Er hörte, wie das Motorengeräusch des Hubschraubers und das Schmettern der Rotoren lauter wurde, und sah hinter dem Baum hervor.

Der Helikopter schraubte sich über einem Kreis von flachgepeitschtem Gras in die Luft. Die Seitentür war noch immer offen, doch leer. Als der Helikopter eine Höhe von etwa zehn, zwölf Metern erreicht hatte, blieb er stehen und schwebte auf der Stelle. Über den Lärm der Rotoren hinweg war eine blecherne Lautsprecherstimme zu hören:

»Dr. Grimes? Erinnern Sie sich an mich?«

Grimes verzog den Mund. Rufus Atwater. Atwater tauchte an der Tür des Helikopters auf, ein Megafon vor dem Mund.

»Ich bin Rufus Atwater, erinnern Sie sich? Wir haben Ihren Vater, Grimes!« rief er. »Und Lenna und Jefferson ebenfalls. Aber Ihr Vater ist verletzt. Schwer verletzt. Wenn ich es könnte, würde ich ihm helfen. Aber ich verstehe davon nichts. Wollen Sie an Bord kommen und es versuchen?« Grimes fühlte, wie ihn all seine Kampfbereitschaft verließ. Beinahe hatte er den Revolver fallen lassen. Als er schon im Begriff war, hinter dem Baum hervorzutreten, sagte eine Stimme in seinem Kopf: *»Tu es, aber vergiß nicht, daß du es für dich tust, nicht für ihn.«* Grimes blieb wie angewurzelt stehen. Die Stimme hatte recht. Er stellte sich vor, was sein Vater soeben durchmachte: Sicherlich betete er, daß sein Sohn die Qual nicht noch vergrößerte und sich ergab. Grimes packte den Revolver fester. Er würde seinen Vater nicht enttäuschen. Er blieb, wo er war.

»Hören Sie«, rief Atwater, »er will mit Ihnen reden!« Ich sage Ihnen, Doc, er braucht Sie dringend.«

In der Tür des Helikopter tauchte mit unsicheren Schritten eine breite Gestalt mit eisengrauem Haar auf. Seine Hände, die vorn herabhingen, waren mit Handschellen gefesselt. Er stand vor Schmerz vornübergekrümmt. Dann gewann er Halt, stellte seine Beine breit und fest auseinander, zog die Schultern zurück, schob sein Kinn vor und ließ seinen Blick über die Bäume schweifen.

Grimes spürte, daß er zu zittern begann; seine Augen brannten plötzlich. Sie hatten kein Recht, diesen Mann so zu behandeln. Dieser Mann war sein Vater. Grimes knirschte mit den Zähnen. Dieser Mann war sein Vater. Doch die Angst, die ihn erfüllte, war nicht nur die Angst um das Leben seines Vaters. George war in der Lage, dem Tod mit erhobenem Haupt entgegenzutreten, und Grimes fand, daß er es seinem Vater schuldete, auch seinerseits keine Angst zu haben. Dies wäre das letzte, was George von ihm gewollt hätte. Grimes' Angst entstammte einem Schuldgefühl, dem Schuldgefühl, als Sohn versagt zu haben; eine Wahrheit, die nun schonungslos und mit aller Macht über ihn hereinbrach. Grimes dachte an die Zeiten, in denen er mit George gestritten und ihm weh getan hatte, an die Zeiten, in denen er vermieden hatte, sich mit ihm zu treffen. Und versäumt hatte, öde Stunden in erfüllte verwandeln. Er dachte an die kostbaren, einmaligen Geschichten, die er gehört und wieder vergessen hatte, und dann die Bilder von George, die in seiner Erinnerung auftauchten – einfache, triviale Dinge; wie er aß, wie er seine ... So erbärmlich wenige waren es, obgleich es so viel mehr hätten sein können – sein müssen. All diese Gedanken und mehr überfielen seine Gehirnzellen und Synapsen und verlangten eine Antwort, obgleich er die ganze Zeit wußte, daß sein Schicksal bereits entschieden und daß er verdammt war.

Grimes suchte verzweifelt nach einem Ausweg. Er mußte den ruhenden Punkt, das Auge des Zyklons finden. George, das wußte er, würde sich immer auf ihn verlassen. Obwohl George der Mann am Galgen war, war es Grimes, der jetzt vor seinem Richter stand, der er selbst war. In all den Jahren hatte er sich für die Liebe geschämt, die er für seinen Vater empfand. Er hatte keine Ahnung gehabt, warum. Jetzt lähmte ihn die Scham, die er wegen jener Scham empfand. Dies hier war die letzte Gelegenheit, die Scham abzulegen. Sein Bauch sagte ihm: *Zeig dich ihm.*

Grimes trat hinter dem Baum hervor und ging auf die Wiese hinaus. Als er sicher war, daß George ihn sehen konnte, blieb er stehen. Er spürte Gul an seinem Bein und blickte nach oben.

Obwohl er Georges Augen nicht erkennen konnte, fühlte er ganz genau, wie sie in seine blickten. Und empfand einen ungeheuren Stolz dabei, der ihm fast das Herz zerspringen ließ. Grimes straffte seine Schultern. Er wollte, falls dies möglich war, daß sein Vater in diesem Augenblick stolz auf ihn war. Und in die Augen, die er nicht sehen konnte, die jedoch in das Zentrum dessen, was er war, blickten, schüttete er sein Herz, auf daß es geheilt werde. Es war ihm unmöglich, seinen Vater zu retten, doch selbst jetzt konnte sein Vater ihm helfen. Grimes dachte: Ich bin bei dir, alter Mann. Ich hab' dich verflucht und verachtet. Ich habe dich gehaßt und verletzt, aber ich bin bei dir. Ich war es immer. Und ich schäme mich auch nicht mehr, daß ich dich liebe.

Droben im Helikopter lächelte George Grimes.

Es war das Schwerste, das er je getan hatte, aber Cicero Grimes lächelte zurück.

Rufus Atwater streckte seinen Arm vor und hielt das Megafon an Georges Mund.

Grimes wartete.

Georges Stimme war fest und grimmig.

»Gene? Du tust, was du tun mußt. Wie du es immer getan hast. Und ich tue dasselbe – wie ich es immer getan habe.« Er machte eine Pause. »Sag Ella nur, daß ich stolz bin, mit ihr einen Teil des Wegs gegangen zu sein. Und vergiß die Arbeit nicht, über die wir gesprochen haben – du und ich.«

Dann grinste George erneut, und Grimes fielen die Worte wieder ein: »Ein Werk von edlem Sinn kann noch vollbracht werden, das Männern ziemt, die mit den Göttern rangen.«

Atwater verzog das Gesicht und machte eine Handbewegung ins Innere des Helikopters. Eine geduckte Gestalt erschien plötzlich neben George an der Tür, und der Lauf einer Maschinenpistole ragte aus der Luke.

George Grimes, das Lächeln noch immer auf seinem Gesicht, bückte sich, als wollte er eine Kiste aufheben, und schlang der geduckten Gestalt seine Handschellen um den Hals. Die Maschinenpistole entglitt den Händen des Soldaten und fiel herunter. Dann warf sich George aus dem Hubschrauber und zog die zappelnde Gestalt mit sich. Nebeneinander stürzten sie auf die Erde.

Grimes hob den Revolver mit ausgestrecktem Arm, doch Atwater verschwand mit einem Satz aus der Luke. Grimes hätte fast abgedrückt, hätte fast die Trommel leergeschossen, doch Lenna war dort drin. Er beherrschte sich. Die Nase des Helikopters kippte nach vorn, und er schraubte sich in einem seitlichen Bogen in den Himmel. Grimes ließ den Revolver sinken und sah zu, wie der Helikopter hinter den Baumwipfeln verschwand. Ein sanfter Wind blies vom Tal her. Grimes' Gesicht fühlte sich kalt und naß an. Er wischte sich mit seinem zerrissenen Ärmel darüber, dann ging er stumm über die Wiese dorthin, wo sein Vater lag.

Gul war vor ihm dort, setzte sich mit wachsam gespitzten Ohren neben George hin und wartete. Als er noch drei Schritte entfernt war, sah Grimes, daß sich die Schultern seines Vaters langsam hoben und senkten. Seine Glieder waren mit denen des Soldaten zu einem Knäuel verheddert. Grimes sank neben ihnen auf die Knie. Das Genick des Soldaten war von der noch immer um seinen Hals geschlungenen Handschellenkette wie ein Strohhalm geknickt worden. Grimes löste George aus der todbringenden Umarmung und zog die beiden Männer auseinander.

Zum erstenmal in seinem Leben ließen Grimes seine ärztlichen Instinkte im Stich. Sein Vater war bewußtlos, sein Körper zerschmettert, doch Grimes hatte keinen Gedanken dafür, wie er ihn wieder zusammenflicken könnte. Das Instrumentarium dafür lag in seinem Kopf bereit: Er hätte die Lage der gebrochenen Knochen prüfen können und den Eintrittswinkel der Kugel in Georges Brust; er hätte Vermutungen darüber anstellen können, welche Organe und Blutgefäße verletzt waren, wie stark die Blutungen waren und wie sie sich stillen ließen; er hätte sich auf ihn stürzen und versuchen können, ihn am Leben zu erhalten, doch Grimes tat nichts von alledem. Statt dessen lockerte er die rote Slim-Jim-Krawatte um den Hals seines Vaters und richtete seine verrenkten Glieder gerade.

Dann zog er ein weißen Taschentuch aus der Tasche und wischte seinem Vater das Blut aus dem Gesicht. Manches von dem Blut war frisch, an anderen Stellen war es festgetrocknet, und Grimes mußte das Taschentuch mit Spucke anfeuchten, so wie George es manchmal getan hatte, als Grimes noch ein kleiner Junge gewesen war und sich das

Knie aufgeschlagen hatte. Georges Gesicht sah aus, als sei es aus Indiana-Kalkstein gemeißelt, doch die Haut war zart und verletzlich. Grimes fürchtete fast, er könnte sie zerreißen, wenn er zu fest rieb. Doch schließlich war das Gesicht wieder sauber und schmal und schön. Georges Atem war langsamer geworden, und zwischen jedem kurzen Heben und Senken seiner Brust gab es lange Pausen, in denen er völlig still da lag. Die Pausen wurden zunehmend länger. George machte die Augen nicht auf, und Grimes versuchte nicht, ihn aus seiner Bewußtlosigkeit zu wecken. Inmitten dieser schmerzdurchtränkten Wiese hatte George ein Stück Frieden für sich gefunden, und Grimes kauerte neben ihm und ließ diesen Frieden auch in seine Seele strömen. Er sah auf das bleiche Gesicht hinab, die papierenen Lider, den strengen Mund, das harte, energische Kinn. Zunächst suchte er nach Gedanken, nach Worten, doch es gab keine und auch keine Schuld und keine Scham Und so handelte Grimes ohne Worte und ließ den Augenblick das sein, was er war, und das galt auch für ihn und für das von Dämmerung erfüllte Tal: ein stiller Ort des Abschiednehmens für einen Mann vor seiner letzten Reise.

Georges Brust hatte sich nun schon seit geraumer Zeit nicht mehr gehoben, und seine Lippen waren dunkelblau, doch Grimes wußte, daß noch Leben in ihm war. Er wartete. Unvermittelt holte George Atem – ein tiefer Atemzug, tiefer als jeder zuvor –, dann ließ er ihn in einem langen Seufzen entweichen. Mit diesem Seufzen verließ ihn seine Seele, und Grimes fühlte, wie sie an ihm vorbeihuschte. Und die Musik dieses sterbenden Atems war – wie Grimes in seinem tiefsten Herzen gewußt hatte – süß und es wert, ihr zu lauschen.

Grimes erhob sich. Einen Augenblick lang machte er die Augen zu. Er sah auf George hinab.

Im Tod sah George Grimes aus wie ein blutbefleckter König. Grimes hörte ein Geräusch hinter sich und drehte sich um. Gul hatte die Ohren wachsam gespitzt, doch er war neben Grimes sitzen geblieben und hatte keinen Ton von sich gegeben.

Ein paar Schritte entfernt stand eine junge Frau, dunkelhäutig und sehr schön, auf deren Gesicht Tränen schimmerten. Ella MacDaniels, das Kind, das in ehebrecherischer Leidenschaft gezeugt und in Dunkelheit und Schmerz geboren worden war. Grimes sah ihr in die Augen; sie waren vor Schmerz und Trauer bodenlos tief. Grimes konnte in ihnen Lenna Parillaud erkennen. Er wandte sich wieder seinem Vater zu, kniete sich erneut nieder, schob einen Arm unter Georges Schultern und den anderen unter seine Knie und hob ihn hoch. Dann richtete er sich mühsam auf und ging auf Ella zu.

»Ella?« fragte Grimes.

Ella riß ihren Blick von George fort und nickte. Sie schien unfähig, ein Wort hervorzubringen.

»George hat mich gebeten, Ihnen zu sagen, daß er stolz war, einen Teil des Weges mit Ihnen gegangen zu sein.«

Ella begann wieder zu weinen.

Grimes mußte seine Gedanken auf praktische Dinge konzentrieren. Er sah zur Straße hinüber. Der Lincoln war erledigt. Die Harley sah okay aus. Er mußte sie zurückbringen, damit der Junge nicht die Polizei rief. Dann wäre es höchste Zeit, zum Flugplatz und zu Titus Oates und seiner Maschine zu kommen. Er wandte sich wieder Ella zu.

»Ella, gibt's ein Auto, das wir nehmen können?«

Ella wischte sich übers Gesicht und nickte erneut.

»Ich muß Lenna helfen. Ich möchte, daß Sie bei einem Freund, bei Titus Oates, bleiben. Er wird Sie irgendwo hinbringen, wo Sie in Sicherheit sind.«

Ella starrte ihn mit einem so zornigen Blick an, daß er betroffen blinzelte.

»George und ich waren Partner, und das bis zum Ende«, sagte sie. »Er hat mich meine eigenen Entscheidungen treffen lassen. Das war Georges Art.«

Grimes begriff, daß er diese Diskussion wohl kaum gewinnen konnte. Es erschien ihm auch nicht angebracht, ihre Intelligenz zu beleidigen und auf die Gefahren hinzuweisen. Also nickte er.

»Ja, das war seine Art«, sagte er.

»Wo wollen Sie Lenna suchen?« fragte sie.

Und im selben Augenblick begriff Grimes, daß Ella – obwohl sie nicht wußte, daß der Ort existierte, und schon gar kein Ahnung hatte, was er bedeutete – an diese Stätte des dunkelsten Moments in ihrem Leben zurückkehren mußte.

»Es gibt ein Haus, das sie das Steinhaus nennen«, sagte Grimes. »Dorthin gehen wir.«

Eine Frage huschte über ihr Gesicht, doch sie hob sie sich auf. Ella wirbelte herum und ging in Richtung der Farm davon. Nach ein paar Metern begann sie zu rennen.

Grimes ging mit seinem Vater auf den Armen zur Straße zurück. Seine Muskeln schmerzten von dem Gewicht, doch er setzte ihn nicht ab. Der Schmerz war richtig und gut. Die schwarze Teerstraße führte direkt nach Westen, und hier oben unter den Bäumen war es fast dunkel, doch über dem fernen Horizont segelten indigoblauen Wolken im rot lodernden Inferno des sterbenden Lichts.

Und Grimes erinnerte sich an einige Sätze Jeffersons:

»Das Ohoopee River Tiefland ist ein ebenso guter Platz zum Sterben wie jeder andere … Und wenn die Sonne untergeht sieht es, wenn man Glück hat, manchmal aus, als wäre es in Blut getaucht.«

TEIL DREI

DAS STEINHAUS

Der dicke Mann hat Durst.

Seine Zunge ist trocken, seine Kehle ist ausgedörrt.

Doch er dürstet nicht nur nach Wasser und nicht einmal nach Blut. Der dicke Mann dürstet nach Leben; nur ein paar Tropfen mehr, einen Mundvoll – das ist alles. Und hier stößt er auf ein Paradoxon, eine Inkonsequenz, die ihm Sorge bereitet. Überall um sich herum spürt er das Vibrieren und Klingen von hartgeschmiedetem Stahl: das Schmettern der Blätter des Hubschraubers. Der dicke Mann liegt auf dem metallenen Boden, und er ist auch getreten und geschlagen worden: von den Stiefeln, die er durch die Schlitze seiner geschwollenen Augen sehen kann, von Gewehrkolben und Fäusten, von der Schmach der Niederlage. Stundenlang haben sie auf seinen Körper eingeprügelt, und ihre Schläge haben ihn an den Rand des Todes gebracht – er kann es fühlen –, und damit zu dem Paradoxon. Denn der dicke Mann duldet keinen Widerpart in der Arena intellektueller Virilität, und er weiß seit langem – und hat dies schon immer behauptet –, daß der Tod nichts anderes ist als des Lebens letzte und verschwenderischste Gunst. Weshalb also sollte ihn nach einem letzten Mundvoll Schleimsuppe verlangen, wenn ihn bereits die reichgedeckte Tafel erwartet?

Der Hubschrauber schwebt abwärts und landet, und er wird mit Ketten gefesselt, die linke Hand übers rechte Handgelenk, und nach draußen gezerrt und vor einem grauen Haus aus Stein zu Boden gestoßen.

Der dicke Mann liegt dort, gebrochen und schwach; der Mann der Stärke, dessen Kraft ihn nun verlassen hat. Nur sein Durst ist nach wie vor stark, und noch immer verwirrt ihn das. Der Tod ist die Jugend der Welt, dies weiß er sehr gut. Das ist eine fundamentale Wahrheit, vor der sich auch der Dümmste nicht verschließen kann: ein einfaches, simples Naturgesetz. Das Leben ist ein ungehemmtes Entstehen, das sich selbst verzehrt, ein ständiger Tumult, dessen Freiheit und Zügellosigkeit nur von einer einzigen Bedingung eingeschränkt wird: daß die verbrauchten und verfallenden Organismen rechtzeitig Platz machen für das Neue – für neue Organismen, neue Ergüsse unkontrollierbarer Turbulenzen und Wirrungen, die sich mit neuen Schritten und neuen Partnern in den Tanz einreihen – und mit neuen Kräften, wie sie bisher noch nicht einmal in der Vorstellung existieren.

Der dicke Mann war für einen solchen Tanz geboren. Für ein Leben in verschwenderischer Fülle und Übermaß – ein Zuviel an allen Dingen, und vor allem an Schmerz und Qual. Und hier, auf dem letzten Höhepunkt eines erbarmungslosen Zuviels, wußte er, daß der Tod – sein eigener Tod – die letzte, vernichtende Verfeinerung von allem war, was er bewirkt hatte. Es zeugte von mangelndem Stil, dies zu bestreiten. Allein der Gedanke beleidigte ihn. Und dennoch sehnte er sich nach nur einem letzten Mundvoll, einem letzten tiefen Zug. Er forderte – ungeachtet seiner Qual – vom Schicksal eine letzte Karte, mit flinker Hand von der Unterseite des Stapels zugeteilt.

Und dann verstand er, warum.

Denn obgleich der dicke Mann bereit war, seinen letzten Atemzug zu tun, war er nicht allein. Eine andere verlangte ihren Teil aus dem Füllhorn der verschwenderischen Selbstverzehrung des Lebens: Und der dicke Mann konnte nicht abstreiten, daß dieser Anspruch gerechtfertigt war. Es gab auch noch mehr Akteure, das war nicht zu leugnen: Ella und Lenna und den guten Doktor Grimes. Aber sie waren nicht in seinem Fleisch gegenwärtig, um ihren Anspruch geltend zu machen. Die andere war dies. Sie hatte ihn am Leben erhalten, und sie würde den dicken Mann zur Einlösung der Abmachung zwingen, die er mit ihr ausgehandelt hatte.

Er öffnete die Augen und sah den Stiefel, der ihn für eine Weile in Bewußtlosigkeit befördern würde. Und als der Stiefel auf ihn niedersauste, versprach er seiner kleinen weißen Gefährtin, daß man ihren Durst löschen und ihre Karte austeilen würde. Denn der dicke Mann konnte sein Wort nicht brechen.

Sein Wort, das er der Made gegeben hatte, die in seinem Bein lebte.

EINS

Die De Havilland Beaver mit dem schönen Namen *Die Letzte der Unabhängigen* flog in einem wolkenlosen Himmel über einem vom Tuch der Nacht bedeckten Land nach Südwesten. Grimes saß mit Gul im Frachtraum wie auf dem Hinflug auch und wachte über dem Leichnam von George Grimes, der in eine Plane gehüllt auf dem Boden lag. Im hinteren Teil des Laderaums türmten sich von dikken Seilen festgezurrte Kisten mit schwarzgebranntem Whiskey. Die Kisten ratterten und klirrten fortwährend, wie das Flugzeug auch, und der Lärm verschmolz mit dem gedämpften Dröhnen des großen Propellers an der Nase der Maschine. Ella saß vorne im Cockpit bei Titus Oates, und Grimes war froh darum. Er war nicht in der Stimmung, sich die Mühe zu machen, die ein Gespräch erforderte.

Obwohl Grimes jeder einzelne Quadratzentimeter seines Körpers weh tat, stachen vor allem die Schmerzen in seinem linken Knie, an der linken Seite seines Brustkorbs und an seinem verlängerten Rücken mit besonderer Schärfe hervor. Wenn er sich den Luxus hätte erlauben können, wäre er deprimiert gewesen, statt dessen begnügte er sich mit Erschöpfung. Eine Weile schloß er die Augen und versuchte zu schlafen, doch fiel er nur in diesen halbbewußten Dämmerzustand, in dem er nie wußte, ob er schlief oder nicht. Nach einiger Zeit machte er die Augen wieder auf, rieb sich das Gesicht und überlegte, was als nächstes zu tun war.

Grundsätzlich war Grimes der Ansicht, daß die Zivilisation eine gute Sache sei. Es beruhigte ihn, daß innerhalb bestimmter, weitgesteckter Grenzen niemand das Recht hatte, auf ihn loszugehen und ihm die Eier abzuschießen, und daß es, falls ein solch verhängnisvolles Ereignis doch geschehen sollte – unter dem Schutz des Gesetzes irgendeine Möglichkeit der Wiedergutmachung gäbe. Doch in letzter Konsequenz beinhaltete das Gesetz lediglich die Bedrohung, einer größeren Macht gegenüberzustehen, als man selbst eine war – nämlich Männern mit Waffen. Wenn es aber eine noch größere Macht als das Gesetz gab – mehr Männer mit noch mehr Waffen –, dann war das Gesetz von geringem Nutzen und nur ein schwacher Trost. Zugleich verlangte das Gesetz, daß das fragliche Verbrechen zu seiner Kenntnis gebracht wurde, da andernfalls dieses Verbrechen gar nicht rechtswirksam existierte. Filmore Faroe war zwar nicht wirklich mächtiger als das Gesetz, doch er verfügte über die Mittel, dafür zu sorgen, daß dem Auge des Gesetzes eine Menge Dinge verborgen blieben. Hätte Grimes in Faroes Haut gesteckt, er hätte alle Hebel in Bewegung gesetzt, Lenna, Ella, Jefferson und ihn selbst tot zu seinen Füßen zu sehen – vielleicht nicht auf der Stelle, aber ganz sicher, bevor einer von ihnen den Mund aufmachen konnte.

Grimes spielte mit dem Gedanken, zur Polizei zu gehen und alles zu erzählen, was in den letzten vierundzwanzig Stunden geschehen war. Doch selbst wenn die Cops ihm glaubten und Ermittlungen in die Wege leiteten, würde die Bürokratie der Strafverfolgungsbehörden ein effektives Vorgehen so lange verzögern, daß Faroe ausreichend Zeit bliebe, die Beweise verschwinden zu lassen, bevor die Cops irgend etwas finden konnten. Es dauerte sechs Monate, jemanden vor Gericht zu bringen, der auf den Gehsteig gepißt hatte, und Faroe würde mit seinen Millionen binnen zehn Minuten ein Dutzend Anwälte auf der Matte stehen haben. In der Zwischenzeit würden seine von Menschenrechten und Verfassung unbeeindruckten Söldner die Teile von Lennas zerstückeltem Körper in beschwerten Säcken in den Golf von Mexiko werfen. Grimes kam zu dem Schluß, daß Filmore Faroe getötet werden mußte und daß es am Ende an ihm hängenbleiben würde, das zu tun.

Und Rufus Atwater würde ebenfalls daran glauben müssen.

Alles, was Grimes jetzt noch tun mußte, war, einen Plan ausklügeln, wie er das anstellen konnte.

Ella kletterte vom Cockpit nach hinten in den Frachtraum. Gul wachte auf und schüttelte sich ausgiebig. Ella setzte sich neben Grimes und betrachtete die Risse in seinem Anzug.

»Sind Sie okay?« fragte sie.

»So okay wie ein Platzregen im Sommer.«

Gul zwängte sich zwischen Grimes' Beine, und er kraulte ihm das zottige Fell.

»Das mit George tut mir leid«, sagte Ella.

»Ja«, sagte Grimes.

»Ich habe ihn nicht lange gekannt ...« Sie zögerte. »Aber lange genug, ihn als Mensch kennenzulernen.«

»Vielen Dank«, brummte Grimes.

Ella sagte eine Weile nichts.

»Ich weiß, das ist eine schwere Zeit für Sie, aber wenn Sie es ertragen können, würde ich Sie gerne einige Dinge fragen, die ich unbedingt wissen muß«, sagte Ella.

»Nur zu«, erwiderte er.

»Ist Charlie ... ich meine, ist Clarence Jefferson mein Vater?«

»Nein«, sagte Grimes.

Er war sich nicht sicher, ob das, was er in ihrem Gesicht sah, Enttäuschung oder Erleichterung war. Vielleicht war es eine Mischung aus beidem. Er fragte sich, wieviel sie über das Leben des Captains wußte. Wahrscheinlich sehr wenig. Es war nicht zu übersehen, daß sie eine Menge Zuneigung für ihn empfand. Grimes konnte keinen Sinn darin entdecken, ihr dies wegzunehmen. Er selbst war auch nicht völlig immun dagegen.

»Jefferson hat sich um Sie gekümmert, so gut er konnte, aber er ist nicht Ihr Vater.«

»Ist er ein schlechter Mensch oder ein guter Mensch?« fragte Ella.

Einen Augenblick lang war Grimes von ihrer Direktheit irritiert.

»Ich weiß es nicht«, erwiderte er schließlich wahrheitsgemäß. »Jefferson hat eine unorthodoxe Einstellung zu Begriffen wie diesen.«

»Sind Sie sein Freund?«

»Sagen wir … wir stehen uns nahe.«

Grimes betastete seine Taschen und fand eine zerknüllte Packung Pall Malls. Er schüttelte eine hervor, die ganz geblieben war, und steckte sie sich an. Ella saß in Gedanken versunken und mit hängendem Kopf neben ihm. Er konnte in ihrem Gesicht lesen, wie sie versuchte, mit einer Traurigkeit zurechtzukommen, die sie nicht verstand.

»Wenn Clarence nicht mein Vater ist …« Ella zögerte. Sie sah Grimes direkt in die Augen. »Dann muß Lenna meine Mutter sein.«

»Ja«, sagte Grimes. »Sie ist Ihre Mutter.«

Ella sah weg, und die Traurigkeit auf ihrem Gesicht wurde noch tiefer. Ein winziger Rand Naß sammelte sich in ihren Augen und glitzerte durch ihre langen Wimpern.

»Wie sind Sie draufgekommen?« fragte er.

Ella schluckte und holte tief Luft. »Bevor wir uns getrennt haben, hat sie gesagt, daß sie mich liebt.«

Um ihre Gefühle zu verbergen, machte Ella ihren Rucksack auf und kramte darin herum. Sie wühlte eine Weile suchend darin herum und zog dann die Hand leer wieder heraus.

»Kann ich eine von Ihren Zigaretten haben?«

»Klar.«

Ella nahm einen tiefen Zug von der Pall Mall, die er herausgekramt hatte, und starrte dann auf die Stahlplatten des Bodens zwischen ihren Füßen.

»Ich weiß, das klingt ein bißchen schwach, so was zu sagen aber …«, sie verstummte und suchte nach Worten, »aber warum hat Lenna mich nicht gewollt? Ich meine, ich kann es vermuten, aber es ist … ich meine …«

»Lenna hat Sie gewollt«, sagte Grimes. »Niemand hat je ein Kind mehr gewollt.«

»Ist es dumm, wenn ich wissen will, woher ich komme?«

»Nein«, erwiderte Grimes. »Das ist Ihr gutes Recht. Jeder, der in diese Welt geboren wird, hat dieses Recht.«

Er zog an seiner Zigarette und suchte nach einem Weg, wie er es ihr sagen sollte. Ella schien jemand zu sein, der die Dinge geradeheraus und unverbrämt hören wollte, aber trotzdem ... Die ganze Wahrheit war selbst für ihn schwer zu schlucken gewesen. Er blies den Rauch gegen die Decke.

»Als Lenna etwa in Ihrem Alter war, heiratete sie einen Mann namens Filmore Faroe, einen schwerreichen Großgrundbesitzer, auf dessen Besitz sie von da an lebte. Der Besitz heißt Arcadia.«

»Hat sie ihn geliebt?« unterbrach ihn Ella.

»Das zu beurteilen, steht mir nicht zu«, sagte Grimes. »Wie auch immer – Lenna war alles andere als glücklich mit ihrem Leben im goldenen Käfig. Es war nicht so, daß Faroe sie mißbraucht hat – zumindest hat sie das mir gegenüber nie behauptet –, aber er ließ nicht zu, daß sie ihr eigenes Leben lebte. Nach einigen Jahren hatte Lenna das Gefühl, daß ihr Leben ihr unter den Fingern zerrann, und sie wagte den Ausbruch. Viel zu lange hatte sie das getan, was andere Leute von ihr verlangten. Und so fuhr sie in die Stadt. Und dort verliebte sie sich – Hals über Kopf und ohne jeden Zweifel.«

Ella blickte von dem Boden auf und sah Grimes direkt in die Augen. Er wollte wegschauen, tat es jedoch nicht. Er sah, wie sehr sie ihn jetzt brauchte. Und mehr als das: Er sah, wie wichtig es für sie war, daß er ihr alles in einer ganz bestimmten Art und Weise erzählte. Also fuhr er fort:

»Es war eine große und echte Leidenschaft, ein Taumel der Gefühle, eine schicksalhafte gegenseitige Faszination. Die Liebe ihres Lebens. Der Name des Mannes, in den sie sich verliebte, war Wes Clay.«

Ella blinzelte. Die Zigarette zwischen ihren Fingern zitterte. Sie ließ sie zu Boden fallen und zertrat sie unter ihrem Stiefel.

»Wes war Musiker«, sagte Grimes. »Ein Jazz-Trompeter ...«

Bei diesem Wort quollen Tränen aus Ellas Augen und liefen ihr über die Wangen. Grimes blinzelte nun ebenfalls. Er fürchtete, seine Worte würden ihm im Halse stecken bleiben, und er wollte sie doch nicht enttäuschen. Ihm fiel Ellas Konterfei auf dem Poster des Clubs ein, und er begriff, daß ihr die Tatsache, daß Wes Musiker gewesen war, vermutlich eine Menge bedeutete. Er erzählte weiter:

»Es war eine Sommernacht, und es war seine Musik, die sie von der Straße in den kleinen Jazzclub im Keller hinablockte. Lenna war noch nie zuvor in einem solchen Lokal gewesen. Wes Clay spielte wie ein Mann unter Männern, wie ein hervorragender Musiker, was er – soweit ich das beurteilen kann – auch gewesen sein muß. Von dem Augenblick an, als sie einander anschauten, war es um sie beide geschehen. Lenna ließ alles zurück, was sie hatte, um einmal sie selbst zu sein. Und drei Tage und Nächte lang lachten sie zusammen und liebten sich und teilten ihre Träume. In diesen drei Tagen sind Sie gezeugt worden.«

Ellas Atem zerbrach in ihrer Kehle zu einem trockenen Schluchzen. Sie machte die Augen zu, und unter ihren Lidern quollen Tränen hervor, die an ihren Wimpern hängenblieben.

Grimes wartete. Er wollte, daß sie das, was sie vor ihrem inneren Auge sah, in ihrem Herzen festhielt, solange sie es wollte.

»In unserer Jugend brannte ein Feuer in unseren Herzen«, sagte Ella.

Grimes' spürte einen Stich in seiner Brust, als er die Stimme seines Vaters erkannte.

»Ja«, sagte er. »In ihren Herzen brannte ein Feuer.«

Ella nahm sich die Zeit, die sie brauchte, ihren Atem unter Kontrolle zu bekommen, und öffnete dann wieder die Augen. Mit einem Nicken forderte sie ihn auf, weiterzuerzählen.

»Inzwischen war Lenna als vermißt gemeldet worden; man glaubte, man habe sie entführt. Die Polizei fand sie in dem Jazzclub und brachte sie nach Hause.«

Grimes sah, wie Ellas Lippen vor Enttäuschung zuckten. Er sah, wie sie sich fragte, warum Lenna nicht geblieben war.

»Lenna hatte keine Wahl. Sie mußte gehen. Wenn es nur um sie gegangen wäre, hätte sie alles riskiert, doch sie durfte Wes Clay nicht in Gefahr bringen. Sie wußte, wenn sie bei ihm bliebe, würde ihn das das Leben kosten. Ein konservativer Großgrundbesitzer wie Faroe hätte niemals die Schande hingenommen, daß seine Frau ihn wegen eines Schwarzen verließ.«

»Aber sie hat …«, Ella zögerte. »Aber Lenna hat das Kind behalten.«

»Lenna hat mir gesagt, daß sie trotz all des Leids, das dadurch entstanden ist, niemals bereut hat, Wes Clay geliebt zu haben. Und sie hat es nie bereut, Sie behalten und zur Welt gebracht zu haben.«

»Was für ein Leid?« fragte Ella.

Grimes schluckte.

»Als es sich nicht länger verbergen ließ, daß Lenna schwanger war, machte sie Faroe glauben, daß er der Vater sei. Das war durchaus möglich, doch Faroe wußte mehr, als sie ahnte. Er muß das mit Clay herausgefunden haben. Als Lenna ihre Wehen bekam, brachte Faroe sie an einen geheimen Ort.« Grimes machte eine Pause. »Als Sie geboren waren und offenkundig wurde, daß Sie nicht Faroes Kind sein konnten, nahm man Sie ihr weg. Lenna konnte nichts dagegen tun.«

»Wollen Sie damit sagen, daß man mich ihr mit Gewalt weggenommen hat?«

»Ja.

Ella sah zur Seite. Grimes konnte auf ihrem Gesicht lesen, wie sie sich vorzustellen versuchte, was das für Lenna bedeutet hatte. Er sah eine Frage über ihr Gesicht huschen und sah, wie sie sich entschied, diese Frage besser nicht zu stellen. Grimes versuchte, die Frage zu erraten.

Er sagte: »Lenna hat nie nach Ihnen gesucht, weil sie dachte, Sie seien tot. Faroe hatte befohlen, daß Sie getötet werden sollten.«

»Als Baby?«

Ellas Stimme klang, als sei dies für sie völlig unbegreiflich. Grimes wußte, daß sie nicht das erste Kind gewesen wäre, das aus einem solchen Grund sterben mußte, doch er behielt das für sich. Er nickte nur.

»Faroe glaubte, Sie seien tot. Und Lenna dachte das

ebenfalls. Die hat erst vor kurzem erfahren, daß Sie am Leben sind.«

Ella mußte das zunächst verarbeiten und dachte, vom Dröhnen der Propeller umtost, lange darüber nach. Dann schlang sie, ohne sich dessen bewußt zu sein, die Arme fest um sich.

»Es war Charlie – ich meine Clarence Jefferson, der mich weggebracht hat, stimmt's?«

Grimes nickte.

»War er es auch, der mich umbringen sollte?«

»Ja.«

Ella starrte auf den Boden zwischen ihren Füßen hinab, die Arme um sich geschlungen, und versuchte, das Mosaik zu einem Ganzen zusammenzufügen.

Dann fragte sie: »Jefferson hat Lenna also nie gesagt, daß ich lebe?«

»Nein, nie«, erwiderte Grimes. »Ich kann Ihnen auch nicht sagen, warum. Clarence Jefferson macht für sich andere Maßstäbe geltend als der Rest von uns.«

»Und dieser geheime Ort, an dem ich geboren wurde? Wo ist der?«

Grimes hatte plötzlich Angst, es ihr zu sagen. Sie sah es in seinen Augen.

»Ich habe ein Recht, es zu wissen«, sagte Ella.

»Sie wurden an einem Ort geboren, den Lenna das Steinhaus nennt.«

»Der Ort, zu dem wir jetzt unterwegs sind?«

»Ich nehme an, daß Faroe Lenna dort einsperren wird.«

»Woher wollen Sie das wissen?«

»Weil Lenna das Steinhaus zu einem Gefängnis umgebaut hat, in dem sie Faroe dreizehn Jahre lang gefangen hielt.«

Ella suchte seinen Blick. Sie schien irritiert, ja betroffen. Nach einer Weile murmelte sie: »Sie verhält sich wie ein Tiger, der hinter seinem eigenen Schwanz herjagt, bis er sich selbst aufgefressen hat.«

Grimes nickte. Er hatte nicht das Recht, sie oder auch Jefferson zu verurteilen, und er tat es auch nicht.

»Können wir sie nicht dazu bringen, damit aufzuhören?« fragte Ella.

»Faroe hat eine Menge Haß in sich«, brummte Grimes. »Es wird erst ein Ende haben, wenn er tot ist. Und das liegt bei uns.«

»Aber macht uns das nicht mitschuldig?«

»Als ich mich auf diese Geschichte einlassen mußte, habe ich mir geschworen, daß ich nichts aus Haß tun, daß ich nur das tun will, was getan werden muß.«

Er sah auf den in eine Plane gehüllten Leichnam zu seinen Füßen hinab.

»Das ist die einzige Antwort, die ich Ihnen geben kann.«

Schweigend saßen sie eine Weile nebeneinander, und Grimes wartete auf die Frage, die sie noch nicht gestellt hatte, die sie jedoch fragen würde.

»Mein Vater – Wes Clay ...« Es war nicht leicht für sie. »Er ist tot, nicht wahr?«

»Ja.«

»Hat Clarence Jefferson ihn getötet?«

»Nein.« Grimes schüttelte den Kopf. Es war zwar nicht ganz so einfach gewesen, aber was machte das schon. »Nein. Faroe hat Wes Clay eigenhändig umgebracht.«

»Danke, daß Sie es mir erzählt haben«, murmelte Ella.

Grimes fühlte, daß sie allein sein wollte. Er erhob sich.

»Ich werd' besser mal mit Oates reden und ausbaldowern, wie wir zum Steinhaus und zu Lenna kommen«, sagte Grimes. »Können Sie sich 'ne Weile um Gul kümmern?«

Ella streckte die Arme aus, und Gul erhob sich und ließ sich zwischen ihren Füßen nieder.

Grimes kletterte nach vorn ins Cockpit. Titus Oates' massige Gestalt thronte entspannt hinter seinem Steuerknüppel, als sei dies der einzige Ort auf der Welt, an dem er sich rundum wohl fühlte.

»Hab' ich Ihnen schon erzählt, Doc, daß ich mit dem Gedanken spiele, zum Islam überzutreten?«

Grimes ließ sich neben ihm in den Copiloten-Sitz sinken. »Nein, ich glaube nicht.«

»Ich hab' den Koran studiert. Es ist 'ne verdammt strenge Religion mit 'ner Menge Pflichten und allem, Mann. Und man trägt diese scharfen Kopfbedeckungen und sucht sich selber einen coolen Namen aus.«

»Ich wünsch Ihnen Glück dabei«, sagte Grimes. Er versuchte, das Thema zur Sprache zu bringen, das ihm auf den Nägeln brannte. »Wie weit sind wir noch von New Orleans?«

»Fünfundzwanzig Minuten.«

»Ich bin jetzt schon in Ihrer Schuld, Titus ...«, sagte Grimes.

»Vergessen Sie's, Mann.«

»Ich möchte Sie um noch was bitten.«

»Spucken Sie's aus, Mann.«

»Die Leute, die meinen Vater umgebracht habe ...« begann Grimes. Er schluckte. »Sie haben Lenna, und sie werden ihr weh tun – sehr weh. Ella ist Lennas Tochter.«

Titus Oates wandte ihm sein fleischiges, von Haaren überwuchertes Gesicht zu. Das Gesicht unter dem Bart hatte eine gewisse Ähnlichkeit mit dem eines ausgeflippten pausbäckigen Engels. Er drehte sich in seinem Sitz und sah sich zu Ella um, die ihnen zuhörte. Seine Miene verdüsterte sich.

»Hmm«, machte Oates. Aus der Brusttasche seiner Jakke zog er einen dicken Joint, klemmte ihn sich zwischen die Lippen, steckte ihn mit einem Plastikfeuerzeug an und sog den Rauch tief in seine Lungen. Er hielt den Rauch in den Lungen, bis sein Gesicht rot anlief, dann ließ er ihn mit einem Seufzen entweichen.

»O Mann ... Alaska-Hydrokultur vom Feinsten. Ich würde euch ja 'nen Zug anbieten, aber ich kann dafür nicht die Verantwortung übernehmen.«

Oates inhalierte erneut und redete, ohne etwas von dem Rauch entweichen zu lassen.

»Habt ihr irgendwelche großkalibrigen Waffen?«

»Wir haben zwei Revolver«, sagte Grimes.

Oates grunzte abschätzig, als sei das für seine Ansprüche entschieden zu wenig.

»Rücken Sie schon raus mit der Sprache, Doc – auch das Kleingedruckte. Und in Kurzfassung », knurrte Oates.

»Die Kurzfassung ist folgende«, sagte Grimes. »Ich muß wissen, ob Sie sehr an Ihrem Flugzeug hier hängen.«

»Das hier ist eine 1967 De Havilland Beaver, Mann. Die letzte der Unabhängigen.«

»Ich weiß.«

»Hmm«, sagte Titus Oates.

Diesmal klang er wie Gul. Er nahm noch einen Zug von seinem Joint.

»Vielleicht solltet ihr beiden mir lieber genau erzählen, was Sache ist.«

ZWEI

Der massive graue Quader des Gebäudes ragte düster aus der konturlosen, schwarzen Landschaft empor. Seine Mauern hatten weder Fenster, noch zeigten sie sonst irgendwelche Unebenheiten in dem nackten, glatten Beton. Nur aus den Fenstern im Dach stachen zwei breite Bahnen blauweißen Lichts in den Himmel. Seltsamerweise verstärkte das Licht aus den Dachfenstern den Eindruck noch, daß dies hier ein dunkler, geheimnisvoller Ort war, an dem in völliger, perfekter Verborgenheit heimliche oder obszöne Dinge geschahen.

Lenna hatte das Steinhaus noch nie zuvor bei Nacht gesehen; sie war immer nur während des Tages hier gewesen. Sie selbst war es, die es gebaut hatte, dieses versteckte Gefängnis – den Ort für heimliche und obszöne Handlungen –, und vielleicht war es dieser Gedanke, der sie mehr als alles andere erschauern ließ.

»Wir sind da, Magdalena«, sagte Filmore Faroe hinter ihr. »Willkommen zu Hause.«

Lenna drehte sich nicht um. Was immer auf ihrem Gesicht geschrieben stand, sie wollte nicht, daß Faroe es sah. Sie stand mit dem Rücken zum Helikopter und zu Faroe und zu Herrera und seinen Männern. Reglos vor ihr im Hof lag Clarence Jefferson, sein linkes Handgelenk mit einer Kette an seinen rechten Knöchel gefesselt. Lenna hatte man die Handschellen abgenommen. Sie blickte auf Jefferson hinab.

In regelmäßigen Abständen, seit seiner Gefangennahme auf der Farm, war Jefferson geschlagen worden; mit Gewehrkolben und Stiefeltritten hatten Atwaters Kreaturen ihn zu einem unförmigen Bündel rohen Fleischs zerschmettert. Jefferson hatte alles über sich ergehen lassen, ohne einen Ton von sich zu geben. Lenna konnte nicht erkennen, ob er noch atmete. Als sie auf seinen verstümmelten Leib hinabsah, empfand Lenna nichts mehr von dem Haß oder der Selbstverachtung, die sie so lange an ihn gebunden hatte. Sie fühlte Mitleid. Unvermittelt bohrte sich die Klinge ihres Mitleids bis zum Heft in ihr Herz, und die Schärfe des Schmerzes schockierte sie so sehr, daß sie erschreckt die Luft einsog. Und im selben Augenblick begriff sie, daß sie trotz all der Qualen ihres Hasses, die sie auf ihren Schultern getragen hatte, nichts so Schmerzliches oder so Willkommenes gefühlt hatte als diesen Schmerz – dieses Mitleid, das sich wie ein glühender Speer in sie bohrte. Denn es befreite sie.

Ihr Haß war verschwunden.

Sie suchte in ihrem Innern, und sie konnte ihn nirgends finden.

Er war weg. Er war verschwunden, ohne daß sie es bemerkt hatte. Seit sie aus dem Alten Haus gelaufen war und sich Atwater ergeben hatte, war Lenna nur von einem allumfassenden Gefühl, einem alles überstrahlenden Bild erfüllt gewesen:

Ellas Gesicht, wie sie ihr in die Augen sah und sagte: *»Ich nehme es in meinem Herzen mit. Und ich werde es nie vergessen.«* In diesem Augenblick hatten sich ihre Ketten in Luft aufgelöst. Ihr Herz war nicht mehr aus Stein; es fühlte sich so zerbrechlich und offen an wie das eines Neugeborenen. Sie war fähig, Clarence Jefferson mit Mitleid im Herzen anzusehen. Und mehr als das: Sie betrachtete ihn – obgleich sie sich zwingen mußte, dies zuzugeben, weil sie sich dessen schämte – mit Liebe. Ihn, den Architekten all dessen, was ihr so viel Leid zugefügt hatte.

Sie hörte Herrera sagen: »Was machen wir mit dem da?«

»Schaffen Sie ihn irgendwohin, wo sein Gestank niemanden stört.«

Zwei von Herreras Männern gingen mit über die Schultern gehängten Gewehren an ihr vorbei. Jeder packte einen Fuß Jeffersons, und sie schleppten ihn über den asphaltierten Hof zum Wohnhaus der Jessup-Brüder hinüber. Faroe trat neben sie. Sie sah ihn nicht an. Er streckte seinen Unterarm aus.

»Darf ich bitten?« sagte Faroe.

Ohne ihm ins Gesicht zu sehen, legte Lenna ihre Hand auf seinen Arm. Nebeneinander schritten sie zu den aufgesprengten Stahltüren des Steinhauses hinüber.

Als sie zwischen den Kistenstapeln hindurchgingen und in den Vorraum traten, spürte Lenna, wie ihr Herz lauter zu hämmern begann. Drinnen, im großen Hauptraum des Betonverließes, war das Licht weiß und kalt. Jenseits der Stahlgitter stand das ursprüngliche Steinhaus, das eigentliche Steinhaus: eigentlich eine Bretterhütte, auf einem Steinfundament, die sie so perfekt und mit fast schon beklemmenden Präzision Stück für Stück ins Innere dieses Betongefängnisses verpflanzt hatte. Sie traten durch die Tür in den Gitterstäben. Ihre Schritte klapperten auf dem gekachelten Boden. Als Lenna vor der altersschiefen Tür der Hütte stehenblieb, entdeckte sie – hier und jetzt – endlich, daß sie keine Angst mehr hatte, hineinzugehen.

Drinnen, in dem einzigen Raum der Hütte, brannte kein Licht. Drei Stufen führten von dort, wo sie stand, zu der Plattform hinauf, auf der die Hütte errichtet war. Die offenstehende Tür hing schief in ihren Lederangeln und gab den Blick frei auf das von dunklen Schatten erfüllte Innere. Lenna war seit jener Nacht vor zwanzig Jahren nicht mehr in der Hütte gewesen – seit jener Nacht, als sie sich aus dem blutbesudelten Raum geschleppt und sich im Regen bewußtlos geschrien hatte. Nur in ihren Träumen hatte sie es gewagt, in die Hütte zurückzukehren, und wenn, dann immer unwillentlich und jedesmal, um sich in einem Nebel des Grauens und Entsetzens zu verlieren, zu unerträglich, sich daran zu erinnern. Faroe glaubte sicherlich, er könne in ihr, indem er sie hierherbrachte, wieder etwas von diesem Grauen heraufbeschwören, doch er täuschte sich. Jetzt war die Hütte nur mehr eine mit Wellblech gedeckte Schindelhütte irgendeines hungerleidenden Kleinpächters, in der sie endlich den Kreis schließen würde, an dessen Bruchstellen sie sich so lange geplagt hatte.

Bevor sie hineingingen, wandte sie sich um und sah in die Augen von Filmore Faroe.

Er stand neben ihrem rechten Ellbogen, und als er den Ausdruck auf ihrem Gesicht sah, lächelte er. Wahrscheinlich glaubte er, Angst zu sehen. Doch Lenna hatte keine Angst. Sie fürchtete den Tod nicht; zu viele Male hatte sie ihn herbeigesehnt. Alles, was Faroe ihr antun würde, konnte sie ertragen – jetzt, da sie dieses Bild in ihrem Herzen trug. Ella war in Sicherheit, und Faroe hatte keine Ahnung von ihrer Existenz. Und Ella wußte, daß Lenna sie liebte. Nichts sonst war wichtig. Sollte Faroe glauben, was er wollte.

Mit diesen Gedanken im Kopf sah Lenna ihn an und fühlte nichts.

Sie sah ein jämmerliches, aufgedunsenes Wrack mit spindeldürren Gliedern, das sich den Schädel rasiert hatte, um seine Söldner zu beeindrucken. Sie sah das Gespenst des einstmals beeindruckenden und stattlichen Mannes, der er einmal gewesen war, der jetzt hinter seinem falschen Lächeln mit den Zähnen knirschte, infiziert von einer maßlosen Wut, die ihn sein Leben lang quälen und versklaven würde. Sie sah einen gebrochenen König, der in den Ruinen seines Lebens nach einer wertlosen Krone scharrte. Nein, Mitleid mit ihm empfand sie nicht und gewiß nicht die Liebe, die sie nie für ihn gefühlt hatte; doch sie haßte ihn auch nicht mehr. Sie wußte jetzt, daß etwas in ihr, das klüger war als sie selbst, auf diesen Augenblick gewartet hatte. Deshalb hatte sie ihn nie getötet. Hätte sie es getan, hätte sie sich niemals davon befreien können. Sein Tod hätte ihren Haß zu ewigem Leben verdammt; so wie Faroe sich nun selbst verdammen würde.

»Was möchtest du gerne mit mir machen, Fil?« fragte Lenna.

Die Gelassenheit in ihrer Stimme schien ihn zu enttäuschen. Er deutete mit der Hand auf die Hütte.

»Wir gehen da hinein, Magdalena. Nur du und ich.«

Lenna erklomm die Stufen. Unter der Tür blieb sie stehen und lauschte. Sie hörte den Regen auf das Blechdach fallen. Sie hörte ihre eigenen erstickten Schreie. Sie fühlte eine mächtige Kontraktion in ihrem Bauch. Dann hörte sie

Laute, an die sich zu erinnern sie in all den Jahren außerstande gewesen war: Die ersten Schreie eines neuen Lebens. Die Schreie waren in ein verlorenes Territorium ihrer Erinnerung verbannt gewesen, das zu betreten sie nie gewagt hatte. Jetzt kehrten sie zurück. Zusammen mit dem Gesicht Ellas, der jungen Frau, und ihren Augen und der Berührung ihrer Hand. Die Erinnerung an die Schreie von Ella, dem Baby, würde nun für immer bei Lenna sein – egal, was mit ihr geschah. Lenna trat durch die Tür in die Hütte.

Im Licht, das durch die Tür und die Fenster fiel, konnte sie erkennen, daß die Hütte genauso war wie in ihrer Erinnerung: Ein Bett mit zerwühlten Laken, ein Küchenschrank, ein Tisch und Stühle, und an der hinteren Wand sogar ein eiserner Herd. Die Blutflecken waren ebenfalls noch da – über die Wand gespritzt und in großen Flecken auf dem Fußboden verteilt, von der Zeit verblichen und dennoch so dunkel wie die Sünde.

Lenna ging an den Tisch und setzte sich. Zögernd trat Faroe über die Schwelle. Er sah, daß sie ihn beobachtete, und zwinkerte einige Male, dann setzte er ein höhnisches Grinsen auf und kam näher.

»Bist du jemals hier drin gewesen, Fil?« fragte sie. »Als du hier gelebt hast, meine ich.«

»Ich erinnere mich nicht«, erwiderte Faroe.

Er setzte sich ihr gegenüber an den Tisch.

»Du willst mich also für immer hier einsperren, Fil?« fragte sie.

»Nein«, knurrte Faroe. »Nur bis zum Prozeß.«

»Welcher Prozeß?«

»Wenn es mir besser geht, wenn ich soweit bin, meinen Platz wieder einzunehmen«, sagte Faroe, »werde ich dich den Behörden übergeben. Du wirst vom Gesetz deine gerechte Strafe bekommen für alles, was du mir angetan hast. Eine Frau, die sich mit einem korrupten Polizei-Captain zusammengetan hat, um ihrem Mann sein Vermögen zu stehlen. Ich glaube kaum, daß die Jury lange brauchen wird, ihr Urteil zu sprechen.«

»Und was ist mit den Morden, die du begangen hast?« fragte Lenna.

»Du meinst die Krankenschwester und den Arzt? Es gibt nirgendwo eine Spur, daß sie jemals existiert haben. Und Wes Clay? Dieser erbärmliche Steptanz-Nigger? Ich bitte dich, Magdalena!«

Er grinste angesichts des Schmerzes, den ihr Gesicht verraten haben mußte.

»Nein, nein, ich glaube nicht, daß es notwendig sein wird, diese bedauerlichen Vorfälle in der Öffentlichkeit auszubreiten. Du etwa?«

»Ich nehme es, wie es kommt«, sagte Lenna. »Aber wenn man mich fragt, werde ich die Wahrheit sagen.«

»Das wäre zwar peinlich für mich, aber ich könnte damit leben; obwohl ich eine solche Situation lieber vermeiden möchte. Du doch sicherlich auch, denke ich. Schließlich kannst du nicht zulassen, daß alle Welt auf den Gefühlen deiner Tochter herumtrampelt.«

Lenna fühlte, wie ihre Kehle und ihr Gesicht taub wurden.

»Möglicherweise solltest du auch an ihre Sicherheit denken«, fügte Faroe hinzu.

Lenna starrte ihn sprachlos an. Ihr Kopf war leer. Sie konnte nur eines denken: Er weiß von Ella!

»Du siehst nicht gut aus«, griente Faroe.

Er zog ein zusammengefaltetes Papier aus seiner Tasche. Als er es auffaltete, sah sie, was es war: Clarence Jeffersons Brief. Lenna wurde schlecht. Sie machte die Augen zu. Letzte Nacht. Das Gespräch mit Grimes. Das blaue Kleid. Die Schlaftabletten. Bobby Frechette hatte sie geweckt. Der schwarze Hosenanzug. Dann war Bobby tot. Faroe, der durch die Tür stürmte. Sie hatte den Brief in ihrem Schlafzimmer vergessen, in ihrem Kleid. Es war alles so chaotisch gewesen, sie hatte … Sie hörte auf, sich Entschuldigungen vorzubeten. Der Brief. Jefferson hatte Ellas Namen nicht erwähnt. Sie hatte Grimes nach Ellas Namen fragen müssen. Dessen war sie sich sicher. Jetzt erinnerte sie sich wieder. Sie machte die Augen auf. Faroe saß auf der anderen Seite des Tischs und weidete sich an ihrer Not.

»Eines muß ich dem Captain lassen«, sagte Faroe, »er ist ein gerissener Hund.«

Er wedelte mit dem Brief.

»Er erwähnt nicht den Namen deines Niggerbankert. Aber wenn wir bei dem Prozeß damit an die Öffentlichkeit gehen, wird sie sich sicherlich melden, um ihrer Mutter zur Hilfe zu eilen.«

Lenna bemerkte, daß sie zu schnell atmete. Ihr ganzer Körper war erstarrt. Sie zwang sich zu einem langen, tiefen Atemzug und sie fand ihre Stimme wieder.

»Ich werde sagen und tun, was du von mir verlangst«, stieß sie hervor.

»Selbstverständlich wirst du das.«

Behutsam faltete Faroe den Brief wieder zusammen und steckte ihn in seine Tasche.

»Mein Erinnerungsvermögen ist im Augenblick nicht das beste, mußt du wissen«, sagte er. »Ich habe hier drinnen nur mit Fantasien und Träumen gelebt. Sag mir, hab' ich dich je geschlagen, Magdalena? Körperlich, meine ich. Die Wahrheit.«

Lenna schüttelte den Kopf. »Nein. Das hast du nicht.«

»Ich habe mir oft vorgestellt, hier in diesem Haus, daß es mich vielleicht erleichtern und befriedigen würde, es zu tun.«

»Warum tust du's dann nicht?« zischte Lenna.

Faroe schlug ihr mit der Faust auf den Mund. Ihr Kopf flog zurück, doch der Schlag war ohne Kraft. Sie spürte, wie ihre Lippe anschwoll. Sie wußte, sie war stärker als er.

Wahrscheinlich könnte sie ihn überwältigen. Würde sie es schaffen, ihn zu erwürgen, bevor seine Leibwächter auftauchten? Vermutlich nicht. Sie würde sich in ihr Schicksal fügen müssen. Bis sie mehr wußte, würde sie sich in ihr Schicksal fügen müssen. Sie blieb auf ihrem Stuhl sitzen und sah ihn ekelerfüllt an.

»Ich hatte recht«, sagte Faroe. »Es ist ein gutes Gefühl.«

Auf den Stufen draußen waren Schritte zu hören. Herrera erschien in der Tür. Er hielt ein Funktelefon in der Hand.

»Mr. Faroe? Sir?«

Faroe drehte den Kopf und bellte: »Was ist?«

Herrera hob das Handy hoch. »Mr. Atwater ist dran. Irgendwelche Probleme beim Haus.«

»Probleme?« sagte Faroe.

Lennas Nerven vibrierten. Sie versuchte, sich zu beruhigen. Es war nicht möglich, daß diese Probleme etwas mit Ella zu tun hatten. Sie war zu weit weg. Sie war in Sicherheit. Lennas einziger Lebenszweck bestand darin, diese Sicherheit zu bewahren und jedes Leid von Ella abzuwenden. Sie durfte nicht zulassen, daß ihre Tochter ein zweites mal getötet wurde.

»Mr. Atwater besteht darauf, mit Ihnen zu reden«, sagte Herrera. »Er klingt hysterisch. Oder betrunken.«

»Kümmern Sie sich darum«, knurrte Faroe.

»Sir?«

Faroe stand auf. »Kümmern Sie sich darum. Aber Sie selbst brauche ich hier. Schicken Sie den Helikopter mit ein paar Männern zum Haus. Los!«

Herrera salutierte und verschwand.

Filmore Faroe wandte sich wieder Lenna zu.

»Steh auf«, befahl er.

Lenna stand auf.

Faroe sagte: »Es ist seltsam, an welche Dinge man sich klammert, um am Leben zu bleiben. Erinnerst du dich an den Kinderreim, mit dem ich mir in meinem Exil die Zeit vertrieben habe? Diesen hübschen Kinderreim?« In seinen wäßrigen Augen, in denen seine bleiche Iris umherschwamm und nur deshalb nicht zerfloß, weil sie an dem schwarzen Kern aus Haß und Bosheit haftete, erkannte Lenna das unermeßliche Grauen, das sie über ihn gebracht und das Faroe ertragen hatte. Sie sah nicht weg. Sie hatte getan, was sie getan hatte. Faroe sagte: »Weil ein Nagel fehlte, ging das Hufeisen verloren.«

Faroe rammte ihr die Faust in den Magen, und sie klappte nach vorn. Dieser Schlag war kräftiger, selbstsicherer als der erste gewesen. Faroe riß sie wieder hoch. Diesmal flüsterte er: »Weil ein Hufeisen fehlte, ging das Pferd verloren.«

Faroe ballte die Faust und schlug sie erneut, wieder in den Bauch. Lenna fiel auf die Knie. Sie hörte seine Stimme über sich. Diesmal schrie er: *»Weil ein Pferd fehlte, ging der Reiter verloren.«*

DREI

Rufus Atwater war leicht angetrunken. Er saß in Filmore Faroes Arbeitszimmer im Chefsessel, hatte die Füße auf dem Schreibtisch, ein Glas Champagner in der Hand und die Flasche in Griffnähe in einem Eiskübel neben dem Stuhl. Der Champagner war alt und französisch, und zum erstenmal in seinem Leben verstand Atwater, warum Leute so viel Aufhebens davon machten. Er nahm noch einen Schluck. Außerdem hatte er herausbekommen, daß man das Zeug aus hohen, schmalen Gläsern trank und nicht aus diesen flachen und oben breiten Dingern, die sie immer in Gary-Grant-Filmen in den gespreizten Fingern hielten. Von jetzt an würde das auch seine Welt sein. Keine stinkenden Junkies mehr, die ihm auf die Schuhe kotzten und ihn um einen Platz im Methadon-Programm anflehten. Keine vergewaltigten Frauen mehr, die es sich einen Tag vor dem Prozeß mit ihrer Aussage doch anders überlegten und den ganzen Fall versauten. Nie wieder vor dem Schreibtisch des Bezirksstaatsanwalts sitzen und zuhören müssen, wie er auf ihm herumhackte. Er hatte den Grand Slam geschafft: Lenna Parillaud, die Koffer voller politischem Sprengstoff und – als kleine Zugabe – Captain Clarence Jefferson persönlich. Mr. Filmore Faroe war mächtig zufrieden mit seiner Leistung. Nur dieser Dr. Grimes war ihm bisher entgangen, doch Faroes Arm war lang. Nein: Rufus Atwaters Arm war lang. Jetzt war Atwater die rechte Hand Faroes. Grimes war so gut wie tot, genau wie sein verrückter Vater. Atwater nahm einen weiteren kräftigen Schluck von dem Prickelwasser.

Er war endlich das, was er schon immer sein wollte: eine graue Eminenz.

Auf der anderen Seite des Schreibtischs standen die beiden braunen Lederkoffer. Sie waren noch nicht geöffnet worden. Faroe war so scharf darauf gewesen, die Parillaud rüber in den Betonbunker zu schaffen, daß er gemeint hatte, die Koffer könnten bis später warten. Herrera und die meisten seiner Jungs waren bei Faroe. Atwater hatte Arcadia mehr oder weniger für sich allein. Er konnte es kaum erwarten, in die Koffer zu sehen, und hoffte inständig, etwas ganz besonders Ungeheuerliches über seinen Boß, den Bezirksstaatsanwalt, zu finden, wie zum Beispiel ein Foto von ihm, wie er von einem Esel in den Arsch gefickt wurde oder etwas in der Art, aber er hatte es nicht gewagt, einen Blick zu riskieren. Er traute Jefferson zu, daß er irgendeine Art Sprengfalle eingebaut hatte und wollte nicht, daß ihm die Schuld gegeben wurde, wenn etwas schief ging.

Was Faroe im Steinhaus mit der Parillaud anstellte, interessierte Atwater nicht. Er war viel zu besonnen, sich auf emotionale Scharmützel einzulassen; das war von Anfang an der Grund gewesen, warum Faroe überhaupt in diesen ganzen Schlamassel geraten war, und das war auch der Grund, warum Atwater einen so strahlenden Sieg davongetragen hatte. Er war der Mann mit der eisigen Ruhe. Sollten sich doch andere ihre Urteilskraft von Gefühlen benebeln lassen, er nicht. Filmore Faroe war halb wahnsinnig von den Amphetaminen und seinem Haß. Atwater machte sich Sorgen um ihn, aber das arme Schwein hatte mehr als zehn Jahre in diesem Käfig gesessen und mußte sich erst mal in der Freiheit zurechtfinden. Er hatte alles Recht der Welt, ein bißchen Dampf abzulassen. Er würde sich schon wieder beruhigen; und dann könnte Atwater diesen ›Colonel‹ Herrera absägen. Herrera war zwar von Nutzen gewesen, das war richtig, aber die Phase, in der man Probleme am besten mit Waffengewalt löste, war jetzt vorbei. Kerle wie er beinhalteten ein Risiko. Jetzt war Atwater der Matschhammer Nummer Eins: Ein neuer Marshall war in der Stadt, und je früher sich die Leute an diesen Gedanken gewöhnten, desto besser für sie.

Ein Flugzeug brummte über das Haus hinweg, und Atwater runzelte die Stirn. Das hier war ganz sicher keine Flugschneise. Er hörte genauer hin. Es war kein Düsenflugzeug. Irgendein Wochenendflieger. He, vielleicht würde er selber den Pilotenschein machen. Er mußte das Geld, das er scheffeln wollte, ja irgendwie ausgeben. Er leerte sein Glas, stellte es ab, ging um den Schreibtisch herum und ließ sich vor den beiden prall gefüllten Koffern in die Hocke sinken. Sie sahen wie zwei ganz normale Koffer aus. Die Versuchung war immens. Vielleicht war da ja ein kleiner, feiner Extrabonus drin, den er für sich behalten konnte, ohne Faroe was davon zu sagen – als persönliche Versicherung sozusagen. Durch seine Vorstellung geisterten plötzlich Bilder seines Körpers mit abgerissenem Arm oder von Kopf bis Fuß mit einer nicht abwaschbaren Farbe bespritzt. Nein. Er hatte sein Blatt bisher perfekt gespielt. Sollte Faroe die Koffer öffnen; es würde später noch genügend Gelegenheiten geben, sich etwas unter den Nagel zu reißen.

Das Flugzeug kam wieder zurück. Diesmal flog es so tief, daß die Fensterscheiben in ihren Rahmen klirrten.

»Was, zum Teufel, soll das?« knurrte Atwater.

Er richtete sich auf, ging ans Fenster und sah auf die weiten Rasenflächen des Parks hinaus. Dann fühlte er, wie alle Farbe aus seinem Gesicht wich.

»Herr im Himmel!« ächzte er.

Rufus Atwater rannte zum Schreibtisch zurück und grapschte nach dem Telefon.

VIER

Ella hätte gerne einen Zug von Titus Oates' Joint genommen, aber sie hatte Angst, daß sie danach nicht mehr in der Lage sein würde, zu tun, was von ihr verlangt wurde. Ein Irrer wie Oates konnte in bekifftem Zustand wahrscheinlich besser fliegen als nüchtern und, ohne mit der Wimper zu zucken, eine Schießerei überstehen, aber sie bezweifelte, daß ihr das möglich war. Trotzdem – das hätte sie beruhigt. Sie wußte, daß sie äußerlich cool wirkte – das war Teil ihrer Bühnenshow, und sie beherrschte es aus dem Effeff, aber unter der Schale, in ihr drinnen, war sie weich wie Wackelpudding. Es fühlte sich an, als hätten sich ihre Knochen aufgelöst.

Doch irgendwo unter dem Wackelpudding war etwas Hartes – hart und stark und doch warm. Ihr ganzes Leben lang hatte sie in ihrem Herzen eine ungefragte Frage mit sich herumgetragen – nichts, das sie groß beunruhigt hätte, nur ein Hauch von Unsicherheit. Sie fand, daß es keinen Unterschied machen sollte, woher sie kam oder wie oder warum. Sie war, wer sie war – oder etwa nicht? Aber im Verlauf eines einzigen Gesprächs mit Grimes hatte sie sich verändert; sie war anders geworden – sie war zwar noch immer sie selbst, aber zugleich auch eine andere. Und diese andere war erfüllt von einer quälenden Trauer um Lenna und einer ungeheuren, beinahe gewaltigtätigen Liebe für sie. Konnte Liebe gewalttätig sein? Ja. Ihre Energie war so groß, daß es einfach so sein mußte. Liebe war eine elementare Gewalt wie ein Sturm oder die Brandung eines Ozeans. Sie war eine Gewalt, ohne Bosheit oder Haß, und sie hoffte, daß Grimes recht hatte und George im Irrtum gewesen war. Sie wollte nicht jemanden hassen müssen, um tun zu können, was richtig war. Und egal, wie groß ihre Angst auch war, sie wußte, es war richtig, dorthin zu gehen, wo Lenna sich aufhielt. Wenn sie es nicht zumindest versuchte, dann würde die Identität, die ihr die große innere Wärme gegeben hatte, niemals wirklich ihre eigene werden. Der Sturm und das Meer machten keine halben Sachen; und sie würde es auch nicht tun. Vorn im Cockpit rief Titus Oates ihren Namen.

»Ella?«

Sie hob den Kopf und richtete den Blick auf den rauchumkräuselten Bart und die tief ins Gesicht gezogene Mütze. Unter dem Mützenschirm glommen ein Paar riesige, verrückte Augen hervor, die sie nicht deuten konnte. Sie fühlte, daß Oates, wenn er nicht auf deiner Seite war, dich am Montag umbringen und am Dienstag für dich sterben konnte. Was zu der Entscheidung führte, welches von beiden er tat, wußte Oates wahrscheinlich selber nicht – er vermutlich am allerwenigsten von allen.

»Sie sind ein kluges Kind, Ella!« brüllte Oates. Er deutete mit seinem Bart auf Grimes. »Aber Sie haben sich mit diesem Arschloch zusammengetan, richtig?«

Grimes betastete eine Schramme an seiner Stirn.

»Und zwar bis zum Ende«, erwiderte Ella.

Oates streifte Grimes mit einem Blick, als sei ihre Antwort für ihn eines der großen Mysterien der Welt.

»Lapidar ausgedrückt«, bellte Oates, »verlangen Sie also von mir, daß ich mich selber umbringe, dabei die Basis meines Lebensunterhalts zu Schrott fliege *und dazu* eine ganze Ladung des besten Whiskeys, den ich jemals zu Gesicht bekommen habe. Und das alles für ein paar läppische Kröten, die die Bezeichnung Honorar nicht verdienen.«

»Was hülfe es dem Menschen«, sagte Grimes, »wenn er die ganze Welt gewönne und nähme doch Schaden an seiner Seele?«

Oates lachte brüllend wie ein wahnsinnig gewordener Weihnachtsmann.

»Ich hab' Ihnen doch schon gesagt, Doc, daß ich ernsthafte Zweifel am Christentum habe.«

»Ich kann Sie bezahlen«, sagte Ella.

Oates hörte abrupt zu lachen auf. Er und Grimes drehten sich zugleich zu ihr um. Ella griff in ihren Rucksack und zog den Umschlag heraus, den Jefferson ihr gegeben hatte. Aus irgendeinem Grund – vielleicht weil Grimes ihr Lennas Geschichte und ihre eigene erzählt hatte – fiel es ihr gar nicht mehr schwer, Jefferson zu sagen, wenn sie an Charlie dachte. Aus dem Umschlag zog sie zwei Plastikhüllen und einige Papiere. Sie hatte schon zuvor kurz in den Umschlag gesehen, aber es war die ganze Zeit so viel los gewesen, daß sie es wieder vergessen hatte. Hastig reichte sie Grimes die beiden Hüllen nach vorn. Sie enthielten Sparbücher.

»Jefferson hat sie mir gegeben«, sagte Ella.

Grimes blätterte gleichmütig darin herum und reichte sie dann Oates. Oates' Augen quollen aus ihren Höhlen.

Eines der beiden Sparbücher war von einer Bank auf den Bahamas, das andere von einer auf den Cayman Inseln. Sie lauteten auf ihren Name, und die darin angegebenen Summen beliefen sich zusammen auf ungefähr zweidreiviertel Millionen Dollar, eine Zahl, die so unvorstellbar war, daß sie keine Bedeutung für sie hatte. Grimes nahm Oates die Sparbücher aus der Hand und gab sie Ella zurück. Sie steckte sie wieder in den Umschlag und verstaute ihn in ihrem Rucksack.

»Heißt das, wir haben eine Abmachung?« erkundigte sich Ella.

Oates knurrte: »Der Koran lehrt uns: ›Verfolgung ist schlimmer als der Tod.‹ Sieht so aus, als hätte sich diese Megaeiterbeule Faroe dessen schuldig gemacht.«

Er zerrte an seinem Bart.

»Das Buch sagt weiter: ›Aber kämpfe nicht vor der Heiligen Moschee gegen deine Feinde, es sei denn, sie kämpfen dort gegen dich, dann kämpfe gegen sie und strecke sie nieder.‹«

Unter dem Schirm seiner Mütze hervor sah er Grimes an.

»›Denn solches ist der Lohn für die Ungläubigen.‹«

»Genau, verdammt noch mal«, sagte Ella.

Grimes warf ihr einen Blick zu, als fürchte er, sie habe

den Verstand verloren. Oates nickte. Er kramte in seiner Tasche.

»Ich schätze, die Kumpels aus dem Wald hinterm Bretterzaun haben mir dieses kleine Souvenir nicht ohne Grund gegeben.«

Oates öffnete die Finger. Eine riesige Patrone lag in seiner Hand.

»Rehposten«, erklärte er. »Unter diesem Sitz hab' ich eine abgesägte Remington 870. Sicherheitsmaßnahme.« Er steckte die Patrone wieder in seine Tasche. »Wie auch immer – ich konnte noch nie einer von Gott gesamten Gelegenheit widerstehen, jemandem kräftig in den Arsch zu treten. Wo können wir hier landen.«

Grimes sah aus dem Cockpit und legte seine Hand auf Oates' Arm.

»Dort«, sagte Grimes. »Das ist Arcadia.«

Oates spähte angestrengt nach vorn. »Wollen Sie damit sagen, daß das unsere Landezone ist, Doc?«

Ella streckte den Kopf ins Cockpit und folgte ihren Blikken. Unter ihnen war alles schwarz. Und mitten in der See aus Finsternis schwamm eine Lache aus gelbem Licht. Als sie genauer hinsah und sie näher kamen, konnte sie ein Gebäude ausmachen, einen Prachtbau, der aussah wie ein Gerichtsgebäude oder eine Bank, dessen Fassade von Scheinwerfern angestrahlt wurde. Vor dem Haus erstreckte sich das dünne Band einer ebenfalls beleuchteten Straße.

»Es gibt Licht, und die Zufahrt ist drei oder vierhundert Meter lang«, sagte Grimes. »Näher kommen wir nicht ran. Und es besteht eine gute Chance, daß Filmore Faroe im Augenblick dort drin ist.«

Titus Oates zog die Nase kraus. Ohne ein Wort zu verlieren, angelte er aus seiner Brusttasche eine Pilotenbrille und setzte sie auf.

»Wo die Straße aussieht, als wär sie zu Ende – ich meine, auf der vom Haus wegführenden Seite –, verschwindet sie unter Bäumen in einer Allee.«

»Gehen Sie lieber nach hinten und schnallen Sie sich an«, sagte Titus Oates. »Und machen Sie die Ladeluke auf.«

»Wieso das?« fragte Grimes.

»Wenn wir Bruch machen, kann sie verklemmen, und wir sitzen in der Falle.«

Grimes kletterte nach hinten in den Laderaum, stemmte den Griff der Luke hoch und schob sie auf. Der Wind war gewaltig. Grimes arretierte die Tür mit dem Sicherheitsbolzen und schnallte sich dann neben Ella fest. Sein Gesicht war bleich. Fast hätte Ella ihn gefragt, ob er okay sei, doch dann entschied sie, daß er sich dadurch noch schlechter fühlen könnte, und außerdem würde er so und so ja sagen.

»Sind Sie okay?« fragte Grimes.

»So okay wie ein Platzregen im Sommer.«

»Wir können das noch immer abblasen, wenn Sie wollen«, sagte er.

»Wollen Sie es?« entgegnete sie.

»Fragen Sie mich lieber nicht«, murmelte Grimes. Er drehte sich um. »Gul!«

Gul trottete vom hinteren Ende des Frachtraums, wo er herumgeschnüffelt hatte, zu ihm. An der offenen Tür blieb er stehen und sah nach draußen. Ellas Herz blieb stehen.

»Gul!« schrie sie.

Gul drehte, offenkundig verwundert, weshalb sie so aufgeregt war, den Kopf und trabte dann zu Grimes. Grimes zog ihn zwischen seine Schenkel und verschränkte die Arme vor der Brust des Hundes.

Das Flugzeug kippte mit der Nase nach vorn und bohrte sich in rasendem Flug durch die Nacht abwärts.

»Bereit zur Landung«, knurrte Oates.

Ella sah Grimes an. Grimes zwinkerte ihr zu. Ella zwinkerte zurück, dann beugte sie sich vor und umklammerte mit den Armen ihre Knie. So hörte, wie Grimes beruhigend ins Ohr des Hundes murmelte: »Halt dich an mich, Kumpel, und dir passiert nichts.«

Ella machte die Augen zu.

»Denn *Allah* ist Gott!« brüllte Titus Oates. »Und mächtig ist sein Schwert!«

FÜNF

Durch die offene Ladeluke konnte Cicero Grimes wenige Handbreit unter dem Bauch der De Havilland die Baumwipfel vorbeifliegen sehen. Über dem Dröhnen der Propeller und dem Fauchen des Winds hörte er Titus Oates vorne im Cockpit eine Litanei inbrünstiger Flüche brüllen. Plötzlich sackte die Maschine wie ein Stein ab, und Grimes' Magen stülpte sich um; er glaubte, kotzen zu müssen, dann wurde seine Wirbelsäule von einem heftigen Aufprall zusammengestaucht. Bestimmt würde sein Sitzgurt im nächsten Moment reißen. Er machte die Augen zu und klammerte sich an Gul fest. Gul, dessen Kopf auf Grimes' Schulter lag, ließ nicht einen einzigen Laut hören. Der Sitzgurt hielt.

Grimes' Kopf füllte sich mit einem rumpelnden Dröhnen. Dann registrierten seine Knochen eine andere Qualität der Bewegung. Räder. Die großen Gummireifen malmten und kreischten über die Auffahrt. Sie waren am Boden. Grimes öffnete die Augen. Durch die offene Luke sah er den Rasen von Arcadia vorbeifliegen. Der gesamte Rumpf der Beaver vibrierte, als wollte er jeden Augenblick auseinanderbrechen. Grimes sah einen verschwommenen grauen Fleck, und einen Wimpernschlag später war, ein ohrenbetäubendes Krachen zu spüren. Das Flugzeug wurde von einem Ruck erschüttert, der den Rumpf erbeben ließ. Kreischendes Metall. Der vorbei fliegende Rasen neigte sich der Luke zu, als das Flugzeug kippte und dann wieder auf beide Räder zurückfiel. Langsamer jetzt. Grimes warf einen Blick auf Ella. Sie saß zusammengekauert neben ihm, die Lider fest zusammengepreßt. Grimes beugte sich vor und schaute über Oates' Schultern: Durch die Haube des Cockpits sah er dorische Säulen und die breiten Stufen von Arcadia aufragen.

Sie rasten direkt auf das Eingangsportal zu.

Grimes warf sich zurück und erwartete den Aufprall.

Einen Augenblick später wurde er aus dem Sitz gehoben, und fast hätte der Gurt ihn mitten durchgeschnitten, als die Beaver die Stufen hinaufholperte und schlingernd weiterrollte. Ein gewaltiges, knirschendes Krachen von Metall und Stein. Das Kabinenlicht ging aus. Grimes spürte den Luftsog von etwas Großem, das an seinem Kopf vorbeiflog und an der vorderen Zwischenwand zersplitterte. Intensiver Alkoholgeruch stach ihm in die Nase.

Dann kam alles zum Stillstand.

Grimes' nahm alles nur noch verschwommen wahr, um ihn herum war Dunkelheit. Gul japste hechelnd in seinen Armen.

»Guter Hund«, sagte Grimes und konnte kaum seine eigene Stimme hören. Er gab Gul frei, ließ seinen Gurt aufschnappen und wandte sich Ella zu. Sie bewegte sich, aber er konnte ihr Gesicht nicht ausmachen. Ihre Stimme drang schwach durch das laute Schrillen in seinen Ohren.

»Sind Sie okay?« fragte sie.

Sie war also in Ordnung.

»Ja«, ächzte er.

Er erhob sich auf unsicheren Beinen. Ellas Gesicht tauchte aus der Dunkelheit auf. Aus Richtung des Cockpits hörte er ein polterndes Rumoren, dann schwere Schritte, die über zerbrochenes Glas knirschten. Titus Oates tauchte auf. Sein Gesicht und seine Stirn waren mit einigen Schrammen verziert. In einer Hand hielt er die abgesägte Remington. Ein Glas seiner Pilotenbrille hatte einen Sprung.

Grimes ließ sich neben seinem toten Vater auf die Knie sinken.

»Lassen Sie ihn hier«, sagte Oates.

Grimes sah auf. Oates nahm seine Brille ab und warf sie weg.

»Wir haben noch jede Menge Benzin im Tank, alles ist voller Whiskeydämpfe, und der Motor ist glühendheiß«, drängte Oates. »Tut mir leid, Doc.«

Oates rammte eine Patrone in seine abgesägte Flinte und ging zur Luke. Grimes zog die Plane vom Gesicht seines Vaters. Seine Wangen waren eingefallen und grau.

»Ella!« rief Oates.

Grimes bemerkte, daß Ella über seine Schulter auf George hinabsah.

»Good bye«, sagte Ella zu George.

Sie folgte Oates. Grimes verharrte, wo er war. Er wußte nicht, weshalb.

»Doc! Verdammt noch mal, kommen Sie!«

Grimes zog die Plane über Georges Gesicht und stand auf. In der Frachtluke stand Gul und wartete mit wedelndem Schwanz auf ihn. Zwischen der Luke und der Seitenwand des Portals klaffte ein mit wirbelndem Staub gefüllter, ein Meter breiter Spalt.

»Los, Kumpel«, sagte Grimes.

Gul sprang aus der Luke, und Grimes folgte ihm. Links von ihm war der Eingang zu Arcadia von Mauerschutt, Steinen und den verbogenen Blättern des Propellers versperrt. In der äußeren Metallhaut des Flugzeugs klaffte dort, wo die Tragflächen abgerissen worden waren, ein langer Riß. Grimes stolperte die Stufen zu den Säulen und Lichtern hinab. Auf dem Rasen beiderseits der Auffahrt lagen die beiden Tragflächen zwischen den Trümmern der Statuen, die sie abrasiert hatten.

»Hier hinüber!«

Zwanzig Meter links von Grimes deutete Titus Oates, von Ella halb verdeckt, auf eines der eleganten vom Boden bis zur Decke reichenden Fenster in der Front des Hauses. Gul flitzte los, und Grimes setzte sich ebenfalls in Bewegung. Als er am Heck des Flugzeugs vorbei war, hörte er hinter sich ein dumpfes *Wumm*. Er warf einen Blick zurück und sah einen Feuerpilz aus der Frachtluke schießen. Grimes rannte.

Oates und Ella waren bereits dabei, die Scheiben und Querstreben des Fensters aus dem Rahmen zu treten. Mit dem Kolben seiner Remington brachte Oates den Job zu Ende, duckte sich und stieg ins Haus. Gul setzte seine Pfoten vorsichtig zwischen die Glassplitter. Grimes und Ella folgten. Der Raum hatte eine gewisse Ähnlichkeit mit dem Salon, in dem Grimes mit Lenna gesprochen hatte. Oates ging zur Tür, zog sie auf und spähte professionell nach rechts und links den Korridor entlang.

»Weiß jemand, wohin wir wollen?« fragte Oates.

Während Grimes das Zimmer durchquerte, orientierte er sich. Die Bibliothek, beziehungsweise das Arbeitszimmer schien ihm der beste Ort, mit der Suche zu beginnen. Er trat in den Korridor hinaus und fand den Weg in die Eingangshalle. Als sie sich ihr näherten, wehte ihnen Rauch entgegen. Oates legte eine Hand auf Grimes' Schulter und hielt ihn zurück.

»Da gibt es eine Menge Benzin in dem Baby, das nicht hochgegangen ist.«

Grimes spähte um die Ecke. Die große, mit Schnitzereien verzierte Eingangstür lag flach auf den Fliesen, über ihr ragte die Nase des Flugzeugs, die sie aus den Angeln gesprengt hatte, durch die Türöffnung. Aus dem Bug der Beaver schlugen Flammen.

»Ich kenne aber keinen anderen Weg«, sagte Grimes.

»Dann sollten wir uns beeilen.«

Sie rannten durch die von Rauch erfüllte Halle und an den Wänden mit Gemälden vorbei in Richtung des Arbeitszimmers. Neben Grimes lief Ella, die Waffe in der Hand. Grimes' Colt steckte noch in seinem Gürtel. Gul trottete einen Meter vor ihnen, und Oates bildete die Nachhut. Sie erreichten das Arbeitszimmer. Die Doppeltür war verschlossen. Gul hielt die Nase an den Spalt zwischen den Türen und ließ sein leises Killerknurren hören. Von drinnen war eine undeutliche, offenkundig panikerfüllte Stimme zu hören. Grimes sah auf die Türgriffe hinab. Er griff nach Guls Halsband und zog ihn zurück. Gul war kaum zu halten.

»Machen Sie sie auf, Titus«, sagte er.

Oates richtete den Lauf der abgesägten Flinte auf das Schloß und drückte ab. Die Türen flogen auf.

Grimes ließ das Halsband los, und Gul stürmte mit mächtigen Sätzen und einem heiseren Bellen auf ein quiekendes, angstschlotterndes Bündel Mensch zu. Grimes rannte hinter ihm her und erkannte Rufus Atwater, der sich mit einem verzweifelten Satz auf den lederbezogenen Schreibtisch zu retten versuchte. Noch während er um sein Gleichgewicht ruderte, sprang Gul hoch und schlug seine Fänge in Atwaters Knöchel. Das Aufbrüllen Atwaters übertönte das Knirschen zermalmter Knochen. Gul zerrte ihn mit einem mächtigen Ruck vom Schreibtisch. Als Atwater mit einem gellenden Kreischen auf den Boden krachte, ließ Gul ihn los und machte Anstalten, nun richtig zur Sache zu kommen.

»Gul!« befahl Grimes. »Schluß jetzt. Aus!«

Gul hielt inne, blieb jedoch mit gesträubtem Nackenfell über dem Staatsanwalt stehen. Grimes ging hinüber und entdeckte die Automatic unter Atwaters Arm. Er zog die Waffe aus dem Halfter und warf sie Oates zu, dann packte er Atwater bei seinen Rockaufschlägen und zerrte ihn auf die Beine. Atwater japste winselnd nach Luft; in seinen angstgeweiteten Augen flackerte ein stummes Flehen um Gnade. Grimes dachte an seinen Vater. Er achtete darauf, den Nakken locker zu halten, um die maximale Wucht hinter den Stoß zu bekommen, und rammte Atwater den Schädel gegen die Nasenwurzel. Atwater sackte zusammen und ächzte erstickt, während ihm das Blut aus der Nase quoll. Grimes zerrte ihn erneut hoch. Einen Moment lang war er blind vor Wut. Ein halbes Dutzend verschiedene Möglichkeiten, den Staatsanwalt mit eigenen Händen zu töten, schwirrten durch seinen Kopf. Er tat es nicht, doch irgend etwas mußte er tun, sonst würde sein Gehirn zerplatzen. Von ganz tief unten holte er einen Mundvoll wabbligen Schleim und spuckte ihn Atwater ins Gesicht. Atwater krümmte sich. Grimes packte ihn bei seinem dürren Hals und zog ihn zu sich heran.

»Wissen Sie noch, was mit Jack Seeds Eiern passiert ist, Herr Staatsanwalt?«

Atwater nickte stumm. Er hatte aufgehört zu atmen. Grimes drückte noch ein wenig fester zu.

»Antworten Sie!«

»Ja«, krächzte Atwater.

»Gut. Wo ist Lenna?« Atwater machte eine vage Handbewegung in Richtung des Fensters. Grimes rammte ihm das Knie zwischen die Beine und zwang ihn zu Boden.

»Gul«, sagte Grimes.

Gul entblößte eine Handbreit vor Atwaters hervorquellenden Augen seine Fänge und ließ ein drohendes Knurren hören.

»Sie ist nicht hier!« kreischte Atwater. *»Bei den Hinterwäldlern ... den Hinterwäldlern ... Im Steinhaus!«*

»Und Clarence Jefferson?«

»Er auch. Auch Faroe.«

»Wir brauchen ein Auto«, sagte Grimes.

Atwater nickte schluchzend; der Blutfaden aus seiner Nase baumelte hin und her. Grimes zerrte ihn auf die Beine und stieß ihn zur Tür. Atwater stolperte vorwärts; aus seinem Schuh an dem zermalmten Knöchel lief Blut. Gul folgte ihm dichtauf. Grimes' Blick fiel auf die beiden großen Koffer neben dem Schreibtisch.

Oates nickte zu ihnen hinüber und brummte: »Sind das die, hinter denen wir her sind?«

Grimes nickte. Oates schob Atwaters Pistole hinter seinen Gürtel und warf Grimes die Remigton und eine Patronenschachtel zu. Als Grimes das abgesägte Gewehr auffing, nahm er im Korridor eine Bewegung wahr. Ohne zu überlegen, hob er die Waffe in Hüfthöhe und richtete den Lauf auf die Türöffnung. Einen Wimpernschlag später tauchte in der Tür ein Mann in Kampfuniform auf, und Grimes drückte ab. Der Mann stolperte rückwärts und krachte gegen die Korridorwand.

Als er nach vorn kippte und mit einem dumpfen Laut auf den Fußboden schlug, hörte man das Klappern von Schritten auf dem Korridor, die sich entfernten. Oates zog seine Automatic aus dem Gürtel und spähte vorsichtig in den Korridor, ehe er hinaustrat und sich über den reglosen Mann beugte. Als er sich wieder aufrichtete, hatte er eine zweite Automatic in der Hand.

Grimes begriff, daß er soeben wieder einen Menschen getötet hatte. Und er begriff außerdem, daß es ihm – auch wenn es das vielleicht sollte – nicht weiter berührte. Er schob eine neue Patrone ins Magazin. Das Gewehr fühlte sich gut an. Er faßte Atwater ins Auge.

»Zum Wagen«, knurrte Grimes.

Atwater humpelte zur Tür und an dem toten Kubaner vorbei. Grimes folgte ihm, von Gul und Ella begleitet, den Korridor hinab, in die der Eingangshalle entgegengesetzte Richtung. Am Ende des Korridors blieb Atwater stehen und sah um die Ecke.

»Nichts zu sehen«, stammelte er.

Grimes stieß ihn mit dem Gewehrkolben vorwärts. Keine Schüsse peitschten auf.

»Die anderen ... Wie viele sind es?« fragte Grimes.

»Ich weiß es nicht«, winselte Atwater. »Niemand sagt mir hier was.«

»Wo ist Titus?« fragte Ella unvermittelt.

Grimes sah zum Arbeitszimmer zurück. Oates kam gerade aus der Tür; er trug die beiden Koffer, als seien sie mit Sahnekuchen vollgepackte Plastiktüten.

»Und kämpfen sie gegen dich, dann strecke sie nieder!« rief Oates und lachte.

Rufus Atwater führte sie durch eine riesige Küche und eine Waschküche zu einem Nebeneingang auf der Rückseite des Hauses. Grimes öffnete vorsichtig die Tür. Draußen stand ein dunkelblauer Lieferwagen, ein Ford Tradesman. Die Schiebetür an der Seite war zu. Grimes zerrte Atwater zur Türschwelle und packte ihn bei der Kehle.

»Sie machen den Wagen auf«, zischte Grimes. »Und wenn Sie schreien oder sonst einen Mucks von sich geben, sind Sie Hundefutter.«

Atwater nickte.

»Gul«, sagte Grimes. »Schau nach.«

Gul schlüpfte aus der Tür, und Grimes stieß den Staatsanwalt hinter ihm her. Atwater humpelte mit schmerzverzerrtem Gesicht vorwärts und taumelte haltsuchend gegen den Lieferwagen. Grimes beobachtete Gul, der mit der Nase am Boden hin und her lief. Es schien alles okay. Atwater schob die Seitentür des Vans auf. Er war leer. Grimes drehte sich zu Ella um. Sie hielt sich prächtig; so wie es aussah, besser als er.

»Lassen Sie mich fahren«, sagte Ella.

Grimes nickte und war mit ein paar Schritten beim Lieferwagen. Im Laderaum waren keine Sitze und auch keine Fenster, außer dem einen in der Hecktür, die aussah, als ließe sie sich nach oben öffnen. Grimes stieß Atwater in den Lieferwagen, und Oates, wuchtete die Koffer hinein. Ella setzte sich ans Steuer. Grimes gab Oates sein Schrotgewehr zurück und stieg neben Ella ein. Oates ließ sich neben der offenen Seitentür in die Hocke sinken.

»Gul!« rief Grimes.

Gul sprang in den Laderaum, plazierte sich vor Atwater und starrte ihm aus kürzester Entfernung ins Gesicht. Atwater schaute auf seine Gürtelschnalle hinab und biß sich auf die Lippen. Ella startete den Motor. Sie fuhren los.

Als sie um die Ecke des Hauses auf die Kies-Esplanade bogen, wurden die rechten Räder des Vans von der Druckwelle einer Explosion vom Boden gehoben. Grimes zog den Kopf ein, als das Fenster neben seinem Gesicht mit einem lauten Knacken zersprang, doch nicht zersplitterte. Noch mehr Steinbrocken schrammten über die Windschutzscheibe, krachten in die Karosserie oder polterten als Querschläger durch den Laderaum. Ella riß das Steuer nach rechts, der Wagen schoß holpernd über die niedrige Umfassung des Rasens, wo sie ihn wieder unter Kontrolle bekam. Grimes kurbelte das zersprungen Fenster herunter und sah zurück.

Die prachtvolle Fassade Arcadias war eine einzige Feuerwand. Ölig schwarzer Rauch quoll unter den aufwabernden orangeroten Flammen hervor, die über die einstmals weißen Skulpturen und in die Dunkelheit darüber emporloderten. Zu beiden Seiten des lichterloh brennenden Rumpfs der Beaver bildeten die Ruinen des einst prachtvollen Portals – die Trümmer der schlanken Säulen und Ziersockel aus weißem Stein und die rauchenden Balken des Türrahmens jetzt nur noch dunkle Konturen in dem Inferno aus Feuer und Rauch.

»Ich schätze, so nahe an einem gebrochenen Herzen wie in diesem Augenblick war ich noch nie«, ächzte Oates.

Grimes drehte sich um. Titus Oates kniete in der Tür des

Wagens und sah der Zerstörung seines Flugzeugs zu. Er schaute Grimes an.

»Wenigsten hat ihr Pa den Abschied bekommen, den er verdient.«

»Ja«, sagte Grimes. »Ich nehme an, er würde sich nicht beklagen.«

Während sie zusahen, wie Arcadia ein Raub der Flammen wurde, erinnerte sich Grimes daran, was George über die Faroes gesagt hatte: Ein Geschlecht, das es verdiente, auszusterben. Aber noch waren sie nicht erledigt.

Ella steuerte den Wagen in einem Bogen um eine der abrasierten Tragflächen der Beaver auf dem Rasen herum und lenkte ihn wieder zurück auf die Zufahrt. Sie trat aufs Gas, und sie näherten sich dem dunklen Tunnel der Bäume.

»Sie kommen!« rief Oates.

Grimes drehte den Kopf. Von der anderen Seite des brennenden Hauses schlingerte eine viertürige Limousine über den Kies und dann quer über die weite Rasenfläche in Richtung der Zufahrt. Ihre Fenster waren offen, und Grimes konnte Arme sehen, die Pistolen hielten, und ein paar Gewehrläufe. Auch das Mündungsfeuer und das Rattern einer Maschinenpistole waren auszumachen. Dann hatten sie die Alleebäume erreicht, und der Wagen der Verfolger war nicht mehr zu sehen. Grimes blickte wieder nach vorn. Die Straße raste im Licht der Scheinwerfer unter ihnen hindurch. Dicke schwarze Stämme knorrige Äste, von denen in gespenstischen Strähnen Spanisches Moos herabhing. Grimes dachte: das Tor! Das schmiedeeiserne Tor!

»Ella«, sagte er. »Wenn wir durch die Allee sind, kommt nach ungefähr hundert Metern ein Tor.«

»Was für ein Tor«

»Ein schmiedeeisernes Tor mit zwei Flügeln, vier Meter hoch und in die Mauer betoniert. Es ist wahrscheinlich geschlossen.«

Ella griff nach ihrem Sicherheitsgurt. Grimes folgte ihrem Beispiel.

»Was soll ich tun?« fragte Ella.

»Titus?« fragte Grimes.

»Es rammen. Nicht zu langsam und nicht zu schnell. So etwa mit vierzig Stundenkilometern«, sagte Oates. »Rammen sie es gleich neben der Mitte.«

»Okay«, sagte Ella.

»Gul!« rief Grimes.

Gul sprang über die Rückenlehne nach vorn, und Grimes hielt ihn zwischen seinen Schenkeln fest. Er hörte das Krachen von Schüssen, doch keine Kugel traf den Lieferwagen.

»Amateure!« knurrte Oates, beugte sich über Rufus Atwater und schob ihm seinen Bart ins Gesicht. »*Amateure!*« brüllte er.

Atwater bedeckte sein blutverschmiertes Gesicht mit beiden Händen. Oates kramte in Atwaters Taschen und zog zwei volle Magazine für die Automatic hervor. Dann packte er ihn bei den Haaren und zerrte ihn an die Zwischenwand hinter den Sitzen, wo Atwater flach ausgestreckt liegenblieb. Oates schob die beiden Koffer hinterher und klemmte den Staatsanwalt zwischen ihnen und der Zwischenwand ein. Dann lehnte er sich dagegen und stemmte die Füße gegen die Seitenwand des Vans.

Im Außenspiegel sah Grimes weit hinten in der Dunkelheit die Scheinwerfer der Limousine auf und ab hüpfen. Er drehte den Kopf und sah Ella an. Die Sehnen an ihrem Hals traten hervor; ihre Lippen waren fest aufeinandergepreßt, ihr Blick war auf die Straße gerichtet und konzentriert. Er brauchte nichts zu sagen; sie hatte alles im Griff. Die Eichen am Straßenrand standen plötzlich weniger dicht und verschwanden schließlich ganz. Die Straße verlief wieder durch freies Gelände. Er warf einen Blick auf den Tacho: Die Nadel sank und näherte sich vierzig km/h. Jetzt machte die Straße eine Kurve, und die Lichtkegel der Scheinwerfer schwenkten über einen Abschnitt der roten Backsteinmauer. Einen Augenblick später ragte bereits das hohe Tor vor ihnen auf. Grimes umklammerte Gul mit den Schenkeln und packte zwei Hände voll seines Fells.

»Festhalten!« schrie Ella.

Grimes wurde schwarz vor Augen, und er fühlte einen

Schlag gegen die Brust. Ein Schauer von Glassplittern traf sein Gesicht, dann wurde sein Kopf wieder klar. Sie hielten. Gul wand sich in seinen Armen. Grimes machte die Augen auf. Wenige Handbreit vor seinem Gesicht sah er die Eisenstäbe des Tors, die vom Dach des Lieferwagens schräg nach vorn über die Motorhaube ragten. Sie saßen fest: Die untere Angel des rechten Torflügels war aus ihrer Verankerung gerissen, doch die obere hatte gehalten. Er sah zu Ella hinüber. Sie startete bereits wieder den Motor und rammte den Rückwärtsgang ins kreischende Getriebe. Knirschend und quietschend ruckte der Lieferwagen zurück.

»Nein, laß es. Alle raus!« bellte Oates. »*Raus aus dem Wagen!*«

Grimes stieß die Tür auf, und Gul sprang ins Freie. Als Grimes seinen Gurt löste, sah er Ella auf der Fahrerseite nach draußen hechten. Mit einem Satz war auch Grimes aus dem Wagen. Sein Knie gab unter ihm nach – er fiel. Dann das Rattern einer Maschinenpistole und das bösartige Winseln von Querschlägern, die von der Backsteinmauer hinter ihm abprallten. Lichter blendeten ihn. Er rollte sich von der Straße ins Gras, weg von den blendenden Lichtern, blieb auf dem Rücken liegen, zog seinen Revolver aus dem Gürtel, wälzte sich auf den Bauch und lag still.

Zwanzig Meter entfernt bremste der Verfolgerwagen schlitternd und umwabert von aufwirbelndem Staub, in dem Mündungsfeuer aufzuckten. Kugeln schlugen in den Lieferwagen. Grimes konnte niemanden ausmachen, auf den er hätte schießen können. Wo war Titus? Durch die offene Seitentür des Lieferwagens sah Grimes die Stiefel von Oates – mit den Zehen nach unten und den Sohlen nach oben Richtung Fahrersitz. Sein Körper lag außerhalb von Grimes' Sichtfeld. *Er ist tot!* dachte Grimes. Der Impuls, aufzuspringen und blind feuernd auf den Wagen zuzulaufen, packte ihn. *Nein.* Er hob den Revolver und wartete. Laß sie näher kommen.

In dem Augenblick, in dem die Limousine ganz zum Stehen kam, klappte die Hecktür des Lieferwagens nach oben und spuckte eine Salve rasch aufeinander folgender, nur vom satten Klirren des Repetiermechanismus der Flinte unterbrochener Schüsse hervor.

Vor Grimes' Augen verwandelt sich die Limousine der Verfolger in eine zuckende Kammer des Todes aus splitterndem Glas, zerfetzten Leibern und schreienden Menschen. Das Schrotgewehr verstummte. Aus dem Lieferwagen brüllte eine Stimme:

»Bleibt, wo ihr seid!«

Der Van schaukelte heftig, und Titus Oates sprang heraus, in jeder Hand eine Automatic. Er hielt die Pistolen in einem merkwürdigen Winkel vor der Brust und sah aus wie eine riesige, trommelbäuchige Gottesanbeterin. Gewandt huschte er aus den Lichtkegeln der Scheinwerfer und rannte zu der von Schrotkugeln durchsiebten Limousine hinüber. Er streckte einen Arm durchs Fenster. Vier Schüsse in unregelmäßigen Abständen waren zu hören. Grimes rappelte sich auf die Beine.

Gul stand reglos neben ihm.

»Ella!« rief Grimes.

Eine Autotür schlug zu.

»Hier.«

Ella saß bereits wieder hinter dem Steuer des Dodge. Sie stieß noch ein paar Meter weiter von dem schief in den Angeln hängenden Tor zurück.

»Warte!« rief Oates.

Grimes ging hinüber zum Dodge und zu Oates, der auf die Hecktür zustrebte. Oates griff hinein und holte die abgesägte Schrotflinte heraus. Aus seiner Tasche fischte er Patronen, und während er sie ins Magazin schob, sah Grimes zu der durchsiebten Limousine hinüber. Pulverrauch stieg aus den offenen Fenstern und schlängelte sich in dünnen Fäden durch das Licht der Scheinwerfer. Oates entging sein Blick nicht.

»Für die können Sie nichts mehr tun, Doc.«

Oates grinste und hebelte klirrend eine Patrone in den Lauf. Er nickte in Richtung des Tors, und Grimes folgte ihm. Aus einem Abstand von kaum einem halben Meter richtete Oates die Mündung der Schrotflinte auf die einbetonierte Verankerung der oberen Angel des Tors. Er drückte ab, und die Angel flog aus ihrer Verankerung. Die noch immer vom Schloß zusammengehaltenen Torflügel kippten nach außen und blieben dann wippend und in Schräglage stehen. Gemeinsam zogen Grimes und Oates sie zur Seite, liefen dann zurück zum Tradesman und sprangen hinein. Grimes hörte Rufus Atwater hinter den Koffern leise schniefen. Ella fuhr durch das Tor auf die Straße hinaus.

Titus Oates' Kopf erschien über Grimes' Schulter.

»Ich finde, es ist Zeit, das mal festzustellen: dieses Mädchen hier ist eine der wenigen wirklichen Weltklasse-Frauen ihrer oder sonst irgendeiner Generation. Das letztemal, daß ich jemand so kaltblütig habe fahren sehen, war damals sechsundachtzig in Colorado Springs.«

»Was war sechsundachtzig in Colorado Springs?« fragte Ella.

»Um einen objektiven Bericht zu bekommen, müssen Sie schon in den Zeitungen nachsehen.«

Ella warf Grimes einen Blick zu.

»Wo ist das Steinhaus?« fragte sie.

»Immer geradeaus; ich sage ihnen, wenn wir abbiegen müssen.«

Eine Weile senkte sich Schweigen über sie, und Grimes starrte aus dem Fenster. Sie fuhren über das flache vom Mond beschienene Plantagenland, durch Kilometer und Kilometer einer silbernen See aus flüsterndem, sich im Wind wiegenden Sumpfgras. Und dieser flüsternde, raschelnde Tanz wirkte auf eine seltsame Weise besänftigend und heiter, als bewegten sich die hohen, schlanken Blätter, des Sumpfgrases zu einer Melodie, die das Land selbst sang und deren geflüsterter Refrain klang wie »... auch das wird alles vergehen, auch das wird alles vergehen.« Dann hörte Grimes noch etwas anderes.

»Hört ihr das?« fragte er.

Über der weiten Ebene war das schmetternde Dröhnen eines sich nähernden Helikopters zu hören.

»He, Mann«, knurrte Oates. »Niemand hat mir was von einem Sikorsky gesagt.«

SECHS

Allem zum Trotz. Um jeden Preis.
Sie schlugen und schlugen auf ihn ein.

Die Schläge fielen jetzt weniger hart.

Ein leises Flattern nur noch, mehr nicht – am äußersten Rand seines Bewußtseins.

Falls den Schlägen noch die Fähigkeit innewohnte, Schmerz zuzufügen, dann geschah dies außerhalb seiner Wahrnehmung. An diesem Punkt – dem letzten, äußersten Extrem eines *Kontinuums* – empfand er eine glückhafte Ekstase angesichts der jetzt von ihm durchmessenen vollkommenen Definition. Hier – inmitten der deliriösen Feier des Todes von Gott, des Todes des Todes, der Auflösung des Innersten – erfuhr die psychische und körperliche Folter früherer Epochen der Menschheit eine Metamorphose zu einer tiefen Kluft zwischen *dem einen,* das eins war, und *dem anderen,* das aus allen sinnlich wahrnehmbaren Dingen bestand. Und in dieser Kluft bewegte er sich ohne Zeugen oder Partner, die diesen zu Kopf steigenden Wein, die leichten und wirbelnden Schritte seines Tanzes, seine laszive, zügellose Anmut mit ihm teilen konnten. Er war nur mehr der abgenutzte Schatten eines Gespensts, ein körperloses Echo, nur noch ein paar Kratzer mit dem Fingernagel vom Nichts entfernt.

Allem zum Trotz.

Um jeden Preis.

O ja.

Er hatte Angesicht in Angesicht gestanden mit dem, der größer war als er selbst, mit jenem *trotz allem* Größeren-alser, mit diesem Was-immer-es-sein-mochte, *doch um keinen Preis sein durfte;* mit jenem Augenblick, nach dem er mit all seiner Macht gestrebt und gegen den er zugleich mit all seiner Kraft angekämpft hatte, um ihn zu vertreiben.

Wunder.

Auflösung.
Äußerstes Extrem.
Glückseligkeit.
Das Zuhause, an das wir nie schreiben, und die Eide, die wir niemals halten.
Schläge. Noch mehr Schläge.
Er regte sich inmitten des Schweinekots. Es war ihm nicht mehr möglich, sein eigenes verrottendes Fleisch zu riechen. Er vermißte den Geruch. Die Schläge trafen jetzt seinen Kopf; nein – die winzigen Knochen und die straffgespannten Trommelfelle in seinen Ohren. Es waren Geräusche, die sein Gehörorgan erschütterten – keine Schläge mit Gewehrkolben oder Fußtritte.
Er dachte: *Die Maschine, die schwebt, erhebt sich in die Luft.*
Der Captain öffnete die Augen. Durch geschwollene Schlitze spähte er in die Dunkelheit. Die glitschigen Kacheln eines Schweinestalls. Das Schmatzen und Grunzen von prächtigen, fetten Schweinen mit weichen Borsten und gefleckten Rücken. Ein Lächeln erschien auf dem Gesicht des Captains. War das alles, was sie zuwege bringen konnten? Dieser Anflug von Besorgnis, zu anämisch, um es als Angst bezeichnen zu können? Glaubten sie etwa, die Schweine würden ihn aus der unkartografierten Wildnis der Zeit tilgen? Nein. Das faulende Fleisch des Captains war viel zu verdorben für die verwöhnten Gaumen dieser braven Tiere. Schönheit, Lachen und Schmutz entziehen sich der menschlichen Vernunft, so sehr sie sich auch bemühen mag, ihr Netz über sie zu werfen. Die Vorherrschaft des Bösen lag in der Kapitulation vor ihm begründet. Er würde sich nicht vor diesem knechtischen Kosmos beugen, und ganz gewiß nicht vor seinen geschäftig umherwuselnden Sklaven. Er würde sich laben an ihrem jammervollen Wehklagen und seinen Durst löschen an dem ausgelassenen Fett ihrer feisten Körper. Sollte die Unermeßlichkeit des Grauens und die der Seligkeit doch eins werden. Sollte die unvermeidliche Kollision doch ihren Anfang nehmen. Eine nicht mehr zu unterdrückende eruptive Kraft brach die Risse und Sprünge in den Fundamenten seines Bewußtseins weit auf.

Von einem Klirren begleitet, rappelte sich der Captain auf die Beine.

Ein Zerren an seinen Gliedern.

Durch die Schlitze seiner geschwollenen Augen sah er silbern schimmernde Ketten; dünne Kettenglieder, doch aus gehärtetem Stahl geschmiedet. Ein Holzzaun. Ein gespanntes Dreieck aus Stahl: Knöchel, Zaunlatte, Handgelenk. Er hob seinen Armstumpf und zertrümmerte die Zaunlatte. Dann schlurfte er vorwärts. Über glitschige Fliesen, über Kies, der unter seinen Füßen nachgab, über Beton, über Holzdielen. Er öffnete eine Tür und blinzelte in grelle Helligkeit und in ein herumfahrendes Gesicht, die Lippen vor Überraschung aufgerissen. Gleich darauf umfingen diese offenen Lippen seinen schwarzen, harzig verkrusteten Stumpf und verloren die kleinen weißen Zähne dazwischen. Seine linke Hand füllte sich mit Haar. Seine stumpfe Rechte rammte noch einmal vorwärts – zwischen die quäkenden, nackten Zahnfleischwülste und tiefer. Und tiefer. Ein schwaches, kraftloses Kratzen an seiner Brust. Und tiefer. Das Knacken eines brechenden Kiefergelenks. Noch einen Fingerbreit, einen letzten Fingerbreit. Die von dem Armstumpf verstopfte Kehle stellte ihr spasmisches Würgen ein und war still. Er tastete mit der Linken über die Kleider. Ein Schlüssel. Ein Schlüssel, der ihm aus der Hand fiel, dann, wiedergefunden, in das winzige Schloß gesteckt und gedreht wurde. Klick. Die Schelle an der schmalgliedrigen Kette schleifte über den Boden. Er nahm auch ein Messer an sich, dessen Schlächterklinge vom vielen Schärfen halb abgewetzt war. Er berührte sie mit der Zunge; der scharfe metallische Geschmack einer rasiermesserscharf geschliffenen Stahlklinge. In meine Tasche, du Schöne. Ein Revolver? Er verschmähte ihn. Sie glaubten, daß er verrückt war?

Sollten sie doch.

Denn der Captain kannte sie alle.

Und *trotz allem und um jeden Preis* ruft ihn das nächtliche Grasland.

SIEBEN

Ella schaltete das Licht des Lieferwagens aus und spähte mit zusammengekniffenen Augen durch den Rahmen der zersplitterten Windschutzscheibe. Eine Schar langsam segelnder Wolken schob sich vor den Mond. Zu beiden Seiten der schwarzen Asphaltstraße zogen sich die dunklen Spalten der Flutgräben hin, und sie hatte Angst, hineinzugeraten. Sie ließ ihre Hand kurz auf ihren Bauch fallen: die Smith & Wesson war noch da, geladen und hinter den Bund ihrer Leggings gesteckt. Fragend sah sie zu Grimes hinüber.

»Wir müssen den Helikopter runterholen«, knurrte Grimes.

»Unmöglich, Doc«, erwiderte Oates. »Nicht mit der Artillerie, die wir haben.«

»Bei der nächsten Kreuzung biegen Sie links ab«, sagte Grimes, zu ihr gewandt.

Ella nickte. Grimes kletterte über die Lehne seines Sitzes nach hinten in den Laderaum. Er redete mit Rufus Atwater. Ella drehte den Kopf ein wenig zur Seite, damit sie hören konnte, was gesprochen wurde.

»Hören Sie, Rufus«, sagte Grimes erstaunlich freundlich. »Ich habe meine Gründe, hier zu sein, so wie Sie die Ihren haben. Richtig?«

Schweigen.

»Antworte dem Doc!« bellte Oates.

»Richtig«, würgte Atwater. »Richtig.«

»Aber wissen Sie auch, warum Mr. Oates hier ist?« fragte Grimes.

»Nein, Sir«, erwiderte Atwater.

Ella stellte fest, daß sie es ebenfalls nicht wußte.

»Sagen Sie's ihm, Titus.«

»Weil wir«, dozierte Oates, »in diesem Land das Recht haben, Waffen zu besitzen und zu tragen. Und das bedeutet, daß wir – nur um dieses Recht unter Beweis zu stellen – jeden gottverdammten stellvertretenden Staatsanwalt umlegen können, den wir umlegen wollen. Und weißt du noch etwas? Genau aus diesem Grund hat der Rest der Welt vor Amerika Angst. Haben Sie Angst, Herr Staatsanwalt?«

Oates verstummte, und Ella warf einen Blick über die Schulter. Atwater weinte, er weinte tatsächlich, ohne einen Laut von sich zu geben und gepeinigt von Verwirrung und Angst.

»Okay, Rufus«, sagte Grimes. »Und jetzt will ich, daß Sie genau das machen, was Mr. Oates Ihnen sagt. Können Sie das für mich tun?«

»Ja, Sir.«

Ella fuhr zusammen, als die erste Salve von oben kam. Die Kugeln schlugen in die Straße vor ihnen, dann ratterten sie in das Dach des Wagens. Sie zog den Kopf ein. Das Rattern hörte auf. Grimes redete noch immer im Laderaum, doch sie konnte sich nicht auf seine Worte konzentrieren. Plötzlich tauchte die Kreuzung auf. Sie stieg auf die Bremse und riß das Steuer herum. Die Straße vor ihr kippte. Sie kurbelte das Lenkrad in die andere Richtung. Der Van fiel auf die Straße zurück, und Ella trat aufs Gas. Einen Moment lang wurde das Dröhnen der Rotorblätter leiser, als der Hubschrauber über die Kreuzung hinausschoß. Sie warf einen Blick aus dem Seitenfenster: ein Stück weiter drüben stieg der Helikopter über den Feldern in die Höhe und schwenkte dann in einem weitem Bogen wieder auf sie zu. Grimes' Kopf tauchte neben ihrer Schulter auf.

»Ella! Ich werde hinten rausspringen. Haben Sie verstanden?«

Sie nickte.

»Wenn sie das nächstemal zu schießen anfangen, will ich, daß Sie auf die Bremse treten. Bis zur halben Geschwindigkeit. Aber warten Sie damit, bis die ersten Kugeln einschlagen. Okay?«

Sie nickte erneut.

»Gut. Dann, sofort danach, fahren Sie, als würden Sie

die Kontrolle über den Wagen verlieren. In Schlangenlinien; und dabei werden Sie noch langsamer, und dann fahren sie den Wagen in den linken Straßengraben.«

»In den Straßengraben?«

»In den Graben links von der Straße. Fahren Sie einfach mit beiden linken Räder über den Rand. Das Gewicht sorgt für den Rest, keine Sorge, und der Wagen kippt auf die Seite. Dann tun Sie, was Titus sagt. Haben Sie das alles verstanden?«

»Hab' ich.«

Sie spürte, wie seine Hand ihre Schulter preßte, dann war er weg. Sie konzentrierte sich. Die Straße schien jetzt noch dunkler als zuvor, doch sie konnte die schwarzen Gräben rechts und links vorbeifliegen sehen. Die Rotorblätter kamen wieder näher. Sie warf einen Blick auf den Tacho. Sie fuhren achtzig. Dann das ferne Knattern automatischer Waffen, und sie hätte beinahe den Fuß vom Gas genommen, doch das Klatschen der einschlagenden Geschosse blieb aus. *Warte, bis die ersten Kugeln einschlagen.* Sie wartete. Die Straße. Die schwarzen Gräben. Die Räder auf der linken Seite. Diesmal hörte sie das Feuer überhaupt nicht, nur das plötzliche ohrenbetäubende Hämmern auf Aluminium und Stahl. Sie trat auf die Bremse – und brauchte gar nicht so zu tun, als würde sie die Kontrolle verlieren: ihr Oberkörper wurde nach vorn geschleudert, und das Steuer entglitt ihren Händen. Der schwarze Spalt des Grabens kam von rechts auf sie zu. Sie packte das Lenkrad, zog es herum und brachte den Wagen zurück zur Mitte der Straße. Den Fuß von der Bremse. Kugeln wirbelten weiter vorn auf der Straße kleine Staubwölkchen auf. Der Tacho! Vierzig. Wieder ein metallisch hallender Hammerschlag auf das Dach. Sie riß das Steuer nach links, dann nach rechts, geriet fast von der Fahrbahn, dann wieder zurück, trat auf die Bremse, wurde langsamer – *die beiden Räder auf der linken Seite!* – und steuerte in einer flachen Diagonale auf den schwarzen Spalt des Grabens zu: *Jetzt!*

Ein gewaltiger Schlag, als die Achse unter ihr auf den Rand der Asphaltierung krachte. Ihre Schulter knallte gegen die Tür. Unter ihr Bewegung, das Knirschen von Steinen, das Kreischen von Blech. Nur das Vorderrad war im Graben. Sie hatte das Gefühl, daß der Wagen sich aufbäumen und überschlagen würde, und riß das Steuer nach rechts, doch der Wagen schlitterte weiter. Aus dem Laderaum hörte sie einen wütenden Aufschrei, und etwas Schweres krachte gegen die Wand. Dann ein weiterer Schlag, als das Heck des Lieferwagens in den Graben kippte. Das Lenkrad wurde ihr aus der Hand gerissen, und die Welt kippte vor ihr, ohne daß das Schlittern aufhörte. Gräser und Schlamm peitschten ihr ins Gesicht. Sie machte die Augen zu. Stille. Sie stellte fest, daß sie sich zu einem Ball zusammengekrümmt hatte.

»Ella, kommen Sie nach hinten! Halten Sie Ihren Kopf unten!«

Es war Oates. Der Wagen war in eine extreme Schräglage gekippt; die rechte Seitentür klaffte offen in den Himmel empor, und der Boden des Wagens zeigte fast im rechten Winkel zur Straße. Durch die offene Hecktür sah sie einen Ausschnitt der Fahrbahn und einige Meter des knöcheltief mit Wasser gefüllten Grabens. Grimes und Gul waren verschwunden. Atwater lag zusammengekrümmt und reglos. Titus Oates schob die Koffer aufrecht und einen hinter dem anderen vor die Hecktür. Ella kroch zu ihm hinüber.

»Haben Sie Ihre Kanone?« fragte Oates.

Sie tastete über ihren Bauch. Der Revolver war in die Leggings gerutscht. Sie griff unter den Bund, zog ihn heraus und spannte ihn.

»Gut«, brummte Oates. »Was haben Sie geladen?«

»Black Hills Flachkopf-Projektile.«

»Die sind genau richtig. Kauern Sie sich hinter die Koffer.«

Er deutete auf die Barrikade, die er an der Hecktür errichtet hatte.

»Halten Sie die Augen offen und die Ohren gespitzt. Kümmern Sie sich nicht um mich. Wenn irgend jemand aus dieser Richtung auftaucht, rühren Sie sich nicht, bis er die

Tür blockiert, dann verpassen Sie ihm drei von Ihren Flachkopf-Babys. Schaffen Sie das?«

»Ja, schaffe ich.«

»Um alles andere kümmere ich mich.«

Ella kauerte sich hinter den Koffern zusammen. Irgend etwas paßte nicht. Sie schob einen der Koffer eine Handbreit beiseite, so daß ein schmaler Spalt zwischen dem Koffer und der fast senkrecht aufragenden Bodenplatte des Wagens entstand, durch den sie hinausschauen und schießen konnte. Sie konzentrierte sich auf das Motorengeräusch des Helikopters: Es kam von der anderen Seite der Straße, und das Tosen seiner Rotoren klang jetzt irgendwie sonorer. Sie nahm an, daß er irgendwo im Feld landete. Hastig warf sie einen Blick über die Schulter.

Titus Oates hockte, mit dem Rücken gegen die Bodenplatte gelehnt, direkt unter der gähnenden Öffnung der Seitentür. Vor ihm lag Atwater auf seinen Knien.

»Wenn deine Kumpels auftauchen, Rufus, dann redest du mit ihnen, freundlich und ruhig und genau das, was ich dir sage.«

Atwater nickte.

»Dann kletterst du da raus, ganz ruhig und cool, und dann wird die Luft bleihaltig.«

Atwater schluckte.

»Von jetzt an wiederholst du jedes Wort, das ich sage«, befahl Oates.

Atwater nickte und wartete.

Unvermittelt packte Oates den Kopf Atwaters mit beiden Händen und bohrte beide Daumen in die blutverkrusteten Nasenlöcher des Staatsanwalts. Atwater grunzte vor Schmerz entsetzt auf

»Tu, was ich dir sage, du Ratte«, zischte Oates. »Wiederhole jedes Wort!«

»Tu, was ich dir sage, du Ratte. Wiederhole jedes Wort«, keuchte Atwater.

Oates nickte zufrieden und ließ ihn los. Zwei Pistolen erschienen in seinen Fäusten; er prüfte sie hastig. Ella wandte sich wieder dem Graben zu. Sie warteten.

Das Dröhnen des Hubschraubers war jetzt deutlich leiser und gleichbleibend geworden. Er mußte gelandet sein. Die Sekunden verrannen. Sie versuchte, an nichts zu denken. Dann ratterte eine Salve aus einer Maschinenpistole in die Unterseite des Lieferwagens. Sie duckte sich tief hinter die Koffer. Das Feuer riß ab. In ihren Ohren blieb ein lautes Schrillen. Von dort, wo sie war, konnte sie nichts sehen.

Hinter ihr rief Atwater: »*Muchachos!* Ich bin's! Atwater! Nicht schießen!«

Sie mußte einfach einen Blick nach hinten riskieren. Atwater streckte die Arme durch die Türöffnung über ihm und stand langsam auf. Beide Pistolen Oates' waren auf seinen Rücken gerichtet.

Leise sagte Oates: »Die anderen hat's erwischt. Ich glaube, sie sind tot.«

Als Atwater Kopf und Brust aus der Türöffnung schob, kreischte er: »Die anderen hat's erwischt! Ich glaube, sie sind tot!«

Ella hörte eine Stimme antworten: »Wie viele?«

Oates flüsterte: »Nur zwei. Kann ich rauskommen?«

»Nur zwei. Kann ich rauskommen« rief Atwater.

Sie drehte den Kopf wieder zurück. Noch immer nichts, außer Graben, Straße und Himmel.

»Aber langsam!« Wieder die Stimme, näher als zuvor.

Oates flüsterte: »Gott, bin ich froh, euch Jungs zu sehen.«

»Gott, bin ich froh, euch Jungs zu sehen!«

Als sie hörte, wie Atwater nach draußen kroch, zwang sich Ella, den Blick nicht von der Hecktür abzuwenden. Graben, Straße, Himmel. Plötzlich erfüllte das Dröhnen von Schüssen das Innere des Wagens. Ellas Kopf ruckte herum.

»Freßt die Bohnen!« brüllte Titus Oates.

Titus war jetzt auf den Beinen und schleuderte Mündungsblitze aus beiden Fäusten. Sein mächtiger Leib zuckte einmal zusammen, doch er hörte nicht auf, zu schießen. Ellas Nacken kribbelte. Sie wirbelte herum.

Ein dunkler Schatten landete aufspritzend direkt vor ihr

im Graben. Sie zielte und drückte zweimal ab. Der Schatten taumelte zurück. Das Aufzucken einer Mündungsflamme. Irgendetwas hämmerte dumpf in die Koffer vor ihr. Sie zielte erneut und drückte noch zweimal ab. Die dunkle Gestalt brach zusammen und rührte sich nicht mehr. Die ohrenbetäubende Ballerei hinter ihr hatte aufgehört. Sie sah über die Schulter: Die Pistolen in Titus Oates' Fäusten schwiegen. Er schob den Kopf aus der Türöffnung und sah über sie hinweg aus der Hecktür.

»Gut gemacht«, sagte er. »Und jetzt wollen wir hoffen, daß der Doktor seinen Part in dem Spiel erledigt hat.«

ACHT

Mitten auf der Straße den toten Mann zu spielen war so ziemlich das leichteste, was Cicero Grimes an diesem Tag abverlangt worden war. Er hatte mit eingezogenem Kopf neben der Hecktür des Tradesman gekauert und gewartet, bis die Kugeln in den Wagen schlugen und Ella langsamer geworden war, dann hatte er sich einfach aus der Tür fallen lassen. Er hatte schon so viele blaue Flecken und Schrammen, daß der Aufprall auf dem Asphalt und das bißchen Abrollen keinen sonderlich großen Eindruck mehr auf ihn machten. Als er aufhörte, sich zu überschlagen, blieb er einfach liegen. Er hätte ewig so liegen bleiben können, doch Gul kam angeschnüffelt und leckte mit seiner Zunge über Grimes' linkes Auge. Grimes hob den Kopf und sah gerade noch, wie der Lieferwagen in den Graben kippte und auf die Seite fiel. Der Sikorsky schwebte über dem Grasland rechts der Straße und war im Begriff, zu landen.

Grimes war hinter dem Zeitplan zurück.

Er rappelte sich auf die Beine, rannte los, sprang in den Graben rechts von der Straße und lief geduckt weiter. Schlamm spritzte unter seinen Füßen auf. Bei jedem Schritt stachen Schmerzen durch sein Knie, seinen Rücken und seinen Kopf. Gul trottete vor ihm und bestimmte das Tempo. Wie in Trance starrte Grimes auf das schlammige Wasser und hatte vollauf damit zu tun, genügend Luft in seine Lungen zu kriegen. Durch sein Keuchen hörte er den Helikopter zur Landung ansetzen. Er warf einen Blick nach rechts: Über dem Sumpfgras sah er den schwarzen Hubschrauber zur Erde herabschweben. Er würde etwa zwanzig Meter vom Graben entfernt aufsetzen. Grimes stapfte weiter. Jetzt erst bemerkte er, wieviel Kraft es ihn kostete, durch den zähen, klebrigen Schlamm zu waten, doch immerhin mußte er nicht auf allen vieren kriechen, um nicht gesehen zu werden. Wahrscheinlich schauten die Männer im Hubschrauber sowieso nicht in seine Richtung. Er hatte jetzt fast die Höhe des Lieferwagens erreicht, aus dem kein Geräusch zu hören war, und schaute wieder nach rechts. Der Helikopter war nicht mehr zu sehen, doch Grimes konnte den Wind seiner Rotoren spüren. Die angeheuerten Killer sprangen vermutlich gerade heraus; jeden Augenblick würden sie irgendwo vor ihm an der Straße auftauchten. Ein ideales Timing wäre, wenn Grimes den Sikorsky erreichte, noch bevor Titus den Reigen eröffnete. Plötzlich, und ohne daß Grimes einen Grund dafür ausmachen konnte, wurden Guls Sätze länger, und sein Abstand zu ihm vergrößerte sich.

»Gul!« zischte Grimes mit unterdrückter Stimme.

Gul blieb stehen und sah zu ihm zurück. Aus dem Sumpfgras, keine fünfzig Meter entfernt, ratterte der Feuerstoß einer Maschinenpistole. Die Kugeln schlugen in das Chassis des Tradesman. Grimes warf sich über den Rand des Grabens, rollte in das Sumpfgras, landete auf den Knien und richtete sich vorsichtig auf. Vornübergebeugt watete er durch das brusthohe Gras. Das Rattern der Maschinenpistole war verstummt. Nur die Rotoren des Helikopters waren zu hören. Er konnte Gul nirgendwo sehen, spürte nur, wie der Wind der Rotoren stärker wurde und das Gras ihn umwehte. Dann erreichte er den Rand eines flachgepreßten Kreises, in dessen Mitte der Sikorsky stand, das Heck fast genau ihm zugewandt.

Eine Weile verharrte er, die Hände auf die Knie gestützt, und rang nach Atem. Hatten Hubschrauber Rückspiegel? Gab es so etwas wie eine nicht einsehbare Zone? Er hätte Titus Oates fragen sollen. Aber was, zur Hölle, machte das schon für einen Unterschied? Er griff nach seinem Revolver. Er war nicht da. Grimes klopfte suchend über seinen Gürtel. Er mußte ihn verloren haben, als er auf die Straße geprallt war. Verdammt! Ehe er, es sich anders überlegen konnte, stürmte er in den Kreis des flach gegen den Boden gepeitschten Sumpfgrases.

Das Innere des Sikorsky war dunkel. Hatten sie einen

Mann zurückgelassen? Die Angst vor dem, was in dem Helikopter auf ihn wartete, wurde von dem Wissen aufgewogen, daß er – was immer auch geschehen würde – bald nicht mehr zu rennen brauchte. Links neben ihm tauchte Gul auf. Grimes fühlte eine unendliche Dankbarkeit.

»Gul …«

Der Hund sah zu ihm auf. Grimes deutete auf den Hubschrauber.

»Faß!«

Gul schoß los und verschwand mit einem mächtigen Satz in der dunklen Ladeluke. Grimes glaubte von der Straße her Schüsse zu hören, war sich jedoch nicht sicher. Er taumelte mit der rechten Schulter gegen die Seitenverkleidung des Helikopters, spähte vorsichtig in die Luke und sah – den hinteren Teil des Cockpits, Guls aufgerichteter Schwanz und sonst nichts. Er tauchte unter der Luke hindurch und warf einen Blick in den Heckteil des Laderaums. Nichts. Dann hörte er ein tiefes, das Blut zum Gerinnen bringendes Knurren und einen entsetzten Aufschrei. Er konnte für den Piloten nur hoffen, daß er keine hastige Bewegung gemacht hatte. Grimes kletterte in den Hubschrauber und streckte den Kopf in das Cockpit.

Der Pilot hatte seine Arme um den Kopf geschlungen und die Knie an die Brust gezogen. Er schlotterte am ganzen Leib. Gul sah zu Grimes auf und blaffte einmal, zufrieden mit sich. Hier drinnen war es weit weniger laut als draußen.

»He, du. Wie heißt du?« sagte Grimes.

Der Pilot gab keine Antwort. Grimes stupste mit dem Finger gegen seine Schulter. Der Pilot zeigte ihm ein ängstlich aufgerissenes Auge, in dem Panik flackerte, und eine halbe Wange. Er sah aus wie ein Latino.

»*Su nombre?*« fragte Grimes.

»Mariano.«

Grimes ließ sich in den Sitz des Copiloten fallen. Das fühlte sich so unendlich gut an, daß er sich fragte, ob er je wieder hochkommen würde. Er zog Gul am Halsband ein paar Zentimeter zurück.

»Ganz ruhig, Mariano«, sagte Grimes auf spanisch.

Mariano nahm die Arme vom Kopf und ließ die Füße auf den Boden sinken. Er starrte Gul aus angstgeweiteten Augen an.

»Es ist weniger gefährlich, wenn du ihn nicht ansiehst«, sagte Grimes.

Marianos Blick ruckte zu Grimes herüber.

»Wenn ich dir sage, du sollst starten, dann tust du es – sofort. Verstanden?«

Mariano nickte. Er legte die Hände auf den Steuerknüppel.

»Wie viele von deinen Freunden sind beim Steinhaus?«

»Vier, glaube ich. Einschließlich Colonel Herrera.«

»Ist die Frau im Gebäude?«

Mariano nickte.

»Allein?«

Mariano schüttelte den Kopf. »Mit dem Boß und Colonel Herrera. Vielleicht auch noch ein oder zwei andere, ich weiß es nicht.«

Das Steinhaus war eine Festung. Grimes erinnerte sich an die Wände aus legiertem Stahl im Vorraum zu dem eigentlichen Gefängnis. Ein einziger Mann konnte es bis zum jüngsten Tag verteidigen. War der Pilot in der Lage, ihnen mit Reden den Weg zu öffnen? Es war nicht sehr wahrscheinlich. Konnte man mit Faroe einen Handel machen, ihm Jeffersons Koffer anbieten? Grimes schätzte, daß Faroe zu tief drinsteckte, um noch umzukehren. Wie war es möglich, in das Steinhaus zu gelangen?

Grimes sah in Richtung der Straße. Der Lieferwagen war nicht zu sehen. Er drehte sich um und betrachtete den leeren Laderaum. Am Boden in der hinteren Ecke war eine Art Werkzeugtruhe festgeschraubt.

»Habt ihr ein Seil an Bord?« fragte Grimes.

»Ja.« Mariano deutete auf die Kiste.

Grimes schaute wieder nach draußen. Eine hagere, dunkle Gestalt tauchte am Rand des Feldes auf. Grimes wartete. Eine zweite Gestalt erschien: mit Baseballmütze und unverkennbarer Leibesfülle. Dann Ella. Sie winkte.

Grimes stemmte sich aus dem Sitz, ging nach hinten und zeigte sich in der Luke. Die anderen liefen durch das Gras auf den Hubschrauber zu. Grimes ging zu der Werkzeugkiste und klappte die Schnappriegel zurück. In der Kiste fand er eine dicke Rolle Nylonseil. Er kramte tiefer und zog ein Paar ölverschmierte Lederhandschuhe hervor. Ella kletterte in den Hubschrauber. Sie sah erschöpft aus, schien jedoch unverletzt.

»Kommen Sie, setzen Sie sich nach vorn«, sagte Grimes.

Grimes sah an ihr vorbei. Atwater schwankte heran; seine Knie wackelten bedenklich unter der Last der Koffer. Hinter ihm kam Titus Oates, die abgesägte Remington im Anschlag. Oates rechte Hand glänzte dunkel. Sein Ärmel war naß und ebenfalls dunkel. Grimes faßte ihn näher ins Auge.

»Es ist nicht die erste Kugel, die ich abgekriegt habe«, brummte Oates.

Grimes ging zum Piloten zurück.

Auf spanisch sagte er: »Ruf Colonel Herrera über Funk an und sag ihm, du hast die Gefangenen an Bord und bringst sie zusammen mit Mr. Atwater zu ihm.«

Grimes hielt das Ohr an eine Muschel des Kopfhörers und hörte zu. Als Herrera fragte, wie viele Gefangene, sah Mariano Grimes an. Grimes deutete auf Ella und sich; er wollte, daß Faroe sich gut fühlte.

»Zwei«, sagte Mariano ins Mikrofon. »Einen Mann und ein Mädchen.«

Herrera beendete das Gespräch. Die Mündung von Oates' Schrotflinte erschien an Marianos Schädel.

»Wenn Sie diesen Paco hier loshaben möchten, kann ich den Vogel fliegen.«

Grimes ließ Mariano eine Weile lang beten, dann sagte er: »Nein. Ich brauche Sie hinten.«

Oates grunzte enttäuscht, und der Gewehrlauf verschwand.

Zum Piloten gewandt, befahl Grimes: *»A la Casa de Piedra.«*

NEUN

Weil ein Reiter fehlte, wurde die Schlacht verloren.«
Sie konnte es ertragen.

»Weil die Schlacht verloren ging, wurde das Königreich verloren.«

Sie konnte es ertragen.

Es entstand eine Pause in der unerbittlichen Aufeinanderfolge von hinausgebrüllten Kinderreimversen und Schlägen.

Lenna wartete.

Obwohl Lenna vom Schicksal und der Zeit schwer genug gestraft worden war, hatte man sie nie zuvor körperlich mißhandelt. Sie kauerte sich, auf Händen und Knien liegend, zusammen und wartete, bis die lähmenden Schmerzen in ihrem Bauch und ihrer Brust verebbten und sie wieder Luft bekam. Sie hatte Blut im Mund, aber nach seinem ersten Schlag hatte Faroe all seine Tritte und Faustschlage mit perverser Präzision auf ihren Leib gerichtet. Sie hatte sich nicht gewehrt. Sie wollte seine Wut nicht noch mehr anfachen, als er es mit seinen Kinderreimen bereits selbst tat. Ihre Gedanken schwebten seltsam losgelöst über dem Schmerz und dem Martyrium ihres Körpers. Sie hatte ihren Körper aufgegeben; sie hatte ihn zu einer Ware gemacht, mit der sie vielleicht ein Tauschgeschäft aushandeln konnte. Sie würde ihn gegen Faroes Wut und für einen Ausblick in die Zukunft eintauschen. Wenn er seine hemmungslose Wut bis zur Neige an ihr ausgetobt hätte, würde er vielleicht weniger davon für Ella übrighaben; und möglicherweise würde sich eine Gelegenheit ergeben, dafür zu sorgen, daß Ella in Sicherheit wäre. Dennoch – Faroes nackte Gewalttätigkeit erfüllte sie mit Abscheu, ebenso wie sein bleicher, kahl rasierter Schädel und das hämisch triumphierende Glitzern in seinen Augen, wie sein feuchter, spuckender Mund und seine mageren Arme und Schultern, die sogar zu schwach waren, sie zu töten. Ein paar Augenblicke zuvor hatte Faroe begonnen, seinen Hosenschlitz zu öffnen, doch dann hatte Herrera ihn fortgerufen. Sie wußte, er würde wiederkommen.

Sie konnte es ertragen.

Ihr Körper gehörte nicht mehr ihr. Mit jedem Faustschlag Faroes hatte sie gefühlt, wie sie sich veränderte, wie ein kleines Stückchen von dem fortbrach, was ihr von ihr selbst geblieben war. Es war nicht die Mißhandlung ihres Fleisches. Es war, als würde sie Schritt für Schritt in einen schwarzen Tunnel hinabgestoßen, an dessen Ende eine Zelle läge, in der sie für immer von jeder Möglichkeit menschlichen Kontakts und Vertrauens ausgeschlossen sein würde; dem menschlichen Kontakt und dem Vertrauen, das sie so intensiv und so kurz in den Armen von Cicero Grimes gefühlt hatte – und in Ellas Armen. Wenn Faroe seinen Penis herausholen und ihr ins Gesicht masturbieren oder ihn in sie hineinstopfen würde ... Bliebe dann diese Zellentür für immer geschlossen? Es war egal. Solange Ella, Grimes und die übrige Welt außerhalb der Zelle – weit außerhalb – ihre Zukunft fanden, machte es nichts, daß sie die ihre verloren hatte. Schließlich hatte sie Faroe die seine genommen. Sie hatte keine Recht auf Mitleid, und sie wollte auch keines. Ruhig hob sie den Kopf, als Faroe zurückkam. Ohne zu lächeln, sah er auf sie hinab.

Lenna hörte das schmetternde Dröhnen eines Helikopters irgendwo über ihr.

»Ich habe sie, Magdalena«, sagte Faroe. Er warf einen kurzen Blick nach oben zur Decke. »Ich habe deine Tochter. Sie kehrt ebenfalls heim ins Steinhaus.«

Das Fenster war zugeschlagen, und mit ihm die Tür ihrer Zelle. Lenna stemmte einen Fuß fest auf den Boden unter sich. Ihr Magen krampfte sich zusammen. Sie sah zu Faroe empor. Obwohl er die Welt in seinen Händen hielt, sah er jämmerlicher und elender aus denn je. Sie würde ihn nicht wieder hassen. Sie würde nicht mit einem einzigen Tropfen seines Gifts – oder ihrem eigenen – in ihrem Herzen sterben. Der Gedanke an Ella und eine unendliche Liebe zu ihrer Tochter erfüllten sie.

»Hilf mir auf«, sagte sie ruhig.

Faroe blinzelte unsicher. Er machte einen Schritt auf sie zu und streckte ihr die Hand hin. Lenna ergriff sie und stemmte sich auf die Beine.

Sie dachte an Ella und empfand eine unendliche Liebe.

Dann warf sie sich auf Faroe und schlug ihre Zähne in seine Lippen. Sie machte die Augen zu, um sein Gesicht nicht sehen zu müssen, und verschloß die Ohren vor seinen Schreien und zog sich in einen grenzenlosen Raum zurück, den sie mit ihrer Liebe füllte. Und irgendwo außerhalb dieses Raums verbissen sich ihre Zähne so fest wie ein Schraubstock und ließen ihn nicht los, und ihre Hände tasteten und fanden einen dürren, faltigen Hals und drückten zu. Sie liebte und biß und drückte. Ein plötzlicher Blitz zuckte grell durch ihren Kopf, gefolgt von Leere. Dann stürzte sie in eine schwarze Dunkelheit und hörte ein verschwommenes, splitterndes Krachen. Sie wußte, daß dies die Musik ihres Todes war, doch im stillen Zentrum des Klangs hörte Lenna sich rufen: *»Ich liebe sie!«*

ZEHN

Grimes saß im Helikopter und starrte auf den Blutfleck auf dem Boden. Noch in der De Havilland, auf dem Flug zurück vom Ohoopee River Tiefland, hatte er sich nicht vorstellen können, daß so viel davon vergossen und daß er so tief darin versinken würde. Das Blut selbst machte ihm überhaupt nicht aus; am Operationstisch hatte er Tausende von Stunden bis über die Ellbogen damit besudelt verbracht. Aber das hier war etwas anderes. Die Lache aus Zellen und Plasma zu seinen Füßen bedeutete etwas anderes.

Die meisten, die gestorben waren, hätten nicht zu sterben brauchen. Grimes hätte Lenna der Gnade von Jack Seed überlassen können. Er hätte seinen Vater seinem Schicksal überlassen können, das er am Ende doch nicht hatte ändern können. Machte es einen Unterschied, daß einige für Macht und Geld gestorben waren – und andere für ihren Glauben? Würden die ersteren mit ihrer Gier die anderen stets und immer wieder in diese Zwangslage bringen? Abgesehen von George und Holden trauerte er nicht um die Toten; sie hatten ihre Wahl getroffen – so wie er auch. Doch irgendwie – aufgrund einer Aufeinanderfolge von schwer faßbaren und kaum wahrgenommenen Augenblicken der Entscheidung – saß er jetzt hier, und noch mehr Menschen würden ihr Leben lassen, weil er es so wollte. Wenn er Titus Oates sagen würde, wessen Blut dies hier auf dem Boden war und daß sie den Schwanz einziehen und nach Hause gehen sollten, würde Oates zwar protestieren, aber nachgeben. Und Ella ebenfalls. Und Lenna – falls sie noch lebte – wäre ihm sowieso nicht dankbar für das, was zu versuchen er vorhatte. Die Koffer neben ihm bedeuteten ihm jetzt genauso wenig wie am Tag zuvor; Grimes weigerte sich zuzulassen, daß der Tod ihnen Wert gab. Und Clarence Jefferson, der Spieler von Spielen: Warum sehnte sich Grimes so sehr nach ihm? Vielleicht, damit der dicke Mann für ihn die Waage der Gerechtigkeit in die Hand nähme?

Grimes dachte: Du bist nicht mehr ganz richtig im Kopf und fertig, und du hast Angst. Geh zurück zu deiner Grube, deinem weichen Teppich aus Müll, wo du hingehörst.

Aber er wollte es nicht mehr.

Wenn er sich jetzt mit Blut besudelt hatte, dann nur wegen seiner ursprünglichen Weigerung, die Waagschalen – oder den Amboß der Gerechtigkeit – anzunehmen, die Jefferson ihm aufgedrängt hatte. Er konnte die eingängigen, wortreichen Argumente der Zivilisationsapostel hören – derer, die in ihren sicheren und bequemen Sesseln sitzen und alles wissen –, wie sie in den äußeren Schichten seines Gehirns umhersummten. Doch er scherte sich keinen Deut mehr um sie. Es gab keine Logik mehr, die befolgt werden mußte, weder hinsichtlich Recht und Gesetz noch was das sogenannte Gute anbelangte oder auch nur die Frage, wie er sich am besten vor dem Zorn und der Rache Filmore Faroes schützen konnte. Es gab nur noch eine signifikante Ungleichheit, eine Unausgewogenheit, die nach Korrektur verlangte: nach der Korrektur einer niemals zuvor geeichten Waage, nach der Vollstreckung eines von einem altehrwürdigen Gericht gefällten Urteils. Wenn dies Gerechtigkeit war, dann war das okay und tröstlich für ihn; falls nicht, sondern möglicherweise etwas anderes, das mehr mit Lust am Blutvergießen zu tun hatte, dann war es nun mal so und konnte nicht geändert werden – ob tröstlich oder nicht.

Er fragte sich, woher er sich das Recht nahm, in solchen Kategorien zu denken. In der kühlen, klaren Luft eines jungfräulichen Morgens würde die Zivilisation ihn verdammen – und er sich vermutlich ebenfalls. Doch dies hier war kein kühler jungfräulicher Morgen; dies war die Hitze einer von Ungeheuerlichkeiten aufgeblähten, monströsen Nacht. Jetzt konnte er sich nicht mehr unter den schattigen Palmen ethischer Debatten verstecken. Jetzt konnte er nur noch handeln: ihrer aller Leben aufs Spiel setzen und die

Last der Verantwortung für dieses Vabanquespiel – jetzt und später – auf seine Schultern nehmen. Denn wenn er nicht handelte, belud er sich ebenfalls mit Schuld. *Beide Bestrebungen sind ohne Blutvergießen nicht möglich; sowohl das Blut, das in den Adern fließt, wie auch das der Seele – das eigene und das von anderen.*

Dies waren die Gedanken, die Cicero Grimes durch den Kopf gingen, während er auf das Blut am Boden hinabstarrte.

»Alles sicher und fest!« rief Titus Oates.

Grimes sah auf. Oates hing mit seinem ganzen Gewicht an dem Seil, das er an der Strebe über der offenen Luke befestigt hatte. Grimes stand auf und beugte sich ins Cockpit. Durch die Glashaube sah er vor ihnen die grauen Umrisse des Steinhauses aus der lichtlosen Ebene aufragen.

Auf spanisch sagte Grimes: »Du weißt, was du zu tun hast?«

Mariano nickte, ohne den Blick vom Steinhaus zu wenden.

»Ich will nicht, daß Sie da runterspringen, Grimes«, sagte Ella.

»Ich auch nicht«, erwiderte er.

Er sah zu Gul hinab, der zwischen Ellas Beinen saß.

»Halten Sie ihn fest«, sagte Grimes. »Er kann sich manchmal wie ein richtiges Arschloch benehmen.«

Das Steinhaus war jetzt nur mehr etwa hundert Meter entfernt. Grimes drehte sich um und ging zu Oates zurück. Dicht an ihn herantretend, sagte er mit gesenkter Stimme:

»Ich bitte Sie um noch einen Gefallen, Titus.«

»Sie haben Nerven, Doc!« knurrte Titus. »Für jemanden, der so gut wie nichts für mich getan hat.«

»Wenn ich unten bin, möchte ich, daß Sie Ella hier rausbringen.«

»Keine Chance, Mann.«

»Sie haben die Koffer. Wenn Sie unbedingt jemanden in den Arsch treten wollen, dann werfen Sie einen Blick rein. Ella weiß, was damit zu machen ist.«

Oates schürzte die Lippen.

»Und weil ich mich für jemanden halte, der nicht gern was schuldig bleibt«, sagte Grimes, »können Sie auch Gul behalten. Wenn er damit einverstanden ist.«

»Ich schätze, das würde alle Schulden aufwiegen.«

Oates zog eine seiner Pistolen hervor und schob sie in Grimes' Jackentasche.

»Das ist 'ne Glock. Siebzehn Schuß. Sie brauchen nur abzudrücken.«

Der Sikorsky schwebte jetzt beinahe reglos in der Luft. Grimes hielt sich an der Strebe über der Luke fest und sah auf das in grellem, bläulichem Licht leuchtende Viereck hinab. Gut zwei Meter unter ihm, in der nach Westen gewandten Schräge des Dachs, befand sich eines der beiden breiten Dachfenster aus geripptem Milchglas. Grimes zog die Handschuhe an und richtete den Blick wieder auf Oates.

»Und vergessen Sie nicht«, sagte Grimes. »Ich brauche Chaos.«

Oates warf einen drohenden Blick auf Atwater und knurrte: »Das kriegen Sie.«

Grimes packte das Seil mit beiden Händen.

»Sie sind verrückt!« ächzte Atwater hinter ihm.

Grimes drehte sich zu dem Staatsanwalt um und fixierte ihn. »Ich bin froh, daß Sie das so sehen«, sagte er. »Weil Sie mir nämlich nachfolgen werden.«

Er wandte den Blick von Atwaters aschgrau werdendem Gesicht und nickte Titus Oates zu.

»Das ist der Lohn für die Ungläubigen«, sagte Grimes.

»Amen«, fügte Oates hinzu.

Dann legte Oates seine Schrotflinte an und jagte zwei Ladungen Schrot durch das Dachfenster.

Grimes sprang aus der Luke und fiel.

Eindrücke: Seine Eingeweide stiegen in seine Kehle. Eine brennende Hitze in seine Handflächen. Blendende Lichter. Stahlgitter. Fallen. Zu schnell. Fester zupacken. Brennen in seinen Händen. Blick nach unten.

Eindrücke: Auf ihn zurasendes Wellblech. Knie beugen. Fester zupacken. Seine Füße krachen auf das Wellblech.

Seine Beine knicken. Seine Hüfte. Seine Schulter. Der Aufprall treibt ihm die Luft aus den Lungen. Das Brennen läßt nach. Abwärtsrutschen auf dem Rücken. Das Ende des Wellblechs. Er packt das Seil mit aller Kraft.

Eindrücke: Ein Schlag gegen den Hinterkopf. Weißes, explodierendes Licht. Das Brennen des Seils in seinen Händen. Das Rucken des Seilendes. Seine Hände plötzlich leer.

Grimes fiel zwei Meter auf die hölzerne Plattform, krachte auf die Knie und eine Schulter und rollte weiter. Die Plattform verschwand, und er stürzte noch einmal drei Fuß tief auf harte Fliesen und rang nach Luft. Er riß die Augen auf.

Vor ihm gähnte der Unterbau der Plattform. Er rollte sich darunter, blieb auf dem Bauch liegen und atmete keuchend. Ein lautes Schrillen dröhnte in seinen Ohren. Er fischte die Glock aus seiner Tasche. Seine Finger waren zu dick; mit den Zähnen zog er sich den rechten Handschuh von der Hand. Das damit verbundene Brennen in seinen Handflächen brachte wieder ein wenig Ordnung in seine Gedanken. Das Dröhnen der Helikopterrotoren wurde leiser. Er lag mit dem Kopf in Richtung der hinteren Wand des Raums.

Folglich war auch die Gitterwand hinter ihm; der Eingang zur Hütte über ihm ebenfalls. Er drehte den Kopf und spähte in diese Richtung. Die Plattform versperrte den Blick auf die Gitterwand, er sah nur den gekachelten Boden und die Betonwand – sonst nichts. Hastig ließ er den Blick über die Unterseite der Plattform schweifen: zu viele Stützen und Verstrebungen.

Eine tödliche Falle. In diese Richtung durfte er nicht kriechen. Eine sich überschlagenden Stimme, die etwas in Spanisch schrie. Das Poltern eiliger Schritte auf der Plattform über ihm – hinter ihm, bei der Tür der Hütte. Angst packte ihn. Wo blieb sein bestelltes Chaos? Er wälzte sich auf den Rücken. *Gebrauche deinen Kopf!* Die Schritte hielten inne. *Sie wissen nicht, wo du bist. Was würdest du tun?* Ein Bild blitzte vor seinem inneren Auge auf: Jemand, der vorsichtig um die Ecke an der Vorderseite der Hütte spähte.

Gib ihnen Zeit und laß sie kommen. Er verlagerte sein Gewicht auf den rechten Ellbogen; die Automatic hielt er ebenfalls in der rechten Hand. Mit der Linken umfaßte er eine Verstrebung am äußeren Rand der Plattform. Er zählte bis drei. Nicht blinzeln! Zielen und abdrücken!

Bei zwei zerbarst irgendwo über ihm das zweite Dachfenster unter einer Ladung Rehposten.

Grimes zog sich an der Verstrebung seitwärts und hoch. Er sah eine Gestalt, das Gesicht nach oben, dem splitternden Dachfenster zugewandt. Drei Meter entfernt. Grimes zielte und drückte ab. Fünfmal. Die Gestalt taumelte gegen die Wand der Hütte und fiel auf die Knie. Ohne die Waffe zu senken, schob sich Grimes vollends unter der Plattform hervor und richtete sich auf. Wieder das Krachen von Schüssen über dem Dachfenster. Grimes, die Glock unerbittlich auf ihr Ziel gerichtet, schob sich auf den knienden Mann zu. Hinter ihm die senkrecht aufragenden Gitterstäbe: niemand, alles leer. Der Mann auf den Knien drehte das Gesicht, und Grimes drückte ab – mitten hinein. Der Kopf krachte gegen die Hütte und fiel nach vorn. Das Gewehrfeuer von oben hörte auf. Ein gellender Schrei ließ Grimes' Blick nach oben rucken.

Mit rudernden Armen und Beinen und wie am Spieß schreiend stürzte Rufus Atwater durch das Fenster und schlug irgendwo auf der anderen Seite der Hütte mit einem dumpfen Krachen auf.

Während sich das Schmettern der Rotoren entfernte, schob sich Grimes, die Automatic nach vorn gerichtet und seitlich über die Schulter schielend, rückwärts zum hinteren Rand der Hütte. Er warf einen raschen Blick um die Ecke: Niemand. Rasch schlich er zur anderen Seite der Hütte, blieb stehen und lauschte. Undeutliche, nicht auszumachende Geräusche; vielleicht Stimmen. Er spähte vorsichtig um die Ecke. Niemand. Auf Zehenspitzen schlich er zur Vorderseite der Hütte und riskierte einen Blick: Nichts – nur eine leere Fläche Fliesen zwischen der Hütte und der geschlossenen Gittertür in der Käfigwand. Er blieb stehen und wartete.

Lenna mußte in der Hütte sein; Faroe ebenfalls.

Er wartete.

Und fragte sich, ob er, falls nötig, Lennas Tod in Kauf nehmen würde, um Faroe zu töten. Seine Antwort war: nein. Sie war eine Frau, die er in einer anderen Welt als dieser hätte lieben können. Vielleicht tat er es bereits. Er fragte sich: Was würde Lenna wollen? Bevor er für sie antworten konnte, hörte Grimes ein Rumoren in der Hütte, kauerte sich hinter den Rand der Plattform und richtete die Automatic auf die Tür.

Lennas Gesicht erschien im Türrahmen. Eine Faust hielt ihren Kopf an ihrem straff nach hinten gezogenen Haar fest. Sie konnte ihn nicht sehen. Die Mündung einer Pistole tauchte an ihrer linken Wange auf. Auf der anderen Seite ihres Gesichts erschien ein zweiter Pistolenlauf, der sich gegen ihre rechte Wange preßte. Dann spähten ein Paar schwarze, intelligente Augen suchend über den Lauf dieser Waffe und entdeckten Grimes. Grimes nahm an, daß dies Colonel Herrera war. Lenna trat auf die Plattform heraus. Ihre Arme waren auf ihrem Rücken verdreht. Rechts, dicht hinter ihr, stand Herrera, und links, ebenso dicht, Faroe.

Es konnte nur Faroe sein: Im gleichen Augenblick, in dem er Faroes Blick begegnete, erkannte Grimes, daß dies der Blick eines vollkommen Wahnsinnigen war. Eine Hälfte seiner Oberlippe fehlte: ein blutender, ausgezackter Halbkreis, durch den seine blutroten Zähne schimmerten. Grimes' Blick begegnete dem Lennas.

»Erschieß ihn«, sagte sie.

Grimes blinzelte.

»Grimes! Erschieß ihn – jetzt sofort.«

Herrera drehte ihren Arm ein Stück höher. Lenna biß die Zähne zusammen. Grimes' Blick saugte sich an Faroe fest.

»Der gute Doktor Grimes«, sagte Faroe.

Trotz der Schmerzen, die er wegen der abgerissenen Lippe haben mußte, klang Faroes Stimme ruhig und klar.

»Wissen Sie, Doktor, es gibt eine Menge Fragen, die ich an Sie habe. Über mich. Ich könnte mir vorstellen, daß mich die Zeit und die Umstände meines Aufenthalts an diesem ungastlichen Ort zu einem faszinierenden Studienobjekt machen.« Sein Mund verzog sich zu einem grotesken Grinsen.

Grimes fragte sich, ob eine Antwort den Atem wert war, den sie erforderte.

»Wir können uns gleich jetzt hinsetzen und reden, wenn Sie wollen«, erwiderte er.

»Ein andermal vielleicht«, sagte Faroe. »Geben Sie uns freien Abzug, Doktor?«

Jäh wußte Grimes, was sein Vater getan hätte: Er hätte Faroe ohne zu zögern erschossen und auf die Chance von vielleicht eins zu zehn vertraut, daß Lenna überleben würde. Doch Grimes war nicht sein Vater.

»Na schön«, sagte Grimes. »Dann ein andermal.«

Herrera kam als erster die Stufen herunter; er zog Lenna, die Pistole nach wie vor an ihrem Kopf, neben sich her. Faroe, der Lennas anderen Arm gepackt hielt, folgte dichtauf. Als Faroe den gefliesten Boden erreicht hatte, ruckte Herreras Pistole von Lennas Kopf.

Grimes, der darauf gefaßt war, warf sich hinter die Hütte. Die Kugel riß einen Schauer von Spänen aus der Hüttenwand. Er hörte, wie ihre Schritte sich entfernten, und wartete. Und während er den auf den Fliesen hallenden Schritten lauschte, wurde ihm bewußt, daß das Rotorengeräusch des Helikopters noch immer zu hören war: Oates und Ella hatten sich nicht aus dem Staub gemacht, wie er es von ihnen verlangt hatte. Er trat hinter der Hütte hervor.

Faroe und Herrera hatten, Lenna zwischen sich vorwärtszerrend, die Gittertür beinahe erreicht.

Grimes folgte ihnen.

Zwei Arme grapschten unter der Plattform hervor und umklammerten seine Beine, doch sie waren zu schwach, ihn zu Fall zu bringen. Grimes taumelte und fing sich wieder. Ein blutüberströmtes, grotesk geschwollenes Gesicht erschien in Hüfthöhe neben ihm, das unzusammenhängende, von Haß verzerrte Worte hervorstieß. Knochige Hände krallten sich an seiner Jacke aufwärts und suchten nach seiner Kehle. Grimes schlang den rechten Arm um Atwaters

Brust und zerrte ihn halb zu sich hoch. Unter dem Druck von Grimes' Arm gaben die bei Atwaters Sturz durch das Dach gebrochenen Rippen nach und kollabierten nach innen. Hellrotes Blut quoll über Atwaters Lippen und spritzte auf Grimes' Hemd. Über Atwaters Schulter hinweg flog Grimes' Blick zur Gittertür hinüber, von wo ein metallisches Klirren zu hören war.

Er sah, wie Herrera den Schlüssel in der Tür drehte und sie aufzog. Faroe stieß Lenna durch die Tür in der Gitterwand. Herrera folgte ihnen und zog im Vorbeilaufen den Schlüssel aus dem Schloß. Sie wollten ihn einsperren!

»Lenna!« schrie Grimes.

Grimes drückte die Mündung der Glock an Atwaters hin und her wackelnden Kopf und blies ihm, ohne ihn loszulassen, die Schädeldecke weg. Atwaters Kinn rutschte über Grimes' linke Schulter.

Lenna warf sich zur Seite und riß Faroe mit sich – weg von Herrera und aus der Schußlinie.

Grimes feuerte zweimal an Atwaters Schulter vorbei und verfehlte sein Ziel.

Herrera, in der offenen Gittertür, feuerte ebenfalls.

Grimes spürte, wie zwei Kugeln in den leblosen Körper schlugen, den er mit seinem linken Arm umklammert hielt.

Grimes zielte sorgfältig auf die Gestalt in der Tür und drückte wieder zweimal ab.

Herreras Bein knickte unter ihm weg, und er sackte auf ein Knie.

Grimes schleuderte Atwater zur Seite und rannte los, die Glock mit ausgestrecktem Arm im Anschlag haltend, doch nicht feuernd. Das hohle Klappern seiner Absätze hallte laut durch das Betonverlies. Der Lauf von Herreras Pistole schwankte und kam langsam hoch. Grimes wartete; noch einen Meter und noch einen, dann drückte er ab. Und dann wieder und wieder, während er auf die näherkommende Gittertür zu rannte.

Dunkle Flecke erschienen auf Herreras Uniformbluse; er kippte langsam nach vorn und schlug auf die Kacheln. Unter seinem Arm kroch eine dunkle Blutlache hervor.

Der Schlagbolzen von Grimes' Glock klickte leer. Er warf sie weg.

Faroe feuerte einen Schuß auf ihn ab und verfehlte ihn. Er schlug Lenna den Pistolenlauf über den Kopf und zerrte sie in den Vorraum. Sie verschwanden aus Grimes' Blickfeld.

Grimes setzte über den toten Herrera hinweg, und als er unter der Tür zu dem mit legiertem Stahl ausgekleideten Vorraum auftauchte, jaulte ein Querschläger mit bösartigem Winseln an ihm vorbei. Er preßte sich gegen die Wand und wartete; keine Schüsse mehr. Vorsichtig streckte er den Kopf um die Ecke, und als alles still blieb, war er mit zwei, drei Sätzen durch den Vorraum und zwischen den Kistenstapeln untergetaucht. An jeder Biegung des Durchgangs zwischen den Kisten lauschend, ehe er weiterhuschte, erreichte Grimes das Scheunentor. Es stand offen. Grimes verharrte auf der Schwelle und spähte in die Nacht und auf den dunklen Hof hinaus. Seine Ohren klangen vom Krachen der Schüsse in dem Betonverlies. Er blinzelte heftig, um seine Augen nach dem grellen Neonlicht an die Dunkelheit zu gewöhnen.

Vor dem Scheunentor lag zu seinen Füßen eine reglose Gestalt im Kampfanzug; in seiner Kehle klaffte ein tiefer, breiter Schnitt, der nur von der Wirbelsäule gestoppt worden war. Ein paar Meter weiter rechts lag eine zweite, auf dieselbe Weise verstümmelte Gestalt. An der linken Seite des Hofs stand das Haus der Jessups; zwischen dem Haus und dem Steinhaus war ein Stück offenes Feld. Jenseits des Hofs erhob sich die dunkle Silhouette der Silberbirken, und rechts begann der Feldweg. In der Mitte des Hofs hockte der schwarze Helikopter, reglos und – soweit Grimes es beurteilen konnte, leer. Die Nacht war unnatürlich still. Dann war in der Stille das Tappen von Pfoten zu hören.

Aus Richtung der Birken trottete Gul quer über den Hof auf Grimes zu und blieb ohne einen Laut neben ihm stehen. Grimes drehte den Kopf nach links und sah sie.

Filmore Faroe stand am Rand des Felds; er hielt den Lauf seiner Pistole von unten gegen Lennas Kinn gepreßt, und die Hand seines unter ihrer Achsel hindurchgeschobenen linken Arms umspannte ihren Nacken. Seine irren Augen huschten hin und her, und seine halbe Lippe zuckte. Er sah aus, als sei er an den finsteren, schwarzen Gestaden der Hölle gestrandet und wisse nun nicht, wohin. Ruckartig drehte er den Kopf und sah Grimes an, dann Gul, dann wieder Grimes.

Grimes setzte sich in Bewegung und ging Schritt um Schritt auf Faroe zu.

Grimes hoffte, daß Titus Oates irgendwo unter den Birken wartete. Er hoffte, daß Oates eine Waffe auf Faroes Kopf gerichtet hielt. Er hoffte, daß Faroe in Panik geraten und einen Schuß auf ihn abfeuern würde. Oder auf Gul. Er hoffte, daß Titus Oates' Kugel schneller sein würde. Doch Faroe rührte sich nicht. Er starrte Grimes nur mit aufgerissenen, in seinem kahlen Schädel wie tote Murmeln wirkenden Augen an. Während die Distanz zwischen ihnen immer geringer wurde, fragte sich Grimes, was er tun würde, wenn er Faroe erreicht hatte. Es gab nichts, womit er Faroe drohen konnte. Der Mann hatte nichts mehr zu verlieren.

Als Grimes noch etwa zehn Schritte entfernt war, rief eine Stimme aus Richtung der Birken:

»Mr. Faroe!«

Grimes blieb stehen. Gul ebenfalls. Es war Ellas Stimme. Einen Augenblick lang senkte sich abgrundtiefes Schweigen über den Hof. Faroe blinzelte irritiert, als habe ihn diese Stimme aus einer anderen Welt hierher, an den Rand des asphaltierten Hofs gezerrt.

Dann sagte er: »Wer ist da?«

Ella trat unter den Bäumen hervor. Ihre Hände waren leer. Im Licht des Monds wirkte ihr Gesicht ernst und gefaßt.

»Ich bin Ella MacDaniels«, sagte Ella. »Ich bin der Grund, warum wir alle hier sind.«

Faroes Augen wurden klarer; Neugier blitzte in ihnen auf.

»Ich dachte, wir sollten vielleicht miteinander reden«, sagte Ella.

Grimes bis sich auf die Unterlippe.

Lenna versuchte, sich Faroes Griff zu entziehen. Er zwang sie mit Gewalt nieder.

»Lenna, bitte!« rief Ella.

Lenna hörte auf, sich zu wehren.

Ella kam quer über den Hof auf die beiden zu. Faroe starrte sie wie hypnotisiert an. Ella wich seinem Blick nicht aus. Drei Schritte vor ihm blieb sie stehen. Für einen Augenblick begegnete ihr Blick dem Lennas. Tränen quollen aus Lennas Augen und liefen über ihre Wangen; sie rührte sich nicht. Ella richtete ihre dunklen, offenen Augen wieder auf Faroe.

»Lenna ist meine Mutter«, sagte Ella.

Die Falten um Faroes Augen gruben sich tiefer.

»Ich hatte keinen Vater«, sagte Ella. »Aber in gewisser Weise – zumindest sehe ich das so – hatte ich viele Väter. Einige, die ich nie gekannt habe, und einige, die ich kannte. Manche davon leben noch, andere sind tot. Sie sind einer davon, Mr. Faroe.«

Die Muskeln in Faroes Gesicht zuckten – vor Verwunderung und Erstaunen und wohl auch vor Angst.

»Ich bin das Kind, das Sie zu töten versucht haben.«

Grimes lief ein Schauder über den Rücken. Faroe versuchte, sich von Ellas Blick loszureißen, konnte es aber nicht.

»Sie hätten verhindern können, daß ich geboren wurde«, sagte Ella. »Aber Sie haben es nicht getan.«

Faroe antwortete nicht darauf. In Ellas Gesicht sah er etwas, das er vermutlich noch nie zuvor gesehen hatte: Mitleid. Und nicht das Mitleid, das auf Verachtung beruhte, sondern jenes, das von Bedauern und Traurigkeit erfüllt war angesichts der unermeßlichen Seelenqualen, die Faroe ertragen hatte.

»Sie wünschten sich, daß ich Ihr Kind bin«, sagte Ella. »So war es doch? Deshalb haben Sie zugelassen, daß ich geboren wurde.«

Faroe öffnete den Mund, brachte jedoch noch immer keine Antwort hervor. Es war, als würde der Haß und der

Wunsch nach Rache, der aus allen seinen Poren sickerte, von Ellas schierer Unschuld in seinen Leib zurückgetrieben. Faroe schien kurz davor, zu explodieren. Grimes wagte nicht, sich zu bewegen. Neben sich spürte er Gul, gespannt wie eine Stahlfeder und bereit, dem Mann an die Kehle zu fahren. Grimes durfte keinen Laut von sich geben.

»Sie wünschten sich, daß ich Ihr Kind bin, und Sie hätten mich geliebt. Das weiß ich.«

Faroe schüttelte benommen den Kopf, als wollte er eine Wahrheit abwehren, die zu hören er nicht ertragen konnte.

»Und als ich nicht Ihr Kind war«, fuhr Ella fort, »wollten Sie, daß ich getötet werde. Wollen Sie mich noch immer umbringen, Mr. Faroe?«

Schließlich gelang es Faroe, einige Worte hervorzuwürgen: »Was wollen Sie von mir?«

»Ich will, daß Sie gehen«, sagte Ella.

»Gehen?« flüsterte Faroe. Seine Stimme war heiser. »Wohin?«

»Wo immer Sie hingehen wollen«, erwiderte Ella. »Das ist Ihre Entscheidung.«

Ellas Blick huschte zu Lennas tränenüberströmten Gesicht und kehrte dann wieder zu Faroe zurück.

»Es gab einmal eine Zeit«, sagte Ella, »da haben Sie sie auch geliebt.«

Faroe starrte sie lange Zeit an. Was in diesen Augenblikken durch seinen Kopf ging, davon hatte Grimes nicht die geringste Ahnung. Der Schmerz des Betrugs, die Qual der Gefangenschaft, das Blutvergießen, das Ellas Geburt in diese Welt vorangegangen war ... Schreckliche Dinge, schmerzliche Dinge, traurige Dinge und – wer wußte das schon zu sagen – vielleicht sogar ein winziger Rest von etwas anderem: etwas, das von größerer Dauer war als all diese Dinge. Faroe sog tief und seufzend die Luft in seine Lungen.

»Und alles, weil ein Hufnagel fehlte«, flüsterte er.

Grimes glaubte, Faroe sei nun endgültig wahnsinnig geworden. Tu es, dachte er. Hetze Gul auf ihn und vertraue darauf, daß seine Reflexe ihn zwingen, für den Bruchteil einer Sekunde die Pistole von Lennas Kehle zu nehmen.

Doch unvermittelt ließ Faroe seine Hand sinken. Die Pistole zeigte auf den Boden. Er ließ Lenna los und trat einen Schritt zurück. Scheppernd fiel die Waffe zu Boden. Filmore Faroe sah Ella ein letztes Mal mit einem Ausdruck auf seinem Gesicht an, den Grimes nie vergessen, jedoch nie ganz verstehen würde. Dann warf er sich herum und floh mit taumelnden Schritten in die Dunkelheit des Felds hinter ihm.

Lenna sank in Ellas Arme.

Die Nacht hatte Faroe verschluckt.

Grimes ging, Gul an seiner Seite, zu den Birken hinüber, aus deren Schatten Titus Oates aufgetaucht war. In einer Hand hielt Oates ein M16 Gewehr. Mit dem Daumen der anderen Hand deutete er über seine Schulter auf das Unterholz. »Schätze, das bedeutet, daß wir Paco ebenfalls laufen lassen«, knurrte er.

Grimes nickte. »Es wäre barbarisch, es nicht zu tun.«

Oates sah auf Gul hinab. »Und bei dem Handel verliere ich auch noch den verdammten Köter.« Er warf Grimes einen vorwurfsvollen Blick zu. »Eigentlich hättest du draufgehen müssen, Mann.«

Grimes kauerte sich nieder und kraulte Guls Nackenfell. Er starrte in die unergründlichen schwarzen Augen, und Gul starrte zurück.

»Hör zu, Kumpel«, sagte Grimes. »Wenn du bei mir bleiben willst, werde ich mein Bestes für dich tun, aber ich muß dir sagen, daß Titus hier einen besseren Partner abgeben würde als ich. Verstehst du?«

Gul zwinkerte einmal.

»Es liegt ganz bei dir«, sagte Grimes.

Gul sah zu Oates auf. Oates streckte ihm seine rechte Hand entgegen.

»Was jetzt?« fragte er. »Was für ein verdammtes Problem hast du?«

Gul leckte über Oates' Hand, und Oates grinste Grimes an.

»Tut mir leid, Vetter.«

»Das ist die Hand, an der Blut war«, stellte Grimes fest.

»He, Mann, Mrs. Oates hat schließlich keine Arschlöcher großgezogen.«

»Vergiß nicht – Gul plant mit den Koffern einen Trip nach Washington D.C.«

»Na schön«, grunzte Titus Oates. »Wenn er und ich Partner sind, dann stehe ich auch zu unserer Abmachung.«

»Behandle ihn gut«, sagte Grimes.

Er wandte sich ab und ging zu Lenna und Ella hinüber. Gul bellte einmal. Grimes drehte sich um. Gul sah ihn an, blieb jedoch an Oates' Seite.

»Sei brav«, sagte Grimes.

Gul bellte erneut, und Grimes schluckte seine Gefühle hinunter, drehte ihnen den Rücken zu und ging weiter.

Als er die beiden Frauen erreichte, rief Ella: »Sagen Sie es ihr, Grimes! Sagen Sie ihr, daß sie mit uns kommen muß.«

Lenna sah Grimes an, und er wußte, daß nichts, was er sagen konnte, etwas helfen würde.

»Ich bleibe hier«, erklärte Lenna.

Grimes wartete.

»An all dem hier bin ich schuld«, sagte Lenna. »An all dem und an dem, was noch geschehen wird.«

»Das stimmt nicht ganz«, sagte Grimes.

»Das meiste ist meine Schuld«, beharrte Lenna. »Ich habe mich nie den Dingen gestellt, wie es meine Pflicht gewesen wäre. Diesmal werde ich es. Niemand braucht je zu wissen, daß Sie oder Ella etwas damit zu tun hatten.«

»Wegen mir muß sich niemand den Behörden stellen«, sagte Grimes.

»Ich will es aber«, sagte Lenna. »Und ich bitte Sie darum, es zu verstehen.«

Sie sah Ella an.

»Ich bitte euch beide darum.«

Der Ausdruck auf Lennas Gesicht, als sie ihre Tochter ansah, machte Grimes klar, daß dies ihr Weg war, das zu sein, was sie immer hatte sein wollen: Ellas Mutter. Vielleicht war es der einzige Weg, der ihr blieb.

»Dann kann ich Ihnen nur viel Glück wünschen«, sagte Grimes.

Lenna lächelte ihn an, und das Lächeln ließ sein Herz schmelzen.

»Ist das alles, was Sie zustande bringen?« sagte sie.

Grimes nahm sie in die Arme und küßte sie. Ihre Lippen und ihre Haut und ihr Haar waren weich und wundervoll. Der Kuß schmeckte nach all den Dingen, die er von ihr kannte, und nach all den Dingen, die er nicht kannte und gern gekannt hätte, doch nie kennenlernen würde. In einer Welt mit anderen Möglichkeiten vielleicht, aber nicht in dieser. Die Grenzen dieser Welt waren bestimmt und festgeschrieben worden, bevor sie einander begegnet waren.

Nicht in dieser Welt also, aber in einer anderen.

In seiner Vorstellung wußte er das genau.

Grimes löste sich von Lenna und sah Ella an. Sie schien nicht überzeugt. Grimes breitete die Arme aus, und sie warf sich an seine Brust und umarmte ihn. Leise sagte er ihr ins Ohr: »George hat Sie Ihre eigenen Entscheidungen treffen lassen. Ich denke, wir schulden Lenna dasselbe.«

Ella sah zu ihm auf. Sie nickte, und Grimes lächelte.

»Ich bin ebenfalls stolz, daß ich einen Teil des Wegs mit Ihnen gegangen bin«, sagte er.

Dann gellte ein langgezogener Schrei durch die Nacht, der ihnen das Blut in den Adern gerinnen ließ.

Er rief Grimes, und nur Grimes allein.

Die seltsame Sehnsucht, die ihn die ganze Zeit heimgesucht hatte, war noch immer in ihm.

Grimes wendet sich dem nächtlichen Feld zu und rennt los. Er rennt über Gras und Unkraut und hartgebackene Erdklumpen. Er rennt weiter und weiter durch die konturlose Dunkelheit. Und vor ihm auf der brachen Erde liegt eine Gestalt mit spindeldürren Gliedern und klaffender Kehle.

Das rasierte Schädeldach des Mannes ist verschwunden.

Grimes blickt nach Norden, nach Osten und Westen und kann ihn nirgendwo sehen. Er strengt seine Augen an. Er kann ihn nicht sehen. Der Himmel ist größer und weiter, als sein Blick reicht, und ebenso das Land. Und in der Schwärze der Nacht scheinen Himmel und Erde eins. Grimes kann ihn nicht sehen. Dann spaltet ein gleißender Blitz den Himmel und taucht das nächtliche Feld in grelles, blendendes Licht: Dort ist er.

Und er rennt ebenfalls.

Er rennt: mit verfaulenden Gliedern, zerschlagen und geschunden. Und mit einer Made in seinem Bein.

Die Erde kann ihn nicht aufhalten und auch nicht ihre Götter und die verlorenen toten Seelen, die im Wind seufzen. In seinen Armen hält er ein Bündel fest an sich gepreßt. Und als das gleißende Licht erlöscht und das Grollen des Donners durch die Dunkelheit rollt, glaubt Grimes, daß er den dicken Mann *lächeln* sieht.

Und Cicero Grimes lächelt ebenfalls. Denn in seinem Herzen weiß er: Der dicke Mann liebt sie alle.

Er liebt sie alle innig.

EPILOG

Titus Oates und sein Partner Gul brachten das ihnen anvertraute *Corpus delicti* des Polizeicaptains nach Washington D.C., und Titus teilte das *Corpus* in zwei Teile. Die eine Hälfte brachte er zur *Washington Post,* wie Cicero Grimes vorgeschlagen und worauf Gul bestanden hatte. Doch weil Titus der *Post* nicht ganz traute, da sie – zumindest sah er dies so – gewissen Prinzipien verpflichtet war, die mit seiner Vorstellung von Freiheit wenig zu tun hatten, vertraute er die andere Hälfte dem *Soldier of Fortune* Magazin an. Beide Presseorgane enttäuschten sie nicht. Der Skandal nahm seinen Lauf, und das große Saubermachen, das der Gesetzeshüter vorausgesagt hatte, begann: Die Schläge auf dem Amboß der Gerechtigkeit hallten laut über das Land. Oates wurde ein berühmter und gefeierter Mann, und dies um so mehr, als die Staaten Louisiana und Georgia wegen einer Vielzahl von Gesetzesverstößen Anklage gegen ihn erhoben. Obwohl Oates nichts abstritt und seine Taten sogar noch beträchtlich ausschmückte – wobei er auch die tatsächlich von Grimes vollbrachten Tollkühnheiten an seine Brust heftete – war sein Bericht über seine Heldentaten so beeindruckend und seine Rechtfertigung dessen, was er getan hatte, um der Gerechtigkeit Geltung zu verschaffen, so aufrichtig und ergreifend, daß die zwölf vom Gericht unter den Bürgern ausgewählten Geschworenen Oates von allen Anklagepunkten freisprachen – mit der Begründung, daß er nur sein verfassungsmäßiges Recht wahrgenommen habe, sich selbst und das Leben wehrloser anderer nach bestem Wissen und Gewissen zu verteidigen. Nach dem Prozeß änderte Titus Oates seinen Namen in Hajj Dha Bah, das – soviel er wußte – »die Pilgerfahrt des rituellen Tötens« bedeutete, und verschwand mit Gul in die entlegene Wildnis Kanadas. Dort wanderte er über die Straßen des Nordens. Zu welchem Zweck und mit welchem Ziel, weiß niemand zu sagen.

Auch Lenna Parillaud wurde der Prozeß gemacht, und sie wurde in allen Punkten für schuldig befunden, die auch Faroe gegen sie hatte vorbringen wollen: Entführung, Freiheitsberaubung und die Unterschlagung seines Vermögens. Während des Prozesses erwähnte sie mit keiner Silbe, daß Ella MacDaniels noch am Leben war oder daß ein Mensch namens Grimes existierte. Beide respektierten ihren Wunsch, daß alles genau so geschehen sollte. Gegenwärtig verbüßt sie im Staatsgefängnis für Frauen von Lousiana eine Freiheitsstrafe von fünfundzwanzig Jahren, und wenn Ella sie besucht, oder wenn sie einen Brief an Grimes schreibt, besteht Lenna stets darauf, daß sie keinen Grund zum Klagen hat. Über ihren Antrag auf Berufung muß noch entschieden werden, ebenso über ihre komplizierten Vermögensverhältnisse.

Ella MacDaniels kehrte in die Stadt zurück und veränderte wenig an ihrem äußeren Leben. Sie fing an, Songs zu schreiben, tritt aber nach wie vor als Sängerin auf. Sie weigert sich, das Geld auf den Konten, die Clarence Jefferson ihr hinterlassen hat, anzurühren, weil sie davon überzeugt ist, daß das Geld unrechtmäßig angehäuft wurde, und sie nichts damit zu tun haben will. Auch sie pflegt mit Grimes einen regen Briefwechsel, und er hat auf diesem Weg erfahren, daß sie im Augenblick wegen eines Vertrags mit einer unabhängigen Plattenfirma der Stadt in Verhandlungen steht und sich in einen Mann verliebt hat, der sie – wie sie sagt – gut behandelt.

Cicero Grimes kehrte in seine Grube zurück und dachte viel über den Tod seines Vaters George nach. Als er schließlich zu der Erkenntnis kam, daß er – ebenso wie der Rest von ihnen allen – auf das orphische Rad geflochten war und daß er sich am Ende vor sich selbst das Recht verdient hatte, neben dem blutbefleckten Geist seines Vaters zu stehen, regelte er seine wenigen Angelegenheiten und verließ die Stadt für immer. Er packte die Dinge, die er brauchte, und die wenigen Dinge, die er nicht vermissen wollte, in seinen 88er Olds und brauste nach Süden, tief hinein nach Mexiko, wo die Luft trocken und die Tage lang waren, wo er spanisch reden konnte und die Leute ihn deshalb für fremd hielten, weil er ein Gringo war – und nicht weil sie glaubten, er sei ein Sonderling.

Dort, in dem Bergdorf, in dem zu leben ihm richtig erschien, hat er begonnen, als Arzt zu praktizieren, und in seine Hände ist wieder Leben zurückgekehrt. Vielleicht macht es für ihn einen Unterschied, vielleicht aber auch nicht, doch er fühlt – und er hofft –, daß dies eine Arbeit von edler Gesinnung ist. Auf jeden Fall glaubt er, in dieser Arbeit etwas von dem wiedergefunden zu haben, was ihm einmal sehr wichtig gewesen war und von dem er eine Zeitlang gedacht hatte, er hätte es für immer verloren.

Oft träumt Grimes in der Hitze der Nacht, und manchmal auch in den kühlen Stunden des Morgens, von Clarence Jefferson. In diesen Träumen ist auch der dicke Mann mit Blut besudelt. Und dies mit Fug und Recht. Denn obgleich er ein Dämon ist, gleicht er doch auch einem König: dem König eines Reichs, dessen Geheimnisse niemals enträtselt werden, eines Landes, dessen Wildnis ohne Ende ist. Und der dicke Mann rennt. Er rennt noch immer. Durch die ewige, nie endende Dunkelheit eines nächtlichen Felds. Auf eine Weggabelung zu, der er nicht ausweichen wird. Zu einer Zusammenkunft – und einer Konfrontation – mit den toten Seelen der blutbefleckten anderen Könige.